थार के दस्तावेज

थार के दस्तावेज

बी.बी. दांडेकर

GYAN

थार के दस्तावेज

ISBN : 978-81-2121-286-1

मूल्य : 1090/-

भारत सन् 2016 में प्रकाशित

ज्ञान पब्लिशिंग हाउस
5, अंसारी रोड, दरियागंज,
नई दिल्ली-110002
Phone : 9811692060
ई-मेल : books@gyanbooks.com

मुद्रित : जी. प्रिंट प्रोसैस, दिल्ली

अनुक्रम

प्रस्तावना

''रैम्पंजिंग लवर'' के इस कथा-क्रम में, जोसुआ और जुलिया जो मात्र दो सप्ताह पहले विवाहित हुए थे। पुनः संगीन जासूसी की दुनिया में आने को बामय हुए, ये जब सोवियत रूस के अफगान आक्रमण के विरू– मुजाहीदीनों द्वारा प्रयुक्त अस्त्र-शस्त्रों को पाकिस्तान में नष्ट किया जा रहा हैं। भारतवर्ष के प्रधानमंत्री और पाकिस्तान राष्ट्र के तानाशाह सैनिक थार के मरूस्थल में राष्ट्रपति के आदेश पर मिलते हैं। वे दो गुप्तचरों को नामित करते हैं जिनके गुप्त नाम 'राजा' और 'बहादुर' हैं, जो एक 'थार अनुच्छेद' नामक प्रलेख के हस्तलिखित दो प्रतिलिपियों में लिपिब– समस्या के समाधान को ढुंढ़ते हैं, हा, दो गुप्तचरों के लिए केवल दो प्रतिलिपिया–क्योंकि इस प्रलेख के रहस्योद्घाटन की गंभीरता भले ही पाकिस्तान के लिए कुछ न हो लेकिन राष्ट्र भारत के लिए यह एक खतरनाक बात होती–क्योंकि वह सोवियत संघ का एक मित्र है। अनेक महीनों तक योजना अच्छा कार्य करती है जब तक कि दो शस्त्रों से भरे जहाज भारतीय समुद्र में अपनी यात्रा के दौरान गायब हो जाते है, बहादुर मृत पाया जाता है, जिसकी हत्या राजा की एक पुराने जमाने की महिलाओं द्वारा उपयोग में लाए जाने वाले रिवाल्वर से की गई होती है–और बहादुर के पास की प्रलेख की प्रतिलिपि गायब पायी जाती है।

यह उपन्यास एक भारतीय सेना के भारतीय यहूदी कर्नल और ब्रोमफ्रिल्ड के ग्याहरवें अर्ल की अंग्रेज पौत्री के ममय अंतर्धार्मिक और अंतर-सांस्कृतिक विवाह के अपने अमययन में देहीप्यमान है। यह विवाह की सफलता के लिए पति और पत्नी के बीच प्रेम, प्रगाढ़ता, आदर और विश्वास का अन्वेषण बेझिझक स्पष्टता के साथ करता है– साथ ही, अंतर्राष्ट्रीय गुप्तचर्या के क्रुर अतल विवर का विश्वासघात और बदले को भी, जो इस विवाह को छिन्न-भिन्न करने का भय भी प्रस्तुत करता है।

एक सनसनीखेज उपन्यास के रूप में यह प्रस्तुति रूचिकर है जो मानवीय ंदय की गहनतम तल के प्रति अपनी अंतर्दृष्टि प्रस्तुत करने में

सक्षम है, यह एक साहित्यिक उपन्यास है जो समय के साथ जीवित बना रहेगा।

—बी.बी.दांडेकर

थार मरूस्थल स्थित भारतीय सीमा से सटे एक परिव्यक्त एवं अनुपयोगी किले में दो लोग मिले। यह किला इतिहास काल में अनेक बार विभिन्न हाथों में पड़ा, जो अब अंततः भारतीय नियंत्रण में था—जिसके लाल बलुआ पत्थरों के गिराए गए दिवारों और उनपर गोलियों के निशान वर्षों से हो रहे नुकसान के गवाह थे कि दोनों में से किसी भी पक्ष ने इनकी मरम्मत या इन्हें छिपाने की कोई कोशिश नहीं की थी। हॉलाकि यह किला सम्मान का एक कारण बन गया था। जिसने भी इसपर नियंत्रण पाया—वह थार पर भी नियंत्रण का हकदार था। प्रत्येक पक्ष ने इसे पाने के लिए भारी जंग की थी, और गिरी और चेचक-से निशान से भरी दीवारें और किले के अंदर तक जाती बाहरी सीढ़ियाँ आज भी जय और पराजय के मैल से धुमिल थीं, और इसी धुमिल वर्ण से रंगे मृत्यु और शूरवीरता, जय और अपमान के ताने-बाने सभी पुराने लाल पृष्ठभूमि पर सैनिकों की लापरवाह गोलियों की कूची से रंगीन थे, कोई नमूना या अनुरूपता नहीं। पुननिर्माण या पुनर्वर्णन का कोई अवसर नहीं रंग के सारे आघात अनंतिम।

उस निर्जन, ईश्वरहीन जमीन के मरूस्थल में ऐसा कुछ भी जंग की बदौलत प्राप्त करने जैसा नहीं था—मीलों तक सभी दिशाओं में फैली शिकता राशि और स्थानीय लोगों के विपरीत बालू को दृढ़ता से जकड़े अनिश्चित रूप से अपने अस्तित्व बढ़ाते झुरमुट ही तो थे? या एक अभिवचन की तरह उत्कंठा से भरी उत्तरजीविता की उद्यत जीजिविषाँ

लेकिन ये सभी बातें अति पुरानी थीं, लगभग तीस वर्ष पुरानी दोनों ही पक्षों के द्वारा किले की तरह भुला दिया गया। वे बहुतायत लोग जो बचे थे वे अब अपने सम्मान और वीरता के साथ वक्त की सिलवटों से दब-मर गये। उन्हीं के साथ घृणाएँ भी। एक परिध्याय का परिअन्त—और इस रूप में ही उनका संरक्षण बेहतर था, नहीं तो इन दो व्यक्तियों का कभी मिल पाना संभव नहीं था।

वे एक–दुसरे से पूर्णतः भिन्न थे, पाकिस्तानी सेनामयक्ष अपने पूर्ण सैनिक पोशाक एवं शिष्टाचार में था, जिसकी जरा–सी कम होती बाल–राशि उसके प्रभावशाली व्यक्तित्व को उसकी छोरों पर मुड़ी सैनिक मूछें और भी रोबदार बना रही थीं। उसकी खाकी पोशाक जिसपर सीने तक भूरे बेल्ट और चमक से भरे अच्छे पॉलिस किए बटन थे, उसके उच्चे सम्मान के बारे में पूर्णतः बेबाक थे।

भारतीय प्रधानमंत्री ठीक विपरीत व्यक्तित्व के थे। एक छोटे कद का थोड़ा झुका हुआ, नाटा और मोटा व्यक्ति जिसके घने और पूरे सर पर फैले बाल कपड़े की उजली टोपी के अंदर पूरे आराम से सँवरे हुए थे। नेहरूनुमा जैकेट और चूड़ीदार पैजामे में उसकी प्रभावशाली उपस्थिति या उसके व्यक्तित्व में कोई खास असर नहीं था। वह सात अरब लोगों का नेता नहीं दिख पा रहा था, बल्कि वह तो किसी सब्जी विक्रेता का सहायक या अपनी उदारता के कारण कह लें एक स्टॉक के दलाल की तरह दिखता था।

तब सतानताएँ भी दिखीं। आँखों में सर्द, कठोर, चतुर आँखें–जिनमें अधीरता और उद्विग्नता परस्पर चमक उठतीं थीं, जो जरूरत पड़ने पर मुस्कुराने में सक्षम थीं–जब वे मुख्य किले के पीछे एक–दूसरें को जाँचने की निगाहों से देखते और नई रणनीतियों को आदतन बनाते-बिगाड़ते थे–हॉलाकि तब वे उन हदों से पूर्णतः अनभिज्ञ थे जहाँ तक एक–दूसरे को बिना पूर्णतः अस्वीकृत किए आराम से पीछे हटाया जा सकता था। दोनों ही अपनी सरकारों के प्रतिनिधि के रूप में आए थे। उस सभा में जिसे दोनों ही पक्षों के द्वारा आवश्यक रूप से आपात बुलाई गई थी और इस आपात काल के कारण प्रायः की तरह विनम्रता के प्रयोजन विचारणीय नहीं रह गए थे। दोनों ही पक्षों ने प्रायः आयोजित होने वाले सामान्य प्रोटोकॉल के नियमों के साथ समझौता किया था ताकि दोनों ही पक्षों की भेंटवार्ता जल्द ही सहायकों के व्यवधानों के बिना को ही आयोजित की जा सके। हॉलाकि दोनों ही पक्षों ने सुरक्षा के नियमों को तनिक भी नजर अंदाज नहीं किया था। दोनों पक्षों के जासूसों ने किले

का अन्वेषण किया था, जब उन्होंने खटमलों के लिए लाल बलुआ पत्थर से बने दिवारें और लकड़ी के छत की तलाशी ली थी। दोनों पक्षों ने इस वास्ते एक-दूसरे को आश्वस्त किया था कि संदीग्ध वे नहीं बल्कि अन्य थे और किसी तीसरे पक्ष से सावधानी की जरूरत थी। अमेरिकी और रूसी भी इन बहस-मुबाहसों में कम रूचि नहीं रखते थे। किले के अंदर के इस कमरे की साज-सज्जा को जल्दबाजी में पूरा किया गया था। एक ऊनी गलीचा एक तरफ से दूसरी तरफ तक फैला हुआ था जो नंगी एवं रूक्ष दीवारों में थोड़ी जान भर पा रहा था। पाकिस्तानियों ने इस इंतजमात को पूरा किया था। कमरे के मध्य में गलीचे पर एक गद्दा की व्यवस्था थी जिसपर गोलाकार तकिए लगे थे ताकि जरूरत मुताबिक उनका सहारा लेटने की अर्ध मुद्रा में जबकि पाँव फैले भी हों लिया जा सके। इन गद्दे और तकियों की व्यवस्था भारतीय पक्ष की समझ थी। एक छोटी एवं नीची मेज गद्दे के ठीक सामने लगाई गई थी। इस मेज पर एक तरफ स्कॉच की एक बंद बोतल और एक लम्बा ग्लास रखे थे। ऐसी व्यवस्था भारतीयों की तरफ से थी। मेज पर दूसरी तरफ लेमोनेड की एक बंद बोतल एवं एक लम्बा ग्लास रखे थे। यह पाकिस्तानियों की तरफ से व्यवस्था थी। इन दोनों के बीच बर्फ के घन दो कनिस्तरो में एक चिमटे के साथ रखे थे, दोनों में कोई भी नहीं जानता था कि बर्फ के घनों की व्यवस्था का भार किस पर थी–और इसलिए ही दोनों पक्षों ने अपने-अपने लिए बर्फ के घन साथ लेते आए थे।

किले के बाहर, झुलसानेवाली धूप में दोनों तरफ की सुसज्जित सेना की गाड़ियों की ओट में खुद को बचाते वे अनुचर-वर्ग थे जिन्होंने इन दो माननीय व्यक्तियों की इस किले में विपरीत दिशाओं से आगवानी की थी।

लेकिन किले के अन्दर मात्र वे दो माननीय ही थे।

सेनाध्यक्ष ने एक हिम-घन अपने लेमोनेड में डाला, मंत्री ने दो हिम-घनों की बदौलत नीट स्कॉच लिया, क्लब सोडा की बोतल बंद ही रही। वे एक-दूसरे की तरफ मुड़े, जब वे अपने गिलासों को हवा में

लहराते हुए एक-दूसरे का स्वागत कर रहे थे, गद्दे पर पुनः विराजमान हो ऐसा प्रतीत होता था मानो वे आराम फरमा रहे थे।

पहले सेनामयक्ष ने बोलना शुरू किया। ऐसा प्रतीत होता था जैसे वे अपनी बातों को रखने की जल्दबाजी में नहीं थे, उन्होंने अपने लम्बे गिलास से एक बड़ा और लम्बा घुँट अपने हलक से उतारा और अपने पोशाक ऊपर की जेब से रूमाल निकालकर अपने ललाट पर फूट पड़े पसीने के बून्दों को पोंछा।

"मैं बहुत खुश हूँ कि आप आ सके, प्रधानमंत्री साहब," उसने कहा, उसकी आवाज में प्रमाणिक पसंद थी जो गद्दे की छोर पर बैठा। उसके प्रतिद्वन्दी जो उस से छिपी नहीं थी।

"यह हमारे लिए उतना ही उद्देश्यपूर्ण है जितना आपके लिए, सेनाध्यक्ष, यदि आपने इस सभा को नहीं बुलाई होती, मैं अवश्य ही इसे बुलाता। मैं इस अति अस्थायी व्यवस्था के लिए क्षमाप्रार्थी हूँ," प्रधानमंत्री ने अपने हाथ दीवारों के चहुँ-ओर लहराते हुए कहा, "परन्तु इसे अति शीघ्र पूरा करना था, क्योंकि हमारे पास अधिक साज-सज्जा के लिए पर्याप्त समय का अभाव था।"

उन्होंने अपने गिलासों को पुनः आप्लावित किया। सेनाध्यक्ष ने पुनः एक दूसरा लम्बा घुँट लिया, तब अपने गिलास को वापस टेबल पर ऐसे रखा जैसे उसने अंतिम घुँट ले लिया हो।

"मेरे पास एक समस्या है। मैं इसके समाधान में आपकी सहायता चाहता हूँ। यह आपके अलावा किसी और के द्वारा हल भी नहीं किया जा सकता, हालाकि यह सरल है।"

"मैं अवश्य ही हल करूँगा यदि मैं सक्षम हूँ। मैं जानता हूँ कि आपकी समस्या क्या है। मेरे सहायकों ने इस आशय की संक्षिप्त टिप्पणी दी हैं। परन्तु आपको अवश्य जानना चाहिए कि इस विषय में मेरी सरकार की स्थिति बहुत ही कमजोर है। रूसी लोग हमारे मित्र हैं, रूस हमारा मित्र-राष्ट्र है। हम उनसे काफी अस्त्र-शस्त्रों की खेपें पाते हैं। सहायता-राशि भी। यह तथ्य हमें इस विज़य में तटस्थ बने रहने को

प्रेरित करता है। हम उनके विरू– प्रत्यक्षत: कोई कार्य नहीं कर सकते। मैं विश्वास करता हूँ कि आप समझते हैं। हम ने पहले ही प्रत्यक्ष एवं अप्रत्यक्ष तौर पर उन्हें संकेत दिया है कि उन्हें इस क्षेत्र से पलायन कर जाना चाहिए–यहाँ से अलग रहना चाहिए।''

''अगर आप मुझे ऐसा कहने पर माफ करें तो मैं कह सकता हूँ कि आपके इस आचरण से कुछ अधिक लाभ नहीं हुआ है।''

''माफी है, क्योंकि आप ठीक कह रहे हैं, और संक्षिप्तत: यही वह वजह है कि मैं यहाँ हूँ। यदि वे समझ को नही सुनते तब हमें दूसरे रास्ते अख्तियार करने होंगे–परन्तु मुझे शामिल नहीं किया जा सकता, क्या आप समझते है?''

''भारतवर्ष इन सभी प्रयोजनों आदि में शामिल नहीं किया जा सकता, इसे हत्यारे पाकिस्तानियों पर छोड़ दो कि वे अफगानिस्तान में रह रहे अपनों मुस्लिम भाईयों के लिए क्या करते है। परन्तु मैं इस विषय में भारतीय सरकार द्वारा आहुत किसी भी प्रकार से शामिल होने की बात नहीं कह रहा हूँ, क्योंकि वह प्रति उत्पादक भी सि– हो सकता है संभवत: इस रूप में कि वह मेरे दिमाग में पल रहे मनसुबे पर पानी फेर दे। पर एक छोटी–सी सहायता? उस तरफ? आम व्यक्तियों के द्वारा दिया गया, वह भी बिना भारतीय सरकार की जानकारी और स्वीकृति के?''

प्रधानमंत्री गद्दे से उठ गये और दिवारों में लंबे खिंचे दरारों की तरफ चहलकमी करने लगे–ऐसा कहा जाता है कि तीस साल पहले तोप के गोलों ने ऐ बड़ी–बड़ी दरारे पैदा कर दिया थी। प्रधानमंत्री चहलकमी करते हुए इन्हीं दरारों से बाहर मरूस्थल के उड़ते बालु और वह थोड़ी झुरमुटों के दूर तक फैली राशि को देख पा रहे थे जितना कि उन संकरी दरारों से देखा जा सकता था। वे तब उस वृहत कमरे के एक छोर से दूसरी छोर तक चहलकमी करने लगे और वे शायद भुल गये कि अभी भी उनकी गलीचे पर बैठा हुआ था जो उन्हें हर दम अपने सिर को धीरे–धीरे उस दिशा में धुमाकर जैसे कि बन्दुक कि आँखे किसी चलते फिरते दुश्मन पर नज़र रखती है। उनपर रख रहा था।

सेनाध्यक्ष प्रधानमंत्री के इस आचरण के बारे में पहले ही सावधान कर दिया गया था। जब वे सोचते है तब वे चहलकमी अवश्य करते हैं, उनके सहायकों ने कहा था, जितना ही गंभीर विचार उतनी ही धीरे चहलकदमी, जब तक कि वे पूर्णतः सोच नहीं लेते–विचार के पूर्ण होते ही वे शांत खड़े हो जाते हैं। लेकिन पूर्णतः शांत नहीं, क्योंकि वे अभी भी हर समय इसके बारे में सोचते ही रहते थे, उस समय भी जब वे आपसे मुखातिब हो।

जैसा कि अभी। क्या इन सभी परिस्थितियों में कोई वास्तव में तटस्थ रह सका? क्या तटस्थता स्वयं ही सहमति नहीं व्यक्त करती? शंकाएँ ठीक उनके ललाट पर उभर आए पसीनों की बुंदों की तरह उनके मनोमस्तिष्क में उभर आए और जिसे सेनाध्यक्ष ने पोंछकर साफ कर दिया।

"आप पूर्णतः सही है सेनाध्यक्ष", प्रधानमंत्री ने आहिस्ते से कहा। "इससे हमारा गहरा वास्ता है। बहुत ही ज्यादाँ मैं सहायता करना चाहता हूँ और मैं करूँगा। हाँ, पूरी तरह अनाधिकृत। यही वह तरीका है कि मैं सोचता हूँ कि हम इसे कर सकेगें। यदि आप सहमती देते हैं।"

वे गलिचे तक आये, उस पर बैठे, उन्होंने अपनी जुतियाँ लगभग ठोकरे की अदा में उतारी थीं और अपनी पाँवों को ऊपर खिंचा था ताकि वे सेनाध्यक्ष से मुखातिव हो सकें।

"आप एक आदमी का नाम बताऐंगे मैं दूसरे का नाम बताऊँगा। आप और मै दोनों ही उनपर भरोसा कर सकते हैं–निःसंदेह और निष्ठा से हमारी जिन्दगी के साथ हमारे प्रसि– भी चले। क्योंकि यही वह संक्षिप्त बात है जिसे हम करते रहेंगे। वे मेरे पूरे विश्वास में होंगे और आपके भी। एक पूर्ण स्वतंत्रताँ वे एक दूसरे से परस्पर मिलेंगे ताकि वे उन तरीके का निर्णय ले सके जिसके सहारे हम अपनी उत्तरी सीमाओं पर आए काले शाये से निबट सकें। वे संधि की शर्त्तो को रेखांकित करेगें, इस बात कि वृहत चर्चा करते हुए कि किन साधनों के बदौलत वे अपने प्रयोजनों में सफल होंगे और आवश्यकतानुसार अपने साधनों की पूर्ति कर सकेंगे। मात्र दो प्रतिलिपियाँ। सिर्फ दो–एक मेरे आदमी के

साथ, एक आपके आदमी के साथ, हमारे साथ नहीं। हम अपने दो आदमियों के द्वारा इस संधि-पत्र के मसौदे के बारे में बताए जाते रहेगें, हाँ, परन्तु हम प्रलेख के अस्तिव के बारे में पूर्णतः अनभिज्ञय होंगे, और यदि कभी यह बात प्रकाश में आती भी है तो हम दोनों इसे उत्साहपूर्वक ऐसे किसी भी अभिज्ञान होने से इनकार करेंगे। क्यों, क्या सहमति है?''

सेनाध्यक्ष पहली दफा उस पुरी दोपहर में मुस्कुराने लायक हुआ। अब तक सूर्य की तिरछी किरणें किले की ऊची लम्बी दरारों से उस बड़े कमरे में उद्वीग्न कर देने वाली उषूमा बरस रही थी। शीघ्र ही वहाँ भारी गर्मी की अशंका थी। शायद ऐसी स्थिति उनकी समस्या का शीघ्र समाधान करने के लिए भी योग्य थी। सेनाध्यक्ष शायद इसके प्रतिरोध के लिए तैयार था, परन्तु प्रधानमंत्री निश्चित ही तैयार नहीं थे। और पुनः ऐसी गुप्त वार्ता व सभा असंभव थी–कम से कम जब तक कि उन दोनों के लिए उनके मिशन की सफलता व असफलता साफ होती। 'ओहँ' सेनाध्यक्ष ने सोचा, 'क्या सभी मध्यस्थ ऐसे ही कठिन परिस्थितियों में मिले।' नहीं।, वह वास्तविक कारण नहीं था जब समस्या का शीघ्र समाधान हुआ। यह साफ तौर पर इसलिए संभव हुआ था क्योंकि दोनों ने इसे ऐसा चाहा था। कोई बहस नहीं, कोई झगड़ा नहीं, न ही मेज के आकार-प्रकार पर कोई कोलाहाल या शर्तो की पूर्व शर्तें। जब दोनों पक्षों ने इसे वास्तव में चाहा, अब मात्र कार्य करने के तरीकों की बात शेष रह गयी थी और इसके लिए वे दो विश्वस्त व्यक्ति जरूरत को पूरी तरह जानते हुए, और उस कमरे के दो व्यक्तियों से अधिक प्रतियोगी, अत्यंत ही अलग परिस्थितियों में मिलेंगें और इस विषय पर विस्तृत विवरण तैयार करेंगे। ये सभी एक प्रलेख में संकलित किए जायेंगे। केवल दो प्रतियाँ, प्रत्येक पक्ष के लिए एक, इन दो व्यक्तियों के स्वामित्व में, जबकि ये दो व्यक्ति संबंधित सरकारों के अधिकृत प्रतिनिधियों के रूप में नहीं बल्कि समान स्वतंत्र आदमियों के तरह काम करेंगे।

यह काफी सरल लगा। इसकी सरलता में ही इसका राज छिपा है, ऐसा उस कमरे के दोनों व्यक्ति जानते है। प्रपत्रों का कठिन होना अनेक

परेशानियों के कारण बनते हैं। वृहत चर्चा की दल-दल मिशन के असफलता के लिए बड़े खतरे साबित हो सकते थे। यह अत्यंत ही बेहतर था कि उन दोनों विश्वस्त और अपरिचित लोगों पर ही वृहत चर्चा का भार छोड़ दिया जाए जो जमीनी सच्चाइयों के बारे में अधिक जानकार थे और जो इस बात से वाकिफ थे कि यह समझौता पत्र पहले ही उच्चस्थ स्तर पर निर्णित हो चुका है।

एक चर्चा के अलावा। और जिसे सेनामयक्ष ने पहले सोचा।

''इस समझौता-पत्र को हम क्या कहेंगे? जिसके बारे में हम कुछ भी नहीं जानते हैं। जिसके बारे में, यह एकदम सच है कि-हम कुछ भी नहीं जानना चाहते। एक नाम? ताकि आवश्यकता पड़ने पर हम इसका दृष्टांत दे सकें।''

प्रधानमंत्री पूरे मन से मुस्कुराये, तब उनके जबरदस्त चेहरे पर उनके दुधिया दाँतों का दिखावा एक पल के लिए कौंध गया। मोटे गालों में वे तब बचकाना लगे थे।

''आप क्या प्रस्ताव रखते हैं, सेनाध्यक्ष? हाँ, हमें इसे अवश्य ही एक नाम देना चाहिए। यह प्रलेख-जिसके बारे में हम कुछ भी नहीं जानते। सिर्फ इतना कि हमने इसे स्वीकृति दी, और इस स्वीकृति के साथ, कौन कहे, हम एक नये जमाने की शुरूआत कर रहे हों-अपने दो देशों के देशों के बीच मित्रता के एक नये युग का?

''मैं समझ सकता हूँ कि आप क्यों चुनाव जीतते हैं,'' सेनाध्यक्ष ने रूठता से कहा। परन्तु एक मुस्कुराहट उसके घने भौंहों से छिटक पड़ी।

''और मैं समझ सकता हूँ कि आप क्यों कोई चुनाव नहीं कराते,'' प्रधानमंत्री ने उसी समान मानसिक स्थिरता के साथ जवाब दिया'' परन्तु इस संयुक्त और विनिषि- जोखिम भरे काम की सफलता ही सब कुछ है, जिसे हम दोनों पक्षों की बेहतर भावना के लिए जरूरी है? हाँ ?''

''मैं ऐसी आशा करता हूँ, और यदि यह असफल होता है? क्या भारत-पाक मामले पूर्वतः ही चलेंगें?''

''मैं आशा नहीं करता। क्या इसके लिए आपके दिमाग में कोई व्यक्ति है?''

''हाँ।''

''क्या आप मुझे बताऐंगे कि वह कौन हैं?''

''नहीं।''

''मैंने नहीं सोचा।'' प्रधानमंत्री ने एक झुठी निराशा के साथ कहा।

''मेरे दिमाग में भी एक व्यक्ति है। बेशक क्या हम कहीं उनसे मिल सकेगें?

''क्यों नहीं यहीं? यह काफी सुरक्षित है और काफी नजदीक भी। और दोनों ही के लिए बराबर दूरी पर यह किला। और यही कमराँ क्या?''

प्रधानमंत्री ने हामी भरी। ''परन्तु नाम?''

इस बार यह सेनाध्यक्ष था जिसके कमरे में अपना हाथ लापरवाही से लहराया। लेकिन ऐसा नहीं था कि उसने इस कमरे की ओर अपना हाथ लहराया था बल्कि उसके हाथ का इशारा उनके चारों ओर फैली मरूस्थल की तरफ था।

''यहाँ हम,'' उसने कहा, ''थारमरूस्थल के बीचो-बीच हैं। एक अत्यन्त ही निषि– जमीन का टुकड़ा, असकारी खासकर अपरिचितों के लिए जो इसके उल्लघंन की कोशिशें करते हैं। क्या हम इस प्रलेख को जिसकी केवल दो हस्तलिखित प्रतिलिपियाँ ही होगी और जिसके बारे में हम कुछ भी नहीं जानते। 'थार प्रलेख' कहेंगे? और क्यों, हमारी कार्य योजना के सुचारू रूप से चलते है। मेरे माननीय प्रधानमंत्री जी, मैं आपके साथ यहाँ फिर से मिलने किसी इच्छा जताऊँगा? लगभग आज से एक वर्ष बाद कह लें और आपके साथ एक डिंक लूँगा, जब हम समीक्षा करेंगे और आगे बढाऐंगें, या इस कमरे में उन दो प्रतिलिपियों को आपके हवाले कर देंगे''

''थार प्रलेख'', सेनाध्यक्ष की तरफ अपना ग्लास उठाते हुए प्रधानमंत्री ने कहा।

अध्याय 1

जॉर्जटाऊन की मुख्य सड़क प्रथम अध्यय पर निरर्थक घूमते उस दम्पति पर लोगों का ध्यान नहीं था। शायद नौजवान लोगों में पन कुछ ईर्ष्या के अलावा यह कुछ और न भी जो उनके पास से यूँ गुजरते जाते थे। इस बात को देखकर कि कैसे एक लम्बी, शानदार, अति सुन्दर अंग्रेज-युवती, भूरे बाल और भूरी आँखों वाली, उस पूर्वी भारतीय युवा की बाँहों को कसकर पकड़े थी, जो नाटे कद का, सामान्य खूबसूरती और डील-डौल का था और जिसके सर पर बेतरतीब घने काले बालों के झोंटे थे और जिसकी कमज़ोर थकी श्याम आँचों बड़े चश्मे के पीछे से प्राय: झाँकती कहती थी। जुलिया के पास उनके लिए समय नहीं था। वह अपनी अद्‌भूत खूबसूरती पर प्रशंसा की नज़रें डालने वाले उत्कंठित युवाओं से परिचित थी। एक बार जब वह अट्‌ठाइस वर्ष से बहुत कम उम्र की थी, वैसी उत्कंठित निगाहें उसे परेशान की थीं–लगभग मानो वह अपनी अत्यन्त खूबसूरती के कारण खुद ही शर्मिंदा महसूस कर रही थीं। परन्तु जैसे-जैसे वह बड़ी होती गयी, एक ऐसे गांभीर्य का विकास हुआ जिसने पुरूषों की कमजोरी को स्वीकृत किया और, हॉलाकि उसने इसे कभी भी किसी भी रूप में अनुकूल होते हुए प्रोत्साहित नहीं किया था, बल्कि वह इन्हें इनसे गुजरते हुए तटस्थ दिखने की कला सिख गयी थी।

जुलिया इसी रूप में रही जब तक वह हैम्पस्टीड के एक पूर्वी भारतीय चिकित्सक जोसुआ सैमुअल्सन से प्यार नहीं करने लगी, और उससे विवाह न कर लिया। तब उसने अपनी मनोवृत्ति में इन उत्कंठित नजरों के प्रति, जिनसे वह उत्तेजनापूर्वक आकर्षित हो जाया करती थी, एक अन्य अन्तर पाया। उसने खुद का जोसुआ की बाँहों को और अधिक कसकर पकड़ते पाया, उसे अत्यधिक खुद में समेटते पाया ताकि वह इसे अपने स्तनों की कोमल भिनियों पर चुभता हुआ और इस माध्यम से स्वयं में उतरते गर्म और स्थायी तेज को महसूस कर सके।

उसमें भी, जैसा कि वह उसकी बाँहों पर थपथपाकर उसे आश्वस्त किया करता था कि वह समझता था। यह उसकी करतूत न थी कि वह नजरों को आकर्षित करती थी। एक मादक औरत का यह कर्त्तव्य था

कि वह सड़क के अपरिचितों की तरफ भी अपनी मादकता के लुआब के कुछ हिस्से लुढ़का दे–अत्यंत ही सुरक्षित एवं हानिरहित तरीकों से जब तक कि वह किसी परवेशी समाज से न आयी हो, जिस समाज की महिलाएँ, सुंदर हों या नहीं, बुरका के पीछे छिपी होती थीं।

"वस्तुत: मैं तुम्हें किसी हमें देखकर कल्पना करता हूँ, जुलिया," आहिस्ते से हँसते हुए जोसुआ ने कहा। "वह पूरी खूबसूरत काया और लुभावने चेहरे तरल नजरें और विशाल पलक-रोमलों, उन मादक ओष्ठों को केवल मेरे निजी दर्शन के लिए सुरक्षित रखो।"

"मैं लगभग विश्वास करती थी कि तुम कहोगे," उसने जवाब दिया। "परन्तु क्या वे वातानुकूलित कमरे रखते हैं? वहाँ काफी गर्मी हो जायेगी, प्रियतमँ"

ऐसे मौकों पर मानो उसका जोसुआ को उत्तेजित करना लगभग हतोत्साह का कार्य था। उसकी समझ के लिए कृतज्ञता भी। उसका पुरस्कार? जोसुआ जुलिया की मादक आकांक्षा की इस भावना का उत्तर देने में मंद नहीं था, कभी-कभी अचानक रोकते हुए, ताकि वह जोसुआ में अत्यंत ही सुखकर तरीके से समा जाए, कभी-कभी उसे खुद पर या उसे अपनी आगोश में लाते हुए, सरेआम पैदल-पथ के मध्य में।

यह एक मंद निरर्थक सैर-सपाटा ही था। वे दूकानों की खिड़कियों से अंदर झाँकते थे जो पुरानी चीजें एवं सड़कों की आबोहवा में ताजी बनी रोटियों की सुगन्ध घोलते बेकरी बेचते थे, इसी क्रम में वे एक पुस्तक-भण्डार के पास से गुजारे, जब जुलिया ने इसके अंदर जाने की प्रार्थना की परन्तु होठ बिचकाते हुए जोसुआ ने उसे दृढ़ता से इसके पार, एक हजाम एवं स्वर्णकारों की दूकानों के पार लेता चला गया, जब तक कि वह उसे तेजी से वस्त्राभूषित पुतलों वाली स्त्री-विन्यास की दूकान के कोणीय खिड़की के पास नहीं लाया, जहाँ पीछे लगे दर्पण पोशाकों को पीछे से दिखाया करते थे। वह विलम्ब करने के लाभ के लिए रूका उस उभरी हुई खिड़की को देर तक घुरते हुए, अपनी जगह से थोड़ा हिलते हुए ताकि सायंकाल में पहले जाने वाले निहायत ही एक कम गले के लबादे को बेहतर ढंग से देख सके।

"मैं नहीं जानती थी कि आप इन स्त्री-पुतलों के लिए प्रेम की भावना रखते हैं, प्रियतम," जूलिया ने सहज ही कहा, उस चित दुखाने वाली महिला की तरफ अपनी नाक सिकोड़कर देखा जिसने उसके मर्द के मयान को आकर्ज़ित किया था।

"अब मुझे है," कहते हुए उसने जुलिया की बाँह पकड़कर उसे अपने सीने से लगा लिया मानो वह प्रेमोवासना में हो ताकि वह उसके गाल पर ठीक उसके कान के समीप भूरे घूँघराले लट के पार चुंबन जड़ सके।

"चारों तरफ मत घुमो," उसने फुसफुसाया," उस कोने के आईनों में देखो और बताओ तुम क्या देखती हो, शीघ्र "

उसने कोई बहस नहीं किया, और न ही आपनि या मनन करने को रुका। एम आई-6 के साथ वर्षों तक प्रशिक्षण ने उसे सहज ही बताया जब से के एडस भी गिने जाते है, जैसे अभी

"वहाँ एक व्यक्ति है। रुका हुआ। जैसे हम हैं। बीस गज की दूरी से पुस्तक भण्डार के अंदर देखते हुए।"

"सड़क के पार देखो।"

वह अपनी जगह से थोड़ी हिली नीची गले की सांध्य-लबादे पहनी स्त्री-पुतले को नजरअंदाज किया ताकि पीछे सीधे आइने में देख सके।

"वहाँ एक महिला है। एक साड़ी पहने भारतीय महिला। खड़ी सड़क के पार उस दुकान में देखती हुई। एकदम नहीं देख सकती कि वह किस चीज की दुकान है।"

"वह महत्त्वपूर्ण नहीं है। वास्तव में वह एक जूते-चप्पलों की दूकान है। जुलिया, हमारा पीछा किया जा रहा है। उस होटल से निकलते ही मैं इस तरह की आशंका को महसूस किया, परन्तु पुस्तक-भण्डार तक मैं इस बारे में निश्चित नहीं था—और पूरी निश्चितता के साथ ही वहाँ जाना चाहता था। बहुत सारे लोगों का पढ़ना या पढ़ने का बहाना करने के कारण हम आसान निशानी बन जाते हैं। मुझे इसका खेद है, प्रिय मुझे क्षमा करो।"

जुलिया ने पुनः आईने में देखा। वह व्यक्ति अपनी जगह से नहीं हिला था, न ही वह महिला वे अपनी दुकान की खिड़कियों के अंदर

उद्देश्यपूर्ण देखते प्रतीत हो रहे थे। सड़क पार की वह महिला इनकी तरफ एक दूकाने आगे बढ़ी पुनः रूक गई।

जुलिया ने उसका बाँह पकड़ा अपने समीप खिंच लिया।

"यहाँ आगे अगली दुकान बेकरी की है। जहाँ वे चाय देते भी नजर आते हैं। क्या लगभग चार नहीं बजे हैं? चाय का समय, प्रिय, क्या तुम नहीं कहोगी?"

जोसुआ ने अपनी आँखों से दूर एक स्थिर दूरी पर अपनी घड़ी देखने का बहाना किया।

"क्यों, ऐसा ही हैं क्या ही शानदार विचार जुलिया चाय की, और ठीक यहीं प्रवेश करते ही खिड़की की पास की मेज लो। यह उपलब्ध दिखता है।"

जोसुआ ने खिड़की के पर्दो को एक हल्की दरार बनाते हुए दोनों तरफ थोड़ा समेट दिया। हॉलाकि वह व्यक्ति उस जगह से दृष्टिगोचर नहीं था, जहाँ वे बैठे थे, लेकिन सड़क पार वह महिला दृष्टिगोचर थी। ज्यादा लम्बी नहीं, एक सुनहरी किनारे वाली साड़ी उसके चारों तरफ लिपटी थी और उसके स्तनों के नीचे आकर कठोरता से बंद होने वाली तंग कुर्त्ती से शेष पूरी नंगी पीठ दिखाई पड़ती थी। वे चेहरा नहीं देख सकते थे, उसकी पीठ इनकी तरफ मुड़ी थी। सामान्य यातायात कभी उसे इनकी दृष्टियों से छिपा लेता, जब उनकी खिड़की के विपरीत एक बेकर का टंक आया और उसे पूर्ण ओझल कर दिया।

"अच्छा अब क्या?" जुलिया ने कहा। "हम यहाँ पूरी शाम नहीं बैठ सकते हम पुनः विचार करें, प्रिय, क्यों नहीं? हम यही बैठें जब तक कि इससे थक न जाएँ। प्रतीक्षा का खेलँ क्या?"

जोसुआ ने अपना सर हिलाया।

"यह उतना आसान नहीं" उसने कहा। "वहाँ दो क्यों हैं? क्या वह उसकी जासूसी कर रही है? या क्या वह उसकी जासूसी कर रहा है? और तब पुनः यह पूरी तरह गलत लगता है। एक सामान्य जासूस की तरह नहीं, क्योंकि हम तुरन्त ही एक टैक्सी में कूदकर बढ़ी आसानी से इन्हें खो सकते है। यह मानो ऐसा है कि वे जानते हैं, हम अपराह्न

का एक अच्छा सैर अवकाशपूर्वक कर रहे हैं, और होटल से दूर नहीं जायेंगें।''

जोसुआ ने दो कप गर्म चाय और एक प्लेट डेनिश पेस्ट्री का आदेश दिया। भूरे बालों वाली वेटेंस कटलरी को सीधा करने जैसे ही पास पहुँची, उसने उसके हाथ को स्पर्श किया। उसने जाँचती हुई दृष्टि से उसे देखा।

उसने वक्त गुजारते हुए पाँच डॉलर का बिल का भुगतान किया।

''मेरी पत्नी और मैं चाहते हैं कि आप हमें निकलने में सहायता करें। सड़क के इस तरफ खड़े अपने ट्रक को देखिए?''

लड़की ने हामी में सिर हिलाया।

''यह दूसरे पैदल-पथ के नजारे को रोक रखा है। यहाँ एक पूर्वी भारतीय महिला खड़ी है। दूसरी ओर की एक दुकान की खिड़की के अंदर देखती हुई। जूते-चप्पल की दुकान। यदि तुम जल्दी से बाहर जाकर पुष्टि करती हो, क्यों, यह पाँच पाउण्ड तुम्हारे हैं।''

उस कमसिन लड़की ने पुनः हामी में सिर हिलाया, उजली टोपी के अंदर भूरे केश को सीधा किया, कमर के बेल्ट को और अधिक कसा, और दरवाजे के बाहर निकल गयी। वे उसे ट्रक से ओझल होते हुए देखे कुछ पल बीते, कुछ मिनट वे लगभग अपने पाँव के बल खड़े हो चुके थे, जब उन्होंनें उसे ट्रक के बगल से दरवाजे की तरफ आते देखा।

''वह वहाँ सकुशल है, महाशय,'' उस लड़की ने पाँच पाउण्ड के नोट के पास पहुँचते हुए कहा, ''मैं सीधे उसके पास तक गई ताकि यह निश्चित कर सकूँ कि मैं उपयुक्त व्यक्ति को देख सकूँ। वहाँ साड़ी पहने खिड़की में देखती हुई केवल एक ही औरत है पूरी नीली साड़ी पर सोने की कढ़ाई वाली। वह वही है, ठीक?''

जोसुआ ने हामी भरी।

''यदि आप मुझसे पूछें, तो महाशय वह वहाँ जूने की तलाश में नहीं है। चारों ओर तीन बार गयी। इस छोटे या लगभग इतने मिनट में भी ताकि इस रूप ने देख सकूँ।''

''वह कैसी दिखती है?'' जोसुआ ने पूछा।

''अत्यधिक सुँदर, यदि आप मुझसे। पूछें परन्तु तब, शायद सभी साड़ी पहनी महिलाएँ मुझे रूपवती दिखती है युवा। मेरी उम्र की लगभग बीस की? पच्चीस की? गोल चेहरा-हिरनी जैसी बड़ी-बड़ी आँखें। उसने एक छोटा, लाल गोल बिन्दी दोनों आँखों के बीच ललाट पर लगा रखा है। ठीक वहाँ।''

लड़की ने अपनी तर्जनी से आँखों के मध्य और भौंहों के स्तर पर अपने ललाट का स्पर्श किया।

''क्या तुमने कुछ और देखा?'' जुलिया ने पूछा। ''क्या वह किसी की प्रतीक्षा कर रही है?''

''कह नहीं सकती, महाशय। लेकिन मैंने सोचा वह एक या दो बार हमारी तरफ की सड़क से पुस्तक-भण्डार पर खड़े व्यक्ति को देखा। यही सब है, श्रीमान्।''

''हाँ, धन्यवाद। क्या हम, मेरी पत्नी और मैं चाय समाप्त करने के बाद जरूरत से अधिक कुछ देर यहाँ बैठ सकते हैं?''

वेट्रेस ने ऐसे अपना हाथ हिलाया मानो इस प्रश्न से पूछने के बावजूद भी दुःखी हो गयी थी।

''अरँ जितनी देर चाहें आप बैठें। यह मेरे पिताजी की बेकरी है, उनके लिए मैं इस बेकरी के इस भाग को संचालित करती हूँ। जब आप इन चाय की प्यालियों को समाप्त कर लें, मैं अपनी तरफ से आपके लिए नये चाय की थैलियाँ और गर्म पानी के दूसरे बर्त्तन लाऊँगी।''

उसने जुलिया को आँखें मारी और ओझल हो गयी।

''मुझे आश्चर्य है वह क्यों था?'' जुलिया बोली, लगभग विचार रहित। ''मैं सोंचती हूँ, इन सब बारे में वह क्या सोंचती होगी।''

''सभी क्या?''

''एक सुंदर साड़ी, पहनी औरत जो अपने भ्रमणशील पति की जासूसी कर रही है, जो निःसंदेह एक अति सामान्य-बुद्धि अंग्रेज कन्या से अवैध संबंध रख रहा है, वह पति और उसकी प्रेमिका सरेआम अपनी प्रेमिका की बेकरी कैफे की एक गुप्त जगह पर पकड़े गये।''

जोसुआ जोर से ठहाके मार हँस पड़ा। एक उम्रदराज पूर्वी भारतीय सज्जन, जो उन्हें पीछा करते अंदर पहुँचे थे, ने जोसुआ को एक उदार मुस्कुराहट दिया। उस राजधानी नगर में विदेशी-जनों से उस तरह के व्यवहार करने की इजाजत थी। अनेक दूतावासों की उपस्थिति ने लगभग उस सड़क को व्यावहारिक गलतियों के लिए आश्वस्त किया था और अमेरिकी लोग ईश्वर, ही बचाए, आजकल विदेशियों की तरह ही बुरे होते जा रहे है।

"तुम कुछ ज्यादा ही कल्पनाशील हो रही हो, प्रियतमे। अब मैं हमेशा वह जानता था–जैसा कि तुम एक लेखक हो और वह भी एक अच्छी–परन्तु, प्रियतमे, क्या तुम नहीं सोचती कि उसका इस रूप में सोचना कुछ हद तक विश्वास योग्य नहीं है?"

"ओहँ मैं नही जानती। क्या मैं जाऊँ और उससे पूछूँ?"

"मैं तुमपर विश्वास करता हूँ मैं तुमपर विश्वास करता हूँ।" जोसुआ ने जल्द ही कहा, जैसे ही जुलिया ने कुर्सी से उठने की तैयारी की। "कृपया, क्या तुम जरूरी कामों पर ध्यान रखोगी? हमारी जासूसी की जा रही है। अब उसे हम जानते हैं। एक आदमी और एक औरत के जरिए जो एक-दूसरे को जानते हैं। और साथ काम कर रहे है प्रश्न? वे किसकी जासूसी कर रहे हैं?"

"हमारी।"

"शायद, और तब शायद नहीं।"

जुलिया ने निराशा के कारण अपने हाथ फेंके–यह भंगिमा कैफे के ग्राहकों के लिए रसीद तैयार करती उस युवती से छुपा नहीं था।

"क्या सभी भारतीय इतने गुढ़ पहेली होते है?" उसने पूछा। "हे भगवान, मैं किससे ब्याही हूँ? क्या मैं बाकी की जिन्दगी तुम्हारे वक्तव्यों की पहेलियों को सुलझाते समझते रहने को शापित हूँ?"

"मुझे खेद है, प्रियतमे।"

वह अपनी विचारहीनता के लिए एक लम्बी एवं विलंबित क्षमा-प्रार्थना में मग्न होने को ही था, जब उसने जुलिया की आँखों से छिपती-झलकती कुटील मुस्कुराहट को देखा, और इसलिए उसने हाथों पर दण्ड के बदलें एक हल्की चपत लगाई।

''उन्हें हम दोनों के पीछा करने की जरूरत नहीं है,'' जोसुआ बोला। ''शायद एक की? तुम्हारी या मेरी? लेकिन वे साथ-साथ काम करते हैं–यह तो निश्चित है।''

''हम क्यों नहीं उसे खोज निकालते हैं?''

''ओहँ और हम उसे कैसे कर सकते हैं, होम्स?''

''बहुत सरल, वॉटसन। हममें से एक इस छोटी जगह को छोड़ता है, और दूसरा रूका रहता है और हम सहमत हों कि हम पुनः हमारे होटले के कमरे में, कहें, बीस मिनटों में मिलते है।''

''जुलिया, मेरी प्रियतमे, मैं तुम्हारे बगैर क्या करूँगा? परन्तु हाँ मैं क्यों इन बातों के बारे में नहीं सोचता हूँ?'

जुलिया शर्मा गयी। उतुंग प्रशंसा हमेशा ही उसे जरा असहज किया करती थी; तटस्थता उसे तोड़ डालती थी और इन दोनों के बीच वह पतली रेखा थी, जो उसे उष्ण उज्ज्वला देती थी। उसने अभी उस रेखा को खोज नहीं पाया था। उसे कुछ समय दो। हॉलाकि अभी उन्हें शादी किए मात्र दो ही सप्ताह हुए थे। आशापूर्वक आगे विवाह में छोटी-छोटी विभिन्नताओं के लिए तो पूरी जिन्दगी पड़ी थी।

''यह कौन हो सकता है?'' जुलिया ने पूछा।

''मुझेँ निश्चित ही केवल मुझे। उस संबंध में कोंई विवाद नहीं, मेरी प्रियतमे, कृपया?''

''और आपको क्यों?''

''क्योंकि मैं एक भारतीय हूँ, और एक मर्द राष्ट्रभक्त, और तुम्हारा पति, और मैं तुम्हें प्रेम करता हूँ, और तुम बाहर उस सड़क पर बिना हमारे अकेली नहीं जाओगी, बिना जाने कि वे कौन है, और मैं इसे मना करता हूँ कृपया?''

जुलिया इस बिन्दु पर बहस की होती, लेकिन वह मृदु बनी रही। इसके अलावा, वह उस पर्दे के पीछे से उस पर पर्याप्त रुप से उसका धीरे चलकर सड़क पर जाना देख सकती थी। इसलिए उसने सहमति में सिर हिलाया।

यह ठीक उसी रूप में नही हो पाया और कुछ मिनटों के बाद उसने उस विचार पर प्रमुखता से ध्यान देने के लिए अत्यधिक अफसोस

किया। कम से कम वे कैफे में एक साथ थे, साथ रहकर एक-दूसरे को सुरक्षा देते हुए। और यह वही थी जिसने अलग होने की सलाह दी थी। यदि वे उसके पीछे थे, यह कोई अनहोनी थी?

उसने जोसुआ को कैफे के बाहर कदम रखते पाया, जब दरवाजे के। पर टंगी घंटी उसके पीछे दरवाजे के बंद होते बजती गयी। वह पैदल-पथ पर कदम रखा, तब सामयिक तौर पर बेकरी की खिड़की को पीछा छोड़ते आगे बढ़ा जहाँ उनकी आँखें एक संक्षिप्त समझपूर्ण पल के लिए मिली। जैसा कि वह आशा करती थी, वह खिड़की के परे नहीं गया, सड़क को पार करने के लिए उपयुक्त स्थान को चुनते हुए, स्थिरता से बेकरी की खिड़की की सीध में स्वयं को रखते हुए, और हमेशा उसकी निगाह में-जैसा कि कोई नवविवाहित पति कर कसता था?

बेकर का (हलवाई कि) ट्रक साथ-साथ चला था। वह साफ-साफ सड़क की दूसरी तरफ पैदल-पथ तक देख सकती थी।

वह नीली और सुनहरी साड़ी पहनी भारतीय महिला तेजी से चारों तरफ धुम गई, पहली दफा जुलिया और जोसुआ को दिखते हुए। जोसुआ सड़क के बीचो-बीच रूका जैसे ही उसने उसे देखा, तब इसकी दूसरी तरफ तेजी से दौड़कर पार किया।

उसने अपनी आँख के किनारे से उस आदमी को देखा जो पुस्तक-भण्डार के बाहर आवारा धुमता आ रहा था। और जो समीप आ चुका था, क्योंकि उसने भी सड़क को दौड़कर पार किया था ताकि वह जोसुआ और उस महिला को मोड़ पर मिल सके, जो सड़क के दूर किनारे पर था।

उसने स्वागत कहा-स्वयं को अधिक आरोपित किया-अनेक बार उस शाम को, क्योंकि जब वह निकम्मी पर्दे खिंचे खिड़की के पास उन तीनों को बात करते देखती हुई समय बिता चुकी थी-उन्हीं पलों में जो अभी बीते ही थे वह अभी भी सड़क को पार कर गई होती। उसने जोसुआ को आपत्ति जताते हुए पाया। उसके हाथ बेकरी और सड़क की दूसरी ओर की खिड़की की तरफ इशारा कर रहे थे। उसकी ओर। और

अभी भी वह वहीं बैठी थी, पूरी तरह नहीं समझते हुए, जब तक कि एक और कार नहीं आई और, जैसा कि देखने में ऐसा प्रतीत हुआ कि बिना किसी विरोध के जोसुआ अन्य दो के साथ उसमें प्रतिष्ट हुआ–वे तीनों पीछे की सीट पर, जब महिला मध्य में थी। शायद उसकी पसलियों के पास बंदूक थी? उसी समय वह अपने बेन्च की सीठ से उठ खड़ी हुई, अभी दरवाजे के पास पहुंचा ही था और उसे खोला ही था जब काला फोर्ड फोर्ट चौराहे की तरफ जाते हुए आगे चमका। बनी हरी हुई, फोर्ट कोने को पार की और नजरों से ओझल हो गई। वह फिर से बेकरी कैफै को लौट गई, अपने पुराने टेबल पर जो उस खिड़की के नज़दीक था ताकि वह हल के बारे में सोच सके। वे अपने होटल के कमरे में बीस मिनट के अन्दर मिलने के लिए वचनबद्ध थे। ऐसे भी वह होटल नज़दीक ही था, मुश्किल से तीन मिनटों की दूरी पर। उसे कुछ मिनट बिताने थे। यहाँ वह ज्यादा साफ तौर पर सोच सकती थी, इसके बजाय कि उस होटल के बंद कमरे में चिन्तित, से उसकी ताला में चाभी डालने की आवाज को सुनने की चेष्टा करती हुई–और उसे नहीं सुनती हुई।

वह भूरी वेट्रेस जिसने उन दोनों को नाश्ते आदि परोसे थे, उसे दरवाजे से झटके निकलते और निराश अपने सीट पर वापस लौटता देख, चाय की वस्तुओं को समेटने वहाँ आई, मानो सहानुभूति से कुछ पलों के लिए रूकी। उस चिन्ता के बावजूद जिसने उसके ललाट पर सलवटें डकेर दी थी, युवा चेहरे का दुखद भाव ने जुलिया को सुख के स्याह मुस्कुराहट दिए। अगले दस मिनटों में करने लायक उसके पास करने नही था।

"क्या मैं इस बारे में बात कर सकती हूँ?" जुलिया ने उस पर देखते हुए पूछा।

वह लड़की उसके विपरीत सामने की जगह पर बैठ गई, जहाँ जोसुआ कुछ मिनटों पहले से बैठता आ रहा था।

"क्यों नहीं? यह हमेशा सहायक होता हैं।"

''यह वैसा नहीं है जैसा वह लगता है,'' जुलिया ने कहा। ''तुम जो सोच रहे हो, मैं समझती हूँ।''

''ओह, और मैं क्या सोच रहा हूँ।,''

''कि वह उसकी पत्नी है और मैं उसकी–क्या हम गर्लफ्रेंड कहेंगे? परन्तु यह वैसा एकदम नहीं है। मैं उसकी पत्नी हूँ। पिछले दो सप्ताह में हमने दूबारा शादी की है।

''दुबारा?''

''हाँ, दूबारा। एक बार बड़े समारोह में बॉम्बे के एक यहूदियों के गिरिजाघर में–भारतीय आधे-अधूरे काम कभी नहीं करतँ–और तब दूबारा ईंग्लैंड के ब्रोमफिल्ड स्थित पारिवारिक भूमि पर बने निजी छोटे गिरिजाघर के एक असार्वजनिक समारोह में, जब कुछ खास मित्र पहली पंक्ति में और सभी वफादार नौकर पीछे की पंक्ति में मौजुद थे।''

''और वह?''

''मैं नहीं जानता कि वह कौन हैँ मैंने कभी देखा नहीं है...''

जुलिया वाक्य के मध्य ही रुक गई। अद्भूत, याददाश्त कितनी क्षणभंगुर हो सकती है। यह हमेशा आपको धोखा देती है जब आप इसकी जरूरत महसूस करते है। नाम, जगह, लोग, वे सभी अपने अतल भण्डार में डूबे-से लगे जिसे उन्मत कोशिशें भी सतह पर नहीं ला पाती–जब आप इसकी अत्यधिक जरूरत समझते हों, और तब जब आप इसक नकारने को हों–एक व्यक्ति को जानते हों या कम से कम उसे पहले देखा गया हो, याददाश्त आपका मजाक बनाती है कौंधकर, नाचकर भी, आपके आगे वह कुरूप दृश्य–मानों यह कभी गुम हुआ ही नहीं था।

हॉलाकि जुलिया जानती थी कि वह कौन थी। कम से कम, जुलिया ने उसे पहले देखा था। एक बार संभव यह उस समय संभव हो सका था जब एक वर्ष से भी पहले जुलिया बॉम्बे गई थी।

वे औपचारिक तौर पर लंदन टाईम्स के सामाजिक स्तंभों में अपनी सगाई की घो[illegible] चुके थे। जुलिया रेबर्न स्पेंसर, ब्रोमफिल्ड के ग्याहरवें अर्ल की पोती, क[illegible] भारतवर्ष बॉम्बे के कर्नल (डॉ.) जोसुआ

सैमुअल्सन के साथ जो अब लंदन का जी.पी. था। इस घोषणा ने एक सनसनी का निर्माण किया था–और जब यह पूरी तरह अमान्य नहीं था। महारानी ने उसके दादा को बुलाया था ताकि वे उस खुश दम्पत्ति तक उनकी शुभकामनाएँ तथा महल में चाय के निमंत्रण पहुँचा सकें। जुलिया, जो रानी के साथ अनेकों बार चाय पर रही, ने सहज ही स्वीकार किया, परन्तु जोसुआ इसका विरोध किया और धृष्टता से निमंत्रण को अस्वीकार ही कर देता यदि जुलिया उसे बॉम्बे में ठीक इसी तरह के गंभीर परिणामों की धमकी नही देती। इससे वह सावधान हो गया। जैसा कि पता चला, साम्राज्ञी और जोसुआ ने परस्पर आश्चर्य के साथ पाया कि दोनों ही जेन आस्टिन के 'साहित्य साम्राज्य' में समान रूचि रखते थे जैसा कि सामाज्ञी ने कहा भी था। उन्होंने और आगे पाया कि प्रत्येक को उनके चरित्रों के बारे में गहराई से जानकारी थी, और डार्सी और एलिजाबेथ की विस्तारपूर्वक समालोचना के साथ उनकी बातचीत का समापन हुआ था। साम्राज्ञी ने प्रमुखता से जोसुआ और उसकी सामान्य-जन का गौरव को डार्सी के सामानान्तर सिद्ध किया था, और जब जोसुआ ने साम्राज्ञी की प्रसन्नता के लिए सलाह दिया कि साम्राज्ञी उसकी नामराशि के समान थी। खासकर उन पहलुओं में जिसने उन्हें इतनी प्यारी पात्रा बनाया थाँ ड्यूक और ग्याहरवें अर्ल क्रिकेट स्कोर की चर्चा करते आ रहे थे और आगामी टेस्ट श्रृंखलाओं में ईंग्लैंड के भारत के साथ मौकों की, जब जुलिया मुसकुरायी, जैसे कि कोई साम्राज्ञी मुस्कुरायी होंती, उन चारों पर, एक ही समय एक या दो उबासियों को दबाते हुए। लम्बे अन्तराल के बाद चाय समाप्त करने पर, साम्राज्ञी ने जुलिया की ओर झुका और जन्द ही पुनः आगमन के लिए निवेदन किया; उनके पास जेन ऑस्टिन द्वारा रचित प्रथम संस्करण साहित्य का अनमोल संग्रह था जिसे वह जोसुआ को हार्दिक दिखाना चाहती थी। क्या वे कृपया, शीघ्र ही पुनः आ सकेंगे? इसके पहले कि जुलिया जवाब देती, जोसुआ ने शीघ्रता मुस्तैदी से स्वीकार कर लिया, और जुलिया ने साम्राज्ञी के प्रति शिष्टाचार में सहमति में मुस्कुरा दिया।

वे तब भारत जोसुआ के परिवार-जनों से मिलने चले गये थे। उसकी माँ ने सहज ही जुलिया को अपनी बाँहों में भर लिया था मानो वह एक ग्यारह वर्षीया लाडली थी। जोसुआ की बहन सुसान, सकुचाती हुई फुसफुसाई: "तुम कैसे हमेशा ही इसका प्रबन्ध करती थी?" उस परिवार में एक और सदस्य था–'इंग्लैड में' जो–और जुलिया पहले ही उससे मिल चुकी थी, उसे अच्छी तरह जानती थी, और उसकी कायल थी।

एक स्वागत-समारोह होना था। वृद्ध माता इस वास्ते जोर डालती थी। इससे कोई अन्य बेहतर तरीका नहीं था कि जोसुआ के सभी संबंधी और मित्रों-आत्मीय या दुरस्थ जो भारत में थे वे उस अंग्रेज लड़की से मिलते जिससे वह शादी करने की योजना बना रहा था? केवल बंबे से ही नही–वे उन सभी जगहों से आने वाले थे, जहाँ वे थे-कुछ तो नई दिल्ली जैसे दुरस्थ जगहों से आने वाले थे, जहाँ जोसुआ ने लंदन प्रवास करने से पहले काम किया था। यह एक सामान्य शांत मामला नहीं था–कभी नहीं। सुसान ने जुलिया से विश्वास पूर्वक कहा: भारतीय लोग किसी भी चीज़ को आधे-अधूरे रूप में नहीं करतँ इस तरह का अवसर सभी को साथ लाता था और ऐसा अवसर चुकने लायक नहीं था। यह संबंधियों और मित्रों के बीच के पुराने घावों को दफन कर देने में सहायक था, उन घावों को जो दफन होने के लायक ही होते, और इस तरह के किसी अवसर की प्रतीक्षा करते।'

यह स्थानीय विद्यालय के उस बड़े समा-कक्ष में आयोजित किया गया था, जिसे किराये पर इस अवसर के लिए दिया गया था और हिलियम गैस से भरे गुब्बारों और रंगीन रिबनों से सजाया गया था, ऐसी सजावट किसी बच्चे के जन्मदिन पर होने वाली सजावट जैसी थी, न की वयस्क लोगों के स्वागत समारोह जैसी। हॉलाकि बव्वे निमंत्रित थे, और चिन्ता व उद्देश्य रहित अपने ताजे खरीदे गए समारोह के पोशाक पर मिठाईयों के टुकड़े गिराते हुए और आम के आईस्क्रीम को चुआते हुए चारों तरफ दौड़ रहे थे।

जोसुआ और जुलिया उस बड़े कक्ष के एक छोर पर अतिथियों के स्वागत में खड़े थे, जो उम्रदराज हितैसी होने पर आशीर्वाद देने के लिए और यदि समान पीढ़ी के मित्र होने पर अपनी शुभकामनाएँ देने के लिए या अगर बहुत कम उम्र होते तो उस सुन्दर अंग्रेज महिला की तरफ अपने हाथ बढ़ाते हुए–हॉलाकि पूरी तरह से अनभिज्ञ कि वह समारोह किस वास्ते था या वह समारोह क्या था, कतारबद्ध थे। उसका गर्दन अनेक फूलों की मालाओं से भरा था। गुलाब और गेंदे और स्थानीय मधुर सुवास वाले फूलों, विदेशी नामों वाले फूलों जैसे मोगरा और जूही से गुँथे हुए। वह खुश थी, वह एक लंबा औपचारिक पोशाक पहने हुए थी जिसका नाव नुमा कॉलर उसकी गर्दन पर मुड़ी थी, या वह अपने सीने के विभाजन में फूलों की पंखुड़ियों इकट्ठा कर रही थी। उसने साड़ी पहनने से इनकार किया था जिसे सुसान ने उसे इस अवसर पर पहनने के लिए राज़ी किया था।

''माँ ने मुझे साड़ी पहनना सिखाया है, सुसान, और मैं पहनूँगी, गर्व के साथ, लेकिन ठीक पहली बार लोगों के सामने और इस तरह के समारोह में नहीं। मै इससे ठोकर लगकर गिर न जाऊँ और यदि यह कहीं खुल कर अलग हो जाए, जोसुआ के मित्रगण मेरे बारे में क्या सोचेंगे?

किसी ने कभी फूलों से तौले जाने के बारे में सुना हैं? लेकिन पहले छः फूलों कि मालाओं के बाद, उसने निश्चित ही इस रूप में महसूस किया। जोसुआ, उसकी दशा देखकर, एक रखी एक कुर्सी पर अपनी मालाओं को उतारकर रख दिया और उसे भी ऐसा ही करने की सलाह दी।

उसने जोसुआ को कृतज्ञता की दृष्टि से देखा, जिसे उसने गलत पढ़ा।

क्या वह थक गयी थी? शायद अत्यधिक औपचारिक भाव प्रवाह के कारण शायद? क्या यह उसके लिए अप्रिय साबित हुआ जिस तरह से उसके सभी संबंधी व मित्रगण उसे उसकी पसंद की पत्नी का निरीक्षण कर रहे थे? वह शीघ्र ही इन सभी बातों को रोक सका। उस शाम को एक विराम तक लाते हुए। आखिर वह एक घण्टा से अधिक समय से

अपने पाँव पर खड़ी रही थी! माँ को समझना चाहिए-और केवल वही थी जिसका महत्त्व था।

जुलिया ने उसे मना किया।

''प्रियतम,'' उसने अपने बगल की एक कुर्सी पर दूसरा माला रखते हुए कहा, ''कहाँ और कब इस तरह का भारतीय स्वागत-समारोह क्या मैं कभी मूल रूप में देख-सुन पाऊँगी?'' भोजन-साम्राज्ञी, विदेशी उत्साहवर्धक; दूसरी संदीग्ध, मानों दुखपूर्वक विनाशकारी विवाह की भविष्यवाणी करते हुए। क्या डॉक्टर के लिए उनकी बेटियाँ ज्यादा योग्य वधुएँ नहीं होती?

पुरूष अधिकतर सूट पहने थे। कुछ लोग भारतीय नेहरूनुमा जैकेट और तंग पैजामें में थे, उजली टोपी के साथ जिसे कांग्रेस पार्टी ने मशहूर बनाया है। एक उम्रदराज हिन्दू कुलीन धोती पहने थे–एक उजली पोशाक जिसने उनके पाँवों में फैला रखा था और जो कमर गाँठों में बंधा था–जिसके ऊपर एक साधारण उजली सूती कमीज थी।

बच्चे उत्कृष्ट नये कपड़े पहने थे। वयस्क-सी दिखने वाली कुछ बालाओं ने तंग चोली के साथ लम्बे घाघरें पहने थी और दोनों ही पोशाकों का विभाजन नंगी पीठ और पीठ का लम्बा मध्य-वर्तुल करते थे।

अधिकतर औरतें साड़ी पहने थीं। इन साड़ी पहनी बहुत-सी महिलाओं के बीच वह अंतर करने में सर्वथा असमर्थ होती। वे सभी एक-सी दिखी। और बहुत सुन्दर-उसके प्रथम और द्वितीय चचेरे भाई, दूरस्थ संबंधिगण उसके कॉलेज या बाद के वर्षों के मित्रवता। उसके लिए सभी अजनबी थे। हॉलाकि वे सभी जोसुआ के लिए काफी परिचित थे। जैसा कि वे बातचीत किए और उसे मित्रगण शुभकामनाएँ देने के बाद उससे मजाक किए। वह उन्हें दोष न दे सकी। वे उससे किस बारे में बात करते? मौसम? वे अपनी यादों को उससे बाँट रहे थे जो बीते हुए वर्षों में गृह-प्रेम से भरे थे। वे छोटी-छोटी घटनाएँ जिसने मनोरंजन, खुशी या आनंद, आँसू भी उत्पन्न किए थे। वे आँसू अब पीड़ादायक नहीं थे, मधुर यादें उसके साथ पुनः ताजी की जा सकती थीं।

हॉलाकि ऐसा कुछ नहीं था जिसे वह कर भी सकें सवाय बिना चोट पहुँचाए वार्तालाप को उनसे दूर और उसकी तरफ लगातार ले जाने को उनकी अवहेलना करो! उसे चिन्तीत होने की आवश्यकता नहीं थी। किसी स्थानीय बाजार में लाल रिबन काटने से अधिक कुछ अन्तर न था। ग्याहवें ब्रोमफिल्ड के अर्ल की पौत्री के रूप में, उसे इस तरह के अनेका स्वागत-समारोहों जिसे उसके दादा ने आगन्तुक मेहमानों के स्वागत हेंतु आयोजित किया था, के संचालन के लिए बुलाया गया था। क्योंकि उसके दादा और कुछ ही मित्र, जैसे सेसिली और उनका सामंत भाई एडवर्ड एण्ड्र थे, जिन्हें वह जान पायी थी वे स्वागत-समारोह प्रायः अकेलेपन की संभावनाओं से भरे होते।

अतिथियों ने जाना शुरू किया था। बैंड-बाजा वाले जिसे परिवार ने नृत्य के लिए आरक्षित किया था, अपने वाद्ययंत्रों को समेट रहे थे। फर्श रिबन के टुकड़ों से यहाँ-वहाँ भर गया था जो छत की दिवारों से छुटकर गिर आए थे। कुछ गुब्बारों से हिलियम समाप्त हो चुका था और वे फर्श पर टूट आए गिरे थे।

जोसुआ गायब था।

शायद वह आराम करने के कमरे में चला गया था। वह कुर्सी पर कुछ समय के लिए बैठी और अपनी जूतियों से अपने पाँव निकाले जबकि उसने अपने रंगे नखों वाले अंगूठों जिसे सुसान ने उसके प्रति अपनी सेवा के रूप में रंगने पर आमादा थी, को फैलाया संगीत के बाद शांति बहुत बड़ा आराम का द्योतक था। जोसुआ की माँ भी अनुपस्थित थी, और सुसान भी अंत तक रूके अतिथिगण बड़े कक्ष से बाहर निकल आए, वह अब उसमें अकेली थी। बड़े कक्ष के बाहर गालियारे में वृद्ध माँ और अंतिम अतिथियों के बीच की विदाईयाँ शिथिलता से पूर्ण हुई। दम्पति ने अतिथियों का उनके आते ही स्वागत किया था, विदाईयों की औपचारिकताएँ तो माँ के लिए ही थीं। इसी समय उसने जोसुआ की क्रोध में ऊँची उठी आवाज सुना। केवल एक बार ही। तब यह समाप्त हो गयी, मानो आवाज खुद से परिचित थी, और तुरंत ही शांत हो गयी। बड़े कक्ष के दूसरी ओर के कमरे से वह आवाज आती मालूम पड़ी थी, जो कॉरिडोर की तरफ ले जाता था और जो कक्षाओं में खुलता था।

जुलिया धीरे-धीरे उस दरवाजे की ओर चली बिना किसी तैयारी की। बिना चिन्ता के भी। जब से उसने जोसुआ को जाना है, उसने उसकी वेध की आवाज कभी नहीं सुना था। न अपने लिए या किसी अन्य के लिए वह जोसुआ के बारे में कितना जानती थी? उसके पूर्व जीवन के बारे में? उसकी आन्तरिक जिन्दगी के बारे में—और उसके अंदर के कलाकार के बारे में? वह दरवाजे पर रूक गई, इस बात से अनिश्चित कि क्या उसे दरवाजे को खोलना और उसमें बहादूरी से प्रवेश कर जाना चाहिए, या पीछे मुड़ना और दूर हट जाना चाहिए। उसने दोनों ही नहीं किया।

इसके बदले उसने अपनी अंगुलियों को दरवाजे पर रखा और उसे धकेला ताकि एक अत्यंत पतली दरार बन सके। इतना काफी था कि वह उन्हें कमरे के अंतिम छोर पर देख सकी; उनसे ओझल क्योंकि वे उससे काफी दूरी पर थे। जब उसने इस बारे में बाद में सोचा, उसने किसी झाँकते बिलाव की तरह खुद से दुःखपूर्वक कहा। उत्सुकता, और एम.आई.-6 के प्रशिक्षण ने उसे उस रूप में नहीं देखने दिया।

यह चोखा लाल साड़ी पहनी एक महिला थी, जो डोरियों वाली कुर्ती जिसकी डोरियाँ ठीक उसके स्तनों के नीचें कसती थी, पहनी थी। इस झड़प में उसकी साड़ी उसके कंधों से फिसल गई थी, और उसकी कुर्त्ती की तंग परास्ती उसके स्तनों के उभार को महत्त्वपूर्ण बना रहे थे। उस लाल साड़ी का वह किनारा जो इन उभारों पर पर्दा डाल सकता था, पत्थर के फर्श पर खींचा पड़ा था। उसने आज तक ऐसा अत्यंत सुन्दर चेहरा नहीं देखा था, वैसी हिरणी-सी बड़ी भयभीत विनीत आँखें, खुले बड़े-बड़े अधर और जब उसने चीख को दबाया, उसके दाँत पूर्ण ठीक दिखे। गालों की ऊँची हड्डियों और तीखी ठुडी उसे किसी स्वप्न-सुंदरी की खुबसूरती प्रदान करते थे। फिर भी, किसी प्रकार उसमें कोमलता का अभाव था। सर्द, कठोर और भयभीत—जुलिया का उसके बारे में प्रथम धारणा ऐसी ही थी, और जुलिया शायद ही कभी इन आशाओं में गलत होती। जोसुआ रूक्षता से उसे उसकी बाँह को पकड़ा था और कॉरिडोर में दूरस्थ दरवाजे की ओर धकेल रहा था।

वह जाने को बहुत इच्छुक नहीं दिख रही थी।

''अभी नहीं'' उसने जोसुआ को क्रूरता से फूसफुसाते हुए सुना।

''मैं अभी इसपर विचार नहीं कर सकता। सबकुछ समाप्त हो चुका। विनष्ट। विवाह के लिए मेरी सगाई हो चुकी है। अब क्या तुम जाओगी?''

''नहीं,'' उसने फुफकारा ''और मेरी बाँह छोड़ दो इसके पहले कि मैं इस जगह को चीख से भर दूँ।''

उसने जोसुआ को मुड़ते और पीछे के दरवाजे पर चिन्तित दृष्टिपात करते हुए देखा जिसपर वह खड़ी थी, स्वाभाविक रूप से उसकी आँखें उसे उस दरवाजे से वापस मुड़ दूर जाने को व्यग्र करने-सी थीं।

''ठीक है, मैं तुमसे बाद में मिलूँगा, परन्तु अभी नहीं यदि तुम शीघ्र चली जाओगी।''

वह पकड़ जिसे जोसुआ ने उसकी बाँह पर बनायी थी, कस गई। उसने अपनी बाँह को अपनी तरफ कस ली और इस तरह जोसुआ की अंगुलियाँ उसके वक्षों के गुदाज बगलों में डुब गयी। उसने अपनी दूसरी बाँह को उस पर प्रहार करने के लिए उठाया; उसने स्वयं की तनिक भी रक्षा नहीं की जब उसने उसपर चोटों की बरसात कर दी। अप्रभावी और कमजोर। उसने उसे बड़ी ही रुक्षता से दरवाजे की तरफ धकेला और बाहर कर दिया। जुलिया दोनों के क़दमों की आवाज दूर तक सुनती रही।

जोशुआ दो मिनट बाद वापस आया, उसके बाल बिखरे थे। परन्तु वह स्थिर दिखा मानो कुछ भी असामान्य नहीं घटित हुआ था।

मैं एक पूर्ण रूपेन मंगेतर नहीं हूँ, क्योंकि वैसी चुपचाप दुःख झेल चुकी होती, जुलिया ने सोचा जब तक वह यह कह पाता कि वह कौन थी और वह पूरा वाकया किस बारे में था। कोई भी अपने अतीत से नाता नहीं तोड़ सकता। इस तथ्य को वह समझती थी। घटनाएँ और लोग–पुरूष भी–उसकी अपनी जिन्दगी में थे जिनसे नाता नहीं तोड़ा जा सकता था। वह नैसर्गिक ही था। यहाँ तक कि गलतियों को भी क्षमा की जाती है। जब तक वे वर्तमान में नहीं उबर आयें, चुप्पी उनकी

जिन्दगियों में आये घटनाओं और व्यक्तियों के बारे में सर्वश्रेष्ठ कार्य-योजना थी। जैसे अभी कोई था। और तब वफा कम से कम संदेहों को शांत कर सकी, यदि पीड़ा को आराम नहीं दिया।

उसने उसे टैक्सी से घर लाया, रास्ते में थोड़ी देर के लिए वह रूका और घर के पास के एक दवाखाने की दूकान में तेजी से घुसकर भूरे लिफाफे में शायद एक बोतल-सी वस्तु लेकर बाहर निकल आया था। वह पंजीकृत वैद्य था–भारत और ईंग्लैंड दोनों ही जगह–और किसी भी दरवाजे पर पूर्ण सेवा प्राप्त करना उसके पेशा का एक विशेष पेशागत लाभ था।

उसने उस वस्तु को जुलिया के पास तक ला पकड़ा।

"तुम अवश्य ही थक गयी होगी," उसने कहना शुरू किया। "यह तुम्हें एक अच्छी नींद में सहायक होगी।"

इस परिवार के साथ वसर के दिनों के लिए जुलिया को एक पूरा कमरा ही दे दिया गया था। वृद्ध माँ ने इसे पूरा किया था, इसके लिए उन्होंने सरल तीव्रता दिखाते हुए सभी को, जोसुआ सहित, इसके बाहर कर दिया था।

एक छोटे कमरे में जो अन्य सभी के लिए तंग जगह थी, परन्तु वे इसके लिए आदि थे और जीवन-निर्वाह के काबिल। जुलिया एक सम्मानित अतिथि थी–और अंग्रेज अर्ल की पौत्री थी; कुछ भी उसके लिए बहुत अच्छा नहीं थाँ वृद्ध माँ ने उचित व्यवस्था के अभाव का उससे क्षमा माँगा और आशा किया कि वह आराम महसूस करेगी।

जुलिया ने उनके भय के शमन के लिए वह सबकुछ किया था जो वह कर सकती थी।

जोसुआ शुभ रात्रि कहने आया, क्योंकि वह पूरे बिस्तर पर लेटी थी। वह एक किनारे पर बैठ गया। जुलिया उठकर बैठ गयी। ड्रेसिंग टेबुल तक गयी और आईने में उसके प्रतिबिम्ब को देखकर, अपने कंधे तक लम्बे बालों की कंधी की, एक खूबसूरत दिखने वाले पोनी टेल के रूप में बाँधते हूए जो उसके सिर के पीछे लटक गया।

"प्रियतम," उसने कहा, "आपका परिवार अच्छा है और कुछ अच्छे मित्र। और मुझे वास्तव में खेद है यदि मैं उनके नामों को याद नहीं कर सकती हूँ। आप मुझे क्षमा करेंगें?"

"हाँ।"

"उन सभी खुबसूरत औरतों को ही लो। उनकी भव्य साड़ियों में। मैंने कभी एक कमरे में इतनी सुन्दर औरतें नही देखा था। उनमें से कुछ तो मोहिनी थीं!

"सचमुच?"

"अब, उस हरी साड़ी में कौन थी और मेल खाते हरी कुर्ती में? क्या आप उसे जानते हैं जिसकी माला टुट गयी थी, जब उस सुगंधित उजले पुष्प मेरे पाँवों के गिर्द बिखर गये थे?"

"वह निर्मला थी, सुसान के कॉलेज मित्रों में से एक। वे साथ-साथ त्रिकोणमिति पढ़ा करती थीं और चूँकि दोनों से कोई भी इस विषय में अच्छी नहीं थी, मैं उन दोनों के लिए अंत में ट्यूटर बन गया।"

"अह! ओर वह सुन्दर औरत जो हल्की पीली साड़ी और लाल कुर्ती में थी?"

"प्रियतमे, मेरी आँखें तो केवल तुम पर थीं क्या तुम सोचती हो कि मैं याद कर सकता हूँ कि प्रत्येक ने क्या पहना था? उसको पहचानने के लिए?"

"क्या आप उसे जानते हैं जिसने मेरे अंगूठों पर अपने कदम रखे थे जब वह मुझसे गले मिली?"

"अह! वह तो मेरी चचेरी बहन मिरियम थी। पिछले वर्ष उसकी शादी दिल्ली के एक अच्छे लड़के से हुई थी। उसका पति भी वहाँ था। क्या तुम्हें याद है? वह वही था जो तुम्हारे दोनों गालों पर चुम्बन जड़ने की जीद कर रहा था।"

"ओह, हाँ।"

"प्रियतमे, हम उनके विषय में बात नहीं करें," जोसुआ ने अभ्युक्ति की। "आज की रात नहीं, प्रिय। यदि मैं इस बारे में भावपूर्ण गीति नाटकीय होना चाहता तो मैं कहता: 'हमारी सगाई की रात!'—परन्तु मैं नहीं कहुँगा यद्यपि यह है।"

"एक और बात? और तब कुछ नहीं। कृपया।"

"बहुत अच्छा। पूछ डालो।"

"वह अत्यन्त सुन्दरी औरत कौन थी जो लाल साड़ी और डोरियों वाली कुर्ती जो आगे स्तनों के नीचे कसकर बंधी थी, में थी?

वह जिससे आप बड़े कक्ष के बाहर एक कमरे में बातचीत कर रहे थे? जोसुआ, मैं कुछ शब्दों को सूने बगैर नहीं रह सकी। वह क्या चाहती थी? आपने उसे जाने के लिए क्यों चाहा? उसने क्यूँ आपको पीटा? क्या कुछ है जिसे मुझे अवश्य जानना चाहिए? जोसुआ, मैं हार्दिक और विश्वसनीय भाव के साथ हमारी शुरूआत करना चाहती हूँ, और जिस समय आप मेरे हृदय को मात्र उत्साह से अधिक और अन्य भावों से भर दिया है, इसे विश्वास से भी भर दीजिए। कृपया?"

वह उसके बगल में आ गया, उसके कंधे को आहिस्ते से छुते हुए, उसके सुनहले मुलायम बालों को सहलाते हुए उसके हाथ उसकी गालों से और आगे माथे के पृष्ठ भाग तक फिसलते गये। उसने उसके सिर को अपनी ओर ऊपर धुमाया और उसे चुमा, लम्बे अन्तराल तक ओर कोमलता से, उसके अधरों पर।

"जुलिया, तुम एम.आई.-6 के साथ थी। मैं भारतीय सेना के सूचना विभाग के साथ था। हम उन एजेन्सि के प्रति अपने कर्त्तव्यों के पूर्ण निष्पादन के लिए परस्पर एक पूरा वर्ष देने को तब इन्हें पूर्ण त्यागकर विवाह करने ओर सुव्यवस्थित होने को सहमत थे। मैं एक वैद्य बनूँगा। तुम मेरी अर्धांगिनी बनोगी। हम बच्चे प्राप्त करेंगे–संख्या अभी तक निश्चित करना शेष है, परन्तु निश्चित ही हम एक पुत्र और एक पुत्री के लिए प्रयत्न करेंगे। हमारा पुत्र एक दिन ब्रोमफिल्ड का अर्ल (सामंत) बनेगा! याद करो, एक बार हेनरी और फार्नस्वर्थ के साथ, हमने परस्पर वादा किया था कि हम इन एजेन्सियों के साथ और अधिक काम नहीं करेंगे? अच्छा, मैंनें अपना वादा निभाया है। मैं आई. एम.आई से इस्तीफा दे चुका हूँ। अब मैं उनके लिए काम नहीं करता। क्या तुमने एम. आई-6 से इस्तीफा दिया?"

''मैंने दे दिया। ओह, मैंने दे दियाँ मैं लोगों का विश्वास करना चाहती हूँ, जोसुआ; प्रत्येक दूसरे व्यक्ति पर अविश्वास के साथ नहीं देखना चाहती। सभी से कम–तुम्हें!''

''उसका नाम देविका रानी है-संक्षिप्त में देविका। एक राजपूत शूरवीरों के परिवार से आती है। उसके पिता भारतीरय सेना में जनरल है। एक समय मेरे कमांडिंग अधिकारी, यद्यपि मैं उनके लिए अब काम नहीं करता। जब मैं आई.एम.आई. में प्रियुक्त हुआ, हमने उसकी भरती की और उसे प्रशिक्षित किया। वह डी.सी. में भारतीय दूतावास के साथ जोड़ दी गयी, जहाँ उसके पिता सेना के अटैची थे। हमारे सी.आई. ए. के साथ ताल्लुक। इसलिए अब तुम वह कौन है जानती हो। उसने मेरे लिए कार्य किए।''

''समझी। क्या यही सब कुछ है?''

''हाँ, उसने मुझसे हॉल के बगल वाले कमरे में मिलना चाहा। आवश्यक, संदेश ने कहा। इसलिए मैं गया। मैं समझता हूँ, अति उत्सुकतावश शायद मुझे ऐसा नहीं करना चाहिए था, परन्तु मैंने किया, मुझे माफ करो।''

''माला में, प्रिय आई.एम.आई. के गुढ़ संकेत फूलों की सजावट और प्रकार में। मैं तुम्हारे लिए इसका विश्लेषण करूँगा; यदि तुम इच्छा करो। माला के सबसे निचले भाग के झुलते तीन गुलाब के फूल 'अत्यावश्यक' के द्योतक थे। इसलिए मैं चला गया। वे मुझे पुनः आई. एम.आई. के लिए कार्य करना चाहते हैं और मैंने इसे अस्वीकार कर दिया। सर्वथा। वेध के साथ भी तुमने मुझे सुना। उसने उसे अच्छे मिजाज में नहीं लिया; बात का बतंगड़ बनाने की धमकी दी। मैं उसे पसंद नहीं करता–केवल तुम, और माँ, मुझे धमका सकती है, कोई और नही–इसलिए मैंनें उसे वहाँ से बाहर फेंक दिया।''

''और इतने प्यार से कोई नहीं बाहर फेंकता।''

''वह सदैव ही उत्तेजक किस्म की रही है। आसानी से उन्मादित हो जाती है। इस बारे में इतना ही है, प्रिय।''

जुलिया ने अगला प्रश्न पूछने के पहले संकोच किया। वह इसकी जरूर ही आशा करता होगा क्योंकि उसका जवाब शीघ्र था।

''क्या आप उसके प्यार में हैं?''

''नहीं!''

''क्या वह आपके प्यार में है?''

उसने निराशा और दुःख से अपने हाथ फैला दिए।

''प्रिय, मैं केवल अपने भावों के बारे में कह सकता हूँ, दूसरे अन्य के बारे में नहीं–तुम्हारे भावनाओं के बारे में भी नहीं! क्या तुम आज मुझे प्यार करती हो? मैं ऐसा सोचता हूँ। क्या तुम मुझे कल प्यार करोगी? या अब से एक साल बाद? मैं कैसे जान सकता हूँ?''

''क्या उसने कभी आपको प्यार किया?''

''शायद किया हाँ''

''तब क्या आपने भी उससे प्यार किया?''

''नहीं! मैं पहले से ही तुम्हारे प्यार में था। ओह, जुलियाँ तुमने इसपर संदेह कैसे किया?''

''मैं इसका संदेह नहीं करती हूँ। ''

''क्या तुम नहीं?''

''निःसंदेह नहीं,'' जुलिया ने मजेदार मुस्कुराहट के साथ कहा।

''परन्तु एक औरत होने के नाते, मैं आपको घेरने का, और आपको बुरे वक्त परोसने को और इस बारे में जिद्दी होने का भी अधिकार सुरक्षित रखती हूँ क्या आप उनकी माँगों को मानेंगे ओर आई.एम.आई. के लिए काम करेंगे?''

''कभी नहीं। मैं पहले ही उस वास्ते तुम्हे वचन दे चुका हूँ।''

जुलिया ने स्वयं को आराम में महसूस कर बिस्तर पर वापस लेट गयी, शाम के तनाव दूर बह गए, अपने पीछे अभी भी एक निढाल शरीर छोड़कर। उसने अपने ऊपर उसके विश्वास का अहसास किया, क्योंकि वह उस बंडल के पास पहुँचा, जिसे उसने दवाखाने से खरीदा था और धागे की गाँठ को खोला।

''इस बोतल में क्या है, प्रियतम?'' जुलिया ने पूछा। उसने पीठ जुलिया की तरफ मोड़ दिया जब उसने कूड़े की टोकरी में जिल्द को फेंका।

''कुछ ऐसी जो निश्चित ही आज की रात तुम्हें अत्यंत अच्छी नींद देगी, मेरी प्यारी।''

''निश्चित ही मैं इसके बिना सो सकती हूँ।''

''लेकिन इसके सहारे, यह निश्चित है,'' उसने उसकी तरफ मुड़ते हुए कहा। उसके हाथ में एक सुगन्धित तेल की बोतल थी। उसने कुछ नहीं समझा जब तक कि उसने कहा:

''अपने कपड़े उतार दो मेरी, प्यारी, और मुझे तुम्हारी मालिश करने दो। मेरा विश्वास करो। यह तुम्हारी थकावट दूर कर देगा। अगर तुम चाहो अपने वत्कल और जाँघिए को पहनी रहो। मैं समझूँगा परन्तु यह तुम्हारी थकी पीठ और जाँघों, और तुम्हारी उजली बाँहों के लिए भी रामबाण साबित होगा।

''क्या यह तुम्हारे लिए भी रामबाण की तरह काम करता है?'' जुलिया ने सलज्ज पूछा, उसकी आँखें खुशियों के साथ नाच रही थीं। जब उसने अपने कपड़े सरकाते हुए उतारे और सरकते हुए अपने बल्कल के अंकुशों को खोलकर अन्य सारे वस्त्रों के साथ बिस्तर के पैताने संभालकर रख दिया। उसने अपनी फीते के सदृश जाँघिया पहने रखा।

''निःसंदेह!''

वह कमर तक निर्वस्त्र बिस्तर पर लेटी थी, जब उसने उसके पीठ की मालिश की, और उसके गर्दन की और उसके जाँधों के पृष्ठ भाग की। वह तब उसे ऊपर की तरफ मोड़ा और उसके आगे के शारीरिक अंगों के साथ भी उसने वही किया, हाथ और अंगूठों और बाँहों से उसने शुरूआत की, और उसकी काँखों में, तब अचानक उसके अंगूठों और पाँवों की। इसके पहले कि वह लम्बे सहलाव के साथ उसके मजबूत जाँघें के आन्तरीक विभागों की मालिश की। उसकी आँखें खुली थीं। वह तेज अंदाज के साथ उसने अपने फीतेवाली जाँघिए को खींचकर निकाला और कमरे के दूसरी तरफ तक फेंक दिया।

उसने उसके वक्षों के विभागों के मध्य उदारता पूर्वक तेल की एक धारा मसला। तब दोनों हाथों के उपयोग से उसने उसके पूरे बदन पर भ्रमण किया, उसकी गर्दन से लेकर उसके उदार वक्षों के उभार पर

गुलाबी-ताराओं पर और कठोर चुचकों पर–उसके नाभि के बाद तक और उसके गहरे भूरे घने बालों में, तेल शीतल और आरामदायक महसूस हुआ, मोगरे के फूल की महक ऊपर उठती हुई उस तक पहुँची। उसने अपनी आँखें बंद कर ली।

वेटेंस ने उसे आँखें बंद किए देखकर, उसकी बांह को पुनः छुआ, सहानुभूति से, और पुनः काउन्टर के पीछे वापस आ गयी। वह वरिष्ठ पूर्वी भारतीय भद्रजन अपने रसीद को तैयार था।

जुलिया होटल वापस गयी। बीस मिनट की बात उसने जोसुआ से की थी। यह तीस से भी अधिक था। उसने एलिवेटर में प्रवेश किया। यह खाली था। जैसे ही एलिवेटर का दरवाजा बंद हुआ, उसने अपने हैंडबैग को खोला और अपना हाथ उसके अंदर डाला और अपनी बंदूक पर टटोलकर एक सुरक्षित पकड़ बनाया। इससे उससे ज्यादा सुरक्षित होने का अहसास हुआ।

जोसुआ ने होटल के ऊपरी मंजिल पर दो कमरों का एक स्वीट किराये पर ले रखा था। उस स्वीट में एक बैठक और एक शयनकक्ष स्नानधर के साथ था। जोसुआ ने इसे लेने की जीद की थी। यद्पि वह जानती थी कि वह इसका व्यय आसानी से नहीं वहन कर सकता। उनकी सुहागरात के लिए कुछ भी बहुत अच्छा नहीं था, और किमत की किसे चिन्ता थी! पैसे बाद में आ जायेंगे, सुहागरात तो केवल एक बार आनी थी–अर्थात् यदि तुम प्यार में रूक गए। दरवाजे पर, पहली बार, वे रूक गए थे। जुलिया ने उसे घबराहट से बचाया था। दरवाजे को खोलकर और जल्दी ही चौखट लाँघकर। उसने उसे बाँहों में उठाकर इसे पार शायद नहीं किया होता। उसकी ऊँचाई पाँच फुट सात ईंच थी और एक सौ बीस पाउण्ड तक वह भारी था। जुलिया पाँच फुट आठ ईंच लंबी और उसके वजन से कहीं अधिक भारी थी–लगभग एक सौ चालीस पाउण्ड उसकी पसंद के अनुरूप और जिस रूप में वह उसे होना चाहती थी। इसलिए उसने उसे पुनः आश्वस्त किया था। जब उसने उपवास पर जाने को सोच विचार की थी, उस रात को जब उसने पहली बार उसे उसकी पूर्ण नग्नता में देखा था। जब उसने सुगन्धित तेल से उसकी मालिश की थी–उनकी सगाई रात्रि में।

इस बार उसने ताले में चाभी को लगाया और दूसरे हाथ से अपनी बंदूक को बाहर खींचा।

जोसुआ दरवाजे के मुखातिब सोफा पर अपने हाथों में स्कॉच और सोडा लिए बैठ रहा था।

"अंदर आओ, प्यारी," सोफा से उठते हुए उसने कहा। "हम तुम्हारी राह देखते आ रहे थे।"

अध्याय 2

जुलिया अभी भी अपने हाथों में बंदूक लिए निःसंकोच कमरे में चली आई। वह जानती थी उसमें अन्य लोग भी थे, जोसुआ के अलावा, शयन कक्ष के बंद दरवाजे के पीछे। उसकी आँखें शयनकक्ष की ओर दौड़ी और उसने समझ में सिर हिलाया।

"अब तुम बाहर निकल आ सकते हो," जोसुआ कह उठा। "मैं सोचता हूँ कुलीन जुलिया उसकी शाम को बरबाद करने के बदले बिना गोली तुम्हारा स्वागत करेगी।"

वे भेड़ से डरे-सहमे बाहर आये। यह उनका विचार था कि वे उसका दरवाजे पर सामना नहीं करेंगे, और उसके हाथ में बंदुक होने के कारण उनका यह निर्णय विवेकपूर्ण था। पुरूष लगभग पचास के उम्र का था–गंजा होते हुए बाल रहित चेहरे वाला नाटा और गठीले बनाव का किमती परंपरागत सिलाई किए सूट में उसके हाथ में उसका बड़ा 'फेल्ट हैट' था, जिसे वह अस्थिर चित् एक हाथ से दूसरे हाथ में बदलता था और ऐसा करते वह हैट के चौड़े किनारे को अपनी अंगुलियों से महसूस करता था। उसने इसके बंदूक दूर रख दी और उस आदमी की तरफ अपना हाथ बढ़ाया उसने इसके आगे नीचे तक झुका जब इसे पकड़कर हिला रहा था। वह राजवंश की उपस्थिति में विस्मित-सा लगा।

वह पहली दफा उस औरत को देख पायी, और उसके दृश्य पर उसने विस्मय प्रकट किया। वह एक समय उसकी प्रतिसपर्धी रही होगी लेकिन जुलिया भी उसकी सुन्दरता की कायल थी। शारिरीक सौष्ठव की सुन्दरता या विशिष्ट मुख और आँखों की नहीं बल्कि उसके स्त्रीत्व की सुन्दरता की। सुरूचिपूर्णता। टहलने की मुद्रा और अंग-संचालन; अनेक पुरूषों ने उसकी प्रशंसा और चाहना की होगी। जोसुआ भी?

वह बेखबर अपनी स्कॉच और सोडे की, मेज पर रखी शराब की तरफ, उन सभी को हाथ हिला-हिलाकर इंगित करते हुए, आराम से चुस्की ले रहा था; वहाँ ज्यादा नहीं था। जिसकी वह कल्पना किया करता

था वह अति सस्ती स्कॉच, एक बोतल सोडा, और एक अत्यंत महंगी स्पेन में बनी श्वेत मंदिरा–वह जिसे जुलिया पसंद करती थी। उसने इसकी एक ग्लास बनाने में स्वयं सहायता किया, उसकी बगल में सोफा पर बैठ गयी, अपनी चौड़ी तलुवा वाली जूतियों को उसने निकाल फेंका और अपने पैरों को सोफा में ऊपर समझदारीपूर्वक अपने अंदर पैरों को तह कर समेट-खींच लिया। इशारें साफ थे–वह शाम लंबी खींचने वाली थी।

''कृपया क्या, मुझे कोई कह सकता है कि यह सब किस उपलक्ष्य में है?'' जुलिया ने पूछा। यह कोई कर्कश, दुःखदायी शिकायत के बजाय एक मित्रवत तहकीकात थी।

''यह कर्नल मैक्स रॉबर्टस् हैं, प्रिय, आई.एम.आई. और सी.आई.ए. के मध्य कड़ी। मेरे पुराने मित्र। तुम उसे भी जान सकती हो क्योंकि यह बाहर आने जा रहा है, खैर!''

''ओह? और क्या कुछ सामने आने जा रहा है?''

''और यह,'' जोसुआ ने उस औरत की तरफ हाथ हिलाते हुए कहा, ''देविका रानी हैं''

''हाँ, मैं जानती हूँ,'' जुलिया न कहा, ''संक्षिप्त में देविका। इसका अर्थ क्या है–मेरा मतलब इस नाम का?''

''देवी,'' उसने कोमल स्वर में जवाब दिया। ''और रानी।''

''कितना उच्चित,'' जुलिया न कहा। माना भी।

''मैं दोनों ही नहीं महसुस करती, श्रीमति सैमुअलसन।''

''कृपया आप मुझे 'जुलिया' कहें। मेरे पति ने आपके बारे बहुत कुछ बताया है और उस समय के बारे में भी जब आप उनके साथ काम करती थीं-भारत में।''

''हाँ, आई.एम.आई. के साथ। आप यहाँ कर्नल रॉबर्टस् के सामने स्वतंत्रता से बोल सकती हो सी.आई.ए. और हमारे ममय की कड़ी होने के अलावा यह हमारे पिताजी के व्यक्तिगत मित्र भी है।'' कर्नल खुशी से चमक उठा।

“अच्छा, अच्छा इसलिए अब हम सभी एक-दूसरे को जानते हैं। मित्रों के रूप में,” जुलिया ने कहा। परन्तु वह उन सभी को इतनी आसानी से नहीं जाने देने वाली थी। कोई दृश्य या उसकी ऊँची आवाज या वेध में आँखों का कौंधना नहीं था जो उसे इंगित करे। केवल कुछ विनम्रता से पूछे गए प्रश्न।

“क्यूँ आप दोनो हमारी जासुसी कर रहे थे? या मैं नहीं पूछ सकती?” कर्नल असहजता से छटपटाया। देविका ने उनर देने का दायित्व पूरी तरह उनपर ही छोड़ दिया, श्वेत महिरा से भरी एक प्याली और मुस्कुराहट पीछे स्वयं छुपाती हुई।

“हम कर्नल सैमुअलसन से बात करना चाहते थे–माफी माँगना चाहते थे, डाक्टर सैमुअलसन–अकेले। ऐसा लगा हम कभी सफल नहीं होंगे। अब तक हम आप दोनों को तीन दिनों से पीछे लगे हैं, और तुम दोनों अपृथकरणीय थे। एक-दूसरे से गोंद से चिपकाए तुम थे। चलते भी बहुत आस-पास थे, अचानक उससे टकराना और उसे एक संदेश पकड़ाना नामुमकीन था। आज तक जब एक चमत्कार की तरह, उसने कैफे छोड़ा और सड़क पर आ गया।”

“ओहँ और क्यूँ आप मेरे स्वामी से अकेले में मिलना चाहते है?”

“क्यूँकि आप ष्टामिल नहीं हैं,” देविका ने कहा।

“और वे हैं? क्या ऐसा है?”

“हाँ, परन्तु उसने हमें तुम्हारी उपस्थिति के अलावा सुनने से मना किया, जिस कारण हम लाग्ले, वर्जिनिया जाने के बजाय यहाँ रूके हैं।”

जुलिया ने अपनी बाँहें जोसुआ की बाँहों में डाल उसे और निकट खींच लिया, अब उसका सिर उसके कंधे पर टिका था। वह विस्मित था। परन्तु उसने तत्काल ही इस प्रेमादान के सार्वजनिक दृश्य के बदले उसे अपनी बाँहों के आगोश में लेकर और उसके माथे पर एक चुम्बन जड़कर प्रेम प्रदान किया। देविका रानी ने न देखने का बहाना किया।

“तब बेहतर है आप कहें, क्या नहीं?” जुलिया ने कहा। “यदि वे शामिल हैं, मैं जो आप कहने वाले हैं उसे हमारे सुनने में कोई हानि नहीं देखती हूँ, यह हम दोनों के लिए बेहतर है कि हम इसे अभी सुनें।”

कर्नल रॉबर्टस् ने अपना गला साफ किया, दूसरा स्कॉच का जाम लिया, निर्जला, मानसिक तौर पर वहाँ से जाने के पूर्व दीपिका रानी को भी पीने को उत्साहित करने का इरादा बनाते हुए।

"अफगानिस्तान पर सोवियत आक्रमण ही समस्या है।

आप वहाँ के सभी आतंक से वाकिफ हैं मैं उन्हें याद कर किसी राजनैतिक उत्तेजक लम्बे भाषण में इसे तब्दील नहीं करूँगा। कोई भी जो इस़ बारे में अर्द्ध-सूचित भी है इससे तटस्थ पीछे नहीं बैठ सकता। राष्ट्रपति महोदय तो निश्चित ही नहीं! खासकर उस समय तो एकदम नहीं जब पाकिस्तानी मित्र मुजाहीदीनों की सहायता के लिए हमारे दर आए। उनका आशय अर्थ पूर्ण नहीं–यद्यपि हमने उन्हें वह भी भेजा उनका आशय शस्त्रों से है। टैंक को नष्ट करने वाले कंधों की सहायता से दागने वाले बारूद के गोले, सतह से हवा में सोवियत उड़नखटोले को मार गिराने में सक्षम प्रक्षेपास्त्र आदि। आसानी से संदूकों और कैरेटों में आने वाले और पाकिस्तान को समुद्री जहाजों के माध्यम निरापद तरीके से रक्षा विभाग द्वारा पहुँचाए जाने लायक शस्त्र।"

कर्नल रॉबर्टस् अपने ग्लास में देखा; पसंद किया जो उन्होंने नहीं देखा था, और उसे पुनः भर लिया। एक बड़े रूमाल से उन्होंने अपना ललाट पोंछा। "आरंभ में समस्या अति साधारण थी। रक्षा विभाग ने शस्त्रों को कराची भेज दिया, वे उत्साहित थे। बिना जहाजी माल की सूची या बीजक, और चालान और आयात पत्रों के बारे में शोरगुल किये, और जो आपके पास है, रेलवे के माल स्टेशनों तक; तब मुख्यतः रात में, ताकि पाकिस्तानी रेलवे के सामान्य परिचालन में कोई हस्तक्षेप न हो सके, शस्त्रों को पेशावर भेजा गया-और मुजाहीदीनो तक, जिन्होंने रूसी सेना को आतंकित कर रखा है। यह उन कुछ अवसरों में एक या जब हमने राष्ट्रपति महोदय को उस सूचना से खुश होते देखा जिसे हमने उन्हें दिया। और वे मुस्तैदी से उस धन पर संदेह किया जिसे रक्षा विभाग ने उन शस्त्रों के लिए प्रावधान किया था। मैं सही धनराशि के आँकड़े के बारे में तो नही कह सकता। राष्ट्रीय सुरक्षा और वह सब कुछ–परन्तु मैं आपसे कहता हूँ कि यह आँकड़ा सैकड़ों लाख डॉलर का है। एक

अनाधिकारिक नारा था जिसे हम सी.आई.ए. में इधर-उमार फेंका करते थे: 'अफगानिस्तान उनका वियतनाम!

वह रूका। यह एक व्यक्तिगत जुड़ाव था। चेहरा परिवर्तित हो चुका था। शायद यह व्हीस्की थी, परन्तु अभी आँखें वेध और धृणा से चमक उठीं, भौहें, काली लकीरें, विलक्षण गंजा सिर, आग की खिड़कियों के ऊपर डाले गये ओहार के समानान्तर छायाओं की तरह लगते, अपनी तेज नजरों को उनपर निर्दिष्ट करते हुए।

''ठीक, पूरी सामान्यता के साथ जैसा कि हम उम्मीद किए होते, के जी.बी. इसके लिए लुढ़का, और स्वयं ही प्रति-रक्षा आक्रमण शुरू कर दिया। अति सूक्ष्मता से किया गया, मुझे अवश्य कहना चाहिए।

हस्तक्षेप किए बगैर। पाकिस्तान में स्थित हमारे अभिकर्त्ता से सूचनाएँ रिसनी शुरू हो गयीं—मैं उसका नाम आपसे नहीं कह सकता—कि शस्त्र मुजाहिदीनों तक जैसा कि वे प्रस्तावित थे नहीं पहुँच रहे थे। संख्या में पुर्ण सही, परन्तु उनकी उपयोगिता में नहीं! बंदूक अपने लक्ष्य से इतर गोलियाँ फेंकती होंगी, कंधे की सहायता से दागे जाने वाले सतह से हवा में उड़नखटोलों को मार गिराने वाले पक्षेपास्त्र वापस दागे जायेंगे, स्वतंत्रता सेनानी और उनके आस-पास के सिपाहियों को अकाश की ऊँचाईयों में फेंकते हुए—वैसी ही घटनाएँ, कुछ भारी सामान तो बुरी तरह क्षतिग्रस्त दशा में पहुँचगें-और अनुपयोगी। हम उस बात को समझ नहीं सके जब तक कि हम खोज निकाले कि एक क्रेन-चालक ने-रात को सभी शस्त्रों के डिब्बों को साठ फीठ की ऊँचाई से गिरा दिया। तब बढ़ईयों ने जल्दबाजी में उन केन्द्रों को पैबन्द लगाकर एक-दूसरे से जोड़े, जिसके बाद उसने उन्हें बहुत धीरे-धीरे पेशावर जाने वाली मालगाड़ी के डिब्बों में लादा।

तोड़-फोड़! यही है जो के.जी.बी. पाकिस्तान के सिंध में चला रहे थे। अपने पाकिस्तानी अभिकर्ताओं के बहुत प्रभावकारी उपयोग से हम इस बारे में बहुत थोड़ा कर सके, क्योंकि यह हमारे नियंत्रण से बाहर की बात थी; राष्ट्रपति महोदय—मैं आपसे कह सकता हूँ—नरक के मानिंद पागल हो गये थे। उन्होंने हम पर दोष मढ़े—सी.आई.ए. पर भी-सूचनाओं

के असफलता के लिए, और निर्देशक महोदय को मंत्रणा से बाहर निकाल दिया।''

''सचमुच?'' जोसुआ बोल पड़ा। ''तब क्या हुआ? या क्या स्थितियाँ आज की तरह है? खैर, आप इस संबंध में मुझसे किस तरह का काम चाहते है? सी.आई.ए. में अपने पाकिस्तानी रसूखों से संपर्क साधिर ताकि उस ओर की घटनाओं की जाँच हो सके। आप उस कार्य के लिए उपयुक्त होंगे–बजाय कि हमारी सुहागरात को बरबाद करें!''

''कृपया मुझे पूरा सुन लें। वह इस कहानी की समाप्ति नहीं है। यह सब तो एक वर्ष पूर्व की घटना है!''

''तब भी मैं नहीं जानता जो ज्ञात हुआ, क्योंकि सी.आई.ए. फन्दे से बाहर था। मेरे स्तर से काफी ऊँच्चे स्तर पर–संभवतः राष्ट्रपति महोदय के स्तर पर। परन्तु स्थिति अचानक स्वयं दोषमुक्त होती दिखने लगी। जहाज के माल मुजाहिदीनों तक पहुँचने लगे। और मौलिक दशा में भी–और एक बार पुनः मुजाहिदीन सोवियत सेना को नर्क की भेंट दे रहे थे। लगभग नौ महीनों तक सबकुछ निर्विमन चला–लगभग दो महीने पूर्व तक।''

''ओह, और दो महीने पहले क्या हुआ?''

''कोई माल नहीं भेजा गया।''

''कोई माल नहीं से आपका क्या अभिप्राय है? क्या रक्षा विभाग ने माल भेजना बंद कर दिया?'' जोसुआ ने पूछा।

''नही! रक्षा विभाग प्रायः की तरह माल भेज रहा था–करीब महीना भर, वे मुजाहिदीनों तक पहुँच नहीं पा रहे थे।''

''क्या?''

''आपने मुझे सुना। माल पाकिस्तानी माल वाहकों पर नौरफोर्क के बन्दरगाह से छुटता था, और रास्ते में कहीं, वे अगवा किए जा रहे थे।''

''अगवा किए गए?''

''आपने मुझे सुना? उसी वजह से हमने पाया कि जब हमने पेशावर स्थित मुजाहिदीनों के साथ काम कर रहे हमारे अभिकर्त्ता से सूचना प्राप्त की।''

उसने अपने आंतरिक जेब से एक कूटबद्ध सूचना निकाला। कूट को हटा दिया गया था और सूचना आसानी से प्राप्त कर लिया गया था। संदेश स्पष्ट था।

जोसुआ आगे बढ़कर इसे प्राप्त किया, उसकी आँखें तेजी से वाक्यों का सूक्ष्म परीक्षण करती हुई। जुलिया उसके कंधे के ऊपर झुक गयी, उसकी बाँहों में स्वयं को डालती हुई। उसने कागजात आगे बढ़ाए ताकि वह भी इसे पढ़ सके।

पिछले दो महीनों से काई माल नहीं विराम छोटे शस्त्र भी नहीं विराम कृपया जल्द करें विराम आक्रमण हेतु अत्यावश्यक संदेश समाप्त।

अभिकर्त्ता का कूट नाम हटा दिया गया है।

"स्माल्स?" जुलिया ने कहा।

"छोटे शस्त्रों के लिए हमारा कूट–गोलियाँ, हथगोले, छोटे पूर्जे आदि," देविका रानी ने कहा।

"और इन सभी में आप कैसे शामिल हैं?" जुलिया ने पूछा।

"अहँ मैं इस बात की प्रतीक्षा कर रही थी कि कब तुम उस प्रश्न को पूछोगी," देविका रानी ने कहा।

क्या मैं इतनी पारदर्शी हूँ, जुलिया ने सोचा, या क्या प्रत्येक औरत दूसरी औरत को इन मामलों में पढ़ती है?

"हम मेरे इन मामलों में जुड़ाव तक शीघ्र ही आते रहेंगे, श्रीमती सैमुअलसन," देविका रानी ने एक ठहाके के साथ कहा, "और हम क्यों कर्नल सैमुअलसन की सहायता इन मामले में चाहते हैं। परन्तु कर्नल रॉबर्ट्स ने अभी समाप्त नहीं किया है।"

"हाँ, और भी है। और अब यह वास्तव में बदतर हो गया है। हम इसे यूँ नीचे पड़ा नहीं रहने दे सकते। राष्ट्रपति महोदय ने वह देखा और ऐसे ही उन्होंने सी.आई.ए. में भी कहा। स्मरण करें जब उन्होंने ऐसा ही हमें पिछली गुप्त सूचना की असफलता के लिए दोषी ठहराया था और ह्वाहट हाउस प्रत्यक्ष रूप से सीधे रक्षा सचिव के साथ काम करता आ रहा था; हम उस 'लूप' में नहीं थे। उस समय उन्होंने संदेश किया था कि कहीं सी.आई.ए. में गद्दार तो नहीं थे, और वे शायद सही थे।

क्योंकि वे लगभग नौ महीनों से समस्या का सामाधान तलाश रहे थे क्योंकि वे लगभग नौ महीनों से समस्या का समाधान तलाश रहे थे। अतः क्या गलत हुआ? क्षतिग्रस्त शस्त्र एक आम बात थी। शस्त्रों का खो जाना पूरी तरह दूसरी इसलिए उन्होंने पुनः हमें अंदर लाया।''

'हम नित्य के कार्यों को करते थे। लालच और परीक्षण की दौड़। हमने अत्यावश्यक सामानों की एक माल-खेप तैयार की रक्षा विभाग की आम गोपनीयता के साथ प्रायः से जरा भी ज्यादा नहीं। पाकिस्तानी लड़ाकू पोल, 'द इम्पेरर' ने कृषि मशीनों की आड़ में नौरफोर्क में मंगा लिया। ठीक उसी रूप में हमने कंटेनरों को लादा जिस रूप में हमने पहले दर्जनों लड़ाकू जहाजों को लादा था, यहाँ तक कि बंदरगाह ठीक उसी रूप में छुडवाया गया-औपचारिकता रहित खानगी।

एक अंतर के साथ उस। जहाज पर हमने अपने एक अभिकर्त्ता को भी चढ़ा दिया था। एक पाकिस्तानी जो पूर्ण में हमारे लिए काम करता था और जो जहाज का रेडियो संचालन जानता था, क्योंकि संक्षिप्तः जो वह बन चुका था, पाकिस्तान में जब हमने उसकी भर्ती करने के पूर्व पाकिस्तानी लड़ाकू जहाज का रेडियो अधिकारी।

''अच्छा?'' जोसुआ और जुलिया ने एक साथ प्रश्न किया।

''ठीक, लगभग तीन हल्तों तक कुछ भी नहीं घटा। जहाज जिब्राल्टर को प्रायः की तरह गया, और मेडिटरेजियन में प्रवेश कर गया। वह निरीह दिखता जहाज था, दूरस्थ महासागर में तैनात एक लड़ाकू जहाज, और ऐसा कुछ भी नहीं जो उसे सर्वथा संदीग्घ बनाता।''

''सिवाय कि उसने नौरफोर्क वर्जीनिया को छोड़ा, जुलिया ने कहा,'' और यदि सी.आई.ए. में भेडिए हैं, वे जानते होंगे।''

''शायद। परन्तु अभी भी कुछ नहीं हुआ था। उस पर पाकिस्तानी मवज अर्द्धचंद और सितारा फहर रहा था। ममय-पूर्व के माध्यम से सुरक्षित रास्ता। वह पोर्ट सेड पहुँचा और मित्र वालों ने उसे स्वेज नहर के रास्ते जाने दिया। कभी-कभी वे माल परीक्षण की माँग करते हैं, लेकिन उन्होंने नहीं किया-इस एक को नहीं। स्वेज के बाद, इसने लाल सागर पर अदेन के लिए सीधी दौड़ लगाया। सब कुछ सुन्दर और साफ लगा।''

कर्नल रॉबर्टस् अपने स्कॉच और सोडा की एक लम्बी घुँट के लिए रूका, इस कारण नहीं कि वह कहना समाप्त कर चुका था।

"वह कहाँ गया? अदेन? या दजीबाउती?" जोसुआ ने अपनी खाली पैमाने को देखते हुए पूछा, यह विचार करते हुए कि क्या उसे दूसरा पैमाना लेना चाहिए, इसके विरूद्ध लेते हुए।

"अदेन, यह अदेन के वाद था जब पहली दफा आशंका के संकेत मिले। हम जहाज पर अपनी अभिकर्त्ता से सूचना पाए। वह निश्चित अन्तराल पर निरर्थक संदेशों को भेजता आ रहा था। वास्तव में विकास पत्र। उसने जहाज के रेडियो अधिकारी से मित्रता साध रखी थी, जो उसकी संगति का आग्रही था। मैं कल्पना करता हूँ, हिन्द महासागर पर धीरे तैरते जहाज पर रहना काफी ऊबाऊ हो सकता है। हमारे अभिकर्त्ता ने सहायता की पंशकश की और इस बदौलत उसे रेडियो उपकरणों के उपयोग की छूट मिल गयी।

उसी समय, कूट में, पहली दफा, हमने एक अति आवश्यक संदेश प्राप्त किया। सहजता से जिसपर लिखा था–*'डी.ओ.पी. के निमित्त शस्त्र रोक लो संदेश समाप्त!'*

"डी.ओ.पी.? क्या वह 'डी.ओ.पी.' या 'डौप' है?" जुलिया के कहने पर जोशुआ ने कहा। यह विचित्र है, उसने सोचा। हम केवल दो सप्ताह पूर्व विवाहित हैं, एक वर्ष से कुछ अधिक ही की सगाई के बाद–और वह पहले से मेरा दिमाग पढ़ रहा है? क्या मैं भी उसकी पढ़ रही हूँ?"

हम नहीं जानते। यह आकाशवाणी पर "डौप" के रूप में आया, बिना किसी विराम चिह्न के दो दिनों के उपरान्त हम आधा संदेश प्राप्त कर पाये। मैं 'आधा' कहता हूँ, क्योंकि यह आधे वाक्य में ही बाधित हो गया। वास्तव में मध्य-शब्द में जो कुछ उसने भेजा वह एक संक्षिप्त '19N73E' था, और तब रेडियो मृत हो गया। उसके बाद से ही हम उसे नहीं सुन पाये हैं और यदि आप मेरा मत माँगते हों, हम इस वास्ते समर्थ नहीं।"

यहाँ कर्नल रॉबर्टस् रुका, क्योंकि उसने बात समाप्त किया था। देविका रानी ने उसका पैमाना उठाया और अपना भी, और उन्हें भर

दिया। क्या यही सब एक भारतीय अर्धांगिनी से करने की अपेक्षा की जाती है, जुलिया ने सोचा। क्या मैं जोसुआ के पैमाने भरती रहुँगी? या मुझसे इसे उससे दूर ले जाने की अपेक्षा की जाती है यदि वह ज्यादा पी रहे हों?

देविका रानी ने जोसुआ के पैमाने की तरफ हाथ बढ़ाया, परन्तु उसने उसे मना कर दिया। उसने जुलिया के मद्य को भरने के उद्देश्य से उसकी तरफ देखा वश शिष्टाचार–लेकिन जुलिया ने भी अस्वीकार कर दिया।

जोसुआ के पास दो विकल्प थे। वह गूँगा का नाटक कर सकता था। सभी प्रश्नों को पूछ सकता था। या वह उन्हें कुछ जवाब दे सकता था–कम से कम वह जिसे जानता था, और जिसे वह जानती थी–जुलिया भी जानती थी जुलिया ने सोचा वह यह जानकर क्या करेगा जिसे वह जानती है कि वह 19N73E को जानता है? क्या वह जानबुझकर झुठ बोलेगा, या मुर्खता करेगा, मात्र दो महीनों की अर्धांगिनी के सामने?

विवाह के अनेक वर्ज़ों के बाद ही एक व्यक्ति इस तरह के आचरण के लिए माफ किया जा सकता है परन्तु दो सप्ताह बाद ही?

जब तक कि उसकी सुरक्षा किसी रुप में खतरे में हो या उस औरत से क्या यही वह वजह है कि उसने जवाब देने में संकोच किया?

"मैं आपसे 19N73E का अर्ध कह सकता हूँ," जोसुआ ने धीरे से कहा। "और जुलिया भी कह सकती है और इसे आप भी जानते हैं। इसलिए आप खेलना छोड़ सकते हैं। नहीं तो देविका रानी यहाँ क्षण मात्र भी नहीं रुकेगी।

"आप जल्द ही कोई तस्वीर गढ़ लेते हैं। कर्नल सैमुअलस," रॉबर्ट्स ने कहा, "जैसा कि हम टेक्सास के रहने वाले शायद कह सकते हैं। परन्तु मैं कम से कम आपसे अपेक्षा नहीं करता कि आप इसे बिना नक्शे के हवाले जानते हैं।"

"मैं बॉम्बे से लंदन की अनेक यात्राएँ कर चुका हूँ, मैक्स। प्रारंभिक वर्षों में समुद्र से। पूराने पी. और ओ. कंपनी की समुद्री जहाजों से। एस. एस.स्टांथनॉवर उनमें एक था। समुद्र पर पहले दिन निकल आने के बाद कोई भी समुद्र पर भविष्य के बारे में ज्यादा परवाह नहीं करता। या तो कोई समुद्री बिमारी से ज्यादा बीमार होता था, मृत्यु एक स्वागत योग्य

आप्रय होती, या कोई भोजन और नृत्य के साथ इतना अच्छा वक्त बीच रहा होता कि किस जगह जहाज जा रहा है शायद ही कोई अन्तर पैदा कर पाता! यदि, पहले दिवस के बाद, इन दोनों ही विपत्तियाँ घटित नहीं हुई हों, यात्रीगण सदैव ही जहाज की गति और अंतिम लक्ष्यों के समकक्षों के बारे में पूछते रहते थे, ताकि जहाज के अनेक आरामगाहों में रखे बड़े नक्शों पर जहाज की स्थिति को निश्चित किया जा सके। यह प्रभावकारी होता है। उस तरह की सूचना अदेन 13N45E के समकक्षगण। बॉम्बे 19N73E के समकक्ष आपको जहाज पाकिस्तान के कराची की ओर नहीं बल्कि भारत के बॉम्बे की ओर अग्रसर भा। यदि मेरी याददाश्त मुझे सही साथ दे रही है, अदेन से, जहाज यामेन के समुद्री तट के साथ चलता है, बारह मीलों के हद को बाहर रखते हुए। तब ओमन के तट को पार करने के उपरान्त ही, बॉम्बे के लिए राह ली जाती है। कराची के समकक्ष पूर्व में कम और उत्तर में अधिक है, बॉम्बे से अधिक।''

''सचमुच 25N67E,'' कर्नल रॉबर्ट्स ने कहा।'' आप एकदम ठीक हैं। हमने भी इसे आप की ही तरह जल्द ही इसे चिह्नित किया– हाँ एक नक्शें के सहारे। इसलिए अभी आप देखते है। क्यों देविका रानी शामिल हैं। पूर्णतः प्राकृतिक रूप से हम आई.एम.आई. में उससे संपर्क में आए, खोज निकालने के लिए कि हमारे शस्त्रों के साथ क्या हो रहा है, क्योंकि पूर्ण सरलता से, इसकी भर्त्सना करो वे दुरस्थ समुद्र में अगवा किए जा रहे है!'' और आई.एम.आई. ने क्या पाया, देविका?'' जोसुआ ने पूछा।

''कुछ नहीं! एक भी चीज नही। एक पूर्ण शांत षड्यंत्र, परन्तु वही अपेक्षित था। कूर आई.एम.आई. तरह रूस के की तरफ हैं। वह हमारी सहायता में एक अंगुली भी नहीं उठाने जा रहे है। वे उस रूप में बन गये उसके बाद ही जब आपने उससे इस्तीफा दिया। आई.एम.आई., जोसुआ, स्तरहीन होता जा रहा है। सभी अभिकर्त्ताओं को जो पश्चिम के समर्थक हैं बिना मुअतल किए ही पद से निकाले जा रहे हैं मेजर पटेल ने इस्तीफा दे दिया। कुछ लोगों की तो हत्या तक की जा रही है।

मानसिंह ने बॉम्बे-पूना उच्च पथ पर दुर्घटनाजन्य मौत प्राप्त किया। उसकी कार को सेना के एक ट्रक द्वारा टक्कर दी गयी और पश्चिमी घाटों के दो सौ फीट गहरे खड्ड में गिर गया, इसके पहले कि उसमें आग लग गयी। देह जलकर राख हो गयी। हम उस शव को अच्छी तरह पहचान भी नहीं सके-कौन, भारत में, दंत चिकित्सक के पास जाता है? वे भूखों मर रहे हैं–मेरा मतलब दंत चिकित्सकों से है-या इंग्लैंड को प्रवास कर रहे है। अब्दुल ओझल हो गया है? हम इन्हें दिखाने के लिए एक देह भी नहीं हैं। अब, क्या आप वापस आयेंगे?''

''नहीं।''

''क्यों नहीं?''

''मैंने अपनी अर्धांगिनी को यह वचन दिया है कि मैं आई.एम.आईसे इस्तीफा दूँगा यदि वह एम.आई-6 से इस्तीफा देती है। मैंने अपना वचन उसे दिया।''

''मैं निश्चित हूँ कुलीन जुलिया तुम्हें इसे तोड़ने देंगी''

देविका रानी ने अपनी आवाज में घृणा की बदबू को छिपाने की कोई कोशिश नहीं की।

जुलिया ने इसमें बह जाने से अस्वीकार किया। उसने अपने नीचे तह किए पाँवों को बाहर निकाला और जोसुआ ले पैमाने को ले उसने मेज पर रखे सारे पैमानों को जाम से भर दिया। वह बैठी नहीं उसकी बगल में, इस बार वह सोफे की बाँह रखने की जगह पर बैठी ताकि जोसुआ का सिर उसके वक्षों से इंच मात्र की दूरी पर था।

''आपकी हमें कभी छोड़ना नहीं चाहिए थाँ'' देविका रानी ने कड़वाहट से कहा, स्पेन की श्वेत मदिरा का असर अब मुखर होना शुरू हो रहा था। चेहरा भावनाओं की अतिरेक से लाल हो गया था। वह आसानी से उन्मादित हो उठी–क्या वह नहीं है जो जोसुआ ने उससे भारत में सगाई की रात कहा था? क्या वह कारण नहीं था कि उसने उसे कक्ष से धकेल कर बाहर किया था? या वह सिर्फ एक नाटकीयता थी एक कुशल अभिनेत्री या पूर्णप्राशिक्षित अभिकर्त्ता की? किससे प्रशिक्षित? यह

जोसुआ ही था जिसने उसे आई.एम.आई. के लिए चयनित किया था।

"तब आपसे मुझे निवेदन करने दीजिए, कुलीन जुलिया" रॉबर्ट्स ने कहा।

"कृपया आप मुझे श्रीमति सैमुअलसन कहें। कर्नल रॉबर्ट्स। मैं इस उपनाम को ब्रोमफिल्ड की स्थित अपने परिवार में ही छोड़ती हूँ। उन लोगों के लिए जिन्होंने मुझे उस रूप में बचपन से ही पुकारा है। अन्य के लिए मैं श्रीमति सैमुअलसन हूँ।"

"आपकी माफी, श्रीमति सैमुअलसन। क्या हम आपके स्वामी को ऋण रूप में ले सकते हैं? शायद, कुछ सप्ताहों के लिए? भारत में शस्त्रों की कमी होती जा रही है, और वे अफगान सरहद तक जाने का अपना रास्ता नहीं तलाश कर पा रहे हैं—जहाँ कि उन्हें सही तौर पहुँचना चाहिए। उन आदमियों के हाथों में जो अपनी जान की बाजी लगाकर उनके संघर्ष को सहायता देने के इच्छुक है।

भारतीय परीप्रेक्ष्य में ऐसा कुछ नहीं है जिसे हम कर सकते हैं क्योंकि हम अपने घर या सरकार के लिए अस्वीकृत और स्वागतरहित हैं। परन्तु जोसुआ? उसने आई.एम.आई. के लिए कार्य किए। वह सब जानते हैं जो जानने योग्य है। वह वहाँ स्थित सभी लोगों को जानते हैं। बॉम्बे उसका घर ही है। उसका नगर! हमारे शस्त्र कहाँ है? केवल यह अंतिम माल की खेप नहीं बल्कि पहले की दो खेपें भी। सैकड़ों लाखों डॉलर मूल्य को कृपया?"

यह एक भावनाओं को उद्वेलित करने वाला भाषण था। एक निवेदन जो पूर्ण निर्देशित लगा। एक क्षण को कोई नहीं बोल पाया।

अंततः जब जोसुआ बोला वह अंतिम होने से सुदूर की बात थी। वह जानती थी कि उसे लिए छोड़ दिया जायेगा।

"क्या मैं और मेरी अर्धांगिनी क्षण भर के लिए इस पर सो सकते हैं? मैं उसे किसी निर्णय के लिए बाध्य नहीं करुँगा, और तब, कौन कह सकता है, उसने पहले ही कोई निर्णय ले लिया होगा।"

जुलिया ने उसके बाल के ऊपर हाथ फेरा, उसके कंधों तक इसे सरकाते हुए, उसके सिर की स्वयं में दबाते हुए ताकि इसका शीर्षभाग

उसके वक्षों में व्यवस्थित हो सके। वह खुशी से उसमें टिक गया, ऐसे किसी प्रेम का सार्वजनिक प्रदर्शन से अनपेक्षित।

वह अनमने से, एक अकेले श्वेत बाल से खेलने लगी, इसे इसके अश्वेत कुल जनों से अलग करती उसे तेजी से एवं दर्दरहित काटने के पहले। उसके लिए क्या वाह वही अर्थ रखेगा? अपने वादों से बंधा हुआ। उन मामलों में भी स्वतंत्रतापूर्वक कदम उठाने में असमर्थ जो भयंकर रूप से महत्त्वपूर्ण थे और यदि वह उसे उसके वादे के कारण
पकड़े थी—क्योंकि वह उसकी जिन्दगी के लिए भयभीत थी—क्या वह, सदैव उसे अपना कारामयक्ष के रूप में ही देखेगा? चंद खुशियों का कारागार? और क्या यदि उसने उसे उसकी पूरी स्वतंत्रता दे दी? निःसंकोच काम करने के लिए मानो वह जीवित नहीं। क्या वह किसी भी रूप में विवाह होगा? या मात्र एक सहवास की व्यवस्था, प्रत्येक अपने-अपने जीवन के साथ जो एक बिस्तर में मिलें? कैसे कोई अपना परिचय एक व्यक्ति के रूप में रखे-और फिर भी इतनी पूरी तरह दूसरे से जुड़े हैं? पृथक, परन्तु बंधित। साथ-साथ, लेकिन अलग भी वे चाहें। आजाद—शर्त्तों के साथ। साथ-साथ रहने के सर्वथा अयोग्य! विवाह की संकल्पना स्वयं में ही अयोग्य है। दो कभी नहीं दो शरीर एक जान हो पाये।

जब तक वे दोनों ही एक ही मानसिकता के न हों।

उन्होंने अपने अतिथियों से विदा ली। कर्नल रॉबर्टस खुश होते दिखे। अंतिम शांति (चुप्पी) उत्साहवर्धक लगी। देविका रानी भी खुश दिखी। शायद यह श्वेत स्पेनी मदिरा थी। यह महत्त्वहीन था, उनके पास पर्याप्त मदिरा थी, फोर्ड कार चालक सहित सीढ़ियों के नीचे तैयार थी। और अभी भी शाम समाप्त नहीं हुई थी, उन दोनों के ही लिए देविका रानी ने अपने हाथों को जोड़ लिए, अपने सीने के सामने, भारतीय 'नमस्ते' की मुद्रा में, जुलिया के गाल पर आवेगपूर्वक चुमा, एक हाथ से जुलिया की पीठ सहलाते हुए।

जोसुआ ने ऊपर कमरे में भोजन भेजने का आदेश दिया। शैम्पेन की एक बोतल के साथ जुलिया ने, चिन्तित होकर, पूछा यदि उनका बजट इसे बर्दाश्त कर सकता था।

"हम इसे जी लें, प्रियतमे," इस रत्तार से मैं शीघ्र ही आकण्ठ कर्ज में डुब जाऊँगा, कुछ और अधिक शायद ही अधिकाधिक को कुप्रभावित कर सकता है, क्या कर सकता है?"

परन्तु वह जानती थी वह व्यर्थ के विश्वासों में जी रहा था। क्योंकि उसने उसके लिए जब वे शादी किए अपने बैंक की धनराशि को खोल रखा था, और वे सभी ज्यादा स्वस्थ हो चुके थे। नहीं तो वह जॉर्जटाऊन में ऐसी किमती सुहागरात के लिए कभी नहीं सहमत होती।

वे कुछ देर असंबद्ध बातें करते रहे, कभी-कभी गृह-प्रेम के वश होकर उन अवसरों के बारे में जिसे वे साथ-साथ गत वर्ष बॉम्बे में अपनी सगाई के बाद बिताए थे। उसने शीघ्र ही उसके बाद ब्रोमफिल्ड में अपने दादा जी के पास वापस हवाई यात्रा की थी—और एम.आई.-6 से इस्तीफा दे दिया था। जैसा कि उसने उसे वचन दिया था। उसने भी अपने वचन का पालन किया था और आई.एम.आई. से इस्तीफा दे दिया था। परन्तु वह उन्हें अचानक नहीं छोड़ सका, अत्यंत छोटी चेतावनी पर, क्योंकि वह आई.एम.आई. में अधिक ऊच्च मुस्कुराते हुए जब वह उसकी पदासीन था जितना जुलिया एम.आई.-6 में पदारूढ़ हो चुकी थी। वह समझती थी। उसने अपने ताल्लुक आई.एम.आई. से कैसे तोड़ा था? क्या यह पीड़ादायी साबित हुआ था? अभिघातक भी? वह किसी दूरगामी प्रभाव का प्रदर्शन नहीं करता था, परन्तु क्या वह अपनी भावनाओं को छुपाने में कुशल था? अंततः वह पूर्व में एक अभिकर्त्ता ही तो था? परन्तु तब, वह भी ऐसा ही थी।

रात्रि भोजन के बाद वे पूरी शाम अंदर ही रूकने का निर्णय लिए। मौसम अरूचिकर हो गया था, और पहली वर्षा की बड़ी-बड़ी बूंदें खिड़कियों पर बिखरने लगे। इसने होटल के स्वीट को आरामदेह बना दिया।

विवाह के मात्र अभी दो सप्ताह ही बीते थे, उसने सोचा, और पहले से ही हमारे बीच की आबोहवा तनातग्रस्त है। क्या वे विवाह के पचास वर्ष बचे रह सकेंगे?

"प्रिय," अंत में उसने कहा, "मैं चाहती हूँ कि आप इस अध्यावसाय हेतु स्वयं ही अपना मन बनायें। कार्य करें मानो कोई वादे शामिल नहीं

थे। मानो हमारे बीच विवाह भी नही।''

''वह असंभव है,'' उसने जल्द कहा, ''मैं इसे उस रूप में नहीं चाहता। परन्तु खैर धन्यवाद।''

''अतः आप इस बारे में क्या करने जा रहे हैं, जोसुआ?''

इसके पूर्व कि वह जवाब दे पाता, दूरभाष की घांटियाँ बज उठीं यह कर्नल रॉबट्स था। उसने रिसीवर उठाया। वह सुन नहीं सकी कर्नल राबर्ट्स को क्या कहना था–और उसे सचमुच बहुत कुछ कहने को था, क्योंकि जोसुआ शांत था और बहुत देर तक सुन रहा था–परन्तु उसने जोसुआ का जवाब सुना। संक्षिप्त और पूर्ण प्रासंगिक' था।

''नहीं, मैक्स। जवाब 'नहीं' हैं।

उसने रिसीवर अन्यत्र रख दिया, उसे देखते हुए जब उसने किया, उसकी ओर आया–लगभग एक नव किशोर जैसा अपना ईनाम माँगता हुआ।

उसने उसके ओष्ठों पर चुम्बन लिया, उसे जोर से जकड़कर उसकी कमर को बाहूपाश में लिए जब वह उसे शयनकक्ष में ले गयी।

''क्या वह सुगन्धित तेल आपके पास शेष है?'' उसने लज्जा से पूछा। ''वह तेल जिससे बॉम्बे में आपने मेरी मालिश की थी? जिस रात्रि हम सगे हुए थे? या आप पहले ही उसे भूल चुके हैं?''

''मैं कभी इसे विस्मृत नहीं करूँगा,'' उसने कहा। ''जैसा कि होता है, मेरे पास इसके अनेक बोतल मेरे एक सूटकेस में भरा है। संयोग से ही, कहो।''

''हाँ। यदि रात में सोने में कोई परेशानी हो? आप कितने अग्रसोची है, प्रियतम। आप सभी चीजों के बारे में अवश्य सोचते हैं। परन्तु मैंने सोचा मैं एक परिवर्तन के लिए आपकी मालिश करूँ। यदि यह आपके लिए चमत्कारिक सिद्ध होगा, तात्पर्य–जैसा इसने मुझ पर असर किया था।''

उसका चेहरा मनोरंजन से लाल हो गया–और खुशियों की आशा से वह पूर्णतः निर्वस्त्र हो गया। उसने सोचा शायद वह अपने अंतःवस्त्र पहना हो–उस रात उसकी प्रारंभिक अल्पभाषिता का उसके लगभग लौटाने के लिए–परन्तु उसने कोई द्वेष नहीं किया, उसने उससे कहा। उसके विरूद्ध कभी नहीं, कभी नहीं जहाँ संभोग संबंधित था। वह अपनी इच्छा के अनुरूप उसके साथ कर सकी।

उसने उसके पीठ के नीचे दो तकिए रख दिए ताकि उनके ऊपर वह अपने शरीर का एक कोमल कमान बना सके, उसके सिर के बाद तक उसकी बाहें तनी हुई। उसकी काँखों के घने बाल और अन्य जगह के बाल सभी निराशाजनक रुप से तेल की जरुरत में दिखे। उसका पूरा शरीर तेल के लिए पुकार उठा।

वह भी निःवस्त्र हो गयी। उसके वस्त्रों पर तेल के धब्बों से उसे कोई शिकायत नहीं थी, उसने कहा, जब वह वस्त्रो के विन्यास एक-एक कर गिराती जाती थी, उन कदमों के दरम्यान में जिन्हें उसने जोसुआ तक आने में उठाए थे, बिस्तर के पायताने उसने उसके वस्त्रों पर अपने स्लिप और फीतेवाली ब्रा और फीतेवाली पैंटी की ढेर लगाती हुई।

वह बिस्तर पर लेटा था और उसके प्रत्येक प्रचलन को वह निहारता था, आश्चर्य से जैसे उसने इन गत दो सप्ताहों में किए थे, उसकी नवीनता के कारण। वह सदा ही उसके लिए उसी रूप में चिरस्थायी रहेगी। एक आन्नद! सभी जगह केवल भूरे बाल, कभी-कभार इसके लट उसके ललाट पर बिखर जाते थे। उसने इसे प्रायः अपने श्वास की फूँक से उड़ा दिया था।

वह उसके बगल में बिस्तर पर बैठ गयी, उसके पाँव जाँघों के नीचे सिमटें थे, और उसके पेट पर अधिक मात्रा में तेल उढेल दिया। यह एक तालाब था जिसमें वह डुबा सकेगी जब उसकी अंगुलियाँ शुष्क हो गयी थीं। दो तलहथियों से वृत्तीय गति में, अपने इसे उसके पूरे शरीर पर फैला दिया, वह मालिश की कला में कुशल नहीं थी–इसे पूर्व में नहीं किया था परन्तु उसने उसके हाथों को उन जगहों के लिए निर्देशित किया जहाँ वह मालिश की ज्यादा जरुरत महसूस किया।

वह उसकी तरह ज्यादा निष्क्रिय कर्त्ता नहीं हुआ था। वह अपनी अगुलियों को उसी तेल की मात्रा में डुबाने की जीद करता और उसी समय उसकी मालिश भी करता। उसके पास नियंत्रण नहीं था, क्योंकि वह केवल उसके शरीर के खास क्षेत्रों में ही पहुँच सका, जैसे वक्ष व जाँधो के क्षेत्रों में।

उसने उसे करने दिया, सिवाय जब उसके हाथ ने अपने शरीर पर मालिश करते उसके हाथों से हस्तक्षेप किया, जब उसने उस चित्त दुखाने वाले हाथ को अपनी काँघ में दबाकर विरोध जताया। उसने उसे जरूरत से अधिक समय तक वहाँ दबाए रखा, और उसने ऐसा होने दिया, उन दोनों की चाहत को उनके अंदर उफनता महसूस कर, जब तक कि उनके बीच का निरा स्पर्श उन दोनों के लिए एक असह्य 'पीड़ा' न बन गया, जब उसने बलपूर्वक उसे बिस्तर पर चिन लेटा दिया और अपनी देह से उसकी देह को ढक लिया।

उसने सही वक्त पर याद किया, और रूक गया।

"मैं सुरक्षित नहीं हूँ," उसने कहा।

"क्या यह महत्त्वपूर्ण है?"

"तुम गर्भवती हो सकती हो?"

"क्या यह सामान्य विचार नहीं है?"

उसने उसके सिर को अपने दोनों हथेलियों में भर खुद से दूर किया ताकि वह उसके ओष्ठों को चुम सके। वासनात्मक, माँगपूर्ण, भूखे चुम्बन जिसने उसे भी अचंभित किया, उनकी भावनाओं की अतिरेक में वह पहले कभी ऐसी कामेच्छा को नहीं जान पायी थी।

"क्या तुम आश्वस्त हो? विवाह के बाद इतनी जल्द?"

"प्रियतम, यदि मैं पूर्ण आश्वस्त नहीं होती, मैं आपसे विवाह नहीं की होती, क्या मैं करती? मैं अट्‌ठाईस की हूँ और आप पैंतीस वर्ष के मैं बच्चे चाहती हूँ, जोसुआ। कृपया?"

नि:संकोच उसने उसे ऊपर खींचा, उसमें घुसते हुए, तब अपने नीचे उसकी जाँघों को सीधा करते हुए, जब ज्वाला की तरह उन दोनों में भावनाएँ उबल पड़ीं।

वह उसपर कुछ समय तक लेटा रहा, जब उसका सिर उसके भूरे बाल में कहीं गुम था। उसकी ग्रीव के किनारों को सूँघता हुआ, जब तब अंग्रेजी में प्यार के शब्दों को गुनगुनाते हुए, जिसे वह समझती थी और

कुछ भारतीय भाषा में जिसे वह नहीं समझ पाती थी–परन्तु जो सचमुच मिठास से भरे थे।

प्यारे ईश्वर, उसने सोचा, किस प्रकार मैं पुनः इस महाआंनद को पाने में कामयाब हो सकती हूँ–यदि मैं इन्हें खो दूँ? और इस विचार ने उसे उसकी गर्दन के गिर्द स्वयं बाँहों को लपटने के काबिल बनाया और पीठ को और स्वयं में आत्मसात करने को उसे अपनी तरफ दबा दिया।

क्या वह भी ऐसा ही महसूस करता था? यह वह पूछने का समय नहीं था। जब वह लगभग उसके ऊपर निद्रामग्न हो चुका था। इसे उस अनुरूप होना होगा, उसने निर्णय लिया–उसका उसके ऊपर लेटना–इसलिए नहीं कि यह वह तरीका था जिसे उसने पसंद किया था। उससे महसूस किया कि वह शायद उसे आराम में खलल डाल रहा था। और इसलिए वह उसके ऊपर से लुढ़क गया होता–अर्थात् यदि उसने उसे ऐसा करने किया होता। इसलिए एक कुश्ती की स्पर्धा के बाद जिसे उसने जीता था, वह ज्यादा भारी थी परन्तु वह जुलिया से ज्यादा मजबूत था–वह विजय मुद्रा में उसके ऊपर से लुढ़क गया। वे आस–पास लेटे थे, जब उसके हाथ उसके वक्षों पर थे, उसकी जाँघें जुलिया की जाँघों के ऊपर, बगल में नंगी लेटी अर्धांगिनी की उपस्थिति का स्वाद लेते हुए, मानो मरती लहरें भोगे गए आंनद की आभा बिखेरती थी, वह अंततः नजदीक आती सांझ को देखने का इच्छुक नहीं था। उसने उसके वक्षों को प्रेम किया अपने हाथ को चुचकों के ।पर ले जाकर; वह उसके सीने के बालों से खेल रही थी।

''प्रियतम,'' उसने कहा, ''कर्नल रॉबर्टस को क्या कहना था?''

उसकी आवाज, कहीं नीचे उसके ग्रीवा प्रदेश में दफन की अस्पष्ट, निद्राजनक सुनाई पड़ी।

''कुछ ज्यादा नहीं, मेरी जान, उसने कोई उनर चाहा और मैं उसे कि 'नहीं' कह दिया।''

''हाँ, मैंने उसे सुना। परन्तु वह हमेशा के लिए अधिक देर तक जाता दिखा।''

''तुम जानती हो मैक्स कैसा है? जहाँ मात्र एक वाक्य काम कर

सकता है, अनुच्छेद का प्रयोग करता है। लम्बे उच्छवासपूर्ण यही मैक्स है–तुम समझो। भारत-पाक संबंधों के लिए वह मामला कितना अहम था, इस बारे में देर तक कहता रहा। ये सी.आई.ए. के आदमी, सिर्फ राजनैतिक झगड़ों के बारे में सोचते हैं।''

जुलिया का हाथ उसके सीने पर रूक गया।

''आपने क्या कहा, जोसुआ?''

''राजनैतिक झगड़े। भारत और पाकिस्तान के बीच यदि पाकिस्तानी शस्त्र अगवा करके भारत पहुँचाए जा रहे हैं। यद्यपि उसके पास एक हेतु है।

''नहीं! नहीं! मेरा मतलब भारत-पाक से है?''

''भारत-पाक संबंधों से। क्यों, क्या वह तुम्हारे लिए रूचिकर है?''

''इसे पुनः कहिए, प्रिय। केवल पहला लब्ज़।''

वह समझ नहीं पाया, परन्तु वह उसकी किसी भी इच्छा को अस्वीकार नहीं करना होगा, फिलवक्त नहीं जब वह उसके साथ इतना अधिक अच्छा महसूस कर रहा था।

''ठीक है, अब मैं इस कठिन विषय के बारे में कुछ कहने की कोशिश करता हूँ,'' उसने अपनी आँखें बन्द कर ली ''भारत-पाक, भारत-पाक, भारत-पाक, भारत-पाक। क्या मैं अब रुक जाऊँ? मैं एक तोते या एक क्रूर मैना की तरह बोलने जा रहा हूँ।''

वह हँसी, धीरे से उसके सीने पर प्यारी सजा के रूप में चपत लगाती हुई। वह उसकी तरफ स्वयं को कुछ ऊपर उठाते हुए ताकि वह उसके चेहरे को कुछ ही इन्चों के फासले से देखने में सक्षम हो सके, मुड़ी।

''मैं लिखना पसंद करती हूँ, जोसुआ। आपने उसे हरदम जाना है। पूरी सफलतापूर्वक नहीं–यद्यपि लंदन टाइम्स के संपादक ने मेरे दादाजी से कहा कि मेरी रचना अच्छी थी। जब मैं लिखती हूँ, मैं शब्दों के साथ जीती हूँ। उनसे खेलती हूँ। उसके साथ स्वप्न देखती हूँ। आप

कह सकते हैं। मुझे उनसे 'प्रेम-संबंध' भी हैं तुम ईर्ष्यालु नहीं हो, है न?''

उसने अपना माथा हिलाया, उदार रूप से अपने हाथ हिलाकर पुष्टि किया। उसने उन सभी के साथ सोने का उसकी पूरी अनुमति प्राप्त कर लिया, जब कभी वह ऐसी इच्छा करे।

''वे मेरे मस्तिष्क में कभी-कभार बज उठते हैं। मुहावरे, वाक्य, कभी-कभी केवल मात्र एक शब्द-जैसे इन्डो पाक। पहले और अंतिम को दो-दो वर्णों को गिराओ और तुम डी.ओ.पी. पा जाती हो।''

वह बिस्तर में परन्तु उठ बैठा, उसको एक तरफ आहिस्ते से हटाकर फर्श तक अपने पैरों का और अपने पीठ को उस तक हिलाते हुए।

''तुम ठीक हाँ हाँ, तुम हो। ओह, तुम बहुत ही सयानी हो, प्रियतमे मैंने कभी इस बारे में नहीं सोचा होता। यही वह शब्द है जिसे सी.आई.ए. के एजेन्ट ने अरब सागर में उस मालवाहक जहाज पर देखा था।''

'शायद, यह उस जहाज का पुराना नाम होगा'- 'द इम्पेरर' नाम पाने के पहले''

''नहीं, यह नहीं हुआ होगा, यदि ऐसा था, मैक्स अवश्य ही कहा होता। नहीं! इसे अवश्य ही एक शब्द होना चाहिए जिसे उसने जहाज पर देखा था। कह लो, खाँचे में रखे कैरेटों के ऊपर नॉरफोर्क से माल की खेपें चिह्नरहित कैरेटों में भेजी जाती थीं। ज्यादा सुरक्षित ताकि डॉक पर वह किसी का मयान उत्तेजित न कर सके। मतलब दुश्मन अभिकर्त्ता का ध्यान। परन्तु जब वह जहाज अदेन को पुनः पहुँचा, क्यों उन लोगों ने कैरेटों पर शब्दों को चित्रित किया। बॉम्बे पहुँचने के पहले।''

''क्यों?''

''क्योंकि, मेरा अनुमान है, कि वे डी.ओ.पी. के लिए समुद्री मार्ग से रवाना किया जाने को हैं। यह उस यातायात कम्पनी का नाम होना चाहिए जो बन्दरगाह पर 'बॉम्बे पोर्ट टंस्ट डॉक्स,' को कागजात सौंपेगी ताकि कैरेटों को उतार सके ओह, प्रियतमे, तुम बुद्धिमति हो।''

उसके लिए उसकी प्रशंसा सार्वजनिक थी। कम से कम जब उसने

उसे आवरणहीन बगल में लेटे देखा और यद्यपि दो सप्ताह पुराने विवाह में वह पहले अनेक बार हो चुका था, प्रशंसा पूर्णतः पहले जैसी थी–अनष्ट और आवणरहित।

वह प्रशंसा से लज्जा गयी–और उसे अपने साथ पुनः वापस बिस्तर में खिंच लिया।

''आप इस बारे में क्या सोचते हैं, जोसुआ?'' उसकी चिन्ता सच थी। यह उसकी समस्या भी थी।

''महत्त्वपूर्ण बात यह है प्रिय कि आप इस बारे में क्या करने जा रहे हो?''

''हाँ, यह हमारी समस्या है।''

''मैं तुम्हारा से पूरा वफादार नहीं था, जुलिया,'' उसने कहा। ''मैक्स के टेलिफोन कॉल के बारे में तुम ठीक हो। वह कुछ समय के लिए गया था और यह भारत-पाक संबंधों के बारे में पूरी बात भी नहीं थी।''

''ओह! क्या आप स्वीकार करेंगे? मैं आपको माफी का वचन देती हूँ।''

''सभी पत्नियाँ इतनी प्यारी और समझदार हों उसने एक फोन कॉल करने की धमकी दी–यदि मैंने 'नहीं' कहा।''

''किससे?''

''एम.आई-6 के एक निदेशक से। निवेदन करते हुए ताकि वे तुमपर उसके निवेदन से सहमति के लिए दवाब डाल सके।''

इस बार वह बिस्तर में उठ बैठी, अपने घुटनों तक बिछौने के विन्यास को सरकाते हुए, जब उसकी घायल कर देने वाली आँखें शीघ्र ही उसके चेहरे पर बरस पड़ीं।

''मुझे खेद है, जुलिया। वे गलत तरीके अजमायेंगे। मैं नहीं समझती कैसे दादाजी भी अस्वीकार करेंगे, है न? वे प्रायः ही उनकी अफ्रिका के अखाड़े में काफी मदद कर चुके हैं–जब भी वे उनकी मदद की आवश्यकता समझे। और यह ऐसा नहीं है मानो कोई वास्तव में खतरा है। एक साधारण अण्वेषण संभवतः तुम अपनी भी शर्त्तें रख सकते हो–सहमति से पूर्व।''

"जैसे?"

"जैसे उस आपरेशन की एक निश्चित अवधि का निर्धारण करना। कहो एक महीना?"

जुलिया ने मजबूती से अपना सिर हिलाया।

"मैं तुम्हें पूरे एक माह के लिए नहीं छोड़ सकती। मैं आपको एक सप्ताह के लिए नहीं छोड़ सकती–या एक भी दिवस के लिए"

परन्तु तुम ठीक हो। मैं अपनी शर्तें रख सकता हूँ-और मैं भी शर्त्तें रखूँगा।

जोसुआ ने उसे शकित दृष्टि से देखा। उसने उसकी आँखों में वह नजारा कभी नहीं देखें थे। भीचें होठों के साथ दबाव में ऊपर उठी ठुढीं–और उसकी आँखों में सर्द राजसी भाव–ने उसे लज्जालु, संवेदनशील, प्यारी लड़की को एक जिद्दी औरत के रूप में परिवर्तित कर दिया था। जो दृढ़ता से अपनी जमीन को पकड़े रहने को इच्छुक थी। उस रूप में उसे देखकर जोसुआ भयभित था। वह भुलता रहा, उसने स्वागत कहा, कि वह राजपरिवार से थी, और उसके जैसे सामान्यजनों से उनके बर्ताव के तरीके भिन्न थे।

"आओ, जुलिया। इसके साथ बाहर आओ तुम किस चीज को पाने के लिए आमादा हो रही हो? मुझे विश्वास है, नये पति को नहीं?"

इस कथन ने उसे नरम बना दिया।

"वह भी, शायद," उसने फटकार की हँसी के साथ कहा। "परंतु, निश्चित ही, मैं आग्रह करूँगी कि मैं आपके साथ जाऊँ। खुद पर एक नजर रखे। निश्चित करें। आप उन सभी सुन्दर भारतीय महिलाओं के साथ किसी मुश्किल में नहीं पड़ेंगे या तो वह हम दानों को ही पायें–या किसी को नही। उस रूप में हम सदैव साथ रहेंगे, प्रियतम, और यदि आप कहें कि कोई खतरा नहीं, क्यों, आपको खुशी से सहमत होना चाहिए।"

जोसुआ ने उसके तर्क पर निराशा में अपने हाथ उठाते हुए त्योंही चढ़ाई जो प्रहार के योग्य नहीं था। वह उसके साथ बहस किया होता

और यदि वह कारगर साबित नहीं होता। वह अन्य तरीकों को भी आजमाईश करता–जैसा कि एक प्यारी प्रेरणा के रूप में संभोग का प्रयोग–परन्तु बात बीच में ही रह गई।

दूरभाष की घंटियाँ बज उठीं। दोनों में से किसी ने भी उत्तर नहीं दिया। उसने उसे पाँच बार बजने दिया, तब, समर्पण की आह के साथ, ड्रेसिंग गाऊन निकाला, इसी की कठिनाई से सुलझाते हुए जब वह उस स्वीट के रहने के कमरे में प्रवेश किया।

यह, जैसा कि जोसुआ ने भविष्यवाणी किया था, उसके दादाजी थे, ब्रोमफिल्ड, इंग्लैंड के ग्यारहवें अर्ल।

अध्याय 3

वे अगली सुबह रवाना हुए। जल्द। सराय के बाहर सड़क से दूर टैक्सी पकड़कर, किसी टैक्सी को बुलाकर नहीं। उनकी वापसी की उड़ान डुलीस से थी। बावजूद वे राष्ट्रीय हवाईपट्टी को गए। टिकट बेचने वाले अभिकर्त्ता ने उनके टिकटों को बदल दिया और कैनेडी जाने वाले विमान में बैठा दिया। तब ब्रिटिश एयरवेज के मामयम से लंदन के लिए सीधी उड़ान।

बेंटले के साथ जेम्स उन्हें हिथ्रों में मिला। यह जुलिया का पुराना बेंटले था और जो उसे अत्यधिक खुशी देता था–जैसा कि जेम्स जानता था कि यह करेगा। वह सोलह वर्ष की उम्र से ग्यारहवें अर्ल के साथ रहा था–एक सामान्य साथ रहने वाला बालक जो अब वयस्क व्यक्ति था, और यद्यपि अब दोनों ही बड़े और वयस्क हो चले थे। अपनी एक स्थिर लड़की के साथ, वह अब भी उसे दूर से पूजा करता था। वह अपनी अदाओं में आकर्षक था। लम्बे केश कलाप में जिसे वह कंधे तक लंबा रखता था, जिसकी ठुडढी ओर गहरे काले आँख की बरौनियाँ जिसके बारे में जुलिया आशंका करती थी कि वह उनकी धमकाने वाली प्रकृति को और अधिक बल देने के लिए प्रत्येक दिन छूता था।

बेन्टले के बोनट पर जुलिया ने थपकी दी जब जेम्स समान को कार के पीछे बने बक्से में रखा। हिथ्रो से ब्रोमफिल्ड महज एक घंटे की यात्रा थी। वे लौज पर नहीं रूके, परंतु जुलिया ने जेम्स से कार को अत्यंत धीरे लगभग रेंगाने को कहा ताकि पुराना बैब ट्री बासे से निकल सके और तीव्रता से सलामी और सावधानी के लिए आ सके, जब जुलिया ने खिड़की को नीचे किया और मित्रता के अपने हाथ लहराये–स्वतंत्र हाथ जो जोसुआ के हाथ में समाये हुए नहीं थे।

जेम्स नहीं जानता था कि उम्रदराज क्रैब्रट्री ने जुलिया को बचपन में अपनी अच्छी चाय की बहुत सारी मफिन मफिन मिठाईयाँ खिलाया था। जोसुआ इस बारे में जानता था, क्योंकि जुलिया ने अपने ब्रोमफिल्ड में बिताए जीवन की अनेक घटनाओं को उसे बताया था, उसे जानने के

पूर्व, मात्र इसलिए ताकि वह उसके साथ वापस उसके पुराने पैतृक घर पर ज्यादा सहजता महसूस कर सके।

जोसुआ पूरी तरह निश्चित नहीं था। वह नहीं जानता था कि उससे क्या उम्मीद की गयी थी। यह पहली मर्तबा था जब वह ब्रोमफिल्ड आ रहा था ताकि कुछ समय रूक सके। निश्चय ही, यह सचमुच पहली बार था जब वह जुलिया के पति और ब्रोमफिल्ड के मालिक के रूप में दरवाजों को पार कर रहा था। नौजवान मालिक, यदि उसमें और ग्यारहवें अर्ल जो अभी भी चल-अचल संपत्ति के मालिक थे, में भिन्नता दर्शानी पड़े।

"आप स्वयं पर विश्वास रखें, प्रियतम," उसने फुसफुसाया "वे आपको पसंद करेंगे, मैं वादा करती हूँ। ये सभी नौकर हैं जिन्हें हमने मेरे सुदूर बचपन के दिनों से रखे हैं-सिवाय वहाँ जेम्स के-और वह भी पाँच वर्षों से अधिक समय से हमारे साथ है। अगर आप चाहें अपना हाथ हिलाकर उनका अभिवादन कर सकते हैं, वे उसे अत्यधिक पसंद करेंगे।"

जोसुआ ने इनकार कर दिया। यह उसकी कार्यशैली नहीं थी, उसने मुस्कुराहट के साथ कहा। वह राजपरिवार से नहीं था और वह थी, और होने की उसकी कामना भी नहीं थी। वह एक जन-सामान्य था-और उसे इसपर गर्व था। क्या राजपरिवार की उस लड़की को प्रलोभित कर? अह, अब वह एक पूर्णतः भिन्न बात थी। उसने उस गत रात्रि का पूर्णतः आनंद लिया था। क्या जुलिया ने भी आनंद उठाया था?

वह शर्म से लाल हो उठी, और उस बिन्दु पर अधिक बात नहीं की वह सिर्फ इतना चाहती थी कि वह सहज रहे, और वह महसूस करे कि वह एक जन-सामान्य है, उसे इसे बदलने की कोई इच्छा नहीं थी।

उम्रदराज अर्ल उन्हें सामने के दरवाजे पर मिले। वे अपनी अधीरता देर होने पर नहीं रोक सकते थे जो हुआ होता जब वे पूरी औपचारिकतापूर्ण अपने अध्ययन कक्ष में उनका स्वागत करते इसलिए वे खानसामे टॉमकिन्स और इम्मा, में साठ वर्षीया गृहिणी, जो एक समय जुलिया की धाय और माँ दोनों ही जिम्मेदारियों में थी, के आगे सामने की सीढ़ियों पर आ गये थे।

बूढ़े अर्ल, सदा की तरह आनंदित महल की अंतिम कुछ सीढ़ियों को हल्के पाँव चलकर उतर आये ताकि वे जुलिया को अपनी गर्म ओर मजबूत अगोश में भर सकें, जो चिरस्थायी था। पिछले अनेक वर्षों में किसी परिवार ने उसे इस तरह गले नहीं लगाया था जब तक जोसुआ उसे नहीं मिला।

उन्होंने गर्मजोशी से जोसुआ से हाथ मिलाया, जो वास्तविक प्रसन्नता से लबालब था, उन्होंने परस्पर मजबूत और नौजवान हाथ महसूस किया।

''ब्रोमफिल्ड में आपका स्वागत है, मेरे बच्चे! और शीघ्र ही आने के लिए धन्यवाद।''

उन्होने जोसुआ को अलग अपने अध्ययन कक्ष में ले गये। जुलिया को नहीं। उसे पहले एक स्वागत में खड़े कतारबद्ध लोगों से मिलना था। सभी नौकरों से, उनके पद के क्रम में, जब टॉमकिन्स और इम्मा उसकी आगवानी कर रहे थे, जब वे बर्तन माँजने वाली उस नौकररानी से मिले जो शिष्टाचारवश इतनी झुक गई कि वह लगभग गिर गयी, तथापि उसने जुलिया के दास्ताने रहित हाथ को पकड़कर आत्मरक्षा किया, और तब लज्जा के साथ जब-जब उसने उस वाक्य को याद किया वर्षों बिताएं।

''मैंने राजकुमारी आपकी व्यवस्था आपके पुराने कमरों में की है, तथा डा सैमुअलसन–अर्थात् नौजवान मालिक की महल के पूर्वी भाग में,'' इम्मा ने कहा।

जुलिया की त्योरी चढ़ गयी।

''हम क्यों एक साथ नीले स्वीट में नही रखे गये, इम्मा?'' उसने आहिस्ते से पूछा। ''वह ज्यादा आरामदायक होता और सटीक भी–एक विवाहित दम्पति के लिए।''

''हाँ, राजकुमारी, लेकिन सामंत इडवार्ड और उनकी पत्नी भी आ रहे हैं–वे मान्यवर अर्ल के साथ अमययन कक्ष में हैं-और इस संदर्भ में हमारे पास विकल्प नहीं है। उनकी पत्नी दृढ़ थीं कि वह अपने पति से अलग कोई अन्य कमरा नहीं लेंगी। क्षमा करें, राजकुमारी जुलिया, ये विदेशी सदा चीजों को उस रूप में नहीं देखते, जिस रूप में हम देखते हैं।''

''पूर्णत:, इम्मा। विदेशी?''

''हाँ, मेरी मालकिन। सामंतिन नौजवान मालिक की दुनिया का भाग–पाकिस्तान से आती हैं, मैं विश्वास करती हूँ। उनका नाम जिसे मैंनें तुरन्त अभी अच्छी तरह सिखना शुरू किया है-सामंतिन बेगम नसीम बानो!'' इम्मा ने विजयोल्लास के साथ समाप्त किया।

मतलब इडवार्ड और बेगम अभी भी साथ-साथ थे! सेसिली ने लिखा था कि उसने एक विधवा से शादी की है, जिसका स्वामी, जो नवाब था, शिकार खेलते हुए एक दुर्घटना में मारा गया था। उनके छ: बच्चे थे। नवाब से चार बड़े बच्चे और दो छोटे उनके अपने। वह एक आश्चर्य की बात थी, परन्तु जब उसने इसपर सोचा, वह देख सकी किस तरह एक अंग्रेज क्वारी ओर अर्ल की पोती के द्वारा परित्यक्त, वह पत्नी के लिए एक विदेशी की तरफ मुखातिब हुआ। वास्तव में परित्यक्त नहीं प्रेम वहाँ तक नहीं आया था। यह उन दोनों के लिए पूरी तरह पहला संभोग का अनुभव था। वे दोनों सोलह वर्ष के हो चुके थे। सेसिली, सामन्त इडवार्ड की बहन, ने केन्ट स्थित आवासीय विद्यालय की झाड़ियों में एकान्त मिलन-स्थल बनाया था जहाँ सेसिली और वह उपस्थित हुई थीं, उसके अलावा, सामंत और उसके विचार कि वह पहला संभोग का अनुभव करना होगा, थोड़े भिन्न थे। उसने अपने ओष्ठों को सिकोड़ चुंबन की उम्मीद की थी और आंखे बंद कर ली थी। कुछ पलों तक कुछ भी नहीं हुआ। उसने अपनी आँखे खोली और पाया कि उसके हाथ उसके वक्षों को टटोल रहे थे, जो उसके लिंग रहित तंग स्कूल यूनिफार्म के अंदर भी स्पष्ट उभारपूर्ण चित्रित थे। अत: उसने उसे जोर का तमाचा जड़ा, जिसपर सांमत इडवार्ड आँसूओं में फूट पड़ा। उसके बाद उसने झाड़ियों में आधे घण्टे का सबसे अच्छा भाग बिताया था, जब उसने उससे आँसू पर निमंत्रण के लिए निवेदन किया, यहाँ तक कि वह उसके हाथों को अपने वक्षों पर ले गयी ताकि वह उसे दिखा सके कि वह दु:खी चित्त नहीं थी और साथ ही क्षमा माँगने के रूप में भीं, वह एक आपदा सिद्ध हुआ था, उसे जितनी जल्द भूला जाये उतना अच्छा।

वह यहाँ ब्रोमफिल्ड में क्या कर रहा था, और उसकी पत्नी भी साथ में?

वह शीध्र ही पता कर लेगी।

ज्यादा आवश्यक समस्या जोसुआ था, जब उसे पता चलेगा कि वह उसकी तरह समान स्वीट के कमरों में व्यस्थित नहीं किया जा रहा है। सच, यह एक संयुक्त स्वीट था और एक संयुक्त दरवाज़ा था जो सदैव के लिए खुला रहेगा, परन्तु क्या अभी भी वह उसे अपमान मानेगा? इन संदर्भों में वह उसकी सांस्कृतिक मनोदशाओं के बारे में कुछ भी नहीं जानती थी? परन्तु वह जोसुआ को जानती थी, और उसे जानते हुए, वह आश्वस्त थी कि यह बात संतोषजनक रूप से निश्चित कर ली जायेगी।

पुरूष-जन स्पेन देश की श्वेत मदिरा को पहले ही खोल चुके थे। बेगम ने इनकार किया। उसके लिए अभी जल्द था, उसने कहा। उसने अपनी आभूषणपूरित अंगुलियों में लेमोनेड भरे प्याले को प्यार किया। यह उसके आभूषण थे–जिसपर जुलिया ने सर्वप्रथम ध्यान दिया। सोने और चाँदी के काम, 22-कैरेट का स्वर्ण हार उसके कण्ठ को सुशोभित करते थे, नजाकत से भरे कारीगरी के काम जो खास अवसर पर पहने गए वस्त्र के सामने से दिखते भागों के सतहों पर प्रदर्शित थे जो एक सोने के फीते में उसकी ग्रीवा को जकड़ रखा था। और लम्बे लटकते कर्ण-बालियाँ जो उसके सिर के प्रत्येक स्पन्दन पर झुल उठते थे।

क्यों मैं इन आत्महीनता की भावनाओं से ग्रस्त हूँ, जुलिया ने सोचा, जब मैं उस दुनिया के भाग से इन सभी खूबसूरत औरतों पर देखती हूँ? क्योंकि बेगम अपूर्व और माद रुप से सुन्दर थी, जरा-सी नीचे की ओर मुड़ी यहूदियों की-सी नाक और गालों की चौहदी करते कामुक होंठ-द्वय उसका सौंदर्य उस उम्रहीन वयस्क व्यक्तित्व से और भी देदीप्यमान था। आँखों में एक या दो झुरियाँ और दोहरी-सी दिखती ठुड्ढी शोभा के ही प्रकार थे।

वे आँखें जुलिया पर टिकीं थी। अनियंत्रित उत्सुकता से भरी-पूरी चुप घुरती व खोजती आँखें, बरोनियाँ, लम्बी और थकी-सी, सुन्दर काली आँखों पर झपक जाने को तैयार यदि घुरती आँखे अत्यधिक खोजती लगें।

इडवार्ड जुलिया की तरफ बढ़ा और अपने हाथों में उसके हाथों को गर्मजोशी से जकड़ लिया, एक दूरी बनाते हुए ताकि वह उसके पूरे व्यक्तित्व को देख सके, तब उसे अत्यधिक अपने पास खींचा ताकि वह उसके दोनों गालों को बारी-बारी से चुम ले।

जोसुआ ने सोफे से यह सब देखा जिसपर ग्यारहवें अर्ल भी बैठे थे, बेगम ने जोसुआ को देखा।

''तुम बहुत शानदार दिख रही हो, जुलिया!'' इडवार्ड ने कहा ''जब मैंने अंतिम बार तुमसे मिला तब से तुम और अधिक वयस्क हो गयी हो–पिछली बार कब हम मिले? बारह वर्ष पहले?''

जुलिया हामी भरी, अपनी हाथों को छुड़ाया और उस जगह टहलती चली गयी जहाँ बेगम सुरक्षित प्रेमी युगल के दो सीट वाली सोफे पर आराम से बैठी थी। जुलिया ने अपने हाथ प्रस्तावित किए, और बेगम, अभी भी बैठी हुई, उसे थाम लिया।

''मैं जुलिया हूँ,'' उसने कहा और मैं आपसे मिलकर बहुत ही खुश हूँ। मैं आपके बारे में मेरी बहुत अच्छी दोस्त इडवार्ड की बहन सिसली से बहुत कुछ सुन चुकी हूँ, जो मेरे साथ विद्यालय में थी, ब्रोमफिल्ड महल में आपका स्वागत है।''

बेगम ने अपनी बगल की सीट थपथपाया। ''आईए, मेरे साथ बैठिए, कुलीन जुलिया,'' उसने कहा। ''ये पुरूष-जन केवल काम की बात करेंगे और वे भयंकर रूप से मुझे उबन देते हैं। हम अधिक रूचिकर चीजों के बारे में बात कर सकते हैं?''

''मैं आपके साथ बैठकर खुशी महसूस करूँगी,'' जुलिया ने कहा, ''परन्तु एकमात्र छोटी शर्त पर।''

''ओह! और वह क्या है?''

''कि तुम मुझे 'जुलिया' पुकारती हो। नहीं। तो मैं आपको सामंतिन बेगम नसीम बानो कहने को बाध्य हो जाऊँगी।''

''वह भयंकर होगा। मैं एक पुराने और राजशाही भारतीय परिवार से हूँ। मेरे पिता अविवाहित ब्रिटीश भारत में चालिस्तान के महाराजा थे। मैं

उस राज्य की राजकुमारी थी। मेरा पालन-पोषण, जुलिया, आपसे अधिक भिन्न नहीं है। मैं इडवार्ड के साथ लोमड़ी की शिकार पर जाती हूँ और मैं उससे अधिक होशियार धुड़सवार हूँ–यद्यपि मैं आपसे वह नहीं कहती हूँ। मैं भी इंग्लैंड के ही एक आवासीय विदयालय से शिक्षित हूँ-वास्तव में ससेक्स में। जब अंग्रेजो ने भारत छोड़ा, पिता का राज्य भी इसी के साथ जाता रहा। यह भारत और पाकिस्तान के बीच टुकड़ो में बँट गया। हम अपनी पूरी संपत्ति गँवा बैठे, सिवाय कुछ अधिक मुल्यवान बक्सों में बंद खजानें, और एक राज सेवादार–हमारा कार चालक जो हमें नहीं छोड़ सकता था। लेकिन आपकी इन सभी बातों में कोई रूचि नहीं। मैं आपके और कर्नल सैमुअलसन का सुहागरात से अभी-अभी लौट आने के बारे में सुनती हूँ ? अमेरिका से ? मुझे इस बारे में पूरा बताईए।''

बूढ़े अर्ल ने आवाज़ के साथ अपने कंठ साफ किए। जुलिया ने इस इशारे को समझा और श्वेत स्पेनी शराब से उनके पैमाने को भर दिया, बेगम के बगल में बैठी, जिसकी स्वर्ण-जड़ित साड़ी का पल्लू उसके विशाल वक्षों से ढलक गये थे और महाकक्ष के फर्श पर फैल गया था। उसने उसे समेटने का कोई प्रयास नहीं किया।

''मुझे खेद है कि मैं इस संदर्भ में बहुत जल्दबाज हूँ, ग्यारहवें अर्ल बोले, ''परन्तु मुझे दो दिनों में वापस लंदन जाना है, और जैसा भोज हम कल ले रहे हैं, हम अभी के सिवाय अन्य दूसरा कोई वक्त नहीं प्राप्त करेंगे ताकि हम इस अति महत्त्वपूर्ण विषय पर चर्चा कर सके जिसे हमारे अमेरिकी मित्रों ने हम पर रख छोड़ा है।''

''भोज! कैसा भोज?'' जुलिया ने मुबाहिसे से पुनः नयी रूचि के साथ हस्तक्षेप किया। ''क्या हम भोज ले रहे हैं ? कब ? पहले हम इसपर ही चर्चा करें–यह हमारे अमेरिकी मित्रों के द्वारा हम तक लाने गये अप्रासंगिक बातों से बहुत अधिक अच्छा है, और हाँ, दादा जी, 'अप्रासंगिक' शब्द उपयुक्त है–क्योंकि यह मेरे पति और मुझपर एक झुठा आरोप है, और मैं आपसे कहने वाली हूँ, कि मैं इस बारे में बहुत कम सोचती हूँ।''

"मैं जानता हूँ, प्यारी मैं जानता हूँ और मुझे खेद है कि अमेरिका से तुम्हें और जोसुआ को इतनी जल्द लाया; तुम मुझे क्षमा करोगी, है न ?"

"और इसलिए, दादाजी, आपने हमारी शादी के उपलक्ष्य में भोज देना सोचा ताकि मेरी शिकायत को संतुष्ट कर सकें।"

"ठीक, मैंने अवश्य सोचा कि यह तुम्हारे और जोसुआ के सभी मित्रों को एक साथ इकट्ठा करने का एक अच्छा अवसर है–अपने भोज के महाकक्ष में, ठीक यहीं इस ब्रोमफिल्ड महल में ताकि इस शुभ अवसर पर आनंद मनाया जा सके–जोसुआ आप अपने देश में इसे कैसे व्यवस्थित करते हैं?

जुलिया हँसी से फूट पड़ी। "अच्छी कोशिश, दादाजी, परन्तु यह अब भी उपयुक्त नहीं होगा। अतः आपने थोड़े मित्रों को जो आपके लिए महत्त्वहीन हैं इकट्ठा कर सोचा कि आप मुझे संतुष्ट कर देंगे? आप मेरे बारे में कितना कम जानते हैं।"

ग्यारहवें अर्ल की आँखों में मुस्कुराहट का भूत दिखा जब उन्होंने कहा। "क्या तुम लोगों को मेरे या तुम्हारे लिए महत्त्वहीन कहा जिन्हें मैंने तुम्हारी जोसुआ से शादी के उपलक्ष्य में आयोजित आनंद–भोज पर आमंत्रित किया है? क्या तुम कहोगी कि माननीया महारानी हमारे लिए महत्त्वहीन थीं?"

"सचमुच?" जुलिया ने अपनी श्वेत मदिरा के पैमाने के अंदर देखा। "इसलिए आपको सभी अवरोधों को समाप्त करना था, क्यों, दादाजी? मेरी राजशाही से निवेदन करो, महारानी से और देश से, ताकि यदि मेरे पति दो सप्ताह के भीतर मारे जाते हैं, क्या यह मुझे बेहतर महसूस होगा?"

"इसके विपरीत, यह महारानी थीं जिन्होंने चाहा था। वह उनमें एक हैं जो लंदन टाइम्स में छपे विवाह की उद्घोज़णा को देखकर मुझे बुलाया और सलाह दी, अपने राजसी आवाज में, कि नव दम्पति के सम्मान में एक रात्रि–भोज होना चाहिए और वह कितना याहाँ मौजूद होने की आशान्वित थी, मैं इसे समझ नहीं सका, जब तक कि महारानी के

सचिव ने मुझे बुलाया और विश्लेषण किया। स्पष्टतः महारानी अपने जेन आस्टिन के प्रथम संस्करण प्राप्त कर चुकी हैं, और उनमें से एक जोसुआ और तुम्हें विवाह के उपहार के रूप में देना चाहती हैं, खासकर जब तुम्हारे बच्चे साथ आ जायें।''

जुलिया ने जोसुआ को आरोपित करती एक ऊँगली हिलायी।

''आप इस बारे में जानते थे और आपने मुझसे नहीं कहा?''

''प्यारी, मुझे इस बारे में मात्र बीस मिनट पहले तक, कुछ भी मालूम नहीं था। मैं कब से एक अवसर की तलाश करता आ रहा हूँ कि मैं तुम्हें इस बारे में पूर्ण संतुष्ट कर सकूँ, परन्तु जब से हम यहाँ मौजुद हैं, तुम कहीं भी मेरे नजदीक नहीं रही हो। मैं पहले से ही तुमसे मिलने को बेचैन हूँ।''

''उनका पहला वैवाहिक झगड़ा,'' बेगम ने आनंदपूर्वक कहा।

''कितना मजेदारँ आगे बढ़ो, जुलिया, उन्हें यूँ मत जाने दो, उनसे कहो कि तुम कितनी छली हुई महसूस करती हो, इसके बाद जब तुमने अपना सर्वस्व उन्हें दिया है। सुहागरात समाप्त हो चुका है।''

जुलिया हँसी ''हमारे सभी वैवाहिक विवाद इतने सरल हों जितना कि यह है।'' उसने कहा। ''ऐसे विवाद की रचना भी अत्यधिक आनंदकर होगी।''

बूढ़े अर्ल ने आकाश की ओर अपनी नजरें घुमाई।

''कृपया,'' उन्होंने दुःख प्रकट किया, ''क्या हम वर्तमान कार्यकलाप की तरफ वापस हो सकते हैं–इसके बदले कि हम वैवाहिक विवादों और उनके समाधान पर बगलगीर हो जायें? मुझे खेद है यदि मैंने इस रूप में तुम्हारे सुहागरात में कोई अवरोध पैदा किया हो, जुलिया कि इस संदर्भ में हमारे पास कोई विकल्प नहीं था। मैं जोसुआ से भी माफी माँग चुका हूँ। वे समझते हैं, वे पूर्ण आश्वस्त नहीं है कि तुम करोगी।''

''मैं नहीं करती,'' हर्ष से चहकती जुलिया ने कहा। ''और हम कौन हैं?''

''इडवार्ड और मैं, हाँ क्या आप नहीं जानते?''

''क्या नहीं जानते? मुझसे कोई भी कुछ नहीं कहता। मुझे क्या जानना चाहिए?''

''तुम अनभिज्ञ हो, प्यारी,'' बेगम ने कहा। ''मेरी प्यारी, मुझे आजमाने दो यदि मैं तुम्हें पूरा विवरण से सतुष्ट नहीं करती। तुम्हारे दादाजी अफ्रीकी ब्यूरो के निदेशक हैं–परन्तु उस वाकये को तुम पूर्व से ही जानती हो।''

जुलिया ने हामी में सिर हिलाया।

''क्या तुमने इस तथ्य पर आश्चर्य किया है कि अन्य ब्यूरो के कौन-कौन निदेशक हैं? क्या जोसुआ ने तुमसे कभी नहीं कहा? क्या तुमने उससे कभी नहीं पूछा? वह सभी को जानता है। मैंने अनुमान किया शायद उन्होंने तुमसे कुछ रहस्य बिस्तर में साझा किए हों।''

जुलिया हिचकी नहीं। जोसुआ को इस बात के लिए उसकी प्रशंसा करनी पड़ी। वह अपने दादाजी को अपने दिखावटी गुस्से से तंग कर सकती थी और उनके द्वारा तंग हो सकती थी–परन्तु बेगम जैसी अजनबी उसे क्षण भर के लिए भी क्रुद्ध नहीं कर सकी, पालन-पोषण के अच्छे अंदाज ने उसे क्रुद्ध नहीं होने दिया।

जुलिया ने अपने घुटनों तक अपने घाघरे को तानकर सीधा किया–लम्बी खाँच, जो स्कर्ट के अव्यवस्थित होने के कारण हो गयी थी, जाँघ को कुछ अधिक ही प्रदर्शित कर रहा था जितना इस वर्तमान संगति में उचित माना जाता, और कहा–उन्होंने एक समय प्रस्तावित किया। जिस दिन हमारी सगाई हुई थी। पेरिस में, पैदल-पथ के नजदीक एक मेज पर गर्म धूप में बैठे, डि ला रिपब्लिक नामक जगह के नजदीक, जब हम एक प्लेट डेनिश पेस्ट्री और उनम फ्रॉंसीसी शराब की एक ग्लास साथ-साथ साझा कर रहे थे। वैसी सुन्दर शराब मैंने कभी नहीं ली है। मैंने उनसे कहा कि मैं नहीं जानना चाहती।''

''परन्तु क्या तुमने कभी आश्चर्य किया कि दक्षिण-पूर्व एशियन ब्यूरो के निदेशक कौन थे? अच्छा, तुम अब जानना चाहती हो। ये इड्वार्ड हैं। मेरे पति एक श्रेष्ट गुप्तचर हैं। मैं नहीं जान पायी, बस कुछ क्षणों पहले तक, जुलिया, और मैं हैरान रह गयी। मुझसे ब्याह करने के पहले क्यों नहीं वे मुझसे कह सके?''

उसने ठगा महसूस किया और इसे प्रदर्शित किया, इसके लिए उसने एक तरीका अपनाया। उसने अपने सिर को पीछे ले जाकर अपने लेमोनेड पेय को मुँह में उड़ेल लिया।

"मैं थोड़ी मदिरा लूँगी," उसने कहा। "इडवार्ड, प्रियतम, क्या आप मेरे लिए थोड़ी श्वेत स्पेनीश मदिरा पैमाने में उड़ेलेंगे? मेरे पिता के घर, मैंने सर्वोत्तम विदेशी मदिरा ली है। परन्तु हमेशा ही मर्यादित मात्रा में।" इडवार्ड ने कृतज्ञ किया।

"ठीक, बेगम सही हैं," अर्ल ने कहा। "इडवार्ड के पास यहाँ हमसे कहने को कुछ है और हमें उसके लिए यहाँ लाना पड़ा हमें जोसुआ की जरूरत है। सरल रूप से हमें यही कहना है। और वह मुझसे कहते हैं कि हम उनका साथ नहीं पायेंगे क्योंकि वह तुम्हारे पल्लुओं से बंधा हैं–ये मेरे शब्द हैं, उसके नहीं। मैंने तुम्हारे बारे में उस तरह कभी नहीं सोचा, जुलिया, तुम उस किस्म की थी, मैंने सोचा, जो उन्हें अपना रास्ता चुनने दिया होता–कम से कम ब्याह के कुछ प्रारंभिक वर्षों में, क्यूँ इसके इतर तुम उन्हें जंजीरों में जकड़ ली हो।"

उसने उसे इस बात पर सहमति जताते देखा। आदमी का अर्थ ही शादी के बाद अपनी पत्नियों के द्वारा जंजीरों में जकड़ दिया जाने वाला निरीह प्राणी है। उनकी पत्नी, जुलिया की दादी, जिनके देहांत को अब तीस वर्ष हो चले, ने उन्हें ठीक से प्रशिक्षित किया था। उन्होंने उनकी पूजा की थी।

"क्या आप इसका विश्वास नहीं करते?" जुलिया ने कहा। "मैं आपको उन जंजीरों के चिह्न अपने ऊपर भी दिखा सकती हूँ। परन्तु मैं अपने दो हफ्ते के–या पचास वर्ष के–पति को कभी अनुमति नहीं दूँगी कि वह कम-से-कम कारण जाने बिना ही मारा जाए?"

"मारा जाए?" इडवार्ड ने हस्तक्षेप किया। "कहीं कोई खतरा नहीं है। कोई खतरा नहीं। यह एक जाँच-पड़ताल मात्र है। एक सरल पूछताछ और वह आपके पास सीधे घर वापस आ जायेंगे।"

"क्या आप आश्वस्त हैं?" जुलिया ने निर्दोष भाव से पूछा।

"ओह, पूर्णतः निश्चित!" इड्वार्ड ने कहा।

जोसुआ, जो जानता था कि क्या आने जा रहा है, बड़ी मुस्कुराहटों में फूट पड़ा, उसने अपनी हथेलियों को मुँह पर रख इसे छुपा लिया।

''तनिक कोई खतरा नहीं? किसी भी तरह का कोई खतरा नहीं?'' जुलिया ने हठ किया।

''कुछ नहीं! कुछ भी तो नहीं।''

''तब आपको मुझसे आपत्ति नहीं होगी, मैं समझता हूँ, यदि मैं उनके साथ जाता हूँ? वहाँ, जोसुआ, सब कुछ अच्छी तरह बंदोबस्त हो चुका है। इड्वार्ड ने हम लोगों से कहा कि वहाँ, किसी भी तरह का खतरा नहीं है, इसलिए न वह–और न ही दादाजी–बॉम्बे में हमारी सुहागरात को जारी रखने पर कोई आपत्ति नहीं कर सकते। वहाँ, प्रिय, मैंने आपसे नहीं कहा, कि मैं इसे हल कर दूँगा?''

''बकवास!'' इड्वार्ड चिल्लाया। ''पूर्णतः असंभव! वह अत्यंत छोटी यात्रा कर रहा होगा; तुम जैसी औरत के लिए कोई जगह नहीं। तुम उसके साथ होना नहीं चाहते।''

''ओह, मैं जानती। जोसुआ, यह हमें भारतवर्ष को थोड़ा और देखने का एक अवसर देगा–जब उसके खर्च का भुगतान कर दिया जायेगा, मैं समझता हूँ?'' यह अंतिम प्रश्न इडवार्ड को इंगित कर कहा गया था। ''इसलिए अब तुम मेरी शर्त्तें जानते हो, जहाँ वे जायेंगे, मैं जाऊँगी, या आसान शब्दों में, वे नहीं जाते है।''

इडवार्ड अचानक अपनी कुर्सी में पीछे की ओर खिसका। वह पराजित था और इसे वह जानता था।

''तुमने अच्छा कहा, जुलिया,'' बेगम ने कहा, जुलिया के घुटनों पर थपकी देती और अपने पैमाने को जुलिया की प्रशंसा में उठाती।'' अपनी शर्तें छोड़ दो। पुरूष-जन–उन्हें तो चमड़े के पट्टे में बांधकर चारों तरफ पीछे-पीछे घुमाने चाहिए। बच्चे पैदा करने वाले! यही वह सब कुछ है जो वे सोचते हैं कि हम उसके लिए सक्षम हैं। मुझे ही लो। छः बच्चे–दो पतियों के माध्यम से और यदि वे अपने रास्ते रहते, मैं उनके लिए पूरी ही क्रिकेट टीम पैदा करने को बाध्य होती।''

''आप हम लोगों से क्यों नहीं कहती कि समस्या क्या है?'' जुलिया

ने धीरे से कहा। ''तब हम निर्णय करें, केवल मैं ही नहीं–जोसुआ भी।''

वह उन सभी के पूर्ण नियंत्रण में पुनः झुक गयी। सिवाय जोसुआ के वह भी पीठ के बल टेक ले रहा था, उस तमाशे का आनंद लेते जिसमें उसने सभी को फेंक दिया था। उसने भी उसके लिए अपने पैमाने को उठाया–जैसा कि बेगम ने थोड़ी देर पहले किया था।

यह करूणाजनक था कि वह ठीक उसके बगल में नहीं बैठ रही थी, जुलिया ने सोचा। उसने क्या किया होता? झुककर उसके कानों में उसके लिए अपनी प्रशंसा कहा होता? बूढ़े अर्ल इसपर पुनर्विचार नहीं किए होते–संभवतः अनुमोदन भी किए होते, जब वे अपनी पोती को जोसुआ के द्वारा उसके कानों में गुदगुदी से चमकते पाते। परन्तु, जैसा कि उसने पाया, इडवार्ड ऐसे किसी सार्वजनिक प्रेम-प्रदर्शन को घृणा करता था-बेडरूम की बातें बेड रूम तक की सीमित होनी चाहिए और बाकी जगहों पर उसे भूला जाना चाहिए–जैसा कि बेगम ने बाद में जुलिया के सामने रोना रोया।

इडवार्ड ने शुरू किया, ''जैसा कि आप जानते हैं, समस्या की शुरूआत अफगानिस्तान पर सोवियत आक्रमण से हुआ। जहाँ तक हमारी चिन्ता है, यह युद्ध है। निर्दयी, बर्बर, क्रूर, कोई भी अवरूद्ध नहीं, कोई दया-दान नहीं। मैं वहाँ मौजूद था–जब नसीम ने खोज निकाला। वह है, मेरे एम.आई-6 के साथ संबंध को मुजाहीदीन हथियार चाहते थे अमेरिकी सहायता को अनिच्छुक थे एम.आई.-6 ने पी.एम.-1 के साथ हथियार स्थानांतरण की सारी व्यवस्था किए। हम दुनिया के उस भाग से अधिक परिचित हैं और अमेरिकी पाकिस्तान पहुँचने के बाद नाखुश थे जब उन्होंने हमें दुश्मनों को भगाते और हथियारों को बेचते पाया।

अच्छा, बात काफी आसान लगी। पहले उन्हें जहाज से कराची ले जाओ, तब उन्हें रेलगाड़ी के द्वारा पेशावर के लिए रवाना करो। परन्तु उस भाग को आप पहले से ही जानते हैं।, कर्नल रॉबर्टस ने हमे बताया कि वे इसपर आपको सारी सूचनाएँ दे चूके थे-और उस बर्बादी पर भी जो बार-बार हुआ। लगभग मानो यदि वे सी.आई.ए. में कोई गद्दार पाले हों। उस किस्म की बातें बहुत निराशाजनक हो सकती है। सैकड़ों लाख

डॉलर के हथियार बरबाद हो गये और स्वतंत्रता सेनानी हमारे द्वारा अपने उपकरणों के कुचालने के कारण मारे जाते रहे। ऐसी बातें कतई हमारे द्वारा की गई व्यवस्थाओं की कलई खोलती है। सेनाध्यक्ष सी.आई.ए. और एम.आई–6 और पी.एम–1 और संपूर्ण व्यवस्था से पूर्णतः पागल की तरह असंतुष्ट था।

मैं नहीं कह सकता कि मैं भी उन्हें दोषी ठहराता हूँ। उसने कुछ लाख अफगान स्वतंत्रता सेनानियों को शरणार्थी के रूप में अपनी उत्तरी सीमाओं पर और अपनी उत्तरी सीमाओं के अन्दर पाया है। यह किसी खतरनाक बारूद का कभी भी विस्फोट कर जाने जैसा है। वे आसानी से उन्हें उकसा सकते हैं, खासकर यदि त्रुटिपूर्ण उपकरण उन तक भेजा जाता है। जन–वध वेदना पैदा करती है, और वेदना घृणा। और वहाँ घृणा का बारूद अधिक मात्रा में विस्फोट के लिए एकत्रित है।''

छोटे सामंत रूक गए। तैलीय और सावधानी से भरे बालों पर कंधी किए उनका बच्चों का–सा चेहरा उनके दुबले–पतले सीधे खड़े शरीर पर उनके बोलते ही कंपता था। लम्बी छरहरी अंगुलियाँ श्वेत शराब का पैमाना को जकड़ रखी थीं तीक्ष्ण रोशनी से भरी चुभती नीली आँखें उन लोगों को नही देखने वाली थीं।

''सेनाध्यक्ष से स्पष्ट बात करनी चाहिए,'' उसने जारी रखा, ''वाह हमारे पीठ पीछे कुछ भी नहीं किया। उसने मुझे अंदर बुलाया- स्मरण करें मैं उसे समय पाकिस्तान में था। और उसने मुझसे कहा वह अन्य इंतजामात करने जा रहा था–और उसने किया। हॉलाकि उसने मुझसे जिक्र नहीं किया कि वे क्या थे।''

छोटे सामत पुनः रूके। वे आश्वस्त नहीं थे कि इन सभी बातों को किस हद तक वे उनसे कहते रहेंगे। यदि वे अपनी मर्जी में आते, जो भी बातें दूसरों की जानकारी में आ गयी, वे नहीं आ पातीं। यदि जुलिया की मानें तो उसने ही उन्हें इस प्रतिबद्धता के लिए बाध्य किया था।

''अच्छा, उसने मुझसे एक बात नहीं कहा, परन्तु सब कुछ सामान्य रूप से अच्छा चल रहा था। असलह स्वतंत्रता सेनानियों तक पहुँच रहे थे। और अच्छी स्थिति में भी–इन दो महीनों के पहले तक, जब

असलहों की दो समुद्री खेपें खो गयीं। ठीक उसी समय सेनाध्यक्ष ने मुझे पुनः बुलाया। मैं लंदन से सीधी उड़ान भरा। और इस उड़ान ने मुझे नसीम के साथ होने का अवसर दिया जो पहले से ही अपने परिवार से मिलती वहाँ मौजूद थी—और यह तभी संभव हो सका कि सेनाध्यक्ष ने मुझे गुप्तता की शपथ पर सारी जानकारियाँ मुझे दी।''

''सेनाध्यक्ष भारत के प्रधानमंत्री के पास गया। थार के एक परित्यक्त किले में एक गुप्त सभा का आयोजन किया गया। भारत और पाकिस्तान की सीमाओं के मध्य एक आसान-सी जगह जहाँ सुरक्षा को दुरूस्त रखा जा सके, क्योंकि कुछ भी वहाँ नहीं रहता। छोटे-छोटे बालू के टीले, जो अपवाद स्वरुप थे क्योंकि दुनिया के दूसरे भागों के मरूस्थलों में ऐसे टीले शायद ही थे। और सुनशान तो ऐसे जैसे नरक हो। वहाँ उन्होंने एक संधि की। प्रधानमंत्री एक ऐसे व्यक्ति को खोजते जो असलहों को समुद्री रास्ते भेजने का कोई उपयुक्त व्यवस्था कर सके, वह भी पाकिस्तान के नहीं बल्कि भारत के रास्ते, उसका गुप्त नाम राजा था। सेनाध्यक्ष दूसरे ऐसे व्यक्ति को पाए उसका गुप्त नाम बहादुर था, जो असलहों के सीमा पार होने के बाद उचित मार्ग की व्यवस्था करने वाला था। राजा और बहादुर उसी अनुपयोगी किले में संविदा की शर्तों पर हथौड़ की चोट करने मिले थे दो हस्तलिखित प्रतिलिपियाँ उन दोनों में प्रत्येक के पास थीं। प्रधानमंत्री और सेनाध्यक्ष के द्वारा उस दस्तावेज का नामकरण भी किया गया, उनकी उस वैयक्तिक वार्ता में, 'थार दस्तावेज' के रूप में।

और इसने कमाल ही कर दिया! कुछ समय तक मुजाहिदीन ने सोवियतों को कड़ी-कड़ी टक्कर दे उनका हाल नाटकीय बना दिया। वे उनके प्रतिरोध के सामने झुक गए। हाँ, मेरा मतलब सोवियतों से है, परन्तु वे इस संदर्भ में बहुत अच्छा नहीं कर पाये। भारत ने पहले ही उन्हें मशविरा दिया था, राजनयिक रास्तों से, कि वे अफगानिस्तान से बाहर आ जायें—और वे उस मशविरे को अस्वीकृत कर गए थे। अंतिम रूप से भारतवर्ष उनका मित्र राष्ट्र था। वे अपने किसी मित्र देश में किसी सामान की खेप को अच्छी तरह तबाह नहीं कर सके। और वह मार्ग

जिसे राजा और बहादुर ने योजनाबद्ध किया था असलहों को व्यावहारिक तौर पर जितना संभव था अफगान सीमा के अत्यन्त निकट ले गया, पंजाब के रास्ते और लाहौर में, जहाँ वे कड़ी सुरक्षा में पाकिस्तान में प्रवेश कर गए। ऐसा लगा उन दोनों ने समस्या का समाधान खोज निकाला–जब तक कि कुछ गलत नहीं हो गया।

''क्या गलत हुआ?'' जोसुआ ने तुरन्त ही पूछा।

''अच्छा, हम सर्वथा नहीं जानते। यही है जिसे तुम पाने जा रहे हो जो कुछ भी हम जानते हैं वह यह कि तब भारतीयों ने उस पाकिस्तानी की हत्या कर दी।''

''क्या?'' जोसुआ ने धीरे से पूछा। ''क्या आप आश्वस्तु हैं?'' बेगम भी सुनकर सन्न थी। बूढ़े अर्ल, सदा की भाँति असामान्य स्थितियों में भी अप्रभावित, ने अपनी पलकें नहीं झपकाई–या शायद वे पहले से जानते थे। जुलिया ने अपनी बाँहों को एक-दूसरे से आबद्ध मोड़कर बाँध लिया, इस सनसनी में इडवार्ड के इस कथन ने और भी अंगारे दिए थे जिसने वहाँ उपस्थित सभी लोगों को अत्यधिक सदगपूर्ण किया था। जोसुआ ने भी अविश्वास में अपने हाथ हिलाये। शायद राष्ट्र के उच्चस्थ गुप्तचर पर लांछन लगाये जाने के कारण ने भारत के स्वयं प्रधानमंत्री के द्वारा चुनाव किया जाना इस क्षेत्र में कार्यरत सर्व विशवस्त गुप्तचरों में एक का तो होना तय ही था–उसके चेहरे पर एक अविश्सनीय दृश्य उत्पन्न कर गया था।

''उन लोगों ने एक व्यवस्था बनायी थी–राजा और बहादुर ने–ताकि वे मिल सके, उस दुरूपयोगी किले में, परन्तु मात्र यदि दोनों में एक इस वास्ते की माँग करता। उनकी पहली वार्ता सभी अर्थों में एक मित्रवत वार्ता थी।''

''आप कैसे जानते हैं?'' जोसुआ ने पूछा।

''क्या मैं कैसे जानता हूँ?''

''कि वह वार्ता मित्रवत थी? क्या आप वहाँ मौजूद थे?''

''नहीं, केवल वे दोनों ही मिलेगें–ऐसी ही व्यवस्था थी। लेकिन हमारे आदमियों ने वापस सेनाध्यक्ष को सूचित किया। उस भेंट के बारे

में सभी जानकारियाँ दी, और इस संबंध में उसकी सूचना यह थी कि वह भेंट एक मित्रवत भेंट थी। मुकाबले की सफलता शायद ही उन्हें अधिक प्रसन्नता दी होती राजा ही वह व्यक्ति था जिसे वे आदर देते थे यहाँ तक कि भाई जैसा प्यार देते थे–ये अक्षरश: उनके ही शब्द है।''

''उसका नाम क्या था?'' बेगम ने पूछा।

''किसका?''

''पाकिस्तानी खुफिया जासूस का?'' जोसुआ ने कहा। ''उसका जिसे तुम हत्या किया गया बताते हो। गुप्त नाम। बहादुर, बहादुर–कौन था?''

''कर्नल रसीद खान–एक पैठान। एक पर्वताकार व्यक्ति। छ: फीट चार ईंच लम्बा और शारीरिक सौष्ठव जैसा कि केवल पैठान का ही हो सकता है। पतला और मजबूत–एक आउंस भर भी कहीं चर्बी नहीं, पुराने जमाने के किसी योद्धा की-सी शारीरिक कसावट। वह हमेशा पगड़ी पहना करता था जिसकी एक छोर के पीछे लटका होता, जैसा कि अधिकतर पैठान लड़ाके सिर पहनते हैं, ताकि वे गर्मी में अपने चेहरे पोंछ सकें। उसके लिए यह वैयक्तिक था। वह उत्तर-पश्चिमी सीमा प्रान्तों से आता था, और वह स्वेच्छा से सोवियतों को परास्त करने के क्रम में वीरगति को प्राप्त करता-परन्तु एक 'मित्र' के हाथों नहीं, जो एक गद्दार और कायर साबित हुआ।''

''आप ऐसा किस आधार पर कहते हैं?'' जुलिया ने प्रश्न किया।

''उनमें से एक, कौन, हम नहीं जानते, ने आकस्मिक भेंट की माँग किया था। यह 23 जुलाई को आयोजित होना था। उन्होंने क्या चर्चा की, हम नहीं जानते। वार्ता समाप्त हो चुकी थी। परन्तु यह प्रार्थना का वक्त था। राशिद खान नमाज में नमाजी पर घुटनों के बल झुक गया, उसकी आँखें बन्द थीं, जैसे ही उसने अपने ललाट को जमीं से स्पर्श करने के लिए झुका, राजा ने उसके सिर के पीछे गोली मार दिया। फाँसी देने की शैली में। कायरतापूर्वक, मुझे कहना चाहिए, क्या आप ऐसा नहीं कहेंगे?''

''दूसरे गुप्तचर का क्या नाम था?'' बेगम ने पूछा। ''वह भारतीय गुप्तचर–राजा–जिसने बहादुर की हत्या की?''

इडवार्ड ने अपनी मुट्ठी को अपनी हथेली पर गहरी निराशा में मारा। ''हम नहीं जानते। यही वह बात है जो अत्यंत क्षोभदायक है।''

''आप किस प्रकार एक गुप्तचर का नाम जानते हैं और दूसरे का नहीं?'' जुलिया ने पुनः अविश्वास से पूछा। उसे इससे नफरत थी कि वह उन सभी बातें जो उससे कही जा रही थी को स्वीकार करने में सक्षम नहीं थी।

''क्योंकि हमारे आदमी हमसे नहीं कहते। उन्होंने एक संधि की, उनमें दोनों ने ही, थार के इस परिव्यक्त किले में। प्रत्येक ने दूसरे का परिचय छिपाने की कसमें खायी थी। वह समझ में आने योग्य बात थी। ताकि तंत्र (व्यवस्था) की किसी तीसरे पक्ष पैठान द्वारा निगरानी नहीं किया जा सके; और किसी राजनैतिक हत्या को भी रोकी जा सके। राशिद खान कुछ भी नहीं जानता था कि वह उसी आदमी के द्वारा मारा जाने वाला है जिसपर वह विश्वास करने को इतना इच्छुक था।''

''क्या आप निश्चित हैं कि वह एक आदमी था?'' बेगम ने पूछा, ''यह आसानी से कोई औरत भी हो सकती थी क्या नहीं? औरतें आजकल रिवाल्वर को काफी सुविधाजनक रूप से चलाती है।''

इडवार्ड सिर हिलाया, परन्तु शंका से। ''वह रिवाल्वर, जिससे उसपर गोलियाँ चलायी गयी थीं। किले में पीछे छोड़ दिया गया था। यह किसी औरत का हथियार था जिसका मुठ मोती के सीप से बना था और जिसमें केवल पाँच गोलियों वाला चैम्बर था–न कि छः गोलियों वाला। हल्का और नाजुक; ठीक वैसा जिसे कोई औरत जिसे अपने बटुए में ले चल सके। फिर भी, मैं नहीं देख सकता हूँ कि भारत के प्रधानमंत्री किसी औरत की किसी पाकिस्तानी पुरूष गुप्तचर के साथ मिलकर थार के मध्य में किसी व्यवस्था बनाने के लिए चुने होंगे-और यदि उसने किया, वह अवश्य ही कोई औरत होनी चाहिए।''

''वह कौन संभव अभिप्रेरण था जिसने भारतीय गुप्तचर को अपने साथी गुप्तचर को मार गिराने को बाध्य किया? जोसुआ ने पूछा।

''अह! वही अभिप्रेरण, हम उस तक आते हैं। उन्होंने लगभग पाँच

घण्टों में दस्तावेज तैयार कर ली थी, उसी किले में पहली मुलाकात में ही। उन्होंने इसे एक दस्तावेज थार दस्तावेज के रूप में लिपिबद्ध किया था। दो हस्तलिखित प्रतिलिपियाँ जो चार फल स्केप श्वेत कागज के पन्नों पर लिपिबद्ध और दोनों के द्वारा अपनी-अपनी सरकार के प्रतिनिधि के तौर पर हस्ताक्षरित। दो प्रतिलिपियाँ मात्र ही सब कुछ हैं। दूसरा अन्य कोई नहीं! प्रत्येक अपने कब्जे में एक प्रतिलिपि ले रखा था। जैसा कि आप देख सकते हैं कि वे प्रतिलिपियाँ विस्फोटक थीं–जहाँ तक वह दस्तावेज जाते हैं। एक प्रस्तावना जो पृष्ठभूमि को कारणों के साथ, जो दस दस्तावेज की रचना के जिम्मेदार थे वर्णित करता था, इन दोनों हुक्मरानों के हुक्म पर तैयार किया गया था, तब वास्तविक अधिरचना दोनों देशों के संक्षिप्त रास्तों और आंतरिक व्यवस्थाओं के वर्णन से भरा था जिसके माध्यम से असलहे सुरक्षित नॉरफोर्क और वर्जीनिया से बॉम्बे से पेशावर के रास्ते मुजाहिदीनों तक पहुँचने थे और एक-दूसरे से मिलने के उनके तरीकों का विवरण। वे दोनों प्रतिलिपियों पर हस्ताक्षर किए। एक प्रतिलिपि राशिद खान के साथ, दूसरी राजा के साथ थी।'

''जरा सोचिए क्या हुआ होता यदि उस दस्तावेज की एक प्रतिलिपि बूरे हाथ में पड़ जाती? तब क्या प्रतिक्रियाएँ होतीं? दोनों देशों के लिए भिन्न-भिन्न और दोनों नेताओं के लिए भी। इन दोनों नेताओं के प्रति आन्तरिक प्रतिरोध–और दोनों सरकारों के प्रति भी अधिक उच्च है। यदि किसी भी पक्ष के द्वारा इस दस्तावेज को सार्वजनिक किया जाता तो इसका परिणाम बहुत भयानक होता–परन्तु ऐसा पाकिस्तान से अधिक भारत के लिए होता। दस्तावेज के सार्वजनिक होने से पाकिस्तान के पास कुछ नहीं जो खो जाए। सेनाध्यक्ष के विरोधी झुंझलाते कि एक पुराने दुश्मन के पास सहायता प्राप्ति के लिए जाना जरुरी नहीं था, परन्तु उस जोखिम के काम की सहायता ऐसी अलोचनाओं का मुँह बंद कर देती; उसके पास किसी भी रूप और कार्य के लिए नियंत्रित है! यह कुछ अच्छा भी कर सकता है पाकिस्तान का भारत के साथ संबंध के उपलक्ष्य में।'

'परन्तु भारत के लिए? आपदापूर्ण–कोई भी इतना समर्थ शब्द नहीं जो इसे व्यक्त कर सके। सोवियत किसी मित्र के द्वारा इस पीठ में छुरा घोंपने का विरोध संभवत: भारत को दी जाने वाली सहायता को काटकर करेंगे। विरोधी, और प्रेस प्रधानमंत्री महोदय के सर के लिए शोर मचायेंगे कि क्यूँ उन्होंने बिना सरकार की पूर्व अनुशंसा के सेनाध्यक्ष से ऐसी संधि की। भारत की तटस्थता के साथ समझौता करना होगा। वे त्यागपत्र देने को बाध्य किए जायेंगे। पंजाब में सिक्खों के साथ पहले से ही अव्यवस्थित परिस्थितियाँ और भी अराजक रूप ले लेंगीं। रहस्योद्घाटन के कुपरिणाम भारत के लिए गंभीर होंगे–और संसार के उस भाग में बहुत वास्ततिक।''

बूढ़े अर्ल अब तक चुप रहे थे–उन्होंने इडवार्ड को एम.आई.-6 द्वारा परिस्थितियों के वर्णन को दुहराने की इजाजत दी थी। उन्होंने जोसुआ को उस आरोप पर अविश्वास करते पाया था। जो उसके अपने देश के व्यक्ति पर लगाया जा रहा था और उन्होंने वफादारी के साथ सहानुभूति प्रकट की थी जिसे जोसुआ ने अवश्य महसूस किया होगा, भयग्रसित कि कहीं वह सचमुच सच न हो। प्रमाण के सामने आने पर जोसुआ को अपनी वफादारियों को अलग करना होगा यदि वह सच्चाई को जानने का इच्छुक था। क्योंकि वे अब उस हत्या के कारणों को जान पाए थे। वह सोफे से उठ खड़ा हुआ।

जोसुआ ने सभी के लिए उदारता से मुस्कुराया। ''मैं अभी भी इसपर विश्वास नहीं करता। आपके विचार भारतीयों के बारे में बहुत तुक्ष हैं। मुझे क्या करना होगा? मैं प्रधानमंत्री महोदय, के पास जाऊँगा और बोलूँगा–महाशय, मैं यह नहीं कर सकता, बहादुर की हत्या के लिए किसी अन्य को खोजे। वह मेरे भाई जैसा है–यदि बहादुर ने उसके बारे में भाई की तरह सोचा, भावनाएँ अवश्य ही परस्पर होना चाहिए था? या, जुलिया, क्या मैं ऐसा सोचते हुए सीधा-सादा दिख रहा हूँ कि एक प्यार कर सकता है और दूसरा हत्या?''

जुलिया ने निराशा में अपने हाथ ऊपर उछाले। उसके तर्क अकाट्य, निर्विरोध योग्य थे प्रमाण किसी दूसरी तरफ ईशारा करता था।

"हम भारतीयों या पाकिस्तानियों या इसाईयों या यहूदियों या मुसलमानों–या अंग्रेजों की चर्चा नहीं कर रहे हैं," बूढ़े अर्ल ने कहा। "हम लोगों के बारे में बात कर रहे हैं। एक आदमी गद्दार बन सकता है और बिना वैश्विक दोषारोपण व दण्ड के अपने ही साथी की हत्या कर सकता हैं। यही है जो हम करते हैं। यह अवश्य कठिन रहा होगा, परन्तु हमें उसकी ताकत की प्रशंसा करनी होगी, कि वह उनके आदेशों के अनुपालन के लिए स्वयं को उपस्थित रखने में सक्षम था। ऐसे बहुत लोग नहीं हैं जो इस किस्म के बने हों। मैं एम.आई.-6 के अफ्रीकी ब्यूरो का निदेशक कुछ वर्षों के लिए रह चुका हूँ। क्या मैंने स्लैगर की हत्या के आदेश नहीं दिए? सौभाग्य से, हम स्लैगर को जीवित पाये, परन्तु यह आसानी से अन्य तरीके की बात हो सकती थी। तब, क्या मेरे हाथ भी इसी तरह खून से नहीं रंग जाते?"

जोसुआ जुलिया की तरफ इशारा किया कि वह आए और इसके साथ बैठे, उसने सोफे पर जो उसके बैठने के बाद खाली था पर थपकी जमा ऐसा ईशारा किया था। उसने इस आज्ञा का पालन किया। उसने उसके आजाद हाथों की तरफ हाथ बढ़ाया और निःसंकोच उन्हें थाम लिया। उसने स्पेनिश श्वेत मदिरा के पैमाने को बगल में ही रखी मेज पर रख छोड़ा और अत्यन्त निकट आ गई ताकि वह अपने पास में होने की सुखद अग्नि से उसे दहला सके। उसने उसके बाँह मसले। उसका चेहरा पूर्ण विश्राम को प्राप्त प्रतीत होता था; वह जोसुआ जिसे वह जानती थी और जिसे उसने प्रेम किया था उसके बगल में था।

"यह सब कब घटित हुआ? उन्होंने उसे कैसे खोज निकाला? यदि आप मेरी सहायता चाहें, मैं जानना चाहता हूँ," जोसुआ ने कहा।

"वे–बहादुर और राजा–मिलने की एक व्यवस्था बनाये थे–केवल यदि किसी ने मुलाकात की माँग की। उनके पास माध्यम था कि वे एक-दूसरे को सूचना दे सकते थे। उन्होंने साथ खाना खाया था।

पॉटलक–बहादुर एक थाली लाया; राजा ने उन दोनों के लिए शराब। हम कैसे जानते हैं? क्योंकि जिस तरह वे ठिकाने खोज निकाले जब राशिद खान लगातार तीन दिनों तक वापस नहीं लौटा। उसकी पत्नी

चिंतित हो उठी और पी.एम-1 से संपर्क किया। वे दो ऊँटों के साथ दो आदमियों को उसकी तलाश में भेजे। उस क्षेत्र के अधिकाधिक सीमा पर चौकसी नहीं है। खासकर अब दोनों देशों की वह दुश्मनागत अब समाप्त हो चुका है। दोनों ही पक्ष उस किले तक स्वतंत्र जा सकते हैं–कोई भी उस गर्मी से बजबजाने वाले मरूस्थल में नहीं रहता। इस तरह वे उसे खोज निकाले, जोसुआ। वे उस जगह को साफ किए और ऊँट की पीठ पर उसे वापस लाए।

" 'थार दस्तावेज' की प्रतिलिपि उसके साथ नहीं थी।"

"शायद वह उसे वहाँ नहीं ले गया था?" जोसुआ ने कहा।

"हमने उसके घर की तलाशी ली। उसका छोटा घर उसकी पत्नी की मीना बाजार में कबाब की दूकान जो बुरका भी बेचती है, के ऊपर हैं। वह बाजार सिर्फ औरत ग्राहकों के लिए है। औरत ही दूकानें चलाती हैं। सेवाएँ देती है और सिर्फ औरत ही वहाँ खरीदारी कर सकती हैं। परन्तु उस घर का पीछे भी सीढ़ी है जो सीधे बाजार के बाहर ले जाती है–यह राशिद के उपयोग के लिए था। हमने अंदर बेगम को कुछ महिला जासूसों के साथ उसकी पत्नी से पूछताछ को भेजा। वह बुरी तरह टूट चुकी महिला थी–और बहुत सहयोग करने वाली वे उस जगह को नेस्तानाबूद कर दिए। प्रत्येक फर्श के टाइल को, दीवारों के प्रत्येक ढीले प्लास्टर के टुकड़े को, प्रत्येक बनावट और दीवार में जड़ी वस्तुओं को, कि इन्हीं के पीछे कहीं उसने उसे न मोड़ रखा हो, सभी फर्नीचरों को, उसकी प्रत्येक वैसी कुर्सियों को जिनमें दरारें थीं। सभी सोफा को चीर फाड़ दिया गया–उसके बैठने की जगह, टेक और बगलों को और हम इसे खोज नहीं पाए।"

"क्या उसने यह सब करने की इजाजत दिए थे?" जुलिया ने पूछा। "मेरा मतलब उसकी पत्नी से है। वह खड़ी रही और क्या उसने अपनी चीजों को बरबाद करते देखती रही?"

बेगम ने हामी में सिर हिलाया। "वह इच्छुक होने मात्र से ज्यादा थी, जुलिया। उसने हमें उकसाया यदि यह उसके पति के कातिल तक पहुँचने में सहायक थी। तो वह अपने शरीर को भी चीर-फाड़ देने के

लिए भी हमें इजाज़त दे देती। और इस पूरे दरम्यान वह अपनी छाती पिटती रही और बदले के लिए रोती रही। वह एक पैठान की बेगम थी। वह चाकू और बंदूक चलाना जानती थी। मुझे कहो, उसने चिल्लाकर कहा, कौन कातिल है और मैं आपके बदले उसे मार डालूँगी। हमने उसे निमयंत्रित रखना कठिन पाया, परन्तु मैं पूरी निश्चितता से आपसे कह सकता हूँ। और मैं वहीं था, जोसुआ, उस घर में कोई दस्तावेज नहीं था। चार पन्ने, फूल स्केप पन्ने, अंग्रेजी में हस्तलिखित, 'थार दस्तावेज'–वहाँ नहीं था।''

''अतः हम केवल अनुमान कर सकते हैं,'' इडवार्ड ने कहा, ''वह इसे किले तक ले गया जब वह अपने प्रतिपक्ष से मिलने गया। सबूत को देखें, जोसुआ। मंतव्य था। अवसर था। दस्तावेज गुम है। राशिद खान की हत्या कर दी गयी है। किसे आप कहेंगे कि उसने ही किया?''

''यह निश्चित ही राजा की तरफ ईशारा करता नजर आता है,'' जोसुआ ने कहा, ''सबूत व्याकुल करने वाला है। उसे खोज निकालो और पाकिस्तानियों को उसे दण्डित करने दो। परन्तु यह वह कारण नहीं आपको मेरी जरूरत होने का, है न? आप मुझे उन गुमशुदा असलहों की खोज करने के लिए चाहते है–और क्यूँ? मैझे कहना चाहिए, यह अब स्पज़्ट होता है कि मुझे वहाँ जाना और थोड़ी खोजबीन करनी पड़ेगी''

''ठीक कहा, जोसुआ। अच्छा प्रदर्शन!'' बूढ़े अर्ल ने कहा। ''मैं आश्चर्य कर रहा था जब तुम प्रश्न किए थे, और जुलिया को कह दें कि वह आपका जीवन नहीं चला सकती–इसके बावजूद कि आपने आन्तरिक लज्जा के साथ कि मैंने जुलिया की दादी से कहने में उससे कहीं ज्यादा वक्त लिया कि वह मुझे आदेश नहीं दे सकती थी।''

''ओह, वास्तव में? जुलिया ने कहा।'' ''मैं नहीं जानती थी कि आपने कभी ऐसा कहा है, प्यारे मुझसे आपने इसे पहले क्यूँ नहीं कहा? इम्मा ने सदा कहा है दादी मरने के दिन तक आपको अपनी हथेलियों से खिलाती थीं।''

''इम्मा बहुत ज्यादा बोलती है,'' अर्ल झुंझलाए, लेकिन उन्होंने किसी से उनका विश्वास करने को सचमुच आशा नहीं किया था। उन्होंने अपनी पत्नी को पूजा था–और वे इसे जानते थे।''

"अच्छा तब, उसका निबटारा हो चुका," जोसुआ की सहमति पर अपने पैमाने को उसके लिए उठाकर आराम दिखाते हुए इडवार्ड ने कहा। वह खड़ा ही रहा था जब वह उन्हें संबोधित किया; उसने जुलिया के द्वारा रिक्त किए गए सीट अपनी पत्नी की बगल में बैठने की तैयारी में था।

"एकदम नहीं," जुलिया ने कहा। "मैंने अभी तक 'हाँ' नहीं किया है।"

"ओह, मान भी जाओ जुलियाँ तुम इसकी महन को समझ सकती हो, है न? हम किसी अन्य का उपयोग नहीं कर सकते। हमारे पास कोई और नहीं है।" इडवार्ड अपने सीट को छोड़ने ही वाला था परन्तु नसीम ने उसे रोक लिया।

"आपने कहा कि कोई खतरा नहीं था?" जुलिया ने कहा।

"हाँ, मैंने कहा। कुछ मिनटों पहले मैंने तुम्हें आश्वस्त किया।"

"सचमुच कोई खतरा नहीं?"

"कोई भी नहीं मेरा। विश्वास करो।"

"ओह, मैं करती हूँ। अच्छा, यदि तुम कहते हो कि किसी तरह का कोई खतरा नहीं, कोई जोखिम नहीं–और इसे आपने दो बार दुहराया है–क्यूँ, तब जोसुआ मैं आपके साथ चलूँगी। मैं देख सकती हूँ, आप उन असलहों को मुजाहिदीन तक पहुँचाना चाहते हैं। और जैसा कि इडवार्ड कहता है कि कोई जोखिम नहीं और कोई खतरा नहीं उन तीन असलहों से भरे जहाजों को खोज निकालने में, और राशिद खान के कातिल, और 'थार दस्तावेज' की उसकी प्रतिलिपि को प्राप्त करने में-क्या अब वहाँ है? परन्तु, और मैंने इसे पहले कहा है, मैं अपने दो सप्ताह या पचास वर्ष के पति को वहाँ जाने और स्वयं की हत्या करा देने के लिए बिना उनके साथ गए अनुमति नहीं दूँगी, है न?"

"वह असंभव है!" ग्यारहवें अर्ल चिल्लाए। "तुम मेरे साथ यहाँ ब्रोमफिल्ड में रहोगी। यह केवल एक महीना भर या इसी तरह की कुछ अवधि भर है–और मैं साथ चाहता हूँ। कृपया, जुलिया?"

"मैं वह जानती हूँ, प्रिय, और मैं आऊँगी, जोसुआ के साथ, और

हम आपके साथ ज्यादा समय बितायेंगे, मैं वादा करती हूँ, लेकिन अभी नहीं। इसके अलावा जोसुआ और मैं हमारी सुहागरात की अवधि में हैं। यह अभी तक समाप्त नहीं हुआ है–और संभवतः कुछ और समय में यह समाप्त नहीं होगी, यही है न जोसुआ? अतः वह मेरा अंतिम निर्णय है, और वह निश्चित है, और आप इसे स्वीकार कर सकते हैं या इसे छोड़ सकते हैं। या तो आप हम दोनों को एक पूर्ण समझौते में पाएँ–या जोसुआ रहित।''

जोसुआ को इसके लिए उसकी प्रशंसा करनी पड़ी। यह एक भिन्न जुलिया थी जिसे वह सामने देख रहा था। इस पूरे काल में जोसुआ ने उसे बहुत ही नजदीक से जाना था-सगाई होने के बाद से अब तक लगभग-एक वर्ष गुजर चुका था–उसने कभी भी उसके या किसी अन्य के साथ अपनी जीद पर जिरह नहीं किया था।

उसने कारण, या तर्क, या सीमित जिरह को अजमाया था, और कभी-कभी–उसके साथ–खुशामदी बर्त्ताव किया था और अपने वृहद खूबसूरती का प्रयोग भी। परन्तु उसने कभी शर्तें रखना और पीछे हटने से इनकार कर जीत हासिल नहीं किया था। यह उसके आचरण से परे की बात थी। वह तो सबसे विनम्र व्यक्ति थी जिसे उसने जाना था। उसने घण्टी बनाने वाले लड़कों, प्रतीक्षा में खड़े सोहदों और अपने नौकरों को 'धन्यवाद' और 'कृपया' कहती थी। उसने अपने कुत्ते को भी धन्यवाद कहा था जब सुनहरा शिकारी कुत्ता उसके पास सुबह की अखबार लाया–उसके सिर को थपथपाकर और उसने चोरी से गाय का पका मांस मेज के नीचे खिलाया था। सभ्यता उसे अन्य लोगों से भिन्न करती थी। उससे भी भिन्न। वह भी कोई विशेषकर आक्रमणकारी व्यक्ति नहीं था, परन्तु वह निश्चय ही ज्यादा दयालु थी, उन दोनों की पूर्णता के आधे भाग में संचित।

वह सब अभी तक है। जब उसने उस नम्रता को पूरी तरह छोड़ दिया था, वह उसमें लगभग पूरा भरोसा जताया था। वह उसके जीवन की रक्षा के उद्‌देश्य से अपने जीवन को जाखिम में डाल सकती थी; क्या उसने इससे अधिक उससे विवाह में माँगा था? क्या वह उसके

योग्य था? क्या उसका उसके समकक्ष के इंसान को प्रेम करना बेहतर नहीं होता–किसी ड्यूक या उस राज्य के राजकुमार से? उसने अपने सिर झिटके ताकि वह जो इस दो हल्ते पुराने विवाह के दरम्यान रेंग आए सभी संदेहों को साफ कर सके। जुलिया ने उसके सिर झिटकने को देखा और उसे ना–समझ बैठी।

"प्रियतम, आपने कहा आप मुझे निर्णय लेने देंगे?"

"जुलिया," उसने अत्यंत ही धीरे से एवं समझाने के लहजे में कहा, "दादाजी ठीक हैं। मैं सदैव ही यात्रा पर बना रहुँगा। हम साथ-साथ नहीं होंगे। भारत आर्द्र और गर्म हो जाएगा–और बहुत असुविधाजनक! ज्यादा बेहतर है तुम यहीं मेरी प्रतीक्षा कर लो? मैं ज्यादा दिनों नहीं रूकूँगा, मैं वचन देता हूँ। और मैं वापस आऊँगा।"

"अच्छे इरादे। और अच्छी तरह कहे गए। और अब उत्तर हैं–ना। आप बहुत न्यायसंगत नहीं हो पा रहे हैं, जोसुआ। यदि यह हमारा पहला वास्तविक वैवाहिक विवाद हो–और यह ऐसा होने के सभी लक्षण दिखाता है–शायद हमें अपने शयनकक्ष की निजता में इसपर चर्चा करना चाहिए? परन्तु यदि आप यहीं इसपर चर्चा करना चाहते हैं, इस वास्ते भी एक निश्चित उत्तर है-'नहीं'!"

जुलिया पीछे को झुकी, अभी भी उसके सीने से झुलती हुई, अपने पाँवों को फैलाया और अपने अंगूठों को देखा, बिना मुसकुराने की जुर्रत किए, यद्यपि उसे उसने अपने अंदर महसूस किया। उसके साथ और पास होने की और उसे सुरक्षा देने की भावना ने सभी भावनाओं में सर्वोपरि था, परन्तु अभी क्योंकि दिवस को जीत लिया गया था, उसने समझौते की जरूरत महसूस किया। विवाह, उसने निर्णय किया, लगभग एक रणभूमि थी। परन्तु जब युद्ध समाप्त हुआ, समझौता कुछ ज्यादा ही महत्त्वपूर्ण था–और भिन्न किस्म का ज्यादा आनंददायक।

"इसके अलावा, प्रियतम," उसने जारी रखा, आपको शायद मेरी जरूरत भी हो सकती है। पाकिस्तान में चल रहे किसी जाँच–पड़ताल के क्रम में। आप वहाँ ज्यादा स्वागत में नहीं होंगे, भारतीय और यहूदी दोनों के कारण। दूसरी तरफ, इस्लामाबाद में स्थित ब्रिटिश उच्चायोग में

प्राप्त थोड़ी सहायता की बदौलत—और बेगम जब यहीं हैं—क्यूँ, मुझे आपके आदेशों की तामिल करनी चाहिए, आपके आदेशों को मानूँ, आपका 'वाटसन' बनूँ। प्रियतम, इसे उस रुप में सोचिए, कृपया।''

''कितनी शानदार बात, जुलिया।'' बेगम ने कहा। ''क्यों, इडवार्ड और मैं भी तुम दोनों के साथ आ रहे है। क्या मैंने ठीक कहा? क्या मेरा मतलब अंग्रेजी से है? मैं तुम्हें मीना बाजार में खरीदारी को ले चलूँगी। राशिद की बेबा को देखो। जो कबाब वह अपने रसोई की दूकान पर बेचती है, वह अद्वितीय है। सबसे अच्छा। स्वयं ही अपने मसालों के तजुर्बे से उसे पकाती है। शायद आपके लिए थोड़ा मसालेदार हो, परन्तु हम इसे लेमोनेड से धोकर साफ कर लेंगे। बीयर नहीं, मुझे डर है, यद्यपि मर्द इसे चोरी-छिपे सदा ही खोजते जान पड़ते हैं।''

जब वह बोल रही थी, इडवार्ड अपनी जगह से आंधी की तरह उठा और धमकाते हुए उसका सामना किया। ''तुम कहीं नहीं जा रही, नसीम।'' वह चिल्लाया। ''हम अभी-अभी वहाँ से आए हैं। और बच्चों के साथ भी। और मैं मानता हूँ तुम पुनः अपने साथ उन्हें ले जाना चाहोगी?''

''स्वाभाविक रूप से, मोहतरम,'' शांति से बेगम ने कहा। ''क्या कभी सुना हैं कि कोई मुसलमान महिला पाकिस्तान में बिना अपने बच्चों को साथ लिए गयी हो? ऐसी बात कभी नहीं की गयी है। जुलिया भी इसे खोज निकालेगी, सच्ची जल्दबाज, जब जोसुआ की माँ तिरस्कार से उसे विध्वंस कर देगी यदि वह अपने बच्चों को उनकी दादी माँ से मिलने नहीं लाती है। मेरी बातें गांठ में बांध लो, जुलिया, कभी भी दुनिया के उस भाग में अकेले बिना अपने बच्चों के मत जाओ—सभी बच्चों के साथ। वे तुम्हें इसके अंत के बारे में कभी नहीं सुनने देंगे, यदि तुम करती हो।''

''ऐसा केवल दुनिया के उस भाग में ही नहीं होता,'' जुलिया ने कहा। ''मैं एक दादाजी को यहीं जानती हूँ जो मुझे तिरस्कार से विध्वंस कर डालेंगे यदि मैं उन्हें अपने बच्चों के बिना मिलने जाऊँ।''

''अच्छा कहा, जुलिया,'' अर्ल ने कहा। ''और, कृपया क्या तुम इसे जल्द पूरा कर सकती हो? मैं किसी बच्चे को नहीं पाता हूँ और हमें एक उत्तराधिकारी की जरूरत है। ब्रोमफिल्ड का बारहवाँ अर्ल''

इसके बाद वे सभी बिखर गए। उसने एक समस्या के समाधान की जिम्मेदारी लिया था, और वह उसे संतोषजनक लगा, यद्यपि उसके जोसुआ के साथ जाने की जिद की क्या प्रतिफल था, उसके पास जानने का कोई माध्यम नहीं था। परन्तु यह उसके सम्मुख उत्तम वैकल्पिक समाधानों में एक लगा। वह जोसुआ को कार्य का दायित्व लेने से रोक नहीं सकी थी। यदि उसने किया होता, वह सदैव के लिए उसका जेलर बन जाती; उसकी अर्धांगिनी नहीं-परन्तु कम से कम वह उसके साथ थी। उसने एक द्रुत दृष्टि से जोसुआ को देखा। वह कुछ ज्यादा ही शांत दिखा; उसका पूर्व-सा प्रचूर व्यक्तित्व नहीं। उसकी आँखें सचेत संशकित दिखीं। वह समझ गयी। कैसे क्षेत्र में जासूस जीवित रहते थे। किसी पर विश्वास किए बिना–कभी–कभी अपनी पत्नियों पर भी नहीं। यही कारण था कि वह उसके आई.एम.आई. से इस्तीफा देने पर इतनी दृढ़ थी, जब उसने एम.आई.-6 से अपना संबंध विच्छेद कर लिया था। विश्वास बनाने के लिए। और अब उसे ऐसा बोध होता था कि उसकी योजनाएँ विनष्ट की जा रही थीं। यदि केवल वे अकेले छोड़ दिए जाते–उनका विवाह सफलता के लिए एक सुअवसर पा जाता–उनके ममय की भिन्नताओं के बीच। एक भारतीय और यहूदी ने एक अंग्रेज लड़की से इंग्लैड के गिरिजाघर में शादी की। क्या कोई अन्य युगल भी इतने भिन्न हो सके? सिवाय कि उसके हाथ अभी भी उसके हाथों के अंदर दुबके थे और उसकी अंगुलियाँ उसकी अंगुलियों को सहला रही थीं।

विवाह, उसने निर्णय लिया, अन्य चीजों की ही भाँति था। आप एक समय में एक दिन के लिए और समस्याओं को उसके ही अंदाज में हल कर दिए। जैसे पता करना कि कहाँ असलहों से भरे तीन जहाज खो गए थे, या किसने राशिद खान को मारा, और उस भारतीय गुप्तचर राजा की शिनाख्त करना और 'थार दस्तावेज' की गुम पाकिस्तानी प्रतिलिपि को ढुंढ़ निकालना।

परन्तु उसके सामने यही सबसे पहली समस्या जोसुआ का घर के पूर्वी पक्ष में व्यवस्था किया जाना थी। सच इसका एक द्वार उसके

कमरा-द्वय को जोड़ता था, परन्तु प्रत्येक स्वीट में केवल एक की व्यवस्था थी। पलते-बढ़ते, केवल अपने दादाजी के साथ इस ब्रोमफिल्ड घर में और ज्यादा कुछ की आवश्यकता नहीं महसूस की। उसके दादाजी अपने जिम्में एक वृहदाकार कमरे वाला स्वीट रखे थे। जिसमें अध्ययनकक्ष, एक पुस्कालय और एक मुलाकाती कमरे थे। उसके पास अपना था एक बैठक और एक शयनकक्ष सहित–एक शव्या सहित-और एक स्नानघर और उसके स्वीट कि समकक्ष कमरों वाला एक अन्य समान स्वीट–जिसे पूर्वी पक्ष कहा जाता था-दूसरे बच्चे के लिए तैयार करवाया गया था। उसके सिवाय उसकी माँ अल्पायु मे ही दुर्भाग्यपूर्ण मौत मरी थी जब जुलिया पाँच वर्ष की थी और दूसरी शिशु नहीं था। कुछ कमरों का एक अतिथिशाला था जिसमें एक महदाकार दो लोगों के सोने लायक शय्या का इंतजाम था, परन्तु छोटी सामंतिन पहले पहुँचकर इसे इडवार्ड और स्वयं के लिए सुरक्षित कर लिया था–और वे शायद ही वहाँ से निकाले जा सकते थे। अतिथिओं के प्रति नम्रता ब्रोमफिल्ड महल के आतिथ्य सत्कार में सन्निहित था, यद्यपि उसने आश्चर्य किया यदि पद-प्रतिष्ठा का इस संदर्भ में कोई खास औचित्य था? घर स्वयं भी बड़ा था। परन्तु, केन्द्र में स्थित बड़े भोजन लेने के कमरे और भोज महाकक्ष से सटे रसोईघरों और नौकरों के निवास-स्थानों के अलावा, शेष बचे स्वीट फर्नीचर रहित खाली थे और ताले जड़ दिए गये थे।

वह अपने कमरों में उनके सभी यात्रा के सामानों, जोसुआ और अपने थैलों को–अपने शव्या के पायताने पाया। वह रसोईघरों में नास्ते की व्यवस्था के बारे में इम्मा से बात करने गयी थी। जोसुआ स्वयं ही वहाँ घुमते आया था। उसने सोचा शायद वह इस बड़े घर में खो गया होगा, जब तक कि उसने झरने की स्नानघर का दरवाजा बंद होने की आवाज नहीं सुना और स्पष्ट रूप से सहज करने योग्य गाने की आवाज अंदर से नहीं निकली।

वह अपने शरीर के ममय में तौलिया लपेटकर बाहर निकला, शयन कक्ष के गलीचे पर पानी की बून्दें टपक रही थीं।

''सुनो, प्रियतमे,'' उसने कहा, ''टॉमकिन्स ने एक भूल कर दी, उसने मेरे थैले वहाँ दूसरे कमरे में रख छोड़ा है।'' उसने अपने हाथ को उस द्वार की दिशा में लहराया जो दोनों स्वीटों को जाड़ता था। ''परन्तु मैंने उन्हें यहाँ अंदर ले आया। यह तुम्हारा कक्ष है, है न?'' उसने पुनः दिवारों पर लगे तस्वीरों और शव्या के बगल में मेज पर रखे बचपन की यादों की ओर हाथ लहराया। कहने के पहले, उसने उसकी और सीसली की उनके विद्यालय के पोशाक वाली तस्वीर को इंगित किया। ''मुझसे कहो, प्यारी, क्यों वे अंग्रेज स्कूली लड़की के पोशाक इतना उत्तेजनाहीन बनाते हैं? फिर भी, उसमें भी, और उस उम्र में–यह क्या था, सोलह? –क्या तुम मेरे दिल पर कब्जा कर पाती!''

जुलिया शर्मा गयी। ''धन्यवाद, महबूब, परन्तु क्या आप अकेले उन कमरों में ज्यादा सुविधापूर्ण नहीं होंगे? यहाँ मेरे साथ ठूँसे होने के बदले? जोड़ने वाला दरवाजा सदैव खुला रहेगा–रात या दिन किसी भी समय।''

उसने उसके आशय को नहीं समझा–या शायद वह नहीं समझना था–इसलिए उसने एक बार पुनः कमरे में चारों ओर मुआयना किया।

''ठूँसे हुए? यह कमरा तो उस छोटे कमरे जिसे हम अपने बॉम्बे के फ्लैट में साझा करेंगे की तुलना में विलासपूर्ण है। और शय्या भी कोई खास बड़ा नहीं है। उनम बात तो यह है माशूका कि इसका आदी हुआ जाए,'' उसने चहकते हुए कहा। ''कृपया तुम दरवाजे बन्द कर दो,'' उसने मुख्य दरवाजे को इंगित कर जो गलियारे में खुलता था, कहा। ''मैं नहीं चाहता कि कोई नौकरानी अंदर आये जब मैं कपड़े बदल रहा हूँ। यहाँ एक नौकरानी थी, परन्तु मैंने उसे जाने को कह किया।''

जुलिया ने दरवाजा बंद कर दिया और ताले जड़ दिये। ''वह अवश्य ही मेरी व्यक्तिगत नौकरानी होगी,'' उसने कहा।

उसने अपने मध्य भाग से तौलिए को कोड़े की आवाज के साथ अलग किया और इससे स्वयं फैले पानी को पोंछा। ''मुझे खेद है,'' उसने कहा। ''क्या मैंने गलत किया? उसे जाने को कहकर? बिना तुम्हारी इजाजत के?''

''नहीं, सचमुच नहीं, जोसुआ। वह एक नौकरानी मात्र है। आप इस घर के युवा मालिक हैं।''

''मैं नहीं सोचता नौकर मुझे वास्तव में इस कदर सोचते होंगे, जुलिया। ओह, वह तुरन्त चली गयी। और विनम्रता भी दिखायी। परन्तु चली जाने को कहने पर वह आश्चर्य चंकित नजर आयी और उसका आश्चर्य प्रदर्शित था। टॉमकिस को लो। वह मेरे ऊपर ऐसे देखता है मानो मैं वहाँ नहीं। हूँ।''

जुलिया ने तनाव को कम करने हेतु हँसा। वह जोसुआ तक टहल आई, और उससे तौलिया लेकर, उसकी पीठ के पानी को पोंछ दिया।

''यह देखना आसान है कि आप अंग्रेज खानसामों को नहीं जानते हैं, प्रिय, उनके चेहरे मुद्राहीन और भावरहित होते हैं। वह उनके पेशे का भाग है। आप शीघ्र ही उसके रिक्त निगाह के आदी हो जायेंगे। वह उसी तरह हम सभी को देखता है–दादाजी सहित। जब आप कपड़े पहन ले, क्या मैं उसे बुलाऊँ और एक-दो प्रश्न उससे करूँ, जब आप उसके मुखमुद्रा को–या इसकी कमी को देखेंगे?''

जोसुआ हँसते हुए मना कर दिया। परन्तु उसने सीने, और पेट और नीचे के भींगे स्थानों जिसे वह चूक गयी थी की तरफ इंगित नहीं किया, और उसने उसके लिए उन सभी को पोंछकर सूखा दिया।

वे अच्छी तरह सोये। इसके बावजूद कि शय्या काफी छोटा था। दोनों केवल एक ही तरह इतने निकृष्ट रूप से नहीं रह सकते थे, परन्तु दोनों निश्चत ही एक व्यक्ति के सोने के लिए निर्मित शय्या पर सो सकते थे, यदि वे पूरी तरह एक-दूसरे से उलझे हों। वह लगभग तत्क्षण ही सो गया। वह देर से सोयी। उसके हाथ उसपर फेंके पड़े थे और उसके रात में पहने जाने वाले लबादे के ऊपरी खुले हिस्से के भीतर, उसकी हथेलियाँ उसके वक्षों को निज में जकड़े हुए, और उसकी अंगुलियाँ लगभग उसके काँखों में पेवश्त। उसका चेहरा उसके गर्दन के पास रखे तकियों से कसकर ढँका था। उसे यह जाँचना पड़ा कि वह साँसें ले रहा था। उसके पाँव उसकी जाँधों पर फेंके पड़े थे, उसकी घुटनों की

हड्डियाँ केवल मात्र उसकी कोमलता के कारण ही चोट पहुँचती असुविधाजनक नहीं थी। उसने सोचा, जो मेरे पास हैं उसके लिए ईश्वर को धन्यवाद। वह पूरी ही हड्डी था। उसके पावों के नीचे से सरककर जब उसने दूसरी और करवट बदला, वह भी उसके साथ करवट बदल लिया, उसके हाथ अब भी उसके अबादे के अंतर उसके वक्षों के गिर्द थे, उसकी जाँघे उसके शरीर के किसी ढाल पर आ जकड़ा था, उसको गुप्तांग उसके अंदर दबाव के साथ पेवस्त था। वह समान रूप से उत्तेजनाकारक था, यद्यपि उसने कठोरतापूर्वक अपने आप से कहा–कि वह सोने की न कि पुनः उत्तेजित होने की कोशिश कर रही थी। और जब, अंततः वह गहरी निद्रा में निमग्न हो गया और करवट बदला, उसने अपने हाथ और पैरों को उससे अलग किया, उस रात प्रथम बार उसने उसे जब इस तरह आजाद किया, उसने तत्क्षण करवट लिया और उसे उसी के अंदाज में जकड़ लिया–क्योंकि वह भयभित थी कहीं वह शय्या से गिर न जाएँ।

मैं मानती हूँ, उसने दार्शनिक भाव से सोचा, मैं इसकी आदी हो जाऊँगी–परिणामस्वरूप मैं भी सो जाऊँगी, किसी अपार्थिव समय में, मैं शंका करती हूँ, परन्तु दादाजी को एक और बड़े ष्टाव्या के लिए खर्च करना ही होगा!

वह सो गयी, मध्यरात्रि के लगभग वह तत्क्षण ही सो गया था। उसे उसकी इस विशेषता के कारण प्रशंसा करनी पड़ी। मानो इस दुनिया से बेखबर। उसका दिमाग उसकी तरह नहीं था। वह एक गुप्तचर के रुप में नहीं तराशी–गयी थी। एम.आई.-6 के साथ एक वर्ष का अनुभव ही उसके पास मात्र सबकुछ था। वह आई.एम.आई. के साथ कितने वर्षों तक रहा?

आपको इस रूप में बनने में कितना वक्त लगा? तुरन्त सोने के काबिल बिना चिन्ता किए कि भविष्य में जाने क्या रखा हो? कठोर बनाया गया। वह दूसरा अन्य तरीका रखने का हो सकता था। क्या आप इतने कठोर हैं कि कुछ भी आपको तनिक प्रभावित नहीं करता? नहीं!

जोसुआ कठोर नहीं बनाया गया था। इससे दूर। उसने अन्य किसी के जैसा ही अतिरेक में महसूस किया—अधिकतम से अधिक—यदि वह उसे अच्छी तरह जान पायी।

वह उसकी अपेक्षा जल्द जगी। सामान्यत: नौकरानी ने पर्दे वगैरह हटाए होते, उसका नास्ता भी लगा होता, परन्तु जोसुआ ने उसे छुट्टी दे दी थी, जब वह जुलिया के स्नानघर में नहाने गया था। उसके हाथ अभी भी उसके चारों ओर लिपट थे, उसका सिर उसने घने गेशुओं में कहीं जमींदोज था। किसी उतप्त शरीर के निकट जगना अच्छा लगा। ईश्वर को धन्यवाद कि उसका शारीरिक गठन पतला है। उसका हाथ, लंगड़ाती चाल और ऊपर उसका भार कुछ ज्यादा वजन नहीं था।

उसने दरवाजे पर दस्तक सुना। उसने सोचा, निश्चय ही नास्ते के साथ नौकरानी होगी। उसने खुद को सहारा देती शय्या पर उठ बैठी, जोसुआ के हाथ फिसलकर उसके कटि के गिर्द लिपट गया, उसका सिर उसके बगल में औंधे दबा था। उसने निश्चित किया कि वह सांसे ले रहा था। उसने आकस्मिक शिशु मृत्यु भय के बारे में सुना था, परन्तु यदि वह सावधान नहीं रही, वह उसका प्रथम आकस्मिक पति मृत्यु भय की शिकार होने के खतरे से ग्रस्त थी। कहीं वह उसके अंदर सुरंगे बनाता न रह जाए।

वह इम्मा थी। नाश्ते की परातें लेकर उसने बाँह को जुलिया के गिर्द लिपटा देखा और रूक गयी। शायद उसने अनाधिकार प्रवेश किया था।

''परातें मेज पर रख दो, इम्मा।''

''मैंने आपके निर्देशों का पालन किया हैं, मेरी मालकिन नास्ते को परातों के संदर्भ में। सुअर का धुँए में पका संकीर्ण कतरों में कटा नमकीन मांसल मांस किसी भी परात में नहीं अण्डे नौजवान मालिक के लिए अत्यंत कमजोर खान-पान हैं। क्या मैं ठीक समझी?''

''पूर्णत:, इम्मा।''

इम्मा ने खिड़की के बगल में राखी मेज पर तश्तरियों को रख दिया। इसके बगल में संकुचित खड़ी हो गयी, अनिश्चित शायद वह कुछ बोल न पाए। वह जुलिया के ईशारे पर शग्या के निकट आयी।

''हाँ, इम्मा?''

जुलिया ने उस हाथ को पकड़ा जो उसकी कमर को अपने गिर्द संगो रखा था और इसे पकड़े हुए अपने अधरों तक लाकर धीरे से चुम लिया, जब उसने इम्मा की आँखों में देखा।

''शायद आप मुझे इस बारे में आपसे चर्चा करना बाद में चुनें, मेरी मालकिन?''

''किस बात की चर्चा, इम्मा?''

''सोने की व्यवस्थाओं के बारे में''

''वे स्वयं ही निदान निकाल दिए लगते हैं, जैसा कि तुम देख सकती हो। शायद किसी एक बड़े शय्या को यहाँ उठा लाओगी? यदि तुम्हारे पास कोई हो? लेकिन यह केवल मात्र छूट होगी जिसे नौजवान मालिक देने को तैयार हैं–और मैं उनसे सहमत हूँ।''

''बहुत अच्छा भी, मेरी मालकिन, यदि मालिक इसे चाहते हैं।''

''मैं चाहता हूँ, इम्मा।''

''तब ऐसा है यह हो जाएगा, मालकिन जुलिया। हमें नौकरानी के साथ क्या करना है?''

''मैं उसके बगैर इंतजाम कर लूँगी।''

''ओह, नहीं मेरी मालकिन!'' इम्मा लगभग आँसूओं के साथ कही। ''तुम्हे एक नौकरानी की जरूरत होगी। तुम्हारी संदूकची में कुछ ऐसी औपचारिक पोशाकें हैं, वे पीठ के बंद बांध देती हैं या बटन लगा देती हैं या पीठ की चेन को खींच देती है। तुम इसे कैसे संभालोगी?''

''तब हमारे पास एक समस्या है, इम्मा, हैं न? मुझे तब औपचारिक पहनावे को छोड़ना होगा और ऐसी पोशाकें खरीदनी होंगी जिनके फीते आगे बंधते हों, या जिनके बटन सामने लगते हों, या जिनकी चेन पोशाक के सामने के हिस्से में खिंचती हो।''

''नहीं यदि मालकिन मुझे आपकी खिदमत में रहने की इजाजत देती हों?''

''ओह, मैं तुमसे उसे करने को नहीं कह सकती, इम्मा। तुम्हारे पास

पूर्व की तरह ही करने को बहुत कुछ है, घर चलाने की जिम्मेदारी, इसके अलावा, हम यहाँ अधिक दिनों तक नहीं रहेंगे।''

''इसी बात को लेकर मैं भयभित हूँ, मालकिन जुलिया।'' इम्मा ने जल्दी-जल्दी बोलते हुए कहा।

''यह घर, जो तुम्हारा घर है, तुम्हारे और डा. सैमू–नौजवान मालिक के लिए आरामदायक नहीं रह पायेगा–और तुम यहाँ आने से कतराओगी, और मैं इसे सहन न कर सकूँगी हम नौंकरों की तरफ से नहीं, मेरी मालकिन।''

वह लगभग आँसूओं सैलाब के किनारे थी।

जोसुआ अवश्य ही सुनता रहा होगा, या शायद वह एक कान खुला रख सोता था, क्योंकि उसने सहारे ले गोल घुमते हुए जुलिया के बगल में सेज पर उठ बैठा सेज के सामान नीचे गिर गए; वह पैजामें की और कमीज नहीं पहन रखा था। उसके शरीर का शेष भाग सेज के कपड़ों से ढँका था।

इम्मा अपनी जगह स्थिर रही। जोसुआ ने अपने काले केश के उलझे गलीचों में अपने हाथ फेरे।

''इम्मा,'' उसने, धीरे से कहा, ''कुलीन जुलिया और मैं दोनों तुम्हें जुलिया की सहायिका के रूप में पाकर खुश होंगे, जब हम ब्रोमफिल्ड महल में हैं। और हम दोनों तुम्हें पुनः आश्वस्त कर सकते हैं, हम इस बारे में प्रत्येक सावधानी बरतेगे ताकि हम तुम्हें आहत न देखें।''

इम्मा शुकुन से मुस्कुरा उठी। ''वह मुझे परेशान नहीं करता, महाशय, कि मैं आहत हो सकती हूँ। मैं आपके इस घर में आरामपूर्वक रहने को ज्यादा अहमियत दूँगी। मैं छत्तीस वर्षों का वैवाहिक जीवन जी चुकी हूँ और मेरे पाँच बच्चे हैं–उनमें सबसे बड़ा मेरा बेटा आपकी उम्र के लगभग है। क्या आप इस घर में चैन से हैं, मालिक?''

''ओह, मैं हूँ, मैं हूँ उदाहरण के लिए गत रात्रि को ही ले लो। इस पूरे सप्ताह की सबसे अच्छी नींद मैंने लिया है। वाशिंगटन डी.सी. के होटल से तो बहुत अधिक आरामदायक, क्या तुम ऐसा नहीं कहोगी, प्रियतमें? क्या इस सेज के आकर के साथ कुछ करना है? मैं इस सेज को पसंद करता हूँ।''

"उतना भर ही होगा इम्मा," जुलिया ने कहा। "तुमने नौजवान मालिक को इन सभी के बारे में क्या कहना है सुना? तुम मेरी सहायिका होगी—और यह सेज रहेगा।"

जब वे नाश्ते के लिए औपचारिक तौर पर तैयार हो रहे थे, जोसुआ ने कहा, "प्रिय इस बंद बांधने और बटन लगाने और चेन खींचने के लिए पति नहीं होते? या मैं पुरानी सभ्यता का व्यक्ति बन रहा हूँ?'

"हाँ, प्रिय, वे हैं। परन्तु मैंने सोचा दिन के अंत में आप बंद खोलने, बटन खोलने और चेन खोलने में ज्यादा सहायक होंगे। मुझे इम्मा से यह कहने की याद दिला दें कि रात्रि भोज के बाद वह मेरी प्रतीक्षा न करें।"

वे खिड़की के निकट मेज पर नाश्ता लिए थे, टॉमकिन्स को उनकी खिदमत में भेजा गया था। उसका पुराना पपड़ीदार भावहीन, मुद्राहीन चेहरा जुलिया की कुर्सी के पीछे भूत-सा लगा रहा, अपनी बाँह पर गमछा रखे, चुप, पूछने पर विनम्रता से उत्तर देते, लगभग अस्तित्वहीन, सिवाय उनकी पुनः दूसरी चाय पीने की इच्छा को पूरी करने के, अंग्रेज खानसामें का दैदीप्यमान उदाहरण—योग्य, नम्य और आदरपूर्ण।

जोसुआ उसे कमरे से निकालने को पहले चुनता, वह जुलिया के पीछे मंडराते फ्रैंकस्टीन के साथ भविष्य में अनेक नास्ते नहीं करने जा रहा था और न ही उसका पूर्ण सामना करने जा रहा था। इसने उसकी भूख समाप्त कर दी परन्तु जुलिया ने उससे समझदारी का आग्रह किया। जैसे ही टॉमकिन्स ने नास्ते की तरतरियों को साफ किया, वह रूका।

"क्या मैं नये मालिक से कुछ कह सकता हूँ, मेरी मालकिन?"

"निश्चित ही, टॉमकिन्स क्या है जिसे तुम कहना चाहते हो?"

"क्या मैं ठीक हूँ, मालिक, आप भारतीय सेना के कर्नल सैमुअलसन हैं न?"

"यह सच है, टॉमकिन्स। राजपूत सेना-टुकड़ी में। अजमेर में संस्थापित। भारत की सबसे लड़ाकू पैदल सैन्य अतुलनीय, सार्वभौमिक, तुम क्यों पूछते हो?"

जोसुआ की आवाज लगभग युद्धकारी थी जहाँ उसकी पलटन का संदर्भ आया था।

"उस महान युद्ध में मेरा भी पलटन था, श्रीमान् आपके समय से पूर्व मैं मात्र एक हवलदार था। श्रीमान्, परन्तु मैं आपसे ज्यादा सहमत नहीं हो सका सार्वभौम रूप से उनम।"

जोसुआ नयी अभिरूचि के साथ टॉमकिन्स को देखने हेतु मुड़ा। चेहरा गर्व से गुलाबी हो गया। शरीर अब सीधा तना था, उनके आगे एक सिपाही ने खानसामे की जगह ले लिया था।

"अच्छा, टॉमकिन्स, यह अचरज की बात है। तुम बर्मा में बहुत बहादुरी के साथ लड़े, यदि मैं पलटन के इतिहास को याद करूँ।"

"वह हमने किया। श्रीमान् और यह मेजर–जनरल सर आइजक सैमुअलसन के द्वारा आदेशित था, जो जुलाई 1944 में वीरगति को प्राप्त हुए। आपके दादाजी, श्रीमान, यदि मैं ठीक हूँ?"

"हाँ।"

"क्या मैं कह सकता हूँ, श्रीमान्, मैं कितना खुश हूँ कि आप इस घर के एक सदस्य हैं और इस घर के नये मालिक–यदि मैं अनुमान नहीं करता, श्रीमंत, वह है–और मैं आपकी सेवा में आकर कितना समादृत हूँ।"

टॉमकिन्स तश्तरियों के साथ जाने को मुड़ा, उनके सामने झुका, मब स्वयं को सीधा तान लिया, और पुराने सैन्य रोब में, कमरे से चला गया।

जोसुआ ने जुलिया को देखा। उसने सोचा वह उसके चेहरे पर वही विजय–मुस्कान देखेगा जिसे उसने बहुधा देखा था, जब युद्ध में, उसने रणक्षेत्र में अपनी जीत का परचम लहराया था। उसकी चक्षुओं में मुस्कुराहट थी; जीत की नहीं, परन्तु आराम की–जो उसके साथ ब्याह करने से अन्य दूसरी समस्याएँ जिन्हें वह झेलती थी–उन्हें जीत लिया गया था।

उसने स्वयं को अत्यंत लज्जित महसूस किया कि वह अपने स्थान से उठ खड़ा हुआ और जुलिया के लिए जगह छोड़ दिया।

"मुझे माफ करो," उसने कहा।

"किसलिए, प्रियतम? कोई भी किसी के बारे में गलत ख्याल रख सकता है। यदि वह नही जानता खासकर टॉमकिन्स।"

"उस कारण नहीं," उसने कहा, "परन्तु गलत समझने के लिए। मैंने सोचा मैं एक जीत की मुस्कान देखूँगा–उस तरह की जब मैंने युद्ध में पूर्ण विजय प्राप्त किया था–परन्तु तुम्हारे आश्चर्यजनक कृतज्ञतापूर्ण सहायता की मुस्कुराहट से दीदार हुआ, कि ब्रोमफिल्ड महल से मेरी परेशानियों को हल किया जा चुका था। मुझे माफ करो?

उसने उसके माथे को नीचे की ओर खींचा और उसे उसके अध रों के सहारे चुमा।

अध्याय 4

उस देर सुबह, ऐसा लगा एक चक्रवात ब्रोमफिल्ड महल में घुस पड़ा हो, उस भोज के आयोजन के कारण जिसे माननीय ब्रोमफिल्ड के अर्ल ने कुलीन जुलिया रेबर्न-स्पेन्सर और भारतीय सेना के कर्नल (डॉ) जोसुआ सैमुअलसन की शादी के सम्मान में दिया गया था। निमंत्रण-पत्र पर ऐसा ही लिखा था, जिसे बूढ़े अर्ल ने उस समय ही भेज रखा था। जब दम्पति ने ईंग्लैंड की जमीन पर पाँव भी नहीं रखा था, जुलिया ने जोसुआ को आश्वस्त किया कि उसे कुछ भी पता नहीं था कि कौन निमन्त्रित थे और कौन नहीं, कि साम्राज्ञी ने अर्ल को इस उपलक्ष्य की सलाहा दी थी और तब उन्होंने अपने और अपने सभासदों आदि के लिए उदारता दिखाते हुए उनके निमंत्रण को स्वीकार कर लिया–जोसुआ को वास्तव में इस जानकारी से उससे बीस मिनटों पहले ही वाकिफ कराया गया था।

चक्रवात का कारण वही था। यदि साम्राज्ञी भाग लेने वाली थीं–और उन्होंने अपनी स्वतंत्रता पर किसी प्रकार की पाबन्दियों का कड़ा विरोध किया था–सुरक्षा स्वयं में मानकों के शीर्ष स्तर पर था, एम.आई.-5 के गुप्तचरों सहित जो ब्रोमफिल्ड महल में आ धमके थे और महल की प्रत्येक दीवार तथा फर्श के प्रत्येक दरार का मुआयना कर रहे थे। जब महल को पूर्ण सुरक्षित कर लिया गया, उन्होंने गुप्तचरों को द्वार की ओर रवाना किया, जहाँ पुराना क्रैब का वृक्ष ने आंतकित हो देखा कि वह लापरवाह और आसान तरीका जिससे उन्होंने अतीत में आगन्तुकों का स्वागत किया था वह बाहर फेंक दिया गया था। बदले में, एम.आई.-5 के दो गुप्तचरों ने किसी भी और सभी आगन्तुकों एवं उपहार वस्तुओं की जाँच शुरू की, अल्ट्रावायलेट उपकरणों से जाँच के लिए उन्हें बाध्य किया ताकि जालसाजियों को पकड़ा जाये जिनके माध्यम से महल में अवांछितों के आ जाने का भय था।

कारिंदें और भोजन सामग्री और पेय पदार्थों को भी उसी कड़ी जाँच के दायरे में लाया गया, जैसा कि संगीतकारों और उनके वाद्य-यंत्रों के

साथ किया गया था। और अंत में, प्रथम मेहमानों के आगमन के ठीक पहले वे गुप्तचर सादे लिवासों में सभी प्रवेश और निकास द्वारों और भोजशाला के अंदर और बाहर अपने स्थान ले मुस्तैदी से खड़े हो गए।

एक पूर्वी भारतीय भद्र आदमी ने जो फोर्ड कॉरटीना चला रहा था, अपनी कार को मुख्य द्वार से थोड़ी दूर खड़ा किया–लिवास वाले आदमी उसे आगे चला दिए होते–लेकिन इतनी भी दूर नहीं कि वह मुख्य द्वार की निगरानी भी न कर सके। वह एक उम्रदराज व्यक्ति था, शायद अपने उम्र में सातवें दशक के मध्य में, अवकाशप्राप्त आकृति में, थकी दयापूर्ण आँखें जो मोतीयुक्त चश्मे के पीछे थी, मूँछहीन, चाँदी के रंग के केश जो माथे के शीर्ष पर कम हो रहे थे, जिसकी ठुठ्ढी दृढ़िप्रतिज्ञ प्रतीत होती थी और जिसके कान ओर नाक दोनों ही असामान्य रूप से बड़े थे। वे मध्यम कद के थे और चुस्त बनावट थी। कोई प्रभावकारी शारीरिक–सौष्ठव नहीं, वेश–भूषा नहीं, बल्कि इस कदर के व्यक्ति जो आसानी से किसी भीड़ में खो जाए और भुला दिया जाए। वे ऊनी टु–पीस सूट और आसानी से भुला दिए जाने लायक भूरे रंग की टाई पहन रखे थे।

वे अपनी कार में मेहमानों के आने तक बैठे रहे, परन्तु यह मात्र तभी था जब कारों की एक लम्बी कतार मुख्य द्वार पर रोक रखी गयी थी-क्योंकि प्रत्येक कारें और उसमें बैठे लोगों की घर के द्वार पर मुस्तैद गुप्तचरों के द्वारा पूरी जाँच की गयी। वे कार के बाहर उतर निकले थे। वे कारों की कतारों को पीछे छोड़ते आगे टहलते गए जब तक कि वे जगुआर के पास नहीं आ गए, जो एक पूर्वी भारतीय सुन्दरी और कम उम्र की औरत के द्वारा चलाई जा रही थी, जिसने विशेष गहने पहन रखे थे और जो लाल दहक और स्वर्ण साड़ी मे थी। उस कार में वह अकेली थी। पैसेन्जर की तरफ वाली खिड़की पर दस्तक दिए और उसने उसे नीचा किया।

"हाँ ?"

"देविका रानी? है न ? मैंने सोचा मैंने तुम्हें पहचान लिया कैसी हो, देविका ?"

कोई पहचान नहीं थी।

"क्या तुम मुझे नहीं पहचानती? परन्तु हाँ तुम तब बहुत छोटी थी जब मैंने तुम्हें अंतिम बार देखा। कहो कि क्या अब भी तुम्हारे पिता जनरल राणा सिंह वाशिंगटन डी.सी. स्थित भारतीय उच्चायोग के सेना पदाधिकारी हैं? मैं जनरल को अब कुछ समय से जानता हूँ। क्यूँ वे यहाँ नहीं हैं? मैं सोचा शायद वे तुम्हारे साथ उन्हें भी निमंत्रित किए हों? या उनके साथ ही तुम्हें निमंत्रित किया गया हो।"

उसके चेहरे की त्योरी साफ हो गयी और उसने उस वृद्ध सज्जन जो खिड़की से झाँक रहा था, पर मुस्कुरा दी। कारों की कतार रूकी पड़ी थी।

"ओह, पिताजी निमंत्रित थे, निमंत्रण उनके और मेरे नाम से हैं, परन्तु आ नहीं पाए। मैं आ सकती थी इसलिए मैं आ गयी।"

कारों की कतार इंच भर आगे बढ़ी। वे पीछ छूट जाते, परन्तु उसने पैसेन्जर की तरफ का दरवाजा खोल दिया ताकि वे अंदर घुस आयें। वे स्वयं को सीट से बांध लिए, जैसा उसने बाँध रखा था।

"मुझे मेरा परिचय देने दो कि मैं कौन हूँ," उन्होंने अपने कोट की अन्दर की जेब से बटुए निकालते हुए कहा, और जब उन्होंने अपना परिचय बाहर निकाला, कार घर के दरवाजे तक पहुँच चुकी थी। उसने खिड़की नीचे किया, द्वार पर मुस्तैद गुप्तचरों को अपना निमंत्रण-पत्र अपने चालक अनुज्ञापत्र के साथ दिया। पुलिसवाले ने अनुज्ञापत्र और निमंत्रण-पत्र की जाँच किया, और पुनः फुर्ती से सावधान हो गया।

"जनरल राणा सिंह, आपका स्वागत है और हाँ, उनकी सुन्दर पुत्री, देविका रानी। कृपया रास्ते के बायीं तरफ पार्क कर दें। दायाँ भाग साम्राज्ञी और उनके घुड़सवार-दल के लिए आरक्षित है और कृपया, अपने सभी शास्त्रों को कार के ग्लोव कम्पार्टमेंट में ही रख छोड़े, जरनल। सभी अतिथिगण सिवाय साम्राज्ञी और उनके अनुचर-वर्ग- मेटल डिटेक्टर से होकर गुजरेंगे हमारे पर शारीरिक जाँच के लिए पुरूष और महिला सुरक्षाकर्मी भी हैं, यदि वह आवश्यक हो। जब कभी साम्राज्ञी जाती हैं, हम पूर्ण सावधानी बरतते हैं। ब्रोमफिल्ड महल में स्वागत है, और उस भोज में भी जो आज रात यहाँ आयोजित है।"

उसने आगे जाने का ईशारा किया। देविका ने अपनी समझ से उत्तम स्थान रास्ते की बायीं तरफ लॉन में अपनी कार पार्क कर दी। वह उम्रदराज सज्जन अपने पहचान-पत्रों को पुनः उपयुक्त स्थान पर रखा और उसकी बाँह पकड़, उन्होंने ब्रोमफिल्ड महल के मुख्य द्वार के लिए उसे ले चले।

उसने उनकी बाँह थामे रखा जब वे इसमें प्रवेश किए। बिना किसी सुरक्षाकर्मी के अकेली औरत होने की अपेक्षा, उसके पिता का एक उम्रदराज मित्र-गलत रूप से उसके पिता समझे गए थे–एक सुरक्षाकर्मी के रूप में बहुत स्वागत योग्य थे। वह शीघ्र ही पता करने वाली थी कि वे कौन थे, शायद वापस लंदन तक उन्हें साथ ने जाने वाली भी थी, यदि वह बेचार। भला आदमी ज्यादा पी लेता और अपने घर तक स्वयं गाड़ी चलाकर जाने लायक न होता-जैसा कि कभी-कभी ऐसी स्थिति में उसके पिता आ चुके थे। उसने एक खानसामे को देखा, जो पूर्ण सेवा के राज चिह्न में था, उसे उसने भरे ग्लासों के पारात मुख्य भोजशाला में ले जाते देखा, और उसने श्वेत मदिरा के एक प्याला लेने के लिए रोका। अन्य अतिथि गण उसके आगे निकल गए, उसे उसके सुरक्षाकर्मी से अलग करते हुए जो इस रेले के साथ बहा लिया गया था और आँखों से ओझल हो गया। कोई बात नहीं, वह उन्हें खोज लेगी इससे पहले कि शाम समाप्त हो।

जोसुआ और जुलिया भोजशाला में प्रवेश करने पर आसान वक्त नहीं पा सकेंगे उनकी चिंता का कारण सुरक्षा नहीं था, बल्कि उस अवसर के लिए तैयार होना था। पहले जोसुआ को पहनावे डालने थे–यह कोई आसान कार्य नहीं था उस आदमी के लिए जिसने अपने विवाह में प्रतिदिन पहने जानेवाली कमीज और प्रतिदिन वाली ही टाई पहन रखा हो। जुलिया ने मुस्तैदी दिखाते हुए उसकी कमीज और टाई को उतार दिया, और उन वस्त्रों को सामने रखा जिसे पहना जाना चाहिए, और वह भीरू रूप में उसकी इच्छाओं को इस संदर्भ में स्वीकार कर लिया। जब उसने भोज-जैकेट को सामने रखा, फिर भी, वह निमंत्रित रूका रहा। वह किसी के पहन छोड़े गए वस्त्रो को नहीं पहना–उसकी खुशी के लिए भी नहीं।

नहीं, उसे इस बात की भी परवाह नहीं थी कि वे जलरहित ताजे धूले थे या यदि इसे पहले नहीं पहना गया था, या जो कुछ भी उसने भोज-जैकटों को नहीं पहना; उसने कभी पहना भी नहीं था, और शायद कभी भविष्य में भी नहीं पहनेगाँ जुलिया मृदु हो गयी और इसलिए जोसुआ अंततः अपने ऊनी टू-पीस सूट और प्रतिदिन पहने जाने वाले सामान्य जूतों की जोड़ी में तैयार था–उसने गंभीरता से उसे आश्वस्त किया कि शायद ही वे पहले कभी पहने गए थे, परन्तु वह बेहतर जानती थी।

उसे जोसुआ को कमरे से बाहर भेजना पड़ा ताकि इम्मा उसके बालों को सजा सके और उस अवसर के लिए कपड़े पहना सके।

"प्रियतम," उसने कहा, उसे उसके होंठों को चुमते हुए, "आप क्यों नहीं जाते और देखते हैं कि अन्य लोग क्या कर रहे हैं–दादाजी, इडवार्ड, नसीम बानो–जब तक मैं वस्त्र पहनती हूँ? मैं इस अवसर पर आपको आकस्मिक आश्चर्य देना चाहती हूँ। मैं स्वयं को सर्वाधिक सुन्दर जिसे आपने अब तक नहीं देखा है, रूप में होना पसंद करूँगी? अब, जाइए, कृपया?"

"तुम सदैव ही मेरी नजरों में सर्वाधिक सुन्दर रही हो, जब तुम नि..." परन्तु उसने उसके मुँह पर उसे मध्य वाक्य में ही चुप करने को अपने हाथ रख दिए क्योंकि संक्षिप्त रूप में वह जानती थी कि वह क्या कहने वाला था–उसने इसे अनेकों बार उससे कह चुका था–और क्योंकि इम्मा दरवाजे पर खड़ी थी।

वे भोजशाला में मिले और उसे स्वीकारना पड़ा, वह मोहक रूप से सुंदर थी–इम्मा की रचनाओं में एक उसके केश उसके सिर के पीछे ऊँची जूड़े में बंधे थे, लगभग ग्रेसियन वक्र नासिका, पूरे अधरों पर नारंगी–लाल वर्ण के लिपिस्टिक का हल्का स्पर्श, और छोटी बत्तख के तर्जुमें पर बना लबादा जो उसके शरीर पर बिल्कुल सटीक फबते थे, जो उसकी पतली गर्दन से उसके उदार देहयष्ठि से नीचे उसके अंगूठों तक सोहरा हुआ था। उसने खुली चौड़ी एड़ियों वाली चप्पलें डाल रखी थी, और उसकी पोशाक के नीचे से उसके वर्णित अंगूठे झाँकते थे।

इम्मा ने बत्तख वर्ण पोशाक के लिए खास ऊँची एड़ियों वाली जूतियो की सलाह दिया था जिसे जुलिया ने अस्वीकृत कर दिया था। ''मैं जोसुआ से लम्बी दिखूँगी यदि मैं उन्हें पहनती हूँ, इम्मा मैंने ऊँची एड़ियाँ पहननी बंद कर दी है, अब तक एक वर्ष से भी ऊपर से इसने मेरे अंग विन्यास को काफी अच्छा प्रभाव दिया है। ज्यादा आरामदायक भी–यदि ज्यादा स्त्रीयोचित नहीं।''

शाम जगमगा उठी। अर्ल ने जोसुआ और जुलिया को अतिथियों से परिचय कराया, जिन्होंने परिचितों, अपरिचितों से हाथ मिलाए, पुराने मित्रो और रिश्तेदारों से गले मिले। निम्न पदधारियों से नमन और शिष्टाचार के आचरण प्राप्त किए और केवल साम्राज्ञी और सम्राट के लिए झुके और अन्य शिष्टाचार के आचरणों के साथ मिले।

साम्राज्ञी और सम्राट अंत में आये। बूढ़े अर्ल ने एक शराब के प्याले पर खनक पैदा कर अतिथियों का ध्यान खींचा और तब साम्राज्ञी के स्वागत में एक टोस्ट उठाया, इसके बाद दूसरा उस नवविवाहित दम्पति के सम्मान में उस प्रदर्शन के प्रधान चरित्रों के द्वारा कुछ भाषणों का सिलसिला तब प्रारंभ हुआ–बूढ़े अर्ल, जुलिया और तब जोसुआ–प्रत्येक ने उन दूसरे दोनों के बारे में प्यारी बातें कही–और अतिथिओं को अच्छे वक्त की प्राप्ति के लिए निमंत्रित करते रहे। उसके बाद वहाँ अराजकता-सी फैल गयी; संगीतकारों ने अचानक नृत्य संगीत शुरू किया, खानखामें, बिना दखल के, पेय पदार्थों ओर थोड़ी मात्रा में, भोज के आरंभ में शिष्टतावश, भोजन परोसने लगे, शराबखाना खुला है ऐसी उद्घोषणा की गयी, ऐसा वह शानदार भोज सामग्री से भरा मेज था जो भोजशाला की एक दिवार के समानांतर कतारबद्ध था। बूढ़े अर्ल जुलिया से परे जोसुआ की तरफ झूके:

''जोसुआ, तुम्हारे अतिथिगण आजादी से खाना खा सकते हैं। खाद्य–व्यंजनों की सुची में सुअर का मांस या जाँघ के पिछला हिस्सा नहीं हैं। जुलिया इस पर अड़ी थी और ऐसा एकदम ठीक था। यह तुम्हारा दिवस है जितना कि यह उसका है। मैं विश्वास करता हूँ तुम लोगों ने बच्चे पर चर्चा की है? मैं भविष्य में अपने परपोते को, हाउस ऑफ लार्ड्स में अतीत या

वर्तमान में न के बराबर यहुदी अर्ल मे एक के रूप में बैठे देख रहा हूँ यह उचित समय है हमारे पास कुछ अधिक थे।''

जुलिया और जोसुआ साथ-साथ नृत्य किए। निकट। आधुनिक नृत्य शैली में नहीं जिसमें प्रत्येक हिस्सेदार दूसरे के लिए अजनबी के तौर रह जाता है। उन दोनों में से कोई भी ऐसे नृत्य में निपुण नहीं था, खैर जैसा कि जोसुआ ने कहा, ''आधुनिक नृत्य में, बस मैं कल्पना करता हूँ कि मैं झरने के बाहर आ गया हूँ और एक तौलिए से अपना पीठ रगड़ रहा हूँ–हाँ, बेशक संगीत पर।''

तब साम्राज्ञी उसके पास अपने स्थान से उतर आयीं और वह उन्हें भोजशाला के एकान्त कोने में ले गया, जहाँ उन्होंने उसे जेन ऑस्टिन रचित ''प्राइड एण्ड प्रिजुडीस'' का प्रथम संस्करण उपहार-स्वरूप दिया। वह इसे स्वीकार करने हेतु अनिच्छुक था। यह बताते हुए कि जहाँ दोनों जोसुआ और जुलिया की अनबरत रूचि जेन ऑस्टिन की रचनाओं में थी और उनके उपहारों का आनंद हमेशा बरकरार रहेगा, वहीं वह उनकही किमती संकलन में कोई बाधा डालने से घृणा करता था।

''कर्नल सैम्युअलसन,'' उसने कहा। ''मैं अपने संकलन को ब्रोमफिल्ड पहल में महत्त्व पाते और पोषण पाते देखना ज्यादा पसंद करती हूँ बजाय अपने महल में धूल इकट्ठा करते, पुस्तकालय बहुत बड़ा है। कृपया, अब इसे आप स्वीकार करेंगे? क्यूँ, एक ऐसा ही संकलन आपकी पहली संतान के सुसमाचार पर आएगा, और तब पुनः एक और आपकी दूसरी संतान के समाचार पर–जब तक कि जुलिया बच्चों को पाना बंद नहीं कर देती या मैं प्रथम संस्करणों से खाली नहीं हो जाती! जुलिया की माँ मेरी निकट दोस्तों में एक थी, वह आज यहाँ रहना कितना पसंद करती, जोसुआ वह तुम्हें पूजी होती।''

जोसुआ उनके सामने ज्यादा झुका होता, परन्तु उन्होंने अपनी बाँहें खोल उसे गले लगा लिया। इस प्रामाणिक प्रेम के प्रदर्शन ने उसे आश्चर्य चकित कर गया, खुश भी कर गया।

जुलिया पूर्णतः अकेली थी जब उसने भोजकक्ष को देखा, जब तक कि बेगम नसीम बानो उसके पास ठीक उसी समय शराब का एक प्याला तलाशती नहीं आ गयी। उसने अपने नौकर को देख लिया, कार–चालक को, जिसे टॉमाकिन्स ने खानसामे के तौर पर लगा रखा था, और उसकी इस सेवा की समाप्ति का ईशारा किया। वह एक लम्बा, पतला, फालतू दुबला-पतला आदमी था जिसकी आँखें खाली और धँसी हुई और मजबूत सावधानी से मुड़ी, सेमिटिक नाक थी, वह अपनी उम्र में सुन्दर था–पूर्वी–सेवा राजचिह्नों से पूर्ण युक्त–जैसा कि उसके पिता के राज्य में ज्यादा उचित हो सकता था–शानदार पगड़ी में जिसके मुकुट पर पंखों की कलगी लगी थी, और तंग चांदी वर्ण के साटन पैजामे और चाँदी वर्ण के ही लम्बे साटन कोट में जिसके बटन आगे की ओर उसकी गर्दन से लेकर घुटनों तक लगे थे।

"हाफिज," उसने आदेश दिया, "जुलिया और मैं दोनों प्यास से मर रही हूँ। इस संबंध में तुम क्या करने जा रहे हो"

"मेरी मालकिनें," हाफिज ने नीचे तक झुकते हुए कहा, "आपकी हर इच्छा मेरे लिए आदेश है। आप क्या लेना पसंद करेंगी?"

जुलिया ने श्वेत मदिरा के प्याले को चुना, और बेगम ने स्पेनिश श्वेत शराब का प्याला। हाफिज मुस्तैदी से बार की दिशा में खो गया।

"हाफिज पिताजी का सबसे चहेता नौकर था, जिसे उन्होंने अंगरक्षक के रूप में किराये पर लिया था, तब वह हरेक चीज किया जो हम उससे कहते," बेगम ने स्पष्ट किया। "इसने मुझे अपने घुटनों पर झुलाया है, और ऐसी कहानियाँ सुनाई जिसने मुझे सुला दिया। वह मेरे खातिर मर सकता है ऐसी वफादारी तो केवल एक नौकर और उसके मालिक के बीच होती है–बराबर वालों के बीच कभी नहीं।" जुलिया ने टॉमकिन्स और इम्मा के बारे में सोचा और उसे सहमत होना पड़ा।

इडवार्ड अपनी बेगम से एक नृत्य का दावा करने आया। यद्यपि उसकी कमर थोड़ी मोटी और गोल थी, वह एक अच्छी नर्तकी थी, और आश्चर्यजनक रूप से नृत्य करते हुए लचीली।

एक उम्रदराज पूर्वी भारतीय सज्जन जुलिया के पास आए। उसने सोचा वह उन्हें पहचानती थी, पर उसने वहाँ पहली मर्तबा कहाँ देखा था ठीक से याद नहीं कर सकी। वे जोसुआ के परिवार से यहाँ मेहमान थे, स्पष्टतः उसके दादाजी के परिचितों में से नहीं थे। उसने अपने हाथ आगे निकाल दिए और वे इसे अपने हाथों में पकड़ इस पर नीचे तक झूके।

''कुलीन जुलिया,'' उन्होंने कहा, ''तुम मुझे नहीं जानती, परन्तु मैं तुम्हें जानता हूँ–मैं जब तुम ग्यारह वर्ष की थी, तुमसे मिला, यहीं ब्रोमफिल्ड महल में ब्रोमफिल्ड के ग्यारहवें अर्ल तुम्हारे दादाजी के साथ रहते हुए। क्या मैं। कह सकता हूँ, मैं तुमसे पुनः मिलने के लिए बहुत लम्बे अर्से से सुअवसर की खोज में था–बहुत लम्बे अर्से से। कृपया मेरी गहनतम, हार्दिक शुभकामनाएँ अपने लम्बे और सुखद वैवाहिक जीवन के लिए स्वीकार करो। तुम एक शानदार और अत्यंत रूपसी हो, कर्नल सैमुअलसन एक बहुत यही सौभाग्यशाली व्यक्ति हैं।''

''क्यूँ, धन्यवाद, श्रीमान्,'' जुलिया ने जवाब दिया। ''ऐसा कहते हुए आप बहुत दयालु हैं। मैं निश्चित हूँ, जोसुआ भी आपकी सद् इच्छाओं की कद्र करेंगे।''

उसने नृत्य के मंच पर नाचते दम्पति की ओर इशारा किया। वाल्ट्ज नृत्य के लिए संगीत धीमा हो गया था, और बहुत सारे उम्रदराज दम्पतियों ने नृत्य में शामिल होने का साहस किया था।

''लेकिन आप क्यों नहीं नृत्य में शामिल हैं?''

उन्होंने संकोचपूर्वक मुस्कुरा भर दिया। ''मुझे डर है, मैं किसी महिला का साथ नहीं पा सकूँगा, महिलाएँ अजनबी पुरूषों और खासकर अजनबी बूढ़ों जिन्हें वे नहीं जानती के साथ नृत्य करने में संकोचशील होती हैं। मैं अपने उम्र के सातवें दशक के बीच में हूँ, तुम जानती हो।''

''वास्तव में,'' जुलिया ने कहा, ''मैं कभी इसका अनुमान नहीं किया होता–और मैं इसे महत्त्व देती हूँ मैं ऐसा महज विनम्र दिखने के लिए नहीं कह रही हूँ। क्या आप मेरे साथ नृत्य करना चाहेंगे? मैं सम्मानित महसूस करूँगी।''

''मैं एक अच्छा नर्तक नहीं हूँ,'' उन्होंने उसे चेतावनी दी, हँसते हुए। यदि मैं बिना तुम्हारे अंगूठों को कुचले नृत्य समाप्त कर सकूँ, तो यह मेरे लिए एक उपलब्धि होगी।''

''मैं आपको एक रहस्य से परिचित कराऊँगी जिसे मेरे पति खोज निकाले हैं। मैं भी एक बुरी नर्तकी हूँ।''

उसने उनका हाथ पकड़ा और उन्हें नृत्य के मंच तक ले गयी। उन्होंने उसे पास खींच लिया, परन्तु बहुत जोर से नहीं कि वह उन्हें बुरा समझे। वे अगले कुछ पलों के लिए शांत रहे, अपने पाँवों पर ध्यान क्रेद्रित करते हुए जैसा कि बाद में जुलिया ने जोसुआ से कहा, वह उनकी बाँहों में सुरक्षित महसूस की, वे उसके साथ ऐसे नाचे मानो वे उसकी परवाह करते हों।

नृत्य बंद कर दिया गया। वे नृत्य-मंच पर कुछ पलों को रूके रहे, उनकी एक बाँह अभी भी जुलिया की कमर पर कसी थी, और उसके हाथ उनके हाथ में।

''कुलीन जुलिया,'' उन्होंने कहा, ''क्या मैं कोई भविष्यवाणी कर सकता हूँ?'' कर्नल सैम्युअलसन अपने भाई, 'जो' के साथ हैं–जिनसे मैं पहले कभी नहीं मिला हूँ–बीयर के ग्लास और अपने भाई की संगति का लुत्त उठा रहे हैं। शीघ्र ही वे तुम्हें खोजेंगे और वे तुम्हें मेरे साथ नृत्य के फर्श पर देखेंगे। भारतीय पुरूषों को जानते हुए, वे हमें शक की निगाहों से देखेंगे, तुम्हारे साथ अगले नृत्य का ठीक ही दावा पेश करेंगे। मुझे जो कहना है वह महत्त्वपूर्ण है–और जो केवल आपके कानों के लिए है''

उसने उनके हाथों का आजाद कर दिया; उन्होंने उसकी कमर से अपने हाथ गिरा दिए।

''कृपया, बहुत-बहुत सावधान रहो, जब तुम भारत जाओ ताकि तुम असलहों की खेपें और भूली हुई 'थार दस्तावेज' की प्रतिलिपि ढुँढ़ सको। कृपया, हमारे पास ज्यादा वक्त नहीं है, परन्तु मैं तुम्हें मशविरों के कुछ लब्जों को कहे बिना नहीं छोड़ सकता–तुमसे अधिक उम्र के व्यक्ति द्वारा। किसी का विश्वास मत करो। हमारे धंधे में, हम किसी पर

विश्वास नहीं कर सकते। क्यूँ मैं तुम्हें बजाए कर्नल सैमुअलसन के बता रहा हूँ? क्यूँकि, अजीब बात है, मैं महसूस करता हूँ कि हम दोनों में उससे कहीं ज्यादा समानता है। अजीब है न?''

उन्होंने अपने कंधे पर जोसुआ के हाथ के दस्तक को महसूस किया। ''क्या मैं अपनी पत्नी के साथ अगला नृत्य कर सकता हूँ?'' जोसुआ ने उस उम्रदराज भारतीय व्यक्ति की ओर मुस्कुराते हुए कहा।

बूढ़े व्यक्ति ने जुलिया को जोसुआ के सुपुर्द कर दिया—और इसके पहले कि वह रोक पाती—वे दोनों को नृत्य के फर्श पर छोड़ चल पड़े।

जुलिया ने उन्हें जाते हुए देखा, जब तक कि वे भोजशाला से बाहर ओझल नहीं हो गए, और अनुमानतः ब्रोमफिल्ड महल से वह उनके पीछे दौड़ गई होती, पर जोसुआ के जिसने जो के साथ कुछ बीयर पी ली थी—ने उसकी कमर में एक हाथ डाल दिया, और जो उसके अचानक उससे अलग होने के कारण गिर जाता, इसलिए वह दुःख के साथ मात्र देखा सकती थी, जब भारतीय उम्रदराज व्यक्ति दरवाजे पर मुड़ा, चोरी से उसे अपने हाथ को उसके लिए लहराया और भोजशाला को उत्तेजना से भर गया।

''मैं इतना भी नहीं जानता वे कैसे दिखते हैं, जुलियार ने जोसुआ से दुःखी स्वर में कहा, जब उसने वाकये की चर्चा उससे कर चुकी थी। ''मुझे अवश्य ही उन्हें अच्छे ढंग से देखना चाहिए था, परन्तु उस समय मैं इसे नहीं जान पायी जिसे अब जानती हूँ। अब रूकिए, मैं उस चेहरे को याद करती हूँ जिसे मैंने उनमें देखा, जब वे मेरे आगे फैले हाथ पर झुक रहे थे उनके घने चाँदी से श्वेत बाल हैं जो चाँद—पर झड़ रहे हैं उदीयमान बालरहित चाँद।''

''क्या उसने नहीं कहा वह कौन था? किसने उन्हें निमंत्रित किया?''

''नहीं। और मैंने पूछा भी नहीं। मैंने सोचा वह आपके परिवार की तरफ से थे और मैं खासकर उनसे अच्छा बर्नाव चाहती थी। मैं उन सभी के साथ नाचना चाहती थी। मैं एक बार जो के साथ नाची, वह एक अच्छे नर्तक हैं अच्छा, क्या तुम जानते थे?''

जोसुआ ने बल देकर कहा, ''ओह, हाँ, हमारे जवानी के दिनों में जो बॉम्बे में आयोजित सभी महाविद्यालीय नष्टत्य प्रातियोगिताओं को जीतने का आदी था।''

जुलिया ने याद कर रखा था कि वह इम्मा से इंतजार न करने को कहे, वह इसलिए भी था क्योंकि इम्मा, टॉमकिन्स, हाफिज और अन्य नौकर भोजशाला की सफाई के लिए देर रात तक व्यस्त थे।

जोसुआ को बंद खोलेने, बटन खोलने और चेन खोलने में कोई परेशानी नहीं थी, परन्तु दोनों भी सिवाय साथ लेटने और बात करने के अन्य किसी भी काम के लिए थके थे–और जब जुलिया ने उसे उस उम्रदराज भारतीय सज्जन के बारे में कहा था।

''अतः तुम भी उन्हें नहीं जानते? वह आपके परिवार से नहीं थे?'' जुलिया ने पूछा।

''माँ नहीं आ सकीं क्योंकि सुसान किसी भारतीय यहुदी मौसम विज्ञान के प्राध्यापक से प्रेम करने लगी है, जो माँ के अनुसार, अब तक मिले सभी व्यक्तियों में सर्वाधिक तेज है–और यह मुझसे भी वास्ता रखता है। उसका नाम डैविड अब्राम्स है। वह भी उससे प्रेम करते हैं, यद्यपि वह; उससे कुछ वर्ज़ उम्रदराज हैं। उनकी आँखें एक-दूसरे को ढुँढ़ती रहती हैं, और क्योंकि उनकी क्षेत्र की यात्रा आने वाली थी इसलिए वे नहीं आ सके, और यदि वे नहीं आ सकते, वह नहीं आएगी, और यदि वह नहीं आएगी–माँ भी नहीं आ पाएगी, और तुम हमारे स्वागत समारोह का मेरे परिवार के विरोध की कहानी जानती हो। यदि यह जो के लिए नहीं हुआ होता, मैं किसी को नहीं पाता,'' वह रो पड़ा।

''मैं तुम्हारे साथ हूँ, प्रियतम,'' उसने उसे सांत्वना दी, जोर से गले लगाकर, पुर्णतः जानती हुई कि वह अविश्वस्त मात्र सांत्वना पाने को ऐसा कर रहा था।

''मैं आश्चर्यचकित हूँ, वह कौन था। वह बहुत शिष्ट लगा।'' जुलिया अचानक वज्र-सी सीधी उठ बैठी, दोनों पर चढ़ी चादरें गिर

गयीं। ''मैं जानती हूँ।'' वह जोसुआ को हिलाकर जगाते हुए चिल्ला उठी। ''मैं जानती हूँ कहाँ मैंने पूर्व में उन्हें देखा है!''

''तुम जानती हो? कहाँ?''?

''जॉर्जटाऊन के एक कैफे में। जिसमें हम देविका रानी और मैक्स से पीछा छुड़ाने घुसे थे। क्या आपको याद नहीं? वह हमें पीछा करता अंदर आया था, कैफे में रूका था जब आप भाग गए थे मेरे निकलने के मिनटों पहल निकला था। मानो वह लगभग मेरी या आपकी जासूसी कर रहा था। मैं उसकी मुस्कुराहट को याद करती हूँ।''

''अच्छा, वह अजीब है,'' जोशुआ ने आहिस्ते से कहा,'' हम उसे जॉर्जटाऊन में देखते हैं। तब हम उसे ब्रोमफिल्ड महल में देखते हैं–वह बिना निमंत्रण का अंदर कैसे प्रवेश कर गया?''

''मैं याद करती हूँ, जोशुआ, जब मुझे उसने किसी पर भी विश्वास नहीं करने की चेतावनी दी, उसने 'हमारे धंधे में' जैसे शब्दों का प्रयोग किया। शायद वह आई.एम.आई. में किसी ऊँचे पद पर हो, या एम. आई.-6 के? वह कैसे असलहों से भरे जहाज और 'थार दस्तावेज' की गुमशुदगी के बारे में जानता था? क्या वह राजा हो सकता है?''

जोशुआ ने उसे अपनी तरफ नीचे खींच लिया। ''आओ सोएँ, प्रियतमे। हम उसकी तलाश कर लेंगे। मुझे शक है वह बुरे ख्यालों वाला है, या वह स्वयं को तुम्हें नहीं दिखाया हो। वह कौन था जो तुम्हें किसी के विरूद्ध चेतावनी दे रहा था, खैर?''

''आपने भोज का कैसे आनंद लिया, जानिब,'' जुलिया ने पूछा, जब वह पुनः उसके साथ सटकर लेट गयी ''कोई आश्चर्य की बातें?''

''केवल एक''

''ओह? सुखद या दुखद?''

''बहुत सुखद। और पूर्णतः अप्रत्याशित भी!''

''क्या आप मुझसे नहीं कहेंगे? या मैं किसी पूर्व गुप्तचर के जैसा आचरण करूँ और इस सूचना मात्र के लिए मैं अपने को अपने पति

से बेच दूँ? उस तौर पर भी मैं अनिच्छुक नहीं हूँ। अपनी किम्मत कहो, प्यारे।''

वह हँस पड़ा। ''अत्यंत उनेजक शुभ रात्रि के चुंबन के बारे में तुम्हारा क्या ख्याल है? मैं सोचता हूँ कि जो सूचना मैं तुम्हें बेच रहा हूँ कम से कम उतनी किम्मत का अवश्य है।''

उसने उसके मुँह पर एक दाहक चुंबन रख दिया। ''अच्छा?''

''साम्राज्ञी ने मुझे गले लगा लिया, सच्चे प्रेम के साथ क्या तुम सोचती हो कि वे अब मुझे तुम्हारे स्वामी के रूप में स्वीकार करती हैं?''

अध्याय 5

छः दिनों के उपरान्त वे बॉम्बे के लिए रवाना हुए। जेम्स ने उन्हें बेंटले में हिथ्रो तक छोड़ दिया। यह एक भावभीनी विदाई थी। उसके दादाजी ने उसे दृढ़ता से गले लगा लिया। वह अपने गालों पर आँसू की बुन्दें महसूस की; तब वे अचानक फूट पड़े और महल के अंदर ओझल हो गए। वे ब्रिटीश वायुसेना के काउन्टर पर आये और थैलों से उनका पीछा छुटा। जोसुआ ने उन दोनों के टिकट, उनके पासपोर्ट और रहने के प्रवेश-पत्रों को अपनी कोट की जेब में रख लिया और जुलिया ने यात्री रसीदों और रूपयों को अपने हाथ के बड़े थैले में रखा। यह एक संतोषजनक तरीका था उन दोनों में सब कुछ बाँट लेने का।

वे शीघ्र ही आ गए थे—जैसा कि जोसुआ की आदत थी। वह उन जगहों पर पहुँचने के लिए जाना गया था इसके पहले भी कि वे खुलें। इंतजार का एक घण्टे से अधिक का मारने वाला समय था, उसने कुछ विचार किया कि कैसे वे अपना समय सुविधापूर्वक गुजार सकते थे।

पहले वह उन्हें 'डिपार्चर लाउन्ज' की दीवार के निकट बैठाया, जहाँ लोगों का समूह उनके सामने था। थके यात्रीगण, हाथ के थैलों और छोटे बच्चों के साथ पानी की तरह बहाव में अंदर और बाहर आते-जाते रहे, वह उनसे अनभिज्ञ दिखा, और अपना मयान चुनिंदा कम विभक्त लोगों या समूहों की तरफ केंद्रित किया। उन लोगों या समूहों की तरफ जो उसकी तरह ही इधर-उधर भटक रहे थे। वह आसानी से बातें किया, परन्तु वह वहाँ मौजूद नहीं था और वह इसे जानता था।

अचानक ही उसने अपने हाथों से अपनी बाँहों को बाँध लिया। उसने कर-रहित शराब खरीदने की इच्छा महसूस किया। वैसी अच्छी चीज भारत में पाना कठिन था। उसने जॉनी वॉकर, ब्लैक लेबल की एक पूरी बोतल खरीदी; ब्रिस्टल क्रीम शेरी की एक बोतल उठाने के लिए उसे उत्तेजित किया, जिसे उसने पूरा किया।

उसके बाद उसने कुछ समय पुस्तक की दुकान में बिताया, उसने वायुयान के विषय से संबंधित एक मैगजीन उठाया; उसे भी ऐसा ही

करने को प्रवृत्त किया। उसने इनकार किया। तब उसने एक प्याली चाय की तलब महसूस की, अत: वे दोनों निकट के एक कैफेटेरिया में गए और दो प्याली गर्म चाय और कुछ डेनिश राल्स लिए।

भारत के लिए उड़ान भरने वाला ब्रिटीश एयरवेज ल्लाइट 972 के यात्रियों के लिए प्रथम उद्घोषणा जन-व्याख्यान पद्धति पर एक लम्बे अंतराल के बाद आया। वह प्रस्थान दरवाजों की तरफ कोई कदम नहीं उठाया, उसकी बाँह पर एक हल्का स्पर्श दे उसने उसे पुन रोका, जैसे ही उसने अपनी चाय पीनी बंद की और अपने हैंडबैग के पास पहुँची।

"अभी नहीं, जुलिया," उसने फुसफुसाया। "महिला-कक्ष को जाओ। वहाँ ठीक तीन मिनटों तक प्रतीक्षा करो और वापस आ जाओ। कृपयाँ"

उसने कोई बहस-मुबाहसा नहीं किया। 'सीक्रेट सर्विस' ने कम से कम उसे इतनी सीख जरूर दिया था। इस खेल में वह उन दोनों में अधिक कुशल था, जो आसानी से खतरनाक हो सकता था।

"मुझसे कुछ कहना हैं?" उसने विनम्रता से पूछा, जब वह वापस आई।

"दायीं तरफ तीसरी मेज और मुझसे एक कतार पीछे। नारंगी पोशाक और उजले बड़े हैट में वह नाटी स्थूल महिला जुलिया ने लापरवाहीं से सिर हिलाया। क्या उसे देखती हो?"

जुलिया ने लापरवाही से सिर हिलाया।

उसने हमारे पक्ष को नहीं छोड़ा है। वह जन-समुहों में भी नहीं है, या कर-रहित दुकान, या पुस्तक की दुकान पर-सिवाय उसने तुम्हें महिला प्रतीक्षालय के अंदर तक पीछा किया। वह तुमसे पहले बाहर आई, ताकि वह संयोगिक हो सके, क्योंकि वह अब मेरे पीछे है। मुझे आश्चर्य है वह किसकी तरफ है?"

"क्यों आप उससे नहीं पूछते हैं?" जुलिया ने कहा। "खोजने के लिए उनम तरीका।"

वह सहमति जताते हुए उसे देखा।

"अच्छी लड़की! मैं जानता था तुम कुछ बेहतर के साथ पेश

आओगी। परन्तु ठीक अभी नहीं, प्रियतमे। हम इंतजार करेंगे। हमें उसे वह भूल देनी हैं ताकि कोई भी कुछ कार्रवाई नहीं कर सकता है।''

वे अपनी बॉम्बे की फ्लाईट के लिए अंतिम उद्घोषणा सुने। उन्होंने अपने नामों के पुकारे जाने को सुना। जुलिया ने चिन्तित हो अपनी घड़ी पर नजर दौड़ाई, जोसुआ आधा भरे ठंढी चाय के पोलिस्टरीन प्लास्टिक से बने कप से खेलता था।

''क्या आप अपनी चाय समाप्त नहीं करेंगे, जोसुआ?'' उसने तीसरी बार अपनी घड़ी देखती हुई, पूछा। ''और हमें चलना नहीं चाहिए?''

''एक मिनट में, जुलिया। घबराओ नहीं, प्यारी। घबराने जैसा कुछ भी नहीं है।''

उसने अपनी कोट के अंदर की जेब से टिकटों और खानगी प्रवेश–पत्रों और पारपत्रों को खींचीं और जुलिया के हाथों में थमा दिया। ''सुरक्षित रख–रखाव के लिए'', उसने उसे आँख मारते हुए कहा।

जब वह चला, यह इतना तीव्र था कि उसे समझ पाने का मौका नहीं मिला था। वह उस नारंगी पोशाक और उजले बड़े हैट वाली स्थूल महिला की मेज के पार तेजी से बढ़ा, और जैसे ही वह उसके नजदीक गया, वह लड़खड़ाया, चिल्लाया और उसकी गोद में अपनी चाय की प्याली को खाली कर दिया। जैसे ही वह खड़ी होने की कोशिश की, उसने उसे बाँह के सहारे पकड़ लिया, और बार–बार माफी माँगने लगा; तब उसने वह किया जो जुलिया को सबसे भद्दा दिखा–वह आगे झुका–और उसकी कानों में फुसफुसाया। उसने सिर हिलाया, खुद को संजोया, और महिला प्रतीक्षालय को तेजी से गयी।

जोसुआ ने जुलिया की बाँह पकड़ लिया, इस बार अधिक दबाव के साथ पकड़ते हुए, कैफैटेरिया के निकास के आगे प्रस्थान–द्वारों की ओर भागा।

''हम इसके लिए दौड़ें,'' उसने कहा। ''हम इसे समय रहते पूरा कर सकते हैं–इसके पहले कि हमें कोई पकड़ ले, और कार्रवाई करे।''

उसने 'क्या' के विज़य में नहीं पूछा। वह उतनी ही तेज दौड़ी जितनी तेज जोसुआ दौड़ा था, पूरे एक अच्छी लम्बाई वाले कॉरिडोर पर जो

उनके द्वार तक जाता था। उसने वास्तव में इस पूरी प्रकिया में उससे तेज निकली थी। वह सदैव से ही तेज दौड़ में अच्छी रही थी, अपने आवासीय विद्यालय में भी। उसके शारीरिक प्रशिक्षक ने कहा था कि उसमें एक महान द्याविका की सारी संभावनाएँ हैं, यदि वह इसके लिए प्रशिक्षण लेती। परन्तु यद्यपि कौशल और सामर्थ्य थे, इच्छा का सर्वथा अभाव था। वह एक लेखिका होना चाहती थी, न कि एक द्याविका। अब भी इसका अच्छा इस्तेमाल हुआ था।

जिंदगी मुझे मार देने वाली है, जुलिया ने सोचा, वह लम्बी तेज साँसे ले रही थी, जैसे ही वह अपनी जगह पर धम में धँस गई और संरक्षा बेल्ट पर उसके हाथ झपट पड़े। वह एक बड़ी मुस्कुराहट के साथ उसके बगल की सीट पर धँस गया।

''वह निकट था,'' उसने कहा। ''मुझे, वायुयान को पकड़ने के लिए हमें ज्यादा वक्त देना चाहिए, प्रिय हमने लगभग इस सावधानी को नहीं बरता।''

''कृपया, क्या आप मुझे बताऐंगे कि यह सब क्या है? या क्या यह मेरे लिए स्पष्ट होना चाहिए और क्या मैं मूर्ख हो रही हूँ?''

उसने आनंद के अतिरेक में अपना सिर हिलाया, उसकी बाँहों को तब वह प्यार कर रहा था, जब उसकी अंगुलियाँ उसकी अँगुलियों में उलझी पड़ी थीं।

''नहीं, प्यारी। ऐसा कोई रास्ता नहीं था कि तुम इसे समझ पाती। मैं इसपर केवल आखिर में ही लुढ़का।''

''किसपर लुढ़के?''

''कि वह नारंगी पोशाक और बड़े उजले हैट वाली बुढ़िया इडवार्ड के आदमियों में से एक थी। वह एम.आई.-6 के लिए काम करती है।''

''आप इसे कैसे जानते हैं?''

''सरल। मैंने तुम्हारी सलाह ली और उससे पूछा। जब मैंने उसकी गोद में चाय गिरा दिया, मैंने आगे उसकी कानों में फुसफुसाया, 'क्या वीस्काट इडवार्ड ने आपको यहाँ भेजा?' उसने सिर हिलाया, इसलिए मैंने क्षमा माँगी और उसे महिला प्रतीक्षालय को ताकि वह स्वयं को साफ कर ले भेजा। यह इडवार्ड का बड़ा उपद्रव है कि उसने उसे हमारी

जासूसी को भेजा–वह भी हमें बताए बिना। स्वीकार योग्य नहीं। संभवत: हमें इस संबंध में उससे बात करनी चाहिए?''

परन्तु जोसुआ अधिक हताश नहीं था।

''परन्तु क्यों?'' जुलिया ने हठ किया। ''क्यों इडवार्ड हमारी जासूसी करेगा? वह संभवत: उसे कैसे जानने की आशा कर सकता था जिसे वह पूर्व से ही नहीं जानता है? आखिर उसने ही यात्रा की व्यवस्था किया। एम.आई-6 बिल का भुगतान कर रहा है। प्रियतम, यह कहीं से भी नहीं प्रतीत होता कि कोई हमारी जासूसी करे।''

जोशुआ ने खिड़की के बाहर देखा, ईंग्लैंड का हरा-भरा देहात और छोटे घरों की अनेक कतारें, जो साफ-सुथरे अंदाज में छोटे अंग्रेजी उद्यानों में बने थे, प्रत्येक अलग खेत किसी की मिल्कीयत, सभी तेजी से उसके नीचे छुटते जा रहे थे।

''यह ठीक-ठीक जासूस नहीं था, जुलिया। एक अंगरक्षक के रूप में अधिक। और जिसकी जासूसी की जानी थी उसे इसकी खबर नहीं थी। तुम वह तुम्हारी सुरक्षा में वहाँ थी।''

''मुझे? मेरी सुरक्षा के लिए? किससे?''

''मैं नहीं जानता। एक अपरिचित वरिष्ठ पूर्वी भारतीय सज्जन जिसने एम.आई.-5 के सभी लोगों को भ्रमित किया और ब्रोमफिल्ड महल के द्वार से जो टकराया? मैं नहीं जानता।''

''वह अमर्यादित था'' जुलिया ने कहा। ''अब तक मैं उसे जान गयी होती।''

''मैं इसपर गिरा जब मैंने तुम्हें महिला प्रतीक्षालय में भेजा; उसने अंदर तक तुम्हारा पीछा किया। मैंने सोचा शायद वह हैंडबैग झपट कर भागने वाली कोई चोर थी–यही कारण है कि मैं सभी महत्त्वपूर्ण कागजातों को अपने पास रखा। यात्री के रसीद और पैसे आसानी से बदले जा सकते हैं पारपत्रों और प्रवेश-पत्रों को यथाशीघ्र नहीं बदला जा सकता–और उनके बिना हम इस फ्लाईट पर नहीं चढ़ पाए होते!''

जोसुआ कुछ क्षणों विचारमग्न रहा। जब उसने पुन: बोला, वह लगभग स्वयं के लिए था।

"अगर वह एक पर्स झपटनेवाली चोर नहीं थी, उसे तुम्हें या तो जासूसी करनी थी या सुरक्षा। और जैसा तुम कहती थी, एम.आई.-6 हम पर कोई जासूस नहीं लगाता। वह कौन थी जो तुम्हारी सुरक्षा कर रही थी और किससे? मुझसे?"

"जोसुआ, ऐसा सोचना असंगत है। हास्यास्पद! मैं आपसे विवाहित हूँ। संभवत: वे मुझे आपसे रक्षा क्यों कर सकते हैं? क्या वे हमारे आपको उन सभी आंनदकर चीजों को जो आप मेरे आनंद के लिए करते हैं, करने से रोकने के लिए हमारे शयन-कक्ष में आ सकते हैं?"

उसने सहमति में सिर हिलाया। "मुझे खेद है, प्रियतमें" हाँ, तुम बिल्कुल ठीक हो। क्या वे आनंद कर चीजें हैं? परन्तु उसने तुम्हें महिला प्रतीक्षालय में क्यों पीछा किया? यद्यपि वह तुमसे पहले ही बाहर आई थी।"

जुलिया ने उससे कहा होता—और नहीं कहा।

नारंगी पोशाक और उजले बड़े हैट वाली महिला ने उसे महिला प्रतिक्षालय में उसका पीछा किया था। वह सीधी सिंक के पास आई जहाँ वह जोसुआ के तीन मिनटों तक वहाँ गुजारने के निर्देश के अनुरूप समय बीता रही थी। वह जुलिया के साथ-साथ खड़ी रही, उसके बटुए के अंदर हाथ डाला और उसके परिचय पत्र को खींच लिया।

एम.आई.-6। जुलिया कागज के तौलिए लेने गई ताकि अपना हाथ पोंछ सके और अंगुली में पहनी विवाह की सोने की अंगूठी के स्पर्श से सुकुन महसूस किया।

वह एक बुढ़िया थी, उसने ध्यान दिया, उसके काले बालों में उजलापन, अनछुआ और रंगहीन, लापरवाही से काले लहर-सदृश लटों में मिले हुए ताकि वे धारीदार दिख सके। स्थूल चेहरा, दोहरी ठुड्ढी, अप्रीतिकर नहीं क्योंकि यह उदास नहीं था, छोटे चश्मे के पीछे से थकी आँखें जुलिया को घुरती हुई।

"तुम मुझे नहीं जानती हो और तुम्हें जानना नहीं है," उसने अत्यावश्यक रूप से कहा। "परन्तु मेरे पास तुम्हारे लिए बॉम्बे में एक नाम और पता है। हमारे विश्वासी गुप्तचरों में वहाँ एक। शायद तुम उसकी जरूरत महसूस करो।"

''मैं इसे नहीं चाहती,'' जुलिया ने कहा।

''माफ करो, मुझे इस बात की जीद करनी है,'' उस महिला ने कहा, अपनी आवाज को बिना ऊँचा किए, जुलिया को वह कार्ड पकड़ाते हुए, उसके अत्यंत समीप ताकि उन दोनों के बीच कोई अंतराल न हो आते हुए।

जुलिया ने पेपर टॉवेल को कूड़ा के कनस्तर में उछाला, ठीक इसके मध्य केन्द्र को चोट करते हुए।

''विस्काउंट इडवार्ड ने जोर दिया कि तुम्हारे लंदन छोड़ने से पूर्व यह तुम्हारे पास पहुँचा दिया जाए। साफ समझ पर, कुलीन जुलिया, ताकि तुम उसकी सुरक्षा पर कोई आँच न आने दो। क्योंकि ऐसा अगर तुम करती हो, वे अवश्य ही लगभग उसे मार देंगे।''

''कौन? कौन उन्हें मार देगा?''

''के.जी.बी. के भुगतान किए गए गुप्तचर जो आई.एम.आई. के भाग हैं। मैं वह सब तुमसे चर्चा कर सकती। कर्नल सैमुअलसन से इस बारे में कुछ मत कहना, क्योंकि वह पूर्व में आई.एम.आई के साथ था। मैं तुम्हारे जाने से पहले ही बाहर निकल जाऊँगी।''

दो महिलाएँ प्रतीक्षालय में प्रवेश कीं और जुलिया की तरफ के काउन्टर के बगल में स्थित सिंकों का उपयोग किया, इस दरम्यान प्रभावी रूप से अपनी बातचीत को बंद रखा। जुलिया ने अपने चेहरे को अंतिम बार दर्पण में देखा। वह एक भूल थी। नारंगी पोशाक पहनी महिला जुलिया के हैंडबैग के पास पहुँची। झपटकर इसे खोला, कार्ड को हैंडबैग के अंदर डाला। झपटकर इसे बंद किया, और तेजी से तीन नवयौवनाओं में शामिल हो गई जिन्होंने एक-दूसरे से अलग हो उसे जाने दिया। वह इर्द-गिर्द घुमती थी और दोहरे दरवाजे से कैफेटेरिया में भाग गई।

जब जुलिया जोसुआ के पास लौटी, नांरगी पोशाक पहनी महिला पूर्व की तरह ही अपनी मेज पर आसीन थी।

कार्ड उसके हैंडबैग के अंदर था। उसने उसे नहीं देखा, या देखने की न ही इच्छा की। क्या इसी तरह बेवफाई की शुरूआत हुई? फिर

भी, यदि वह महिला और उसी तरह इडवार्ड को यह विश्वास करना पड़ा कि किसी गुप्तचर की जिदंगी उसकी सुरक्षा पर निर्भर करती थी। क्या उसके पास अपने पति के समक्ष भी इसे व्यक्त कर देने का अधिकार था? क्या उसका जिंदा रहने का अधिकार उसके अपने पति के प्रति वफादारी से ज्यादा वजनी था?

वह जोशुआ की तरफ झुक गई, उसकी बाँहों को पकड़ते हुए, जिसे उसने अपने स्तनों के ।पर दबाती थी, जब कभी वह दोज़-ग्रसित या? भ्रमित महसूस करती थी। वह उसकी इन क्रिया-कलापों को समझने में भूल किया और बदले में उसने उसकी नंगी बाँह को प्यार किया।

"आप चालाक निकले, प्रियतम," उसने कहा, "आपने उसे इतनी बड़ी भीड़ में सभी लोगों के बीच ढुंढ़ निकाला। आपने इसे कैसेकर किया? क्या मुझसे कहना पसंद करेंगे? या वह भी आई.एम.आई. की कोई गुप्त बात हैं?"

उसने खुशी की चमक जिसे उसकी प्रशंसा ने उसे दिया था के साथ मुस्कुराया।

"प्रिय, मैं तुमसे कोई गुप्त राज छिपा न पाऊँगा–सिवाय जब मैं तुम्हारी सुरक्षा चाहुँगा। उसे मैं नहीं बताऊँगा। और यह शायद ही उस छूट के योग्य है। जैसा तुम कहती हो, डिपार्चर लाउन्ज में शब्दश: सैकड़ों हैं। किसी गुप्तचर को निकालने का एक असंभव कार्य? सच नहीं। पहले तुम किसी एक दीवार के सहारे बैठो, ताकि सभी तुम्हारे सामने हों। और निहारो, कौन केवल प्रतीक्षारत बैठे–जैसे तुम हो–उनके विपरीत जो आ और जा रहे हैं, प्रस्थान को तैयार, अपने परिवार के साथ, बड़े-बड़े सामानों के साथ, या दिवारों पर टंगे घड़ी को चिन्तित देखते हुए। उसी तरह की चीजें। तुम उनके चेहरे देखती हो और उनकी पोशाकें ताकि तुम उन्हें भिन्न पृष्टभूमि में चिहि्नत कर सको, यदि तुम उन्हें पुन: देखती हो। यह सब समय लेता है, कम से कम आधा घण्टा। इसे महज कुछ मिनटों में पूरा नहीं किया जा सकता। अत: तुम जल्द आती हो। तब तुम अपनी जगह पर आ स्थित हो जाती हो, जैसे कर-रहित दूकान में–और वहाँ तुम केवल उन चेहरों और पोशाक

को निहारती हो जिसे तुमने पहले देखा है और तुम कुछ को देखोगी–केवल एक या दो ही नहीं, क्योंकि कर-रहित शराब अनेक लोग खरीदना चाहते हैं, जैसे हमने खरीदा। इसी तरह तुम पुनः आगे बढ़ती हो। बुक स्टोर में, और तब पुनः कैफेटेरिया में और तुम अपने गुप्तचर को खोज चूकी हो। एक नारंगी पोशाक और उजली बड़ी है में वह चूकी नहीं जा सकती थी। शायद तुम सोचो कि कोई वास्तविक जासूस ज्यादा अनाकर्षक कपड़े पहनते हों? ऐसा नहीं है प्यारी, जो मुझे सोचने को बाध्य करता है कि वह एक नियमित जासूस नहीं थी। महिला प्रतीक्षालय तक उसने तुम्हारा पीछा किया, इस तरह वह तुमपर नजरें रख रही थी, मुझपर नहीं क्यों? मैं नहीं जानता, क्या तुम जानती हो?''

''हम उसे भूल जायें, जानम,'' जुलिया ने उसे और अधिक पास खींचते अपने सिर को उसके कंधे पर रखते और उसे सूंघते हुए कहाँ। उसने अपनी बाँह में उसे भर लिया और अपनी आँखें मूँद ली।

बॉम्बे में जोसुआ का घर अधिक छोटे घरों में से था। घरों की व्यवस्था बहुत थोड़ी थी। लगभग पाना दुभर, उसने उससे कहा, और यदि उसके पिता ने एक विल्ला का निर्माण कर अपनी दूरदृष्टि नहीं दिखाई होती बहुत वर्ष पहले, तो उनके पास उतनी भी जगह नहीं होती।

उस विल्ले में चार फ्लैट थे, परन्तु एक तरफ के दो फ्लैट किराये पर दे दिए गए थे–दो फ्लैट को छोड़कर–एक ऊपरी मंजिल पर और एक निचले सतह पर–सैमुअलसन परिवार के सदस्यों के लिए जोसुआ ऊपरी मंजिल के फ्लैट में रहता था, उसकी माँ और सुसान एक साथ निचले सतह के फ्लैट में रहती थीं। एक कतार में तीन कमरे, साथ ही एक बालकनी जो मुख्य रिहायशी कमरा के बाहर जहाँ से सड़क दिखाई नहीं देती थी, सेंटंल बॉम्बे शिवाजी पार्क उपनगर में स्थित थे। साउथ बॉम्बे के मुख्य फैशनपरस्त खरीदारी के केन्द्रों और कारोबारी जिले से टैक्सी से लगभग एक घण्टा भर का रास्ता।

वह रिहायशी कमरा शयनकक्ष के रूप में भी था; इसमें एक शव्या थी–जिसकी चौड़ाई ब्रोमफिल्ड महल में उनके द्वारा साझा किए गए शव्या से ज्यादा बिल्कुल नहीं थी। मध्य स्थित कमरा एक शानदार भोजकक्ष था जिसमें मिट्टी के बर्तन रखने की आलमीरा बनी थी। उन

तीनों में सबसे छोटे कमरे में एक पक्के का ऊँचा चबूतरा बना था जिसपर रसोईघर के सभी उपकरण रखे थे–जिनमें से कोई भी स्वतंत्र रूप से बिना सहारे नहीं खड़ा था–और एक नल लगी हुई थालियों आदि को धोने की छोटी जगह पक्के चबूतरे की लम्बवत् दीवार प्राकृतिक रूप से बर्नन धोने की जगह के लिए एक घेरा तैयार करता था, और उस पक्के चबूतरे के नीचे की जगह एक सरकने वाले लकड़ी के दरवाजे के साथ रसोईघर के बत्तनों को रखने की जगह थी। सब कुछ बहुत साफ-सुथरा, ठोस और कार्यात्मक–और ब्रोमफिल्ड महल के रसोईधरों से सर्वथा भिन्न और कम शानदार। स्नानघर स्पष्ट रूप से बड़ा था और उस कॉरिडोर में खुलता था जो एक-सामने के दूसरे दरवाजे तक सीधा ले जाता था, जिससे होकर स्नानघर साफ करने वाली औरत बिना घर की अन्य जगहों को प्रदूषित किए आ-जा सकती थी? इसी रूप में जोसुआ ने अपने घर का जुलिया के लिए वर्णन किया; जब वह चारों ओर स्थित छोटे ल्लैट को उसे दिखा रहा था, जब वह इन छोटे कमरों और अत्यंत छोटे रसोईघर को लेकर कुछ शर्मिन्दा था।

''जानम,'' जुलिया ने कहा, ''यदि मैं बहुत अच्छी खानसामा होती तब ही मैं ब्रोमफिल्ड महल के रसोईघरों से तुलना को प्रलोभित होती, क्योंकि मैं तो बस हम दोनों को खाना खिलाने भर को सीख पायी हूँ-साधारण एक या दो नुक्शों के साथ–नाश्ते के लिए, दोपहर और रात्रि के भोजन के लिए–यह रसोईघर मुझे बहुत अच्छा जँचता है।

वह फ्लैट समुद्र से महज एक मिनट की दूरी पर था, और शाम की ठंडी हवा पर्दो को आंदोलित करते थे, जो जुलिया के लिए कुछ चैन के पैमाने लाते थे। उसने अत्यंत ही आरामदायक कपड़े पहन रखे थे–एक उजले सूती ब्लाउज के साथ अनेक रंगो और तहों वाली स्कर्ट जो कमर पर कसती थी। गर्मी अभी भी परेशान करने वाली थी। मॉनसून समाप्त हो रहा था, दोपहर के बाद की गर्मी में पक्की सड़कों की समहों से भाप उठता था। वह गर्म सतह से छन-छन के अल्फाज के साथ कंपित उठते भाप-समूह को निरंतर पीड़ा में देख सकती थी।

दो दिनों तक वे उड़ान की थकान से उबरते फ्लैट के अंदर ही रहे। फ्लैट को सुरूचिपूर्ण ढंग और खर्चीले अंदाज में सुसज्जित किया गया था, परन्तु वहाँ न तो खाना बनाने की व्यवस्था और न ही थालियाँ थीं–एक कुँआरा के रूप में, जोसुआ स्वयं कभी खाना नहीं बनाया-और जब तक वे इन चीजों को इकट्ठा नहीं कर लिए, उसने शायद ही उस घर को उन दोनों के लिए संभाला। इसके अलावा, वह अपनी सुहागरात की समयावधि में थी। आगे चलकर इन घरेलू कार्यों के लिए बहुत ही अधिक समय होगा, अभी वे दोनों तो यहाँ 'जिन्दगी जीने' आए थे–ऐसा ही जोसुआ कहा करता था। इस दरमियान वे दोनों सदैव ही जोसुआ और उसकी बहन की तरफ से निचले सतह के फ्लैट में आमंत्रित थे।

जब वह तीसरी सुबह जगी, जोसुआ जल्द ही जा चुका था, वह जोसुआ की माँ के साथ नास्ते के लिए नीचे आई–सुसान नजदीक स्थित अपने कॉलेज सुबह की कक्षाओं के लिए जा चुकी थी और अण्डों, टोस्ट और गर्म चाय के बाद, वह अपने ऊपरी मंजिल स्थित फ्लैट के लिए सीढ़ियाँ चढ़ने ही वाली थी-वह पहले ही इसे अपने फ्लैट के रूप में सोचती थी–जब वह बुढ़ी माता ने उसे एक बंद लिफाफा हाथों में थमा दिया।

यह जोसुआ की तरफ से एक लघु पत्र था। उसने जल्द जाने के लिए मुआफी माँगी थी। उसे कुछ जाँच-पड़ताल व पूछताछ करनी थी और जितनी जल्द वह गया है उतना ही शीघ्र वह वापस आ जायेगा। 'कब' इस बारे में वह नहीं कह पाया, परन्तु निश्चित ही दोपहर के भोजन से पहले। आजाद महसूस करो, उसने कहा और टैक्सी ले जहाँ कहीं भी इच्छा हो चली जाओ।

शायद वह ब्रिटीश दूतावास जाए और स्वयं का परिचय दे आए? वह उस दूतावास में अनेक अंग्रेज अधिकारियों को पाएगी, उसने लिखा, यदि वह कभी अपने स्वदेशी लोगों के साथ समय बिताना चाहे? वे उसके पद के व्यक्ति का स्वागत करेंगे।

यह एक नम्र शब्दों से रचित एक प्यार-भरा लघु-पत्र था, परन्तु इस पत्र ने बिना उसे अपने साथ लिए कुछ पूछताछ की उसकी आवश्यकता को छुपाया नहीं था। क्यों? अगर वह उसकी सुरक्षा में हर समय इतना

अधिक सतर्क रहने जा रहा था, वह शायद ही उसके किसी काम की आदमी सिद्ध हो सके, यदि उसने उसकी जरूरत महसूस की ऐसा लगता था कि वह उसकी कभी सहायिका बनेगी ऐसा नहीं सोचता था। क्या वह उसकी उत्तर दायित्व मात्र थी? क्या यह बेहतर होता, यदि वह उसे एक मास समय दिया होता, और वहीं ब्रोमफिल्ड में ही या लंदन स्थित अपने फ्लैट में रूकी होती?

उसने अपना हैंडबैग खोला–इसे उसने बॉम्बे आने के पश्चात् अनेको बार खोला था–परन्तु पहली दफा उसने उस नाम और पता लिखे कार्ड को तलाशा।

मेजर विनोद पटेल, जिनकी ऑफिस वीर नरींमन स्ट्रीट स्थित है। कार्ड के पिछली तरफ संक्षिप्त हस्तलिखित निर्देश और हस्तरचित नक्शा थे। चर्चगेट स्टेशन से, कार्ड के अनुसार, समुद्र की ओर के दायीं ओर जाओ। वीर नरींमन स्ट्रीट के करीब मध्य भाग में, सड़क की दायीं ओर स्थित है। 'पटेल' नाम सर्वसाधारण है–जैसे इंग्लैंड में स्मिथ शब्दशः ऐसे लाखों है। वह जाने से पहले नीचे अपनी सास को अभिवादन करने, और यह सुनिश्चित करने को कि वह दोपहर के भोजन के पहले आ जाएगी, आई। उसने कुछ मिनटों तक खुशी-खुशी बातचीत की जब उसकी सास प्याज तरासती थी और साथ ही साथ प्रचुरता में रोती थी।

''हमें एक-दूसरे को बेहतर रूप से अवश्य जान लेना चाहिए, जुलिया,'' बुढ़ी माँ ने कहा। ''मैं तुम्हें अच्छी तरह जानना चाहती हूँ। और तुम्हें हम चाहते हैं कि तुम हमें भी जानो। जब तुम्हें अधिक समय हो, मेरी प्यारी, क्यों तुम नीचे नहीं आ जाती और परिवारिक अलबम को तुम्हें दिखाने देती। मेरे पास जोसुआ के बचपन के कुछ वास्तव में प्यारी तस्वीरें हैं। तुम उन्हें अवश्य ही प्यार करोगी। गृह-प्रेम की दूसरी तस्वीरें भी–वे विजय-चिह्न जिन्हें उसने स्कूल और कॉलेज में भाषण-कला के लिए जीता था। अन्य बहुत सारी चीजें भी–जिनमें कुछ निजी है। मैं अनुमान करती हूँ, परन्तु तब, अब तो तुमसे कुछ भी निजी नहीं रह सकता है, है न? इस वास्ते मुझसे कहीं अधिक तुम्हारा अधिकार है।''

"मैं ऐसा पसंद करूँगी, माँ," जुलिया ने कहा, अभी भी प्याजों के ऊपर झुके उसके मस्तक पर चुम्बन गिराते हुए, और अपने हैट लेने गई–जो बड़ा चौड़े किनारों वाला धूप-टोप था।

जुलिया ने सड़क की दूसरी ओर खड़ी टैक्सी को आवाज दी। वह पगड़ीवाला, बलवान, सिक्ख टैक्सी चालक अपने साठ वर्ष की उम्र से काफी छोटा और नौजवान दिखता था। उसकी टैक्सी का हैंडल लहरियादार था जिसे देख कोई अंग्रेज कर्नल अवश्य ही ईर्ष्या से भर जाता, और उसके पास मुस्कुराती हुई आँखें थीं, जैसे ही "उसने उसके लिए दरवाजा खोले रखा। "साधारण ग्राहकों के लिए नहीं, महाशया"
उसने उसे आश्वस्त किया। वह एक पागल की तरह टैक्सी हाँक रहा था, पूरी लापरवाही के साथ धीरे चलते परिवहन के अंदरन और बाहर घुसता-निकलता, कभी-कभी तो बसों, सेना के टंकों और अवारा घुमती गायों से मात्र कुछ इंचों के फासले के फर्क पर टैक्सी चलाता, जोर-जोर से सड़क पर उतरी शेष मानवता को भला-बुरा कहता उस भाषा में जिसे वह समझ नहीं पाती थी, और उसे अपनी अंगुलियों के सहारे सीट के किनारे को पकड़ने के लिए मजबूर करता जो बर्फ की तरह जमे प्रतीत होते थे। वह पीछे के दृश्य दिखाने वाले दर्पण में उसके चेहरे को निरंतर देखता रहा, और जब, प्राकृतिक रूप से, वह प्रसन्न हुई होगी, उसने इच्छा की कि उसे इसके बजाय सड़क पर अपनी नजरें टिकाए रखनी चाहिए।

"तुम सोचती हो, हम किसी भी मिनट दुर्घटनाग्रस्त होने जा रहे हैं, है न श्रीमतिजी?" उसने प्रसन्नतापूर्वक कहा। "आराम से रहिए, महाशया, यह टैक्सी मेरी पत्नी जैसी हैं। मेरी कोई अन्य नहीं। वह मजबूती से निर्मित है, और यद्यपि वह उम्रदराज होती जा रही है, वह मुझे कभी धोखा नहीं देती। क्या कोई अपनी पत्नी से इससे अधिक की चाह रख सकता है? क्या सड़क पर चलती किसी अन्य गंदी कारों को मैं इसे छूने की अनुमति दूँगा? मैं हर सुबह वाहेगुरू नानकजी से उसपर अपनी सुरक्षा-दृष्टि बनाएं रखने की प्रार्थना करता हूँ। उसने मेरी अच्छी सेवा की है, क्या मुझे उसे गाली देनी चाहिए?"

उसने सड़क के किनारे टैक्सी खड़ी कर दी, उसके निवेदन पर, भुगतान करने के दरमियान उसने टैक्सी चालक को एक अच्छी खुशामदी देना चाहा, जिसे उसने बड़े अदब से अस्वीकार कर दिया। वह आगे आया और उसके लिए उसका दरवाजा खोला।

''महाशया,'' उसने विनम्रता और धीरे से कहा। ''बॉम्बे चोरों और खलनायकों से भरा पड़ा है जो आप जैसी सुन्दर विदेशी महिला से लाभ उठाने में संकोच नहीं करेंगे। कृपया अपना ख्याल रखें।''

''धन्यवाद, मि. सिंह। मैं वैसा ही करूँगी।''

''क्या आप मुझे अपनी प्रतीक्षा में आस-पास मौजूद चाहती हैं? प्रतीक्षा के लिए कोई किमत नहीं। यह तो बस आपको चारों ओर घुमाने का आनंद है। यह तो कहीं बेहतर है उन मोटे, तैलीय कारोबारियों को अपने पीछे बैठाने से जो एक-दूसरे और सरकार जैसी संस्था को भी छलने का षड्यंत्र करते हैं। क्या मैं आपकी प्रतीक्षा कर सकता हूँ?''

''शायद, मि. सिंह, पर क्या आपकी पत्नी सहमत होगी?''

''वह तुम्हें–मेरी तरह, एक बेटी के रूप में देखती है। वह तुम्हारा स्वागत करेगी।'' उसने अकस्मात ही मुस्कुरा दिया, उसकी मोती सदृश दंत पंक्तियाँ दिखीं, उसकी लाल पगड़ी के खींचने वाले किनारे उसकी आनंद की प्रचूरता में फड़फड़ाने लगे। उसकी हँसी संक्रामक थी। वे दयालु आँखें जिसने सभी प्रकार के चेहरों को देखे थे, कभी-कभार शैतानी से भरा, फिर भी सभी व्यक्तियों को खलनायकों के रूप में देखना अस्वीकृत करती थीं। औरतों को भी। कुछेक ने उसे गालियाँ दीं और उसका अपमान किया, आरोपित करते हुए कि वह जान-बुझकर टैक्सी कि मीटर से छेड़छाड़ करता था। या उनकी मंजिलों के लिए वह लम्बे रास्ते को चुनता था ताकि उसका किराया ज्यादा बढ़ सके। और तब यह अंग्रेज महिला थी जिसने उसे 'मि. सिंह' कह संबोधित किया था। ''मैं यहीं आस-पास तुम्हारी प्रतीक्षा करूँगा, महाशया,'' उसने कहा, ''इस बात से बेखबर कि तुम मेरी जरूरत महसूस करती हो या नहीं। जब तुम अपने शिवाजी पार्क के घर जाने को तैयार हो जाओ तो मैं आपकी प्रतीक्षा में वहाँ मौजूद रहूँगा।''

वह एक फ्लैट का पता था–एक विलासितापूर्ण फ्लैट का–साउथ बॉम्बे के सबसे किमती जगहों में एक तीसरी मंजिल पर एक उत्तोलक-यंत्र जिसके सरकने वाले सिकचों वाले दरवाजे थे, ने उसे फ्लैट तक लाया। दरवाजे के नाम–पट्टी पर मेजर पी. पटेल लिखा था।

उसने दरवाजे की घण्टी बजायी, जब उसने इसे फ्लैट के अंदर सुना। तब एक चुप्पी जब घण्टी की आवाज धीरे-धीरे मंद पड़ी। कदमों की कोई आहट नहीं जो उसकी उपस्थिति को दर्ज कर सके। उसने धीरे से दरवाजे पर दस्तक दी। दरवाजे बंद थे, पर क्या उन पर ताले जड़े थे?

यदि यह ताला जड़ा था, वह निर्णय करने में किसी समस्या को तरजीह देने की स्थिति में नहीं थी। वहाँ ऐसा कुछ नहीं था, जिसे वह कर सकती, सिवाय कि उसका फोन नंबर प्राप्त करने के और पुनः आने से पहले उन्हें फोन करने के–ताकि वह स्वयं को फिजुल की यात्रा से बचा सके। शायद, उसे जोसुआ की सलाह माननी चाहिए थी और यहाँ आने के बजाय ब्रिटीश उच्चायोग में जाना चाहिए था? शायद, वह अभी भी इसे वापसी यात्रा में पूरा कर सकती थी; मि. सिंह जानते होंगे कहाँ यह था।

यदि ताला खुल जाता, क्या यह ताला तोड़ना और प्रवेश कर जाना था? और यदि वह पकड़ी गई...? इस विचार को वह पुनः अपने मस्तिष्क में नहीं लायी। मात्र तीन सप्ताह पूर्व की विवाहिता कारावास में अपनी सुहागरात मनायेगी?

उसने दरवाजे के हैंडल की जाँच की इसे अपनी अंगुलियों से बड़ी आहिस्ते धकेलते हुए उसने आशा की, शायद दरवाजे केवल सटाये गए हों।

दरवाजे हल्का खुले, बिना किसी शोरगुल के वे अपने सुस्निग्ध चूलों पर झूल गए।

उसने कुछ क्षणों अच्छी तरह विचार किया, तब ल्लैट के अंदर प्रवेश किया और अपने पीछे दरवाजों को सटा दिया। दरवाजे के ताले को खोल दिया गया था। उसने उसे छोड़ दिया जैसा वह था। शायद मेजर पटेल थोड़ी देर पहले बाहर निकले थे, और अपने साथ चाभियों को न पाकर पुनः फ्लैट में प्रवेश कर सकें ऐसी निश्चितता की थी।

यह एक विस्तीर्ण फ्लैट था, हवादार भी, अरब सागर से उठती ठंढी हवा खुले दरवाजे से आती थी, बालकनी से आती थी जो वीर नर्रीमन स्टीटों के दृश्य को देख पाने की स्थिति में स्थित था। घर के फर्निचर आधुनिक और महंगे थे। फर्श संगमरमर के पच्चीकारी किए पत्थरों से बना था और रहने के कमरे में बड़ा, महंगा पर्शियन धुस्स बिछा था। भारतीय कला की तस्वीरें दिवारों पर टंगी थीं। एक कांच से बना कपबोर्ड दुनिया भर के कोमल स्फटिक से भरा था। आवासीय कमरे के प्रत्येक कोने सुन्दरता से लकड़ी पर उकेरे एवं चित्रकारी किए हुए पूरी आकार की भारतीय देवी-देवताओं की मूर्तियों से सुसज्जित था।

मेजर पटेल एक कलाप्रेमी थे—और अच्छी जिदंगी बसर करते थे। आवासीय कमरा साफ-सुथरी दशा में था, वैसा अध्ययन कक्ष नहीं था जो भद्दी दशा में था। फाईलों को सुरक्षित रखने की दो आलमारियाँ खुली पड़ी थी, कागजात पूरे फर्श पर फैले थे, मानो किसी ने उन कागजातों में पूरी जल्दबाजी से कुछ खोजता आ रहा था। अध्ययन कक्ष के साथ भी वीर नर्रीमन स्ट्रीट की ओर स्थित एक बालकनी थी। उस ओर जाने का दरवाजा खुला था।

अध्ययन-कक्ष के विपरीत छोर पर ऑफिस की मेज थी, जिसके पीछे बालकनी की ओर मुखातिब जहाँ समुद्री हवा का आनंद लिया जा सकता था, एक कुण्डेवाली कुर्सी थी, और उस कुण्डेवाली कुर्सी में बैठा, उसका सिर इसपर गिरा था वह मेजर पटेल था, उसके सिर के पीछे एक गोली लगने का सुराग बना था, जिससे खून बूँद-बूँद कर गिर रहा था, उस एकमात्र सुराग से, कुर्सी के पीछे जो पत्थरों से बने फर्श पर एक जगह इकट्ठा हो रहा था।

वह मृत था। वह उसके पास जाने से डरती थी, परन्तु उसने उसके पास जाने के लिए स्वयं को मजबूत किया। उसे इसकी जाँच करनी थी, कि क्या वह मृत था यदि नहीं, वह एम्बुलेंस को आकस्मिक पुकार दे बुलाती, और तब वहाँ उसके आने तक प्रतीक्षा करती। उसने उसकी कलाई का हल्का स्पर्श कर उसकी नाड़ी की जाँच की जो उसकी ओर के आर्मरेस्ट पर निढाल आगे को निकला पड़ा था; वहाँ कोई नहीं था।

लेकिन शरीर अभी भी बहुत गर्म था और उसकी गर्दन के पिछले हिस्से से होकर नीचे बहती लहू की धारा बंद नहीं हुई थी। वह बहुत पहले नहीं मरा था–शायद कुछ मिनटों पहले? इस तथ्य ने उसके अंदर एक दूसरी डर की लहर पैदा की शायद अभी भी हत्यारा घर के अंदर ही हो? उसने तेजी से सभी कमरों में जाकर इसकी खोज की। सभी खाली थे। एक तीन शयनकक्षों सहित फ्लैट जिसके प्रत्येक शयनकक्ष में निजी स्नानघर और सभी कक्षों की अपनी बालकनियाँ थीं। विलास-वैभव से सुसज्जित और निर्मित दिवारें लटकने वाली कला और चित्रकलाओं से सुसज्जित थीं। मेजर पटेल ने वास्तव में एक अच्छी जिंदगी जीया था।

वह वापस मेजर पटेल के पास उसे नजदीक से देखने गई। आँखें बंद थी। चेहरा एक बूढ़े व्यक्ति का था, शायद पैंसठ-वर्षीय किसी बूढ़े का। सिर लगभग गंजा था, यद्यपि बालों का एक झालर कानों के ऊपर से होते हुए सिर को घेरता था। उसे किसी ऐसी आशंका होने के पूर्व ही मार दिया गया था, उसके चेहरे पर भय रंचमात्र भी नहीं था, ओठों और मुँह पर आँत-मरोड़ने जैसी ऐंठन के लक्षण नहीं थे, खुली आँखों में कोई आतंक के भाव नहीं थे। वह बिना यह जाने ही मर चुका था कि वह मरने वाला है। शांतिपूर्ण वह शांति और आकस्मिक मौत मरा था। एक मात्र गोली बहुत नजदीक से उसके सिर के पिछले हिस्से में मारी गई थी, उस आदमी के द्वारा जो ठीक उसके पीछे खड़ा रहा था, गोली ललाट से बाहर निकली थी, तब खुले दरवाजे से बालकनी को गयी होगी। लहू उसके चेहरे के माध्यम से नीचे की ओर नहीं बह रहा था, क्योंकि उसका सिर पीछे की ओर उसके ऑफिस की छोटी कुर्सी के सिरे से जा टिका था। उसने अपनी मौत के आतंक को नहीं महसूस किया था–परन्तु जुलिया ने महसूस किया।

डरो मत, जुलिया, उसने मजबूती से स्वयं को कहा, लगभग आतंक में घर में अन्य कोई भी नहीं था–और वह, बेचारा आदमी, मृत है। अब उसे केवल मात्र वहीं करने थे जिसे वह करने में समझ थी, कुछ

सूचनाएँ जोसुआ को देने के लिए इकट्ठा करना, और तब वहाँ से पूरी तेजी से निकल जाना। वह इस बात को ले चिन्तित नहीं थी, उसने मजबूती के साथ स्वयं से कहा, कि वह कौन था, वह क्योंकर मार दिया गया, या किसने उसकी हत्या की? ये सारी बातें तो भारतीय पुलिस, या आई.एम.आई. या एम.आई.-6 या अन्य किसी के लिए भले ही अति महत्त्वपूर्ण थे–परन्तु उसके लिए तनिक भी नहीं।

फर्श पर पड़े कागजातों को पढ़ना कोई महत्त्वपूर्ण बात नहीं लगी। हत्यारे ने उसे पा लिया था जिस चीज की उसकी चाहत थी और उसे वह ले गया था, और यदि उसने जिसे उसने चाहा नहीं पाया था–ऐसा कोई साक्ष्य वहाँ मौजूद नहीं था–अतः इन चीजों की तलाश पर क्यों समय बर्बाद किया जाए? उसने ऑफिस के मेज की जाँच की। उसके दराजों में ताले जड़े थे। मेजर पटेल की चाभियों का गुच्छा–उसकी कार की चाभियाँ, फ्लैट की चाभियाँ, फाईलों की आलमारियों पर पड़ी थी, उसने ऑफिस की मेज के तालों में डालकर उन्हें जाँचा। उन तालों की चाभियाँ उस गुच्छे में नहीं थीं।

वह अब पीछे मुड़ अध्ययन कक्ष से बाहर आने को ही थी, जब उसने ऑफिस की मेंज पर पड़े लेटरहेड को देखा। वह डी.ओ.पीइम्पोर्ट कम्पनी के कार्यालयों में थी जिसको प्रतीक चिह्न कहता था कि वे भारी कृषि मशीनों और उसके स्पेयर पार्ट्स के आयात से संबंधित कार्य करते थे। उनका व्यापार यू.एस.ए. के वजीर्निया स्थित उत्पादको के लिए था। अब उसकी रूचि उस व्यक्ति में जगी।

जुलिया ने कुछ अन्य फाईलों के लिए इधर-उधर देखा जो शायद उसे ऐसी मशीनों के यू.एस.ए. से भारत तक के परिवहन पद्धति के बारे में कोई जानकारी मिल सके, या उन रास्तों के बारे में कोई जानकारी मिल सके जिनका भारत में उपयोग किया जाना था, या उन आयातित मशीनों के प्राप्ति-स्थानों के बारे में कोई जानकारी हासिल की जा सके, या उन ग्राहकों के बारे में कोई सूचना प्राप्त हो सके जिन्होंने ऐसी मशीनों को खरीदने की माँग की थी–ऐसी जानकारी देने में सक्षम वहाँ कोई दस्तावेज नहीं थे।

जुलिया अध्ययन कक्ष में मेजर पटेल के सामने की कुर्सी पर बैठ गई ताकि क्षण भर के मिले चैन में वह आगे की योजना निश्चित कर सके। वक्त का अभाव था, परन्तु वह पुनः उस कार्यालय में अन्य कोई अवसर नहीं पानेवाली थी जब वह उन कागजातों को पढ़ पाती। उसे इसे अभी करना था–या कभी नहीं। यह अत्यंत बड़ा दुर्भाग्य होगा यदि अभी कोई आ जाए।

उसने ऑफिस की मेज की पुनः जाँच की। वह ताला–जड़ित था और चाभियाँ कहीं दिख नहीं पा रही थीं। शायद हत्यारे ने ऑफिस की मेज को खोला होगा, सबसे महत्वपूर्ण फाईलों को हटाया हो, मेज में ताला लगा दिया हो, और चाभियाँ अपने साथ ही ले गया हो? वह लगभग हार मान जानेवाली थी जब उसने अंतिम बार बेचारे मेजर पटेल को देखा। वह खुले गले का एक टी-शर्ट पहन रखा था, उस गर्म जलवायु में वह काफी आरामदायक था, जब टी–शर्ट के ऊपरी दो बटन खुले थे, जहाँ से उसका काले बालों से भरा सीना दिखाई देता था। उसके सीने के बाल अजीब थे, उसने विचार किया। घने काले बाल जो उसकी गर्दन से उसके सीने पर फैले थे वे सीने पर उगे बाल नहीं थे।

वह उसके पास आई। हाथ काँप रहे थे जब उसने सावधानी से उसके वक्ष को छुआ। आधे-अधूरे ऐसी आशा करती कहीं वह जग न जाये और खून-भरी आँखों से उसे घुरने लगे। परन्तु वह अभी भी मृत था और उसकी आँखें बंद थीं। उसने घोर कोशिश की–और असफल रही–वह बिना उसके वक्ष का स्पर्श किए और अंदर तक पहुँच बनाना चाहती थी। उसने महसूस किया शायद वह एक लाश का रहस्योद्घाटन कर रही थी, जब उसकी अंगुली उसके चुचक पर फिसल गई, अब उसने अंदर एक काले धागे को तलाशा, जिसके अंत में कुछ भार प्रतीत हुआ।

यह एकमात्र चाभी थी। उसने उसे बाहर खींचा, अपने हैंडबैग के पास गई ताकि उससे नख तरासने वाली कैंची निकाल सके। उसने धागे को काटा और हथेलियों में उस चाभी को ले लिया।

वे पहली लम्बी दराज–मेज की सतह के ठीक नीचे–ने उसे 'राउटिंग' (Routing) लिखा डी.ओ.पी. का फाईल दिया। अन्य दूसरी फाईलें थीं, मुख्यत: बैंक से संबंधित फाइलें जो मेजर पटेल के अनेकों

बैंकों के खातों में अपरिचित स्रोतों से आते भुगतान के बारे में लेखा–जोखा के विवरण से भरे थे। उसने उन्हें एक तरफ रख दिया। वह गोली कहाँ थी जिसने उसकी हत्या की थी? वह एक कुण्डेवाली कुर्सी पर बैठा रहा था। क्या कमरे के सामने से उसपर गोली दागी गयी थी, उस स्थिति में गोली बगल की दीवारों में किसी एक में जा धँसा होगा। कुर्सी की दिशा पर निर्भर करते हुए, या उसकी हत्या जब वह बालकनी के दरवाजों के मुखातिब हो, हुई हों, उस स्थिति में गोली ने पूरी इमारत को उत्तेजित किया था। वहाँ प्लास्टर में दरार या छत को कोई नुकसान जैसे साक्ष्य नहीं थे। वह बालकनी में आ गई ताकि वह गोली चलने की दिशा का अनुमान कर सके–और उस सुबह दूसरी बार बर्फ–सी जम गई।

आवाजें तीसरी मंजिल तक नहीं पहुँच रही थीं, परन्तु उसने अपने नीचे स्पष्टत: उन्हें देख सकी थी जब वे उस रास्ते में प्रवेश किए जो वीर नर्रीमन स्ट्रीट से इस इमारत के प्रवेश तक ले जाता था। दो आकृतियाँ साथ–साथ चलतीं। एक आदमी था और दूसरी एक महिला थी। महिला साड़ी पइन रखी थी। ज्यादा लम्बी नहीं, साथ चलती हुई, उस भारतीय व्यक्ति के कदमों से कदम मिलाती जो इमारत के प्रवेश की तरफ बड़े कदमों से सोपेश्य जा रहा था। शायद उस सिर को उसने कहीं देखा हो–चाहे केवल ऊपर से ही देखा गया हो। बेतरहीन काले बालों का फर्श–पोंछ, सीधे ललाट वाला बड़ा मस्तक, और चश्मे जो उसकी आँखों से दूर उसकी थोड़ी मुड़ी नाक के पुल पर सरक आए हों। ऊपर से देखने पर भी, उसे पहचानने में कोई भूल नहीं हो रही थी।

उसके चलने का अंदाज मात्र भी उसे पहचान में लाने को पर्याप्त थे। उस महिला को उस आदमी के साथ–साथ चलने में कोई परेशानी नहीं थी, क्योंकि वह थोड़ी ही परन्तु उस आदमी से लम्बी थी, और उस आदमी के जितने बड़े डग भरती थी, यदि थोड़ी छोटी, क्योंकि वह एक सेना का आदमी था और, महिला होकर भी, उससे कहीं अधिक

सुरूचिपूर्ण ढंग से चलती थी। इसके अतिरिक्त, वह सदैव ही उसकी बाँह को पकड़े रही जब वे साथ-साथ चलते थे, उसे अपने डग को छोटा करने को बामय करती हुई, उसकी बाँह को अपने स्तनों के बगलों में दबाकर वह उसके सैन्योचित झुमते हुए चलने के अंदाज में रूकावट डालती हुई। देविका उस तरीके से उसके साथ बड़ी मुश्किल से चल पायी, जो उसके हल्के कदमों जिसे उसने उठाया के लिए जवाबदेह था।

जोसुआ और देविका इमारत में प्रवेश कर गए और उसके नीचे ओझल हो गए।

उस सुबह पहली दफा, जुलिया भयभित हुई। उसने फाइल को कसकर पकड़ा, और अपनी जल्दबाजी में अपने हैंडबैग गिरा दिया, और जब उसने फाइल और हैंडबैग दोनों को अपने सीने पर दबाकर पकड़ा उसने चाभी गिरा दी। उसने इसे अपनी घुटनों पर टटोला, कुछ क्षणों के लिए उन किमती क्षणों को नज़्ट किया–जब तक कि उसमें यह अनुभव नहीं किया कि चाभी चाहे कहीं भी हो कोई महत्व नहीं रखता उसने मुख्य दरवाजे की ओर दौड़ लगायी। अपने पीछे दरवाजे बंद करती हुई, परन्तु बिना ताला जड़े–ताकि उसने उसे जिस स्थिति में पाया था उसी में उसे छोड़ सके।

उसने उत्तोलक के डंडे के चारों ओर लिपटी सीढ़ियों के रास्ते आवाजों को ऊपर आते सुना। उत्तोलक नहीं बिजली से संचालित मोटर की कोई कराह नहीं। किसी ने किसी मंजिल पर सिकुड़ने या दबने योग्य, सरकने वाले लोहे के सिखचों से बने दरवाजे खुला छोड़ रखा था, और उत्तोलक रूका पड़ा था। वे सीढ़ियों के रास्ते ऊपर आ रहे थे।

जुलिया ने धूप के टोप को अपने सिर के चारों ओर कड़ाई से खींच लिया और ऊपरी मंजिल के आधे रास्ते तक गई। पूरे रास्ते नहीं, केवल उत्तोलक के पीछे सीढ़ियों के घुमाव तक। उसने आशा किया लोग सीढ़ियों के रास्ते नीचे नहीं आ रहे थे, अन्यथा वे निश्चित ही आश्चर्य करते कि कोई विदेशी श्वेत महिला यहाँ क्या कर रही थी, जो सीढ़ियों पर छुपी थी, जिसने एक हाथ में फाईल और अपने हैंडबैग पकड़ी थी और जो अपने बड़े, श्वेत धूप के टोप से अपना चेहरा छुपा रही थी।

उनके कदमों की आवाज तीसरी मंजिल तक आयी, मेजर पटेल के फ्लैट के सामने, और रुक गई। उसने दरवाजे की घण्टी को घर के अंदर बिना किसी जवाब का बजते सुना। कुछ पलों जवाबी कदमों की या अंदर से किसी आवाज के आने की प्रतीक्षा। कोई नहीं था। तब दूसरी बार पुनः दरवाजे की घण्टी।

"यह खुला है," उसने देविका को आश्चर्य से कहते सुना।

"वह विचित्र है," उस सुबह उसने पहली दफा जोसुआ की आवाज़ सुना। वे फ्लैट के अंदर प्रवेश कर गए और अपने पीछे दरवाजे बंद कर लिए।

जुलिया सीढ़ियों से तेजी से नीचे आई। एक बार में दो सीढ़ियों फाँदती हुई। दूसरी मंजिल पर उसके एक उम्रदराज भारतीय सज्जन मिला जिसके सर पर घने श्वेत बाल थे जो उसके सिर के ऊपरी हिस्से पर काफी विरल हो गए थे। वह उनके ऊपर से आई उनके समक्ष क्षण भर, को मंद हो, तब तेजी से उनके आगे निकल गयी। निचली सतह पर आने, के कोने के पास मुड़ी और इमारत से बाहर निकलने के लिए कॉरिडोर में दौड़ी।

दिन के गीले तापक्रम के कारण उसके चेहरे और गर्दन से पसीने निकल चले थे। उसकी बगलों में भी पसीने बह रहे थे। जो उसके पतले सूती ब्लाऊज जिसे उसने पहन रखा था। पर भींगने के दाग बढ़ते जा रहे थे। जो जूते उसने पहल रखे थे वे भी दौड़ने के लिए उपयुक्त नहीं थे। परन्तु कम से कम उनमें एड़ियाँ नहीं थीं। उसने एड़ियों वाले जूते पहनना छोड़ दिया था ताकि वह जोसुआ से अधिक ऊँची न दिखे। ईश्वर को धन्यवाद कि वह उससे थोड़ा कद में छोटा था।

समुद्र से आती हवा से उसके धूप-टोप के उसके सिर से उठ जाने और उड़ जाने का खतरा भी प्रबल था, अतः उसने अपने सिर के ऊपर अपने हाथ से इसे नीचे को दबा रही थी। ठीक उसी समय उसने ऊपर से चिल्ला हटें सुनी। उस भाषा में जिसे वह नहीं जानती थी, सिवाय उसने शंकारहित यह जाना कि वे चिल्लाने वाले उसे ही आवाज दे रहे थे।

"खूनी चोर पकड़ो" तीसरी मंजिल की बालकनी से यह देविका की आवाज थी। उस महिला से वह कितना घृणा करती थी। शंकारहित उसे हत्यारिन और चोर कहते हुए आने-जाने वाले राहगीरों से उसको रोकने और पकड़ने को कहा जा रहा था। वे उसे उत्सुकता से देखे, परन्तु किसी ने भी एक श्वेत महिला पर हाथ नहीं रखा इसके लिए ईश्वर को धन्यवाद।

और मि. सिंह के लिए; जो अपनी टैक्सी के सहारे लेटे हुए थे, एक दार्शनिक की भाँति पान चबा रहे थे।

उसने पीछे की सीट पर अपनी वस्तुओ को फेंका, और उनके साथ ही स्वयं को, जब उसने धूप-टोप को हाथों से पकड़ रखा था ताकि कार की छत से टकराकर गिर न जाए।

"चलिए!" वह चिल्लाई, "जल्द!"

"कहाँ, महाशया?"

"ओह, कहीं भी! बस मुझ यहाँ से बाहर निकालिए। ओह कृपया, मि.सिंह, वक्त बरबाद मत कीजिए।"

उसने वक्त का लिहाज रखा, कोने के घुमाव के आधे वष्टत में उसने बहुत तेजी से कार को लहराते हुए मरीन डांईव में गुम हो गया, टायर गर्म सड़क की फर्श पर चीख पड़े थे।

"कहीं भी?"

"घर शिवाजी पार्क। बस जल्दी करें, कृपया।"

वह 'क्यों' पूछने ही वाला था, इस तरफ संकेत करते हुए कि अपनी ज्यादा उम्र के कारण उसकी बुढ़ी पत्नी ज्यादा तेज चलने में सक्षम नहीं थी, तभी उसने अपने पीछे के कार में पुलिस सायरन बजते सुना। तब उसने वाकये को जाना। जुलिया कार की पिछेली सीट पर फेंक दी गयी, जैसे ही उसने पैडल को धक्के के साथ जमीन की ओर दबाया, जब कार ने खड़खड़ाकर काँपते हुए अपना विरोध ऐसे बर्बर व्यवहार से जताया।

जब वे मरीन डांइव पर लगभग एक मील का सफर तय किए होंगे, उसने देखना शुरू किया कि वह अधिक तेज नहीं चल पा रहा था। सभी

दिशाओं में चार गलियारे वाली राजमार्गें, गायें या बैलगाड़ियों के अवरोध रहित, अधिक गति के साथ परिचालन के लिए बना था, इसके बावजूद भी कि बहुत कुशल चालक कार नहीं चला रहा था, तेज चलती पुलिस कार उनके अधिक करीब आते जा रही थी।

''इसमें भलाई नहीं है, प्यारी महाशया,'' मि. सिंह ने कहा। ''मेरी समझ से हमें बगल की सड़कों से चलना चाहिए, कहीं ऐसा न हो कि यह बूढ़ी औरत म दोनों के साथ दुर्घटनाग्रस्त हो जाए। वहाँ, पर्याप्त आसानी हसे उनसे छूटकारा पा सकता हूँ, परन्तु, यहाँ यदि वे मेरे नंबर को पर्याप्त नजदीकता से देख लेते हैं तो मैं बर्बाद हो जाऊँगा। पूरी तरह बेचारा! मेरी हंस–जैसा आप कहते हो–पका दी गयी। मैं कभी भी इस मुहावरे को समझने में समर्थ नहीं हो सका, मोहतरमा, शायद आप इसे मुझे समझा सका? यदि मैं किसी हंस को पका रहा हूँ और यदि मैं पकड़ा गया, मैं इसे खा जाऊँगा। सभी को एक हंस का शिकार करना है ताकि वह उसे खा सके। क्या तात्पर्य यह है कि मैं ही वह हंस हूँ और यदि मैं पकड़ा गया हूँ, मैं बर्नन में जाने को तैयार हूँ।'

जुलिया एकाएक हँस पड़ी।

''मि. सिंह, आप अनमोल हैं! मैं आपसे वादा करती हूँ कि मैं आपके लिए इस मुहावरे को अध्ययन करूँगी और किसी दिन मैं इसका अर्थ आपको बताऊंगी परन्तु अभी नहीं। क्या कृपाकर आप मुझे यहाँ से बाहर निकालेंगे?''

जुलिया ने मुड़कर देखने की जुर्रत नहीं कर सकी यदि पुलिस कार उनको तेजी से पीछा कर रही थी। जोसुआ उसे पीछे की खिड़की से देख सकता था शायद, और जैसा कि वह उसे कहीं भी पहचानने में समर्थ थी, वैसा ही जोसुआ के साथ भी हो सकता था।

टैक्सी एकाएक दायीं ओर चरनीशेड फ्लाईओवर पर मुड़ी, पुनः बायीं ओर मुड़ी, समय रहते लाल बनी को पार किया, अब वह भिंडी बाजार की ओर जा रहा था, जहाँ जनधारा, घोड़ागाड़ियाँ, हाथ से खींचनेवाली गाड़ियाँ, गायें, आवारा कुत्ते, और अधिक लोग, शीघ्र ही पूरे परिवहन को–केवल उन्हें नहीं। रेंगनेवाला, अवरोधक, धक्के देने वाला बना दिया।

परन्तु वे अब पुलिस सायरन नहीं सुन सके।

जुलिया ने इत्मिनान से सीट पर पीछे की ओर खिसकी और आरम की टेक ली–वह अपने आस-पास उमड़ती मानव-समूह के संकुल के प्रति कृतज्ञ थी। लोगबाग, उसने सोचा, जो उसके लिए इतने दयालु और सहायक सिद्ध हुए थे–वे वहाँ होने मात्र से थे। वह पुनः बॉम्बे की भीड़ भरी सड़कों पर कोई कठिन राय कभी नहीं देगी। उसने सड़के के खाली फासले भी देखे, जहाँ वह अपने बगल में अतिरिक्त एक या दो गायों की स्वागत कर सकती थी।

उसने घर से कुछ फासले पर टैक्सी रूकवाई।

वह शेष दूरी पैदल चलकर पार करेगी। मि. सिंह ने समझा।

''मैं यह नहीं पूछूँगा कि वह सब क्या था, महाशया,'' उसने कहा, ''परन्तु मुझे आपसे कहना है कि यह मेरे जीवन का सर्वाधिक उनेजना वाला दिन साबित हुआ है। मैं लिखना पसंद करता हूँ,'' उसने स्वीकार किया, ''अपने बचे समय में कविताएँ, पंजाबी की लधु कथाएँ–इसी तरह की चीजें। सोचो, यह कैसा प्लॉट बना सकता है? परन्तु अगर आप कारण बताती हैं, यह सब इतना नीरस और साधारण हो सकता है कि इसका रहस्य ही न खो जाए।''

वह वापस बैठ गई।

''क्या आप लिखते हैं?'' उसने पूछा। ''क्या कभी कोई सौभाग्य मिला? मेरा मतलब प्रकाशित हुआ?''

''ऐसा सौभाग्य नहीं मिला, महाशया। कहाँ मुझ जैसे किसी साधारण टैक्सी चालक के संपर्क हो सकते हैं। फिर भी, एक दिन, शायद?''

उसने उसका किराया चुकाया, साथ में एक उदारी खुशामदी रकम भी, जिसे, उसने पुनः बड़ी दिलदारी के साथ अस्वीकृत किया।

''मैं भी लिखना पसंद करती हूँ,'' उसने कहा, ''और मुझे कुछ खास सौभाग्य प्राप्त नहीं हुआ है। एक कविता–वास्तव में दो–और एक यात्रा-वृत्तांत जिसमें बर्लिन का वर्णन है। परन्तु हम कोशिश करते रहते है–सदैव।''

वह उसका सामना करने को मुड़ा। वे एक-दूसरे को अलग-अलग भावों से देखे। लेखकों की मित्रता। वह अब एक अंग्रेज महिला नहीं थी और ब्रोमफिल्ड के ग्यारहवें अर्ल की पौत्री भी नहीं, और न ही वह बॉम्बे की सड़कों का एक सिख टैक्सी चालक था।

''मैं समझ सकती हूँ क्यों आप इसे अपनी पत्नी के रूप में सोचते है,'' उसने उस अगली सीट जिसके ऊपर वह बैठा था के उपरी हिस्से पर एक चपत जमाती बोली। ''यह सुंदर है, और आज इसने हम दोनों को अच्छी सेवा दी है।''

चालक खुशी हसे दीप्त हो उठा।

''मैं चाहती हूँ कि इसे एक अच्छी तोहफा दूँ, अगर मैं कर सकूँ। इसकी शानदार प्रदर्शन के लिए।''

वह कुछ समझा नहीं। जुलिया कार के अगले हिस्से के पास गयी, अपने मस्तक से उसने धूप-टोप हटा लिए, उसने अपने भूरे बालों को झटककर आजाद कर दिया, टोप को कार की छत पर रखकर उसे प्यार की चपतें दी।

इस बार मि. सिंह ठहाके के साथ हँस पड़े, इसे अपने हाथों में लेने के लिए कार के अगले हिस्से की ओर आते हुए, इसकी प्राप्ति पर वह उसे अपने हाथ में घुमाते हुए खुशी से भरा दिखता था।

जोसुआ अभी भी घर नहीं पहुँचा था, अतः जुलिया निचले तल्ले के ल्लैट में उसकी माँ से मिलने रूकी, उनके साथ एक हल्का लंच लेने के बाद वह ऊपर उस फाइल के परीक्षण को चली गई जिसे उसने मेजर पटेल के ल्लैट से चुराया था। यह एक अच्छे उद्देश्य के लिए था, उसने स्वगत मजबूती से कहा। उसने फाइल को एक भूरे कुछ अधिक ही बड़े लिफाफे में रख दिया, बिछौने में मोड़कर और एक अच्छी नींद ली।

जोसुआ अनेक घण्टों बाद लौटा। परेशानहाल। यह उसके चेहरे पर वह साफ-साफ देख सकती थी। काली आँखें निराशा से भरी दिखती थीं। वेधित भी, वह डरा-सा अपनी चाभियों से खेलता था, पहले उन्हें मेज पर रखता, तब उन्हें उसके हैंडबैग के अंदर घुसा देता।

उसने उसे आस-पास टटोलते देखा।

"क्या कोई बात है, जानम?" उसने खुद को सहारा दे शय्या से उठते हुए कहा। "क्या कुछ आप मुझसे कहना चाहते हैं? मुझसे कहिए? शायद मैं आपकी सहायता कर पाऊँ, आप जानते हैं। मैंने एमआई.-6 के लिए एक वर्ष से अधिक समय तक काम किया है। परन्तु, प्रेमी, यदि आप नहीं चाहें तो मत कहें।"

"ओह, मैं कहना, अवश्य कहना चाहता हूँ आज एक व्यक्ति की हत्या कर दी गयी। जिसे मैं बीस वर्षों से जानता था। सिर में गोली मारी गई है। हत्या की गई है।"

"वास्तव में?"

"हाँ, और हमने उस महिला को भी देखा जिसने ऐसा किया था, वहाँ से भागते हुए..."

"जोसुआ," उसने उसे बीच में रोकते हुए कहा, "कृपया, क्या मैं एक सलाह दे सकती हूँ? आज रात आप मुझे रात्रिभोज के लिए कहीं बाहर ले चलिए। मुझे एक या दो घण्टे तरोताजा होने के लिए दीजिए, तब तक आप नीचे जाकर माताजी के साथ कुछ वक्त बिता आईए। उन्होंने हमारे आने के बाद से शायद ही कभी आपको देखा है और वह भी मेरी गलती के कारण नहीं हुआ है। आप कभी आस-पास मौजूद ही नहीं थे। हम खायेंगे और नाचेंगे और, हो सका तो, हम उन नफरतों को कुछ हद तक दूर कर पायेंगे?"

"मुझे इसपर शक है," उसने उदासी और क्रोध से कहा, लेकिन वह अपनी माँ से मुलाकात करने गया, तब तक वह उनके बाहर जाने की योजना के अनुरूप तैयार हो गयी।

उसने टैक्सी सड़क की दूसरी ओर से लिया होता, लेकिन अचानक जुलिया पार्क की आधी दूरी पैदल पूरी करने की जीद की जिसके बाद उस ग्रामीण इलाके का नाम मिलता था, और दूसरी ओर से एक टैक्सी को उन्होंने आवाज दी। और अपनी अंतिम इच्छा के रूप में वह मिसिंह की टैक्सी में दौड़कर घुस जाना चाहती थी। यदि उसे गृह-प्रेम की उत्कण्ठा होती, तो जोसुआ को बहुत अधिक सफाई देनी पड़ती, और

जब तक वह उसके लिए तैयार होती, यह निर्णायक रूप से बेहतर था कि वह जोसुआ की बाँहों में नाचती या एक शानदार रेस्त्र के धूँधले प्रकाश में वह जोशुआ के साथ लाड़ करती, किसी टैक्सी की पिछली सीट पर बैठने से यह अच्छा था।

अपनी प्रारंभिक विरोध के बावजूद, वह नरम होना शुरू हुआ। भोजन अत्यधिक मसालेदार था, और यद्यपि यह आनंददायक था, जो भोजन भारतीय उसने लंदन में लिया था, अपने सामने रखी एक के ऊपर दूसरी थालियों से तुलना में कम शानदार था। उसके विरोध के बावजूद, उसने विभिन्न प्रकार की खाने-पीने की चीजों के लिए आदेश दे चुका था, दोनों ही उत्तर ओर दक्षिण भारतीय पकवानों के लिए–वह चाहता था कि जुलिया सभी तरह के भोजन का स्वाद ले ताकि वह खोज पाए कि वह क्या पसंद करती है, इस कारण उसे और अधिक जानने के आसार–जब तक कि वह अंततः पीछे की ओर टेक ले नहीं लेट गई, और ऐसा करते हुए उसने थाली को अपने हाथ से परे कर दिया।

''कृपया, जोसुआ, और नहीं। मैं अब और अधिक कुछ भी नहीं खा सकती। यह सर्वोत्तम भोजन का अवसर होना चाहिए। मेरी याद में–मैं सच कहती हूँ, जानम। वे गुलाबजामुन तो बेमिसाल हैं।''

बैंड आ गया। पश्चिमी संगीत और पश्चिमी शैली का नृत्य, भारतीय अपनी साड़ियों में लिपटी पत्नियों को अपने वक्षों से लगाए हुए थे, उनके हाथ अधिक तंग ब्लाऊज मे मध्य नंगी पीठ को अपनी आगोश में लिए हुए थे, और उन महिलाओं ने अपनी कमर पर अपने नितंब के ठीक ऊपर साड़ियों को कस रखा था। कुछ अधिक युवा महिलाओं में, साड़ी खतरनाक स्तर तक नीचे बंधी होती थी। सामने से पेक्षि के अधिक नीचे।

उसका हाथ उसकी कमर को जकड़ता हुआ उसे पास भी खींचा, परन्तु उस स्कर्ट और ब्लाउज में जिसे उसने पहन रखा था, वह उसकी नंगी मांसलता का मर्दन नहीं कर सकता था–जैसा कि अन्य भारतीय उस नृत्य-स्थल पर कर पा रहे थे। क्या वह उसे नाच के साथी के रूप

में पाकर अफसोस कर रहा था? जब कि वह उस नृत्य के फर्श पर इकट्ठी हुई किसी भी भारतीय सुंदरी का साथ आसानी से सह–नृत्य के लिए पा सकता था? उसने जोसुआ से इस बात का जिक्र किया, और, पहली मर्तबा उस शाम वह हँसा–लगभग जुलिया के ऊपर।

''यदि मैं उस रूप में महसूस करता, प्रियतमे, तब मैं तुम्हारे अंग–वस्त्रों से ईर्ष्या करता, है न? सदैव ही इतने पास और तुम्हारे आंतरिक संपर्क में। दूसरे पति जैसा! मुझे दूर करते हुए। घुरने वाली निगाहों से तुम्हें बचाते हुए। तुम्हें आराम देते, सहारा देते। मुझे कहीं बाहर छोड़कर, वास्तव में अलग किए जाते हुए इसके पहले ही, जब मैं तुम्हारी अंतरंगता का आकांक्षी तुम्हारे पास आता हूँ।''

वह हँस पड़ी। ''जानम, आपने और मि. सिंह में काफी कुछ सामान्य है।''

''मि. सिंह?''

''टैक्सी चालक। वह जो आज सुबह मुझे आस–पास ले गया।''

''कहाँ गई थी, जुलिया? क्या तुमने बॉम्बे के कुछ नजारे देखे? काश मैं तुम्हें साथ ले लिया होता और खुद तुम्हें कुछ नजारे दिखाए होते, और जल्द ही मैं ऐसा करूँगा, मैं वादा करता हूँ। इस परेशानी खत्म होने के बाद तुम कहाँ गई थी, जानम?''

''ओह, शौकीन लोगों की ओर। यह मरीन डांडव था न? मैं निश्चित ही याद करती हूँ जब मैं वापसी में उस रास्ते आ रही थी, हांलाकि मैं नहीं कह सकती कि मेरे पास चीजों को देख पाने की फुरसत थी।''

''वह विचित्र है, मैं उस रास्ते स्वयं ही गया था, आज सुबह।''

''क्या वह एक संयोग नहीं है?'' जुलिया ने मानो वहाँ उपस्थित न हो अपनी कटोरी में चम्मच से दूसरी गुलाबजामुन लेते हुए कहा, इसके बावजूद कि वह कुछ और न लेने को व्रत लिया था।

उसने उसे खाते देखा। सोचा यह विचित्र था कि वह इतनी शीघ्र पुनः भूख से व्याकुल हो गई थी।

''आप कहाँ थे, जानम?'' उसने शांतिपूर्वक पूछा। ''क्या मेरा कोई परिचित मिला?''

उसने तुरंत ही जवाब नहीं दिया। ''क्या नाचना चाहती हो?'' उसने कहा।

''नहीं, मैं बातचीत करना चाहती हूँ। मैं आपसे वह सब जानना? चाहती हूँ जिसे आपने आज किया है–आप कहाँ-कहाँ गए, किससे मिले, और क्यों–और मैं भी बताऊँगी। आपने कहा कि किसी की हत्या हुई थी?''

''हाँ''

''किसकी?''

''एक विनोद पटेल नाम के शख्स की। वीर नरीमन स्ट्रीट के एक फ्लैट में। मरीन डांइव से अधिक दूर नहीं। वह भारतीय सेना का एक सेनानिवृत मेजर था।''

''क्या वह वही भारतीय गुप्तचर था जिसने राशिद खान की हत्या की थी?''

''नहीं। कम से कम मैं ऐसा नहीं सोचता। वह डी.ओ.पी. का मुख्य कार्यकारी अधिकारी था। उस शब्द को याद करती हो, जुलिया? तुमने कहा कि यह भारत-पाक का हिस्सा हो सकता था, और हाँ तुम सही थी। यह एक आयात करने वाली कंपनी थी जो दिखावे में अमेरिका से कृषि मशीनों का आयात कर भारत के आपूत्तिकर्ताओं और ग्राहकों को बेचती थी।''

''अमेरिका? क्या मैं अनुमान कर सकती हूँ कि मशीन बर्जीनिया से आते थे?''

''तुम कर सकती हो। और तुम ठीक ही होगी। प्रिय, तुम उन सभी स्त्रियों में जिनसे मैं मिला हूँ सबसे अधिक बुद्धिमति हो। कैसे तुमने इतनी तेजी से पकड़ लिया?''

जुलिया ने उत्तर नहीं दिया। बेहतर है कुछ पल चुप ही रहा जाए–चुप श्यामवर्ण स्त्री–उसने सोचा, कम से कम इस वक्त।

''ठीक है, जोसुआ, वह आप ही थे न जिसने उस रात जॉर्जटाऊन में सलाह दिया था कि वह एक आयात/निर्यात करने वाला निगम होगा? क्या याद है?''

उसने सिर हिलाया। ''तुम्हारी याददाश्त बहुत अच्छी है। मैं भूल ही गया था।''

''मुझे फ्रांसिसी क्रिया–पदों को याद करने में इसका काफी उपयोग करना पड़ा है। स्कूल में पाठ्यक्रम के अंत में लिए जाने वाले सभी परीक्षाओं में भी। आपने कहा कि आप उन्हें जानते थे? बीस वर्षों से? वह कौन थे, हमारे मेजर पटेल? आई.एम.आई.? एम.आई.–6? सी.आई.ए.?''

''आई.एम.आई., जब तक कि उन्होंने व्यापार करने के उद्देश्य से इस्तीफा नहीं दे दिया। एक निर्धन–सा आदमी। आर्थिक दृष्टि से, मेरा मतलब है गुजरात के एक निर्धन परिवार से आता था। अभाव का बचपन था, पिताजी एक दर्जी थे, माँ मेरे दादाजी के घर में मेरे ख्याल में रसोइए का काम करती थी। मैंने उसे आई.एम.आई. में नियुक्त किया था और वह काफी विश्वासपात्र था। जहाँ तक मैं आई.एम.आई. छोड़ने तक जानता था।''

''निश्चित ही उसने अपनी परिस्थितियों में बदलाव किया था। मैं कह सकती हूँ,'' जुलिया ने कहा, और ऐसा कहने पर वह जल्द ही अफसोस से भर गई।

''क्यों? तुम वैसा क्यों कहती हो, जुलिया?''

''जानम, यदि, जैसा आप कहते हैं कि वे वीर नरीमन स्ट्रीट के फ्लैट में रहते थे–मरीन डांइव से नजदीक, जैसा आप मुझसे कहते हैं–वे संभवतः बहुत गरीब नहीं रहे होंगे, है न?''

''तुम ठीक हो। तुमने उनका फ्लैट नहीं देखा है, परन्तु निश्चय ही वह अब अकूत धन–संपदा का स्वामी था। फ्लैट स्वतः ही कोई खास नहीं है। हमारे भारतीय गुप्तचर–उसका क्या नाम है? राजा? –इसमें नियुक्त किया होगा ताकि उसके तंत्र का बॉम्बे छोर वह संचालित कर सके, परन्तु अन्दर से सुसज्जित, सज्जावट की वस्तुएँ, किमती पत्थर और पर्शियन कंबल आदि मिलकर अवश्य ही काफी खर्चीले साबित हुए होंगे?''

जोसुआ चुप हो गया, जुलिया भी दोनों ही जानते थे कि कितना धोखे का यह व्यापार रहा होगा–तब भी जब इसमें पैसा नहीं शामिल था। और जब था, जैसा कि मेजर पटेल के संदर्भ में, वफादारी एक हस्ताक्षर किया हुआ चेक या बिलों का एक गठर से अधिक परिमाण की नहीं थी।

''वह लालची हो गया था, जुलिया,'' जोशुआ बोला। ''ऐसे व्यक्ति आसानी से खरीदे जाते हैं। जो वे बेचते हैं वह आदर है और अंत में–उसके संदर्भ में–खुद को।''

''हम आगे बढ़ रहे हैं,'' जुलिया ने कहा–''हम जानते हैं कि षड्यंत्र क्या था-भारत में डी.ओ.पी. एक आयात तक इकाई का उपयोग अफगानिस्तान को जाने वाले आयातित असलहों के लिए करना। हम जानते हैं कौन इस छोर पर इसे संचालित कर रहा था–चाहे वह मर ही क्यों न गया हो। अब जो सब हमें करना है वह है इस बात का पता लगाना कि वे कहाँ भेजे जा रहे हैं।''

जुलिया ने ग्लास खाली किया, उसे पुनः भर लिया। अब उस शाम का वह खास पल आनेवाला था जब वह कुछ और देर तक आजादी से बात कर पाती–और वह इस बात में बहुत उत्सुक नहीं थी। वास्तव में, विचार उसके पेट में तितलियाँ उड़ा रहा था।

''वह यही है, बसँ'' जोसुआ ने कहा, 'ROUTING' फाइल गायब है। हत्या इसी बात को लेकर हुई थी और उस महिला ने इसे प्राप्त किया है।''

''महिला?''

''हाँ, निश्चय ही एक औरत। देविका ने उसे बालकनी के ऊपर से देखा। दौड़कर भागते हुए। और यह कोई औरत थी। मैं बालकनी में देर से पहुँचा, मैं उस समय शव की जाँच कर रहा था।''

''देविका? आपने मुझे नहीं कहा कि देविका आपके साथ थी।''

''क्या मैंने नहीं कहा, जानम? अवश्य ही मेरे दिमाग से उत्तर गया होगा। मैं आई.एम.आई. की इस आशय में सहायता चाहता हूँ, और उनमें मेरी मदद के लिए देविका को नियुक्त किया है। वह डी.ओ.पी. और मेजर पटेल के बारे में जानती थी। इसलिए हम साथ-साथ उससे पूछताछ के लिए गए। तुम इसका बुरा न मानो, है न?''

"मुझे क्यों बुरा लगना चाहिए?" जुलिया ने हल्के रूप से कहा।

"व्यापार के सिवाय और कुछ नहीं आपके कहने से ऐसा ही प्रतीत होता है, और मुझसे आपने जो कुछ भी कहा बड़े अदब के साथ कहा। मेरा तात्पर्य है कि अब मुझे इसे आपसे उगलवाना नहीं है, है न?"

उसने उसे कृतज्ञता की एक नजर से देखा, उसकी बाँह को सहलाते हुए जो उसकी तरफ थे, जब उसने उसके आँखों के नजदीक गालों पर उसे निरंतर चुमता रहा, अपनी नाक से उसकी गर्दन को कुरेदता रहा जब तक वह बदले में मुस्कुरा नहीं पायी। उसे इस रवैये में जुलिया की क्षमा उसे नजर आई।

"अतः देविकाजी आश्वस्त हैं कि कातिल कोई औरत ही है?"

"पूरी तरह! जो स्कर्ट और ब्लाउज पहनी थी और एक बड़ा धूप-टोप जिससे उसका सिर और चेहरा ढँक गया था। यह मेरी मुर्खता थी, जुलिया मैं उसे पर्याप्त आसानी से पकड़ लेता। वह उस फ्लैट में ही थी। जब हम उस इमारत में घुसे—क्योंकि फ्लैट का दरवाजा खुला था, और उस मंजिल से उपर जाती सीढ़ियों की जाँच के बजाय—जहाँ वह छिपी पड़ी थी—मैं सीधे फ्लैट के अंदर प्रवेश कर गया। खुले दरवाजे को मुझे सावधान करना चाहिए था। मैं भूल रहा हूँ, प्रिय, मैं अवश्य ही बूढ़ा हो रहा होऊँगा।"

"आप खुद को दोषी नहीं मानें, जोसुआ, संभवतः उसने स्वयं भी कुछ भूलें की थीं, मैं शर्त लगा सकती हूँ। ठीक है, आगे तब क्या हुआ?"

"हमने तत्काल देखा वह मर चुका था। वह अपनी ऑफिस की मेज पर था। सिर के पिछले भाग में गोली लगी थी। बालकनी के सामने, गोली ने उसके ललाट को हवा में उड़ा दिया था-जिसे हम कभी खोज नहीं पायेंगे। जगह बुरी तरह बिखरी पड़ी थी। वह सौभाग्य से बच निकली थी। हमें ऐसी दूसरी वस्तुएँ भी मिलीं जो यह सुनिश्चित करती थीं कि वह डौप (डी.ओ.पी) का संचालक था—और बॉम्बे हसे होकर गुतरने वाली प्रत्येक खेप का संपत्ति सूची, 'द इम्पेरर' सहित जो दो दिन पहले यहाँ रूका था—परन्तु मार्गों की चर्चा करने वाली (ROUTING)

फाइल कहीं नहीं मिली। उन्हें अमृतसर भेजने के बजाय वह किन-किन मार्गों का उपयोग उन रेल-डिब्बों का अपहरण करने के लिए किया करता था?''

''अमृतसर? अमृतसर क्यों?''

''क्योंकि पाकिस्तान को जानेवाली एक ही रेल मार्ग है जो लाहौर को जाती है, और वहाँ से अफगान सीमा को, भारत से, अमृतसर के बाहर है। रेल के नक्शे से ऐसा ही प्रतीत होता है, लेकिन मालगाड़ी के डिब्बे दो जहाजो के मालों से भरे, अमृतसर तक नहीं पहुँच पाए। अतः वे कहाँ हैं?

जुलिया ने अपने बीयर के झाग को चाट लिया, बहुत ही बेढ़ंगे तरीके से जो सर्वाधिक गैरऔरताना था, उसने एक दूसरी बड़ी घूँट लिया, तब सहारे के लिए पीठ के बल कुर्सी से लग स्वयं को जोशुआ के आगोश में बलपूर्वक समा गयी। उसने उसकी नंगी भुजा का मर्दन किया अनमनस्क, जब उसकी अंगुलियाँ उसके स्तनों के गिर्द समाए जा रहे थे और उनका भी मर्दन कर रही थीं। उस धुमिल प्रकाश में वे औरों की नजरों से अलग थे।

''तब आपने और देविका ने क्या किया, जानिब?''

''समय बर्बाद किया। किमती क्षणों को जब वह औरत भाग रही थी–फाईल चुराकर-वह कृतियां। यही है जो हमने किया। देविका बालकनी में गई और उसे रोकने के लिए लोगों से चिल्लाकर मदद माँगने लगी, लेकिन किसी ने भी ऐसा नहीं किया। आजकल कोई भी बीच-बचाव में नहीं आना चाहता। मैंने चर्चगेट क्षेत्र के आई.एम. आईपुलिस नंबर पर एक सायरन वाली तेज रत्तार कार भेजने को कहा, और वे दो मिनट के अंदर दरवाजे पर भेज चुके थे। उसके साथ उसका सहकर्मी जो बाहर कोने पर टैक्सी के साथ-साथ उसका इंतजार कर रहा था–वह सांठ-गांठ वाली औरत–और उसने हमें परास्त कर दिया। ओह, मैं उसकी सुंदर ग्रीवा मरोड़ दूँ''

''क्या वह सुंदर थी, जोसुआ?''

''मैं कह नहीं सकता। मैं उसे देख नहीं सका। और देविका ने भी नहीं। जो ऊपर से देविका देख पायी वह उसका बड़ा टोप था जिसे उसने सिर पर दबा रखा था। मरीन डांइव तक हमने उसका पीछा किया, और हम उनके नजदीक भी आ रहे थे। एक समय तो हम उनसे मात्र सौ गजों की उनके पीछे की दूरी तक आ गए थे। फिर भी हम टैक्सी के निबंध न संख्या देख पाने से दूर थे। मैं आशा कर रहा था कि वह पीछे देखने को मुड़ेगी कि हम कितने पीछे थे, लेकिन ऐसा नसीब न हो सका।''

जोसुआ काफी निराश दिखा, और उसने उसपर तरस खाया।

''जाने दीजिए, प्रिय। वह शीघ्र ही नजर आ जाएगी। मैं इसे जानती हूँ। बहुत जल्द ही आप उसे खोज निकालेंगे। क्या आप सोचते हैं। वह एक कुतिया है और एक षड्यंत्रकारी औरत है, जोशुआ? ऐसा भी तो हो सकता है कि उस औरत को भूल से इसमें शामिल समझा जा रहा हो?''

''मैं नहीं जानता तुम्हारा क्या मतलब है?''

''ठीक है, किसी अन्य कारण से भी तो वह घर में प्रवेश कर गयी हो–और आपके मेजर पटेल को वहाँ मृत लेटा देखा हो? तब घबरायी हो जब आप दोनों को इमारत में आते हुए सुना?''

''शायद नहीं! क्यूँ एक निर्दोष औरत हत्यारिन की भाँति और एक साधारण चोर की तरह भागेगी? यदि मैंने उसे उस कृत्य में केवल पकड़ लेता, क्या वह स्तब्ध नही रह गयी होती?''

''इतना स्तब्ध नहीं जितना आप स्वयं हो गये होते, जोसुआ, मेरा मतलब है, शायद वह किसी बंदूक के साथ होती! वह उसी स्तब्धता को महसूस करती–जैसे आप जैसे सेना के आदमी उसे उपयोग करते हैं? ओह, जोशुआ, मैं बहुत खुश हूँ आपने उसे स्तब्ध नहीं किया–देविका के भी सामने नहीं।''

''जुलिया, तुम किस बारे में बात कर रही हो? तुम बीयर के लिए सामर्थ्य खो चुकी हो–भारत में इसका पर्याप्त चलन नहीं है–उस तरह का जैसा हमने हैपस्टीड स्थित इवनिंग स्टार में लिया, हमारे प्रथम 'डेट' पर? उसके साथ सहज रहो, मेरी जान, अथवा मुझे तुम्हें घर तक उठाकर चलना पड़ सकता है।''

जुलिया हँस पड़ी। पूरी तरह श्शांत महसूस करती। वह आशा से अधिक उस शाम का आनंद उठाना शुरू कर रही थी। जैसा कि उसने उससे कहा वह उसे निहारने में भी आनंद की आशा रखती थी। लेकिन इतना ही नहीं। कुछ और देर तक? ताकि शाम के मिजाज का लुफ्त लिया जा सके?

"क्या इसका कोई अभिप्राय है, जान, यदि मैं किसी एक बून्द को ज्यादा तवज्जो दूँ? आपसे बेहतर कौन है जो मुझे सुरक्षित घर ले जाये और मेरे कपड़े उतार दे, और तब शय्या में सुला दे? यदि मैं तुमपर इन बातों के लिए विश्वास नहीं करूँ–बिना मुझे अपहृत किए– मैं किस पर विश्वास करूँ?"

"दूसरा बीयर लो।" जोशुआ ने कहा, "यहाँ मैं इस घटना में किसी प्रगति के अभाव में लड़खड़ाया हुआ हूँ, मेरे मुख्य संपर्क-सूत्र की उसके सिर में गोली मारकर हत्या कर दी गयी है, डिब्बों के मार्ग आमारित फाइल भी गुम हो गया–और सभी तुम सोच सकती हो, मेरी ताज्जुब की पत्नी, क्या मैं तुम्हे शव्या में डाल पाऊँगा? मैं आशा करता हूँ तुमने कुछ पतले, पारदर्शी कपड़े साथ ले लिया है।

रात में भयंकर गर्मी हो जाती है, और हमारे पास वातानुकुलन नहीं है। तुम्हारे अंग्रेजी रात्रि–लबादे इसे जलवायु में कमी नहीं उपयुक्त हो पायेंगे। शायद हमें निःवस्त्र सोने की कोशिश करनी चाहिए?"

"जानम," जुलिया ने कहा, "मैं देने के मिजाज में हूँ। अपने हाथों को बाहर निकालिए।"

हँसते हुए उसने किया जैसा उसे कहा गया था।

"अब अपनी आँखें बंद कीजिए।"

उसने वह भी किया।

"अब उस चीज की इच्छा करें जिसे आप अपने हाथों में पड़े देखना चाहते है।"

उसने इसके बारे में कुछ पलों तक सोचा।

"क्या इसमें तुम्हारी देह का कोई अंग भी शामिल है, प्यारी?"

"ओह, जोसुआ, गंभीर बनें! जब मैं आपकी इच्छा पूरी ही करने वाली थी। अब मुझे इसे आपको न देने का मिजाज है–लेकिन मैं आज आपकी सभी इच्छाओं की पूर्ति करूँगी। उन इच्छाओं को जिसे अभी-अभी आपने पाना चाहा आप प्राप्त कर सकते हैं–लेकिन केवल घर पर और शव्या में। लेकिन यहाँ मैं आपको वह चीज दूँगी जिसे आप मैं जानती हूँ पाने की निरंतर इच्छा करते रहे हैं।"

"क्या मेरे लिए तुम्हारे पास कोई उपहार है?"

"आप ऐसा कह सकते हैं। क्या आप मुझे इसे आप पर इस रूप में फेंकना माफ कर सकते हैं?"

"मैं उपहारों को प्यार करता हूँ" जोसुआ ने अपनी आँखें बंद करते हुए और दूबारा अपना हाथ आगे बढ़ाते हुए कहा।

"यह आप नहीं चाहेंगे," जुलिया धीरे-से बड़बड़ायी। वह अपने पास पड़े बड़े-से हैंडबैग की ओर मुड़ी और मार्ग-आधारित फाइल उसके हाथों में रख दिया।

उसने अपनी आँखें खोली। धीरे से उसकी मुस्कुराहट समाप्त हो गयी। उसने अपने सामने उसे मेज पर रख दिया, खाली थालियों को हाथ से एक तरफ सरकाया मानो वे महत्त्वहीन पंखों के समान थीं। जुलिया के सामने गंदी थालियों की थली रखी थी। गंदी थालियों का विश्वास करो ताकि मेरे सामने आ सकें, उसने सोचा। यह ठीक है, तुरन्त ही और कोई उन्हें धोता रहेगा।

उसे फाइल के विवरण जानने के लिए इसे खोलना नहीं पड़ा था। फाइल का नाम स्वतः सिण था। रूटिंग (ROUTING), एक पतली, भूरे रंग की मुड़ने वाली फाइल जिसमें कागजातों को अंदर रखने के लिए जेबें बनी हुई थीं। कोई क्लीप या डोरियाँ नहीं थे।

तब वह समझा। वह नहीं जो फाइल में कैद था–उसे तो वह पहले से ही जानता था–परन्तु उसने इसे कैसे प्राप्त किया था। वह उससे दूर झूक गया ताकि व उसकी सामना को मुड़ सके। आरोपित करती नजरों के साथ। उसके चेहरे, होठों या उसकी आँखों से मुस्कुराहट गायब थी।

"जुलियाँ"

''मैंनें इसे नहीं किया, प्रिय,'' उसने शांति से कहा। ''आप मेरा विश्वास करें।''

''जुलिया!''

''वह मर चुका था जब मैंने उसे देखा। ठीक जैसे आपने देखा। क्या आप मुझपर विश्वास नहीं करते, जोशुआ? मैंने इसे नहीं किया है।''

''जुलिया!''

''प्रिय, यदि आप यही करने जा रहे हैं कि आप खुले मुँह बैठेंगे और मुझपर आरोप मढ़ते हुए चिल्लायेंगे, तब मुझे इससे अधिक कुछ भी नहीं कहना है।''

''मैं तुम्हारा नाम लेकर चिल्ला नहीं रहा हूँ'' उसने चिल्लाते हुए कहा। ''हे भगवान! अगर हम तुम्हें पकड़ लेते तो गजब हो जाता। गजब! यही विचार मेरा खून जमाते हैं। हत्या के लिएँ तुमने क्या कहा? तुमने इसे नहीं किया है?''

''यही वह बात है जिसे कहने की कोशिश करती आ रही हूँ–यदि मात्र आप सूनें? मेरे वहाँ पहुँचने के पहले ही वे मर गए थे। तालेरहित दरवाजों को पाकर मैं अदंर दाखिल हो गई। जैसा आपने किया। जब मैंने आपको और उसे इमारत में घुसते देखा, मैं इसके लिए दौड़ी। अब क्या तुम खुश नहीं कि मैंने किया? इसके बदले कि मैं आपके और उसके द्वारा पकड़ी जाती।''

उसे स्वीकारना पड़ा कि वह ठीक थी। इस आशय पर सोचने के लिए उसने थोड़ा वक्त लिया–ज्यादातर पतियों ने अपना समय अपनी पत्नियों को ठीक कहने के लिए लिया, उसने उससे कहा जब उसने उसे उसकी देर के लिए झिड़क दिया–परन्तु उसने उसे अपने आगोश में भर लिया और उसके बगल से उसे गले लगाया।

वह स्वयं को एक नया व्यक्ति महसूस किया, उसने उससे कहा और इसे साबित करने के लिए उसने दूसरी मर्तबा दूसरे अन्य विदेशी भारतीय मीठे रसगुल्लों का निर्देश जारी किया, खासकर उसके लिए, उसने कहा, और दूसरी दौर की चाय के लिए भी।

तब उसने फाइल खोला।

यह उन्हें जो वे जानना चाहते थे की जानकारी देने में सक्षम था। उस मार्ग के बारे में स्पष्ट जिक्र था जिससे होकर रेल के डिब्बे पाकिस्तान की सरहद तक जानेवाले थे। जहाँ एक निर्यात आज्ञा-पत्र उन्हें दो देशों के बीच होने वाले सामान्य व्यापार की गैरयुद्धपरक वस्तुएँ वर्गीकृत कर देता था।

वह मार्ग पश्चिमी और मध्य भारत के नक्शे पर विचित्र था। बॉम्बे से वे पश्चिमी रेल द्वारा गुजरात राज्य के अहमदाबाद को भेजे जाने वाले थे, तब सीधे राजस्थान सूबे के मारवाड़ जंक्शन को मारवाड़ में उन्हें अजमेर होते दिल्ली के लिए रवाना किया जाना था, तब मात्र दो सौ मीलों की दूरी पर अंबाला होते पंजाब प्रान्त के अमृतसर को। यह उन गिने-चुने स्थानों में एक था जहाँ से रेलमार्ग गुजरता था, अटारी शहर से होकर, जो पाकिस्तान में प्रवेश करता था। वहाँ एक आयात अनुमति-पत्र उन्हें दो देशों के बीच होने वाले व्यापार की गैरयुद्धपरक वस्तुएँ वर्गीकृत किया करता था। रेल के डिब्बों को मुश्किल से चालीस मील दूर लाहौर के लिए रवाना किए गिए थे।

सरल व सीधा। उसके सिवाय कुछ था जो खतरनाक रूप से गलत हो गया था और रेल के डिब्बे अमृतसर नहीं पहुँच पा रहे थे। कहीं एक हजार मील से अधिक रेल मार्ग में वे गुम हो गए थे, परन्तु कहाँ?

जोसुआ ने नक्शे को खोला फाइल से अलग कर, अपने सामने के मेज पर, अब तक एक अनुग्रही प्यादे ने मेज की थालियों को हटा लिया था और जुलिया के लिए इच्छित मार्ग को चिह्नित किया। मद्धिम प्रकाश के कारण इसे अच्छी तरह देखने के लिए उसने उसके कंधे पर झुककर दूरी कम कर लिया था। आवासीय विद्यालय में भूगोल उसका सबसे कमजोर विषय रहा था। ब्रिटीश टापूओं का, उनके सभी जलमार्गों एवं खाड़ियों सहित एक नक्शा बनाना, खासकर कॉर्नवाल और स्कॉटलैंड जैसे टापूओं का उसके लिए सदा ही बड़ा सिरदर्द साबित हुआ था। यह तो एक अन्य ही देश था।

"कहाँ, जानिब, वे दो जहाजों के भारी असलहे छिपा सकते हैं?"

यह एक आलंकारिक प्रश्न था। वे दोनों इस प्रश्न के जवाब जानते थे।

केवल थार मरूस्थल में।

उसके अलावा थार मरूस्थल पाँच सौ मीलों लम्बा था और दो सौ पचास मीलों चौड़ा। जैसा कि जोसुआ ने इसे जुलिया के लिए विश्लेषित किया, जब उसके हाथ उसके सिर को सहारा दे रहे थे, कोई समूचे ब्रिटिश टापूओं को इसकी माप के अंदर ला सकता है और छोटे एक या दो यूरोपियन राज्यों के लिए भी जगह शेष रह जाएगी।

"क्यों नहीं हम शेष फाइल का भी परीक्षण कर लेते हैं?" जुलिया ने मशविरा दिया।

तीन खेपों के बिल थे तो सबसे ताजा था वह 'द इम्पेरर' का था जो बॉम्बे की गोदी में दो दिनों पहले रुका था, नौभार रेल के सपाट एवं खुले डिब्बे पर उतरने की प्रतीक्षा में ताकि वे देश के अंदर भेजे जा सकें। एक हस्तलिखित स्मृति-पत्र जो मेयर पटेल को संबोधित करता था के अलावा फाइल में और कुछ भी नहीं था, उस स्मष्टति-पत्र का स्रोत अज्ञात था, जिसके माध्यम से उन्हें याद दिलाया गया था कि सभी तीनों खेपों को अंतिम तारीख पचीस अक्टूबर के पहले निश्चित रूप से पूरा करना था–यदि वह इस बदले में भुगतान चाहता था। कोई दस्तावेज नहीं किया गया था। एक साफ सुथरी, सुसंस्कृत सुलेख, इसके बावजूद कि यह कठोर धमकी के निस्तारन का कारण बना था।

जोसुआ ने जुलिया को फिर से चुमा।

"आप मेरे पीछे पागल नहीं हैं, है न जोसुआ?" उसने वकालत की, इस बात को ठीक से जानती हुई कि वह उसके पीछे पागल नहीं था। उसने एक आहत पति-सा बाना बनाया, मानो वह किसी यौन अपराध में पकड़ी गयी थी।

"जुलिया, तुम अब भी कुछ स्पष्ट करना चाहती हो। ताकि उन शेष रह गई शंकाओं को दूर किया जा सके जो मेरे मनो-मस्तिष्क में इस 'घटना' के बाद आते रहेंगे–क्या हम कहेंगे?"

"स्पष्टीकरण! स्पष्टीकरण! यही वह सब है जिसे पति लोग अपनी पत्नियों से चाहते हैं। कहना शुरू कीजिए।"

"तुम क्यों हमारे मृत दोस्त को देखने गयी थी–मेजर पटेल को?" वह उसे जवाब देने के पहले कुछ क्षणों के लिए संकोच में पड़ गई।

"क्योंकि वह बॉम्बे में मेरे एम.आई.-6 का संपर्क-सूत्र था।"

"क्याँ"

"आप आश्चर्य करते दिखते हैं, जानिब।"

"तुमने मुझसे क्यों नहीं कहा?"

"क्या आप अपने आई.एम.आई. संपर्कों के बारे में मुझसे हरेक बातें कहते हैं? क्या आपने मुझसे कहा कि आज सुबह आप देविका से मिलने जा रहे थे? इसके अतिरिक्त, इडवार्ड ने मुझे खासतौर पर कहा था कि उसका परिचय आपसे नहीं कराया जाए, क्योंकि इसका अर्थ उसकी सुरक्षा से समझौता था–और अब वह मृत है, मैं बहुत खुश हूँ कि मैंने नहीं किया।"

"ओह, क्यों?"

"क्योंकि मैं–हम–सोचे होते कि यही उसकी मृत्यु का कारण था। अब कम से कम हम दोनों आश्वस्त हो सकते हैं कि न आपकी और न ही मेरा उसकी हत्या के लिए सुरक्षा दिवार गिराने में कोई हाथ था।" जोशुआ सहमति में सिर हिलाया। उनके धंधे में सुरक्षा में छिद्र का मतलब आत्महत्या करने जैसा था। मेजर पटेल के संदर्भ में, सुरक्षा के प्रति उसकी सावधानी सहायक सिद्ध नहीं हुई थी।

"और इडवार्ड ने तुम तक उसका नाम कैसे पहुँचाया? अब तुम मुझसे कह सकती हो, है न? यह देखते हुए कि वह मर चुका है और हम उसे और अधिक चोट नहीं पहुँचा सकते हैं।"

उसने सिर हिलाया, "हिथ्रो का जासूस। वह बुढ़ी औरत नारंगी पोशाक वाली? याद है? उसने मेरा पीछा महिला प्रतीक्षालय तक किया, जब आप बाहर कैफेटेरिया में मेरा इंतजार करते थे।"

उसने विजयी मुद्रा में मेज पर अपनी छोटी तौलिया पटका।

"मैं इसे जानता थाँ मैं इसे जानता थाँ मैंने उसे वायुयान में कहा था, है न?"

"हाँ, आपने कहा था, जानिब। यह आपकी बड़ी बुद्धिमानी थी। मैं

सदा ही आप पर फख्र करती थी, इसके बावजूद कि मेरे होंठ सीले पड़े थे।''

उस वाकये ने उसे बहुत हद तक शांत किया, क्योंकि वह पुनः पुरी तरह अपने मूल व्यक्तित्व में आया था। उसकी नंगी बाँह को सहलाते हुए जिससे उसकी देह की अग्नि प्रज्वलित हो रही थी और जो खोल उठने के खतरे से खाली नहीं था, यदि उसी अंदाज में वह जारी रहा।

यह विचित्र था, उसी तरह वे एक-दूसरे के प्यार में पड़े थे। लंदन के एक ट्यूब टेंन में। सर्किल लाइन पर साउथ केन्सीन्गटन से बेकर स्ट्रीट की यात्रा क्रम में उसे दक्षिण अफ्रीकी निशानेबाज स्लैग्टर की खोज के समय उसकी सुरक्षा की जिम्मेदारी सौंपी गयी थी। टेंन खचाखच भरा था। लेकिन वह उससे अलग यात्रा नहीं कर सकी थी। वह इस बात के लिए तनिक भी तैयार नहीं की गई थी कि कितनी निकटता में वे साथ-साथ उन कुछ स्टेशनों की यात्रा करेंगे, मित्रवत अपरिचित लोगों की भीड़ों के द्वारा वे एक-दूसरे पर मानो फेंक दिए गए थे, उन दोनों को चारों ओर से भीड़ ने इतना दबा रखा था कि टस से मस होना मुश्किल था सिवाय सामने के जहाँ वे स्वयं एक-दूसरे को इस कदर आमने-सामने घेरे हुए थे कि उनका हिल-डुल पाना भी मुश्किल था। जोशुआ ने अपने हाथ ऊपर उठा रखा था—ताकि वह एक हट्ढे-कट्ठे अजनबी से अपनी रक्षा कर सके। जिसकी केहुनी उसकी पसलियों में गड्ढे बना रही थी और पाया कि उसके गुदाज स्तन पर उसका हाथ प्याला का शक्ल ने चुका था। ट्रेन के हिलने के प्रभाव के कारण वे दो स्वतंत्र अजनबियों से दो गर्म देहों में बदल चूके थे, जिन्होंने पहले अपनी उठी संवेगों पर नियत्रंण की कोशिशें कीं, और तब, बाद में, वे स्वयं को एक-दूसरे के लिए समर्पण सहित छोड़ दिया। उसके हाथ से उसके वक्ष पर एक मुक्का-सा लगा जब ट्रेन ने खासतौर पर एक तीक्ष्ण मोड़ लिया और वह उसके आगोश में आ टकरायी थी, उसके उत्तेजित कठोर चुचक उसके स्तन में पीछे की ओर दब जाता, और ट्रेन के सीधे चलने पर वह जोसुआ की हाथ की हथेली में पुनः उभर आता। जब तक मार्ग दूसरी ओर नहीं घुम गया और वह उसकी आगोश में चारों ओर से घिर गया,

उसका जाँघ उसकी दोनों जाँघों के बीच और इसी तरह उसकी जाँघ उसके दोनों जंघाओं के बीच आ फँसे थे। वह उसकी बाँहों में आ गयी थी।

यहाँ चाहत की सरगर्मी ऐसी थी जिसे वह पहले कभी महसूस नहीं की थी, अपने शयन कक्ष में भी नहीं, उस अकेला दूसरे शख्स के साथ भी नहीं जिसने उसके साथ कभी यौन-संबंध बनाए थे। न जोशुआ और न ही जुलिया ने उसे उस रूप में योजनाबद्ध किया था; फिर भी ऐसा कुछ भी नहीं था जो इस जज्बे को शमित करता यदि वे संभवत: इसके सहायक होते। यह उन दोनों के मध्य आसानी से नहीं उभरा था, और जब यह उभरा उसने स्वागत कहा था, वह इसे यूँ ही नहीं जाने देगी। और उसने भी उसी रूप में महसूस किया।

''क्या आप जानते थे कि हमारे मेजर पटेल एम.आई.-6 के लिए काम करते थे, जोशुआ?''

''नहीं, मेरी प्यारी। काश मुझे इसकी जानकारी होती। मैं उनकी तब रक्षा कर पाता।''

''और किसके लिए वे काम करते थे? राजा के लिए?''

''हम खोज निकालेंगे। तुमने टोप का क्या किया?''

''टोप?''

''हाँ, जुलिया, वह धूप-टोप? वह जिसे तुम आज सुबह पहन रखी थी। हमें उससे छुटकारा पाना होगा।''

''मैंने उसे दे दिया,'' उसने कहा।

''किसे?''

''मि. सिंह की पत्नी को।''

''मि. सिंह कौन हैं?''

''टैक्सी चालक। वह जिन्होंने मुझे एक क्रूर भारतीय सेना के कर्नल और पशुवत भारतीय औरत से बचाया। एक पक्का हीरा आदमी! कविता भी लिखते हैं। पंजाबी भाषा में।''

''तुम उनकी पत्नी से कैसे मिल पायी?''

''वह वहाँ हमारे साथ थी, जानिब, निरंतर।''

"क्या वे टैक्सी चलाते अपनी पत्नी को भी साथ लिए होते हैं?" जोशुआ ने अविश्वास के साथ कहा। "यह किसी सिक्ख टैक्सी चालक की विचित्र बात है कहीं भी, किसी टैक्सी चालक की।"

"इस संदर्भ में नहीं, जानिब," जुलिया ने कहा। "वह उसे यहाँ-वहाँ हर समय चलाता रहता है। इसलिए, अपने धन्यवाद के सामान ही, मैंने उसकी पत्नी को घूप-टोप दे दिया। वह बहुत ही खुश हुआ। मुझे इससे छुटकारा पाना था, और यह 'धन्यवाद' कहने का एक नायाब तरीका लगा। आप बुरा तो नहीं मानते, जानिब?"

जोसुआ ने निराशा से अपने हाथ ऊपर उछाला। उसने इन्हें वहाँ रखा जहाँ जुलिया ने मेज पर मादक द्रयो को लिया था—यद्यपि वह जानता था अपने इवनिंग स्टार में बिताये प्यार की पहली तारीख से ही कि उसकी पीने की सामर्थ्य उन बीयर के पैमानों जिसे उसने ले रखा था से कहीं अधिक है—या शायद उसकी लेखक होने की परिकल्पना के कारण, जिस संदर्भ में वह सच्चाई से बहुत दूर नहीं था।

उन्होंने खाना समाप्त कर लिया था—यद्यपि शाम अभी ढल नहीं पायी थी। जुलिया ने बड़े आराम के साथ अंगड़ाई ली, जँभाई को अंदर दबाते हुए। उसने इस संकेत का अर्थ समझा, बूथ से उसे संभालते हुए निकाला, लम्बे वेटर के धन्यवाद को हल्का सिर हिलाकर स्वीकृत किया जो उसी उदार खुशामदी रकम के लिए उनके पीछे आ खड़ा हुआ था, उस कार की ओर गया जिसे उसने आई.एम.आई. से ऋण पर खरीदा था।

"प्यारी," उसने कहा, जब वह घर के लिए चला, "हम बहुत मूर्ख बन रहे हैं—अवयस्क, असुरक्षित प्रेमी-युगलों की तरह—हम एक-दूसरे पर पूरा भरोसा नहीं कर पा रहे हैं। मेरी भी गलती है। क्या कहती हो आज की रात हम एक संधि करें? क्या फर्क पड़ता है कि हम लोगों के विरूद्ध कितने विनष्टकारी साक्ष्य दिख सकते हों। और तुम्हें अवश्य ही स्वीकारना चाहिए जब तुमने उस फाइल को उपस्थित किया था, मेरे पास हरेक कारण थे इस विश्वास के कि तुमने ही इसके लिए उनकी हत्या की, दूसरे अब भी विश्वास करेंगे कि यह सच नहीं हो सकता! हाँ?"

वह कार में जोसुआ के सहारे लेट गयी, सिर उसके कंधे पर था। सौभाग्यवश उस देर रात के समय सड़क पर परिवहन हल्का था, और इसलिए वह उसकी ओर मुखातिब हो सका, उसने उसके बालों को चुमा, और ठीक उसी समय उसने सड़क पर चलती एक आवारा गाय को हटाने के लिए कार की सीटी बजाई।''

''वह आश्चर्यजनक विचार है, जोशुआ, है न? और उस भरोसे पर मुहर लगाने के लिए क्यों न हम इसे एक यादगार रात बनाएँ? मैंने रेस्त्रों मैं आपसे कुछ वादे किए, मैं उसे निभाना चाहती हूँ। और इनके अतिरिक्त, मैंने एक वादा दादाजी से भी किया।''

''दादाजी! इस बात से उन्हें क्या लेना-देना है?''

''मैंने दादाजी से वादा किया, कि मैं ब्रोमफिल्ड के बारहवें अर्ल को जन्म दूँगी, जोसुआ। आप क्यों सोचते हैं कि मैंने आपसे विवाह किया? मैं तो बस आपसे अपने शिशुओं का जन्म चाहती हूँ।''

''तुम जानती हो मेरी प्रार्थना का आशय क्या होगा?'' उसने कहा।

''क्या?''

''कि हमें तीन-नहीं संभवतः चार बेटियाँ पहले जन्म लें, इसके पहले कि हमारी गोद में एक पुत्र की पैदाइश हो। ताकि मैं तुम्हें नंगे पाँव और गर्भवती रूप में सदा ही अपने आस-पास पा सकूँ।''

''जोशुआ, क्या आप जानते हैं, जब मैं बच्ची थी दूसरे बच्चों के किस चीज से मुझे सबसे अधिक ईर्ष्या होती थी?''

''नहीं, बताओ।''

''यह कि उनके भाई-बहन थे। कि वे हँस और खेल सकते हैं, और हाँ, अपने प्यारे भाई या बहनों से वे कोलाहल करते हुए झगड़ भी सकते थे। मैं एकलौती थी; मेरे साथ दादाजी के अलावा कोई नहीं था, आपके मेरी जिंदगी में आने के पहले तकँ क्या आप सोचते हैं मैं अपने बच्चों को ऐसे किसी बूरे हालात में कष्ट उठाने को आने दूँगी? आज की रात मैं बहुत दिलदार हूँ। मुझे कोई संख्या बताईए, उतनी संख्या में हमारे बच्चे होंगे। आपने चार कहा? या यह आँकड़ा पाँच का था?''

इसके पहले उन दोनों ने अपने परिवार–योजना के बारे में आपसी चर्चा कभी नहीं किया था। उनके विवाह के बाद, दूबारा, उनकी शगल मात्र सुहागरात थी और वह भी अप्रत्याशित रूप से क्षतिग्रस्त हो चूका था। यह उसका पुराना भय था कि जब वे दोनों अपने बच्चों की चर्चा करेंगे, जोशुआ कह सकते थे। 'एक लड़का, एक लड़की, इतना काफी है, प्यारी, हम एक पूरे मुर्गीखाने का भार नहीं झेल सकते।''

कार के अंधकार में, वह उसकी मुस्कुराहट को नहीं देख सका, जब उसने दूबारा उसके मस्तक को चुम लिया।

अध्याय 6

अगली सुबह जोशुआ शीघ्र ही घर छोड़ दिया। आदत की ताकत ने उसे प्रातः चार बजे जगा दिया और जुलिया की नींद में विघ्न डालने की अपेक्षा, जो देर रात सो पायी थी और इसलिए उससे अधिक देर तक सोती रही थी, उसने निचली मंजिल पर अपनी माँ के साथ नास्ता लिया।

एक-दो चीजें थीं जिनपर उसे ध्यान देना अति अनिवार्य था। कुछ बातें ऐसी भी थीं जहाँ जुलिया की उपस्थिति सकारात्मक रूप से असुविधाजनक होती। जैसे उस पुलिस निरीक्षक से मित्रवत कहना जो विनोद पटेल हत्या के मुकदमों का अन्वेषण कर रहा था कि काफी मात्रा में पाये गए उस फ्लैट में किसी अपरिचित महिला के अंगुलियों के निशान की विवेचना नहीं की जाए क्योंकि वे आई.एम.आई से संबद्ध हैं। और अधिक स्पष्टीकरण की जरूरत नहीं थी और जोसुआ ने कोई स्पष्टीकरण नहीं दिया। कि वह एम.आई.-6 के लिए काम करती आ रही थी। इस रूप में वह अपने गुप्तचरों में एक से संपर्क साधती आ रहा थी, बेहतर है इन तथ्यों को अनकहा छोड़ दिया जाए।

आवश्यक कार्यों को करने के बाद, उसने कार को तेजी से घुमाया और बॉम्बे पोर्ट टंस्ट के समुद्री गोदियों की तरफ रूख किया जहाँ द इम्पेरर नामक समुद्री जहाज से माल उतारे जा रहे थे। उसके पास गोदी तक जाने का प्रवेश-पत्र था और जैसी उसकी सजधज थी, इस ग्रीष्म में भी सूट-टाई पहन रखा था उससे वह एक प्रशासनिक अधिकारी के रूप में स्पष्ट जाहिर होता था, और इसलिए किसी ने भी उससे पूछताछ करने की जुर्रत् नहीं की।

बड़े-बड़े टोकरों को जहाज से उतारकर रेल के खुले डिब्बों पर लादते लोगों ने उसपर कोई ध्यान नहीं दिया। टोकरों पर उनके चारों तरफ 'डौप' (DOP) बड़े अक्षरों में ऊकेरा गया था, ताकि तत्काल पहचान में आ सके, और इसलिए किसी पूछताछ या जाँच की संभावना को पहले ही रोक रखा था।

उसने अपनी आशा के अनुरूप सभी चीजों को पाया। कुछ भी

असामान्य नहीं था। सेतुबन्ध के साथ-साथ दौड़ती रेल पट्यिों पर रेल के खुले डिब्बे कतारबद्ध खड़े थे। समुद्री जहाज और समुद्री माल उतारने के प्लेटफार्म से ऊँचे क्रेन टोकरों को भारहीन और मामूली जैसे उठाकर सीधे रेल डिब्बे पर ही लादते थे। ताकि उन्हें भारत के अंदर भेजा जा सके।

कहाँ? वे कहाँ भेजे जा रहे थे? किस जगह? यह टोकरों पर कहीं अंकित नहीं था। उसने अनेकों की जाँच की न ही कोई छोटा रेलवे टैग पर सुरक्षित किसी रेल डिब्बे से बंधा था।

वहाँ चल रही कार्यवाही की देख-रेख बॉम्बे पोर्ट टंस्ट के एक लिपिक के द्वारा की जा रही थी, जो उन मालों के लिए जिम्मेदार था जब तक वह समुद्री गोदी-क्षेत्र में पड़े थे उसके बाद यह पश्चिमी रेल-खण्ड की जिम्मेदारी थी।

जोशुआ उसके पास गया। एक दुबला-पतला, वृद्ध, बुद्धिमान आदमी, जिसके पास वर्षों के अनुभव थे और इस कारण वह अत्याज्य बन बैठा था; और इतने कम वेतन पर काम करते वह शायद ही कभी इस जगह से सेवानिवृत्ति के बारे में कभी आशा कर सका। वह सफेद कमीज और पैंट पहन रखा था—उस गर्मी के लिहाज से सबसे अच्छी पोशाक परन्तु उसने टाई नहीं पहन रखी थी; जो उसकी पोशाक का अंग था जब अंग्रेजों का यहाँ राज था। वह एक नौजवान की संगति पाकर काफी खुश था जब वह माल की पर्ची को टोकरों के अनुसार जाँच कर रहा था। उसकी निर्मल आँखे आत्म-विश्वास से जगमगा उठीं जब एक खूबसूरत नौजवान कर्नल न अपने सैन्य रोब में उससे मदद माँगी। इसके बावजूद कि वह एक सामान्य नागरिक की पोशाक में था। वह भी किसी समय सेना को अपनी सेवाएँ दिया था। एक अतिसामान्य स्वतंत्र सैनिक के तौर पर, परन्तु उसने वर्मा युद्ध के कुछ दौर को देख चुका था। वह फुर्ता से कर्नल को दिखाने को सावधान हुआ कि वह किसी लायक अधिकारी का आदर करना नहीं भुला है।

''मुझसे कहिए, कांतिलालजी,'' जोशुआ ने कहा, उनका नाम पूछने के बाद ''इन रेल डिब्बों का अंतिम गंतव्य स्थान कहाँ है? उन रेल

डिब्बों का जिनपर डौप (DOP) लिखे टोकरे लदे हैं?'' कांतिलालजी ने अपनी स्पष्टता का हवाला दिया।

''मारवाड़ जंक्शन,'' उसने कहा। ''यही जब सभी माल लद जायेगा तब मैं रेल डिब्बों से बंधे टैग पर लिखूँगा। मजबूत तार से रेल डिब्बों से बंधे हुए ये मार्ग बताने वाले टिकटों की तरह दिखते हैं। आप क्यों जानना चाहते हैं, श्रीमान् जी?''

''और क्या वह उनका अंतिम गंतव्य है?''

उस बूढ़े व्यक्ति ने धीरे-धीरे अपना सिर हिलाया।

''नहीं,'' उसने कहा। ''नहीं, महाशय। सर्वाधिक असामान्य, परन्तु इस संदर्भ में मैं इन टोकरों का अंतिम गंतव्य नहीं जानता जब तक कि डिब्बे मारवाड़ जंक्शन नहीं पहुँच जाते।''

''ओह, और ऐसा क्यूँ है?''

उस बूढ़े व्यक्ति ने जोशुआ को अपने साथ आने का इशारा किया जब वह अपने छोटे कार्यालय की ओर बढ़ा, जो पीछे एक पत्थर की दीवार से सटा बना था ताकि इसके सामने बने समुद्री गोदी का निरीक्षण किया जा सके। उन्होंने जोशुआ को बैठने को आमंत्रित किया; और एक प्याली गर्म चाय उसकी ओर बढ़ाया जो कृज्ञतापूर्वक स्वीकार कर लिया गया। कान्तिलाल जी ने कहा कि चाय के सिवाय और कुछ नहीं जो शरीर से पसीने निकाले और स्वतः ही शरीर का वातानुकुलन कर जाएँ

उसने चाय बेचने वाले एक छोकरे को आवाज दी जिसके पास चाय की केतली और प्यालियाँ थी, जो उस गोदी-क्षेत्र में ग्राहकों की खोज में भटक रहा था, और जो ग्राहकों से अपनी गंदी प्यालियों के लिए झिड़कियाँ खाता था, जो अपनी प्यालियों को ग्राहक दर ग्राहक गंदे पानी से भरे बालटी में डुबाकर सरल तरीके से धो डालता था, और जिसने जोशुआ से भुगतान लेने से इनकार किया। जोशुआ ने ईश्वर को उस अंतदृष्टि को पाने के लिए धन्यवाद अर्पित किया। जिसके कारण उसने जाँच के इस हिस्से में अपने साथ जुलिया को नहीं लाया था। वह उससे बहुत प्यार करता था, लेकिन कुछ ऐसे भी समय थे जब उचित तौर-तरीकों में पली-बढ़ी वह अंग्रेज बालिका, जो उसकी पत्नी थी,

उसके आस-पास नहीं होती तो यह बेहतर ही होता था, जैसे आज साथ होने पर वह देख लेती कि वह एक गंदे प्याले में चाय पी रहा था।

"अच्छा, महाशय, मैं देखता हूँ यदि यहाँ उपयोग होने वाली टैगिंग व्यवस्था के बारे में शायद आपसे नहीं कह सकूँ। सब कुछ ट्रेन के अपने मार्ग बदलने से जुड़ा है।"

"ट्रेन के मार्ग बदलने से?"

"हाँ, मार्ग बदलने से। मालगाड़ी को साथ-साथ रखने के लिए हुनर की जरूरत होती है। निश्चित ही आप देश के सभी भागों में रेल डिब्बों को भेज सकते हैं, गैर योजनाबद्ध और बेतरतीब तरीकों से, और वे अंततः अपने गंतव्य को पहुँच भी जायेंगे—परन्तु किस किम्मत पर? यदि आप पूरी कार्यवाही को सरलता से चलने देते हैं महाशय, रेल के डिब्बों को एक कतार में कतारबद्ध रखना पड़ता है जो मध्यवर्ती विराम-स्थलों पर तेजी से उन्हें हटाने में मददगार होता है, ट्रेन के आगे के हिस्से या पीछे के हिस्से से, इससे पूरे ट्रेन को ही विघटित नहीं करना पड़ता। क्या आप मेरा आशय समझते हैं, महाशय?"

जोशुआ ने अनभिज्ञ होने का ढोंग किया। इसके लिए उसके पास मजबूत कारण थे। उस बूढ़े व्यक्ति को यूँ ही बातचीत करने देना कहीं ज्यादा श्रेयस्कर था, केवल अच्छे प्रश्नों को जरूरत के मुताबिक उठाया जा सकता था। आप ज्यादा जानने का ढ़ोंग करें, और संभवतः इससे वह उस तथ्य के उद्‌बोधन में असफल रह जाएं जिसके वास्तव में आप पीछे पड़े हैं।

"उदाहरण के लिए इन 'डौप' (DOP) टोकरों से लदे रेल के खुले डिब्बों की बात करें, वे बॉम्बे के सेंटंल मार्शलिंग यार्डस्—जो दुनिया भर में सबसे विस्तृत है, को जायेंगे। प्रत्येक दिन उस 'यार्डस्' में हजारों माल से भरे रेल डिब्बे आते है। हम कहें एक मालवाहक रेलगाड़ी को मारवाड़ जंक्शन के लिए जोड़कर तैयार करना हैं क्योंकि वह आपके रूचि का विज़य लगता है। ट्रेन सूरत, बड़ौदा और गुजरात के अहमदाबाद से होती हुई राजस्थान के मारवाड़ को जाती है। डिब्बे जो मारवाड़ को जाने हैं—ये ट्रेन की लम्बाई के हिस्से होंगे। अहमदाबाद को जानेवाले डिब्बों में पीछे

जुड़े होंगे। बड़ौदा जाने वाले डिब्बे और भी पीछे जुड़ेगे। अंत में सिर्फ सूरत जाने वाले रेल डिब्बे टेंन के ठीक आगे और पीछे जुड़ेगे। जब ट्रेन सूरत पहुँचती है, मुख्य डीजल इंजनों को जोड़ा जाता है। लाईनमैन सूरत के लिए भेजे गए रेल के डिब्बों को ट्रेन से अलग कर देता हैं और मार्ग बदलते हुए चलने वाले इंजन सूरत के लिए रेल डिब्बों को ट्रेन में खींचकर अलग कर देता है। यदि डिब्बे सूरत में बड़ौदा के लिए ट्रेन में जोड़े जाते हैं–अगला विराम-स्थल–तो वे नये सिरे से ट्रेन के आगे और पीछे जायेंगे। फिर भी, अगर रेल के डिब्बे सूरत से अहमदाबाद को जाने हैं, बड़ौदा जाने वाले रेल-डिब्बों को अलग करना पड़ेगा और सर्वप्रथम उन्हें दूसरी रेल-पट्टी पर करना होगा ताकि अहमदाबाद के लिए रेल डिब्बों को दूसरी रेलपट्टी से लाकर जोड़ा जा सके। क्या मेरा आशय समझते हैं, महाशय?''

''यह सब कुछ बहुत सरल है,'' जोशुआ ने कहा, ''जिस तरीके से आपने इसे बताया है, लेकिन अभी भी आपने मुझे नहीं बताया है कि क्यों इन रेल डिब्बों का कोई अंतिम गंतव्य नहीं हैं। मारवाड़ जंक्शन पर क्या होता है?''

उस बूढ़े व्यक्ति ने स्वाद के साथ चाय की चुस्की लिया। जब वे पुनः बोले, वह पर्याप्त संकोच के साथ था।

''वही तो विचित्र है, महाशय। सामान्यतः रेल डिब्बों के टैग पर समूचे मार्ग का विवरण होता है। ताकि अदला-बदली करने के दरम्यान कोई देर न हो। हम स्याही की कलमों का इस्तेमाल करते हैं, इस जैसा, जो टैग के थोक पर रखा है।''

कांतिलाल जी ने जोशुआ के हाथ एक वैसी ही कलम थमा दी, और एक बिना उपयोग किया टैग भी। ''देखिए, टैग पर अनेक रेखाएँ बनी हुई हैं। अंतिम गंतव्य सबसे ऊपरी रेखा पर लिखा होता है, मध्यवर्ती जंक्शन के नाम अवरोही क्रम में ऊपर से नीचे तक लिखे होते हैं। और सबसे नजदीक के जंक्शन का नाम सबसे नीचे स्थित रेखा पर लिखा होता है। जब एक रेल डिब्बा ने सबसे नजदीक के जंक्शन को खाली

करेगा–जैसे मारवाड़ ठीक इसके ऊपर की रेखा पर उस अगले जंक्शन का नाम लिखा होगा जहाँ रेल डिब्बों को भेजा जाना है। और इसी तरह अंतिम गंतव्य तक यह क्रम चलता है। लेकिन कभी कभार, जैसे इस संदर्भ में भेजने वाला पक्ष–इस संदर्भ में, डौप (DOP) निश्चित रूप से नहीं कह सकता कि कहाँ माल भेजे जाने हैं। तब वे हमें मात्र उस प्रथम जंक्शन का नाम देते हैं। जहाँ रेल डिब्बों को भेजना है और उस जंक्शन से टैग के आगे की रेखाओं को भरने की व्यवस्था करते हैं। परन्तु उनके अंत में। मैं बुरा नहीं मानता, उन्हें समूचे रेल मार्गों पर भेजने से मुझे बचाता है। लेकिन यह विचित्र है।''

''अत: सबसे विचित्र क्या है?'' जोशुआ ने हठ किया।

''क्योंकि ऐसा अलग टुकड़ों या एकलौते रेल डिब्बों के साथ होता है, जहाँ आपूर्तिकर्त्ता किसी निश्चित मुख्य जंक्शन को अपने माल की सूची देना चाहता है, जैसे मारवाड़ को–अंतिम गंतव्य का आवश्यकतानुसार इंतजार करने के बाद। ऐसी बात जहाज के समूचे माल के संदर्भ में कभी नहीं होती–जैसे यह इससे पहले दो जहाजों के माल के संदर्भ में हुआ।''

''जोशुआ ने उन्हें धन्यवाद दिया और चलने की तैयारी करने लगा।

''क्यों नहीं आप 'डौप' (DOP) वालों से पूछते हैं?'' कांतिलाल जी ने पूछा। वे अवश्य ही आपको बताने में समर्थ होंगे कि माल मारवाड़ जंक्शन से आगे कहाँ जाता है। आगे वे तीन में किसी एक ही दिशा में जा सकते हैं।''

''तीन?''

''हाँ, मारवाड़ के बाद, वे अजमेर को जा सकते हैं, और तब आगे दिल्ली को या वे जैसलमेर के लिए रवाना किए जा सकते हैं। या, अंतत:, वे टैग बाँधकर और बाड़मेर को रवाना कर दिए जाएँ। लेकिन वैसा होना अत्यंत कठिन है, महाश्य।''

''ओह, और क्यों?''

कार्यालय की खिड़की के सामने रखे ऊँचे स्टूल से वह बूढ़ा व्यक्ति उठ खड़ा हुआ, जहाँ वह उन क्रेनों की निगरानी कर रहा था जो डौप

(DOP) के टोकरों को जहाज से उतारकर खुले रेल डिब्बों पर रख रहे थे। उन्होंने अपने क्लिपबोर्ड को उठाया, जिसके ऊपरी सिरे पर माल सूचियाँ दबी हुई थी और जिसके ऊपरी चार माल-सूचियों के पन्ने फड़फड़ा रहे थे, ताकि वे उस टोकरे के पास पहुँचें जिसकी जाँच उन्होंने जोशुआ के साथ वार्तालाप में शामिल होने के पूर्व किया था।

''पूरी तरह से असंभव, महाशय, क्यूँ कोई थार मरूस्थल में भारी कृषि मशीनों को भेजता रहेगा?''

कांतिलाल अपनी जगह से जोशुआ को देर तक उसके ओझल होने तक जाते देखते रहे और तब और दस मिनटों तक वे वहीं खड़े रहे, उसके बाद वे अपने बड़ी खिड़की वाले छोटे कार्यालय में वापस लौट आए, उस खिड़की से गोदी में खड़ी जहाजों से माल उतरने को साफ-साफ देखा जा सकता था। उन्होंने दस मिनटों तक और इंतजार किया और तब टेलिफोन के पास गए। अनिश्चय की मुद्रा में कि उन्हे फोन के दूसरे छोर से क्या कहना है।

''वह यहाँ थाँ कर्नल सैमुअलसन यहाँ था। डौप (DOP) के माल के बारे में पूछताछ कर रहा था।''

एक चुपी थी।

''मैंने उससे कुछ भी नहीं कहा, वह किसी भी रूप में नहीं खोज पाया होगाँ'' कांतिलाल ने करूण शब्दों में कहा। ''मारवाड़ जंक्शन बस यही वह जानता है। वह शायद उस ओर का रूख करें। शायद उस छोर पर तुम उसकी परवाह करोगे?''

दूसरी लंबी चुपी क्योंकि दूसरी ओर से आती आवाज में एक बड़ी भूल होने की दशा में उसे भिड़क दिया था।

''मैंने उससे कुछ भी नहीं कहा। सचमुच नहीं! आपको मुझ पर विश्वास करना है। कृपया! शायद, हमें इस खेप में माल को अवश्य जाने देना चाहिए।''

उनके विरोध अवश्य ही बेकार साबित हुए होंगे, क्योंकि दूसरी छोर पर मौजूद व्यक्ति देर तक कुछ कहने का निर्णय नहीं ले पाया, और फोन कट गया।

उस बूढ़े व्यक्ति ने अपनी भुजाओं में अपना सिर रख दिया, कांउटर के सहारे, और उस भय के कारण सुबक उठा जिस भय से उसकी देह में सिहरन फैल गयी थी।

जब जोशुआ घर पहुँचा, उसने दोपहर के भोजन के लिए मेज को व्यवस्थित करने में माँ का हाथ बँटाते हुए जुलिया को पाया। बेहतर है इन मसालों पर विशेषज्ञता हासिल की जाए, जुलिया ने सोचा, बूढ़ी माँ को सहायता करते हुए, प्रयुक्त मसालों का नाम पूछकर और उनकी मात्राओं की जानकारी हासिल कर। जोशुआ की माँ किसी चीज का नाप–तौल नहीं करती थी। वह अनुभव को वजन के लिए इस्तेमाल करती थी, लेकिन इसने उस कार्य को थोड़ा कठिन बनाया था। चार छोटे टुकड़े, दो छोटी मात्राएँ, पाँचों अंगुलियों के ममय एक स्कूप; तब चखो और इसका दो और छोटे टुकड़े और एक और उसकी थोड़ी मात्रा मिलाओ।

ब्रोमफिल्ड महल की रसोइया तो मूर्च्छित हो जाती अगर उस तरीके से उसे खाना तैयार करने को कहा जाए। इसे सीखने में उसे काफी वक्त लगेगा, परन्तु वह अंततः इसे औंस और प्यालियों के पैमाने में मापना सिख जाएगी। जुलिया ने सोचा कम से कम उसने भारतीय पाक शास्त्र के सूक्ष्म रहस्यों को जानना शुरू कर दिया था। फिर कभी नहीं हैम्पस्टीड के फिंसले रोड स्थित भारतीय रेस्त्रां के बाहर स्वदेशी खूशबू अब उसे स्वदेशी लगेगी। क्यों वह अलग–अलग थालियों–जैसे बिरयानी या कबाब–को भी चुन सकती थी जो सड़क तक अपनी खूशबू फैला रहे थे?

नौकरानी थालियाँ को धोती थी और जब जोशुआ की माँ अपनी दोपहर की नींद लेने गयी। जोशुआ और जुलिया ऊपर की मंजिल के अपने फ्लैट में आ गए। जहाँ जोशुआ ने जुलिया को अपनी गोदी तक की यात्रा और कांतिलाल के साथ बितायी सुबह के हरेक वाकये से परिचित कराया।

"अच्छा नहीं लगता है," जुलिया ने उन दोनों के लिए अंग्रेजी शैली– जो भारतीय शैली भी थी। दूध और चीनी के साथ चाय तैयार करती बोली। उस गर्म मौसम में बर्फीली चाय ज्यादा बुद्धिमता की बात

हो सकती थी, लेकिन भारत में ऐसी चाय की कोई परवाह करता नहीं दिखा न ही वे दोनों।

''क्या अच्छा नहीं लगता, प्यारी?''

''मार्गों की स्थिति। क्या आपने रेल डिब्बों पर टैग देखा?''

''नहीं''

''क्यों नहीं?''

''उनपर टैग नहीं लगे थे। केवल टोकरों को उतारे जा रहे थे। इस दोपहर कांतिलाल उन्हें तैयार करने जा रहा था। लगभग अभी।''

जुलिया ने अपना सिर हिलाया। ''अच्छा नहीं लगता है,'' उसने पुनः कहा। ''वह बूढ़ा आदमी इतना सहायक था। ओह, मैं जानती हूँ, भारतीय लोग पूरी दुनिया में सबसे अधिक मित्रवत होते हैं, लेकिन क्या तुम्हें एक प्याली चाय खरीदने के लिए भी? लगभग मानो वह समय खरीद रहा था? इसे एक नारी की अंतरचतुराई पर छोड़ दीजिए, जानिब, लेकिन हमारे मि. कांतिलाल एक बड़े प्रश्न-चिह्न का मूल्यांकन करते हैं।''

उसने उसके तर्क पर अपनी नाक सिकोड़कर उसकी खिल्ली उड़ाई। औरत की अंतर्प्रज्ञा! जुलिया ने विकृत मुखमुद्रा देखा, और उससे कहा कि वह प्यारा दिखता था और कृपाकर क्या वह इसकी पुनरावृत्ति कर सकता था? इसलिए उसने किया।

''समझा करो, जुलिया, आगे तुम मुझसे कहती रहोगी कि वह एक जासूस है, दूसरी तरफ से काम कर रहा?''

''हो सकता था।''

''केवल एक ही पता करने का रास्ता है,'' जोशुआ ने अपनी चाय की प्याली को एक तरफ रखता और जुलिया की बाँह की तरफ हाथ बढ़ाते हुए कहा वह कुछ वक्त अपने चेहरे की सजावट पर देना चाहती थी, लेकिन जोशुआ ने उसे जल्दी से निचली मंजिल पर उतारा और घर से बाहर निकल आया। सुबह की पालि जल्द ही समाप्त होने वाली थी और मि. कांतिवाल काम से अलग होंगे। शाम की पालि का लिपिक शायद इतना अनुग्रही न हो।

जोशुआ ने कार दौड़ायी। जितना तेज वह दौड़ा सकता था उसने ऐसा ही किया। सड़क पर धीरे चलते बैलगाड़ियों और बग्गियों के साथ कोई जल्दबाजी न करे तो ही अच्छा, लेकिन उसने हॉर्न को बार-बार बजाया जिसपर जुलिया ने टिप्पणी की शायद किसी ऑर्केस्ट्रा में होने की उसके अंदर अवश्य ही कोई दमित इच्छा थी।

"मेरे पास गोदी का प्रवेश-पत्र नहीं है," जुलिया ने इस तथ्य की ओर ध्यान आकृष्ट किया।

"चिन्ता की कोई बात नहीं। द्वार का सुरक्षाकर्मी मेरे पुराने आदमियों में है। मेरे सैन्य टुकड़ी से। मेरी पैरवी पर उसे नौकरी मिली थी। यदि वह सावधानी बरतने और अभिवादन के लिए नहीं आता है, मैं उसे लताड़कर समुद्र में फेंक दूँगा! इसके अतिरिक्त, मेरे पास प्रवेश-पत्र है।"

"हम दोनों के लिए?"

"यह अंग्रेजी भाषा में है। वह इस भाषा को अच्छी तरह नहीं पढ़ पाता।"

सुरक्षाकर्मी ने द्वार पर कार रोक दी। जोशुआ ने खिड़की के शीशें नीचे गिराए ताकि जल्द पहचान हो सके। सिपाही अपनी पूरी लम्बाई को ऊपर तान कर खड़ा हो गया और फुर्ती से सैल्यूट किया।

"आजकल तुम कैसे हो, प्रताप सिंह?"

"ठीक चल रहा है, महाशय, आपको धन्यवाद! आपसे मिलना काफी सुखद है। इतने अर्से बाद।"

"मैं इस सुबह यहीं था," जोशुआ ने कहा। "लेकिन मैं लायन गेट से आया-गया था। सोचा पत्नी को गोदी के चारों ओर दिखा दूँ।"

प्रताप सिंह ने जुलिया को हाथ जोड़कर नमस्ते किया।

जुलिया ने उसे उसी मुद्रा में नमस्ते किया। पहले तो यह कठिन जान पड़ा था। दायीं हाथ आगे बढ़ाने के बदले दोनों हाथ को साथ-साथ जोड़ना। नमस्ते अनजान हाथों के स्पर्श से बचाता है, जोशुआ ने स्पष्ट किया। इसलिए पतियों को ईर्ष्या करने की जरूरत नहीं है कि अनावश्यक भार या भावात्मक संदेशों को उन मिलते हथेलियों के बीच आगे बढ़ाया जा रहा है। स्वच्छ भी! कुछ हाथ तो बहुत ही गंदे होते है और गर्मी से

निश्चित ही पसीनों से तर–बतर।

सुबह–पालि का लगभग समय समाप्त हो चुका था। वे लोग जो बिना झिड़कियाँ खाए जल्द जा सकते थे, वे चले गए थे। दूसरे अन्य भोंपू के बजने का इंतजार कर रहे थे जो उस पालि के खत्म होने की उद्घोषणा करने वाला था। वह बजा–उन सभी के लिए जो वहाँ काम करते थे। यह एक स्वागत योग्य आवाज थी; जो जुलिया को कान फाड़नेवाली आवाज लगी।

कांतिलाल का केबिन, दूर पीछे की चाहार–दिवारी की दीवार से सटा निर्जन दिखा। 'द इम्पेरर' नामक समुद्री पोत अभी भी गोदी में लंगर डाले खड़ा था। लेकिन क्रेन शांत थे। केबिन का दरवाजा आधा खुला था।

''शायद, वे चले गये,'' जोशुआ ने कहा, जब वे इसकी ओर पैदल आ रहे थे।

किसी ने भी उनपर ध्यान नहीं दिया।

उनके सामने वह एक कोने में उस ऊँचे स्टूल पर बैठा था, उसका सिर उसकी बाँहों के बीच रखा था। लोहे के धारवाले लंबे चाकू का हैंडल मूँगा का बना था जो खिड़की से आती धूप में चमक रहा था, वह चाकू उसके कंधों के बीच में पेवस्त खड़ा था।

जोशुआ दरवाजे पर ही रूक गया और तत्क्षण वापस बाहर निकला, ऐसा करते हुए अनजाने ही वह अपने कदम जुलिया के अंगूठों पर बढ़ाया और उसे पीछे धकेल दिया। वह भी कांतिलाल को जोशुआ के कंधों के ऊपर से देखी और जल्द ही पीछे बाहर लौट गई। उसने उसका हाथ थामा और बिना कुछ बोले सेतुबन्ध की लम्बाई के समानांतर दौड़ती रेलपट्टी पर खड़े डौप (Dop) के माल से भरे रेल डिब्बों की ओर रूख किया। इस बात की कोशिश करता हुआ कि वह जल्दबाजी न करे, सामयिक चाल में बिना किसी का मयान अपनी ओर आकृष्ट किए वह चल रहा था। सुबह की पालि समाप्त हो चुकी थी; दूसरी पालि का लिपिक केबिन में किसी भी क्षण आ सकता था और सहायता की पुकार के साथ शोर मचा सकता था।

जुलिया ने केबिन को देखा, जो अब समुद्र की सतह से लौटते

प्रकाश से पूरी तरह नहा गया था। माहौल काफी शांत दिखा, माल उतारने-चढ़ाने के लिए बनी शालाओं से और घाट से लगे गोदामों से झुंड के झुंड आते मजदूरों की भीड़ नहीं थी।

पहले रेल–डिब्बे के साथ एक मजबूत तार के सहारे टैग बाँधा गया था। टैग स्वयं भी उजले और मजबूत कागज़ से बना था, पतले तारों के सहारे बंधा था, ताकि वह हजारों मीलों से ऊपर की यात्रा करने के बाद भी फटकर अलग न हो सके। वे अगले रेल-डिब्बे के पास गए, और तब उसके आगे रेल-डिब्बों तक। वे सभी अपनी टैग पर एक ही गंतव्य की सूचना दे रहे थे, जिसे कांतिलाल ने जोशुआ को केबिन में दिखाया था, उस गाढ़ी काली स्याही की कलम से लिखा हुआ। उसपर अन्य चिह्न भी अंकित किए गए थे जो केवल रेलकर्मी ही समझ सकते थे, लेकिन गंतव्य, जो रेल-डिब्बों को सही मार्ग से रानगी के लिए अत्यंत ही महत्वपूर्ण थे, सभी के लिए स्पष्ट था, जो इसे देखता था।

'मारवाड़ जंक्शन।'

''हम यहाँ से बाहर निकलें,'' जोशुआ फुसफुसाया, ''इसके पहले कि वे हमारे मित्र कांतिलाल को वहाँ पाएँ। हम लायन गेट से बाहर निकलेंगे। वे मजदूरों के गोदी का प्रवेश-पत्र कभी जाँच नहीं करते या किसी का भी, जो गोदी से निकल रहा हो, लेकिन कहीं हमें प्रतापसिंह इतनी जल्दी जाते देख न ले।''

उसने सिर हिलाया, और तेजी से सधी चाल में बिना घबराये वे दोनों वापस कार में जाने लगे।

अध्याय 7

जुलिया सदैव इसे संभालती रही। यह उसके किसी अधिन्यास का सबसे अच्छा हिस्सा था–एक कैफे के एक खेमे के अत्यधिक सुरक्षित वातावरण में बैठी, गर्म चाय लेती और उन अत्यधिक स्वादिष्ट भारतीय मिठाईयों, जिसे जोशुआ ने अपने विश्वास से कि वह अवश्य ही उन्हें खाकर आनंदित हो उठेगी, पर चम्मच चला रही थी। इस दरम्यान वह यहाँ–वहाँ से छोटे टुकड़ों और छोटी मात्राओं में बिना रूचि का खाता था, वह वहाँ बैठ कुछ मधुर पाक–संबंधी आनंद के पहले स्वाद पर उसके चेहरे को जगमगाते देखता रहा।

उसने उसे देखा कि वह उसे खाते हुए देख रहा था।

''क्या आप कुछ और लाने नहीं जा रहे हैं?'' उसने पूछा। ''यह सचमुच आनंदकर है, जोशुआ, लेकिन ओह, बहुत उम्दाँ मैं मोटी हो जाऊँगी, जानिब, और यह अच्छा नहीं होगा।''

वह हँस पड़ा। ''तुम सदैव ही बिल्कुल ठीक रहोगी, मेरी प्यारी–इसलिए अपनी इच्छा के अनुरूप खाती जाओ। जो कुछ तुम्हें आनंद देता हो।''

''यह तो पहले सभी पति लोग कहते हैं। बाद में जब उनकी पत्नियाँ कुछ पाउन्ड चर्बी अपनी देह पर चढ़ा लेती हैं–दोहरी ठुढी या एक या दो टायर जैसी चर्बी अपनी कमर के गिर्द–तब उनकी आँखें केवल दुबली–पतली, लचीली स्त्री–प्रतिमानों को निहारती हैं जिनकी पहले कभी ज्यादा परवाह होती नहीं दिखाई पड़ती।''

जोशुआ पुनः हँस पड़ा, लेकिन उसका मन वहाँ मौजूद नहीं था, और वह इसे जानती थी। वह आत्म–ग्लानि महसूस कर रही थी। वह अभी भी हनीमून की कालावधि और मुद्रा में थी–मानो कुछ खास महत्वपूर्ण नहीं घटित हुआ है–जब वह मेजर पटेल और अब कांतिलाल की रहस्यमयी मौतों से संघर्ष कर रहा था, उसने कहा था–नहीं, जीद किया था–यहाँ उसके साथ आते हुए, इसलिए वह उसकी मददगार साबित हो सकती थी।

और वह कुछ खास मददगार नहीं साबित हो पायी थी। यह सच है

कि उसने 'रूटिंग' (ROUTING) फाइल प्राप्त किया था, लेकिन वह एक संयोग था, और उसने कभी खत्म न होने वाले सिलसिले को उस पूरे फ्लैट में अपनी अंगुलियों के निशान को छोड़कर और भी अधिक जटिल बना छोड़ा था। वह कैसे जानने वाली थी कि वह एक शव से मिलने जा रही है? वैसा, उसने निर्णय लिया, ही उसकी गलती मात्र थीं। वह अभी तक एक पेशेवर जासूस के रूप में नहीं तरासी जा सकी थी। यह ठीक उसी तरीके की घटना थी, जब वे दक्षिण अफ्रीकी निशानेबाज स्लैग्टर की तलाश करते आ रहे थे। जब तक वह उसकी हत्या करने की बर्बरता से प्रभावित कर मोहित नहीं कर ली गयी थी; तब वह परिवर्तित हो गयी थी।

"क्या आप मुझसे कुछ विचारों को साझा करना चाहते हैं, जानिब?" उसने पूछा।

वह भी इस बात के लिए व्याकुल था कि कब वह अपने मन का भार उसपर उतारे। कभी-कभी उसने महसूस किया था कि वह राज को छिपाते दिखता था–परन्तु आज नहीं।

"क्यों कांतिलाल ने उन रेल-डिब्बों के टैगों पर मारवाड़ जंक्शन लिखा था? जब उन्होंने मुझसे कहा था, वह संक्षिप्ततः वही था जिसे वे करने जा रहे थे?"

"मैं समझती हूँ।" वह नहीं समझ पायी थी, लेकिन यह बेहतर था कि उसे बोलने दिया जाए, खुद को हल्का करते हुए।

"वे एक अरसे से उन रेलडिब्बों के टैग तैयार करते आ रहे थे वे उन अंतिम दो खेपों के बारे में जानते थे क्योंकि उन्होंनें उनका जिक्र किया। संक्षेप में जो एक निर्दोष व्यक्ति करता; कि उन्हें मारवाड़ जंक्शन के लिए टैग करता और क्यों रेल के डिब्बों के टैग पर अंतिम गंतव्य का नाम नहीं लिखा होता है–ऐसा पूछे जाने पर मात्र ताज्जुब व्यक्त करता। फिर भी उनकी हत्या की गयी थी। इसलिए वे अवश्य ही किसी रूप में इसमें शामिल रहे होंगे। लेकिन उन्होंनें इस बारे में सब कुछ बताया था। क्यों?"

"ऐसा हुआ होगा," जुलिया ने कहा, "कि वह जानते थे कि आप कौन हैं, और क्यूँ आप प्रश्न पूछ रहे थे, और जिस दलदल में वह फसें

थे, उस दलदल की गहराई में और अधिक धँसने से भला उन्होंने स्वयं की रक्षा के लिए उससे वापस बाहर निकलने का निर्णय लिया। वह वास्तविक टैगों के लिए जिम्मेदार होते और उस सूचना के लिए भी जिसे उन्होंने दिया–और उनकी हत्या? जब जंजीर की एक कड़ी निर्णय करता है ऐसी आवश्यकता आ पड़ती है, न तो पावर क्रेन और न ही हुक के पास कोई चुनाव है–सिवाय भार लेने के।''

''प्यारी,'' जोशुआ ने उसके चारों ओर अपनी बाँहें लपेटकर उसे भींचते हुए कहा। ''तुम बहुत बुद्धिमान हो तुम्हारे बगैर मैं क्या कर पाऊँगा? उन्होंने वह सब कुछ कहा जिसे मुझे जानने की जरूरत थी–मात्र संयोगवश वह एक वास्तविक गोदी में समाप्त हो गए। मैं उनकी सुरक्षा में खड़ा हुआ होता। दुर्भाग्यवश, शायद उन्होंने इसे दोनों तरीकों से खेलने का निर्णय लिया था और दूसरा पक्ष उनकी कहानी नहीं खरीद रहा था। वह उदासी की बात है।''

''इसीलिए उन्होंने आपसे और क्या कहा जो हमारी मदद कर सकता हैं?''

''मारवाड़ जंक्शन अमृतसर के मार्ग में है–इसलिए तकनीकी तौर पर उन्होंने गलत मार्ग पर उन्हें रवाना नहीं किया था। लेकिन जैसा कि उन्होंने जिक्र किया, यह अन्य दो गंतव्यों का भी मार्ग हैं–जैसलमेर और बाड़मेर का। और दोनों ही थार मरूस्थल में स्थित है। और उन दोनों छोटे शहरों में से एक में, मेरी जान, कहीं वह असलहे हैं।''

उसने विजयी मुद्रा में दोनों हाथों को ऊपर फेंका, और उसकी पूर्ण मुस्कुराहट से उसका सैन्य मूँछ उसके अधरों से अलग हट गए थे, काली आँखों से निराशा गायब थी और वह पुनः एक नया जीवन प्राप्त कर रहा था। वे संवाद स्थापित कर सकते हैं। जुलिया ने सोचा, उसकी विजय ने जुलिया को असंतुष्ट महसूस करने को नहीं छोड़ा, प्रत्युत् इसने उसे प्रसन्नचित्त किया। उसके आनंद भी असुरक्षित रूप से जुलिया के भी थे। अनेक विवाहों के उलट, जिसे जुलिया ने इंग्लैंड में जाना था, जहाँ एक की सफलता दूसरे के लिए अपमान होता है।

''अच्छा, तो आपने उन्हें ढुँढ़ निकाला है,'' उसने पूछा।

''ठीक-ठीक नहीं, मेरी जान, पूरी तरह नहीं। जैसलमेर या बाड़मेर?

कौन-सा? लेकिन असलहे यहीं कहीं हैं, और मैं बरबाद हो जाऊँगा अगर मैंने उनका पता नहीं लगाया। यह कुछ व्यक्तिगत मामला बन गया है। मैं शायद ही तुम्हें थार मरूस्थल में ऊँट पर बैठने को कह सकता हूँ, उन खुले रेल-डिब्बों की खोज में, लेकिन मुझे वहा जाना पड़ेगा, प्यारी। तुम वह जानती हो, है न? और अकेला।''

उसने दुःख से सिर हिलाया।

''खुश होओ, जुलिया, मैं कहूँगा तुम क्या कर सकती हो।''

''माँ के साथ रहना, भारतीय हलवा बनाना सीखना, और मेरी वापस आने की राह देखना?''

''आप उसे कर सकेंगे। लेकिन यह वह नहीं जो मैं कहने जा रही हूँ। हम अभी भी इस समस्या के साथ हैं कि राशिद खान की हत्या किसने की और उसका उत्तर यहाँ नहीं हैं बल्कि पाकिस्तान में है। मैं तुम्हें मुझसे कहते याद करती हूँ कि मैं किसी घर या सरकार में स्वागत योग्य या स्वीकृति के योग्य नहीं हूँ। क्या आप इससे अलग राय बना पाये?''

वह तत्काल ही चमक उठी।

''इडवार्ड और बेगम वहीं हैं। उनके साथ ही रहो। वे तुम्हारा ख्याल रखेंगे। लोगों से अपना परिचय बढ़ाओ जिससे तुम शायद मिलना चाहो। जैसे कि राशिद खान की बेबा से—अगर वह मृत है, क्या वैसा है?''

''क्या वह मृत नहीं है?''

''मैं नहीं जानता। जैसा कि पी.एम.आई. कहता है। लेकिन अगर आई.एम.आई., के.जी.बी. के गुप्तचरों से पहेलियाँ बूझने का खेल खेलता है, पी.एम.आई. संभवतः सी.आई.ए. के द्वारा पहले बना दिया जायेगा। उनके पास उद्देश्य हैं, जिसके बारे में हमें जानकारी नहीं ऐसा सोचने को कि वह मर चुका है।''

''राजा ने उसकी हत्या की,'' उसने कहा। ''जब वह नमाज अदा कर रहा था। मक्के की ओर घुटने के बल बैठकर। उसके सिर के पिछले हिस्से में छिद्र के साथ। उस मुलाकात के दरम्यान जिसे उन दोनों ने पहले से सुनिश्चित किया था, इसलिए वह राशिद खान की 'थार दस्तावेज' की प्रतिलिपि चुरा सका। आप इसे स्वीकार क्यों नहीं करते?''

"क्या इसी पर तुम विश्वास करती हो?"

"मुझे तार्किक लगता है, जानिब। वे दस्तावेज भारत के लिए गंभीर दायित्व के हैं, और प्रधानमंत्री महोदय के लिए भी। वे पाकिस्तान या सेनाध्यक्ष को खतरे में नहीं डालते–अगर वे सार्वजनिक कर दिए गए हों। लेकिन वह सरहद के इस तरफ नरक बना देगा। और आप इसे जानते हैं। मैं समझती हूँ–मेरा विश्वास कीजिए, मैं समझती हूँ–कि कैसे आप आसानी से विश्वास नहीं कर सकते कि आपके ही देश के एक व्यक्ति ने अपने हिस्सेदार, और संभवतः एक मित्र की इतनी बर्बरता से हत्या कर सका था। व्यक्तियों को ऐसा करते देखा गया है जब बड़े दाँव लगे हों, और, मेरा विश्वास कीजिए, जोशुआ, वे तुलना में ज्यादा ऊँचे नहीं हो सके।"

वह चुप था, उसे बात जारी रखने देते हुए, उसकी नजरों को अनदेखा करते हुए, जब वह कठिन तर्कों के साथ अपनी बातों को रखती रही।

"राजा के पास अवसर था और उसके पास उद्देश्य। हत्या के लिए एक सबसे मजबूत कारण। क्यों आप इसे स्वीकार नहीं करते, जोशुआ? तर्क से बचना मुश्किल है।"

"मैं इसे स्वीकार कर लूँगा" उसने धीरे-से कहा, अपने लब्जों को, जैसा कि जुलिआ को दिखा, अस्सीम सावधानी से तौलते हुए, "यदि तुम इसी तर्क के द्वारा यह स्वीकारती हो कि तुमने ही मेजर पटेल की हत्या की थी?"

"क्याँ" जुलिया अपने सीट से उछल पड़ी, बगल से मुड़ती हुई ताकि वह उसका सामना कर सके। उसकी आँखों में तैरते ताज्जुब अविश्वसनीय निराशा में परिवर्तित हो गए।

"ठीक है, प्रिय, तुम उन्हें देखने वाली अंतिम युवती थी। संयोग। तुम 'रुटींग' फाइल के साथ बाहर आ गई–उद्देश्य। मैं कहूँगा कि परिस्थितियाँ कम से कम उन परिस्थितियों के ही समान थीं जिसमें हम राजा को राशिद खान की हत्या करने की चर्चा करते आ रहे हैं, क्या तुम ऐसा नहीं कर रही हो? संभवतः ज्यादा निकट, क्योंकि हम अवश्य जानते हैं कि मेजर पटेल मर चूके हैं, लेकिन हम शत प्रतिशत निश्चित

नहीं हैं कि राशिद खान आयोग से बाहर निकाल दिया गया है–शायद उसकी इच्छाओं के विरूद्ध–लेकिन जो आज भी पूरी तरह जीवित है।''

''मगर मेजर पटेल मर चुके थे जब मैंने उन्हें पाया!''

''अहँ लेकिन यह तो तुम कहती हो।''

''और मैं वहाँ फाइल चुराने नहीं गयी थी। मैं तो इसे मात्र भविष्य के ख्याल से उठाया था। आपकी सहायता के लिए।''

''अह। लेकिन यह तुम कहती हो।''

''क्या आप मेरा विश्वास नहीं करते?'' उसने कड़वाहट के स्वर में पूछा। ''मैं ईश्वर से कामना करती हूँ कि मैं उस क्रूर फ्लैट के नजदीक नहीं गई होती!''

''अहँ परन्तु यह तुम कहती हो।''

''अगर आप उसे एक बार और कहते हैं तो मैं यहाँ से सीधे बाहर चली जा रही हूँ और टैक्सी लेकर सीधे घर को और तब अगली उड़ान से वापस लंदन को–लाल आँखों में भी।''

उसने उसके लिए अपनी दोनों भुजाओं को फैला दिया, उसकी कमर को बाँहों में लपेटकर अपनी बगल की उसकी सीट पर आहिस्ते से उसे खींचते हुए, अपने हाथ को उसकी नंगी बाँहों तक ले जाते हुए, उसके चेहरे और गर्दन पर लहराते भूरे बालों की लटों को सहलाते हुए, उसे शांतिपूर्वक चूमते हुए, पहले गालों को और पश्चात् कानों के चक्रों को, तब उसकी ग्रीवा के बगल के निचले भाग को, धीरे-धीरे उसके ओज़्ठों की ओर बढ़ते हुए, जब उसकी आँखें उसके क्रोध को इस कदर भड़का देने के कारण क्षमाप्रार्थी थीं। कैफे खाली था। बैरा समझदारी पूर्वक वहाँ से चला गया था।

''मैं तुमपर भरोसा करता हूँ, प्यारी। मैं सदा ही तुम्हारा विश्वास करूँगा और मैं सदा ही तुम्हें प्यार करूँगा। लेकिन तुम देखती हो कैसे एक वर्यवेक्षक, समान तथ्यों के आधार पर, काफी सोच-विचार करने के बाद इस निष्कर्ष तक पहुँच सकता था कि हमारे मेजर पटेल की हत्या तुमने की थी? और तुमने नहीं किया। शायद वही तरीका हमारे राजा के साथ भी है?

''उसका कूट नाम 'राजा' है। इसमें पहले कोई उपनाम या उपाधि

नहीं," उसने कहा, अभी भी वह उससे नाराज थी। उसने उसे बदले में चुमा नहीं था।

"ठीक है, जो कुछ भी हो। लेकिन तुमने रूचिकर प्रश्न उठाए हैं, जुलिया। अगर राजा ने उसकी हत्या की, उसको खोज निकालना और पाकिस्तानियों को सौंपना हमारा दायित्व है–ताकि न्याय मिल सके और वे ष्टांत हो सकें, दोनों ही लक्ष्यों की पूर्ति हो सके। यदि राजा ने राशिद खान को नहीं मारा, तब किसने मारा? यह संभावना है कि राशिद मर चुका हैं। यदि वह नहीं मरा हैं, तब क्यों पी.एम.आई. और सी.आई.ए. इस तरह का खतरनाक खेल खेल रहे हैं, इस दुष्प्रचार के साथ कि वह मर चूका है? क्या तुम पाकिस्तान जाओगी, प्यारी, और खोजोगी–जब तक मैं ऊँट पर सवार हो थार मरूस्थल में उन रेल-डिब्बों की खोज कर आता हूँ?"

वह उन विचारों से काँप रही थी जिसे उसने उसके मन में डाल दिया था। वह सही था। तीसरे पक्ष, जैसे बॉम्बे पुलिस का सी.आई.डी. ब्राँच मेजर पटेल की हत्या की विवेचना के दरम्यान कुछ बहुत कड़वे प्रश्न पूछ सकता था–अगर ये जोशुआ के लिए नहीं थे। वह जोशुआ के बिना क्या कर पायी होगी? उसकी अंगुलियों के निशान से भरा पूरा फ्लैट, एक टैक्सी चालक का साक्ष्य, चाहे वह कितना ही मित्रवत न हो गया हो उसे कानून के न्यायलय में सच्चाई व्यक्त करनी होगी: 'वह घबरा गयी थी, महाशय, जब वह फ्लैट से दौड़ती हुई बाहर आई'। और देविका रानी–कितना वह उस औरत से नफरत करती थी। वह धूप-टोप पहचान लेगी, भले ही वह उस चेहरे को नहीं पहचान पाए जिसे इसने छिपा रखा था। सजा क्या होगी? किसी भारतीय औरत कैदियों के जेल में? क्या वे समान न्याय-प्रक्रिया को इस श्वेत औरत के लिए भी अपनायेंगे या वे और अधिक बड़े बदले भी निकालेंगे क्योंकि वह पुराने राज से संबंधित थी?

इसे रोको, जुलियाँ इसे इसी क्षण रोको। कोई भी तुम्हारे पीछे नहीं। क्या जोशुआ उसके लिए खड़ा हो पायेगा?

आखिर मैंने उससे विवाह किया। इसके बावजूद कि वह भारतीय है। वह आखिरी विचार ने उसे खुद पर इतना लज्जित महसूस कराया कि

वह उसकी ओर मुड़ी और उसके होठों को अपने चुंबनों से भर दिया, जिसका उद्वेग उसने उसके साथ शव्या में भी नहीं उद्वेलित किया था। उसके कारण उसे आश्चर्य भी हुआ। उसने उसे सामान्य असुरक्षा पर छोड़ रखा था जिसे उसे अवश्य महसूस करना चाहिए, उसकी पत्नी होने के नाते, एक अपरिचित देश में आकर, जब वह अजनबी लोगों तथा और अधिक अपरिचित संस्कृति से घिरी थी। वह उसके लिए सबकुछ था जो उसके संतुलन को उन विषम परिस्थितियों में भी बनाए रख सकता था। इसलिए वह उससे चिपक गयी थी – और उसका सहारा बनने के बदले, उसने उसपर हत्या जैसे महाजुर्म का आरोप मढ़ दिया था। उसे अपने दिमाग की जाँच करानी चाहिए। यहाँ वह एक अंग्रेज अर्ल की पौत्री थी, जिसने उससे शादी की थी – एक सामान्य व्यक्ति से – जबकि वह आसानी से किसी राज्य के राजा या राजकुमार को पा सकती थी। उसने उससे शादी की थी इसके बावजूद कि उन दोनों के बीच अपाट्य विभिन्नताएँ थीं – दूसरों की नजरों में, परन्तु स्वयं की नजरों में नहीं – संस्कृति और धर्म की उनके मध्य विभिन्नताएँ – और उसने उसके लिए या के शब्दों का भी प्रयोग नहीं किया था– केवल आरोप मढ़े थे। कौन सा पहाड़ टूट जाता अगर वह विश्वास करती थी कि राजा ने ही बहादूर की हत्या की थी?

उसने खुद को इतना लज्जित पाया कि वह उसकी ओर मुखातिब हुआ और उसने उसके चुंबनो का प्रतिदान उसे अपनी जोश के साथ दिया जिससे वह आनंद से भर उठी।

"क्या आप मुझे क्षमा करेंगे," उसने फुसफुसाया, जैसे ही वह उसकी बाँहो में आराम फरमाने लगी, "उन लज्जाजनक विचारों के लिए जिसे मैं दिमाग में लायी?"

"वह ठीक वही है जिसे मैं तुमसे माँगने जा रहा जा रहा था– मेरे लज्जाजनक विचारों के लिए माफी। कृपाकर तुम मुझे माफ कर दोगी?"

वह खड़ी हो गई और उसका हाथ कैसे छोड़ने के लिए थाम लिया।

"मेरे साथ आईए," उसने कहा। "मैं एक–दूसरे को क्षमा करने का एक अधिक अच्छे और एक बेहतर तरीके को जानती हूँ।"

अध्याय 8

जुलिया ने समय सीमा को लेकर हठ शुरू किया। दस दिन, उन दोनों में प्रत्येक के लिए, उससे अधिक नहीं। उसके लिए ताकि वह गुमशुदा असलहों की खेपों को थार मरूस्थल में चिह्नित कर सके; अपने लिए ताकि वह जो कुछ भी राशिद खान की हत्या और उसके हत्यारे के बारे में जानकारी एकत्र कर सकती थी।

एयर इंडिया के विमान से बॉम्बे से कराची सिर्फ दो घण्टे की उड़ान की दूरी पर था। मारवाड़ जंक्शन अधिक समय लेता था, क्योंकि वहाँ के लिए बॉम्बे से सीधी उड़ान नहीं थी। इस शहर के पास अपनी हवाईपट्टी भी नहीं थी, राजस्थान के उदयपूर और जोधपूर शहरों, जो इंडियन एयर लाइन्स की सेवाओं से पूर्णतः जुड़े थे, के मध्य रेलवे मार्ग पर ही हवाईपट्टी बनी हुई थी जोशुआ ने जोधपुर को चुना, जो ज्यादा दूर था, इस विकल्प के साथ कि पीछे लौटते वह मारवाड़ जंक्शन को हो लेगा।

एक ही दिन वे दोनों रवाना हो गए; दोनों में से किसी ने भी एक-दूसरे को विदाई नहीं दी। उसके विमान ने जोधपुर के लिए जल्द ही उड़ान ले लिया। उसने बाद के विमान से कराची जाने का विकल्प चुना, क्योंकि कराची पत्तन पर उसे लेने बेगम आनेवाली थी, और बेगम देर से जगने वालों में एक थी। सिवाय इडवार्ड के कहने पर दुकानों पर जाने के वहाँ कुछ खास नहीं था जिसे वह करती, उसने जुलिया से टेलिफोन पर अपना दुखड़ा रोया, इसलिए जल्द जगने की कोई खास वजह क्या थी? जब तक वह दस दिनों के लिए कराची में थी वे उसे अपने साथ ठहराकर आनंदित होंगे। सिर्फ दस दिन? वह प्यार से जुलिया को कराची दिखाएगी, खासकर शॉपिंग डिस्टिंक्ट को। जुलिया टेलिफोन पर बात करते हुए भी मुस्कुरायी। वह अच्छी तरह कल्पना कर सकती थी कि नसीम पगली-सी दुकानों में जा उनके सभी सामानों पर बक-बक कर रही है-खासकर आभूषणों की दुकानों में-और अपने सैर-सपाटों के प्रतिफल के रूप में छोटे नवाब को दुखी कर जाती है।

जुलिया ने बेगम को फोन किया, जोशुआ उसके साथ ही खड़ा था, ताकि यात्रा-व्यवस्थाओं के विषय में आश्वस्त हो जाए।

उसने गौर किया कि मि. सिंह ने एक ग्राहक की प्रतीक्षा में थोड़ी दूर उस सड़क पर अपनी टैक्सी खड़ी की है। जोशुआ ने उसे आवाज दी जब वह बालकनी पर खड़ी हाथ हिलाकर विदाई का संकेत देती जुलिया को हाथ लहराकर विदाई का संकेत दे रहा था।

टैक्सी धीरे-धीरे गुजरी, लगभग उसकी बालकनी के नीचे से, जो कोने पर मुड़ नजरों से ओझल हो गयी। और उसके ओझल होते ही, शांति छा गयी जो संभवत: बरकरार रहने वाली थी। यह सड़क की खामोशी नहीं थी–वह तो अब भी पहले जैसी ही शोर से भरी थी–प्रत्युत् अंदर की शांति। वह एक कमरे से दूसरे कमरे तक चहल कदमी करती रही, वह ठीक-ठीक अपनी अशांति को समझ नहीं पा रही थी, जब तक कि उसने यह महसूस नहीं किया कि वह पहली बार जोशुआ से अलग हुई थी।

जबसे बमुश्किल चार सप्ताह पहले उन दोनों ने शादी रचायी थी।

एक स्कूल जाने वाली मूर्ख लड़की की तरह बर्ताव करना बंद करो, उसने दृढ़ता पूर्वक खुद से कहा, और कुछ उपयोगी कार्य करो-जैसे निचली मंजिल के फ्लैट में अपनी सास से मिलने जाना। सूसान, जोशुआ की बहन जो जवानी की दहलीज पर कदम रख चुकी थी, अपने किसी एक प्राध्यापक के द्वारा आयोजित महाविद्यालय की ओर से पर्यटन पर गयी थी - जो एक मौसम विज्ञानी था और भारतीय यहुदी भी। वह उस क्वाँरी बालिका से मामूली रूप से उम्रदराज था, लेकिन वह उसके प्यार में पागल थी, और वह भी सूसान को बहुत प्यार करता था; जोशुआ की माँ यह उम्मीद करती थी कि इस प्रेम-प्रसंग का कोई अच्छा प्रतिरूप देखनें को मिलेगा।

''एक विलक्षण व्यक्ति! प्रो. डैविड अब्राम्स। अपने क्षेत्र में विश्वप्रसिद्ध। हम उस परिवार को नहीं जानते है वे मूल रूप से दिल्ली से हैं। ओह! मैं ऐसी आशा करती हूँ कि डैविड और सुसान एक-दूसरे को प्राप्त कर लें।''?

और अपने सिर को हिलाते हुए, मानो पूर्ण आश्वस्त नहीं हों और

आंशिक निराश हो।, जोशुआ की माँ ने जुलिया को ल्लैट के सबसे आगे के कमरे में ले गई जहाँ जोशुआ की बचपन की यादों को सहेज कर रखा गया था।

यह बूढ़ी माँ का उनके ल्लैट का सबसे प्रिय कमरा था।

यह एक रिहायशी कमरा था, अच्छी रोशनी का, जिसके एक कोने में आला की व्यवस्था थी जिसमें एक झूलनेवाली कुर्सी रखी थी। कुर्सी के सामने, और उसके नजदीक तीन कपबोर्ड थे, सभी बंद थे और उनपर ताले जड़े थे, जिनमें उनके किमती खजाने रखे थे। अपने प्रत्येक बच्चों के लिए एक। जोशुआ - जो सबसे बड़ा था - की आलमारी कोने में थी। जो, जो अभी इंग्लैंड प्रवास पर था, और सुसान, जो सबसे छोटी थी, की आलमारियाँ जोशुआ की आलमारी के अगल-बगल दिवार से लगी थीं। जोशुआ की आलमारी सबसे बड़ी थी, संभवतः क्योंकि सबसे बड़ा होने के कारण बूढ़ी माँ ने कुछ अधिक ही संग्रह किया था, और अभी कुछ और भी संयोने जा रही थी।

उसने जुलिया को जोशुआ की आलमीरे के पास ले गयी, और उस दरवाजों को झटके से खोल उन दराजों के ताले हटा दिए, धुँधले पड़ चुके रंगों वाली तस्वीरों के ढेर में अपने हाथ अंदर तक उन्होंने घुसाया, शायद उस पुरस्कार या किसी पुरस्कार स्वरूप मिले प्रमाण-पत्र जो उनके लिए काफी महत्व रखता था को वे खोज रही थीं। इसे उसने उच्च विद्यालय के भाषण प्रतियोगिता में जीता था। जोशुआ और वक्ता? वह इस तथ्य से अभी वाकिफ नहीं थीं क्या वह हाईड पार्क कॉर्नर पर स्वयं की सहायता करने में सक्षम होगा? बिना अधिक शंका के। वह अभी भी उसके बारे में कितना जानती थी, यद्यपि वह उसकी ब्याहता थी? उसके सामने वह सबकुछ पड़ा था—छिपी प्रतिभाएँ, बचपन की सफलताएँ, प्रमाण-पत्रों और तस्वीरों में कैद-जिसे देखकर वह बूढ़ी महिला खुश हुआ करती थी।

बूढ़ी माँ ने जुलिया को कपबोर्ड की वस्तुओं को देखने के लिए छोड़ दिया, उन्हें दोपहर का भोजन की तैयारी करनी थी— जुलिया को कराची के लिए उड़ान भरने से पहले कुछ खाने को अवश्य चाहिए था। वह

इनमें किसी को भी समझ नहीं पा रही थी। चार सप्ताह पहले ही शादी की और उनका बेटा राजस्थान के मारवाड़ जंक्शन को निकल चुका था, और उसकी पत्नी पाकिस्तान देश के कराची शहर के लिए रवाना होने को तैयार बैठी थी। जुलिया ने उन्हें आश्वस्त किया और पुनः आश्वस्त किया कि उनकी शादी सुलझानें वाली नहीं थी - वह अब भी उनके पुत्र को गहराई से प्रेम करती थी और वह भी उतनी ही गहराई से उससे प्यार करता था - लेकिन इसके पहले कि जोशुआ और वह लंदन में वापस वैवाहिक जीवन को स्थापित कर सकें, उसे कुछ चीजों को दुरूस्त करना था, जबकि जुलिया के पास विस्काउंट इडवार्ड एन्ड्रू और उसकी पत्नी, बेगम नसीम बानो, से भेंट करने का एक चिरप्रतिक्षित सामाजिक सरोकार था। अंतिम कथानक कोई झूठी बात नहीं थी - जुलिया ने इडवार्ड और नसीम बानो से सामाजिक सरोकार के नाते मिलने का अवश्य ही वादा किया था, लेकिन उस वादे को इंग्लैंड में न कि कहीं और निभाया जाना था। जैसा कि वैसा संभव नहीं था, जुलिया ने दृढ़ता पूर्वक खुद से कहा, उस बदले में इसे ही किया जाए।

जुलिया झुलने वाली कुर्सी में बैठी थी, आलस्यपूर्वक अलबम की तस्वीरें देखते हुए, जोशुआ के पूर्वजों की तस्वीरें देख रही थी. वे उसके पूर्वज नहीं थे, और उसे स्वीकार करना पड़ा कि अगर उसने उन्हें कभी सड़क पर टहलते देखे, तो वह शायद ही किसी को पहचान पाए। लेकिन वे उसके बच्चों के पूर्वज होंगे, और उनके हित और उनकी पैतृक सम्पत्ति के लिए, उसे बेहतर है उन पूर्वजों के बारें में कुछ जान लेना चाहिए। वह सबकुछ जोशुआ के साथ काफी आसान होता जब जोशुआ उसके कंधो के ऊपर अपना चेहरा रख पूर्वजों से उसके रिश्ते को बताता। अब वह निश्चितता के मानदण्डों के अनुसार इतना अवश्य कह सकती थी कि वे मर चुके थे।

उसने अलबम बंद कर दिया, अपनी घड़ी देखी और निर्णय किया कि जोशुआ की चीजों को देखना ज्यादा आनंदकर होगा– और सार्थक–जोशुआ के साथ।

उसने दराजों को बंद कर दिया जिन्हें उसने खोल रखा था। वे

आसानी से अंदर फिसल गए, किनारों पर बने लेज लकड़ी के बने गाइडों के बीच अंदर की ओर फिसल रहा था। कोई रौलर नहीं, सिवा अच्छी कारीगरी की।

एक दराज को छोड़कर। जो सबसे नीचे था। यह अंदर पर्याप्त आसानी से गाइड के अंतिम छोर तक फिसल गया और तब एक कोमल अवरोध के विरूद्ध रूक गया। कोमल, क्योंकि वह पूर्ण विराम की स्थिति में नहीं होता था, जैसा कि हो सकता था यदि किसी लकड़ी या धातु का अवरोध होता। कपबोर्ड, शायद, या फटे-पुराने कपड़े का एक टुकड़ा, जो पीछे घुस गया था, उसने सोचा, क्योंकि उसने उसे अंदर दबाया और क्लिक की आवाज़ के साथ इसे बंद किया था।

लगभग चाय का समय। उसने उस चाभी मात्र को बाहर निकाला जिसने कपबोर्ड की सारी दराजों के ताले बंद कर दिया, जब वह विचार कौंधा कि वह उतनी अच्छी पत्नी सिद्ध नहीं हो पा रही थी जितनी वह बन सकती थी यदि उसने जोशुआ की वस्तुओं को अपना समझा होता।

उसने तह की दराज का ताला खोला और कुछ इंच बाहर खुल गया। उसने उसे हटा दिया और उसे फर्श पर रख दिया, और अवरोध की टोह में पीछे हाथ डाला। उसके हाथ ने एक कागज़ का स्पर्श किया। किसी तरह का एक लिफाफा था जिसके अंदर कुछ कागज़ के पन्ने रखे थे–उसने उन्हें बाहर खींचा।

लिफाफा बंद था। ऊपर कोई पता भी नहीं लिखा था। उसके सामने या पीछे कुछ भी लिखा हुआ नहीं था। भूरा, मजबूत कागज़। उसने उसे अपने हाथों में लेकर उल्टा–पुल्टा; दराज को बंद किया जो अब आसानी से पूरी गहराई तक अंदर फिसल गया। उसने उसमें ताला जड़ दिया।

वह हिलने वाली कुर्सी पर बैठी और हिलने लगी। कुर्सी की चें-चें की आवाज़ उस प्रचण्ड बहस-मुबाहसों में नहीं सुनायी पड़ सकी, जो उसके अंदर बरप रहे थे। वह केवल अपने अंदर चल रही उन मुबाहसों को ही सुन पाई।

एक पत्नी के पास क्या अधिकार थे? उसने उससे कभी भी कुछ

नही छुपाया था। यदि दोनों में एक दूर होता, दूसरा सभी मेल को खोल लेता–चाहे वह किसी के नाम संबोधित था। वे दोनों ही इस बात पर सहमत थे उस समय भी जब वे पहली दफा एक–दूसरे से मिले थे। एक व्यावहारिक अनिवार्यता। कुछ कार्यवाही जरूरी हो सकती थी–एक अनिवार्य निवेदन या एक बिल जिसका भुगतान किया जाना था? इसके बावजूद कि इस पर 'व्यक्तिगत' या 'गुप्त' लिखा हुआ था, हरेक दूसरे का मेल खोल पाता।

वह लिफाफा जिसे वह अपनी गोद में रखी थी पर ऐसा कुछ नहीं लिखा था। किसी भी प्रकार की कोई लिखावट रहित।

लेकिन क्या वह इसे खोलना चाहती थी? वह पूरी तरह एक भिन्न प्रश्न था। इसकी पूरी संभावना थी कि इसमें अहानिकर वस्तुएँ थीं– शायद किसी क्रुद्ध रोगी की ओर से प्रेषित दस वर्ष पूर्व लिखा गया पत्र हो जिसमें रोगी ने यह फरियाद जताया हो कि जब वह ठंठक से बीमार हो यहाँ आया था तो डॉद सैमुअलसन गैर उपस्थित थे। या शायद किसी मित्र के लिखे पत्र हों?

लेकिन वे पत्र किसी पुराने यार के लिखे हों? तब क्या वास्तव में उसे उन्हें पढ़ने का अधिकार था? क्या वह पढ़ना चाहती थी? तब क्या हो यदि बात और भी बिगड़ी हुई हो? तब क्या हो यदि वे जोशुआ के लिखे और उसकी प्रेमिका द्वारा लौटा दिए गए पत्र साबित हों? जिन्हें उसने अपनी उदारता में लौटा दिए हों क्योंकि वह एक अंग्रेज़ बालिका से शादी करने जा रहा था?

क्या वह किसी दूसरी औरत के लिए उसकी आवेगपूर्ण लालसाओं को पढ़ पाने में सक्षम हो पाती–जो शायद उनसे प्रभावित हो समर्पित भी हुई थी– और अभी भी वह अपरिवर्तित जुलिया ही रहती? यह उसे संभवतः बदल देनेवाला था; वह पुनः संभवतः जोशुआ को पूर्व के व्यक्तित्व में नहीं देख सकती थी। और यह सब सिर्फ इसलिए था क्योंकि उसने कुछ पन्ने पढ़ लिए थे जिसे उसे अवश्य ही तनहां छोड़ देना चाहिए था।

यही वह जगह थी जहाँ ताकत उभरी। कोई भी पूर्णतः अच्छा नहीं

होता। उसकी तरह, और अन्य सभी की तरह, उसका खसम भी नाहक कमज़ोर और मानवीय और तलाश में रहने वाला इंसान था। अगर वे उससे मिलने के पूर्व आनंद के लिए किसी दूसरी औरत के आगोश में आराम फरमाए हों, क्या यह बेहतर नहीं होगा कि उसे न जाना जाए?

कोई दूसरी औरत जैसे देविका रानी?

उसने लिफाफे में पतली दरार कर खोल दिया। उसने अपने हाथ में हस्तलिखित कागज़ के पन्नों को पकड़ा। सतरह ईंच लंबे और तेरह ईंच चौड़े नाप के एक-सदृश दिखने वाले चार पन्नों के दो समूह। अच्छे, रेखाओं वाले बॉन्ड पेपर पर लिखे हुए। वे एक सदृश नहीं थे।

एक समूह उस हस्तलेख में लिखा हुआ था जिसे सरलता से वह पहचान गई–एक डॉक्टर की जल्दबाजी में घसीटकर लिखी गई लिखावट, जिसे सुपाठ्य लिखने की सावधान कोशिशों के द्वारा सुधारा गया था, ऐसा लोगों की पढ़ने की समस्याओं के मद्देनज़र किया गया था। रेखाओं के ऊपर वापस जाकर ताकि अंग्रेजी के आई (i) वर्ण के घुमाव को या आर(r) वर्ण की ऐंठन को सीधा किया जा सके, वाक्य के अंत में रेखाएँ विभक्त थीं, क्योंकि जगह छोटी पड़ गई थी।

दूसरी हस्तलेख अपनी लिखावटों में कुछ ज्यादा नपी–तुली थी; वह एक आदमी की लिखावट थी जो अपनी लिखावट को महत्त्व देता था, क्योंकि वह इसे एक गुण-सम्पन्नता मानता था–अपनी लिखने और पढ़ने की योग्यता को। साफ-सुथरे अंदाज में लिखा हुआ, शब्दों के बीच सही जगह देते हुए, ताकि दूसरे भी उसकी कृति को पढ़कर समान आनंद को पा सकें जिसे उसने उसे लिखकर प्राप्त किया था। सीधी रेखाएँ, वर्णमाला के प्रत्येक वर्ण, प्रत्येक शब्द, प्रत्येक वाक्य आँखों के लिए बोधगम्य था।

फिर भी, वे एक सदृश थे क्योंकि वे दोनों ठीक-ठीक एक-सदृश शब्दों और वाक्यों के माध्यम से एक समान संदेश व्यक्त करते थे। यह कुछ ऐसा था मानो दो लेखक साथ-साथ बैठे थे। और अपने विचार तैयार किए थे, और तब, जब उन्होंने इस पर बहस किए थे और शब्दों का चयन पूर्णतः ठीक था–या कम से कम दोनों की नज़रों में संतोषजनक

था–उन लोगों ने अपनी कलमें काली रोशनाई से भरी एक सामान्य दावात में डुबायी थी और शब्दों को कागज पर दर्ज किया था। प्रत्येक वाक्य एक जगह। प्रत्येक दृष्टिकोण से एक सदृश, यहाँ तक कि विराम चिह्नों का प्रयोग भी।

वह पूरे दस्तावेज को पढ़ने की जरूरत नहीं समझती थी–यहाँ पर्याप्त समय नहीं था, जहाँ जोशुआ की माँ किसी भी वक्त आ सकती थी; आखिर वह फ्लैट उनका था–यह जानने के लिए कि वह क्या था जिसे उसने हाथों में उठा रखा था।

वह अपने हाथ में 'थार दस्तावेज' पकड़ रखी थी।

उस दस्तावेज की दोनों प्रतिलिपियाँ।

जुलिया जल्दबाजी करते हुए झुलने वाली कुर्सी से उठ गई और दरवाज़े की तरफ बढ़ी। रसोई के कार्यों में जुटी उसकी सास ने रसोईघर से उससे पूछा यदि वह एक प्याली चाय लेना पसंद करेगी, और जुलिया, उस पूछताछ को स्वीकारते हुए, कहते हुए कि वह चाय के लिए पुनः एक मिनट में नीचे आ जाएगी, सीढ़ियों पर उछल पड़ी, दो सीढ़ियाँ एक बार में फलांगती हुई अपने ऊपरी मंजिल के फ्लैट में गई–लगभग उतनी ही तेज़ी से जब मृत मेजर पटेल को पाकर वह सीढ़ियों के नीचे दौड़ी थी।

कोई शक नहीं था। वह 'थार दस्तावेज' की दोनों प्रतिलिपियाँ पा गई थी। अतः जोशुआ ही राजा थाँ वह धीरे-धीरे पन्नों पर अंगुलियों की ठोकरें देती हुई तेज़ी से अंतिम पन्ने पर चली गई, मानो वह स्वीकारने को तैयार नहीं थी, लेकिन दस्तावेज के अंत में किए गए दो हस्ताक्षरों ने जुलिया का मजाक उड़ा दिया।

कर्नल जोशुआ सैमुअलसन भारतवर्ष के लिए

कर्नल राशिद खान पाकिस्तान के लिए।

अक्टोबर की तेईस तारीख थी, पिछले वर्ष की। दरवाजे की घंटी बजी। जुलिया ने दस्तावेजों को अपने हैंडबैग में छिपा लिया।

एक ट्रे में चाय और स्वादिष्ट स्नैक्स को लिए बूढ़ी माँ थी, जुलिया ने उन्हें अंदर आने में मदद किया।

"ओह, माँ आपको नहीं चाहिए था। मैं एक मिनट में नीचे आ जाती।"

"कोई समस्या नहीं, जुलिया। मैंने सोचा मैं तुम्हारे साथ ऊपर तुम्हारे फ्लैट में यहाँ चाय लूँगी, थोड़ा बदलाव भी हो जायेगा। हायँ लेकिन तुमने कुछ सुन्दर पर्दे टाँगे हैं। क्या वे किमती थे?" वह खिड़की के पास तक गयी ताकि वह बुनावट को महसूस कर सके, उन्होंने पर्दों के किनारों को पलटकर दूसरी तरफ की छपाई को भी देखा।

"हाँ", जुलिया सहमत थी, "लेकिन वे सेल पर थे। क्या आप मुझे चाहती हैं, माँ, कि आपके नीचे के फ्लैट के लिए कुछ इसी तरह के पर्दे खरीद लाऊँ? जोशुआ और मेरी तरफ से एक उपहारस्वरूप उन सभी परवाह और परेशानियों के लिए जिन्हें इन दिनों आपने हमारे लिए उठाया है? हम ऐसा प्यार से करना चाहेंगे! क्या हम ऐसा कर सकते हैं, कृपया?"

जोशुआ की माँ ने अत्यधिक प्रशंसा पाकर लज्जा का अनुभव किया। वह उल्लासित नहीं हो पायी थी जब उन्हें अपने सबसे बड़े बेटे द्वारा समाचार दिया गया था कि वह विदेशी बहू लाने की योजना बना रहा था। क्या वह अपने बेन-इजराइली समुदाय में कोई योग्य भारतीय-यहूदी लड़की नहीं पा गया होता? क्या बॉम्बे में अच्छी नस्ल की लड़कियों की कमी थी कि उसने कूदते हुए इंग्लैंड जाकर पत्नी लाने की आवश्यकता महसूस की थी? और वह किस प्रकार उनके रहन-सहन से सामन्जस्य बैठा पाएगी? अंग्रेज अर्ल की पौत्री, उससे जरा भी कम नहीं! क्या उसने सोचा कि वह तीन गंदे कमरों में खुशी से रहने जा रही थी, अपनी अभी तक की जिंदगी आलीशान महल में गुजारने के बाद? एक मकान में–स्वयं जोशुआ ने उससे कहा था, और इसलिए इसे अस्वीकार नहीं कर सकती–जो चालीस कमरों का बना था, जिसके आधे कमरे बंद थे क्योंकि उनमें रहने वाला कोई नहीं था। वह एक मूर्ख थाँ लेकिन तब जोशुआ सदा ही उसी रूप में रहा था। उन अवसरों पर भी जब वे साउथ अफ्रीका में रह रहे थे–डर्बन में–उसकी नज़रें सदा ही उन श्वेत लड़कियों पर जमीं होती जो उसकी पहुँच के बाहर थीं। क्यों वह अपने लोगों के साथ खुश नहीं रह सकता था?

वे वैसा तब तक सोचती रही थीं जब तक कि वे वास्तव में जुलिया से मुलाकात न कर लीं। तब तक वह अपनी भावी-बहू के लिए पर्याप्त करने में सक्षम नहीं हुई थी; और परस्पर स्नेह का रिश्ता तैयार हो गया था। इसलिए अब वह अपने रिश्तेदारों के गिर्द जाती थीं, विनम्रता से स्वीकारते कि उनके खुद से जोशुआ अधिक बुद्धिमान था–और वह इसे स्वीकार करते लज्जित नहीं थीं।

जुलिया ने चाय की थालियों को धोकर साफ कर दिया। उसे इसपर हठ करना पड़ा था।

मात्र बूढ़ी माँ का अवलोकन कर उसने भारतीय ढंगों के बहुत कुछ सीख लिया था। कभी-कभी, उसने पाया था, आपको हठ करना पड़ता था, नहीं तो आप अपने अंदाज़ को कभी प्राप्त नहीं कर सकेंगे। छोटी-छोटी बातों में भी, दृढ़ता को स्पष्ट व्यक्त करना पड़ता था, नहीं तो आप किनारे होने के खतरे से, समुद्री किनारों पर बहाव से अलग लकड़ी के टुकड़ों की तरह, घिरे होते थे।

जैसे कौन उन थालियों को धोता।

जुलिया ने बूढ़ी माँ के द्वारा नीचे जानेवाले दरवाजे को बंद करने की आवाज को सुनने तक प्रतीक्षा किया, इसके पहले कि वह 'थार दस्तावेज' को पुनः प्राप्त कर ले। अब सावधानी से उन्हें पढ़ने के लिए पर्याप्त समय था। वाक्य दर वाक्य पढ़ने के लिए और तब पुनः और पुनः पढ़ने के लिए। उसे उन दिमागों की दाद देनी पड़ी जिन्होनें योजना को एक साथ जोड़ा था। क्योंकि उन्होनें वैसा ही किया–भारत के माध्यम से अमेरिकी असलहों को पाकिस्तान और मुजाहिदिनों को भेजने के लिए अपनी योजनाओं का पर्दाफाश किया। थार मरूभूमि के अनुपयोगी किले में कागज पर हाथ से लिखा हुआ।

यह आश्चर्य की बात नहीं थी कि जोशुआ डौप (DOP) को जानता था। यह तो उसके दिमाग के ही उपज थी। ओह, उसने बहाना बनाया कि मात्र वह चाहता था कि वह डौप (DOP) का अर्थ जान चुकी थी, जब हर समय वह उसका मजाक उड़ा रहा था? उसने तीन विश्वास प्राप्त गुप्तचरों के साथ इसकी स्थापना की थी। मेजर पटेल उनमें एक रहे थे जो इसके बॉम्बे क्षेत्र का संचालन करते थे। माल की खेपों को

उतारवाने और उनके गंतव्य मारवाड़ जंक्शन को भेजने की व्यवस्था करते हुए। वहाँ मानसिंह नाम का उनका गुप्तचर था जो रेल-डिब्बों को अमृतसर के लिए रवाना करवाता था। क्यों मानसिंह नाम जाना-पहचाना था? क्या वह आई.एम.आई. का एक गुप्तचर नहीं था जिसकी कभी शिनाख्त नहीं होने लायक जल कर राख हो गयी लाश बाम्बे-पूना राजमार्ग पर घाटी की तह में पायी गयी? और इस नेटवर्क के दूरस्थ छोर पर अब्दूल नाम का एक मुस्लिम गुप्तचर था। क्या वह वहीं नहीं था जो लापता हो गया था और जिसकी लाश भी कहीं नहीं पाई गई थी?

राशिद खान ने ठीक ऐसी ही एक दूसरी कंपनी पाकिस्तान में खोल रखी थी, जिसका नाम 'आई.एन.ए.के. इम्पोर्ट और एक्सपोर्ट' क. था, जिसे भारत से गैर-युद्धपरक कृषि मशीन, कपड़े और अन्य वस्तुएँ आयात करने का अनुज्ञा-पत्र सरकारिया तौर पर प्राप्त था। कराची क्षेत्र की व्यवस्था का संचालन स्वयं राशिद खान के द्वारा ही होना था-कम्पनी के एक मूसा नामक गुप्तचर के साथ जो लाहौर में माल को प्राप्त करता था और एक अन्य गुप्तचर, अली, के साथ जो पेशावर से अफगानिस्तान में जाते माल का निरीक्षण करता था। केवल एकल नामों का इस्तेमाल किया गया था। एक लिखित स्पष्टीकरण से यह मालूम होता था कि क्यों राजा को तीन गुप्तचरों की और बहादूर को केवल दो गुप्तचरों की मदद की अनुमति दी गयी। भारत से होकर जानेवाला मार्ग पाकिस्तान में उपयुक्त मार्ग से अधिक लंबा था-भारत में 1200 मीलों का लम्बा मार्ग था; जबकि मात्र 200 मीलों का मार्ग पाकिस्तान में था।

एक अन्य कारण था; क्यों जोशुआ को 'थार दस्तावेज' के द्वारा क्षेत्र में एक अतिरिक्त गुप्तचर रखने की अनुमति दी गयी थी। वह विवाह के लिए सगाई की रस्म पूरी कर चुका था-लड़की के नाम का जिक्र नहीं किया गया था-और इसलिए वह डौप (DOP) के बाम्बे स्थित कार्यालय का संचालन नहीं कर सकता था, जैसा कि राशिद खान कराची में आई.एन.ए.के. के लिए कर सका।

अन्य मामलों पर भी दस्तावेज निर्दिष्ट थे। बहादूर और राजा में कोई भी आकस्मिक भेंट-वार्ता के लिए दूसरे को बुला सकते थे, उस थार

मरूस्थल स्थित अनुपयोगी किले में, यदि आवश्यक हो। उनकी सबसे पहली मुलाकात गत वर्ष तेइस अक्टोबर को हुई थी। केवल एक आकस्मिक भेंट–वार्ता तेइस जुलाई को बहादूर के द्वारा बुलाई गई थी–नौ महीनों के बाद–लेकिन कारण नहीं दिया गया था। दोनों दस्तावेजों पर तारीखें लिखी थीं, परन्तु दोनों में से किसी पर भी उन दोनों के हस्ताक्षर नहीं थे, जिसे आम तौर पर किसी संधि की पुष्टि के लिए आवश्यक माना जाता है।

यह अंतिम बार उनकी मुलाकात थी। आगे कोई मुलाकात संभव नहीं थी क्योंकि बहादूर मर चुका था।

राजा और बहादूर जिस तरीके का इस्तेमाल एक–दूसरे तक संवाद–संप्रेषण के लिए करते वह भी दस्तावेज में निर्दिष्ट किया गया था। कूट जिसका प्रयोग किया जाना था सरल था, भ्रामक और स्पष्ट था। अंत में, प्रधानमंत्री और सेनाध्यक्ष 25 अक्टोबर को मिलेंगे, जहाँ प्रत्येक थार दस्तावेज की अपनी प्रतिलिपि प्रस्तुत करेंगे, इस बात का निर्णय करने के लिए कि क्या अगले वर्ष तक उसे धारण किया जाए–या तत्काल जला दिए जाएँ प्रत्येक के पास प्रतिषेधाधिकार थे उनकी असहमति की दशा में, दस्तावेज जला दिया जायेगा।

उसके पास थार दस्तावेज की दोनों प्रतिलिपियाँ थीं। प्यारे ईश्वर, मुझे क्या महसूस करना चाहिए? क्या मुझे उन दो मस्तिष्कों की मेधा की तारीफ करना चाहिए जिसने ऐसी दुरूपाय की रचना की थी? यह नौ महीनों तक काम करता रहा था, जब मौलिक असलहे अफगानिस्तान के मुजाहिदिनों तक, अस्पर्शित, पहुँच जाते थे।

या इस विश्वासघात पर जिसके साथ इस योजना का अंत हो चुका था, क्या मुझे गहरे आघात के भाव महसूस करना चाहिए? जब राजा ने बिना किसी पूर्व सूचना के अचानक बहादूर पर हमला बोला था, जिस दरम्यान वह घुटनों के बल बैठ नमाज अदा कर रहा था, और उसके मस्तक के पिछले हिस्से में एक छिद्र बना दिया। यह क्या था? एक दोस्त के प्रति विश्वासघात? एक नेता के प्रति वफादारी? देश के प्रति देशभक्ति? मुझे किस ढंग से इसे देखना चाहिए, जब वे एक जैसे हैं? दृष्टिकोण पर निर्भर रहते हुए। एक पक्ष इसे हत्या कहेगा; दूसरा पक्ष

अपने वीर पुरूष के आस्तीन पर तमगे जड़ेगा।

एक हत्यारे को तमगे। उसके पति के लिए।

जुलिया ने तेजी से उपयुक्त कपड़े पहने। बिजली की गति से उसने अपने थैले में तमाम जरूरी वस्तुओं को रखा, इसलिए नहीं कि उसकी जल्दबाजी वक्त की पाबंदी थी–विमान तो शांता क्रूज पत्तन से दूसरे तीन घण्टों तक उड़ान के लिए तैयार नहीं था–परन्तु इसलिए क्योंकि वह उस घर से जितनी जल्द संभव हो बाहर निकल जाना चाहती थी।

क्यों उसने उससे नहीं कह पाया था? जो इसे और अधिक सहनीय बनाया होता, जब उसकी नजरें उसकी कार्यवाहियों की समझ की वकालत कर रही होतीं। क्या किसी उचित उपेश्य के लिए किया गया? किया गया जब उसके सेनाध्यक्ष के द्वारा वैसा करने को कहा गया–और वह एक सिपाही था। कौन-सा बहाना उसने उससे बनाया होगा? क्या वह नहीं समझ सकी?

क्या कभी कोई बाध्यकारी कारण थे जिसके अंतर्गत एक आदमी को अपने साथी की हत्या की अनुमति दी जा सकती थी?

कभी नहीं। उसके मस्तिष्क ने उसके प्रश्न का जवाब प्रबलता से दिया इसके पहले कि उसने इसे पूछा था।

क्या भारतीय भिन्न तौर से सोचते थे? क्या गुप्तचर भिन्न तरीके से सोचते थे? क्या सैनिक भिन्न सोचते थे? उसके पिताजी ब्रिटीश सेना में रह चूके थे। क्या उन्होंने अपनी संक्षिप्त जिंदगी में दुश्मन सैनिकों की हत्या की थी? उसके दादाजी एम.आई.-6 के निर्देशक थे। उन्होनें स्वीकार किया था कि उन्होंने किसी महत् उपेश्य की प्राप्ति के लिए आदेश दिए थे जो मौत
के साथ समाप्त हुआ था? क्या वह भी आप में वितृण्या पैदा करता है?

जोशुआ ने क्या कहा था?

'वह सदा ही उसमें विश्वास जताएगा सिवाय उसकी रक्षा करने के।' अच्छा बहाना, जोशुआ। शानदार कोशिश। वह उसकी सुरक्षा नहीं चाहती, धन्यवाद। उस किस्म की सुरक्षा तो कभी नहीं।

क्या थार दस्तावेज में उन्होंने एक-दूसरे की संरक्षा से संबंधित किसी कथन का विधान नहीं किया? उसने इस तथ्य की खोज दस्तावेज में की

जब वह अपनी ऊँची एड़ियोंवाली जूतियाँ पहन रही थी। उसने उपयोग के लिए एक जोड़ी लाई था जब वह जोशुआ के साथ नहीं थी—और यह वैसा ही एक अवसर था।

'राजा और बहादूर एक-दूसरे की परिचय की सुरक्षा के लिए हर कोशिश को अंजाम देंगे।'

वही वह तथ्य था जो कानूनी दस्तेवाजों के साथ गलत था। केवल कानूनी वैधता का महत्व था; न कि सामान्य अर्थ जो सामान्य लोग उन्हीं समान शब्दों के आशय के लिए प्रयुक्त करते थे। जैसे: 'तुम मेरी हत्या नहीं कर सकते जब तुम मेरे परिचय को संरक्षा प्रदान कर रहे हो'।

वह स्वयं में अनिश्चित शय्या पर बैठी थी, वह पोशाक जिसे वह सूटकेस में रखने जा रही थी वह उसकी गोद में एक छोर से दूसरी छोर तक फैला पड़ा था।

क्या वह अपने पति के बारे में ऐसे विचार सोचती आ सकती थी? क्या वह उसे इतना नाकाफी जानती थी? क्या यह उसकी तरफ से विश्वासघात भी नही था, जब उसने सोचा कि वह हत्या कर सकता था—सबसे भद्दी परिस्थितियों में भी; भारतीय राष्ट्रीय सुरक्षा के बाध्यकारी कारणों में भी?

वह उसकी बगल में लेटा था। वे साथ-साथ लेटे थे। एक-दूसरे के साथ और एक-दूसरे के ऊपर और एक-दूसरे में गुँथे हुए, जब उनके शरीर गर्म और नग्न जिस पार्थिव उत्तेजना का चरम आनन्द महसूस करते थे वे एक-दूसरे के थे और किसी अन्य के नहीं, जब वह सोच रही थी कि वह मन और शरीर और आत्मा तीनों को जानती थी—जबकि जो कुछ उसने जाना था वह उस शख्स का प्यार मात्र था।

क्या वह पर्याप्त नहीं है, उसने स्वयं को ऐसा चिल्लाते हुए सुना। तुम किसी विवाह से इससे अधिक और की क्या आशा रखती हो? क्या उसे अपनी आत्मा को भी चीर-रहित नग्न करना है, ताकि तुम किसी वस्तु को कब्ज़े में रखने से मिली शक्ति का अनुभव कर सको? क्या तुम उसे उसी रूप में चाहती हो? क्या उसे आवश्यक रूप से उसी रूप में सोचना चाहिए जिस रूप में तुम सोचती हो? और यदि, तुम्हारे धंधे में, जो कि एक क्रूर धन्धा है, उसने हत्या की अनिवार्यता महसूस किया था, क्या

ऐसा करने के लिए उसे तुमसे अनुज्ञा प्राप्त करनी थी? क्या उसने सेना में रहते हुए शत्रु सैनिकों या अन्य की हत्याएँ नहीं की? क्या तुम्हारे वालिद ने ब्रिटिश सेना की ओर से हत्याएँ नहीं की?

लेकिन यह भिन्न था। अपरिचित लोगों की हत्या करना और बात थी। क्या ऐसा था?

राशिद खान जोशुआ के साथ बैठा। वे साथ-साथ अवश्य ही खाए-पीए होगें। राशिद खान अवश्य ही कोई सॉल्ट डिंक-लेमोनेड-लिया होगा, शायद-क्योंकि वह एक धार्मिक मुसलमान था। जोशुआ ने निश्चित ही कड़ी शराब ली होगी ताकि वह उस कार्य के लिए दृढ़तापूर्वक तैयार हो सके जो आने वाला था। क्या वह किसी कायरतापूर्ण कार्य के लिए साहस हेतु शराब पीया? कैसे यह समाप्त हुआ था? अपने हाथ मिलाते हुए, अपने सावधानीपूर्वक बनाई गयी योजनाओं और अपने महाउद्देश्य की सफलता का जश्न मनाते हुए? सत्र की समाप्ति की घोषणा करते हुए जब राशिद खान ने अपने जूते और पगड़ी नमाज़ अदा करने के लिए उतारे, उस अनुपयोगी किले की फर्श पर घुटनों के बल बैठते हुए-अपनी हत्या के लिए।

इसे रोको, जुलिया, उसने खुद से दृढ़तापूर्वक कहा। इसे इसी मिनट रोको, मैं तुमसे कहती हूँ ये सब उन्मत्त विचार हैं-एक उन्मत्त मन की उपज। इस तरह के विचारों ने ही सन् 1947 में उस प्रायद्वीप पर मात्र खून और संहार का सृजन किया था। एक अफवाह, मुँह का लब्ज, रेखाकृतिक साक्ष्य, व्यक्तिगत प्रतिशोध-इन सभी चीजों ने धार्मिक नफरत और निर्दोष लोगों की हत्याकारक संहार को प्रज्वलित किया। और अधिक उन्मत्त प्रतिशोध के लिए तैयार होते हुए, जब तक कि उस खून-खराबे जो परिणाम के रूप में प्राप्त हुआ था से पलायन नहीं।

यह सब कुछ मात्र इन्हीं जैसे विचारों के साथ शुरू हुआ था। उसे तेजी से उस मकान से बाहर निकल जाना था।

वृद्ध माँ जुलिया के उस तंग आगोश को नहीं समझ पायीं जिसे जुलिया ने उन्हें दिया, या उनकी बाँहों में उस काँपती लड़की को। उन्होंने इसे एक चाहत और रोने की आवश्यकता कहा जिसे जुलिया अवश्य ही जोशुआ के लिए महसूस करती होगी।

"वहाँ, वहाँ, बच्ची। वह जल्द ही वापस लौटेगा। जोशुआ पर उसके वचन निभाने के लिए विश्वास करो। वह सदा ही अपने वचन निभाता है। यदि उसने दस दिनों की बात कही है, वह काफी है, वह अवश्य ही चाहे जो कुछ भी उसे मारवाड़ में करना है, पाबंदी के साथ पूरा करने की आवश्यकता महसूस करेगा–और वह तुम्हारे पास वापस लौट आएगा। यद्यपि क्यों कोई शख्स अपनी सुहागरात की कालावधि में अकेले मारवाड़ जाना चाहेगा–चार सप्ताह की नवेली दुल्हन को घर पर छोड़–मैं कभी नही समझ पाऊँगी? कोई विचार नहीं, पुरूषों को बिल्कुल समझ नहीं होती।"

और वह वृद्ध महिला ऐसे कदाचरण पर अपनी नफरत में गुस्सा से भर गयी–चाहे वह कदाचरण उसके अपने बेटे की तरफ से ही क्यों न था।

जुलिया मि. सिंह को देखकर कृतज्ञता से भर गयी, प्रायः की तरह अपनी टैक्सी सड़क के पार उन्होंने खड़ी कर रखी थी। वह उनके साथ हवाई–पट्टी तक जाना अवांछनीय नहीं मानती थी। उसके लिए अपने विचारों के साथ अकेला छोड़ दिया जाना स्वास्थ्य की दृष्टि से भी अच्छा नहीं था। उन लोगों ने अपने किस्म के मन को अर्जित किया था और वे उसे वश में कर सकते थे। उसने स्वयं के बारे में कभी इस तरह नहीं सोचा था कि वह उन्हें नियंत्रित करने में सक्षम नहीं हो पायेगी, परन्तु तब, जैसा कि उसने प्रतिक्रिया किया, वह पहले कभी भी इस स्थिति में नहीं आई थी। खतरा, हाँ। अनेकों दफा। उस समय भी जब उसने स्लैग्टर, दक्षिण अफ्रीकी जासूस, का सामना किया था, उस समय उसे कोई घबराहट नहीं हुई थी क्योंकि वहाँ भय की कोई चेतना नहीं थी। अतः अभी वह किस बात से भयभीत थी? यह जोशुआ नहीं हो सकता था। वह उसे लेकर कभी भयभीत नहीं हो सकती थी। वह तो सच्चाई से भयभीत थी–वह यही था। और इसके परिणाम।

वह पुनः जोशुआ के साथ नहीं रह सकती थी, यदि यही सच्चाई थी। वही बात उसे खाए जा रही थी। जोशुआ के साथ उसकी जिंदगी समाप्त थी। सब कुछ समाप्त हो चुका था।

यात्रा क्रम में थोड़ी देर के लिए उसने आँखें बंद कर लिया। उसके मस्तिष्क में उठते हुए विचार तरंगों को रोकने में इससे उसे

कोई मदद नहीं मिली, लेकिन ऐसा कर वह आँसूओं को रोकने में सहायता पायी। वृद्ध माँ ने कहा था कि जोशुआ दस दिनों में वापस लौट आयेगा। जुलिया ने उन्हें स्पष्ट सुना था; वृद्ध माँ ने जुलिया के अकथित उत्तर को नही सुना था: "परन्तु माँ, क्या मैं दस दिनों में वापस लौट पाऊँगी?"

वैसा करना भी कायरता थी। बिना किसी स्पष्टीकरण के जोशुआ से दूर भागना? वह जोशुआ की उस हद तक ऋणी थी, हालाकि यह पूरी सच्चाई थी।

वह टैक्सी में तनकर बैठ गई और अपनी नज़रें खोली।

गत शाम कैफे में राजा के खिलाफ आरोपों से उस पर जोशुआ का बिगड़ उठने के पीछे क्या वही कारण था? उसकी साक्ष्य को स्वीकार करने से लगातार मना करना कि राजा ने राशिद खान की हत्या की थी। इस बारें में उससे बेहतर और कौन जानेगा? क्या वह उससे कुछ कहने की कोशिश करता आ रहा था? कि वह राशिद खान को नहीं मारा था इसके बावजूद कि राजा के खिलाफ साक्ष्य थे? साक्ष्य को छोड़ भी दें, तो जोशुआ ने इसे अस्वीकार किया था। इसी कारण मेजर पटेल को उसके मरीन डांइव वाले बंगले में मृत पाकर और 'रूटिंग' फाइल को उसके पास पाकर, उसने अपनी तुलना में उसे समानांतर ला खड़ा किया था। अतः वह देख सकी, कैसे यह घटना घटी थी। क्या उसका राशिद खान की 'थार दस्तावेज' की प्रतिलिपि को अस्थायी तौर पर अपने पास रखने के पीछे भी वही कारण होगा, है न?

क्योंकि राशिद खान पहले से ही मृत था जब जोशुआ किले में पहुँचा था।

यह जानकारी कि उसने मेजर पटेल की हत्या नहीं किया था, परन्तु वह उसके द्वारा आरोपित की जा रही थी, ने उसे क्रोधित कर उसे ऐसी स्थिति में डाल दिया था कि उसने उसे छोड़कर चले जाने की और लंदन की अगली लाल आँखों वाले विमान को लेने की धमकी दे डाला था। कितना गहरा उसका अपना क्रोध होगा जब उसने उस, अपनी पत्नी को, राजा को बार-बार हत्यारा कहते पाया? उसने तो एक विलक्षण आत्म-नियंत्रण का प्रदर्शन किया था—उससे कहीं अधिक।

उसके वे लब्ज क्या थे, गत शाम, जब वे दोनों उस शानदार रेस्त्रां से, जहाँ उसने जब 'रूटिंग' फाइल उसके हाथों में थमाया था, कार चलाते घर आए थे?

"कहो आज रात हम कौन-सी संधि करेंगे? चाहे हममें से प्रत्येक के विरूद्ध साक्ष्य कितना ही विनाशकारी क्यों न दिखें, हममे से प्रत्येक दूसरा अभी भी विश्वास करेगा कि यह सच नहीं हो सकताँ हाँ?"

उसने उनकी संधि को तोड़ डाली थी।

"मुझे माफ करना, जोशुआ, मुझे माफ करो।" उसने अपनी सांसों के अंदर फुसफुसाया, केवल मात्र इसे सोचते हुए ही नहीं बल्कि आहिस्ते से इसे बोलती हुई भी, क्योंकि वह वास्तव में कहे गए शब्दों को पाना चाहती थी।

उसने श्रृंगार का दर्पण निकाला और उसके नीचे स्थित छोटे पाउडर बॉक्स को खोला, और अपनी नाक और गालों पर पाउडर मला। मिसिंह ने पीछे की चीजों को दिखाने में सक्षम अपनी टैक्सी के आइने में उसे देखा, और उसने उन्हें एक बड़ी मुस्कान दिया।

वह कभी औरतों को नहीं समझेगा, उसने निर्णय लिया। सौ वर्षों जीने के बाद भी नहीं। एक क्षण को वे आँसूओं के शाहिल के करीब थे–जब वे तुम्हें पुकारे और अंदर आए–और अगले ही मिनट वे मुस्कुरा रहे थे, और खुशीपूर्वक अपनी नाकों पर पाउडर लगा रहें थे, लिपस्टिक से अपने होठों को रंग रहे थे, और अपने बालों पर कुछ देर कंघा किया जो उनके अनेक खानों वाले हैंडबैग से बाहर निकला था। वह खुश था कि उसने शादी नहीं की थी। उसने नहीं सोचा कि वह मनोदशा की इन सभी बदलावों को बिना पागल हुए धारण कर सकता था! या कम से कम किसी किस्म के पक्षाघात के साथ। किसी दिन उसे उसकी वही पुरानी औरत दे दो। कम से कम अगर वह अपने भावनाओं पर से नियंत्रण खोने जा रही थी, उसने कुछ चेतावनी में संकेत दिए–जैसे कराहती नाक, या कहीं खड़खड़ाने की आवाज़, या डैशवोर्ड पर लाल बनी। क्या औरतें वैसा ही करती हैं? नहीं, महाशय! उन औरतों ने आपको बस घनचक्कर के घोड़े पर बैठाया, एक क्षण दुःखी होते और अगले ही पल उनसे राहत पाते।

और उसी समय जुलिया उसी दिन दोबारा घबराहट महसूस की। इसके बाद जब उसने दर्पण में देख संतुष्ट ही हुई थी कि वह दर्शनीय दिखती थी और इसके पहले कि उसने इसे दूर रख दिया।

यदि वह जानती थी कि राजा कौन था और विश्वास किया था कि उसने बहादूर की थार दस्तावेज़ के लिए हत्या की थी, अन्य गुप्तचर–पी. एम.आई. या के.जी.बी. भी शायद जान सकते थे कि वह वास्तव में कौन था और उसकी तलाश में अवश्य होंगे। प्रतिशोध की ज्वाला शांत करने के लिए। बहादूर की हत्या के लिए, और उनकी थार दस्तावेज़ की प्रतिलिपि की वापसी के लिए। और अगर मेजर पटेल, जो राजा के गुप्तचरों में एक थे जब तक वे बिके नहीं थे और उनकी हत्या नहीं हुई थी, ने पीड़ा से कराहते और चीखते हुए कहा था कि जोशुआ ही राजा था, चाहे अन्य लगभग निश्चित रूप से जानते थे वह कौन था, भले ही कि अभी वह कहाँ था।

अब ज़्यादा वक्त नहीं लगेगा जब वे उस तक पहुँच जायेंगे। उसे राशिद खान के हत्यारे के बारे में पता करना था–और शीघ्रातिशीघ्र। जोशुआ समस्या के उस हिस्से को गंभीरता से नहीं लेता था और अपने हिस्से के खतरों पर उतना मयान नहीं देता था जितना आवश्यक था। वह अवश्य ही इस बात की खोज को लेकर ज़्यादा चिन्तित होगा कि क्यों उसकी और बहादूर की योजनाएँ, इतनी सावधानी से थार दस्तावेज में विस्तृत रूप में वर्णित, गलत साबित हुई थीं? और इसके लिए जिम्मेदार कौन था? और वे गायब खेपें कहाँ थीं?

अभी उसने एक टुकड़े को बचाकर उस समूचे को हाथ से नहीं जाने दिया। अब वह सिर्फ एक प्रश्न पर विचार कर रही थी जिसका वह जवाब दिया जाना चाहती थी।

राशिद खान को किसने मारा? और क्यूँ भी नहीं? अवश्य ही वह प्रश्न कभी अपना उत्तर खुद ही दे देगा। लेकिन कौन? उसे इसके पहले कि वे जोशुआ तक पहुँचें, हत्यारे तक पहुँचना अवश्यक था। अचानक उसे अपने कराची यात्रा में उद्देश्य नज़र आया। अब देर नहीं थी जब यह उसे किसी काम में लगाए रखने का तरीका मात्र नहीं रहने वाला था जब तक कि वह मारवाड़ के आस-पास अपनी नाक घुसेड़ता रहने

वाला था, या इडवार्ड और बेगम से शिष्टाचार भेंट भर नहीं रह जाने वाला था, और उस सुन्दर देश को थोड़ा-बहुत देखना भर नहीं था। अब जल्दबाजी और गर्ज भी उस यात्रा के लिए जब जोशुआ अपने हत्यारों की तरफ अपनी पीठ मोड़ रखी थी।

"क्या वह और अधिक तेज नहीं भाग सकती, मि. सिंह?" उसने वकालत की।

"जल्दी क्या है, मोहतरमा? आपकी उड़ान अभी अगले दो घण्टों तक नहीं भरेगी, और हम लगभग वहाँ आ पहुँचे हैं। और यदि मैं सभी वायु-सेवाओं को जानता हूँ, यह और दो घण्टे देर से उड़ान भरेगी–बिना किन्हीं कारणों की उद्घोषणा के। उड़ान कहाँ के लिए भरी जानी है, यदि मैं पूछने की दुस्साहस कर सकूँ?"

"कराची"।

"अहँ वह कभी नहीं। गया। यह एक बड़ा नगर है। अपना ख्याल रखिएगा, मोहतरमा।"

"मैं रखूँगी। क्या आप कभी पाकिस्तान नहीं गये?"

"नहीं, लेकिन लाहौर की दूसरी तरफ के गाँव में मेरा बचपन बीता। जब तक कि खून-खराबा नहीं हुआ। एक चाचा और मैं सिर्फ दो ही बचे जीवित जो अमृतसर को भागे।"

"मुझे खेद है," जुलिया ने हमदर्दी जताते हुए कहा। "मुझे आपको ऐसे किसी पीड़ादायी यादों को नहीं छेड़ना चाहिए था।"

"इसके विपरीत, मोहतरमा। जो हुआ उसके गुजरे अर्से हो गए। हमने क्रूरता दिखलाई, मैं उसे याद कर लज्जित हूँ–ऐसा ही उन्होंने किया। हमें माफ करना होता है, या फिर हम मानवता से गिरे होते हैं। मैंने माफ कर दिया है। इसमें वक्त लगा–लगभग बीस वर्ष–मुझे ताकि मैं देख सकूँ कि इतिहास ने हिन्दूओं, मुसलमानों और सिखों पर इस तरह के भयावह सितम ढाया। लेकिन यह लोगों पर निर्भर है, साधारण लोगों पर कि वे इतिहास द्वारा उनके विरूद्ध की गई गलतियों को सुधार दें। क्या आप वापस आती रहेंगी? मेरा मतलब, बॉम्बे में।"

"मैं ऐसी आशा करती हूँ," जुलिया ने कहा। "मैं अवश्य ही आशा करती हूँ।"

"क्या आप निश्चित नहीं है?"

"हाँ मैं निश्चित हूँ। मैं इस नगर में वापस आती रहूँगी। मैं इसे प्यार करना सिख रही हूँ। सभी गंदगी और मैल और शोर-शराबा और कूड़ा-कतवार और दुःख और उमस और यातायात और भीड़-भाड़–मैं इन सभी से सामंजस्य बैठाना शुरू कर रही हूँ। मुझसे कहिए, मि. सिंह, क्या मेरे साथ कुछ गलत तो नहीं?"

मि. सिंह जुलिया के द्वारा बॉम्बे के वर्णन पर हँस पड़ा। क्योंकि उसने इसका एकदम सही वर्णन किया था। सचमुच, वही था जिसे कोई पर्यटक हवाईपट्टी से दक्षिण बाम्बे स्थित प्रथम दर्जे के होटलों के रास्ते में देखता था। लेकिन तब, वे एक-दूसरे से प्यार नहीं करते थे। जिसने ही इतनी भिन्नता पैदा की थी। इसके बिना, यहाँ तक कि संसार का सर्वाधिक सुंदर नगर भी निर्जन हो गया होता।

उसने हवाई पट्टी की इमारत के मुख्य प्रवेश द्वार तक उसके थैलों को लाने में मदद दी। वह और आगे लॉबी तक नहीं जा सकता था। अतीत में, रिश्तेदारों और मित्रों की भीड़, जो केवल एक यात्री को विदाई देने आए थे, ने उस पनन के इमारत को इतना भर दिया था कि नियमों को कड़ाई से लागू किया गया जिससे सभी रोक दिए गए–सिवाय उस यात्री के–इसके अंदर प्रवेश पाने से।

उसने उनका भुगतान किया, तीसरी दफा उसने उन्हें एक अच्छी खासी खुशामदी रकम देने का प्रस्ताव किया, जिसे शानदार तरीके से अस्वीकृत किया गया था।

वे रूके रहे, मानो वे उसे छोड़ने से नफरत करते थे। शायद उन्हें उससे आशा थी कि वह विदाई मुद्रा में अपने हाथों को जोड़ नमस्ते करेगी?

उसने उनके हाथ जोड़े, सिंह ने भी वैसा ही किया, परन्तु हिले नहीं। लगभग मानो वे अवश्य ही उसकी पीठ पर उसे पनन के इमारत में ओझल होने तक देखना चाहते थे, जाँच द्वार तक जाने के पूरे रास्ते में।

वह दो कदम उसकी तरफ आया, चुपके से। वह दृढ़ता से खड़ी थी। वह असुविधापूर्वक नजदीक नहीं था–शायद एक फीट की दूरी पर–लेकिन इतना समीप जितनी एक टैक्सी चालक और एक सुन्दर

महिला ग्राहक की समीपता को उचित नहीं माना जाता। खासकर एक महिला जो अकेली यात्रा कर रही थी।

''शायद, मैं आपको आपकी बॉम्बे वापसी पर देख पाऊँ?'' उसने कोमलता से कहा। ''शायद, मोहतरमा, जब आप आएंगी, मैं हवाई-पट्टी से आपको वापस ले जा सकूँ?''

''मैं उसकी अनुमोदन करती हूँ, मि. सिंह। बॉम्बे में ऐसी कोई टैक्सी नहीं कि मैं आपकी पत्नी को छोड़ उससे यात्रा करूँगी। लेकिन मैं नहीं जानती कि मैं कब वापस आऊँगी—मेरा मतलब किस दिन से है। या किस फ्लाइट से। और जब मैं जानती हूँ, ऐसा कोई तरीका नहीं कि मैं आपको सूचित कर पाऊँ ताकि आप मेरे आगमन की प्रतीक्षा में यहाँ आ सकें। लेकिन आपके विचार तारीफ के काबिल हैं।

वह मुस्कुरा दी और अपने सूटकेस के पास पहुँची; उसका हैंडबैग उसके कंधे से लटका था।

''वह एक छोटी बात है, श्रीमति जुलिया'', मि.सिंह, अपनी आवाज़ को फुसफुसाहट में बदलते हुए, बोले। ''जब आपकी यात्रा संबंधी योजनाएँ पूर्ण निश्चित हो जाएँ, कृपया विस्काउँट इडवार्ड को सामान्य ढंग से मुझे सूचना पहुँचाने को कह दें। वह जानता है कैसे—और मैं आपको लेने यहाँ मौजूद रहूँगा।''

और बिना किसी देर के, उसने उसे आँखो में देखा, उसे गर्म मुस्कुराहट और हाथ हिलाकर विदाई-अभिवादन देता, जैसे ही वह दूर हुआ अन्य आते यात्रियों और उनके अतिथियों की उस भीड़ में खो गया, जो एक-दूसरे को भावभीनी विदाई, पनन की इमारत के मुख्य प्रवेश द्वार के गिर्द दे रहे थे।

अध्याय 9

जोशुआ वायु मार्ग से जोधपुर पहुँचा–और जिस दरम्यान लाल बालूपत्थरों से बनी इमारतें और पुराना महल देखना जुलिया के साथ आकर्षक लगा होता, इस आनंद को किसी और समय उठाया जाएगा। उसने लगभग एक सौ मीलों की दूरी पर यात्रा के लिए एक टैक्सी किराया पर लिया। लेकिन पहले उसे थोड़ी देर के लिए लूनी को जाना था, जो जोधपुर से कुछ तीस मीलों दूर था।

रेलवे स्टेशन के लिए।

उस दोपहर के बाद का वक्त लगभग निर्जन था। अगले घण्टे तक कोई भी टेंन आनेवाली नहीं थी, और कुली भी अपनी लाल पोशाकों में ऊपर टंगे छत की छाया में प्लेटफार्म पर लेटकर गर्मी से बच रहे थे। कोई टिकट-संग्राहक मौजूद नहीं था, कोई स्टेशन संचालक, कोई यात्रीगण भी नहीं थे मात्र अपराह्न के सूर्य की खामोशी थी जो रेल पटरियों पर आग फेंकता था और उसकी आँखों को चकाचौंध कर देता था।

तीन प्लेटफार्म। एक उनर प्रदेश को जानेवाली रेलगाड़ियों के लिए, एक वापसी गाड़ियों के लिए, लेकिन यह तीसरा प्लेटफार्म था जो तनिक दूर अवस्थित था, जिसने उसकी जिज्ञासा जगाई। लूनी एक छोटा रेलवे जंक्शन था, और तीसरा प्लेटफार्म मालगाड़ियों के आवागमन के रेल मार्ग पर था, जो थार मरूस्थल में मारवाड़ से जैसलमेर तक बिछा था।

उसके चारों तरफ के समतल सतह पर, वह किसी भी दिशा में मीलों तक देखने में समर्थ था, और मात्र तीन ही बंद रेल-डिब्बे वहाँ दिखाई देते थे–सरसठ खुले रेल-डिब्बे कहीं नहीं थे। उसकी खेपें लूनी में नहीं थीं।

वह कुछ ज़्यादा नहीं कर सकता था जब तक कि वह मेवाड़ में मानसिंह से एक छोटी बातचीत नहीं कर लेता।

उस तक आनेवाले अनुज्ञा-प्राप्त तीन गुप्तचरों में मानसिंह दूसरा

वरीयता-प्राप्त था। मारवाड़ जंक्शन पर नियुक्त किया गया ताकि वह असलहों का अमृतसर पहुँचने में आई उन्नतियों की निगरानी कर सके। इसके बावजूद वे अमृतसर को नहीं पहुँचते आ रहे थे। और दो महीनों से मानसिंह से उसे कोई संदेश प्राप्त नहीं हो पाया था, यह उसकी समझ में इस बात का सूचक था कि कुछ अवश्य ही गलत हुआ था। वह कर्नल जोशुआ सैमुअलसन, को उसे अन्य लोगों—मैक्स और देविका रानी—से पता करना पड़ता था। जो सी.आई.ए. से थे। उसके अंदर का गुस्सा खौलने के कगार पर था, लेकिन उसने स्वयं को शांत किया। यहाँ आंदोलित होने से कोई लाभ नहीं था, मारवाड़ मे उसके लिए बहुत अधिक समय होगा।

वह शख्स उसके सर्वाधिक विश्वासप्राप्त सैनिकों में एक था। मात्र एक हवलदार। गरीब, मामूली वेतन पानेवाला, अविश्वसनीय रूप से बहादुर और एक पूर्ण सिपाही। उसके पुर्वज राजपूत राजाओं के लिए युद्ध में लड़े थे, जहाँ अनादर मृत्यु से अधिक लज्जाजनक था। लेकिन पीढ़ियाँ भी बदल गयी थीं अब मौत एक स्वीकारणीय विकल्प उस व्यक्ति के लिए नहीं था जो इसका सामना करता था। अनादर समय के साथ विस्मृत किया जा सकता था—जिंदा रहकर।

वह खोल लेगा। मानसिंह के लिए बेहतर यही था कि वह मेजर पटेल से बेहतर स्पष्टीकरण के साथ आए। उसका स्पष्टीकरण मात्र लोभ रहा था। लेकिन तब मेजर पटेल उसके साथ झगड़े में नहीं था, जहाँ उसके साहस की परीक्षा हो सकती थी; लेकिन मानसिंह था।

पूना से सेना की एक पुरानी टंक को उधार माँग और सड़कों से एक शव उठाकर मानसिंह की शीघ्र गुमशुदगी की व्यवस्था करना आसान रहा था। कुछ नामरहित, चेहरा रहित भिखारी जो सड़क किनारे उस रात मृत पाये गये थे, और जो स्थानीय आरोग्य महाविद्यालय के प्रथम वर्ष के छात्रों द्वारा उनके टुकड़े किए जाने का सामना किये थे।

बाम्बे-पूना राजमार्ग के किसी दर्रे के तल में जला देना जोशुआ को एक स्वीकार्य विकल्प दिखाई दिया। वह अपने वतन की सरपरस्ती में था।

मानसिंह मारवाड़ में नियुक्ति से खुश था। यह उसका गृह-शहर था।

उसका छोटा मिट्टी निर्मित मकान शहर के भीड़-भरे गरीबतर क्षेत्रों में से एक में स्थित था, जहाँ ऐसे मिट्टी निर्मित मकान केवल इस वजह से खड़े थे क्योंकि वे एक-दूसरे के सहारे झूके हुए थे। शब्दश:-गाल और जबड़े का निचला हिस्सा। स्थानीय, आधी गोलाई वाले टाईल से निर्मित छतों, अत्यधिक सूखे गाय के गोबर से निर्मित लचीले स्तरों वाले फर्श जो कुछ क्षेत्र में ज़्यादा ही पटा पड़ा था-जहाँ शायद एक कर्नल का स्वागत-सत्कार किया जा सकता था-पत्थरों को बिछाकर जिससे नंगे पाँव को ठंढा स्पर्श मिल सके।

जोशुआ ने देर से जाने का निर्णय लिया। अंधेरा होने तक प्रतीक्षा करना बेहतर था। उसने नगर के ज़्यादा सम्पन्न इलाके के एक रेस्त्रां में रात का खाना लिया, उस जगह से दूर जहाँ मानसिंह रहता था। मानसिंह का उससे नगर में अचानक टकरा जाना कभी भी लाभप्रद नहीं होता। वह व्यक्ति साधन-सम्पन्न था-जोशुआ को वह उसे जताना था। वह जोशुआ के निर्देश में दो युणें में लड़ चुका था-और अभी भी जीवित था।

वह आसानी से ओझल हो सकता था, यदि जरूरत पड़ती।

अच्छा आदमी, मानसिंह, एक समय, जोशुआ ने खुद को याद दिलाया। लम्बा, राजपूत की तरह डील-डौल वाला, जिसकी मूँछें खड़ी रोंगटें वाली और पूरी दाढ़ी थी, जिसे सेना के नियम-कायदों ने सही रखने के लिए उसे प्रेरित किया था। आग्नेय आँखें। पगड़ी धारण किये हुए, जैसा कि अधिकतर राजपूत सिपाही अधिक पसंद करते थे, जब पगड़ी का शेष छोर कंधे के पीछे लटका होता, ताकि वह युद्ध की गर्मी में अपने चेहरे को पोंछ सके। बहुत बुद्धिमानी-यह उसकी आँखो में पसीने को जाने से रोकता। जोशुआ प्राय: आश्चर्य करता कि वह पगड़ी में कैसा दिखेगा-या पगड़ी में उसे देख जुलिया की क्या प्रतिक्रिया होती। उसने सलाह दी थी कि वह धारण किए उस छोटी 'गोटी' दाढ़ी को हटा दे-जब वे लंदन को स्लैग्टर की तलाश करते आ रहे थे-और वह सहमत हो चुका था। इसने उसे वर्षों छोटा बनाया था, उसने कहा था। उसने इसे बनाने का वह तरीका चुना था जिससे ऐसा प्रतीत होता था मानो

वह सदा ही उसे हटाना चाहता था, लेकिन केवल कभी उसके आस-पास नहीं पहुँचा था। वह मुस्कुराया जब उसने जुलिया के बारें में सोचा। वह अब अवश्य ही कराची पहुँचती होगी। वह सुरक्षित थी वह पाकिस्तान में ज्यादा परेशानी में नहीं पड़ेगी, जब इडवार्ड और बेगम उसका ख्याल रखने को थे। जश्नों के दौर। सामाजिक शामें ताश खेलना या नाचना। पुनः लेडी जुलिया बनने को वापस-ब्रोमफिल्ड के ग्यारहवें अर्ल की पौत्री। एक जीवन-पद्धति जिसमें वह अत्यधिक सुकुन से थी। उसने कामना की कि वह, यद्यपि, एक भारतीय कर्नल से अपनी शादी को लेकर शांत रहे। वह कराची के सैनिकों के गले के नीचे आसानी से नहीं उतर पाता। संभवतः उसने उन्हें गलत आँका था। संभवतः युद्ध के घाव इतने वर्षों के बीतने कारण भर गये थे, और वे उतना ही भूलने को इच्छुक थे जितना वह।

उसने लाहौर के आक्रमण में कुछ जवानों को खो दिया था; उन लोगों ने भी अमृतसर के अपने तलाश अभियान में। निर्बुद्धि! जो कभी भाई-भाई थे उन लोगों के बीच लड़ाई।

सूर्य उस अंचल के ऊपर तेजी से अस्त हुआ। गोधूलि की बेला सूर्य के अस्त होने से पसरनी शुरू हो गयी थी, जब सभी चीजें दिखाई देने योग्य थीं-परन्तु परछाई से रहित। अंधेरे ने गोधूलि से उत्तरदायित्व प्राप्त किया, पूरी सड़क पर मात्र एक गहरी परछाई तैयार करते हुए, जो जगह-जगह सड़कों के दीपों की कमजोर रोशनी के कारण छिद्रित थे।

रेस्त्रां के मालिक ने उसकी दिशा में एक या दो बार जाँचती नज़रें फेकी। सैनिक-सा दिखता वह सज्जन निश्चित ही खाने के आदेश देने और खुशामदी रकम रख छोड़ने में उदार था, लेकिन क्या उसे किसी अन्य सेवा की तो जरूरत नहीं थी? या वह वहाँ बैठने मात्र भर की योजना बना रहा था, बंद होने के समय तक बाहर सड़क पर देखता हुआ?

संक्षिप्ततः यही है जो जोशुआ ने किया। अभी साढ़े दस बंद होने का समय बजने में कुछ मिनट बाकी थे-जब जोशुआ ने सड़क की

भीड़-भाड़ में कदम रखा। वह मारवाड़ को भली-भाँति जानता था। वह प्रायः ही इससे गुजरा था, बाॅम्बे से, जब पलटन को अजमेर में तैनात किया गया था, या सीमा पर जाने के रास्ते में। वह जानता था कि वह पुनः मारवाड़ देखेगा।

उसने कभी कल्पना नहीं की थी कि वह इन परिस्थितियों में होगा– रात में, और अपने कोट के अंदर की जेब में रखे अपने सर्विस रिवाल्वर के सुख को महसूस कर रहा था। बायीं हाथ से काम करने की आदत के कारण, यह सही जेब थी। मौसम उपयुक्त नहीं था, बावजूद उसने कोट पहनने का चुनाव किया था। यद्यपि टाई नहीं। खुले गले की एक कमीज।

ग्यारह बज चुके थे जब जोशुआ ने दरवाजे पर धीरे से दस्तक दी। पुराने और गरीब घरों के जैसा मानसिंह का घर था, दरवाजे की घण्टी नहीं थी। यह घर-परिवार को जगाने से बचाता था और, यदि दरवाजे की घण्टी विशेषकर स्नेहपूर्ण होती, तो आस-पड़ोस को भी। उसकी पत्नी और तीन बच्चे सो गए होंगे सबसे छोटा तो अभी शिशुमात्र था। वह उन्हें एक लम्बे अरसे से नहीं देख पाया था। सुन्दर महिला, उसकी पत्नी बनी थी। एक ग्रामीण युवती, अशिक्षित, जो केवल रसोईए और सहायिका के दायित्वों में प्रशिक्षित थी। पूर्ण काला केश, पीछे की ओर कंघी किया और प्रायः लापरवाही से पीछे एक छोटे गेंद के आकार में बांधा गया होता ताकि वह काम करते वक्त और अच्छी कोशिशें कर पाएं, लंबा लहंगा जिसमें अनेकानेक लपटें थी उसकी नाभि से नीचे सोहरते हुए फर्श तक पहुँचता था, लहंगे के ऊपर एक वल्कल पहने थी जो सामने के वक्षों को आवरण देता था परन्तु पीठ पूरी तरह नंगी होती जो उसके शरीर से दो पतली डोरियों के सहारे बंधा था, एक डोरी गर्दन के ऊपर तथा दूसरी उसकी कमर को घेरे बंधी थी। और जब वह अपरिचित लोगों के सामने होती, वह एक लम्बी चुनरी अपने सिर के चारों ओर खींच लेती ताकि लोग उसकी आँखों में नहीं देख सकें।

लेकिन उसने उसका चेहरा देख रखा था। एक कामकाजी, सहायिका के तौर पर कार्यरत महिला जो उसके घर में काम करती थी के लिए

यह असंभव था कि उसके घर प्रत्येक दिन खाना पकाने और सफाई कार्य के लिए आती हो, वह सदा ही उस कोरे मस्लिन के पर्दे को ओढ़े रहे। सुन्दर बड़ी काली आँखें, जिनपर शख्त भौंहें थीं, एक चेहरा जो किसी भी तरह के श्रृंगार-सज्जा का तिरस्कार करता था, मजबूत ठुढी वाला अंडाकार चेहरा, और छोटे, कोमल कानों से लटकती सच्चे सोने की कानबालियाँ, जिसे उसने उसे उसके जन्मोत्सव पर भेंट किया था।

कोई प्रतिक्रिया नहीं थी, पाँव का घसीटना नहीं, कोई आधी दबी-सी झुंझलाहट नहीं–आधी दबी-सी, क्योंकि रात के उस समय अतिथि निश्चित रूप से उसकी माँ थी या कोई अन्य उतना ही आदरणीय। जैसे उसके पुराने कर्नल हों।

जोशुआ ने पुनः दस्तक दी; इस बार उसने दरवाजे तक आते कदमों को सुना। उसने अपनी बंदूक खींच निकाली, छाया में पीछे हट आया और बोला: "मानसिंह मैं हूँ, कर्नल सैमुअलसन। पीछे मूड़ो, और मेरी तरफ अपनी पीठ कर कमरे में तीन कदम अंदर जाओ, ताकि तुम कमरे के केंद्र में हो सको। तीन कदम, अधिक नहीं, तुम समझते हो?"

उस आकृति ने जिसकी रेखाकृति बमुश्किल ही दृश्य थी, पूरी तत्परता से आज्ञा का पालन किया। सदैव एक सिपाही, जोशुआ ने सोचा जब उसने उसके पीछे चलकर उस कम प्रकाश वाले कमरे में प्रवेश किया। वह मानसिंह था। सैन्य अनुज्ञा में प्रशिक्षित। जिसने कभी प्रश्न नहीं किया– एक पूर्ण सिपाही! निर्भरणीय, विश्वासी, सदैव वफादार। लेकिन तब, वैसा ही उसने मेजर पटेल के बारे में भी सोचा था। आदमी खरीदे जा सकते थे मानसिंह की किम्मत क्या हो गयी थी?

"पीछे मूड़ो।"

मानसिंह पीछे मुड़ा और बंदूक को देखा। उसने अपने हाथ उठाए; एक सिपाही कभी बंदूक से तर्क- विर्तक नहीं करता। लेकिन उसकी भौंहें प्रश्न करती आपस में भींच गयीं।

"मैं नहीं समझता, महाशय" उसने कहा। "क्या वास्तव में आपको इस तरीके में आने की कोई जरूरत है–अपने हाथो में उसके साथ?"

उसके अंदर का राजपूत हार्दिक रूप से दुःखी था। जोशुआ ने रिवाल्वर को नीचे किया, अपनी कोट की जेब में रख लिया।

वे एक-दूसरे के आमने-सामने खड़े थे, पहले तो उन्होंने कुछ भी नहीं कहा, एक-दूसरे को शंका और विश्वास नहीं करने की मुद्रा में देखते रहे।

"क्या घर में और भी कोई है?" जोशुआ ने पूछा। "रूपा देवी और बच्चों के अलावा?"

"नहीं, महाशय, और वे सो गये हैं। यद्यपि जल्द ही मेरी पत्नी जगेगी और अपने बगल से मुझे गुमशुदा पाएगी। वह, तब, मुझे खोजने इस कमरे में आएगी, क्योंकि बनी जल रही है। मैं उससे क्या कहुँगा?" मानसिंह जोशुआ के आगे जमीन पर बैठ गया।

"वह इंतजार कर सकती है। पहले तुम्हें मुझसे कुछ चीजों के बारे में बतानी है। वे रेल के खुले डिब्बे कहाँ हैं, मानसिंह?"

"कौन-से रेल के खुले डिब्बे?"

"मुझसे खेल मत खेलो, मानसिंहँ डौप(DOP) के टोकरे। उनकी दो खेपें। वे कहाँ हैं?"

"बाड़मेर में, महाशय। यहाँ से लगभग दो सौ मीलों दूर। थार के मरूस्थल में।"

"मैं जानता हूँ बाड़मेर कहाँ है। लेकिन वे वहाँ क्या कर रहे हैं?"

"आपके आदेशों को, महाशय।"

"मेरे आदेश? तुम अवश्य ही अपने दिमाग में नहीं हो। तुम यहाँ मारवाड़ में, तैनात किए गए थे ताकि तुम निश्चित कर सको कि वे रेल के खुले डिब्बे अमृतसर में तैनात अब्दुल को भेजे गए। लेकिन वे उस तक पहुँच नहीं रहे हैं। क्यों?"

"और अच्छे कारण के साथ, महाशय। क्योंकि आपने उन्हें बाड़मेर के लिए आदेश दिया था। आपके संदेश में मार्ग-बदलाव की बात थी। मेरे पास भेजा गया—और अब्दुल को भी—बॉम्बे से मेजर पटेल के द्वारा भेजा गया। अब्दुल भी आश्चर्यचकित था, लेकिन आदेश आखिर आदेश है मेरे पास मेजर पटेल के खास निर्देश हैं यहाँ मुझसे कहते

कि मार्ग बदल दिए गये थे, और रेल डिब्बों को बाड़मेर के लिए रवाना कर दो।''

''और तुमने उसपर सवाल नहीं उठाए? और न ही अब्दुल ने?''

''मैंने कभी भी किसी उच्चाधिकारी के निर्देशों पर सवाल नहीं किया है,'' मानसिंह ने शांतिपूर्वक कहा। ''क्या कभी मैंने युद्ध के मैदान में आपके आदेशों पर सवाल किया? क्यों अब शुरू करूँ?''

जोशुआ ने अपने हाथों में अपना सर जकड़ लिया। अभी भी बहुत कुछ शेष था जिसे इस धन्धे में सीखा जा सकता था। किसी ने सीखना बंद नहीं किया, और कभी-कभी सीखना जानलेवा हो सकता था। कभी-भी तीन व्यक्तियों की नियुक्ति मत करो, उनमें से एक से जो पद में औरों से ऊपर हो।

वह बुरा जा सकता था और उस श्रृंखला को खुद ही नियंत्रित कर सकता था, वह भी बिना दूसरों के द्वारा सवाल उठाए। वे भी दोष देने लायक नहीं थे। वह उनके आस-पास मौजूद नहीं रहा था। जिससे कि वे मार्ग के परिवर्तन पर कोई सवाल उठाते। वह उस दरम्यान इंग्लैंड में जुलिया के साथ विहार करता आ रहा था।

''लेकिन क्या तुम्हें यह असंगत नहीं लगा? बाड़मेर के लिए रेल डिब्बों को रवाना करते हुए?''

''नहीं, महाशय। बिल्कुल नहीं। एक पुराना रेल-मार्ग है जो बाड़मेर से पाकिस्तान में जाता है। सिंध में मीरपुर खास तक। अब्दुल और मैं दोनों ने इसे टेलिफोन पर बातचीत की, और हमने निर्णय लिया कि वह जरूरी था। आपने लाहौर के बदले टोकरों को मीरपुर खास पहुँचाने की इच्छा जाहिर की थी।''

''लेकिन वह रेल-मार्ग उपयोग में नहीं है। अतः यदि वे मीरपुर खास को नहीं भेजे गए थे, तो वे कहाँ हैं?''

''क्या मैं एक सवाल कर सकता हूँ, श्रीमान?''

''कर सकते हो।''

''क्यों मेजर पटेल ने हमें इन निर्देशों को भेजा यदि वे आपके आदेश नहीं थे, श्रीमान?''

"मेजर पटेल मर चूके हैं। एक गोली सिर के पीछे मारकर हत्या की गई। उनके आकाओं के द्वारा जिन्होंने उनका नियंत्रण किया जब तक कि वह उनके लिए एक भार नहीं बन गए। पैसा, ढेरों पैसा, मानसिंह उसे ढेरों पैसे देकर खरीद लिया गया था।"

मानसिंह खड़ा हो गया, अपने उच्चाधिकारी की लम्बाई पर भारी पड़ता, उसने बिना आदेश के ऐसा किया था।

"और आपने सोचा, कि मैं, एक राजपूत, आपके सर्वाधिक विश्वासी और वफादार सिपाहियों में एक–दो बार युद्ध के दिनों में आपके साथ युद्ध-भूमि में लड़ने वाला–भी खरीदा जा चुका था?"

"मैं विश्वास करना नहीं जाना, मानसिंह। मुझे खेद है। मैं माफी चाहता हूँ।"

"वह आवश्यक नहीं, महाशय," मानसिंह ने खुलकर मुस्कुराते हुए कहा। "आपने पुनः मेरे अंदर अपने प्रति विश्वास बहाल किया है। सैनिकों के अधिकारी के रूप में आप अद्वितीय हैं– यदि ऐसा कहने की मुझे इजाजत दी जाती है, महाशय।

"मानसिंह, मानसिंह। मैं अभी-अभी तुम्हारे घर आया हूँ, बंदूक के साथ तुमसे संघर्ष करते हुए, और–तुमने क्या कहा?–मैंने खुद में तुम्हारे विश्वास को बहाल किया?'

मानसिंह जोशुआ के पैरों के नजदीक पुनः जमीन पर बैठ गया। उसने अपने घर की एकमात्र कुर्सी पर बैठने के लिए अपने कर्नल को आमंत्रित किया।

"क्या आप याद करते हैं, महाशय, हमारे अंतिम युद्ध में, जब मैं, जैसा मैं नौजवान और दु:साहसी था, लाहौर की हिफाजत में महज दो सौ आदमियों के साथ गोलों की बौछार करने का प्रस्ताव दिया था? मैंने आपसे निवेदन किया, मैंने वकालत की, कि मुझे कोशिश करने दी जाए–आपने कहा 'नहीं'! मेरे लिए वह प्रोन्नति से कम नहीं था, और हाँ, काफी पैसा भी। लेकिन आपने कहा–नहीं! नहीं जब तक कि अग्रिम गुप्तचर सैनिक किसी रिपोर्ट के साथ नहीं आ गए थे। आप सदा ही अपने आदमियों की सुरक्षा के लिए सावधान रहे–यद्यपि मैं इसे उस दिन

अच्छा नहीं माना। मैं खिन्न हो उठा, आपमें साहस की कमी के बारे में भी सोचाँ क्या आपको याद है, महाशय?''

''वास्तव में, मानसिंह। मुझे याद है।''

''अग्रिम सैनिक गुप्तचर वापस अगली सुबह आ पाए थे जिसे आपने दुश्मन की ताकत का मूल्यांकन करने हेतु भेजा था। और उन्होंने आपसे क्या कहा? कि दुश्मन भारी तोप सैनिकों को रात में लाया था। हम बरबाद हो गए होते इसलिए आपने अगले दिन बदले में टैंकों को अंदर भेजा, और हमने उस बाहरी सैन्य चौकी को बिना किसी थ्राहादत के जीत लिया था। मुझे भी बचाया गया था।''

जोशुआ चुप था।

''क्योंकि तब आप सावधान थे–जैसे आज की रात आप थे। आपके पास जानने का कोई श्रोत नहीं था कि मैं भी दुश्मन की ओर दुबारा नहीं गया था। मैं आज जिंदा हूँ क्योंकि आप एक सावधान सेनापति हैं–और केवल मैं ही नहीं, बल्कि मेरी पत्नी भी, इसके लिए धन्यवाद देती है। मैं जानता हूँ वह प्रत्येक रात आपकी सुरक्षा की प्रार्थना करती है उसके लिए आप भगवान के समान हैं जिसने मुझे जिंदा रहने का न्याय दिया। मैं जानता हूँ, देर हो गयी है, लेकिन वह कभी मुझे माफ नहीं करेगी अगर मैं बिना एक प्याली चाय के आपको वापस मारवाड़ के होटल में जाने दूँ। कृपया, महाशय, क्या मुझे उसे जगाने की इजाजत है? नहीं तो वह मुझे कभी माफ नहीं करेगी।''

जोशुआ को सर हिलाने की जरूरत नहीं थी, क्योंकि रूपा देवी जग चुकी थी, और, अभी भी निद्रित आँखों में उसने कमरे में प्रवेश किया। लोगों से अपने चेहरे को छुपाने के लिए जिस चुनरी को वह पहनती थी, वह उसके शरीर से लिपटा नहीं था; वह उसके साथ नहीं सोती थी। उसका चेहरा आश्चर्य के भाव में सने आनंद से दमक उठा जैसे ही उसने अपने पूर्व मालिक को देखा, और उसने नमस्ते के लिए अपने सीने के सामने हाथ जोड़ लिए। उसने भी प्रतिउत्तर में वैसा ही किया।

''और तुम कैसी हो, रूपा देवी?'' उसने पूछा। ''बच्चे कैसे हैं?''

"बहुत अच्छे, श्रीमान। मैं मानसिंह से यहाँ आपके आने का कारण नहीं पूछूँगी, श्रीमान, इसके अलावा यह कहने की कि मैं यहाँ आपको पाकर कितनी खुश हूँ क्या मैंने मानसिंह को आपके लिए एक प्याली चाय के लिए कहते सुना, श्रीमान? क्या आप उन मनपसंद पकौड़ों को याद करते हैं जिसे मैंने अपनी शादी के पहले आपके सामने पेश किया था– जो आपका प्रिय पकवान था, मैं याद करती हूँ–देखिए आज ही। वे ज्यादा ताजे नहीं हो सकते थे। मैं उनके साथ आ रही हूँ, और चाय भी। मुझे बिना अनुमति आने के लिए माफ करें, श्रीमान।"

उसने कमरा छोड़ दिया। ऐसा ही मानसिंह ने भी किया। वह कुछ क्षणों पश्चात् एक फटी-चिटी पुरानी फाइल लिए आया।

"मैंने अपना कार्य किया, महाशय। मैं चाहता हूँ आप जानें। मैंने मारवाड़ जंक्शन से होकर आनेवाले प्रत्येक डौप (DOP) के टोकरे पर नजर रखी। अधिकतर अवसरों पर पूरे रेल के खुले डिब्बों पर डौप (DOP) का बहुत बड़ा एक ही टोकरा रखा होता; लेकिन तब कभी-कभी टोकरे छोटे होते थे और एक ही डिब्बे पर दो टोकरें लदे होते। इसलिए जहाँ केवल सड़सठ रेल के डिब्बे हैं, वहीं टोकरों की संख्या पचहतर है। मेरे पास पूरी जानकारी है, पहचान की संख्या, बाम्बे से माल भेजने की तारीख, मारवाड़ जंक्शन पर आगमन की तारीख, और बाड़मेर के लिए पार-खेपों की जानकारी सहित। मारवाड़ जंक्शन पर मालगाड़ियों के यार्ड से होकर रेल अधिकारियों के साथ मैंने डौप (DOP) के रेल डिब्बो की खोज में घण्टों बिताया हैं। वे सभी मेरे पास हैं। कोई भी गुमशुदा नहीं। मैं उस बारे में निश्चितता हासिल कर चुका हूँ। हाँ, सभी डौप के छुटकारे की प्रतीक्षा कर रहे हैं–डिमरेज शूल्क के भुगतान पर।"

"डिमरेज शुल्क?"

"हाँ, महाशय, वे बाड़मेर के माल गाड़ियों के यार्ड में विभिन्न अरसों से बैठे आ रहे हैं। कुछ एक महीने से दूसरे दो महीनों से। एक अनुपयुक्त छोटे रेल मार्ग पर रवाना किया गया जो सिंध के मीर पुर खास जाने वाले अनुयुक्त रेल-खण्ड को जोड़ता है।"

जोशुआ ने चैन की साँस ली। उसका चेहरा तनाव विसर्जित करता दिखता था जो इन गत तीन दिनों उस पर जरुरत से ज्यादा भीड़ बढ़ाते आ रहे थे।

उसने गुमशुदा असलहों की जगह के बारे में पता कर लिया। वह जानता था क्या गलत हो गया था, और इसे ठीक किया जा सकता था। उसने अपने हिस्से का मिशन का कार्य पूरा किया था। जोशुआ ने अपने कोट की जेब में रखे चेकबुक को थपथपाया। उस तरफ जिधर बंदूक नहीं रखी थी।

''कोई समास्या नहीं, मानसिंह। मेरे पास डौप का चेकबुक है और मैं इसके उपयोग को अधिकृत हूँ। कल हम उन रेल डिब्बों को छोड़ देंगे।''

''और उन्हें, महाशय, सीमा के पार, मीरपुर खास के लिए भेज देना है? सबसे छोटा पाकिस्तान के लिए छोटा रास्ता, और हम उन असलहों से छुटकारा पा जायेंगे–यदि आप मुझे ऐसा कहने को माफ करें, महाशय।''

जोशुआ असहमत था। यह विचार पर्याप्त रुप से लालसा पैदा करने वाली थी। टोकरों को सीमा पार पहुँचाओ, तब पाकिस्तानी अधिकारियों को उस बड़े अत्याधुनिक असलहों की खेप की जिम्मेदारी और उनका मुजाहिदीनों तक देने के बारे में चिंता करने दो। लेकिन वह उसका तरीका नहीं था। इस तरह इसकी पहली श्तुरुआत हो चुकी थी। पाकिस्तान की निचली पहुँचों में तोड़-फोड़ करो। इसी कारण वह और राशिद खान को असलहों के लिए सुरक्षित मार्ग तैयार करने की जिम्मेदारी सौंपी गई थी। वह भी कम से कम तीन देशों के नेताओं द्वारा। यह हार को स्वीकरना होगा–पराजय को भी–यदि वह पंजाब के बदले पाकिस्तान के सिंध में असलहों को प्रवेश कराता। अतिरिक्त, इस रेल मार्ग के आखरी छोर पर पहुँचे रेल डिब्बों के लिए उसके पास निर्यात अनुज्ञा-पत्र नहीं थे, और न ही पाकिस्तानी अधिकारियों के पास मीरपुर खास में आयात अनुज्ञा-पत्र थे। अब्दुल, अमृतसर में तैयार, के पास उन्हें उत्पादित कपड़ों और गैरयुद्ध-परक साम्रग्रियों के रुप में लाहौर भजने के वास्ते तैयार कागजात थे।

"हमें उन्हें मारवाड़ में वापस लाना है," जोशुआ ने कहा, "और उन्हें अमृतसर रवाना करने के लिए पुरानी व्यवस्था को ही फिर से बहाल करो, जहाँ अब्दुल उन्हें सीमा पार लाहौर में भेजने की व्यवस्था को देखेगा। यही मात्र तरीका है जब हम पहले की तरह मार्ग को खुला रख सकते हैं, बिना किसी सवाल के।"

रुपा देवी एक ट्रे के साथ कमरे में आई जिस पर दो चाय भरी प्यालियाँ और प्याज-पकौड़े से भरी एक तश्तरी थी। साथ में इस पर एक मिठाईयों (पाड़ा) से भरी एक और तश्तरी थी। एक अतिथि खासकर उसका पुराना मालिक और उसके पति का कर्नल–बिना कुछ मीठा खिलाए अपने घर से जाने की उसे वे अनुमति नहीं दे सकते थे। अपने अतिथि के सामने उसकी चुनरी उसके चेहरे पर नीचे तक खींची थी–जैसा उनका रिवाज था। वह अपने पति की बगल में बैठ गई।

"आप हमें लंबे समय से भेंट करते आ रहे हैं, कर्नल साहेब," उसने कहा। यह लगभग एक विन्रम झिड़की थी।

"मैं जानता हूँ, मैं जानता हूँ। लेकिन मानसिंह ने अवश्य तुम्हें कहा होगा कि जल्द ही मेरी शादी हुई थी–मात्र चार सप्ताह पहले–और, जैसा कि तुम जानती हो, ब्याह के बाद तुरंत ही, ऐसा लगता है कि समय तुम्हें त्याग देता हैं गत बार मैं तुमसे कब मिला?"

"जब मेरी शादी नहीं हुई थी, महाशय, और नौकरानी के रुप में काम करती थी–आपके लिए खाना बनाने और साफ-सफाई के काम–अजमेर में आपके सेना के बंगले में।"

उसने भी याद किया। तब वह ब्याहता नहीं थी। और अपना चेहरा ढकती नहीं थी। उनकी आँखें मिलीं, कभी-कभी मुस्काराते हुए, उस स्थानीय खच्चर की पुरानी कहानियाँ जो बार-बार कर्नल के बंगले के खुले आँगन में बहक आया करता था, और तब तक बोलता रहता था जब तक कि मानसिंह उस जानवर को हाँक बाहर नहीं कर देता। तब आँखें चमक उठी थीं। अपने पुरे नारित्व की शक्ति के साथ, लगभग व्यर्थ का दिखावा करती, उस अभेद्य दिवार के पीछे जिसने उन दोनों को सुरक्षित रखा था। एक मालिक और उसके नौकर के बीच। सभी

उद्वेगों पर कड़ा नियंत्रण। वही आगे भी चलना चाहिए–उसने खुद को याद करवाया–जेम्स और जुलिया के बीच।

वह तब बहुत सुरक्षित थी; जैसी अभी थी। हालाकि वह उसके हवलदार की नजरों से सुरक्षित नहीं थी, जो, जोशुआ ने पाया, अपने कर्नल के पास जरुरत से बहुत ज्यादा आ–जा रहा था। जब तक कि एक दिन उसके हवलदार ने अपनी ष्टादी करने की इच्छा को नासमझी के कारण बक नहीं दिया था। रुपा देवी के साथ। वह अनाथ थी और उसकी देखरेख में थी, और इसलिए जोशुआ ने उसका प्रस्ताव उस तक ले गया, और मेल बैठा दिया। एक भारतीय सेना का निर्धन हवलदार और उससे भी निर्धन एक नौकरानी के बीच शांतिपूर्वक विवाह के सभी खर्चे को वहन करने की जिम्मेदारी उठाते हुए।

उसने खुद को बधाईयाँ दी, जब विवाह संपन्न हो गया, कि वे अपने उस भलाई करने वाले फरिश्ता को कभी जान नहीं पाए थे–और चाहे मानसिंह और रुपा देवी शव्या में भले प्रायः ही इसकी चर्चा करते हों–उनने उसे कभी ऐसा कोई संकेत नहीं दिया कि वे जानते थे।

उसकी बगल की मेज से उसने ट्रे उठाया और कमरे से बाहर चली गई। वह उस रात उसे अंतिम बार देखा।

बाड़मेर में रेलवे लिपिक, फाइलों की अंबारों के पीछे आधा छिपा जो उसके टेबल के ऊपर पूरे ब्यूरोक्रैट वाले गौरव में बिखरे पड़े थे, अपने पढ़ने की ऐनक के सहारे अपने सामने खड़े जोशुआ और मानसिंह पर देखा और विरोध जताया।

''लेकिन, प्रिय महोदय वे, गत दिवस ही छोड़ दिए गए हैं। मैं शायद ही उन्हें दुबारा निर्मुक्त कर पाऊँ। मेरे उच्च अधिकारी गण क्या कहेंगे यदि मैं आपका चेक भी लेता हूँ?''

जोशुआ जो अब तक एक लकड़ी की कुर्सी में बहुत आराम से बैठा था, ने उसकी कठोरता पर ध्यान दिया और बैठा रहा; मानसिंह, उसकी बगल में, जो खड़ा रहा था, तनकर खड़ा हो गया।

''तुमने उन्हें निर्मुक्त कर दिया?''

''हाँ।''

''किसे?''

''क्यों डौप को, हाँ। उनके पास पहचान के लेटर हेड, एक डौप का चेकबुक–जैसा आप यहाँ रखे हैं, महाशय, थे। इसलिए मैंने रेल डिब्बों को उन्हें निर्मुक्त कर दिया। मुझे देखने दीजिए मेरे पास डौप की खेपों से संबंधित एक बड़ी फाइल है। वर्ष के प्रारभ में, वे अमृतसर को रवाना की गयी थीं, अंतिम दो खेपें बाड़मेर को।''

उसने फाइलों के अंबार को खोलना शुरु किया जब तक कि वह इच्छित फाइल को खोज नहीं लिया। यह मोटी थी, लगभग एक इंच मोटी, क्योंकि मार्शलिंग यार्ड से खेपों की निर्मुक्ति में हुई देर और बॉम्बे ऑफिस को डिमरेज ष्टुल्कों का भुगतान करने और रेल डिब्बों की निर्मुक्ति सुनिश्चित करने के लिए लगातार भेजे गए संकेत–पत्रों एवं विवरणों से भरी थी।

''बॉम्बे और मारवाड़ जंक्शन से आयी उन खेपों की मुझे बहुत अच्छी याद है। थार मरुस्थल के बीच में कृषि मशीनें, महाशय, मैं आपसे पूछता हूँ? और उन्हें स्वीकारने को कोई नहीं। जब भी खेपें आईं, मेरी सिरदर्दी बनी रहीं। उन्हें रखने की कोई जगह नहीं। बाड़मेर स्थित हमारा यार्ड बड़ा नहीं है। तब हम उन्हें कहाँ रखते? इसलिए अंत में हमने एक पुराने, अनुपयोगी पाकिस्तान में मीरपुर खास तक जाने वाले रेलमार्ग को खोल दिया। केवल उन्हें वहाँ खड़ा करने के लिए, महाशय, उसने जल्दबाजी में कहा, ताकि वह सेना का सज्जन और बलवान सिपाही जो उसकी बगल में खड़ा था भ्रमित नहीं हो।

''क्या डौप ने उन्हें किसी अधिकृत व्यक्ति के मामयम से उन्हें छुड़ाया जो व्यक्तिगत यहाँ आया या किसी पत्राचार में माध्यम से था?''

''व्यक्तिगत रुप से, महाशय। मेरे सामने बैठा, ठीक जैसे आप अभी बैठ रहे हैं। मैं उसे कभी नहीं भूल सका, छोटे कद का आदमी। गोलाकार, गंजा, पसीने से तरतर जो बार–बार अपने बड़े रुमाल से अपना चेहरा और आँखें पोंछता जाता था। नाटा और गठीले शरीर का, उस कुर्सी में बमुश्किल, अँटता और उस गर्मी में टाई के साथ सूट में–मैं आपसे पूछता हूँ?''

"क्या आपने पता किया कि डौप के कार्यालय कहाँ-कहाँ है? मारवाड़ में? बाड़मेर में? कहाँ?"

उस रेलवे लिपिक ने दुःख के भाव दर्ज किया। जाने क्या ये सेना सदृश लोग सामान्य नागरिकों के बारे में सोचते हैं? जैसे उसके बारे में, अकुशल? बिना रेलवे के नियमों को मयान में रख कार्य करते हुए?

"हाँ, महाशय। बिना उनके कार्यालय का पता लिए मैं कैसे उन रेल-डिब्बों को निर्मुक्त कर सकता था? यदि चेक भुगतान के अयोग्य पाया गया, मैं गंभीर परेशानी में पड़ जाऊँगा; यदि मैं उनके वर्तमान स्थान को चिन्हित नहीं कर सका? मुझे देखने दीजिए, यह यहीं मेरे पास है।"

जोशुआ ने इसे लिख लिया। बाड़मेर के बाहरी चौहदी पर एक संपन्न रिहायशी इलाके में एक मकान जो मरुस्थल को घेरे हुए स्थित था। उसने इसे मानसिंह को उसके कंधे के ऊपर झुककर दिखाया। उनकी आँखें मिलीं मानसिंह ने सिर हिलाया। वह जानता था यह कहाँ था।

बूढ़े व्यक्ति ने इस बारे में एक क्षण को सोचा।

"विचित्र। आपको उनके कार्यालय के पने को पूछना चाहिए। कल यहाँ एक अन्य सज्जन थे इसी जगह की जानकारी के बारे में पूछ रहे थे।"

"अन्य सज्जन?"

"एक उम्रदराज, बहुत सुसभ्य सज्जन। मेरी नजरों में एक सेना के जवान भी दिखे आपकी तरह, महाशय–और मैं लोगों की अच्छी परख रखता हूँ। कोई मूँछ नहीं, बड़े-से कान और नाक। मूँगों से बनी फ्रेम वाले चश्मे के पीछे दयार्द्र आँखें, घने चाँदी के बाल, सिर के ऊपर गंजापन। शिष्टाचार का नमूना था; वास्तविक खुशी उससे बातचीत कर होती थी, महाशय–जैसे आप भी हैं।"

"रेल के डिब्बे अभी कहाँ हैं?" जोशुआ ने पूछा।

"उनसे पूर्जे बांधे जा रहे हैं। जैसा कि मैंने जिक्र किया, मीर पुर खास वाले रेलमार्ग पर। वे यहाँ से लगभग एक मील दूर हैं। खिड़की के पास आईए, अच्छे महाशय। वहाँ आप हम जहाँ खड़े हैं वहाँ से टोकरों के ऊपरी सिरे देख सकते हैं।"

''कहाँ के लिए उनमें पूर्जे बाँधे जा रहे हैं?''

लिपिक ने अपनी फाइलों को देखा।

''विचित्र,'' उसने कहा सर्वाधिक असंगत। लेकिन उनके साथ पूर्जे बाँधे जा रहे हैं। मीरपुर खास के लिए नहीं, प्रत्युत सीमा के इस पार स्थित एक छोटे शहर के लिए। क्यों कोई भारी कृषि मशीनों को वहाँ भेजता रहेगा, जब तक कि सरकार की शक्तियों के पास थार मरुस्थल को विकसित करने की कोई योजना नहीं हो? शायद, मुझे वहाँ कुछ ज़मीन खरीद लेना चाहिए? इसका मूल्य अवश्य ही धीरे-धीरे बहुत बढ़ जायेगा।''

''मैं ऐसी सलाह नहीं दूँगा,'' जोशुआ ने शुष्कता से कहा। ''सीमा के इस तरफ? आप निश्चित हैं?''

''पूरी तरह और वह उनका आखिरी गंतव्य है। क्योंकि कुछ मीलों और आगे वे पाकिस्तान के सिंध में होंगे।''

''और वे क्या पहले से ही पूर्जें नत्थी किए गए हैं?''

''अब तक लाइनमैन अवश्य ही पूरा कर दिया होगा, है न। इसमें ज्यादा वक्त नहीं लगता। तार से पूर्जे नत्थी करने में। सड़सठ रेल डिब्बों का। प्रत्येक के लिए कुछ मिनट–और तब अगले डिब्बे के लिए। यह काफी आसान होता है यदि सभी रेल डिब्बे एक साथ जुड़े हों और एक जगह हों–जैसे अभी डौप के रेल डिब्बे हैं। पूरी तरह भिन्न जब वह विदेशी सज्जन कल इसे विमुक्त चाहते थे। तत्काल ही, उसने कहाँ लेकिन, अच्छे महाशय, उन्हें एक टेंन के साथ जोड़ा जाना है–और इसमें वक्त खर्च होता है, मैंने कहा। लेकिन मैंने इस काम के लिए एक जोड़ा ताकतवर डीजन इंजनों को सारणीबद्ध किया। एक पर्याप्त नहीं होता, दोनों सिरों से काम करने से, हमने उन्हें कल जोड़वा दिया था, ताकि लाइनमैन आज उनके साथ पूर्जे नत्थी कर दे, और कल वे अपने रास्ते रवाना हो जाएँ''

''आपने क्या कहा?'' जोशुआ ने पूछा।

''वे कल अपने रास्ते रवाना हो जायेंगे।''

''नहीं-नहीं। उस आदमी के बारे में जो विदेशी दिखता था?''

"क्यों, हाँ। क्या मैंने इसका जिक्र नहीं किया? एक श्वेत साहिब, हम उन्हें पुराने समय में यही कहे होते। अब नहीं। हम इस तरह की गुलामी में नहीं हैं। लेकिन हाँ। वह इग्लैंड या अमेरिका से आया? उसने नहीं कहा और मैंने नहीं पूछा। वह कहाँ से आया इससे मेरा कोई वास्ता नहीं था। सभी व्यक्तियों से–भारतीय या विदेशी–समान व्यवहार किए जाने हैं वे सरकार के निर्देश हैं। इसलिए मैंने कुछ यथाशक्ति उनकी मदद की। कहा कि वह डौप का मालिक है जब मैंने कुछ संकोच जाहिर किया। नहीं, बिल्कुल नहीं। उसने कहा कि डौप उसकी सरकार की एक सहायक संस्था थी।"

"एक अंतिम प्रश्न," जोशुआ ने शुद्ध अज्ञानता का बहाना बनाते कहा। "डीजल इंजन चालकों को कैसे पता चलता है कि उन्हें ट्रेन को कहाँ ले जाना है? क्या वे आपसे इसकी जानकारी प्राप्त करते हैं?"

"नहीं, महाशय।" लिपिक ने दृढ़ता से कहा। "मैं पागल हो जाऊँगा यदि प्रत्येक इंजन चालक पूछे कि कोई खास साथ जुड़े रेल डिब्बों को कहाँ भेजा गया था। इसलिए ही टैग होते हैं। प्रत्येक डीजल इंजन के लिए दो आदमी होते हैं–एक चालक और दूसरा गार्ड। इसलिए दो गार्ड, आगे और पीछे के डीजल इंजनों के, प्रत्येक रेल डिब्बे की जाँच करते हैं। टेंन की एक तरफ से एक अंतिम डिब्बे तक जाता है दूसरी तरफ से दूसरा। वे मिलकर पूर्जों की तुलना करते हैं। यदि नत्थी करने में कोई अंतर नहीं है–सभी टैग एक ही जगह के लिए होते हैं, या एक ही मार्ग के लिए, और वही सभी रेल डिब्बों पर, वे स्टेशन मास्टर को सूचित करते हैं कि वे जाने को तैयार हैं। स्टेशन मास्टर तब सिग्नल मैन को सूचना देता है, दूरभाष से, और ट्रेन अपने गंतव्य को चल पड़ती है। स्टेशन मास्टर तब उस मार्ग के अगले पड़ाव को एक मालगाड़ी की आशा करने को सूचित करता है–और यह आखिरी होता है–आखिर में मेरे हाथों और दिमाग से बाहर।"

वह कुछ ज्यादा बातचीत किया होता। उसने अभी-अभी चाय देने वाले लड़के को तीन मेजों की दूरी पर चाय पेश करते देखा था, और वह उस सैनिक और उसके आदमी को चाय की पेशकश करने जा रहा था, लकिन जोशुआ ने उन्हें बहुत धन्यवाद ज्ञापित किया, शानदार अंदाज

में प्रस्ताव या पेशकश को ठुकराते हुए और जल्दबाजी में उस कमरे से वापस बाहर आ गया। रेलवे कार्यालय की इमारत से बाहर और मार्शलिंग यार्ड के अंदर आते ही जोशुआ ने अपने कोट की अंदर की जेब में हाथ घुसेड़ा और बड़ी नींब वाली निशान देने वाली कलमों को बाहर निकाला। कांतिलाल जी ने उसे दिखाया था कि कैसे उसे किया जाता था–रेल डिब्बों में पूर्जों की नत्थी।

"तुम जानते हो वे कहाँ हैं," जोशुआ ने धीरे से कहा। "सभी नत्थी किए पूर्जों पर गंतव्य को बदल दो। इस पर बड़े गलत के निशान बनाओ जो इसे मिटा दे। निश्चित करो कि पढ़े नहीं जा सकें। तब आगे दूसरी कतार में, दिल्ली लिखो और अंतिम गंतव्य के रुप में अमृतसर लिखो। इस बात की जाँच करो कि यह सामने या पीछे है, या केवल बगल में। ट्रेन के दोनों तरफ। जुड़े रेल डिब्बे कम से कम आधा मील लम्बे हैं। कितनी अच्छी आकृति में तुम हो?"

मानसिंह आगे के कार्यों के लिए उम्मीद दिखाते हुए मुस्कुराया।

"मैं एक सिपाही हूँ, श्रीमान। मैं सदैव ही अच्छे रुप में होता हूँ।"

"खूबँ तब एक सिरे पर ष्शुरु हो जाओ। जब तुमने एक डिब्बे की नत्थी कर दी है, दौड़ो–चलो नहीं–अगले डिब्बे की तरफ। और इसी तरह आखिर तक; तब रेल पटरियों को पार करो और यही दूसरी तरफ करो। याद रखो, तुम दौड़नाँ वह एक आदेश है, मानसिंह।"

"श्रीमान, हाँ श्रीमानँ"

"जब तुम खत्म कर चुके हो, और यह कम से कम तुम्हारा दो घण्टे का समय लेगा, हमारे मित्र द्वारा दिए पते पर मुझसे मिलो–उस गंजे सिर वाला विदेशी मित्र–जिसने रेलवे के लिपिक को दिया। मैं उसे जानता हूँ, लेकिन यह उसके लिए एक पूरी तरह आश्चर्य की बात होगी जब वह हमें देखेगा। ओह, और मानसिंह, हथियारबंद होकर आने की बात नहीं भूलना। मैं कुछ समय के लिए वापस होटल जा रहा हूँ, लेकिन मैं तीन घण्टों के अंदर अवश्य ही तुम्हें उस दिए पने पर मिलूँगा।"

वह मकान ईंट और पत्थर से बना पक्का बंगला था, जो शहर के

एक ज्यादा संपन्न देहाती इलाके में स्थित था, जिसके फर्श संगमरमर के बने थे, और खिड़कियाँ लोहे की छड़ों एवं लोहे के फाटकों से बनी थीं। एक मंजिल ऊँची, एक छत सहित जिस पर गर्म, उमस भरी रातों में तारों के नीचे सोने की व्यवस्था थी। मकान की रुपरेखा इस कदर बनायी गयी थी कि उस मरुस्थल की गर्मी में भी वह ठंडा रह सके। लोहे की छड़ों से निर्मित खिड़कियाँ सेंधमार चोरों को बाहर ही रखती थी, यदि खुली हों, रात की ठंडी बयार को आसानी से अंदर आने दो। तीन शयनकक्ष, प्रत्येक शयनकक्ष में ही स्नानघर की व्यवस्था, एक बड़ा रिहायशी कमरा, रसोईघर और भोजन करने के अलग-अलग जगह, रसोईघर के साथ एक छोटा कमरा भी जुड़ा था जहाँ कोई निवासी नौकर-रसोईया या नौकरानी–एक चटाई बिछाकर रात में सो सके।

जोशुआ तीन घण्टे बीता चुका था–मानसिंह द्वारा उपयोगी तरीके से रेल डिब्बों को फिर से नत्थी करने के इंतजार में। उसने शहर के लिपिक से बातचीत की–एक उम्रदराज निःसन्तान विधवा जिसने उसमें एक मातृवत रुचि लिया था, और जिसने स्वेच्छा से हरेक बातों की सूचना दिया जिसे अपने अनुसंधान के लिए उसे जरुरत थी।

शहर के संपन्न हिस्से में स्थित वह मकान? यह लम्बे समय से खाली पड़ा था। लेकिन करों का भुगतान आज तक किया गया था, और मालिक आते और जाड़े के महीनों में उनर के जमा देने वाले तापमानों से बचने के लिए ठहरते। मालिकों? सेना का एक सेनाध्यक्ष–जो विदेश में रहता था, वह नहीं जानती थी कहाँ–और उसकी एकलौती पुत्री।

मकान अंधेरे में था। सिवाय पीछे के कमरों के। उसने अनुमान किया एक शयनकक्ष था; दूसरा उससे जुड़ा गुसलखाना हो सकता था, क्योंकि उस कमरे का एकमात्र खिड़की का काँच धुंधला था और जो लोहे की छड़ों और पल्लों से बनी थी। लोहे के पल्ले बंद थे।

वह चुपचाप उस मकान के किनारे को गोल घुमते उस शयनकक्ष– के पास गया, दरवाजे खुले थे। जोशुआ अंदर झांका। यह एक शानदार शयनकक्ष था; एक महिला का शयनकक्ष जिसमें उस छोटी खिड़की के

ठीक विपरीत में एक डेंसिंग टेबुल और आईना, इसके बगल में उसी रंग से मेल खाता कपड़ों की दराजों एवं आईना लगा एक मेज, और एक बड़ा उसी रंग का पलंग जिसका सिरहाना नक्काशीयुक्त था। और जो एक दीवार के सहारे लगा था आदि सुव्यवस्थित रूप से सजे थे। पलंग पर कोई सो रहा था, जो शव्या के कपड़ों से ढँका था, लेकिन, जहाँ से खड़ा था, वह नहीं कह सकता था कि वह एक आदमी था या एक औरत थी।

अब उसे अंदर जाना था। उस मकान में तीन दरवाजे थे। उसने सामने के दरवाजे से घुसने की जुर्रत नहीं किया, इसके अतिरिक्त वह निश्चित था कि वह ताला जड़ा था। पिछला दरवाजा खुला हो सकता था। वह घुमते हुए पीछे गया। वहाँ भी ताला लगा था जिसके कारण अंतिम प्रवेश द्वार छत की ओर से देखना शेष था। यद्यपि वह एक मंजिल का मकान था, इसकी छत सपाट और पहुँचने योग्य थी और इसलिए एक सीढ़ी थी जो चौड़े सामने के बरामदे के अंदर से छत को जाती थी। सामान्यतः छत के दरवाजों में भी ताला लगा होता होगा, लेकिन यदि यह कपड़ों को बाहर टाँगकर सुखाने के उपयोग में आता था, नौकरानी इससे अनेकों बार आने के लिए इसे खुला छोड़ सकती थी जिसे दिन में उसे जाने की जरुरत हो सकती थी, इसलिए वह रात में एक बार दरवाजे बंद होने को छोड़ देती हो।

उसने अपने रिवाल्वार पर सेल्टी कैच चढ़ाया और नाली के पाइप की मजबूती की जाँच की। यह पर्याप्त ठोस लगा, जो ईंट की दीवार से मजबूती से जड़ा था, और–मानसिंह के विपरीत–वह बहुत भारी भी नहीं था।

वह छत की ऊँची दीवार चढ़ गया और सीढ़ियों के दरवाजे की ओर बढ़ा। यह बंद था, लेकिन ताला नहीं जड़ा था।

उसने अपनी रिवाल्वर को सेल्टी कैच लगा ही अपनी जेब के हवाले किया; यह एक गलती थी, उसने आगे चलकर इसका बहुत बूरी तरह अफसोस किया। वह सीढ़ियों से रेंगकर नीचे बरामदे में आ गया, और वहाँ से उस रिहायशी कमरे में। यह अंधेरे में था, लेकिन मुख्य

शयनकक्ष से आती रोशनी ने उसे देखने में मदद किया; किसी कुर्सी से टकराना या किसी फुलदान को तोड़ना कभी भी लाभदायक नहीं होता।

शयनकक्ष में पलंग पर एक आदमी था, और वह मृत था। बेचारा मैक्स। वह खुली आँखों वहाँ अति शांतिपूर्वक लेटा हुआ दिखा, उसका चेहरा दीवार की ओर था और उसके सिर के पीछे गोली का छिद्र था। बिछौने में कपड़ों से ढँका उसका संक्षिप्त दिखना जोशुआ को इच्छित जानकारी देने में सक्षम था। वह जानवरों की दुनिया के कुछ उदाहरणों को जानता था जहाँ मादा ने नर को प्रेम के लिए फुसलाया; फिर प्रेम-मिलन के बाद उसे खा गयी–उसने कभी भी आई.एम.आई. के साथ के वर्षों में इस तरह एक औरत और एक आदमी के बीच इसका प्रदर्शन नहीं देखा था।

''हाँ, जोशुआ,'' उसके पीछे से आवाज आई। ''मैंने उसे गोली मारने के पहले पर्याप्त समय दिया। उसका चेहरा देखो। क्या यह कोई आंतक दिखाता है? या क्या यह एक सर्वसंतुष्ट और शांतिमय व्यक्ति का चेहरा नहीं है? लेकिन तुम्हारे साथ ऐसा नहीं होगा, जोशुआ। तुम चिल्लाते हुए मरोगे, तुम दया की भीख माँगते मरोगे–और, हाँ, मैं तुम्हारी हत्या करुँगी, उन सभी तकलीफों के लिए जिसे तुमने मुझे दिए हैं। मेरे दुःख के लिए! धीरे-धीरे पीछे मुड़ो और अपने हाथों को अपने कोट की जेब से बाहर रखो, और पलंग से दूर हटो। मैं एक मंजी हुई निशानेबाज हूँ तुम्हें जानना चाहिए, तुमने मुझे प्रशिक्षित किया है।''

जोशुआ धीरे-धीरे पीछे मुड़ा, और पलंग से दूर हट गया। उसकी पीठ छोटी खिड़की की तरफ थी, उसके हाथ उसके आजू-बाजू में थे। देपिका रानी डेंसिंग टेबल के स्टूल पर बैठी थी, प्रत्यक्षतः उसके विपरीत उसके हाथ में एक सर्विस रिवाल्वर था–आई.एम.आई. गुप्तचरों के लिए स्तरीय उत्पाद।

वह एक लाल, वल्कल रहित सामने हुकों वाली ब्लाउज, जो उसके बड़े-बड़े वक्षों के बगलों को कड़ाई से जकड़ रखा था पर लाल और सुनहरी साड़ी में पूर्णतः सुसज्जित थी। उसकी साड़ी के नीचे से उसके पैरों के अंगूठे झांकते थे। अंगूठों के नाखून भी लाल वर्ण से सुसंगत तौर

पर रंजित थे। वह सौंदर्यवती थी–उसने याद किया, वह एक सेनाध्यक्ष की बेटी थी–और यह झलकता था।

"मैं आपसे प्यार करती हूँ, जोशुआ। मैंने आपको पाने के लिए क्या नहीं किया होता? मुझे देखिए? क्या मैं अंग-प्रत्यंग से उतनी ही सुन्दर और वांछनीय नहीं हूँ जिनती की आपकी अंग्रेज औरत? क्यों आप मुझसे शादी नहीं कर सके थे? क्या मैं विवाह-बंधन में आपके लिए निराशा सिद्ध हुई होती? मुझसे कहिए, जोशुआ। क्योंकि जो मैं हूँ उसे आपने ही बनाया है। ऐसा कहा जाता है कि एक औरत विधवा बन जाती है जब उसका प्यार मर जाता है। यदि वह सच है, तुम दो विधवाएँ बनाओगे–एक नहीं–जब मैं तुम्हें मार देती हूँ। और मैं तुम्हारी हत्या कर दुँगी। क्यों नहीं तुम कुछ कहते हो–या तुम चुपचाप मरना चाहते हो?"

"मैंने तुमसे शादी नहीं की क्योंकि मैंने तुम्हें प्यार नहीं किया। यह समझना सरल है। और मैं तुम्हें प्यार नहीं कर सका उसका कारण तुम्हारी अपनी शख्सियत ही है–उसे देखो।" जोशुआ ने बिस्तर पर पड़े उस शव की तरफ अपना हाथ लहराया। "मैक्स ही क्यों? उसने क्या कभी तुम्हें चोट पहुँचाया? खैर, वह भारत में क्या कर रहा है? और सभी जगहों को छोड़ खासकर बाड़मेर में।"

"मुझे उसे यहाँ बुलाना पड़ा ताकि वह रेल डिब्बों को खाली कर सके। यह आसान था। मैंने उसे सच से अवगत कराया। मैंने बाड़मेर में असलहों की खोज कर ली थी, और भुगतान के लिए हम उन्हें विमुक्त एवं मीरपुर खास के लिए भेज सके। मैंने उसे कहा कि मेजर पटेल विश्वासघाती निकला–और राजा भी। यह बहुत आसान था। सड़सठ रेल की डिब्बों को चतुराई से विमुक्त कराना, उस चेकबुक जिसे मैंने मेजर पटेल के घर चुराया था, का उपयोग कर, किसी विदेशी के लिए तो और भी बहुत आसान था। यह किसी भारतीय महिला के लिए इतना आसान नहीं था–काश, मुझे यह कहते खेद है। मैक्स ने इसे लाया–और वह आया। मुझे खेद है कि मुझे उसे मारना पड़ा, लेकिन ऐसा करने के पहले मैंने उसे एक अच्छा वक्त दिया।"

"और क्या तुमने मेजर पटेल को भी अच्छा वक्त दिया, इसके

पहले जब तुमने उनकी हत्या की? क्या तुमने उनकी हत्या की?''

''ओह, हाँ। हमने उसे पैसे से खरीद लिया। और तब, जब उसने पाया कि तुम वापस आ रहे हो, उसे परेशानी हुई और हमारे राज को खोलने की धमकी दी। आपकी पत्नी से पन्द्रह मिनट पहले मैं वहाँ दाखिल हुई थी। उसने सोचा कि मैं उसके लिए और पैसे ला रही थी। उसके सिर के पीछे एक गोली लगी और मेजर पटेल निकल गया। वह शांतिपूर्वक मर गया। मैंने फाईलों की दराजों में खोजा लेकिन मैंने उसके ऑफिस डेस्क की चाभी नहीं खोज पायी–जिसे आपकी पत्नी ने किया।''

''लेकिन तुमने एक छोटी भूल की जिसके कारण बाद में मुझे पता चला कि यह तुम थी। 'हम लोग' कौन हैं?''

''ओह, भारत में के.जी.बी. आप जो भी पूछना चाहते है पूछ सकते हैं, क्योंकि आप इसे किसी के सामने दुहराने नहीं जा रहे हैं। दस मिनटों के अंदर, जोशुआ, तुम बिल्कुल मर जाओगे ठीक उसकी तरह, यद्यपि तुम उस मजे को नहीं पाओगे जिसे उसने मरने के पूर्व पाया। इसलिए पूछो।''

''क्या तुम्हारे पिताजी सेनाध्यक्ष राम सिंह जानते है?''

''नहीं''

''तब ठीक है, कम से कम उन्होंने अपनी इज्जत की परवाह की।''

''इज्जत के बारे में मुझसे कोई बात न करो, जोशुआ,'' उसने धीरे से कहा। मैं जो कुछ हूँ, मुझे आपने बनाया है।''

''यह कहना बिल्कुल ठीक है: 'आपने मेरे लिए यह कियाँ' या 'मैं जैसी हूँ उसके जिम्मेवार तुम हो।' एक सेनाध्यक्ष की एकलौती बेटी–तुमने सोचा कि तुमने हम सभी को खरीदा, मुझ सहित। ठीक, जुलिया एक अंग्रेज अर्ल की एकमात्र पौत्री है, लेकिन वह उस रूप में नहीं सोचती जिस रूप में तुम सोचती हो, कभी नहीं सोचा है। इसलिए अब तुम जानती हो क्यों मैं उसे प्यार करता हूँ। और शादी की; वह भद्र महिला है, उच्च स्तर की शानदार तुम इसके विपरीत एक क्रूर हत्यारिन हो।''

"मुझे इसे तुमसे नहीं सुनना है, जोशुआ। मैं सोचती हूँ, मैं तुम्हारे जीवन को पाँच मिनट में समाप्त कर दूँगी। क्या तुम अपनी प्रार्थनाएँ कर लेना चाहते हो? क्या तुम खड़ा मरना पसंद करोगे, या दया के लिए तुम मेरे पैर पकड़ने जा रहे हो? हालाकि मैं सोचती हूँ कि मैं तुम्हें अपने पैरों में देखना पसंद करती हूँ। अपने घुटनों पर झूके हुए।"

जोशुआ खड़ा रहा। "तुम अपने शब्दों के अनुरुप महिला भी नहीं हो। तुमने दस मिनट कहा। तुमने कहा मैं जो कुछ चाहता था कह सकता था क्या तुम सोचती हो मैं तुम जैसी कुतिया से शादी किया होता?"

उसने चेतावनी में एक गोली चलाई जो छन-छन करता उसके बाएँ कान के पास से गुजर गया। उसने हिम्मत करने की कोशिश नहीं की और असफल रहा। वह हँस पड़ी।

"तुम बहादुर नहीं हो कर्नल? जिसके बारे में उसकी पत्नी सोचती है जिससे उसने शादी रचायी? ओह, अब मैं तुम्हारी हत्या कर दूँगी उसके बाद, मैं उसे नहीं मारुँगी। देखो तुम वहाँ इकट्ठे थे? कभी नहीं। नहीं, उसे दुख उठाने दो-जैसे मैंने उठाया है। लेकिन मैं उससे बातचीत करुँगी और उससे कहुँगी तुम एक कायर की मौत मरे, अपने घुटनों के बल-एक सैनिक की तरह नहीं।"

जोशुआ ने उसके पीछे स्थित ड्रेंसिंग टेबल के दर्पण में देखा और सोचा उसने एक परछाई को तजी से गुजरते देखा। उसने निर्णय किया कि वह मात्र कामनापूर्ण विचार था। क्या वहाँ बाहर कोई था? मानसिंह अभी तक कहाँ था? अब तक तीन घण्टे कब के बीत चुके थे, जिसे उसने रेल डिब्बों को फिर से टैग करने के लिए प्रदान किया था, लेकिन मानसिंह का कहीं पता नहीं था। उससे बातचीत जारी रखना आवश्यक था।

"तुम्हें कांतिलाल को क्यों मारना पड़ा?"

"ओह, उसे? पहिए का एक महत्त्वहीन छोटा दाँता, जो साहस खो दिया और अंतिम खेप को अमृतसर के लिए रवाना करना चाहता था। वह जानता था तुम कौन थे, और तुम्हें टालते हुए देर करने के उलट उसने सारी जानकारी दे दी। मुझे अवश्य स्वीकार करना चाहिए, यद्यपि, कि मैं चाकू की अपेक्षा बंदूक चाहूँगी। काफी ज्यादा गैरव्यक्तिगत। मैं

उस छोटे अरुचिकर आत्मबल से रहित क्षुद्र चरित्र के आदमी के नजदीक होना नहीं चाहती थी जब मैंने उसकी हत्या की, लेकिन मेरे पास विकल्प नहीं था। मेरे पास स्तब्धक-यंत्र नहीं था और शायद एक बंदूक काफी ज्यादा आवाज किया था। अह, ठीक, कर्नल सैमुअलसन, क्या मैंने तुम्हारे सभी तुच्छ और मामूली प्रश्नों का उत्तर दे दिया है?'' उसने बंदूक गिरा दिया। ''अपने घुटनों पर झूको, जोशुआँ'' वह खड़ा रहा। ''मैं जानता था यह तुम हो, क्योंकि तुमने एक छोटी सी भूल उस दिन किया था जब मेजर पटेल की हत्या की गई।''

''ओह?''

''इतने सारे वर्षों का प्रशिक्षण, और तुमने अपने परामर्श को असफल बना दिया जब परीक्षा की घड़ी आई'' जोशुआ ने घृणा से अपने होंठों को चटखारा।

''भूल? कैसी भूल? कोई भी मेरे ऊपर मेजर पटेल की हत्या के लिए मुझे दोषी नहीं ठहरा सकता। कैसी भूल?''

''ठीक, शायद एक बड़ी भूल नहीं। एक भूल कहो, क्योंकि इसके द्वारा मैंने जाना कि कातिल तुम्हीं हो।''

''मैं ऐसी धारणा क्यूँ बनाऊँ, जोशुआ, कि तुम जरुरत से अधिक अपनी बड़प्पन छोड़ झुकते जा रहे हो? मैं तुम्हें किसी भी क्षण मार सकती हूँ, इस तरह।''

उसने उसके दूसरे कान के नजदीक दुसरी गोली चलाई और पुनः उसने कोई मर्दांगी नहीं दिखाई। वह आनंद विभोर हँस पड़ी। वह जानती थी कोई बिल्ली कैसा महसूस करती थी जब वह किसी चूहे के साथ खेल रही होती—और इससे उसे खुशी मिली।

एक काली नोंक वाला मार्कर एक शब्द को मिटाने में, तब दूसरे दो शब्द लिखने में कितना समय लेता था? वह उन्हें उसी भाषा में, जिसमें मौलिक रूप से लिखा था—हिन्दी या अंग्रेजी में—लिखेगा; मानसिंह दोनों में धाराप्रवाह था। तब उसे अगले रेल डिब्बे के पास दौड़ना पड़ता था। दौड़, टहलना नहीं। वे उसके आदेश थे, और मानसिंह सदैव ही अपने

उच्चधिकारियों के आदेशों का पालन किया था। सड़सठ एक तरफ और तब सड़सठ दूसरी तरफ।

वह देविका के पीछे ड्रेसिंग टेबल के दर्पण में उत्सुकता से देखा। उसके शरीर से उसका ज्यादतर हिस्सा छिपा था, और जोशुआ की देह जो दर्पण में प्रतिबिम्बत भी थी, अपने पीछे स्थित छोटी खिड़की का ज्यादातर हिस्सा छिपा रखी थी। वहाँ बस अंधेरे के किनारे ही नजर आते थे, लेकिन उसने एक परछाई को चलते देखा। यह आँगन के किसी पेड़ की डाली हो सकती थी, जो रात की मरुस्थल से आती हवा में आहिस्ते-अहिस्ते डोल रही हो। अब तक अंधेरा घना हो चला था—और लगभग आठ बज चुके थे। उसने मानसिंह को शाम साढ़े चार में छोड़ा था। प्रत्येक ओर से वे आपस में जुड़े रेल डिब्बे आधे मील की लम्बाई से अधिक के नहीं हो सकते थे।

''कौन-सी भूल? या एक जरा-सी भूल जैसा तुमने कहा है। क्या तुम मुझसे कहोगे या तुम्हारे किसी जवाब को पाने के लिए मुझे तुम्हारे जाँघ को एक गोली मारकर छलनी कर देना पड़ेगा?''

''तुमने सामने के मुख्य द्वार से मेरी पत्नी को दौड़कर बाहर निकालते देखा, तुम्हारे नीचे, जब तुम मेजर पटेल के घर की बालकनी में खड़ी थी?''

''हाँ।''

''वह एक धूप-टोप पहन रखी थी; इसलिए तुम उसकरा चेहरा नहीं देख पायी—ऐसा तुमने मुझसे कहा है।''

''हाँ, हाँ इससे क्या? बहुत सारी महिलाएँ हमारे पसीजने वाली धूप से बचने के लिए धूप-टोप पहनती हैं।''

''सच। लेकिन अरब सागर से हवा चल रही थी। क्या ज्यादा तेज नहीं बह रही थी?''

''शायद। ऐसा था भी यदि तो क्या?''

''जुलिया ने उस शाम मुझसे कहा जब मैं उसे रात्रि भोजन और नृत्य के लिए बेरी रेस्त्रां ले गया। वह अपने धूप-टोप को अपने सिर के ऊपर

अपने हाथ से पकड़ रखी थी, इस भय के कारण कि कहीं यह उड़ न जाए। और तुम उससे ऊपर थी।''

''इसलिए, मैंने उसका हाथ देखा।''

''तुमने मुझसे क्यों नहीं कहा कि यह एक श्वेत हाथ था? एक विदेशी, श्वेत औरत का हाथ? क्योंकि तुम उसे हिरासत में नहीं चाहती थी। पुलिस को उसकी खोज करने के लिए अनुमति दो–उस जगह पर उसकी अंगुलियों के निशान सभी जगह भरे पड़े हैं, तुमने अपने निशान पोंछ दिए–खुद को शंकाओ से पीछा छुड़ाते हुए। यदि वह पकड़ी जाती, वह पर्याप्त आसानी से स्पष्टीकरण देती, क्यों वह वहाँ थी, और यद्यपि दिखावे में मेजर पटेल का एम.आई.–6 से भले ही कोई जुड़ाव नहीं था, यह शायद ही इसके लिए उसे पकड़ लेने जैसा साक्ष्य हो पाता। बहुत बेहतर था वह चली गई, और केवल तुम्हारे लिए और एक साधन-संपन्न टैक्सी चालक के लिए, मैं उसे गिरल्तार कर लिया होता। तब वे वास्तविक कातिल की तालाश कर रहे होते– और वह तुम होती।''

उनके बीच जारी वार्तालाप समाप्त हो गई। उसने निश्चय कर लिया था कि वह जानता था क्यूँ उसका कत्ल किया जा रहा था–क्योंकि उसने उससे नफरत किया था। उसने सभी प्रश्नों को पूछ लिया था–सिवाय एक के। वह स्टूल से उठ उसके सामने खड़ी हो गई, जब उसके पैर एक-दूसरे से जरा अधिक अलग थे, ताकि वह संतुलित रह सके जब उसने गोली चलायी। उसके कंधो से साड़ी फिसल गयी।

''तुमने राशिद खान को कैसे मारा?''

उस शाम पहली मर्तबा वह देविका को रोक देता दिखा। वह हाथ जो बंदूक पकड़ रखा था, घोड़े पर दवाब बढ़ाया, लेकिन वह उसे घूरती नजर आई।

''राशिद खान?'' उसने दुहराया मानो वह कौन था–यह समझ पाने में असमर्थ थी। ''ओह, तुम्हारा मतलब 'बहादुर' से है? तुम्हारा पाकिस्तानी प्रतिरुप? तुमने उसकी हत्या की। सभी इस तथ्य से अवगत हैं। इसलिए तुम देखते हो, इसके बावजूद कि मैं तुम्हारा कत्ल नहीं करती हूँ–और

मैं जरुर करुँगी–पी.एम.आई. तुम्हें मार देगा, जैसे ही वे तुम्हें पीछा, करते दबोचते हैं। राजा ने उसका कत्ल किया। और तुम राजा हो। मेजर पटेल ने हमें वह सूचना का अंश भी बेचा; मैं तुमसे कह सकती हूँ यह सस्ता नहीं थाँ इसलिए तुम उस कत्ल को मेरे सिर नहीं मढ़ सकते, जोशुआ। वह तुम्हारा कारनामा था।''

''तुम पागल हो,'' जोशुआ ने भावहीनता में कहा। ''मैंने राशिद खान का कत्ल नहीं किया, मेरे पास कोई कारण नहीं थे।''

''ओह, मैंने भिन्न सुना है,'' उसने कहा। ''पूरी तरह अलग। थार दस्तावेज की उसकी प्रतिलिपि गुम हो गई है। क्या यह तुम्हारे पास है? सच्चाई, जोशुआ।''

''हाँ।''

''तब ठीक है, इसके लिए ही तुमने उसका कत्ल किया। क्या मैंने अपना पक्ष सिद्ध किया है?''

''नहीं, लेकिन कोई बात नहीं, जो मैं कहता हूँ तुम मेरा विश्वास नहीं करोगी, तब मुझे क्यों परेशान होना चाहिए?''

''क्योंकि कि मेरे पास बंदूक है। यदि तुम अपने घुटनों के बल बैठोगे, मेरे पैर पकड़ोगे, एक कुने की मानिन्द, मैं इस ब्लाउज को सामने से खोल दूँगी। मेरे वक्षों ऊपर यह इतना ज्यादा कसा है कि बगलें अलग-अलग उड़नछू हो जाएंगी। मैंने इसके नीचे कुछ आवश्यक नहीं पहन रखा है। तुम सदा ही उनके बारे में आश्चर्य जता चुके हो–अब ईमानदार बनो–अपने अंग्रेज लड़की से मिलने के पहले ? मैं तुम्हारे सिर में एक गोली मारकर तुम्हारी हत्या कर दूँगी। यदि तुम जमीन पर नहीं रेंगते, किसी न किसी प्रकार से मैं तुम्हें कत्ल कर दूँगी। खड़े-खड़े। तुम्हारे लिए वक्ष नहीं! तुम अपनी बंदूक को पकड़ रहे होंगे, कर्नल रॉबर्टस के अंदर कुछ गोलियों के साथ, और वह इस बंदूक को पकड़ रहा होगा। जिसने तुम्हें फाँसी दी है। नहीं, उस खिड़की से दूर मत हटो। मैं नहीं जानती कि कौन बाहर है। वे मेरी हत्या कर सकते है, लेकिन मैं पहले ही तुम्हारा कत्ल कर दूँगी।''

जोशुआ अपने घुटनों पर आ गिरा और सर झुका लिया। उसने एक

पैशाचिक अट्टहास किया और अपना बायाँ हाथ अपने स्तनों के नीचले हिस्से में सामने से कसे पहले हुक की ओर ले गई।

यह सम्पूर्णत: मानसिंह का दोज़ नहीं था कि वह बंगले तक पहुँचने में देर कर रहा था। वह सीधे रेल डिब्बों तक गया था, अपने कर्नल से आदेश प्राप्त करने के बाद लेकिन जैसे ही वह पहले रेल डिब्बे के पास पहुँचा और फेल्ट-नोंकवाले मार्कर को खींच बाहर निकाला था, उसने लाइनमैन को देखा जिसने उस तक पहुँचते हुए मूल टैग पर निशान दे चुका था। उसने मार्कर को दूर रख दिया और स्वयं को डौप के लिए कार्यरत सुरक्षाकर्मी के रूप में परिचय दिया, जो अगली सुबह तक डौप के माल असबाबों की सुरक्षा में तैनात होने जा रहा था; जब डीजल इंजने उन्हें ले जायेंगी, कहाँ? कहाँ इन्हें ले जाया जाना था?

"मीरपुर खास के इसी तरफ एक छोटे शहर में," लाइनमैन ने जवाब दिया। "विचित्र, लेकिन वे इन रेल डिब्बों को भेजना चाहते थे, इसलिए वे वहीं जायेंगे।"

लाइनमैन ने एक देशी सिगरेट–एक बीड़ी–निकाला और मानसिंह की तरफ एक बढ़ाया, लेकिन इसे शिष्टापूर्वक अस्वीकृत कर दिया गया। तब लाइनमैन रेल पट्टरियों के बगल के घास पर पालथी मारकर बैठ गया और अपने बगले में बैठने के लिए उस अजनबी को बुलाया। यह एक उबन भरा काम था, उसने स्वीकार किया, जब कोई भी बात करने वाला साथ नहीं होता; शायद मानसिंह उसकी शिल्ट समाप्ति तक और उसके वहाँ से चले जाने तक उसे साथ दे सकता था।

यह पाँच बजने से पहले नहीं था।

मानसिंह उसकी बगल में बैठ गया और वे हिलमिलकर बेतुके बातें करने लगे–कभी बाड़मेर की जलवायु के बारे में, तो कभी अच्छे चावल की कीमत के बारे में, और कभी धनिकों के और धनी होने के बारे में तो कभी गरीबों के और अधिक गरीब होने के बारे में।

ठीक पाँच बजे, मार्शलिंग यार्ड का सायरन जो एक मील दूर था, शिल्ट की समाप्ति का रोना रोया। लाइनमैन ने उठने की कोई चेष्टा नहीं किया। मानसिंह ने उसे याद दिलाया कि उसके कार्य दिवस का समापन हो चुका था।

''मुझे घर क्या करने जाना है?'' लाइनमैन ने कहा। ''मेरी पत्नी कुछ वर्षों पहले ही एक दूसरे आदमी के साथ भाग गई। मैंने उसे माफ कर दिया है। मेरे बच्चे नहीं हैं। मैं रेडियो पर निराशाजनक खबरे सुनुँगा, अपना खाना खाऊँगा, और सोने चला जाऊँगा–और अगली सुबह यहीं आऊँगा, फिर से वही पुरानी चीजों को दुहराने के लिए।''

क्या मानसिंह आएगा और उसके गरीबखाने पर उसके साथ रात्रि का भोजन लेगा?

मानसिंह ने तेजी से सोचा। इसी वजह से उनके पास–कर्नल सैमुअलसन जैसे–कर्नल थे जो उसके बारे में सोचते थे। यदि कभी भी उसने वेतन में एवं उसके और अधिकारियों के स्तर में असमानता का रोना रोया था, तत्क्षण उसने महसूस किया कि वह कितना बड़ा मूर्ख बना था। मैं कर्नल सैमुअलसन को उनकी इस स्थिति से निकलने में क्या कुछ नहीं करुँगा? मानसिंह ने एक झटका दे लाइनमैन को अपने पैरों में गिरा दिया। शायद, उसके कर्नल की सोच उसके अंदर प्रवेश कर गयी थी?

''मैं तुम्हारा खाना तुमसे साझा कर आंनदित होऊगा,'' मानसिंह ने कहा, ''लेकिन, तुम देख सकते हो, मैं यहाँ अपने कर्तव्यवश हूँ। क्यों नहीं तुम अपने घर जाते हो, हम दोनों के लिए एक आसान खाना बनाते हो–थोड़ा सादा चावल और थोड़ी मसूर की दाल और एक सब्जी; सब्जियाँ स्वास्थ्य-वर्द्धक होती हैं मांसन हीं क्योंकि मैं एक दृढ़ शाकाहारी हूँ–और इसे यही वापस लाते हो और तब हम कुछ समय साथ-साथ व्यतीत कर सकते हैं। हो सकता है हम ताश का खेल खेलें? यह मेरे लिए भी बिल्कुल उबनभरा है, लेकिन एक नौकरी तो नौकरी है।''

सवा पाँच बज गए थे इसके पहले उसने लाइनमैन का पीठ देखा और रेल डिब्बों को पुनः टैग करना शुरू किया। वह पैंतालिस मिनट गँवा चुका था। वह एक डिब्बे से दूसरे रेल डिब्बों तक दौड़ता रहा, पहली तरफ और फिर दूसरी तरफ, अपनी हरेक गति के रिकार्ड को तोड़ते हुए जिसे पाने की उसने कभी महत्त्वाकाक्षा पाली थी। लेकिन यह सब बस

आठ बजने तक ही चल पाया हॉलाकि तब तक वह अंततः अपना काम समाप्त कर चुका था।

लाइमैन को खाना बनाने और यहाँ पुनः उपस्थित होने में कितना समय लगेगा?

पुनः टैग करने की घटना के पकड़े जाने का भय नहीं था, क्योंकि अब तक गहरा अंधेरा छा चुका था। मानसिंह ने अपने ईश्वर को धन्यवाद दिया कि ईश्वर ने भारत को गोधुलिका जैसा प्रकाश देना अस्वीकार किया था। मार्शलिंग यार्ड में मद्धिम रोशनी थी, लगभग एक मील दूर, लेकिन रेल डिब्बे मीपुर खास को जोड़ने वाले रेल-खण्ड पर भेज दिए गए थे, और पूरा इलाका घूप अंधेरे में अदृश्य था।

तब उसे रिहायशी इलाका में पहुँचना था, एक और मील दूर। वह किनारे की गलियों से होकर दौड़ पड़ा, प्रत्येक छोटे रास्ते को इस्तेमाल करते हुए जिसे वह बाड़मेर में रहते हुए जाना था, इस बात की प्रार्थना करते हुए कि कहीं वह रास्ता ही न भूल जाए। उसने लगभग सफर तय कर लिया।

वह बंगले से मात्र बीस गज की दूरी पर था, अंतिम फासले पर भर-जोर दौड़ते हुए, जब उसने दो गोलियों के चलने की आवाजें सुनी जो घर की दिशा से आ रही थी।

अध्याय 10

कराची अंतर्राष्ट्रीय विमानपनन पर जुलिया से बेगम आ मिलीं। इडवार्ड इस्लामाबाद में ही अपने सेना के अन्य अधिकारियों से महत्त्व की बातों की चर्चा के लिए रूक गया था, और उसे लेने वहाँ उपस्थित नहीं हो सका था। उसने बेगम के हाथों माफीनामा भेजवायी थी। लेकिन एकान्त में बेगम ने जुलिया को जताया, यह बस ठीक था। जब भी वह पास होता वह बहुत ही मुझसे ऊँची उम्मीदें पाल रखता–सब कुछ बिल्कुल सही चाहिए–इस कदर अपने लिए उसे कोई समय नहीं मिलता था। शादी के शुरू के दिनों में ऐसी बात नहीं थी। तब, वह उससे अपने सबसे बड़े बेटे की तरह बर्ताव किया–और जिसे उसने काफी पसंद किया थाँ जुलिया ने उसका विश्वास किया। वह सिसली से बिलकुल वही रिपोर्ट पायी थी, जब इडवार्ड ने शादी कर ली थी–इडवार्ड की बहन जो केन्ट के आवसीय विद्‌यालय में पढ़ने के दिनों से ही उसकी जीवन-संगिनी थी, ने उसे बताया था।

आदमी बदल गये, बेगम ने रोना रोया, जबकि उनकी बीबियों से यह उम्मीद की जाती है कि वे विवाह के दिन वाली ही आजीवन बनी रहें। क्या वह वाजिब था? वह जुलिया से कहने को अनिच्छुक नहीं थी कि ठीक यही सब आगे चलकर जुलिया और जोशुआ के बीच भी होने वाला था, और इसलिए जुलिया के हक में अच्छा यही था कि वह इस चीज के बारे में जाने और निबटने की पहले ही तैयारी कर डाले। जुलिया हँस पड़ी; उसने बेगम को विश्वास दिलाया कि वह जोशुआ में कुछ आए अंतर का स्वागत करेगी–जैसे उसका और अधिक चौड़े बिस्तर के लिए राजी होना? पुनर्विचार करने पर, उसने खुद को उसे बाँहों में लेकर सोने की आदी पाया था–ताकि उसे बिस्तर से नीचे गिरने से बचाया जा सके–कहीं ऐसा न हो कि एक चौड़े बिस्तर में जुलिया को नींद ही न आए? इसके अलावा, जुलिया ने आकर्षक रूप से मुस्कुराते हुए कहा, कैसे कोई दम्पति एक-दूसरे के लिए पागल बिस्तर पर जा सकता था यदि वे दोनों को सोने जाने के लिए एक-दूसरे की

बाँहों में होना लाजिमी था? क्या कोई उसे बता सकता था, जुलिया, क्यों विवाहित जोडे निषिद्ध नहीं किए गए थे—पूर्णतः निषिद्ध किए गए—उनके विवाह के व्रतों के द्वारा ताकि वे उस किसी बिस्तर में नहीं सोएँ जो एक से अधिक व्यक्ति के सोने के लिए बनाया गया था? जुलिया और पाँच मिनटों केवल यहुदी-ईसाई विवाहों में ही नहीं बल्कि सभी वैवाहिक संकल्पों में एक बिस्तर एक ही व्यक्ति के लिए सोने का बना हो संकल्प को भी शामिल किए जाने के विचार को खींच सकती थी—लेकिन बेगम ने ठठाकर हँसती हुई, जब उसकी चुनरी उसके सिर से सरक गई और जब उसका दुपट्टा उसके भारी वक्षों से नीचे ढलक गया, जुलिया के मुँह पर अपना हाथ रख दिया और वादा किया कि वह कभी भी सभी आदमियों का नहीं बल्कि केवल इडवार्ड का मजाक उड़ाएगी—यदि जुलिया सिर्फ रुक तो जाएँ

लेकिन आज वह जुलिया को केवल स्वयं के लिए पायी थी और वे दोनों खरीदारी के लिए जाऐंगी। और कहाँ? जेबन निशा स्ट्रीट पर। और केवल औरतों के लिए मीना बाजार में भी एक चक्कर। नसीम बानो ने कहा, जब उसने जुलिया को उसके बाँह के सहारे पकड़ा, कि भिखारी बच्चों को भी हो-हो बोलकर भगाने में एक मजा है जो किसी विदेशी महाशया को भीख माँगने के लिए चारों तरफ से घेर लेते थे। एक या दो सिक्के? सड़क के आवारा दुष्ट बच्चे या अनाथ बच्चेजुलिया ने स्वेच्छापूर्वक उनके लिए अपने बटुआ खाली कर दिया होता, लेकिन बेगम ने दृढ़तापूर्वक उसे रोका।

"क्या तुम उनके द्वारा भीड़-भाड़ करवाना चाहती हो?" उसने पूछा—"एक को एक सिक्का दो, और वे लोग तुम्हारे घाँघरे को पकड़ लटक जाऐंगे जब तक कि वे इसे तार-तार नहीं कर देतैं मेरे साथ ऐसा हो चुका है—मेरा विश्वास करो।"

जुलिया ने नसीम बानो से स्वयं को आजाद किया। "एक कतार में खड़े हो, और एक हाथ बाहर निकाल रखो," उसने दिखावे के लिए कड़ी आवाज में कहा, लेकिन वे समझ गए। वे बारह थे। उसने उनकी

गिनती की। चौदह हाथ थे लेकिन उसने उन दो अतिरिक्त हाथों पर थपकी दी। प्रत्येक बाहर निकले हाथ पर एक-एक चाँदी के पचास पैसे का सिक्का रख दिए गए। इसके पहले कि सड़क के आवारा दुष्ट बच्चे अपने अन्य साथियों तक इस खबर को पहुँचाएँ कि एक विदेशी महिला जो उदार है आठ आने के सिक्के बाँट रही थी, नसीम बानो ने जुलिया को शीघ्रता से कार में डाला और उड़ चली।

इडवार्ड ने थोड़े समय के लिए अपने लिए एक किराये पर बंगला ले रखा था जब तक वे कराची में थे। बेगम का परिवार चोलिस्तान सीमा प्रांत से था, और एक समय, उस इलाके की सारी जमीन उसके पिता की रियासत की भाग थी। उसकी विधवा माँ रावलपिण्डी में आकर बस गयी थी जब उसकी रियासत भारत और पाकिस्तान के बीच आमाा-आमाा विलय हो चुकी थी।

जुलिया ने खुद को दुखी महसूस किया, जोशुआ के वियोग में और उसके ठिकाने का पता न होना भी चिन्तित करता था। उसकी जोशुआ से कभी बात नहीं हो पाई थी, और उसे कोई उम्मीद भी नहीं थी। बेगम ने सब किया जिसे करने में वह सक्षम थी, लेकिन वह पूरी तरह सफल नहीं हो पायी। इसलिए उसने सर्वाधिक बेहतर किया—उसने जुलिया के सम्मान में एक पार्टी के आयोजन की घोषणा कर दी, उसने उन सभी को, आमंत्रित किया जो लेडी जुलिया से मिलना चाहता था, जो ब्रॉमफिल्ड के ग्यारहवें अर्ल की पौत्री थी और जो इंग्लैण्ड से आई थी।

निमत्रंण पत्रों पर जो भेजे गए कहीं भी कर्नल या डॉ. जोशुआ सैमुअलसन के नाम का जिक्र नहीं था।

जुलिया इस तथ्य से अवगत नहीं थी जब तक कि बेगम ने इसका आकस्मिक ही जिक्र नहीं किया जब वे मीना बाजार में थीं।

"मैंने अभी-अभी इडवार्ड से सुना है," उसने कहा। "वे पार्टी में शरीक होने आ रहे हैं—और ठीक इसी तरह। तुम यहाँ एक अतिथि हो, और वह वहाँ इस्लामाबाद में ऐश करे? उसे खुद पर शर्मिन्दा होना चाहिए। लेकिन वह इसके लिए तैयार होने जा रहा है।"

"ओह, और वे वहाँ मेरी सत्कार में न आकर कैसे तैयार होने जा रहे हैं?"

"सेनाध्यक्ष को यहाँ लाकर, हाँ। तुम्हें उनसे मिलने का एक अवसर मिलेगा, जुलिया। वह वास्तव में एक सुसंस्कृत व्यक्ति हैं। पुराने रिवाजों के। सांधुर्स्त, वास्तव में। पूरी तरह एक सैनिक। अफसोस है, वे लोग ही मात्र शेष हैं जो इज्जत में कुछ विश्वास करते हैं। तुम उन्हें पसंद करोगी।"

"मुझे मालूम है मैं पसंद करुँगी," जुलिया ने कहा।

अभी वे मीना बाजार के दिल में थीं। औरतें–और केवल औरतें–ही सभी जगह थीं। बुरकों के पर्दे उठा दिए गए थे, इसलिए उसने उनके चेहरे देखें, जब वे आरतों द्वारा परोसे गए चाय की दुकानों में चाय की चुस्कियाँ ले रही थीं, औरत या हलवाईयों के हाथों बने पाकिस्तानी मिठाईयाँ खाती थीं। यहाँ पुरुषों की वासनायुक्त दृष्टि का भय नहीं था, या यौन स्पर्श का भय, या किसी सुन्दर चेहरे या पुरा शरीर को देखकर उत्तेजित हो जाने का भी भय नहीं था। पुरुषों की ईर्ष्या भावना ने मीना बाजार बनाया था, और जो आजादी के छोटे टुकड़ों को अपने आगे फेंका पाकर संतुष्ट और कृतज्ञ थीं, ऐसी ज्यादा दकीयानुसी औरतें अपनी आजादी के वास्तविक हानि का विरोध करने को अनिच्छुक थीं, जो उनके दकियानूस पतियों के द्वारा माँगे जाने और राज्य के द्वारा दिए जाने के कारण हुई थी।

जुलिया ने निर्णय किया कि वह सेनामयक्ष के साथ मित्रवत नहीं होने जा रही थी, चाहे कितना भी यह लालायित कर देने वाला क्यों न हो उसके पास अपनी समस्याएँ थीं।

वे एक दुकान के सामने बाहर रुक गयीं जो पाकिस्तानी स्वादिष्ट पकवानें बेच रही थी, जिसके सुवास ने औरतों के एक झुण्ड को आकर्षित किया था जो गहरे खौलते तेल से निकलते पकौड़ों के लिए शोरगुल कर रही थीं।

'बेगम राशिद खान के कबाब, पकौड़े और बुरका' दुकान के ऊपर लगी पट्टी पर लिखा था।

जुलिया ने नसीम बानो को देखना शुरू किया जो अगली दुकान के कारण अदृश्य थीं, जो औरतों के गहने की दुकान थी। वह गुम नहीं होगी।

उसने उस दुकान में प्रवेश किया। वह उम्रदराज महिला, जो गहरे कड़ाह के सामने एक छोटे स्टूल पर बैठी थी, ने उसपर कोई ध्यान नहीं दिया। शोरगल करती भीड़, मोम के कागज में पकौड़े का लपेटना, और पैसे बदलते हाथ उसे व्यस्त रखे हुए थे। इसके अलावा, कमरे के पीछे के भाग में जुलिया ने बुरके देखे जो बेचे जाने के उद्देश्य से रखे थे, और खरीदने से पहले कपड़े को छूकर देखने और परखने के लिए औरत उत्साहित थीं। सभी बिक्री अनंतिम!

कमरे के आखरी सिरे पर स्थित दरवाजे पर रंगीन मनकों से तैयार पर्दा था। वह उससे पार हुई। दिन के प्रकाश से एक अंधेरे कमरे में प्रवेश करने के कारण वह कुछ देर के लिए दृष्टिहीन बनी रही। उसने खुद को स्थिर रखने के लिए अपने दोनों हाथ को बाहर निकाला और महसूस किया कि उसने किसी औरत का मुलायम हाथ पकड़ लिया था। वह प्राकृतिक तौर पर अप्रत्याशित स्पर्श से अपने हाथ हटा लिए, और उस हाथ ने उसे हटाने दिया।

''तुम क्या चाहती हो, मेरी बच्ची?'' एक उम्रदराज आहिस्ते से बोली गयी आवाज ने जुलिया से पूछा। ''हम इस कमरे में कोई व्यंजन नहीं, बुरके बेचते हैं। केवल बाहर के कमरे में।''

अब तक उसकी आँखें अंधेरे के अनुकुल हो गयी थीं। कोई खिड़कियाँ नहीं थीं, केवल उसके पीछे टंगे मनकों से बने पर्दे से प्रकाश छन-छन कर आ रहा था, जिससे कमरे में इंद्रधनुष के सभी रंग बिखर रहे थे। वह एक तरह का बैठकखाना था जिसमें एक मेज और एक कुर्सी की व्यवस्था थी। और एक सोफा, दरवाजे के करीब था जिसमें जुलिया ने एक परछाई सी आकृति देखी जो उसकी तरफ देख रही थी। कमरे के पीछे का दरवाजा बंद था।

''मैं बेगम राशिद खान से बात करने की कामना करती हूँ,'' जुलिया ने कहा, वह 'कामना' शब्द का प्रयोग 'चाहना' के बदले किया था। पर्याप्त रूप से विन्रम और आदरयुक्त पाकिस्तानी संस्कृति से तालमेल बैठाते हुए, वह एक उम्रदराज औरत को संबोधित कर रही थी।

''और तुम कौन हो, बच्ची?''

"मैं श्रीमति जोशुआ सैमुअलसन हूँ। मेरे पति तुम्हारे पति को जानते थे–अच्छी तरह, मैं विश्वास करती हूँ।"

उसने सोफे से उस आकृति को शिष्टतापूर्वक उठते हुए देखा। वह बुरके में नहीं थी। बेगम राशिद खान ने जुलिया को ईशारा किया।

"मेरे साथ," उसने कहा, "पीछे के रिहायशी कमरे में आओ। वहाँ उस कमरे में पर्याप्त प्रकाश है ताकि हम सोफे पर बैठ सकें। और एक–दूसरे की आँखों में देख सकें। जब हम बात करें। इस कमरे की बनी खराब हो चुकी है।"

जब वे पीछे कमरे में गए, जुलिया ने पहली दफा उसे देखा। राशिद खान की बेबा को। एक मजबूत, सुन्दर औरत, एक पैठान की बीबी, पैठान की ही डील–डौल की और इस व्यक्तित्व का अंग–प्रत्यंग वैभवपूर्ण दिखता था। ताकतवर, अंकुश की आकृति की नाक, हिरणी–सी विशाल आँखें भरे कपोल, और जुलिया के बराबर लम्बी। बहुत औरतें जुलिया के बराबर खड़ी नहीं हो सकती थी, परन्तु उसने किया पूरी लम्बाई का गररा जिसके कंधे के झालर उसके विशाल अधेड़ एवं मोटे स्तन–युग्म पर गिरे हुए थे, और एक चुनटोंवाली झालरवाली घाघरा जो उसके पैरों के अंगूठों तक सोहरते थे। परिपक्व और आर्श्यजनक रूप से सौंदर्य की मल्लिका, जिसने किसी भी प्रकार के सौंदर्य प्रसाधनों का प्रयोग नहीं किया था। शुद्ध, जरीवाले सोने की लम्बी मोती जड़ी कानबालियाँ उसके कानों से झुलते थे, इसके के अलावा उसके शरीर पर कोई अन्य आभूषण नहीं थे सिवाय शादी की सोने की बनी अंगुठी जिसके ठीक केन्द्र में एक छोटा हीरा जड़ा था।

उसने जुलिया को देख मुस्कुराया ताकि वह सहज महसूस कर सके; और बिना कुछ कहे रसोईघर में प्रवेश कर गई, कुछ मिनटों बाद जब वह पुनः आई–उसके हाथों में एक टें था जिसमें गर्म चाय की दो प्यालियाँ और पकौड़े एवं कबाब से भरी तश्तरी रखी थी, जिसे जुलिया ने बाहर तैयार किए जाते हुए देखा था।

उसने बिना कुछ कहे चुपचाप जुलिया को उन व्यंजनों के लिए ईशारा किया। वे व्यंजन मसालेदार परन्तु स्वादिष्ट थे जो जुलिया को

वास्तव में उन सभी अनकों दिन और रात्रि के खाने के लिए, जिसे हैम्पी उसने स्टीड स्थित फिंसले सड़क के रेस्त्रा में लिए थे और जिसमें उसे सभी भारतीय व्यंजनों के लिए एक प्राप्त किया गया स्वाद दिया था, कृतज्ञ बना रहे थे। ईश्वर भी तुम्हारी मदद नहीं कर सका न ही विवाह ने उसने अप्रासिंगक तौर पर सोचा, यदि तुम पूर्वी भारतीय व्यक्ति से ब्याही गई थी और भारतीय खाना पसंद नहीं करती थी। लेकिन चाय ने मसाले की जलन को धोने में मदद की।

''ऐसा कहा जाता है आदमी कबाब और पकौड़े खाते है, वे ऐसा स्वाद के लिए नहीं करते बल्कि इसलिए कि यह चाय के स्वाद को बहुत बढ़ा देता है,'' वह उम्रदराज महिला ने कोमल स्वर में कहा।

वह अवश्य ही कम से कम पचास साल पुरानी महिला रही होगी, तथापि वह ऐसा दिखती बिल्कुल नहीं थी। जुलिया ने उसकी आँखों को खुद को जाँचते हुए देखा, ध्यानपूर्वक।

''आप मुझसे बात करना चाहती थीं? किस बारे में? क्यों?'' आवाज पूर्व जैसी ही कमोल थी, जुलिया ने इस आवाज में संप्रेषित गुस्से के संकेतों को खोजा, और ऐसे किसी संकेत को नहीं पाया।

''आपके शौहर, कर्नल राशिद खान।''

''वे अल्लाह को प्यारे हो गए।''

''मैं जानती हूँ। आप किसे उनका कातिल मानती हैं, बेगम खान?''

''मुझे रेहाना कहिए,'' वह उम्रदराज महिला बोली, ''अगर हम इस कदर अंतरंग मसलों पर चर्चा करने वाले हैं, हम एक-दूसरे को बेहतर जान भी सकते हैं।''

''और मैं जुलिया हूँ। क्या आप जानती हैं उन्हें किसने मारा?''

''मैं वही जानती हूँ जो वे कहते हैं।''

''और वे आपसे क्या कहते हैं?''

''यह राजा था। क्या आप जानती हैं''

''राजा कौन हैं?''

''यह क्या आप विश्वास करती हैं राजा ने ही उनकी हत्या की?''

''नहीं''

जुलिया, जो उस जवाब की नाउम्मीदी करती आ रही थी, ने प्याले को अपने काँपते हाथों से उसके आगे रखे ट्रे में रख दिया। रेहाना ने इसे देखा।

"नहीं, जुलिया। मैं विश्वास नहीं करती कि आपके शौहर ने मेरे शौहर का कत्ल किया। इससे फर्क नहीं पड़ता कि वे क्या कहते हैं मैं बहुत खुश हूँ कि आप यहाँ है, और मुझसे चर्चा करने आई है ताकि मैं आपसे भी वैसा कह सकू। लेकिन मुझे भी आपसे कहना है लेकिन वह नहीं जो वे ऐसा विश्वास करते हैं और वे आपके शौहर के पीछे पड़े हैं–पागलों की तरह–उनकी हत्या करने को।"

"आपने कैसे जाना कि मेरे शौहर ही राजा हैं?"

"क्या आप अपने शौहर से बिस्तर में बात करती हैं?"

"सदैव ही"

"और क्या वे चीज़ों के बारे में निषिद्ध बातें भी करते हैं?"

"कभी-कभी" जुलिया ने संकोच के साथ कहा क्या आपने थार दस्तावेज पढ़ा है?"

"हाँ क्या आपने?"

"हाँ, जुलिया बोली, "मैंने पढ़ा है। लेकिन आप मेरे शौहर की निर्दोषिता के बारे कैसे निश्चित हैं?"

रेहना, जो जुलिया के साथ ही एक सोफे पर बैठी थी, आगे बढ़ी और जुलिया के हाथ को पकड़ लिया; उसने धीरे-धीरे सहलाया उसे मानों बेटी के लिए माँ का स्पर्श।

"जब तुम मेरे उम्र को आ जाओगी, बच्ची, इस तरह शक-सुबहों से खुद को आजाद रखना आसान हो जाता है। मैं आश्वस्त हूँ कर्नल सैमुअलसन ने मेरे शौहर का कत्ल नहीं किया है–इसलिए नहीं कि मैं उन्हें जानती हूँ, प्रत्युत इसलिए मैं कि मैं अपने शौहर को जानती थी–वे इस कार्य के लिए सेनाध्यक्ष के द्वारा इस्लामाबाद में बुलाए गए थे। वे भारतीय सीमा के अंदर एक किले में किसी अपरिचत भारतीय जासूस से मिलने वाले थे ताकि असलहों को भारत के रास्ते मुजाहीदीनों तक पहुँचाने की योजना बनाई जा सकें। और इस कार्य की सफलता के

सारे मसले हल किए जा सके। थार दस्तावेज में हाथ से लिखा गया। केवल दो प्रतिलिपियाँ भारतीय प्रधानमंत्री इस बात पर अड़े थे। यह भारत के लिए एक विनाशकारी दस्तावेज था। जब वे इस्लामाबाद लौटे तो वे तनावग्रस्त, भयभीत थे। एक अपरिचित व्यक्ति से मिलने के बारे में जिसे वे जानते तक नहीं और जिसपर विश्वास नहीं कर सकते थे। उन्होंने अपने बेल्ट के अंदर एक खंजर घुसा रखा था। "सुरक्षा की दृष्टि से, कभी किसी अपरिचित का विश्वास मत करना।" उन्होंने कहा।

दो दिनों बाद वे मुलाकात से वापस आए और वे पूरी तरह से एक बदले हुए इंसान थे। अविश्वसनीय! वे अपने डर पर आनंद के साथ हँस रहे थे, ऐसा लगा पहले उन्होंने मुझसे नहीं कहा, और मैंने भी उन्हें फुसाने की खुशामदें नहीं की, लेकिन उस रात बिस्तर में वे खुद को रोक नहीं पाए। "अनुमान करो राजा कौन है?" उन्होंने कहा।

"सो जाओ, राशिद। कल मुझे जल्द ही दुकान खोलनी है, कौन है वह?"

"प्रधानमंत्री ने उस आदमी को चुना है जिसे वे जानते थे मैं इज्जत बख्श सकता था—लाहौर का शेर! उन्होंने जोशुआ सैमुअलसन को चुना था।"

"क्या आप जानती हैं क्यों मेरे शौहर आपके शौहर को 'लाहौर का शेर' कहते थे, या क्यों आपके शौहर मेरे शौहर को 'अमृतसर का शेर' कहते हैं?"

जुलिया ने अपना सिर हिलाया।

"तुम अपने शौहर से बिस्तर में पर्याप्त बातें नहीं कर पाती हो, मेरी बच्ची," उस उम्रदराज महिला ने हँसते हुए, उसके हाथ पर थपकी जमाते हुए जिसे उसने पकड़ रखा था, उसे बिना छोड़े कहा।

"वे अंतिम युद्ध में एक-दूसरे के विरुद्ध लड़े आपके शौहर लाहौर की सुरक्षा की जाँच कर रहे थे मेरे शौहर की आँखें अमृतसर पर टिकी थीं। दोनों पक्षों ने वस्तुतः सब कुछ फेंका जो भी उनके पास थे। दोनों ही पक्षो ने जीतने का दावा किया। सामान्य रूप से—केवल कोई विजेता

नहीं थे–केवल खोने वाले थे, और जब मृतकों को दफनाने के लिए एक विराम-संधि की उद्‌घोषणा हुई–आपके और मेरे शौहर ने दूसरे पक्ष को शवों को सुपुर्द करने की निगरानी किया। क्या इसके बाद भी कभी दो आदमी एक-दूसरे का कत्ल कर सकते है? दूसरे चाहे अपनी समझ के अनुसार जो विश्वास करें। मेरी बच्ची, लेकिन मैं जानती हूँ यह राजा नहीं हो सकता, मैं आसानी से कौन राजा था इस बारे में उनसे कह सकती थी। ओह, कैसे वे कहे! निरंतर, एक ही तरह के प्रश्न, पुनश्च; क्या उन्होंने कहा राजा कौन था? क्या उन्होंने कोई संकेत दिया कौन राजा था? क्या मेरे पास कोई विचार या अंदाजा है कि कौन राजा हो सकता है? लेकिन मेरे शौहर मुझे अपने साथी की सुरक्षा करने के लिए चाहा था, और मैंने उनका विश्वास जिंदा रखा। आप नहीं जानतीं मैं कितनी खुश हूँ कि मैं उसकी बीबी से मिली और साथ में चाय भी पी रहीं हूँ। मैं पिछले तीन महीनों में एक बार भी नहीं हँसी हूँ, उदासी अभी भी सदा वहाँ बनी रहेगी, लेकिन अब, हो सकता है, मैं पुनः जी सकती हूँ?'' और रेहाना ने जुलिया के हाथ को अपने होंठो से लगाया और इसे चुम लिया।

जुलिया ने समझा समापन को रेहाना के लिए, जुलिया से मिलना, राजा की बीबी से–अपने शौहर के 'भाई' की बीबी से –उसके दिल की उदासी को समाप्त करने में मदद किया था। वह जुलिया के हाथ को पकड़े रखना चाहती थी, राजा की जिन्दगी के लिए उसकी लड़ाई में–और अपने शौहर के कातिल का पता चाहती थी। अब उसे अपनी जिंदगी सार्थक और उद्देश्यपूर्ण लगने लगी।

बेगम दरवाजे से अंदर आई। ''अह, तुम वहाँ हो, जुलिया। क्या तुम खरीदारी करना चाहती हो? यहाँ कुछ प्यारे आभूषण की दुकानें है। अच्छा, तुम बेगम खान से मिल चुकी हों।''

उन दो औरतों ने एक-दूसरे को देख सिर हिलाया। जुलिया ने अनुमान किया कि वे एक-दूसरे का खास ख्याल नहीं रखतीं शायद यह उनके सामाजिक स्तरों की भिन्नता थी।

''रेहाना,'' जुलिया बोली, ''मैं एक बुरका खरीदना चाहती हूँ। पूरी

लंबाई की जिसमें सामने से घुँघट हो और आँखों के लिए पर्दे। पाकिस्तान के स्मृति-उपहार के रूप में अपने साथ ले जाने के लिए क्या मैं इसे आपसे खरीद सकती हूँ? जो भी किमत चाहती हो मुझसे मांग लीजिए।'' वह सोफे से उठ खड़ी हुई।

वह उम्रदराज महिला भी खड़ी हो गयी। उसने जुलिया को उसकी बाँह के सहारे पकड़ा और दुकान के पिछले हिस्से में ले गयी जहाँ बुरके रखे एवं बेचे जाते थे। उसने जुलिया को जाँचती हुई नजरों से देखा और तब मुँह बनाया।

''तुम्हारे पास भी वही समस्या होगी जो मेरे पास है, बच्ची वे पर्याप्त लम्बी कदापि नहीं होती हैं। तुम्हारे अंगूठे दिखेंगे-जैसे मेरे दिखते है। लेकिन इसके पहले कि मैं आपको इनमें सबसे अच्छे दिखाऊँ मुझे आपको एक छोटे रहस्य को सौंपने दीजिए। केवल प्रिय दोस्तों के लिए, आप समझती है। इसे बाहर मत आने देना।''

जुलिया सहमत थी।

''इसकी किमत मैं चाहे जो माँगू, आप उसका केवल आधा मुझे दीजिए। याद रखिए कि आपकी प्रारंभिक बोली आधा से अधिक की नहीं हो। तब हम आनंद के दस मिनटों को बितायेंगी, किमत पर मोल-भाव करते हुए जब मैं फुसताले हुए खुशामदें करूँगी। और विनती करूँगी और कभी-कभी आपका अपमान भी कर दूँगी। जब आप दृढ़ और अडिग आगे की ओर धीरे-धीरे अपना प्रस्ताव कीजिएगा, जब तक कि आप मुझे मामूली किमत पर न ला दें। या मैं आपसे अच्छी किमत न ले लूँ-और सौदा पट न जाए। लेकिन आपकी पहली बोली से पुनः ज्यादा नहीं ठीक?''

जुलिया सहमत थी।

''अब इस बुरके को देखो। सर्वोत्तम रेशम से बना। अत्यंत हल्का, आप शायद ही कभी इसका वजन अपने कंधों पर महसूस करेंगी। और अंदर कोई गर्मी भी नहीं महसूस करेंगी। वस्तु खुद कहता है। महत्त्वपूर्ण बातें है, प्यारी लेडी, जब आप कोई बुरका खरीद रही हों अब आइए छः सौ रुपये, क्या हम कहेंगे?''

जुलिया ने अपने बटुए में हाथ डाला जिसमें उसने पाकिस्तानी रुपये

में बदले गए रुपये रखे थे। उसने तीन सौ रुपये मेज पर रखे और बोली, दृढ़ आवाज में जितनी वह सक्षम थी: ''तीन सौ रुपये–और वह मेरा आखिरी प्रस्ताव है। इसे लो या छोड़ दो।''

रेहाना की आँखें उस उम्मीद में खुशी से चमक उठीं। अधरों पर बड़ी सी मुस्कान फैलती चली गई, जिसका कारण उजले, बेदाग दंत-पंक्तियाँ दिखीं। एक योग्य विरोधी। इन विदेशी महिलाओं में कुछ महिलाओं की तरह नहीं जो उसके साथ एक गरीब दुकानदार से मोल भाव करना अपनी इज्जत के खिलाफ मानती थी।

उन लोगों ने दस मिनट इस तरह आनंदपूर्वक बिताया। इस दरम्यान, जुलिया ने हर वह बात सुना जिसे मेज के आजू-बाजू बुरके पर सुनना पड़ा। कपड़े की शोभा अति मुलायम, क्या इसे वह छूना चाहेगी। इसका हल्कापन! गहरा भूरा रंग जो सौ धुलाईयों के बाद भी स्याह नहीं हो पायेगा। और जब जुलिया ने कुछ रूपयों से अधिक देने से मना किया, उस दर्जी का लम्बा इतिहास जिसने इसकी सिलाई की थी–अनिर्वचनीय रूप से निर्धन, जो एक बूढ़ी अंधी और विधवा माँ की देखभाल करने वाला, और जिसके छः सड़कों पर घुमने वाले आवारा दुष्ट बच्चे हैं सभी बारह वर्ष से नीचे के और जो खाने के लिए निरंतर भीख माँगते हैं–एक झूठे तौर पर रचा गया इतिहास जिससे कि उसकी आँखों में आँसू और दिल में करूणा का भाव लाया जा सके। जो उसे उसके प्रस्ताव के ऊपर उठाएगा? क्या धनी लोगों के दिल नहीं होते लब वे बुरका खरीदते हुए कुछ रुपयों के ऊपर इस कदर असभ्य ढंग से मोल-भाव करते थे। जो स्पष्टतः सबसे अच्छी गुणवता की होती थी और उसकी करुणा और उसकी उदारता की निराशाजनक जरुरत में किसी अति गरीब व्यक्ति के द्वारा बनाया गया था?

जिसपर जुलिया इस कथानक के मर्म में प्रवेश करती हुई। विनती के स्वर में बोली कि वह एक गरीब अर्ल की एकमात्र अनाथ पौत्री थी, और दुकान की गद्दी की दूसरी तरफ बैठी बूढ़ी महिला जानती थी कि आए दिन किस तरह के बुरे वक्त ईंग्लैण्ड में अर्ल लोग बिता रहे थे? उन बागी किसानों के साथ जो भू-राजस्व का अब तक की सबसे बड़ी

हिस्से की माँग कर रहे थे। और समाजवादी सरकारें भयभीत करने वाले करों के सहारे शेष सम्पत्ति का दोहन कर रही थीं। कि वे किंचित अच्छी शेरी की एक बोतल भी नहीं खरीद सकते थे और क्या यह धनी बुरका बेचने वाली दुकानदार न कभी सोचा है कि घोड़े और कुत्तों को रखना कितना मंहगा है? क्यों लोमड़ियों भी अब असहयोगी बन गई थी जब वे शवकों की छोटी जमातें पैदा कर रहीं थी। कि वे अब मारे जाने के लिए भी पर्याप्त नहीं बची थी। चार सौ पचास रुपये, जुलिया बोली उसका अंतिम लब्ज था। क्या बूढ़ी महिला ने सोचा कि वह इसके पहले कभी बुरका नहीं खरीदी थी? क्यों वह बेहतर गुणवना वाली पोशाकें देख रही थी, उससे बेहतर जिसे उसे दिखलाया जा रहा था–जो केवल किसी ऊँट हाँकने वाले ऊँटवान की बीबी के उपयुक्त था।

जिसपर रेहाना खुद को देर तक रोकने में असक्षम, इस अदला-बदली में पूर्णतः पराजित बेहूदी अट्टहास के साथ हँस पड़ी, और पैसे उठाने लगी।

"ज्यादा नहीं। ज्यादा नहीं, जुलिया उसने कहा," नहीं तो मैं हँसते हुए मर जाऊँगी। और जब जाने का वह एक बहुत अच्छा तरीका हो सकता है–फिर भी अभी नहीं। एक ऊँटवान की बीबी? धरती पर कहाँ से आपने उसे पाया?"

उन लोगों ने दूसरा दस मिनटों का मनोरम वक्त बिताया जब काउन्टर के पार उन लोगों ने जुलिया को एक दुकानदार के रूप में अजमाया और जब रेहाना इसे खरीद रही थी।

नसीम बानो, इन अदला-बदली से थकी हुई पुनः अगले आभूषण की दुकान में गुम हो गयी थी। रेहाना उस बुरके को जुलिया के ले जाने के लिए एक पोटली में लपेट दी होती, लेकिन इस बहाने पर कि वह इसे पहनकर इसकी जाँच करना चाह सकती थी, जुलिया उसे पीछे घर में ले गई।

"यह क्या है, मेरी बच्ची?" रेहाना ने पूछा।

"वष्क्रपया, क्या आप मुझे एक बंदूक उधार दे सकेंगी? एक पिस्टल या रिवाल्वर? कुछ ऐसा जो मेरे हैंडबैग में आ जाए?"

"हाँ, हाँ। लेकिन क्यों? क्या आप खतरे में है?"

"नहीं लेकिन मुझे कर्नल राशिद खान के कातिल को न्याय-व्यवस्था के समक्ष लाने हेतु इसकी आवश्यकता है।"

"अह! तब मुझे आपको देने दीजिए– उधार नहीं बल्कि उपहार-स्वरूप आपको देने दीजिए। मेरे शौहर का सर्विस रिवाल्वर इससे अच्छा उद्देश्य इसके इस्तेमाल के लिए और क्या हो सकता है?"

वे गर्मजोशी से परस्पर गले मिलीं, उस प्यार के साथ जिसे दोनों में से कोई भी परिभाषित नहीं कर सकती थी। माँ और पुत्री? एक उम्रदराज और एक कम उम्र बहन ? दो घनिष्ठ भाईयों की बीबियाँ?

अध्याय 11

उस शाम को जुलिया के सम्मान में एक पार्टी का आयोजन किया गया। अपने शब्दों पर खरा उतरते हुए इसमें शामिल होने इडवार्ड इस्लामाबाद से आया। उसने जुलिया को आश्वस्त किया कि सेनाध्यक्ष ने भी वहाँ उपस्थित होने का वादा किया था। यह कभी भी बिलकुल निश्चित नहीं था। इस तरह के मसलों में क्योंकि राज्य के कार्य आसानी से हस्तक्षेप कर सकता था।–जैसे इंग्लैण्ड में–लेकिन सेनाध्यक्ष पहले ही कराची में आ धमका था। और शामिल होने की योजना तैयार कर चुका था। इडवार्ड तब जुलिया को खुद को तैयार होने को छोड़ दिया, जबकि वह जल्दबाजी में बुलाई गई एक सभा में अपने कुछ पाकिस्तान स्थित सहायकों के साथ खुद को एक छोटे कक्ष में बंद कर लिया।

जुलिया औपचारिक कपड़े पहनी थी। एक लंबी, हल्की हरी पोशाक जो श्वेत, बेदाग त्वचा और उसकी आँखों और बाल के भूरेपन में चार चाँद लगाती थी यह शानदार तरीके से उसके कंधों से नीचे उसकी ऊँची एड़ियों की जुतियों तक बहती थी, तस्में उसकी बाहरी कंधों को पकड़ने के लिए चौड़े फैले थे जिस पर अंगिया के आर–पार और उसकी नितंब की रेखाओं के ठीक नीचे तक रेशमी बुनावट के वृत्तीय बेल–बूटों की लहरों सी बनी थी जो सीधे उसके अंगूठों तक गिर रही थी। वह एक अरसे से उस पोशाक को बचाती आ रही थी। उस अवसर के लिए जब वह और जोशुआ साथ–साथ होते लेकिन परिस्थितियों की यह माँग थी, और उसने इसे पहना था केश कंघी कर कान के पीछे ललाट को आजाद करते हुए बंधा था जो उसके चेहरे की सुन्दरता को चार चाँद देता था, जो आगे नाजुक पतली गर्दन के पीछे फिसलता उसके कंधों पर फैला था; उसके स्तनों पर हल्के विश्राम के लिए कुछ लटें आजाद थी।

इडवार्ड अपनी सभा से बहुत चिंतित और परेशानहाल लगभग पागल होकर निकला। जुलिया और नसीम बानो पहले ही महाकक्ष के लिए जा चुकी थीं।

वह अपनी कार की ओर दौड़ा, और अपने पाकिस्तानी चालक के साथ जो बहुत तेज खतरनाक तरीके से कार चला रहा था; भोजकक्ष को पहुँचा और पाया कि वह बहुत देर से पहुँचा था, अतिथि पहले से ही आने शुरू कर चुके थे। और जुलिया और नसीम बानो उनके अभिवादन स्वागत में व्यस्त थीं।

जुलिया पूरी सहज महसूस कर रही थी। यही जिंदगी थी जिसके लिए वह जवान हुई थी। महत्त्वपूर्ण प्रतिष्ठित लोग प्राय: ही उसके दादाजी से मिलने ब्रोमोफिल्ड महल में दुनिया के सभी हिस्से से आते थे–और उनका वह केवल मात्र मेजबान होती थी। उसने दोस्तों और अजनबियों को उसी समान आकर्षण और उष्णता के साथ स्वागत किया था जिससे उसने अपने कतारबद्ध खड़े अनुचरों का स्वागत किया था। जब उन्होंने उसके लंदन या ऑक्सफोर्ड में होने के कारण एक अनुपस्थिति के बाद उसका ब्रोमफिल्ड में घर वापसी पर स्वागत किया था। यद्यपि थोड़ी-सी भिन्नता थी ब्रोमोफिल्ड के कतार में हरेक ने अभिवादन किया; यहाँ पाकिस्तान स्थित ब्रिटीश उच्चायुक्त और उनकी पत्नी सहित सिवाय सेनाध्यक्ष के लगभग हरेक ने किया। लेकिन वह अभी तक नहीं आया था और इसलिए जुलिया शिष्टता से पाकिस्तानी सेना के कर्नलों मित्र राष्टों के पाकिस्तान स्थित दूतों, उनकी पत्नियाँ और कराची में बसे विलायती समाज में सभ्रांतों की मुस्कुराहटें, हाथों का मिलाना और अभिवादनों को बटोर रही थी।

जब वे बैठे थे, और हॉल की एक दीवार समानातर एक कतार में खड़े सेवकों के द्वारा रात्रि-भोजन परोसने के पहले वह प्रत्येक मेज के पास जाँचने गयी कि शायद वहाँ कुछ हो जिसके लिए वह कुछ कर पाती मेजबान के रूप में–ताकि वह उस अवसर को सुहाना और खुशगवार बना सके। प्रत्येक अविवाहित सैनिकों की तरफ से सबसे सामान्य निवेदन उसने पाया; वह था उनके साथ नृत्य करने के लिए उसके अनुग्रह को पाना और इसके लिए उसने शिष्टतापूर्वक सहमति दे दिया।

इडवार्ड लेडी जुलिया के रूप में उसके कर्त्तव्यों में हस्तक्षेप करने में असक्षम जल-भून गया, लेकिन जैसे ही खाना परोसा जाने लगा, वह तेज़ी से अंदर आया, उसे बाँहों के सहारे पकड़ा और एक छोटे मेहराबदार प्रकोष्ठ में उसे धकेल दिया, जो अन्य दूसरे मेजों से अलग व्यस्थित था क्योंकि यह सेनामयक्ष के निमिन था, और सुरक्षा की जरूरतों के अनुसार ही वह अलगाव था।

"क्या बात है, इडवार्ड?" इस दुर्व्यवहार पर आश्चर्य से उसने पूछा।

"बैठों," उसने कहा "हमारे पास ज्यादा वक्त नहीं है क्योंकि सेनाध्यक्ष यहाँ किसी भी क्षण बैठ सकते है–और मैं नहीं जानता कि वह कितना जानता है।"

"जानता है क्या?"

"आज सुबह मैं एम. आई-6 के पाकिस्तानी खबरियों के साथ था। तुम जानती हो ठीक उनके पार थार मरुस्थल के बाड़मेर से एक खबर है अच्छी खबर यह है कि जोशुआ और उसका आदमी, मानसिंह, ने अलसलहों की गुम हो गई खेपों को दृढ़ निकाला है और रेल डिब्बे पहले ही अमृतसर के रास्ते में है।"

वह रुका बिना जाने कि वह आगे कैसे बताए।

"बुरी खबर क्या है?" उसने शांतिपूर्वक पूछा।"

"पुलिस और ऐंबुलेसों को बाड़मेर के घर में बुलाया गया। एक शव आदमी का शव, बरामद किया गया है औरत को घायल किया गया है और अस्पताल में है वह कुछ कहने की स्थिति में नहीं है। तुम इसे सीधे भी ले सकती हो, जुलिया वह के.जी.बी के लिए काम करती है। स्पष्टत: सोने के उपरान्त उसने उसकी हत्या कर दी।"

जुलिया ज्वालामुखी की तरह अपनी कुर्सी से उठ खड़ी हुई।

"वह असंभव है।" उसने कहा। "जोशुआ कभी भी उस तरीके से इस्तेमाल होने के लिए खुद को अनुमति नहीं देंगे। उनको अपनी इज्जत की परवाह किसी भी अन्य व्यक्ति जिसे मैं आजतक जानती हूँ। उन सभी से अधिक है और उसमें तुम भी शामिल हो, इडवार्ड। वह अपनी

इज्जत के सहारे जीते हैं। वह अपने राष्ट्र या मुझे धोखा देने से पहले मरना पसंद करेंगे।''

''मैंने भी ऐसा ही सोचा। इसके अलावा कि उस मृत व्यक्ति जो बिस्तर में नि:वस्त्र था– के शव परीक्षण रिपोर्ट के अनुसार यौन क्रिया हुई थी। मुझे खेद है, जुलिया, लेकिन जोशुआ मर चुका है।'' तीन सप्ताहों का उसका शौहर मर चुका था।

वही खबर बाड़मेर से था। उसका एक भाग इसे स्वीकरने को तैयार नहीं था; दूसरा भाग रोया, जब चुपचाप उसके गालों से आँसू बह रहे थे। वह अपनी आँखें जल्दी-जल्दी मटकायी ताकि आसुँओं के बहाव को रोक सके। और असफल रहीं उसने अपने बटुए में खोजो और फितों से बनी एक रूमाल निकाला जिसे उसने अपनी दोनों आँखों के ऊपर दबाया लेकिन आँसू रोके नहीं जा सके। वे उसकी ठुढी उसकी से गर्दन के नीचे टपकते थे और तब एक धारा की तरह जुड़कर उसके ब्लाउज के अंदर चले जाते। इडवार्ड निकट खड़ा था और देखा।

''क्या मैं शाम के इस जश्न को निरस्त कर दूँ?'' उसने पूछा। उसने सिर हिलाया। मुझे थोड़ी देर रुकने दो, इडवार्ड हम ऐसे दिखेंगे जैसे कुछ बुरा नहीं हुआ है। जोशुआ ने इसे उस रूप में चाहा होता लेकिन कल सुबह की पहली उड़ान से मेरे वापस बॉम्बे जाने की व्यवस्था करो। जोशुआ की माँ को मेरी जरुरत पड़ेगी–और मैं उनको अपनी जरुरत बनाने जा रही हूँ।''

इडवार्ड उसे छोड़ चला गया, सेवकों को यह संकेत देते हुए कि उसे परेशान न किया जाए।

जब वह बैठी और रोती थी, वह जोशुआ के बारे में सोचती थी। उसने अपनी आँखें बंद कर ली रूमाल के सहारे एक हाथ के इस्तेमाल से दोनों ही आँखों को थपथपाकर बंद करते हुए, लेकिन सिसकियाँ थम नहीं पा रही थीं। उसका हृदय जार-जार उस एक व्यक्ति के लिए रोता था। जिसके अलावा उसने किसी और से प्यार नहीं किया था। जो पीड़ा उसने महसूस किया वह ऐसा था जैसे उसका आधा हिस्सा टुकड़ों में

काट दिया गया था, जिसने उसे कष्टप्रद यातना और भावना दोनों में ही उदासी से अधूरा छोड़ दिया था। एक घाव समय के साथ भर जाने वाला था, दूसरे की दवा मौत थी।

उसने अचानक ही ख्याल आया कि मेज पर रखा हाथ अहिस्ते से पकड़ा और सहलाया जा रहा था। उसने अपनी आँखें खोली और खुद को एक उम्रदराज पूर्वी भारतीय सज्जन की दयालु आँखों में देखते पाया।

''महाशय,'' उसने संयत स्वर में कहा,'' क्या मैं जान सकती हूँ क्यों आप मेरे हाथ पकड़ा रहे है। और धीरे-धीरे सलहा रहे है?'' उसने अपने हाथ हटाने की कोई कोशिश नहीं किया, और उसने इसे छोड़ने की।

वह मुस्कराया ''क्योंकि मैं सोचता था, उन सभी अफवाहों के बाद जिसे तुम्हें अपने शौहर की बेवफाई और उसकी मौत के बारे में दिए गए हैं, तुम्हें एक दोस्ताना स्पर्श की जरुरत थी। दोनों ही बिलकुल असत्य हैं, आखिरकार इतना और मैं इस गल्प में जोड़ सकता हूँ।'' उसने अपने दोनों हाथों में उसका हाथ थाम लिया। ''मिथ्या?''

''अवश्य तुम इन सभी खबरों पर अविश्वास करके बिलकुल ठीक किया। जोशुआ कभी भी तुमसे अपने प्यार से बेवफाई नहीं करेंगा, क्योंकि तुम इसकी इजाजत नहीं दोगी–और वह जिन्दा है यद्यपि मुझे तुमसे कहना है कि यह काफी खतरनाक था। यह किसी भी परिणाम की तरफ जा सकता था। मैं उस घटना को जीऊँगा। जब तक मैं जीवित हूँ। यादे मुझे सदा ही भूत की तरह तस्त्र करेंगी।''

''कृपया, महाशय, कृपाकर। मैं नहीं जानती आप कौन है, लेकिन आपने मुझे एक नयी जिन्दगी दी है। उसके लिए मैं सदा ही मैं आपकी कर्जदार रहूँगी। महाशय क्या आप मुझसे वह सब कुछ जिसे आप जानते है, कहेंगे?''

उसने हामी भरी, तब हॉल के दूर के छोर की तरफ अंगुली से ईशारा किया जहाँ सेनाध्यक्ष अभी-अभी कक्ष में प्रवेश किया था और उस मेहराबदार प्रकोष्ठ की तरफ इडवार्ड के द्वारा रास्ता दिखाते हुए लाया जा रहा था।

''मैं सोचता हूँ हमें यहाँ से बाहर निकल जाना चाहिए। जल्द क्या तुम सहमत हो?''

वह तेज़ी से उठी और उसे बाँह के सहारे पकड़ लिया। भयभीत कि कहीं जाने देने पर वह पतली हवा में खो न जाए–वह तो मानों पतली हवा से उसमें एक नई जान और आशा का संचार करने एकाएक प्रकट हुआ था। और वह उसे, उस फरिश्ते को, कहीं जाने देने नहीं देंगी।

''आने के पहले मैंने हॉल के अंदर अच्छी तरह देखा,'' उसने कोमल स्वर में कहा ''उस दरवाजे के पार एक खुला चबूतरा है जो इमारत को चारों ओर से घेरता है। पिछले हिस्से में एक बेंच है जिसमें हम सुविधाजनक महसूस कर सकते हैं–कम से कम एक क्षण को, इसमें पहले तक वे तुम्हारी खोज में बाहर आते हैं।''

हम किस चीज़ की प्रतीक्षा कर रहे है? उसने पूछा। ''अब मैं जानती हूँ कि बेचारी लोमड़ी कैसी महसूस करती होगी। जब उसका शिकार शिकारी कुंत्तों के द्वारा किया जाता होगा। निश्चय ही भविष्य में मैं शिकार के खेल को निषेध कर दूँगी–अगर कभी यह एक खेल मात्र था ब्रोमफिल्ड में वह हँस पड़ा जब वे उस चबूतरे के लिए दरवाजे को पार किए और तब इमारत के बाहर घुमते हुए पीछे के हिस्से में पहुँचे, जहाँ उस चाँदनी में एकमात्र बैंच की परछाई को देखी जा सकती थी।''

''मुझे शीघ्रता करनी होगी,'' उसने कहा।

''कृपया, पहले मुझसे कहें, जोशुआ कहाँ हैं? क्या वास्तव में वे सुरक्षित हैं?''

''हाँ, लेडी जुलिया। वह सुरक्षित और जीवित है।''

''ओह, कृपया। मुझे जुलिया कहिए।''

''बहुत अच्छा। जोशुआ मारवाड़ में अपने गुप्तचर, हवलदार मानसिंह, के मिट्टी से बने घर में छिपा है। मानसिंह की बीबी रूपा देवी, जोशुआ की रसोईया और नौकरानी का काम कर चुकी है, जब जोशुआ अजमेर में तैनात था। वह एक अनाथ थी जब जोशुआ ने उसे पाया उसका ख्याल रखा, उसका लालन-पालन किया, और एक पिता की तरह उसकी

देखभाल की, जब तक कि उसका हवलदार उसके प्रेम में नहीं पड़ गया। जोशुआ ने विवाह की सुव्यवस्था की और सभी खर्चों का वहन किया। वे उसके बाद से सदा उसके कर्जदार हैं और अधिक, क्योंकि युद्ध के दरम्यान जोशुआ ने दु:साहसी मानसिंह को एक दुश्मन सैन्य टुकड़ी पर हमला करने से मना कर दिया था–जिसने रात के भारी तोपों के दस्ते को लाया था और उसके जीवन की भी रक्षा की। रूपा देवी जोशुआ को ईश्वर मानती है, और हर रात्रि को उसकी सुरक्षा की प्रार्थना करती है–और निश्चित ही उस रात उसकी प्रार्थनाओं का जवाब दिया गया।''

जुलिया ने उस उम्रदराज व्यक्ति के हाथ अपने गालों से लगाया, तब इसे चुम लिया।

''उस रात्रि मैं देविका रानी के घर के बाहर इंतजार कर रहा था। जोशुआ नाली के पाइप को पकड़ ऊपर चढ़ गया और टैरेस को ले जाने वाले दरवाजे से घर में दाखिल हो गया। मैं खिड़की के बाहर था। उसने शव को पाया–और हाँ, उसकी हत्या करने के पहले देविका रानी उसके साथ यौन संबंध बनायी थी।

''वह आदमी कौन था ? क्या मैं उसे जानती हूँ ?''

''हाँ, तुम जानती हो। सी.आई.ए. का कर्नल मैक्स रॉबर्टस इसलिए तुम देखती हो एक नि:वस्त्र शव उस घर से बरामद किया गया।''

''क्या उसने जोशुआ पर अचानक धावा बोला?''

''हाँ। उसने उस पर बंदूक तान रखा था, और वह एक अचूक निशाने की निशानबाज है। जोशुआ उस बात से अवगत है क्योंकि वह उसे प्रशिक्षित किया। उसे कोई अवसर नहीं मिला। समस्या वह थी कि मुझे भी कोई मौका नहीं मिला, क्योंकि वह श्रृंगार की मेज पर बैठी थी और जोशुआ अपने शरीर से उस बहुत छोटी खिड़की को अवरुद्ध कर रखा था–और हम तीनों एक ही सीधे कतार में थे, जब जोशुआ बीच में था। मैं शायद ही उसे जोशुआ को छेदते हुए उस पर गोली चलाता।''

वे दोनों सेवकों की चिल्लाहटें सुने जो जमीन पर कुछ ढूढ़ रहे थे।

उसकी अनुपस्थिति जगजाहिर हो गयी थी, जब संभवतः सेनाध्यक्ष ने उसके बारे में पूछा और इडवार्ड ने उसे गुमशुदा पाया।

''वह उसके सामने स्वीकारने को स्वतंत्र थी; आखिरकार वह एक शव था जहाँ तक उसका वास्ता था। और मैं अंदर की बातें बाहर से सुन रहा था। उसने के.जे.बी. के ईशारे पर मेजर पटेल की हत्या करना स्वीकार किया। उसने कांतिलाल को चाकू मारा। और हाँ उसने कर्नल रॉबर्टस् की हत्या की।''

''और उसने थार दस्तावेज की प्रतिलिपि के लिए कर्नल राशिद खान का भी कत्ल किया ?''

''नहीं! उसने हठपूर्वक राशिद खान की हत्या करने से इन्कार किया। जोशुआ–या कोई और–ने उसे मारा इसपर अड़ी थी, और मैं उसका विश्वास करता हूँ। वह उसका कारनामा नहीं था। इसलिए हमारे बीच ही अब भी वह कातिल है।''

सेवकों की आवाजें रसोईघरों से सुनी जा सकती थीं–जहाँ से वह बेंच देखा जा सकता था। सौभाग्य से अभी अंधेरा था।

''मुझे इसके पहले ही जब वे तुम्हें खोज ले जाना होगा–या वे मुझ पर अपरहण का आरोप लगायेंगे–यह देखते हुए कि मैं बिना बुलाए ही जश्न में शामिल हुआ हूँ। केवल तुमसे मिलने की खातिर।''

''जैसा कि आपने ब्रोमोफिल्ड में मेरे विवाह के प्रीतभोज में किया? ईश्वर को उसके लिए धन्यवाद है।''

''नहीं, वास्तव में। मैं देविका रानी के साथ आया एक बिन बुलाए मेहमान के तौर पर, लेकिन उस जश्न के लिए मेरे पास एक निमंत्रण पत्र था। यह एक लम्बी कहानी है–हमारे पास उसके लिए अभी वक्त नहीं है। ठीक है, जुलिया, संपेक्ष में वह कहानी यह है कि देविका रानी ने जोशुआ को मरने के दो विकल्पों का प्रस्ताव दिया। या तो वह अपने सिर झुकाकर उसके पैरों में घुटनों के बल गिर पड़े, जब वह अपने ब्लाउज को सामने से खोलेगी, और तब, खुद को उसे दिखाने के बाद, उसके सिर में एक गोली मार उसकी हत्या कर देगी–या एक सैनिक

की तरह सीधा, अपने दो पैरों पर खड़ा होने का। मुझे आपसे यह सब कहना पड़ा इसके लिए मुझे बहुत खेद है। वह अत्यंत क्रूर महिला है।''

''ओह, मेरे प्यारे जोशुआ! ओह, प्यारे ईश्वर, उसने कितने सितम उठाए होंगे। क्या उन्होंने अपने जान की भीख उससे नहीं माँगा?''

''उससे भीख माँगना? उसने उसे एक निर्दयी कातिल कहा और एक कुतियाँ गुस्से में उसने दो बार उस पर गोलियाँ चलाई। उसके सिर के ठीक ऊपर, और दोनों बार उसने इनकार किया; तीसरी बार वह अपने घुटनों के बल आ गया, लक्ष्य को–देविका रानी को–आजाद छोड़कर, और मैंने उसके कंधे में गोली मारी। गोली लगी तब भी, उसने जोशुआ पर गोली चलाई–हत्या करने के मनसे से लेकिन मेरी गोली ने उसे चारों ओर घुमा दिया और गोली उसके बजाय दीवार को चिरती चली गई। जोशुआ अपने पैरों पर था, बंदूक खींचे; हवलदार मानसिंह केवल चंद क्षणों बाद पहुँचा। मसला पूरी तरह नियंत्रण में था और मैं पसीज गया। और यही जुलिया, पूरी सच्चाई है।''

''क्या आपने उसे नहीं मारा? क्यों तीन मौतों की एक हत्यारिन को।''

''जुलिया, वह मेरे एक पुराने मित्र की बेटी है–सेनामयक्ष रामा सिंह की जो वाशिंगटगन स्थित भारतीय दूतावास के सैन्य अधिकारी हैं। मैंने उसे बचपन से ही जाना है–वह मेरे घुटनों पर झुलती थी। मैं उसे नहीं मार सकता था। मैंने उसके पिता को सूचित किया है जो उसके बचाव कार्य हेतु भारत के लिए उड़ चुके है। वे किसी किस्म के समझौते को तय करेंगे। जहाँ उसे विशेषाधिकार दिए जायेंगे सिर्फ इस आधार पर कि उसे आई.एम.आई. के अंदर के.जी.बी.के. घुपैठ की पूरी जानकारी है। जिससे आई.एम. के अंदर उन अवांछित तत्वों की निकौनी करने में मदद मिलेंगी। मुझे जाना है वे आवाज असुविधाजनक रूप से नजदीक है।''

''ओह, नहीं, आप नहीं जाइए, महाशय! यह जश्न मेरे ही सम्मान में आयोजित है और आप मेरे समादृत अतिथि हैं। आपने मुझे विधवा होने से बचाया है, मुझे मेरे विवाह को वापस लौटाया है, और मेरी जिंदगी–और महाशय, मैं अब भी जानती आप कौन हैं, परन्तु मैं संभवत:

आपको बिना अपनी मेज पर खिलाये-पिलाये नहीं जाने दे सकती। मुझे इज्जत बख्शें इस रूप में भी कि सबसे पहला नृत्य आप मेरे साथ करें। वष्टृपा कीजिए? मैं सोचती हूँ कि जोशुआ भी इस रूप में चाहा होता।''

वह हँस पड़ा। ''क्यों नहीं? तुम काफी ष्टाानदार दिखी जब तुमने अपने वैवाहिक जश्न के अवसर पर नृत्य में मेरा साथ दिया। क्योंकि मेरा कोई साथी नहीं था–और मैं सम्मानित किया गया। आज भी मैं सम्मानित किया जाऊँगा। लेकिन मैं सेनामयक्ष की मेज पर पंसद नहीं खाना करुँगा।''

''ओह, और क्यों नहीं?''

''हम सानथुर्ष्ट में साथ थे, और जब वह व्यक्तिगत रूप से मेरा स्वागत करेंगे, वहाँ कुछ असुविधाजनक सवाल हो सकते हैं–उनके लिए क्या हम इसे उस पर छोड़ देंगे?''

''आप, महाशय, बिना मेरे साथ भोजन लिए नहीं जा रहे हैं। मैं सेनाध्यक्ष की मेज पर खाने वाली थी; मैं अब ऐसा नहीं चाहती। मेरे साथ आईए,'' जुलिया ने उनका हाथ पकड़ते हुए और रसोईघर के पिछले दरवाजे की दिशा में ले जाते हुए कहा।

जब उसने रसोईघर में प्रवेश किया, आस-पास के सहायकों को नजरअंदाज कर स्वयं ही उसने अन्न और मांस से बनायी गई स्वादिष्ट खीर की मेज को साफ किया, उसने सेवकों को एक तरफ हटा दिया था। वह दो कुर्सियाँ मेज के समाने टिका रही थी, एक-दूसरे के आजू-बाजू में उसने काउन्टर से दो साफ-सुथरी थालियाँ उठा लाया और उनके प्रत्येक हाथ में एक-एक थालियाँ पकड़ा दिया।

''आप क्या पसंद करेंगे?'' वह फुसफुसायी।

''वह बकरे की लिए बिरयानी स्वादिष्ट दिखती है। यद्यपि हो सकता है यह आपके लिए मसालेदार हो।''

''हम दोनों के लिए बकरे की बिरयानी हमें उसके साथ कुछ रायता की जरुरत है,'' उसने उदारपूर्वक दोनों ही थालियों में चम्मच की सहायता से योघृत डालते हुए कहा। ''सब्जी की करी?''

"तुम चुनाव करो," उसने कहा "तब जाकर यह मेरे और तुम्हारे लिए सच्चे तौर पर खाने लायक होगा।"

"आलू-गोभी की एक सब्जी कोई दाल–भोजन को गीला करने के लिए?"

उसने हामी भरी। जुलिया ने खड़े सेवकों में एक को ईशारे से मद्यहीन शराब की एक बोतल लाने को कहा, और वे खाने पर बैठ गए। उनके चारों, ओर घेरे खड़े रसोईघर के सेवकों की उपस्थिति से बेखबर।

"मैं किसके दीर्घ जीवन, स्वास्थ्य या प्रतिष्ठा के लिए मदिरा पी रही हूँ?" जुलिया ने अपना प्याला उठाते हुए पूछा।

उन्होंने इस बारे में एक क्षण को सोचा। "अपने बूढ़े अंकल सोलोमन के लिए," उन्होंने कहा, "लेकिन 'सोलोमन अंकल' के रूप में कहा गया हो, पहले नाम और 'अंकल' बाद में–मतलब यदि तुम मुझे अपने चाचा के रूप में स्वीकारो" वह इस आशय के गहन स्पष्टीकरण में गया होता कि कैसे भारतवर्ष में किसी उम्रदराज व्यक्ति को 'अंकल' या 'आंटी' इज्जत के तौर पर कहा जा सकता था, लेकिन उसने मुस्कुराते हुए बीच में ही उन्हें हस्तक्षेप किया।

"सोलोमन अंकल यह है: मेरे कोई 'अंकल्स' और 'आंटस्' नहीं है, और आपको ही पहली मर्तबा चाचा के रूप में पाकर मुझे बहुत प्रसन्नता होगी। इसके अतिरिक्त मैं एक मिनट में आपका परिचय करवाने जा रही हूँ, क्योंकि इडवार्ड यहाँ आ रहा है।"

"तुम यहाँ क्या कर रही हो?" इडवार्ड चिल्लाया। "सेनाध्यक्ष अपनी मेज पर तुम्हारा इंतजार कर रहे हैं। खचाखच भरे कक्ष के लोग तुम्हारे बारे में पूछ रहे हैं। और यह आदमी कौन है?"

"इडवार्ड," जुलिया ने मीठे स्वर में कहा, "क्या मैं अपने बूढ़े सोलोमन अंकल का तुमसे परिचय करा सकती हूँ। जो इस शहर में थे, मेरे इस जश्न के बारें में सुना और अप्रत्याशित तौर पर यहाँ आ धमके मैं उन्हें देखकर काफी प्रसन्न हुई, लेकिन तब मैंने सुना तुमने हॉल में इनके लिए कोई व्यवस्था नहीं किया है, मैंने–वक्त के तकाजे पर उन्हें यहाँ खिलाने

का निर्णय लिया। मैं सोचती हूँ आप इस पर आपनि नहीं करेंगे?''

''मैं आपत्ति करता हूँ और यदि आप इस श्ाहर में थे तो आप हमसे मिले क्यों नहीं? मैं आपको निमंत्रित किया होता। मैं नहीं जानता था कि तुम्हारे कोई अंकल्स' भी हैं, जुलिया?''

''मैं भी नहीं जानती थी, जुलिया ने खुद से प्रसन्नतापूर्वक कहा, ''लेकिन अब मैं अवश्य जानती हूँ।''

''ओह, हाँ। भारत में मेरे टनों ऐसे चाचा लोग हैं। सभी जोशुआ के पक्ष से आते है, हाँ।''

''इसके बाद भी इससे यह स्पज़्ट नहीं होता कि क्यों उन्होंने निमंत्रण पत्र के लिए तुमसे मुलाकात नहीं कियाँ''

''मैं स्पष्ट करता हूँ,'' बूढ़े सोलामन अंकल ने कहा, उनकी आँखें खुशी से टिमटिमा रही थीं। ''मैं एक, क्या हम कहेंगे, उस परिवार की अपेक्षाकृत गरीब सदस्यों में से हूँ? एक अधिक वांछनीय रिश्तेदार नहीं? मैं उससे मिलने बड़े बंगले में आने का स्वप्न नहीं देखा होता, लेकिन मैंने सोचा मैं यहाँ अवसर पा सकूँगा। मुझे खेद है। कृपया माफ करें। मैं तत्काल ही जाता हूँ।''

वह उठ खड़े हुए, जाने को तैयार होते हुए, लेकिन जुलिया ने उन्हें रोक लिया।

''सोलोमन अंकल,'' उसने कहा, ''मानो आप परिवार के अवांछनीय सदस्यों में हों, लेकिन आप जायेंगे जब मैं आपको जाने की अनुमति दूँगी। श्रीमान कृपया बैठिए।''

वह अपनी जगह से आधा उठे हुए थे, वे एक मुस्कुराहट के साथ बैठ गए।

उनमें केवल दोने ही जाना कि वह जश्न की शाम अगले क्षणों में क्या कुछ बनने जा रही थी। एक पूरी तरह अजनबी जिसने उसके शौहर और उसकी खुशी दोनों को फिर से उसे सौंपा था; एक लम्बी, शानदार और बहुत ही प्यारी एक अंग्रेज अर्ल की पौत्री जो पाकिस्तान में एक भोजकक्ष के रसोईघरों में उसके साथ बैठकर खाना खाने के लिए जिद कर रही थी।

''इडवार्ड,'' जुलिया ने कहा, ''तुम मेरे सोलोमन अंकल का हाजमा खराब कर रहे हो। जब भी वे तनाव में आते हैं ये अम्लीय उतापों के मरीज हो जाते हैं। अब क्या तुम कृपाकर जाओगे, और शांति से हमें रात्रि भोजन लेने दोगे? मैं शीघ्र ही बाहर आऊँगी–जब नृत्य का कार्यक्रम शुरु होता है–और सोलोमन अंकल के साथ प्रथम नृत्य करने के बाद, मैं इस शेष शाम के लिए तुम्हारी मेजबान बनकर रहुँगी। अब जाओ भी।''

''मैं तुम्हें नहीं समझ पाता, जुलिया। बीस मिनट भी नहीं गुजरे जब तुम आसुँओं से ओत-प्रोत थी। एक मृत शौहर पर शोक प्रकट करते हुए अब तुम खा रही हो, और शराब पी रही हो, और एक अंकल की खुशियों का जाम उड़ा रही हो, जो न जाने कहाँ से आ धमका है। क्या जोशुआ तुम्हारे लिए कोई महत्त्व नहीं रखता था?'' लेकिन वह चला गया।

उन दोनों ने जैसा कि दोनों ने ही एक-दूसरे से स्वीकारा कि अपनी-अपनी जिंदगी का सर्वोत्तम भोजन किया था। उस व्यक्ति ने अपने बारे में ज्यादा कुछ नहीं कहा था–और जुलिया ने पूछा भी नहीं था लेकिन वह जान गई थी कि वह पचहत्तर वर्षीय व्यक्ति थे उनकी बीबी का इंतकाल कुछ वर्षो पूर्व हो गया उनकी दो बड़ी लड़कियों और एक बेटा थे। सच, वह जोशुआ और उसकी वांशिगटन डी.सी. में पीछा करते आ रहे थे। हाँ, वह बिन बुलाए मेहमान उसकी शादी के उपलक्ष्य में आयोजित जश्न में शामिल हुए थे–देविका रानी के साथी के रूप में लेकिन उनके पास निमंत्रण था। और हाँ, वह मेजर पटेल के घर के बाहर सीढ़ियों पर खड़े थे जब वह सीढ़ियों को बदहवास फलांगती नीचे उतर आई थी।

वह उसके सवालों पर मुस्कुराया, पास से गुजरते एक सेवक की परात से अंण्डे-दूध और अनेक फलों से बनी शर्बत से भरे दो प्याले उठाया और उन्होंने उसे ही भोजन के बाद मीठे व्यंजन के रूप में लिया।

दस मिनटों के बाद बैंड की घूनें जश्न में आवेश भर दीं। जुलिया

ने फिर से उन्हें उनके बाँहों के सहारे पकड़ लिया। हॉलाकि वे इस दरम्यान पीछे लटके, से दिखे–पूरी तरह आश्वस्त नहीं कि शायद इडवार्ड के मेहमान के रूप में वे कहीं प्रत्याशा से बहुत अधिक समय तक वहाँ रुके हुए थे। संगीत तेज था जो सेना के कर्नलों की पसंद थी जो जल्द ही उसे नृत्य हमजोली बनाने को बेताब शोरगुल करते रहेंगे। जुलिया बैंड के नायक के नजदीक गई और उसके कानों में फुसफुसायी। संगीत एकाएक थम गया, और मंद नृत्य के मुताबिक संगीत की लयबद्ध लहरियाँ जो उम्रदराज व्यक्तियों के लिए ज्यादा उपयुक्त थीं, हवा में सारगोशी से तैर उठीं।

"मैं शुक्रगुजार हूँ।" उसने फुसफुसाया कहा कर "कि इतनी देर के लिए सारी खुशियों के साथ आप मिले, लेकिन क्या मैं इन खुशियों के फेहरिस्त में एक और जोड़ सकती हूँ?"

"मैंने सुना है कि तुम एक लेखिका हो, जुलिया इसलिए मैं जानता हूँ तुम मुझे जरा भी निराश नहीं करेंगी।"

वह हँस पड़ी। "मैं कृतज्ञ हूँ कि मैंने आँखों का श्रृंगार नहीं करती नहीं तो मैं अभी बिलकुल बुरी दिखती रहती हैं।"

और जुलिया ने अपने सोलामन अंकल को नृत्य में बहा लिया जिसे यदि उसने अपने अंदाज में किया होता, तो वह एक लम्बे अंतराल तक चलता ही जाता, जितनी देर नृत्य चलता रहा उससे कहीं और बहुत अधिक समय तक। उनके जाने के पहले उसने उन्हें बाँहों में ले गले लगाया, उन्होंने उसकी पीठ थपथपाई, उसका मस्तक चुमा और रात्रि के अंधकार में विलीन हो गए। उसने आश्चर्य किया यदि वह उन्हें फिर से देख पाए। उसने अपने वादे के अनुसार वह ऐसे किसी भी व्यक्ति के साथ नृत्य करने को प्रस्तुत थी जो ऐसा चाहता था। उसके पाँव मानों हवा में हो ऐसा उसने महसूस किया। उसके दिल की भी यही हालत थी–हर पल जोशुआ की याद में होशमंद और उस दयालु, अंकल, को भी सोचती ही रही। जिन्होंने उसके शौहर को जीवित बचाया था।

सेनाध्यक्ष ने इडवार्ड के माध्यम से यह संदेश भेजवाया कि वह

जल्द जाने की योजना बना रहा था, और क्या वह उनसें मिल सकती थी?

उसने तत्क्षण प्रतिक्रिया दिया, उसने देर के लिए माफी माँगा, उन सभी नौजवान सेना के कर्नलों की तरफ अपना हाथ हिलाया जिन्होंने उसके साथ नृत्य किया था। सेनाध्यक्ष, अफसोस के साथ, नृत्य किया था, लेकिन उसके पास उससे कहने को बहुत कुछ था जिसे वह उससे कहना चाहता था।

वे उस मेहराबदार छोटे प्रकोष्ठ में बैठ गए जो सेनाध्यक्ष के लिए आरक्षित था। उसमें अपने सभी मातहतों को छूट्टी दे दिया।

''वे उपद्रव करते इसलिए,'' उसने कहा। ''मैं अपनी पूरी जिन्दगी खतरों से घिरा पाया हूँ, इसने मुझे अविचलित बना दिया है। लेकिन हमें आपके बारे में बात करने दो, कुलीन जुलिया। हमने विस्कांउट इडवार्ड से तुम्हारे बारे में कितना कुछ सुन रखा है।''

''मैं विश्वास करती हूँ कि कोई हानिकारक बात आपने नहीं सुना होगा,'' उसने जोशुआ के उस वाक्य को याद करते हुए कहा जिसे जोशुआ ने उसके समक्ष इस्तेमाल किया था। जब वे पेरिस के एक सड़कछाप कैफे में बैठे थे। इस तरह वे अपने एक-दूसरे के साथ वक्त बीता पाने की खुशी का जश्न मना रहे थे–अपनी सगाई के ठीक पहले।

''सिवाय एक भारतीय कर्नल के साथ तुम्हारी शादी के! क्या हम तुम्हारे लिए कोई पाकिस्तानी कर्नल जो ज्यादा उपयुक्त साबित होता नहीं खोज सकते थे?''

सेनाध्यक्ष ने अपनी गहरी निराशा की कल्पना की जो शौहरों में उसकी अक्षम्य नजरिये से पैदा होती।

जुलिया खुलकर हँस पड़ी उसकी चेहरे पर भाव से वे कुछ ऐसे थे।

''बेशक, सेनाध्यक्ष, पाकिस्तानी सेना में बहुत सारे कर्नल अच्छे बहादुर हैं, जो पूरी तरह उपयुक्त साबित होते, लेकिन यह कर्नल बहुत खास था–और अभी भी है।''

''मैं ऐसा ही समझता हूँ। लेकिन मैं तुम्हारे लिए खेद महसूस करता

हूँ। यह कहते हुए जिसे हमने—तुम्हारे कर्नल के बारे में—खोज निकाला है।''

वह रूका। अनिश्चित कि क्या उसे और आगे बोलना चाहिए। क्या उसके लिए उन मसलों में और आगे बोलना उच्चित था जो अधिक विवेक की माँग करती पर्याप्त नाजुक थीं।

''ओहँ और जो भी आपने पाया है, सेनामयक्ष कि मैं दुःखी हो जाऊँ। यदि मैं जानूँ?''

''क्या वास्तव में तुम जानना चाहती हो?''

''हाँ।''

''क्या तुम जानती थी कि वह राजा है?''

''हाँ। आपने कैसे जाना?''

''उसका एक पूर्व—हम कहेंगे—साथी उससे अलग हो गया जब उसने एक अंग्रेज लड़की से शादी किया। वह इस खबर को आम होने नहीं देने की इच्छुक थी एक बदचलन औरत की शक्ति किसी कौंधती बिजली की तरह होती है। यह आस-पास खड़े लोगों को अप्रभावित छोड़ देती हो, लेकिन यह उसे जला डालती है जिस पर गिरती है।''

जुलिया ने नीचे मेजपोश पर नजरें दौड़ाया उस पर फूलों के नमूने बने थे—उसकी तरफ डंढलों के गठर थे, परन्तु जुलिया की ओर लट की तरह गोल लहराते गुलदस्ते बन गए थे।

''मुझे खेद है,'' उसने कहा। ''मुझे माफ करना। वह मेरी असभ्यता थी। लेकिन यदि तुम उसे प्रेम करती हो—और तुम करती हो—आपको शेष लोंगो की बातें जरुर तवज्जों में लाना चाहिए।''

उसने हामी में सिर हिलाया।

''उसने राशिद खान की एक पुराने रिवाल्वर से खात्मा कर दिया जो उसके दादाजी का हुआ करता था। हमने उस सच्चाई को स्थापित कर दिया है। उनमें से किसी एक के द्वारा बुलाई एक आकस्मिक भेंटवार्ता—में मैं नहीं जानता वह कौन था? हमने उसे भी स्थापित कर लिया है। और थार दस्तावेज इसकी राशिद खान की प्रतिलिपि मेरी

प्रतिलिपि, चुराई गयी। मुझसे कहो, मुझसे तुम क्या अपेक्षा करती हो–पाकिस्तान के नेता और पी.एम.आई. के प्रमुख के तौर पर–मुझे क्या करना चाहिए? इस कार्य के लिए राशिद खान का चुनाव मेरे लिए किया गया था। मैंने उससे भाई जैसा प्यार किया अमृतसर का सिंह उसके सिर के पीछे गोली मार कर हत्या कर दी गई–नमाज़ आदयगी के दरम्यान।''

''आप इस संबंध में क्या करने की योजना बनाते हैं?''

''अवश्य ही न्याय–प्रकिया के समक्ष लाने की योजना मैं उसे भारतवर्ष में न्यायिक निर्णय के लिए नहीं ला सकता। वह असंभव है। और वह स्वयं अपनी इच्छा से न्यायिक परीक्षण के लिए यहाँ नहीं आएगा। इसलिए मुझे उसे वहीं न्याय दिलानी हैं। तुम क्या करोंगी?''

''क्या आप न्याय में विश्वास करते है, सेनाध्यक्ष?''

''हाँ। लेकिन क्षमा करने में नहीं। जिसे तुम मुझसे भीख माँग रही हो।''

''मैंने 'न्याय' कहा, सेनाध्यक्ष महोदय; मैंने 'राज्य–क्षमा' नहीं कहा मैं विश्वास करती हूँ कि मेरे पति उन सभी आरोपों से निर्दोष है जिन्हें आपने गढ़ा है, हालाकि साक्ष्य उनके खिलाफ अवश्य दिखाई दे सकते है। लेकिन बॉम्बे में उसकी हत्या की योजना बनाने के बदले जो तुम्हें एक सामान्य हत्यारे की श्रेणी में शामिल करता है–यहाँ पाकिस्तान में वास्तविक कातिल मुकदमा चलाओ।''

''मजबूत शब्द, कुलीन जुलिया। मैंने अनेकों को मारा है–हत्या कभी नहीं की है।''

''मुझे श्रीमति सैमुअलसन कहिए,'' उसने कहा।

''और तुम उसे यहाँ–यदि वह वास्तविक हत्यारा है–कैसे लाना चाहती हो? तुम ऐसे अपनी बीबियोंवाली अदाओं से हमारे हाथों समर्पण करने को प्रवृन करो? वह तुम्हारा शौहर हो सकता है, महाशया, लेकिन वह एक सैनिक पहले है, और वह बॉम्बे किसी सड़क पर ऐसा अवसर पाना बेहतर समझेगा, मैं सोचता हूँ, किसी पाकिस्तान की कचहरी के कमरे के बजाये। मैं आपके शुभ दिवस की कामना करता हूँ।''

''इतना तेज नहीं, सेनाध्यक्ष,'' उसने अपनी कुर्सी से बिना उठे कहा। ''मैंने अपनी समाप्त नहीं किया है।''

सेनाध्यक्ष, जो अब खड़ा ही होने वाला था, उदार सहनशीलता की रौब के साथ वापस बैठ गया।

''आपने अपनी बातें कहीं हैं। क्या मैं अपनी बातों को समक्ष रखने की अनुमति पा सकती हूँ? मुझे एक ऐसा सेना का वाहन दीजिए जो थार मरुस्थल में बालू के छोटे टीलों पर चल सकने में सक्षम हो, और एक सुरक्षाकर्मी, उस सीमा के पार के किले में जाने के लिए एक सुरक्षित रास्ता के साथ। मैं सात दिनों में अंदर उस हत्यारे को आपके लिए यहाँ लाऊँगी आप न्याय प्रिय व्यक्ति हैं। आपने ऐसा कहा, और मैं आपका विश्वास करती हूँ। क्या मैं कुछ और माँगू? एक सैन्य वाहन ओर एक सुरक्षा कर्मी उसके किले तक?

सेनाध्यक्ष ने एक सेवक को चाय की केतली लाने का संकेत दिया–वह अपनी गद्दी लगी कुर्सी में फिर वापस आराम से खुद को व्यवस्थित किया, जब वह उसको प्रशंसनीय निगाहों से देख रहा था।

''मैं तुम्हारे आदमियो में रूचि पर ज्यादा नहीं कह सकता, मेरी प्यारी'' उसने अपनी अंगुली से उसे इंगित करते हुए कहा, लेकिन मुझे कर्नल सैमुअलसन को ऐसे बीबी के चुनाव पर बधाई देनी हैं?

वह लज्जा गई, और इससे सेनामयक्ष को कुछ राहत मिली उसने उसकी गालों पर लालिमा की बाढ़ आते देखा।

''इन खुबसूरत औरतों को धिक्कार हैं'' उसने सोचा अब वह मुझे अपने हाथों से खिलाएगी। लेकिन उसने सोचा ''ने उसमें इतनी खुशी का संचार किया जितना उसने सोचा नहीं था कि यह करेगी।

''और कैसे तुम अपने शौहर को छिपाने के स्थान से बाहर निकालने का इरादा करती हो''–अगर वह वही हत्यारा है? जो रिपोर्ट मेरे पास हैं के अनुसार, वह बॉम्बे में भी नही हैं वह मारवाड़ जेक्शन में हैं यद्यपि वह इतना चतुर हैं कि वह बहुत लम्बे समय एक जगह रूका पड़ा रह सकता है। एक अफाह भी फलाई जा रहीं कि वह मर गया हैं मैं पूरी

जानकारियों में नहीं जाऊँगी, वे तुम्हारे लिए अति दु:खद सिद्ध होंगे—लेकिन मैं, एक के लिए, इसपर विश्वास नहीं करता। कर्नल सैमुअलसन उतनी आसानी से नहीं मरता। उस किले तक तुम कैसी उसे लाओगी?''

''एक संदेश को उस तक भेजने की व्यवस्था करके राशिद खान की तरफ से एक भेंटवार्त्ता के आयोजन को पूछने के लिए। उसने कभी वह राशिद खान मर गया है, विश्वास नहीं किया है। उसने सोचा कि वह एक पी.एम.आई के द्वारा फैलाई जा रहीं एक अफवाह थी। जब वह राशिद खान का संदेश पायेंगे, वह आयेंगे मैं इसकी प्रतिभा देती हूँ।''
''वह आयेगा? उस तरह? किसी किस्म के षड्यंत्र की बिना आशंका किए? बहुत सीधी-सादी हो, प्यारी कुलीन जुलिया। लेकिन तब शायद, तुम अपने शोहर को मेरी किसी सैनिक को जानने के कहाँ बेहतर जानती है।'' ''वह अवश्य आयेंगे, सेनाध्यक्ष, क्योंकि वह आश्वस्त होंगे कि संदेश राशिद खान की है। शर्त्त को थार दस्तावेज में लिखकर शुमार किया था। एक-दूसरे तक सूचना पहुँचाने के तरीका को वह गुप्त शब्दावली जिसमें इसे भेजा जाना है, वह तरीका जिससे इसे भेजा जाएगा वह प्रामाणिकता जो निश्चित करें। कि यह वे मात्र दो ही हैं जो इसे भेज सकते हैं और दोनों मात्र ही इसे पढ़ सकते हैं वह आयेंगे।''

''तुम अवश्य ही। जानती हो कि कैसे इस सूचना को भेजना है, मानो यह राशिद खान की तरफ से भेजी गयी सूचना है?''

''हाँ''

''तुम कैसे जानती हो? गुप्त शब्दवली क्या है? इसे कहाँ भेजना है? प्रमाणिकता तुम कैसे जानती हो? जब तक कि नहीं...''

जुलिया जवाब नहीं दे सकी। उसने इसके बदले अपनी चाय की प्याली लेने गई, जब वह नाचते जोड़ों को शोर की नदी में जल-भँवरों की मानिंद तीव्र चक्कर लगाते देखा।

''तुम्हें मुझे आश्वस्त करना है श्रीमति सैमुअलसन। या मैं तुम्हारी इस योजना से संभवत: इत्तेफाक न रख पाऊँ। सूचना, मैंने इसका उपहास नहीं उड़ाया है— ऐसा लगता है इसमें आवश्यक तत्व मौजूद

है–लेकिन मुझे आश्वस्त होना है। क्या मैं समझूँ कि तुमने थार दस्तावेज पढ़ डाला है?''

''हाँ।''

''और वे तुम्हारे शौहर के कब्जे में थे?''

''क्या वे यहाँ तुम्हारे साथ हैं? दोनों प्रतिलिपियाँ?''

''क्या तुम्हारे हैंडबैग में जो मेज पर हमारे दरम्यान पड़ा है?'' मैं तुमसे एक समझौता करता हूँ, कुलीन जुलिया। उन दस्तावेजों की राशिद खान की प्रतिलिपि की वास्तव में, मेरी प्रतिलिपि–सौंप दो, और मैं अपने गुप्तचरों को रोक दूँगा जो कर्नल राशिद खान की मौत के प्रतिशोध में तुम्हारे शौहर के खून के प्यासे हैं।''

''नहीं।''

''तुमने क्या कहा?''

''मैंने कहा, नहीं।''

''क्या तुम महसूस करती हो कि मैं मेज के नजदीक नहीं पहुँच सकता तुम्हारे हैंडबैग की जाँच नहीं कर सकता। दस्तावेजों को नहीं निकाल सकता, और उस चीज़ के लिए दावा नहीं कर सकता जो अधिकृत तौर पर मेरा है?''

''आप कर सकते हैं लेकिन आप ऐसा नहीं करेंगे।''

''और मैं क्यों वैसा नहीं कर सकता, मैडम?''

''क्योंकि, सर, आप एक सैनिक हैं। एक सेनामयक्ष एक स्वाभिमानी राष्ट्र के नेता, और एक सभ्य व्यक्ति है। और आप बिना उसकी अनुमति के उसके हैंडबैग की जाँच कभी नहीं करेंगे–और मैं आपको इसकी अनुमति नहीं देती हूँ।''

सेनाध्यक्ष अपनी गद्दीदार कुर्सी में जल्दबाजी और आवेश पीछे खिसका वह जुलिया के लिए पूर्ण प्रशंसा से ओत-प्रोत था, ''अच्छा कहा, कुलीन जुलिया के! इतना पास, और अभी भी, इतनी दूर, बहुत अच्छा। लेकिन तुम्हें अभी भी मुझे विश्वास दिलानी है कि तुम्हारे पास वे सभी कागजात है, और तुमने उन्हें पढ़ा है तुम मुझे माफ करोगी यदि

इस संबंध में मैं तुम्हारे अल्फाजों को अपनी तबज्जो में बिलकुल भी नहीं लेता?''

''मैं आपको माफ करती हूँ, सेनाध्यक्ष।''

जुलिया ने अपनी चाय की प्याली से नजरें हटाकर उसकी काली बिल्लौरी आँखों में देखा, घनी भौंहों के नीचे जो बहुत खतरनाक या बहुत दयालु सिद्ध हो सकी थीं जैसे अभी

''क्या मैं आपको सेनाध्यक्ष वह जानकारी दूँगी जो थार दस्तावेज में लिपिबद्ध है, जिसे आप और भारत के प्रधानमंत्री सोचते हैं, कि केवल वे दोनों ही जानते है? मेरे पति के सिवाय जो–जैसा आप कहते हैं–कहीं छिपे पड़े हैं, कहीं, मारवाड़ जंक्शन में, और कर्नल राशिद खान के जो मृत्त हैं।''

''और रेहाना के, हमें उसे अवश्य नहीं भुलना चाहिए। वह जानती है और वह नहीं कहेगी। क्यो?''

''क्योंकि वह विश्वास करती है, जैसे मैं करती हूँ, कि राजा ने बहादुर को नहीं मारा। इसलिए वे परस्पर दोस्त थँ लेकिन यदि मैं इसे आपसे कहूँ इसे आपको इसे तसल्ली देनी चाहिए कि मैंने उन्हें पढ़ा है–और वे मेरे कब्जे में है।''

उसने चिढ़ाते हुए अपनी अंगुली के इशारे से दोनों के बीच पड़े हैंड–बैग की ओर इंगित किया। उसने अपने हाथ को लहराकर उसे बोलते जाने का संकेत दिया।

''सेनाध्यक्ष, आप अक्टूबर महीने के पच्चीस तारीख को भारतीय प्रधानमंत्री से मिलने को योजनाबद्ध हैं–बमुश्किल दस दिनों के बाद-बारह बजे दोपहर में, उसी किले में ताकि पुरानी संधिपत्र पर पुनर्विचार किया जा सके। जिस समय, हरेक पक्ष अपनी थार दस्तावेज की प्रतिलिपि पुनर्रक्षण या जला देने को प्रस्तुत करेगा, जहाँ दोनों ही के पास विटो निषेधाधिकार की शक्तियाँ होगी। यदि आप दोनों उनके पुनर्रक्षण पर एक नहीं होंगे दस्तावेज आग के हवाले कर दिए जायेंगे।''

जुलिया के पीछे खड़े हो जाने के लिए सेनाध्यक्ष ने अपनी कुर्सी

छोड़ दी। उसने अपने अनावत हाथों को उसके नंगे कंधों की गले की हड्डियों पर रख दिया वह हिम्मत नहीं हारी।

"तुम एक बेहद खतरनाक खेल खेल रही हो, कुलीन जुलिया", वह फुसफुसाया" लेकिन मैं देख सकता हूँ कि कम से कम तुम्हारे दाँव भी उतने ही ऊँचे है जितने ऊँचे मेरे दाँव–और व्यक्तिगत स्तर पर बेहद ही ऊँचा बहुत अच्छा, मैं सहमत हूँ, मैं राशिद खान की जगह लेने के लिए बहादुर के तौर पर अपने अन्य विश्वासपत्र सैनिकों से नियुक्त कर दूँगा वह तुम्हारा अंगरक्षक होगा। मरुस्थल की धरती पर चलने योग्य कोई भी वाहन और किले तक सुरक्षित रास्ता इन सभी सुविधाओं के बदले मैं थार दस्तावेज की अपनी प्रतिलिपि चाहता हूँ हस्तलिखित पाण्डुलिपि। ताकि मैं पच्चीस तारीख को निःसंकोच, उस किले में, संधि पर पुनर्विचार करने हेतु भारतीय प्रधानमंत्री से मिल सकूँ क्या सहमति है?"

"हाँ एक छोटी शर्त्त।"

"ओह!"

"किले तक पहुँचने की यात्रा के लिए, आपका सैनिक मेरे आदेशों का पालन करेगा।"

"क्यों? मैं सोचता था कि तुम सैन्य योजनाओं की जिम्मेदारी उसके पाले छोड़ दोगी–वह इन मसलों में तुमसे कहीं ज्यादा कुशल हैं" "सेनाध्यक्ष की आवाज लगभग वकालत कर रहीं थी "क्यों?"

"क्योंकि वह मेरा अंगरक्षक हैं–और मैं अपने अंगरक्षकों से आदेश नहीं लेती-इसी कारण–सहमत हैं?"

उसने सिर हिलाया

"और क्या आप पूर्णतः निश्चित हैं कि वह मेरे पूर्व आदेशों को रद्द नहीं करेगा?"

"कुलीन जुलिया, वह एक सेना का जवान है यदि मैं उसे तुमसे आदेश लेने का आदेश देता हूँ, वह उस आदेश के पालन करने में अपनी कुर्बानी भी दे देगा मुझे विश्वास कि तुम उसे जिन्दा मुझे सुपुर्द करोगी?"

"उसका मैं वादा करती हूँ," उसने मुस्कुराहट के साथ अपनी कुर्सी छोड़ते हुए और अपने हैंड बैग के पास पहुँचते हुए कहा।

"इतनी जल्दबाजी न करो, कुलीन जुलिया। तुम साथ में, राशिद खान के हत्यारे को भी मेरे हवाले करोगी–या अपने शौहर को-ताकि पाकिस्तान में उस पर मुकदमा चलाया जा सके।"

"महाशय, आपने मुझसे क्यों कभी नहीं पूछा है कि मैंने अपने शौहर की जिंदगी चार हस्तलिखित पन्नों के लिए क्यों खतरे में नहीं डाला, जो स्पष्टतः मेरे लिए निरर्थक हैं? आपको अवश्य सोचना चाहिए कि मैं एक बहुत बेचारी बीबी हूँ इसलिए क्योंकि कर्नल जोशुआ सैमुअलसन, लाहौर के शेर, भारत के प्रधानमंत्री के द्वारा चुने गये, और मेरे शौहर, हमारी पूरी वैवाहिक जिंदगी के लिए मुझे अवमानना का दोषी मानते, यदि मैं सहमत हो गयी होती मैं उनके प्रेम और आदर को महत्त्व देती हूँ–और वे तिजारत की वस्तुएँ नहीं हैं। रेहाना ने इसी तरीके से महसूस किया, उसने मुझे अच्छी तरह बताया है कृपाकर अपने सैनिक और मेरे बंगले के बाहर सेना का वाहन बुलवाइए, अभी से छः दिन है–सुबह के चार बजे मैं कराची छोड़ने के समय के बारे में निर्णय करुँगी। मैं आपकी सुहानी शाम की कामना करती हूँ, महाशय।"

उसने अपनी बाँह उसकी ओर फैला दिया और उसने इसे थाम लिया उसने उसे सुरक्षित कमरे को पार कराया अपनी अनियंत्रित सैन्य भावनाओं और व्यवहारों के साथ नाचते युगलों के बीच कठिनाई से गुजरते हुए, मानो शरीरों में समुन्द्र की लहरों को चीरते हुए जब वे हॉल के मुख्य प्रवेश द्वार की ओर गये चालक सहित उसकी कार आ गयी हाफिज उसके लिए दरवाजा खोलने के लिए बाहर निकला।

जैसे ही कार उसके बंगले को जाते रास्ते के लिए सड़क की तरफ सरपट दौड़ी, सेनाध्यक्ष ने अपने सहायक से फुसफुसाकर कहा, जो सिर हिलाया और एक सेना के वैन में, दस सैनिकों के साथ उसकी सुरक्षा में और एक अंगरक्षक के साथ जो उसके कराची में शेष दिनों तक उसके साथ रहता–चल पड़ा।

औरतें, सेनाध्यक्ष जानता था, अपने हैंडबैग में अपनी किमती जेवरातों–हीरे और मोतियों को साथ रखती थीं। वे यात्रा कर रही होती। उसकी बीबी ने वैसा अनेक अवसरों पर किया था जब उसे पाकिस्तानी सेना में एक जगह से दूसरी जगह भेजा गया था। उसने कभी भी अपनी सुरक्षा की व्यवस्था नहीं किया था। लेकिन उसके लिए थार दस्तावेज पाकिस्तान के सभी जेवरातों की ढेर से नहीं ज्यादा किमती था।

अध्याय 12

जोशुआ मानसिंह के घर की एकमात्र कुर्सी पर अपने हाथों में अपना मस्तक थाम कर बैठा था। और काँप रहा था। उस उष्ण रात्रि में भी वह ठंढक महसूस कर रहा था। जो कुछ वह सोच सकता था वह उसकी अपनी बेइज्जती के बारे में ही सोच पाता यह उनके लिए निरर्थक था जो इसे महत्त्व नहीं देते। लेकिन जो इसी सहारे जीने का संबल पाते है, उनके लिए यही सब कुछ था अपमान से मौत को धोखाँ जुलिया इस बारे में क्या कहे? और यदि उसने अपनी भावनाओं को प्रकट नहीं भी किया वह उसके बारे में क्या सोचेंगी? उसने डेंसिंग टेबल के दर्पण में एक परछाई को तेजी से एक तरफ से दूसरी तरफ जाते देखा था। उसने सोचा शायद खिड़की के बाहर मानसिंह था लेकिन खिड़की इतनी छोटी थी और उसका शरीर जिसे अवरुद्ध करता था क्या वह खुद को तेजी से एक तरफ कर सकता था और मौका पा सकता था कि मानसिंह उस औरत के गोली चलाने से पूर्व गोली चला पाता?

और जैसा कि यह तथ्य सामने है, वहाँ वह मानसिंह भी नहीं था–किसी अजनबी ने देविका रानी के कंधे में गोली मारी थी और गुम हो गया था। शायद कोई पुराना द्वेष चुकाया जा रहा था? शायद कोई पुराना प्रेमी? वह जो भी था उसने उसे उसके किए के लिए माफ नहीं किया वह अपने घुटनों के बल बैठा उसके पाँवों में सिर झुकाया था। उसकी पैशाचिक विजय अट्हास हरदम ही उसके दिलो–दिमाग में कौधेगे। क्या कभी जुलिया उसे माफ करेंगी, या वह उसे संपूर्ण वैवाहिक जिंदगी के लिए अवमानना की दोषी ठहरायेगी क्योंकि वह विश्वास करेगी कि मैंने उसकी पकड़ से आजादी के लिए घुटनों में बल उसके आदेश पर झुक गया था? वह उसके लिए अब तक एक अच्छा शौहर नहीं बन पाया था। चार सप्ताह ही अभी विवाह को हुए थे, और यहाँ वह मारवाड़ में कैद कर लिया गया था, पी.एम.आई. के द्वारा शिकार कर लिया गया, जो विश्वस्त कराये गये थे कि उसने एक साथी का कत्ल किया था। वह क्या सोचेगी जब उसने पाया कि वह राजा था? धन्यवाद ईश्वर वह नहीं जानती। वह खुद ही उससे कहेगा उसे इसे बहुत पहले ही

कर लेना चाहिए था–राशिद खान ने अपनी बीबी रेहाना से कह चुका था और जोशुआ को भी सलाह दिया था कि वह जुलिया पर भरोसा करे– लेकिन उसने नियमों व कायदों के अनुसार खेला था क्रुर नियमों को धिक्कार है। अभी से ही जुलिया के लिए वह उन्हें सभी को तोड़ने जा रहा था।

बगल के कमरे में, मानसिंह और रुपा देवी खुली ड्योढ़ी से झाँकते थे और एक–दूसरे से मदद की दुहाई माँगा। अपने मालिक की परेशानियों को अपनी मदद से कम करने के लिए ।

''वह आघात से परेशान हैं,'' मानसिंह ने अपनी पत्नी से फुसफुसाकर कहा मैंने युद्ध मे इस पर्याप्त रुप से देखा है। युण के मैदान में बड़े साहस के व्यक्ति जीत के बाद में दिनों में अपनी छावनियों में बैठे हुए–उन्हीं की भांति–खुद का सामना नहीं कर पाते। उनके आदमियों की खोयी जिंदगियाँ जो कभी वापस नहीं आई उनकी बेइज्जती थी उनकी रात्रि के दुःस्वपन ! उनके लिए कुछ करो, क्या तुम कुछ करोगी?''

''मैं क्या कर सकती हूँ?'' उसने कहा। ''मैं प्रत्यक्ष रुप से उनसे बातचीत नहीं कर सकता या उनकी आँखों में नहीं देख सकती–अब मैं ब्याहता हूँ।''

''मैं जानता हूँ मैं जानता हूँ'' मानसिंह ने अधीरता से कहा ''लेकिन वह हमारे अतिथि हैं, और मेरे कर्नल और एक समय तुम उनकी विश्वास प्राप्त रसोईया और नौकरानी थी। तुमने उनसे बातचीत किया है पूर्व में, जाओं फिर से बातचीत करो। हमारी शादी इतनी पहले हो चुकी है कि मुझे इससे कोई फर्क नहीं पड़ेगा। और यदि वे नहीं होते तो हमारी कभी शादी ही नहीं हुई होती। उनसे बातचीत करो जब तुम उनके लिए चाय ले अंदर जाओ मैं आज सब्जी की खरीदारी मैं करुँगा शायद मछली का एक नायाब टुकड़ा–उन्हें खुश करने के लिए?'' उसने सिर हिलाया।

उसने नौ बजे उसकी चाय सही ढंग से अंदर लायी। उसे अच्छी नींद नहीं आई थी। उस एकमात्र बिस्तर में जो उनके घर में था, और जिसे उन्होंने उससे लेने का हठ किया था। वह जग चुका था उसकी आँखें कमजोर दिख रही थीं। और वे अभी भी भय और आंतक से शुष्क

थीं पूरी रात में वह मात्र इतना भर सोच पाया कि जुलिया को कैसे सब कुछ बतायी जाए–कि वह राजा था, उसके एक नहीं बल्कि थार दस्तावेज की प्रतिलिपियाँ थीं जो उसके कब्जे में उसकी माँ के बॉम्बे के घर रखी थीं और अपने प्राण रक्षा हेतु कैसे उसने देविका रानी के पैरों में घुटने टेके थे परन्तु तब क्या होता अगर उसने विश्वास किया कि वह देविका रानी के पैरों में किसी और ही कारण से घुटने टेके थे?

उसने मेज पर ट्रे को रख दिया। सामान्य तौर पर उसने कमरा छोड़ दिया होता चेहरे पर पदों खीचे इसके बदले वह रसोईघर को लौटी और अपने लिए एक चाय का प्याला उठाए वापस आ गयी। और जमीन पर ही उससे थोड़ी दूर बैठ गयी। उसने उसके साथ चाय पी–मालिक और नौकरानी जैसे वे पुराने दिनों में साथ-साथ चाय लिया करते थे, जब उसने उसे अपनी चाय लेने के लिए हिदायतें दी थी। अभी भी उसके चेहरे को छुपाते एक पर्दा खींचा था। उसने अपने सिर के पल्लू को थोड़ा पीछे की ओर खिसकाया ताकि उसकी आँखें आजाद हो सके। उसके आगे, पहली दफा जब से उसकी शादी दस वर्षों पूर्व हो चुकी थी।

"मुझे अजमेर के पुराने दिनों की याद आती है, जोशुआ साहेब," उसने कहा, हिन्दी में "जब मैं आपकी रसोईया बनी और घर की साफ–सफाई का ख्याल रखा और मैं आपकी सुबह की चाय तैयार करती थी।"

"हाँ, रुपा देवी यह याद दिलाता है। वे अच्छे समय थे कोई परवाह नहीं कोई युद्ध नहीं संधियाँ नहीं।" उसने भी हिन्दी में जवाब दिया।

"हाँ, संधियाँ नहीं, मैं प्राय: ही उनके बारे में भी सोचती हूँ।"

"क्या तुम उसे भूलती हो?"

"कभी-कभी, जोशुआ साहेब,जब दिन बुरे हो चुके हैं मुझे सच्चाई बोलनी है। हाँ, मैं उन्हें भूलती हूँ। तब ज्यादा हँसी–खुशी थी, और इसके लिए समय भी ज्यादा था।"

"हाँ, मुझे याद हैं तुम खिलखिलाती रहने वाली किस्म की थी। तुम रुक नहीं पाती थी यदि तुम हँसना शुरु करती थी।"

"मैं तब बच्ची थी, उसने उलाहने के स्वर में कहा।"

"खासकर मैं उस दिन को याद करता हूँ जब खच्चर भूल से बगीचें में आ गया और पौधों को खाने लगा। मानसिंह ने उसे चारों ओर खदेड़ा, जब खच्चर बोलता रहा और मानसिंह कसमें खाता रहा। ऐसे शब्द अपने हवलदार से और तुम्हारे सामने भी वह खच्चर अपने चार पैरों पर द्रुत था।"

"खासकर जब मानसिंह ने उसकी पूँछ पकड़ लिया और खच्चर रुक गया। मैंने सोचा कि मैं कभी हँसना बंद नहीं करुँगी जब खच्चर ने मानसिंह पर दुलती जमाई और मानसिंह ने खुद को उसकी पीठ के ऊपर फेंका ताकि वह खुरों की चोट से बच सके।"

"वह चोट खा जाता!" जोशुआ ने आपनि जताते हुए कहा।

"मेरे मानसिंह नहीं, जोशुआ साहेब। वे अपनी अच्छी परवाह करना खूब जानते हैं।"

"वह तुम्हारा अच्छा ख्याल रखना भी जानता है। मुझसे कहो, रुपा देवी, क्या तुम आजकल खूब हँसती हो?"

"विवाह के बाद उतनी हँसी-खुशी नहीं भी हो सकती है, जोशुआ साहेब, लेकिन इसके भी मुआवजे हैं। मैं सोचती हूँ अकेली जिंदगी कैसी हो गई होती-मानसिंह और अपने बच्चों के बिना-और मैं उन दिनों को इच्छापूर्वक सोच सकती हूँ जब मैं अकेली थी, लेकिन मैं कभी वापस जाना पंसद नहीं करुँगी, न ही, जोशुआ साहेब आप लौटेंगे।"

उसने सहमति में सिर हिलाया। वे कुछ और अधिक मिनटों तब बात करते रहे। उसने महसूस किया कि उसकी परेशानियाँ केवल उसकी ही नहीं बल्कि रुपा रानी भी उन परेशनियों से इतफाक रखती थी-भले ही अलग-अलग रुपों में, यह एक खुशी और शुकुन देने वाला विचार था कि वह अकेला नहीं था, कि उसकी नौकरानी रही महिला उससे थोड़ी दूरी पर जमीन पर बैठी उन्हीं भयों और अशंकाओं को अपने विवाह के गिर्द पाती थी जिन्हें वह अपने विवाह के गिर्द पाता था और इसमें श्रद्धा थी।

मानसिंह सब्जियों के साथ आया और मछली का उसका टुकड़ा भी रुपा देवी फर्श से उठी, अपने हाथों को जोड़ उसे प्रणाम किया अब,

अपने सिर और चेहरे पर पल्लू वापस खींचा और कमरे से बाहर चली गयी मानसिंह ने अपने कर्नल में आए फर्क को देखा और अपनी पत्नी के प्रति कृतज्ञ था।

पोस्ट ऑफिस बॉक्स में एक पत्र था जिसे एक स्थानीय डाक कार्यालय में जोशुआ ने मानसिंह के लिए हस्ताक्षर किया था। और अब्दूल की तरफ से एक फोन कॉल। उसने अमृतसर स्थित अपने पोस्ट ऑफिस बॉक्स में एक पत्र भी प्राप्त किया था। जोशुआ अचानक सतर्क हो गया। पोस्ट ऑफिस बॉक्स में एक तीसरा पत्र होना था, मेजर पटेल के नाम से, बॉम्बे के केन्द्रीय डाकघर में। प्रत्येक पत्र-मंजूषा की दो चाभियाँ थीं एक क्षेत्र में कार्यरत उसके गुप्तचर के साथ; दूसरा बॉम्बे स्थित उसकी माँ के घर में।

उसने अपनी माँ को फोन किया।

''जोशुआ!'' वह लगभग फोन पर चिल्ला पड़ी ''तुम इस दुनिया में कहाँ हो? और जुलिया कहाँ है?''

जब उसने उससे कहा, वह और भी अधिक क्रोधित थी।

''मारवाड़ में तुम क्या कर रहें हो? तुम मारवाड़ में अपनी सुहागरात मनाते नहीं हो सकते–और पूरी तरह अकेला–यदि जुलिया कराची में हैं। मुझसे मत कहो कि तुम और जुलिया पहले ही अलग-अलग हो चुके हैं? तुम उस जैसी लडक़ी कभी नहीं पाओगे, कहीं भी, चाहे तुम जिसे भी चुनो।''

उसने उसे शांत किया। नहीं, वे अब भी साथ-साथ थे। और अभी भी पूर्ण प्यार में। लेकिन अभी उनके कार्य आधे-अधूरे थे जिसे पहले दुरस्त करना था। और हाँ, वे एक सप्ताह की अवधि में बॉम्बे में होंगे, उसने माँ से वादा किया। तब वह सुसान से बात करने को कहा।

उसकी आवाज़ में पूर्णत: बदलाव थी क्योंकि वह सुसान के बारे में खुश हो गयी थी। उसकी बहन किसी अति महत्त्वपूर्ण मसले पर उससे संपर्क करना चाहती थी और कृपाकर जो उसे कहना था उस पर क्या वह अपना पूरा मयान देगा? तब सुसान फोन लाइन पर आई।

''जोशुआ, मैं प्रेम करने लगी हूँ। मैं जल्द ही सगाई की आशा करती हूँ। और मैं तब जितनी जल्द संभव हो शादी कर लूँगी।''

"ओहँ बधाईयाँ, सुसान। मैं वास्तव में तुम्हारे लिए खुश हूँ। वह सौभाग्यशाली व्यक्ति कौन है?"

"मौसम विज्ञान के मेरे प्रामयापक, डॉ. डैविड अब्राम्स। वह मुझसे थोड़े उम्र में अधिक के हैं, लेकिन वे पूर्व-विवाहित नहीं हैं क्योंकि उन्हें अमेरिका में अपनी शोध-पत्र के लिए अमयन पूरा करना था। लेकिन वे भी मुझे प्यार करते हैं।"

"मेरी प्यारी लड़की, इससे उम्र को क्या करना है?"

"तब तुम सहमत हो?"

"सुसान, प्यारी, तुम्हें मेरी अनुमति की जरुरत कभी महसूस करने की जरुरत नहीं है। वह सिर्फ माँ है जिसे सहमत होना है। लेकिन तुम्हारे साथ मेरे सभी आशीर्वाद और समर्थन है, यदि यही वह सब है जिसे तुम पाना चाहती हो?"

"ओह धन्यवाद, जोशुआ! मैं जो को फोन करने जा रही हूँ, और उसकी अनुशंसा भी प्राप्त करती हूँ। तुम दोनों ही, मेरे दो बड़े भाई, आश्चर्यजनक साबित हुए हो, मैं सचमुच ही खुश नहीं होती यदि आप दोनों अनुशंसा नहीं करते। मैं जानती थी तुम अनुमोदन करोगे–और ऐसा ही जो भी करेगा। लेकिन मुझे सिर्फ पूछना था।"

"मुझसे कहो सुसान, क्या तुमने उससे सबकुछ कह दिया है?"

"मैं सोचती थी शायद आप पूछेंगे। हाँ, मैंने उनसे अपने त्रुटिपूर्ण दिल रक्त वाहिका के बारे में कह दिया है, कि मैं ज्यादा वर्षो तक शायद नहीं जी सकती हूँ, और कि मैं संतान पैदा नहीं कर सकती। इसी कारण वह जितनी जल्द संभव हो हमारी शादी हो जाना चाहते हैं। अब बॉम्बे में तुम मुझे अपने किस काम को करने के लिए चाहते हो?"

"सुसान, बॉम्बे के केन्द्रीय डाक और तारघर स्थित एक पत्र-पेटिका है, उसकी चाभी तुम्हारे घर के रहने वाले कमरे में कार्यालय की मेज में है, सबसे ऊपरी दराज में, दाहिनी ओर –तुम इसे भूल नहीं सकती। चाभी पर ही पत्र-पेटिका का नंबर लिखा है। उस पत्र-पेटिका में एक पत्र है–कराची से। इस पर केवल छः अंक लिखे होंगे। कृपाकर अब जाओ और ले लो। मैं दो घण्टों में तुमसे बात करता हूँ। कृपाकर, इसे अभी कर दो।"

दो घण्टे बाद उसके सामने अंको के तीन समूह थे

अब्दुल का पढ़ो : 593741,

मानसिंह का पढ़ो : 634728,

सुसान का पढ़ो : 790186.

वह गुप्त संकेत, जो तारीख, समय, और प्रामाणिकता देता था–कि सूचना प्रामाणिक है और जो केवल उस व्यक्ति की ओर से आ सकता था जिसके पास दस्तावेज थे–अत्यंत ही सरल था। उसमें उनकी प्रतिभा प्रदर्शित होती थी जिन्होंने इसे आकृति दी थी।

पहला, समय; अब्दुल की सूचना का पहला और आखिरी अंक '51' (एक्यावन) बनाते थे, उल्टा करने पर जो, '15' यानि तीन बजे अपराह्न का द्योतक था।

दूसरा, दिनः दूसरे और पाँचवे अंक मानसिंह की पत्र-मंजूषा से मिली सूचना के, '32' की संख्या बनाते थे, उल्टा करने पर जो तेइस का द्योतक था।

तीसरा, महीनाः सूसान की सूचना पर लिखे तीसरे और चौथे अंक मिलकर '01' पढ़े जाते थे, उल्टा करने पर '10' या अक्टूबर मास प्राप्त होता था।

आखिकार, प्रामाणिकताः किसी भी सूचना पर अंकित सभी अंकों का योग संख्याओं का श्रेणीबद्ध श्रृंखला के रुप में होना था। उसके संदर्भ में वेः 29, 30, 31 थे। प्रामाणिकता पूर्णरुपेन थी।

उसके पास किले तक पहुँचने के लिए मात्र एक दिन ही शेष था–सबसे पहले उसे जैसलमेर स्थित सेना के ठिकाने पर जाना था ताकि वहाँ से सेना का कोई भी वाहन लिया जा सके जो बालू के छोटे टिलों पर चलने और कहीं न फँसने में सक्षम हो। ठीक तौर पर यह सेना का युद्ध में शामिल किया जाने वाला कोई टैंक हो सकता था। उसे अकेला जाना था–यह उनकी संविदा की शर्त थी। प्रत्येक व्यक्ति अकेला आया। मानसिंह ने उससे अहसमति जतायी।

"कर्नल साहेब, बाड़मेर के बंगले में आपने जिस औरत को गोली मारी–जिसके लिए आपने एम्बुलेंस बुलाया और जो अब बाड़मेर के एक हॉस्पिटल में धीरे-धीरे ठीक हो रही है-उसमें पहले ही इस मुल्क के

सभी दुश्मन गुप्तचरों को सावधान कर दिया है कि आप राजा हैं। वे आपकी प्रतिक्षा करते होंगे जब आप किले में पहुँचें।

"मानसिंह, मैंने पहले ही तुमसे कहा है, मैंने उस पर गोली नहीं चलाई। मैं अपने घुटने टेक उसके पैरों में पड़ा था–अपने अंनत लज्जा के लिए–लेकिन वही खिड़की और उसके बीच गोलियों की बौछार का रास्ता बनाया–और अगर तुमने उस पर गोली नहीं चलाई, तब खिड़की के बाहर खड़े अजनबी ने गोली चलाई।"

"साहेब, यदि मैंने उस पर गोली चलाया होता, मैं उसे जान से मार देता–निश्चित ही।" उसने गालियाँ देते हुए कहा। "शायद वे बाड़मेर में आपकी हत्या नहीं करना चाहते थे? किले में कत्ल करने की योजना हो और पाकिस्तान में आपके शव की नुमाईश की? मुझे अपने साथ आने दीजिए, कर्नल साहेब," उसने गुजारिश की।

तुम तेरे साथ आओगे, मानसिंह। तुम गाड़ी से मुझे किले तक छोड़ दोगे, और तब भारतीय सीमा और किले से सौ गज की दूरी तक पीछे हट जाओगे। बहादुर के आदमी पाकिस्तानी सीमा की ओर सौ गज की दूरी तक पीछे हटेंगे।" जोशुआ चुप हो गया।

"वह और मैं, हम अकेले मिलते हैं।"

उसने वास्तव में कभी भी राशिद खान की मौत पर विश्वास नहीं किया था। गुप्त भाषा में ऐसी सूचना का आना, प्रामाणिता के साथ, का सिर्फ मतलब हो सकता था कि वह जिन्दा है। उसने जोशुआ से मिलना चाहा था–अनुमानतः वह जोशुआ का जुलिया से मिलने के बाद इग्लैंड में, की व्यवस्थाओं के बारे में जानना चाहता था। रुपा देवी ठीक थी। सभी चीज़ों के मुआवजा थे–यदि कोई उनकी इच्छा करता था। वह आजादी से इसे स्वीकार करना चाहता था कि वह जुलिया के वियोग में था। उसे कराची में भागकर छिपने की क्या जरुरत थी? वह उसका बुद्धिमतापूर्ण (मूर्खतापूर्ण) विचार था; जुलिया का नहीं। इस तरह उनका अलग होना उसके लिए काफी कठिन सिद्ध हुआ था; शायद वह अच्छा वक्त गुजार रही थी, जश्नों और नृत्यों की अंनत श्रृंखला में, और इस पूरे सप्ताह उसने जोशुआ से बात भी नहीं किया था। निश्चय ही उसकी

तरफ से कोई पत्र नहीं आया था, न ही उसकी माँ के पास उसका कोई फोन ही आया।

अभी भी फिर से राशिद खान को देखना अच्छा होगा। पहली दफा जब वे मिले, वह नहीं जानता था कि कौन बहादुर बनने जा रहा था। जोशुआ किले में कुछ वक्त पहले ही दाखिल हो चुका था। उसने अपने सर्विस रिवाल्वर को अपने मिलिटरी जैकट में ले रखा था। इस तरह की भेंट-वार्ता में कोई भी सदा तैयार आता था। कभी किसी व्यक्ति पर भरोसा मत करो जिससे पहले तुम नहीं मिल चुके थे। अजनबी व्यक्तियों की तुलना मौत से की गई थी–वे बिना किसी भावना के तुम्हारा छिपकर पीछा करते थे। जब तक कि उसने राशिद खान को पाकिस्तानी सरहद की ओर दरवाजा खोल किले में दाखिल नहीं हो गया। वे अविश्वास के साथ एक-दूसरे की ओर बढ़े। एक संयोग? लाहौर का शेर और अमृतसर का शेर दोनों ही एक ही कार्य के लिए चुने गये थे। सभी संकोच का त्याग कर उन दोनों ने एक-दूसरे को देखते हुए सच्ची खुशी के साथ गले लगा लिया। तब वे थार दस्तावेज की तैयारियों के सिलसिले में बैठ गए। जोशुआ ने अपने लिए स्वीडीश श्वेत मदिरा का एक बोतल लाया था और, बिना जाने कि उसका प्रतिपक्ष कौन होगा, एक बोतल नींबू का जूस भी लाया था। उसने अपनी अग्रसोच पर खुद को बधाईयाँ दी। राशिद खान एक धार्मिक मुसलमान था और शराब नहीं छूता था–यद्यापि वह जोशुआ का इसका आंनद लेने को अनुग्रहशीलखुशी के साथ सहन करता था।

उन्होंने एक बार और एक-दूसरे को गले लगाया जब वे अलग होने वाले थे। इस बार, एक कार्य के अच्छे क्रियान्वयन के संतोष के साथ। जोशुआ ने राशिद खान की कमर से बंधी खंजर की कठोरता को महसूस किया।

राशिद खान ने अंदर से इसे बाहर खींचा। एक घुमावदार औजार। बमुश्किल आठ इंच लम्बा, एक अत्यंत धारदार ब्लेड वाला जो किसी आदमी के द्वारा पहने सेना की वर्दी और उसकी हिम्मत दोनों के टुकड़े एक साथ कर सकता था। मोती और उजले हाथी-दाँत की मीनाकारी से सजे म्यान में आराम फरमाते उस खंजर का मूँठ बेशकिमती पत्थरों जड़ा

था। कला का एक नमूना–बेशक भयानक।

राशिद खान ने माफी की गुजारिश की।

"मैं कैसे जानने वाला था कि यह आप होंगे, जोशुआ? तुमने भी कोई मौका नहीं लिया–मैं तुम्हारे सीने पर तुम्हारे सर्विस रिवाल्वर को महसूस कर सकता हूँ। वह अच्छा है। हम दोनों ही सावधान लोग हैं–इसलिए हम अब तक जिंदा हैं। लेकिन मैं शायद ही आपको बिना एक उपहार सौंप जाने दे सकता हूँ यहाँ खंजर ले लो मैं इसे यहाँ लाने के बारे में ज्यादा बुरा नहीं महसूस करुगा। मैं सच्चाई के साथ कहता हूँ यह तुम्हारे लिए था।"

"मेरे पास तुम्हारे लिए कोई उपहार नहीं है राशिद, लेकिन अगली मुलाकत में–और मैं आशा करता हूँ कि हमारी आगे भी अन्य कुछ और मुलाकातें होगी–मैं तुम्हारे लिए अपने दादाजी–मेजर जनरल सर आइजक सैमुअलसन – की एक आनंददायक पुराने जमाने की औरतों के इस्तेमाल के लिए बनी छोटी तमंचा लाऊँगा"

"अह! मैं उनके बारे में सुन चुका हूँ। एक महान सैनिक! यह उनका ही था, आप कहते हैं? उसे अपने साथ रखना कितना आनंददायक होगा। बहुत अच्छा, जोशुआ। आप अब खंजर पकड़ें, और मैं आपके प्राचीन तंमचे को स्वीकार लूँगा। अपने साथ कुछ गोलियाँ भी लेते आइएगा, और हम यहाँ उसकी जाँच करेंगे, देखने के लिए कि यह इतने वर्षो के बाद कैसा काम करता है। मैं पुराने हथियारों को पंसद करता हूँ–वे कभी नहीं मरते।"

यही कुछ उसने किया था जब उसने बहादुर की ओर से गुप्त भाषा में एक संदेश पाया था जिसमें 23 जुलाई को मिलने की मिन्नत की गई थी।

जुलिया लंदन में थी, और वह बॉम्बे और लंदन के बीच की उड़ान भरते यात्रा से थका था, योजना की निगरानी और जुलिया को भी प्यार करते हुए। लेकिन उसने एक बहाना पाया था और चला गया था। सबसे कठिन भाग उससे कुछ कहने में असक्षम हो रहा था। वह एम.आई.-6 के लिए काम किया था; उसके पास अन्य निष्ठाएँ भी थीं। यह मामला सिर्फ उसकी सुरक्षा से संबंधित नहीं था–अगर ऐसा होता–वह

उससे पहले ही दिन कह दिया होता–कोई भी प्रकटीकरण हत्या के मौकों को बढ़ाता था। असावधान प्रकटीकरण, अंसकल्पित फिर भी, राशिद खान ने अपनी बीबी को बताया था। और जोशुआ को, अगली मुलाकात में, कि उसने अपनी बीबी को बताया था। और जाशुआ ने स्वयं से यह कहते हुए बहाने बनाए कि रेहाना राशिद खान की बीबी थी; जुलिया के साथ अभी उसकी मात्र सगाई भर हुई थी, और प्रायः ही सगाईयाँ टूट जाती थीं? वह जुलिया को बताएगा जब उन दोनों की शादी हो जाए–और वह कभी भी इस बिन्दु तक पहुँच नहीं पाया था।

वे तेईस जुलाई को दूसरी बार मिले, लगभग अपनी सफलता का जश्न मनाने के लिए। जोशुआ ने पैठान की स्थूल आँखों को हँसी के साथ उज्जवल होते हुए देखा जब असलहों को मुजाहीदिनों तक पहुँचाने की सफलताओं की उन्होंने फिर से गणना की जो असल है अमृतसर और फिर लाहौर और आखिरी में पेशावर तक पहुँच रहे थे।

''पहले मुझे बताओ कि आपने इस सभा को क्यों बुलाया, मुझे आपसे कहने दीजिए, मैं शादी करने जा रहा हूँ, राशिद। एक अंग्रेज लड़की, जुलिया से जो एक अर्ल की पौत्री है। मुझे यह सब कुछ छोड़ देना होगा–यह राजा की जिंदगी और आई.एम.आई.। मैं फिर से एक चिकित्सक की भूमिका में आ जाऊँगा; मैंने उससे वादा किया है।''

वह अविश्वासी था। ''ठीक जब यह सब बहुत अच्छा चल रहा है, आप इसे त्यागने जा रहे हैं? वह अस्वीकार्य है, जोशुआँ आपने मुझसे वादा किया था, और अभी आप इसे तोड़ रहे हैं– वह भी एक औरत के लिए?''

जोशुआ हँस पड़ा; राशिद खान के घुटनों पर एक चपत रसीद किया।

''मुझसे कहिए, राशिद, आप रेहाना के लिए कौन-सा वादा नहीं तोड़ देंगे? मेरा काम समाप्त हो चुका है इसी तरह आपका भी। हमने योजना को संगठित किया है, और निश्चित किया है कि यह सुगमतापूर्वक चलता रहे। अब हमें इस सब को दूसरों–विश्वस्त लोगों–के लिए छोड़ देना है जो इसे अफगानिस्तान से सोवियत के जाने तक संचालित करते रहेंगे। और ऐसा होने में अनेक वर्ज़ लग सकते हैं। हम–तुम और मैं– दिन-प्रतिदिन चलने वाले इस तरह की चीज़ से बंधे नहीं हो सकते हैं

हम अधिक गुप्त गतिविधयों के लिए तैनात थे। इसे स्थापित करना एक चुनौती थी–और हमने इसे किया। हम इसके लिए गर्व महसूस कर सकते हैं। आगे कुछ वर्षों तक इसकी व्यवस्था करते रहने के प्रति मेरी निष्ठा कभी नहीं थी। मेरे पास करने को बेहतर कार्य हैं।

''जैसे शादी करना?''

''अब जब आप इसका जिक्र करते हैं तो हा।''

राशिद खान हँसा। ''ठीक, तब क्या मैं वह पहला शख्स हो सकता हूँ जो आपको विवाहित लोगों में शुमार होने और घर-बार बसाने की खुशी में बधाईयाँ दे सके। क्योंकि वह आपको पालतू बना लेंगी–आप उस तथ्य को जानते हैं, है न?''

''मैं इसकी आशा करता हूँ।''

''अब से पचीस वर्ष बाद, जब आप इतना समय वैवाहिक बंधन में मेरी तरह बिता लें, मुझे लिखिए और मुझे बताइए आप कैसा महसूस करते हैं। अभी, मैं आपको आनंद की धूप सेंकने को छोड़ देता हूँ।''

''आप ठीक कहते हैं, जोशुआ। ''शादी के अपने पुरस्कार हैं,'' जोशुआ ने कहा। ''मैं उसके बिना कैसे रह सकता हूँ?'' रेहाना से शादी करना मेरी जिंदगी की सर्वोत्तम बात थी–तथापि मैं शादी के बारे में निंदा के स्वर में ही बोल सकता हूँ। जाइएँ अपने रास्ते जाईए। अनेक बच्चे पैदा कीजिए। मेरे तीन बेटे हैं– सभी सेना में हैं– दो शर्त्ते।''

''ओह! बहुत खूब, हम उन्हें सुनें।''

''कि आप अभी भी राजा हैं। आवश्यक कार्यो को करने के लिए दूसरों की नियुक्ति करें, लेकिन आप यहीं इसी किले में किसी आकस्मिक जरुरतों में मुझसे अवश्य मिलेंगे–ताकि हम पुराने समय को फिर से जी सकें। गृह-प्रेमी बनें? मैं धीरे-धीरे बूढ़ा हो रहा हूँ, जोशुआ, यदि गृह-प्रेम कुछ दिनों से मेरे लिए ज्यादा महत्त्वपूर्ण हो चुका है। लेकिन दूसरा कारण है। हमने थार दस्तावेज की अपनी प्रतिलिपि की सुरक्षा की कसमें ली है। मैं आपकी प्रतिलिपि दूसरे के हाथों में जाए ऐसा विश्वास नहीं करता हूँ सहमति है?''

''हाँ। मैं देख सकता हूँ कि कैसे यह लगातार आगे चलेगा जब तक कि हम अपने संबंधित नेताओं को इसे आगे रखने या आग के हवाले

करने को सौंप नहीं देते हैं–जैसा कि दस्तावेजों में वर्णित है। दूसरी शर्त्त क्या है?''

''अह ! वह कारण जिससे आज यहाँ मैंने आपको बुलाया। कि आप मेरी भी प्रतिलिपि की जिम्मेदारी ले लें।''

''क्या ! क्या आप अपनी प्रतिलिपि मुझे सुपुर्द करना चाहते है? भगवान के लिए बताईए, क्यों?''

राशिद खान ने थार दस्तावेज की प्रतिलिपि उन दोनों के ममय लगी मेज पर रख दिया। पहली दफा जब से उसने उन्हें जाना था, जोशुआ ने शंका और अपने साथी की अनिश्चता महसूस किया। भय नहीं–इस पैठान में कभी भय व्यापत नहीं हो सकता था–लेकिन एक हल न किया जा सकने लायक घबराहट। किसी अज्ञात धरातल पर अंधेरे में कदम बढ़ाने जैसा। कोमल धरातल पर मजबूती से अपने पाँव रखने को अनिच्छुक, कहीं ऐसा न हो कि धरातल ही विलीन हो जाए।

'' क्या आप ऐसा करेंगे? एक मित्र के लिए।''

'' हाँ। लेकिन क्यों? क्यों?''

''मैं एक इज्जतदार आदमी हूँ, जोशुआ। मैं इसे अन्य चीज़ों से ज्यादा ही अहमियत देता हूँ। अपनी जिन्दगी से भी ज्यादा। मैं जल्द ही इन दस्तावेजों को सरेआम होने से नहीं रोक सकता हूँ, शायद। अमेरिकी लोगों के दबाव, मैं सोचता हूँ, पी.एम.आई. पर इसे गुप्त रुप से उजागर करने के पड़ेंगे। वे अपनी मिठाई को प्राप्त करना और उसे खना भी चाहेंगे। किसी आगे की तारीखों में भारत-सोवियत संबंध को खराब करना चाहेंगे-इसके बावजूद कि वे पेशावर में अपने असलहे पा रहें हैं। पी.एम.आई. ने मुझे दो बार इन सभी के लिए बार-बार पूछताछ कर तंग किया है, और मैंने हर वक्त ही उन्हें मना किया है, मैं सौ बार मना करुँगाँ लेकिन, यदि इसके बारे में सोवियत सैनिक जानेंगे–जैसा कि वे जरुर जानेंगे– वे इस प्रतिलिपि को सरेआम होने से बचाने के लिए अवश्य पाना चाहेंगे। वे हत्या कर देंगे यदि वे इसे करना चाहें। क्या आप मेरे लिए मेरी प्रतिलिपि को हिफाजत से रखेंगे? कृपया?''

जोशुआ ने हामी में सिर हिलाया। कागजात को अपने सैन्य जैकट में मोड़कर रख लिया, बंदूक को बाहर लाते हुए। अपने सर्विस तमंचे

को नहीं इस समय उसने उसे साथ नहीं लाया था– बल्कि वह छोटा प्राचीन औजार जिसकी मूँठ मोती की सीप से तैयार की गयी थी, जिसे उसने राशिद खान के लिए लाया था।

राशिद खान इसे पाकर प्रसन्न था। उसका चेहरा प्रतिम था; उसके तनाव समाप्त हो चुके थे जैसे ही उसने उस औजार को जोशुआ की हथेली में मानो पालने में रखा देखा जो उसके परीक्षण के लिए उसकी तरफ बढ़ा हुआ था। सचमुच ही एक औरतों के लिए वह बंदूक बनी था लेकिन भयानक पाँच चक्र गोलियों वाला औजार। जोशुआ एक गोलियों की पूरी पेटी अपने साथ लाया था।

राशिद खान ने गोलियों को चैंबर में भरा। तब किले की दीवार में बन आए एक दारार के पास जाकर, उसने एक अप्रिय झाड़ी जो पंद्रह गज की दूरी पर थी निशाना। लगाया और चला दी, जिसने बालू को उछाल उसके मृत केन्द्र में जा घुसी।

अब जाने का समय था। जोशुआ के लिए, वह है। सामान्यत: वे साथ-साथ किले से बाहर आते थे। वे ज्यादा देर नहीं रुकते थे क्योंकि बालू से परावर्तित गर्मी असह्य होती थी। कुछ वक्त लग जाता जब वे गर्मजोशी से मर्दाने अंदाज गले में मिलते, जो सूदूर उत्तर की जन जातियों में बहुत सामान्य था, ताकतवर शरीर और आवश्वस्त करते हाथों के स्पर्श को महसूस करते हुए, और जब वह अपने अपेक्षाकृत छोटे शरीर को उसकी बाहों में देता, लेकिन इस बार, दोपहर के बारह बजे थे। यह राशिद खान की प्रार्थना का वक्त था। जोशुआ से गले मिलने के बाद, वह पश्चिम दिशा में मक्का की ओर देखेगा, घुटनों के बल धरती पर सिर झुकाए बैठेगा, जब उसकी पीठ दरवाजे की ओर होगी। और तब प्रार्थना होगी। बदले में बराबर आश्वस्ति पाता।

इस बार, दोपहर के बारह बजे थे। यह राशिद खान की प्रार्थना का वक्त था। जोशुआ से गले मिलने के बाद, वह पश्चिम दिशा में मक्का की ओर देखेगा, घुटनों के बल धरती पर सिर झुकाए बैठेगा जब उसकी पीठ दरवाजे की ओर होगी। और तब प्रार्थना होगी।

उसे जोशुआ से मिली सौगात मेज पर पड़ी थी।

अध्याय 13

वे चोलिस्तान के पचिश्मी किनारे पर मिले, जो थार के मरुस्थल में पाकिस्तान का विस्तार था। थार मरूभूमि का बारह हजार वर्ग मील। बंजर, शुष्क, अनउपजाऊ, सिवाय ठिगने खड़े काँटेदार झाड़ियों के– और बहुत उष्ण। फुफकारती गर्म हवाओं के साथ, पीले और दुर्बल बालू के टिले बिना दया के स्थान बदलते थे–एक टहलती, भ्रमणशील, चोल्ना–और कोई भी चीज़ जो टहल और गति कर सकती थी, के लिए दुःख को आंमत्रित करते हुए। जिसने इस मरुस्थल को इसका नाम दिया।

वे साथ आए। इडवार्ड ने जुलिया को अपने लैंड रोवर कार से मरुस्थल के एक छोर पर लाया। जब, सेना का कर्नल सेनाध्यक्ष के द्वारा नये बहादुर के रुप में प्रतिनियुक्त, एक सेना का आधे रास्ते पर चलने योग्य वाहन चला रहा था जो बालू के टिलों पर बिना फँसे चल सकता था।

प्रथमतः, उन्हें कभी-कभी रहने के ठिकाने मिले, शीघ्र ही वहाँ बालू ही बालू था, जब तक कि वे दूर खड़े दीवार किले के पास नहीं आ गए। जुलिया ने इसे नजरअंदाज किया। किसी समय यह पड़ोसी जैसलमेर के हिन्दू शासकों का हुआ करता था, अब भारत का भाग था। उन्हें सीमा के नजदीक आते जाना था।

कर्नल शेर अली खान गाड़ी को धीमी किया और कहा, "हम सेना के चेक प्वाईट के नजदीक जा रहे हैं, कुलीन जुलिया। हमारे पास दो विकल्प हैं वहाँ पहुँचें और किले तक तुम्हें सुरक्षा देने की अनुमति का निवेदन करें–आखिर तुम्हारे पास भारत में प्रवेश के लिए वीसा है– और उस अनुमति के इनकार कर दिए जाने पर खतरा। या दक्षिण की ओर थोड़ा मुड़ते हुए और भारत में गैरकानूनी तरीके से घुसते हुए। इसे नजरअंदाज करना जिस स्थिति में, यदि हम पकड़े जाते हैं तो एक कूटनीतिक घटना होगी। मेरे सेनामयक्ष के आदेश निष्ठा से आपके आदेशों का पालन करना है। मुझसे क्या करने को कहती हो?"

"सीमा पार करने को नजरअंदाज करो और पकड़े जाने के खतरे

को भी," जुलिया ने दृढ़ स्वर में कहा, जब वह अपनी गोद में एक भूरे रंग की कागजात की पोटली रख रही थी, जब उसके कंधे से उसका हैंडबैग लटक रहा था, और अपने सिर पर एक नया धूप-टोप, लगभग जैसा उसने सीढ़ियों से नीचे भागते और बॉम्बे में मेजर पटेल के घर से बाहर आते पहना था, पकड़ रखी थी।

उसने सिर हिलाया, और गाड़ी को थोड़ा दक्षिण दिशा में मोड़ दिया। वह कर्नल और इडवार्ड से ज्यादा गर्मी महसूस कर रही थी, उसकी उजली कुर्ती उसके निकलते पसीने से तरबतर हो रहा था जिससे उसका अंत:वस्त्र वल्कल उससे चिपक रहा था जिसके कारण उसके शरीर का ऊपरी भाग एक किस्म की भीगी मूर्ति बन गया था। उसकी टाँगें उसकी झुमती लपटों की छाप वाली लहंगे के अंदर से बाहर निकलीं, जब उसके रंजित अंगूठों के नख दिख रहे थे। उसने जोशुआ के बारे में सोचा जब उसने उनकी तरफ देखा, और उनके उस वासनात्मक संदेश को जिसे उसने उसे दिया था जिसमें उसके अंगूठों का भी जिक्र था। जोशुआ के दुबले-पतले हाथों ने लगभग उनसे प्यार किया था।

एक जवान कर्नल। उतना लंबा जितनी वह थी—जोशुआ से ज्यादा लंबा—धूप जली त्वचा और सुन्दर जबड़े उसे बहुत अधिक सजीव बनाते थे। एक थोड़ी मुड़ी नाक; लगभग पारंपरिक फौजी मूँछें नोकों पर ऐंठीं हुई, और—जोशुआ से भिन्न—बिना किसी सफेद बाल के। अपनी खाकी पोशाक के बगल में स्थित चमड़े की पिस्तौल रखने की खोल में, खुले तौर पर, अपनी सेवा की तमंचा को लटकाए हुए।

वह लम्बे डग भरता किले की ओर जा रहा था। जुलिया ने उसे रोका।

"एक मिनट, कर्नल," उसने कहा। मेरे आदेशों का पालन कर और हमें यहाँ सुरक्षित लाकर आपने बहुत ही अच्छा कार्य किया है। मैं आपको बधाई देती हूँ। अब, थोड़ी देर के लिए, आपको आराम फरमाने की अनुमति दी जा सकती है।"

उसने समझा नहीं, कदम के बीच में रुकते हुए, वह उसकी ओर मुखातिब होने को मुड़ा। किला बमुश्किल बीस गजों की दूरी पर था।

"क्या हम किले के अंदर नहीं जा रहे हैं?" उसने पूछा

"मैं हूँ। आप विस्काउंट इडवार्ड और गाड़ी को किले से सौ गजों की दूरी पर ले जा रहे हैं? जैसा की थार दस्तावेज में लिपिबद्ध है।"

"लेकिन वह असंभव है!" कर्नल ने रुक्षता से कहा। "बिलकुल प्रश्न नहीं उठताँ मैं बहादुर हूँ। मुझे राजा से मिलने के आदेश हैं। मैं आपको वहाँ अंदर जाकर उस आदमी से मिलने की जो एक हत्यारा है अनुमति नहीं दे सकताँ"

"मैं यह खतरा माल लूँगी," जुलिया ने धीरे से कहा।

"असंभव।" कर्नल चिल्लाया। "मैं सहमत नहीं हो सकता।"

"कर्नल, क्या आप एक अच्छे सैनिक हैं?"

"सबसे अच्छा।"

"तब आपके सेनाध्यक्ष ने मुझे नीचे नहीं गिराया है–क्योंकि मैंने सर्वोत्तम की माँग की थी। कैसे एक अच्छा सैनिक–जो सबसे अच्छा है–आदेश लेता है?"

"क्या आप मुझे किले से सौ गज पीछे हटने का आदेश दे रही हैं? उस बालू के टिले के पीछे?"

"हाँ, कर्नल। वह आदेश है।"

वह प्रतिफल को लेकर शंका करने की जरुरत नहीं समझती थी– उसके पिता सेना में रह चुके थे उसका शौहर भी एक सेना में था।

कर्नल शेर अली खान फुर्ती से उसे सलाम किया; इडवार्ड को गाड़ी में बैठने का संकेत दिया। इडवार्ड विरोध करने ही वाला था, लेकिन जुलिया की आवाज ने उससे कहा कि उसके लिए बेहतर यही है कि यह खतरा न ले कि जुलिया की आवाज ने उससे कहा कि उसके लिए बेहतर यही है कि यह खतरा न ले कि जुलिया कर्नल को आदेश दे कि उसे बलपूर्वक हटा दिया जाए।

जुलिया ने उनके आँखों से ओझल होने तक इंतजार किया, इसके पहले कि वह टहलती हुई किले के अंदर दाखिल हो गयी। एक घुमवादार पर्दा, सौ फिट चौड़ा ठोस पत्थर, और सेना के बुलडोजरों के द्वारा सफाई, ने अतिक्रमणकारी बालू को दूर रखा।

दरवाजा, पाकिस्तान की तरफ स्थित, अकास्मित ही पत्थरों के बने

जीने के सामने खुलता था जो एक ऊपरी मंजिल को ले जाता था। वह उस जगह दाखिल हुई जो मुलाकाती कमरा था। कमरे के फर्नीचर, दीवारों की सुसजावटें और फर्श के दरीचे प्रधानमंत्री और सेनाध्यक्ष की बैठक के लिए दोनों पक्षों के द्वारा जल्दबाजी में किए गए नफासतों को बयाँ करते थे। राजा और बहुदार ने ष्टायद ही अपने लिए एक मेज और दो कुर्सियों के अलावा, जो उन्हें थार दस्तावेज को लिखने के लिए जरुरत थी, और किसी चीज़ का ख्याल रखा होगा।

पर्दे से दूसरा दरवाजा–जो भारतीय सिरे पर स्थित था–एक समान जीने को ले जाता था जो उस बैठक में विपरित दिशा से प्रवेश करता था।

किले में केवल दो ही दरवाजे थे।

वास्तविक समय का सही होना जरुरी था। उसने तीन बजे अपराह्न में बैठक बुलाई थी। अभी दोपहर पश्चात् के ढाई बजे थे। इस तरह की बैठकों में जोशुआ प्रायः ही समय का बहुत पाबंद था, इतना कि वह उसके वहाँ आने और उसके पहले ही किले में प्रवेश करने का खतरा नहीं उठा सकता था।

उसने भूरे कागज की पोटली से बुरका को हटा दिया, इसे अपने सिरे और शरीर पर खींचते हुए, झालर लगे नीचले किनारे उसके टखनों तक पहुँचते थे, उसकी जूतियों को बेपर्दा छोड़ते हुए। चूकि बुरका के नीचे यूरोपीय शैली की जूतियाँ दिखना कभी भी प्रभावी नहीं होता, उसने उन्हें ठोकरें मारकर निकाल फेंका, अपने नंगे अंगूठों को अंदर से झाँकता छोड़कर। उसने पर्दे को अपने चेहरे पर व्यवस्थित किया, देखते हुए, बिना किसी कठिनाई के, रेशमी धागों से बुनें पर्दे के माध्यम से, हालाँकि उस रेशमी पर्दे के ठिक आँखों के ऊपर होने के बावजूद उसकी दृष्टि कहीं से बाधित नहीं थी, जब उसकी आँखें दूसरों की निहारती आँखों से जाली की बारीकी के कारण छिपी थीं।

उसने राशिद खान की सेवा–तमंचे के लिए अपने हैंडबैग में हाथ डाला, जब उसने जूतियों और हैंडबैग दोनों को भूरे कागज की जिल्द में अपनी पाकिस्तानी गृहिणी के वैश-भूशे को पूरा करने के लिए लपेटा था। बिल्कुल नहीं, क्योंकि इस पाकिस्तानी गृहिणी के पास उसकी बायीं

जेब में एक घातक हथियार था, जिसका सेल्टी कैच बंद था, और उसके हाथ की एक अंगुली घोड़े के आस-पास था। वह राजा के इंजतार में बैठ गई।

वह ठीक तीन बजे अपराह्न में आया। उसने पत्थर के पर्दे तक शोर करते पहुँचते युद्धक टैंक की आवाज सुनी, कुछ हिन्दी के शब्दों को भी, तब यह सौ गज की दूरी पर चला गया।

वह जोशुआ को पिछले एक हल्ते से नहीं देखा था, उससे शादी किए भी उसे कुल चार हल्ते से केवल कुछ दिन ही ज्यादा हुए थे। क्या इसी तरह उसकी विवाहित जिन्दगी की शुरुआत होनी चाहिए? विवाह के बाद इतनी जल्द उसका सामना करना–एक टुकड़ों में विभाजित सुहागरात के साथ–एक विदेशी मरुस्थल के बीच स्थित एक परित्यक्त किले में, बुरका की पोशाक में, और हत्या के स्पष्टीकरण की इंतजार करती। या क्या वह एक कातिल का ईंतजार कर रही थी।

वह भारतीय तरफ से जीने के पास आया। वह सोचाा शायद वह वक्त से पहले आ गया, और बहादुर को देर हो चुकी थी, इसलिए उसे नहीं देखते हुए जैसे उसका सिर जीने में ऊपर आया उसे भयभित नही किया–जब तक कि वह आस-पास नहीं घुमा और एक बुरका पहनी आकृति को ईंतजार करते नहीं देखा। उसके हाथ बुरका की जेबों में थे, घुँघट उसके चेहरे पर खींचा था, उसकी आँखें महिन जाली के पीछे अनदेखी थीं।

वह बदल गया था, जुलिया ने सोचा। वह दुबला, थका, हारा दिखा, उसके बालों में पहले से कहीं अधिक उम्र की सफेदी थी। वह, उसे, बुरे स्वास्थ्य में दिखा। वह चाही कि वह उसके पास दौड़कर पहुँचे और उसे अपने आगोश में ले ले, लेकिन उसने छोड़ दिया।

"बेगम रेहाना?" उसने कहा।

जुलिया ने जवाब नहीं दिया, लेकिन उसके सिर के हिल-डोल से उस व्यक्ति के द्वारा सिर हिलाकर हामी भरने का अर्थ निकाला जा सकता था जो इसकी आशा करता था।

उसने उसके लिए अपने सीने के सामने आदर के भारतीय 'नमस्ते' के रुप में हाथ जोड़े। उसने अपने बुरके की जेबों से अपने हाथ नहीं निकाले।

"मैंने सोचा शायद आप हो सकती हैं जिसने संदेश भेजे," जोशुआ बोला। मैं निश्चित नहीं हो सकता था। अत: मेरे मित्र राशिद खान वास्तव में मृत्त हैं? मैंने उन्हें नहीं मारा, यद्यपि आप यहाँ मुझे मारने आयी हैं। क्या आप मुझे सुनेंगी? तब आप स्वयं ही अवश्य निर्णय करें, कि क्या वह आपको मेरी हत्या करने देते तो मैं प्रतिकार नहीं करुँगा।"

फिर चुप्पी। फिर सिर का हिलना।

"मैं उन्हें यहाँ मिला, उस दिन, क्योंकि राशिद खान ने एक आकस्मिक बैठक बुलाई थी। हमने अपने अभियान की सफलता पर एक-दूसरे को खुशीपूर्वक बधाईयों के जाम लिये। मैंने स्वीडेन की श्वेत मदिरा से भरा प्याला लिया था; उनका प्याला नींबू के रस से भरा था मैंने उनसे कहा कि मैं यह सब कुछ छोड़ देने वाला था ताकि मैं उस प्यारी अंग्रेज बाला से शादी कर सकूँ जिसे मैं बिना किसी आशा, बिना किसी आशा से प्यार करता था। उन्होंने इस विचार का तनिक भी स्वागत नहीं किया–पहली दफा। लेकिन वे सहमत हो गये, यदि मैं थार दस्तावेज की जिम्मेदारी लेता। केवल मेरी ही प्रतिलिपि नहीं, बल्कि उनकी प्रतिलिपि भी। वे भयभीत थे कि वे अपनी प्रतिलिपि पर शायद लम्बे समय तक नियंत्रण न रख पायें–या, शायद, वे जानते थे कि उन्हें मौत के लिए चिह्नित किया गया था। वे अपनी इज्जत के सहारे चले, और उन्होंने दस्तावेजों की उनकी प्रतिलिपि की किसी उद्‌भेदन से सुरक्षित रखने की कसमें खाई थी। इसलिए उन्होंने उन्हें मुझे थाती के रुप में सुपुर्द कर दी। आपके शौहर, बेगम रेहाना, एक बहादुर सैनिक की मौत मरे मैं एक डरपोक कायर हूँ, क्योंकि मैं वैसा नहीं कर सका।

'और बंदूक? मैंने इसे उन्हें दिया। उस दिन यह उनके लिए मेरा उपहार था। उन्होंने हमारी पिछली मुलाकात में एक खूबसूरत घुमावदार खंजर मुझे उपहारस्वरुप दिया था। मैंने उनसे अगली बार जब हम मिलें तो एक प्राचीन, औरतों के लिए बना पाँच चक्र गोलियों वाला तमंचा, जो मेरे दादाजी, मेजर जनरल सर आइजक सैमुअलसन का था, को उन्हें उपहारस्वरुप देने का वादा किया था। और मैंने पूरा किया। वह ठीक वहाँ आपके बगल की मेज पर पड़ा था, जब वे प्रार्थना के लिए अपने घुटनों के बल बैठे।"

जोशुआ ने अपने हाथ से उसके बगल की मेज की तरफ इंगित किया–उसपर देखते हुए। उसके नंगे उजले पाँवों और रंग-रंगित अंगूठे के नाखूनों को काफी मयान से देखते हुए। चमकिले लाल रंग में। उस किस्म का जो दुनिया भर में लाखों औरतों के द्वारा इस्तेमाल किया जाता है।

"जुलिया!" वह विस्मय में बोल उठा, अपने हाथों को आसमान की ओर फेंकते हुए। "तुम यहाँ क्या कर रही हो? और उस पोशाक में।"

उसने अपने चेहरे से नकाब उठा दिया और मीठी मुस्कुरायी। तब उसने किया जिसे वह लम्बे अरसे से करने की चाह ढोती आ रही थी। वह उसके पास दौड़ पड़ी, अपने दोनों हाथों से उसके चारों ओर जकड़ लिया, उसकी गर्दन और पीठ को पीछे से पकड़ती हुई, अपने मुँह को उसके मुँह पर रखते और उसे होठों पर उत्कठता से चुमते हुए–लम्बा भीगा चुम्बन जो सदा उसकी नाड़ी और उसके प्रवाह के लिए आश्यर्चजनक रुप से अच्छा साबित हुआ था। साइकिल चलाने के किसी व्यायाम से बहुत बेहतर, उसने उससे कभी कहा था। अभी भी उसके अंदर से वह जादू छँटा नहीं था।

"आपने कैसे अनुमान किया?" जुलिया ने पूछा।

"दो श्वेत पैर, प्रिय। और अंगूठे। जब मैंने उनकी मालिश की और उनसे प्यार किया, मैं, एक किस्म से, उन्हें जान गया। वे बिना भूल के तुम्हारे हैं। क्या यह एक परीक्षा हैं? कि क्या मैं तुम्हें इतना प्यार करता हूँ कि मैं तुम्हें तुम्हारे अंगूठे से पहचान लूँ? क्या मैं इम्तहान में सफल हो गया हूँ?"

वह कठोर हो गया, उससे अलग हट गया, उसकी तरफ आरोप की अँगुली धीराते हुए।

"और अब, लेडी जुलिया, मैं इन सभी चीज़ों के लिए स्पष्टीकरण चाहता हूँ तुम मुझे यहाँ क्यों लायी हो?"

"मैं आपसे मिलने को विह्वल थी, प्रियतम। मैं अपने शौहर के विरह में थी, जिसने मुझे शादी के बमुश्किल तीन हल्तों के बाद ही कठोरतापूर्वक छोड़ दिया। निश्चय ही आप उसे समझ सकते हैं?"

"वाक्पटु न बनो,। जुलिया इसे कहों मैं उसकी अपेक्षा तुम्हें अधिक अच्छी तरह जानता हूँ। हम यहाँ क्या कर रहे हैं?"

"प्रतीक्षा, प्रिय।"

"किसकी?"

"एक हत्यारे की। और अगर मैं गलत नहीं हूँ, वह देर नहीं करेगा।"

" क्यों ? उसने तो पहले ही राशिद खान का कत्ल कर दिया है।"

" सवाल यह नहीं कि वह उस दिन किसलिए आया, आपके राशिद खान को छोड़कर जाने के बाद। वह राशिद खान की थार दस्तावेज की प्रतिलिपि के लिए आया था। उसने उन्हें नहीं पाया, क्योंकि वे उनके पास नहीं थी, वे तुम्हारे साथ थी। उसने बिना वज़ह हत्या की थी। यह उस प्रतिलिपि को पाने की उसका अंतिम मौका है–और वह इसे फिसलने नहीं देने जा रहा है।"

"यह बेतुका है, जुलिया। दोनों ही प्रतिलिपियाँ माँ के शिवाजी पार्क, बॉम्बे स्थित घर की एक पुरानी अलमारी में सुरक्षित पड़ी हैं, जो अलमारी माँ के गृहप्रेम की यादों से अँटा पड़ा है।"

"क्या आप निश्चित हैं, जोशुआ?" उसने पूछा, राशिद खान की प्रतिलिपि को बाहर खींचकर निकालते हुए और आहिस्ते से अपने बगल के नीचे तलों वाली मेज पर इसे गिरा रही थी। उसने उनकी ओर मुड़कर नहीं देखा। उस जगह जहाँ पर वह खड़ा था वहाँ से भी; इसमें कोई शक की गुंजाईश नहीं थी कि वह वास्तविक दस्तावेजों को देख रहा था।

उसका चेहरा कठोर हो गया, उसकी आँखें उसकी आँखों को मानो पकड़ रखी थीं। वह असुविधापूर्वक अपनी जगह से हट पायी।

"तुम उनके गिर्द कैसे आई?"

"प्रियतम," उसने कहा, उसके पास पुनः आते हुए और उसे नजाकत से सुंघकर अपने प्यार का इजहार कर रही थी, उसका हाथ गर्दन पर फैले उसके बालों में रेंग रहा था, उसकी आँखें उससे समझदारी की गुजारिश कर रही थीं," आगे इस तरह के स्पष्टीकरण के लिए खूब ज्यादा समय होगा, लेकिन वे पेरिस के हेनरी के होटल

के बाहर बैठकर, प्लेस डी ला रिपब्लिक के निकट। क्या आप मुझे वहाँ ले चलेंगे, जोशुआ, जब यह सब समाप्त हो जाएगा? हमें एक-दूसरे के कहने व क्षमा करने के लिए बहुत कुछ है।''

उसने जवाब देने में कोई समय जाया नहीं किया, यद्यपि वह जानती थी एक बहुत दिनों तक भूखे मरे शौहर के भूखे चुंबन करने की अदा से कि वह आगे होने वाली घटना क्या है जब जोशुआ ने उसे चुंबन करना शुरु किया और वह कुछ देर यूँ ही लगातार उसे चुमते रहता, अगर वे किसी खाँसने की आवाज़ से बाधित न हुए होते।

वे अभी भी अपने को एक-दूसरे की बाँहों में पाये, जब वे एक नकाबपोश व्यक्ति द्वारा तानी गई बंदूक की नली देख रहे थे—वह शख्स लंबा, पर्वताकार, और विचित्र रुप से परिचित था।

''यदि मैं चाहूँ तो मैं उन कागजातों को ले सकता हूँ,'' उसने अपनी बंदूक की लहराती नोक पर जोशुआ और जुलिया को मेज़ से दूर हटाते हुए बोला। ''और कर्नल सैमुअसलन—या मुझे राजा कहना चाहिए—अपने हाथ को अपनी कोट की जेब में अन्दर मत डालना, नहीं तो मैं जुलिया गोली मार दूँगा, जो अभी तुम्हें छिपा रही है। अफसोस कि मुझे किसी औरत को मारने में कोई परेशानी नहीं है मैं कोई सैनिक नहीं हूँ।''

''मैं उसे देख सकता हूँ,'' जोशुआ ने कहा। ''तुम अन्दर कैसे आये? पश्चिमी दरवाजा जुलिया के सुरक्षाकर्मियों के कब्ज़े में है—वह अवश्य ही किसी सुरक्षाकर्मी के साथ ही आई होगी—और पूर्वी दरवाज़ा मेरे आदमी मानसिंह की निगरानी में है।''

''वह कहा जाता रहेगा,'' उसने कहा। ''तुम्हें जानने की जरुरत नहीं है। मेरी तुम दोनों में से किसी एक की या दोनों की हत्या करने की कोई इच्छा नहीं है—बहादुर को भी मारने की मेरी इच्छा नहीं रही थी—लेकिन वह एक पैठान था और, जिस प्रकार का उसका शरीरिक गठन था एक भयानक खतरनाक प्रतिद्वन्दी भी था जिसने स्वंय को कभी भी बिना असहाय किए कभी अपने शरीर की तलाशी की अनुमति न दी होती। मेज़ पर रखी छोटी कारतूस भरा तमंचे के लिए धन्यवाद, कर्नल सैमुअलसन। वह एक उपहार था—लेकिन मेरे लिए—और वास्तविक सौभाग्य की बात। वह प्रार्थना में था; मैं उसके पीछे था। मैंने उसकी पीठ

पर उसकी पसलियों से थोड़ा हटकर निशाना लगाया–मेरी इच्छा उसे अपाहिज भी बनाने की नहीं थी–लेकिन उस समय वह स्वमेव ही अपना सिर ज़मीन से स्पर्श करने को झुकाया, और उस जगह के बजाय कारतूस उसके सिर के पिछले हिस्से से गुज़र गया। मैं तुमसे यह सब इसलिए कह रहा हूँ क्योंकि मैं चाहता हूँ कि तुम जानो कि उसे मारने का मेरा कोई इरादा नहीं था।''

''लेकिन तुमने मारा, तुम क्रुर दोगले।'' जोशुआ दहाड़ उठा। ''तुमने मेरे साथी और एक बहादुर सिपाही की हत्या की, और ईश्वर मेरी मदद करें तुम इस जगह से ज़िंदा बचकर नहीं लौटोगे–इसके बावजूद भी यदि हमें एक-दूसरे की हत्या कर देनी पड़े।''

जुलिया ने अपना बायाँ हाथ जोशुआ से अलग कर लिया–अब भी वह उसे बाँहों में जकड़े थी, उसके हाथ को उसकी जेब से दूर करती हुई, क्योंकि वह जानती थी कि जोशुआ क्या करने वाला था। उसने अपना हाथ अपनी जेब में डाला और गोली दाग दी। उसने घुटनों की कटोरी को निशाना बनाया, लेकिन बुरका की जेब के कारण राशिद खान का सेवा-तमंचा थोड़ा ऊपर आ गया था, और दूसरी जगह पैर में गोली जा लगी। वह पीड़ा से चिल्लाया, और एक गोली चलाई, लेकिन उसके पैर में हो रहे असह्य दर्द के कारण वह नीचे की ओर झुक गया, और गोली उनसे थोड़ी मात्र दूरी पर मोटे दरीचे में दाखिल हो गया।

उसकी दूसरी गोली उसके कंधे में लगी। वह ज़मीन पर गिरने से पहले अपने एक पैर पर चक्कर खाकर गिर गया। जोशुआ ने उसके हाथ से बंदूक को लात जमाकर दूर कर दिया, जब वह अपनी तमंचे को खींच रहा था, लेकिन यद्यपि कातिल होश में था किसी प्रतिक्रिया के काबिल नहीं था। जुलिया ने बुरका निकाल फेंका, उस हाथ को जिसने बंदूक थाम रखा था उसे अपने पूरे यत्न से स्थिर करती, हालाँकि इसमें उसे थोड़ी ही सफलता मिली थी। जोशुआ ने उससे बंदूक ले लिया, और उसे एक कुर्सी में बिठाया। तीन गोलियों के चलने की आवाज़ सुनी गयी होगी, चारों ओर मीलो तक, इस मरुस्थल के विराने में। कर्नल शेर अली खान और विस्माउट इडवार्ड एक ओर सीढ़ियों को दौड़कर पार किए, मानसिंह दूसरी ओर के जीने को। सभी ने अपनी

बंदूकें निकाल ली थी। जुलिया ने स्वयं को उन दोनों के बीच खड़ा किया।

"भद्र लोगो," उसने कहा, "क्या आप सभी कृपा करके अपनी बंदूकें दूर हटायेंगे? यह खूंखार पश्चिम नहीं है।"

उन्होंने उसकी बात मानी। केवल स्वयं जुलिया के आलावा जो जोशुआ से रेहाना द्वारा पायी अपने उपहार को ले लिया और अपने हैंड-बैग में डाल लिया। कर्नल शेर अली खान ज़मीन पर पड़े उस व्यक्ति को देखा और फिर जुलिया को। जब तक उसके सेनाध्याक्ष के द्वारा अपने दिए पूर्व आदेशों को रद्द नहीं किया जाता, वापस नहीं लिया जाता, अब भी वह प्रभारी थी।

"कर्नल शेर अली खान, क्या मैं तत्काल चिकित्सा के लिए राशिद खान के इस कातिल को आपके हवाले कर सकती हूँ?" यह लगभग एक परिचय कराने की औपचारिकता के लहजे में कहा गया था। "इसे वापस पाकिस्तान ले जाइए, कर्नल, जहाँ आप इसपर हत्या करने का मुकादमा चला सकते हैं। क्या मैं आपका अपने शौहर, कर्नल जोशुआ सैमुअलसन से परिचय करा सकती हूँ जो भारतीय सैना में हैं–और जो राजा भी हैं। यद्यपि वह राजा के रुप में ज्यादा दिनों काम नहीं करने जा रहे हैं क्योंकि प्रधानमंत्री इनकी जगह लेने के लिए किसी और को नियुक्त करेंगे–जैसे आपने कर्नल राशिद खान की जगह ली है।"

वहाँ मौजूद दो सेना के अधिकारियों ने एक-दूसरे से पूरी गर्मजोशी से हाथ मिलाया। कर्नल शेर अली खान के चेहरे पर बहुत देर तक सवालों से भरी मुस्कान फैली रही।

"मैं अब बहादुर हूँ," उसने बोलना शुरु किया। "कर्नल सैमुअलसन, क्या मैं आपसे राजा बने रहने का आग्रह नहीं कर सकता हूँ? मैंने 'लाहौर के शेर' के बारे में बहुत कुछ सुना है। अफसोस कि मैं उस सीमा पर नहीं था, मैं तब ज्यादा छोटा था। लेकिन उस अभियान की कहानी परियों की पौराणिक दंतकथा बन गयी है।"

"मुझे खेद है बहादुर–क्या मैं आपको शेर अली कह सकता हूँ? लेकिन वह संभव होने नहीं जा रहा है। अभी-अभी मैंने अपनी बीवी से उसे वापस पेरिस के एक मित्र के होटल ले जाने का वादा किया

है, जहाँ हमारी सगाई हुई, ताकि हम अपनी सुहागरात को पूरा कर सकें। फिर से मेरी शादी को वापस साथ-साथ लाने का प्रयास कीजिए। क्या आप विवाहित हैं, शेर अली?''

''अभी नहीं तक नहीं, श्रीमान,'' वह नौजवान अधिकारी ने जवाब दिया। ''लेकिन मेरे दिमाग में कोई है जो मेरे लिए भी इसी तरीके से महसूस करती है जैसा मैं उसके बारे में महसूस करता हूँ।''

''मेरी शुभकामना, मेरे दोस्त। शादी में तुम भी उतने ही सौभाग्य की जरुरत महसूस कर सकते हो जितना युद्ध में।''

''हाँ, कर्नलों,'' जुलिया बोली, ''लेकिन युद्ध में कोई भी विजय प्राप्त करने वाले नहीं होते–केवल परास्त होते हैं। विवाह में, उस रुप में यह अश्वयमभावी नहीं है।''

इडवार्ड और मानसिंह उस ज़मीनदोज शख्स की सेवा में लगे थे किले के बाहर खड़े युण्क टैंक से मानसिंह ने शीघ्रता से जाकर प्राथमिक उपचार का थैला लाया था, तब उन्होंने उसके घावों पर जितना संभव था अच्छी मरहम पट्टी किया था।

''हम इसके साथ क्या करेंगे? 'इडवार्ड ने पूछा'

''इसे वापस पाकिस्तान ले चलो, और जितना जल्द संभव हो इसे किसी अस्पाताल को ले चलो। वह बच जाएगा। तब उस पर अभियोग चलाओँ'' जोशुआ बोला ''मेरे पास एक युद्धक टैंक बाहर है, और जुलिया और मैं मानसिंह के साथ, भारत वापस जायेंगे। आगे कुलीन जुलिया के थैले बॉम्बे को।''

जुलिया मेज़ के पास गयी, और थार दस्तावेज को एक सुरक्षात्मक लिफाफे में मोड़कर रख लिया।

''कर्नल शेर अली खान,'' उसने कहा, ''मैंने आपके सेनाध्यक्ष से वादा किया था कि चाहे जो भी हो मैं उसे राशिद खान के कातिल को उनके हवाले अवश्य का दूँगी। और मैंने अपना वादा निभाया है। मैंने उनसे यह भी वादा किया कि उसकी थार दस्तावेज की प्रतिलिपि उनको वापस कर दी जाएगी ताकि वह प्रधानमंत्री से अभी से दो दिनों बाद बिना किसी झिझक के मिल सकें।''

उसने जोशुआ को वह लिफाफा दे दिया।

"कर्नल शेर अली खान, ये सभी थार दस्तावेज हैं–बहादुर की–प्रतिलिपि। वे मेरे शौहर को सुरक्षित रखने के लिए दिए गए थे, जब कर्नल राशिद खान को यह ज्ञात हुआ कि वह उनसे अपना नियंत्रण खो देने के खतरे में थे। वे इज्जतदार व्यक्ति थे– जैसे आप हैं। मेरे शौहर उन्हें आपके सुपुर्द करना चाहते हैं। वे पाकिस्तानी की सरकार की संपत्ति हैं। सेनाध्यक्ष ने आपको अपना प्रतिनिधि नियुक्त किया। कृपया निश्चित करें कि वे सेनाध्यक्ष तक सुरक्षित और बिना उद्‌भेदन के पहुँच जायेंगे। वह भी एक आदेश है– और जब तक सेनामयक्ष अपने पूर्व आदेशों को रद्‌द या वापस नहीं लेते जिसे उन्होंने आपको दिए हैं, तब तक आप निरंतर मेरे आदेश के अंदर रहेंगे।"

लेकिन उसने इसे इस मिठास के साथ कहा कि कर्नल उस समय भी हँस पड़ा जब उसने उसे सलाम बजाया, और जोशुआ से लिफाफे को स्वीकार कर रहा था।

कर्नल शेर अली खान और मानसिंह ने उस कातिल को उसके पैरों पर खड़ा करने में मदद की, और, उन दोनों के साथ सहारा ले वह लंगड़ते बीच में चल रहा था, वे पाकिस्तानी प्रवेश द्वार की सीढ़ियों को उतर आए और उस गाड़ी तक लाए जिसे किले के द्वार तक कर्नल चलाकर लाया था।

इडवार्ड उनका पीछा किया होता, लेकिन जुलिया ने रुकने का ईशारा किया। वह पीछे रुका रहा। जब तक कर्नल गोली की आवाज़ सुनाई देने की दूरी से बाहर नहीं चला गया, जुलिया ने इंतजार किया।

"मेरे पास ज्यादा समय नहीं है," उसने अत्यावश्क रुप से कहा। इसने मुझे भी फेंक दिया है। क्योंकि मैंने इसकी आशा नहीं किया। तुम्हारे लिये सबसे अच्छा है कि तुम उतनी तेजी से कराची लौट जाओ जितनी तेजी से तुम लौट सकते हो, और नसीम बानो और उनके बच्चों को पहली उड़ान से लंदन ले जाओ–इसके पहले कि वह पूछताछ के लिए पुलिस के हाथों चढ़ जाता है। वह एक वफादार नौकर है, इडवार्ड, लेकिन वह जल्द बिछड़ जायेगा।"

इडवार्ड ने दुख के साथ सहमति जताया।

"मैंने उसे पहचान लिया जैसे ही मैंने उसका नकाब खींचकर अलग किया। लेकिन क्यों, जुलिया? क्यों?"

उसने उसके हाथ पर सहानुभूति की थपकी दी। जोशुआ, भी, समर्थन में उसकी दूसरी ओर आ लगा।

"केवल वह ही उसे हमसे कह सकती है। उसे तेजी से बाहर निकालो। तब पेरिस में हेनरी के होटल में मिलो। प्लेस डि ला रिपब्लिक के बाहर। अब से मात्र दस दिन। सहमत हो?" उसने सहमति में सिर हिलाया, हालाँकि वह अपनी संकटपूर्ण स्थिति को पूरी तरह समझ पाने में असक्षम था।

"क्या तुम आओगे, इडवार्ड?" जोशुआ ने अपनी आवाज़ को धार देते बोला।

"क्या मेरे पास कोई विकल्प है?"

वे उसे सीढ़ियाँ उतरते, उसके सिर को नजरों से ओझल होते देखे, इसके पहले कि वे एक-दूसरे की ओर मुड़े।

तब उन दोनों ने वह वक्तृत्य किया जिसे वे एक लम्बे समय से चाहते आ रहे थे। उन्होंने अपनी बाँहो में एक दूसरे को जकड़ लिया, उनके मुँह और ओठ एक दूसरे से भिंचे हुए थे। उनकी जाँघें एक-दूसरे की जाँघों में उलझी पड़ी थी। और जो दीवारों की बंदूक की दरारों से आती हवा की सीटियों पर हिलते थे।

मानसिंह, गाड़ी के पास से लौटकर, अपने कर्नल साहेब की इच्छाओं को जानने और उसका पालन करने को तत्पर, समझदारी पूर्वक सीढ़ियों से नीचे उतर आया।

वह मुस्कुराया। उस रात वह अपनी पत्नी रुपा देवी के साथ विस्तार से कहने को बहुत कुछ प्राप्त कर लेगा।

अध्याय 14

जुलिया ने जानबूझकर इडवार्ड से दस दिनों के बाद उन लोगों से हेनरी के होटल में मिलने को कहा था। प्रथमतः, दिल्ली की एक द्रुत यात्रा के लिए दो दिन–जहाँ व्यक्तिगत तौर पर पी.एम. को अपनी थार दस्तावेज की प्रतिलिपि को जोशुआ ने सुपुर्द किया–और तब बॉम्बे के लिए उड़ चला। और इन सभी चीज़ों के बाद पहले जैसलमेर के लिए एक युद्धक टैंक जोशुआ के द्वारा चलाया जाकर यात्रा करना। पूरी तरह सच नहीं, क्योंकि जोशुआ ने उसे नियंत्रण बनाए रखने की जिद की, जब वह एक काल्पनिक पीछे हटते दुश्मन का पूरी गति के साथ पीछा कर रहा था। वह आश्चर्यचकित थी कि वे एक बार में ही पहुँच गए, क्योंकि जोशुआ ने उसे अपने टैंक की बंदूक को यथास्थान मोड़ने की कुशलता को दिखाने की जिद किया, लगभग उस वाहन को बार-बार ऊपर और नीचे पलटते और झटके देते हुए–जो सने उसे पुनः आश्वस्त किया कि सामान्य गति थी जिस गति के साथ वह जाती जा रही थी।

तीन दिन बॉम्बे में जोशुआ की माँ और सुसान के साथ। अफसोस कि वे सुसान के मंगेतर से नहीं मिल सकते थे क्योंकि वह एक शोध परियोजनो के सिलसिले में कहीं दूर चला गया था। सुसान ने उनसे वादा किया कि वे अगली बार आने पर अवश्य ही उससे मिलेंगे?

लंदन के लिए प्रस्थान, जहाँ आराम कुर्सी में आलस फरमाना और उसमें सोना–एक व्यक्ति के सोने के बने बिस्तर में प्यार करना–गत सप्ताह के सारे तनावों को दूर कर दिया। अभी भी उनके बीच अनेक सवाल और सुबहे थे जिन्हें साफ करना लाजिमी था, लेकिन मौन स्वीकृति के द्वारा जो भी पेरिस के लिए रोक रखा गया था–एक दूसरे को जानने की, जैसा कि उन्हें एक तितर-बितर हो गए सुहागरात के बाद करना चाहिए, उनकी सबसे पहली प्राथमिकता थी। इम्मा और टॉमकिन्स–ग्यारहवें अर्ल का क्या कहना–सभी ने उनके एकान्तवास की जरुरतों को आदर के भाव से देखा, और उनकी दृष्टि से दूरी बनाये रखा, जबतक उनकी जरुरत नहीं महसूस हुई। आनंद के तीन दिन।

लेकिन अभी भी कुछ बातों का निबटारा बाकी था, और इसलिए

वे पेरिस को रवाना हो गए, और अपने पुराने मित्र हेनरी के होटल जो प्लेस डि ला रिपब्लिक से दूर था। हेनरी उनके साथ चबूतरे पर बने कैफे में, अपने होटल के बाहर बैठा था, जो उनके विरोध के बावजूद उन्हें मुल्त उपहारस्वरुप विवाहित जोड़े के लिए खास शराब की बोतल उन्हें दे रहा था। या जोशुआ के विरोध के बावजूद वस्तुतः, क्योंकि उसने कहा वह उनकी कीमत अदा करने में काबिल नहीं था।

सुहागरात मनाते जोड़े के लिए–कोई किमत नहीं।

हेनरी उनके साथ ज्यादा देर नहीं बैठा जितनी देर वह समान्यतः बैठ पा सकता था। कि वह बैठता जब वे कुछ वर्ज़ों पहले शादी करते अभी नहीं। वह जानता था वे सदा ही उसके होटल को संरक्षण देते थे। और कहाँ, जोशुआ कहता था, वे संभवतः किसी ऐसे होटल के मालिक को पाते जो ऐसे जीता था मानो वह स्वयं फ्रांस का बादशाह हो–कल के लिए बिना सोचे, नहीं तो कैसे वह इसके लिए भुगतान करने जा रहा था–ज्यादा अपनी तलाकशुदा बेटी की तीव्र निराशा के लिए जो उस प्रतिष्ठान को संचालित करती थी।

अतः वे नौवाँ दिन व्यतीत कर चुके थे, अब उड़ान की थकान से बिल्कुल राहत थी जिसे वे किसी और के साथ साझा करने को इच्छुक नहीं थे, धूप में तपते हुए, फ्रांस की सर्वोतम खाद्य-व्यंजनों को लेते हुए, और अच्छी शराब पीते हुए। जोशुआ ने किया; जुलिया ने इनकार किया।

इडवार्ड और नसीम बानो अगले दिन उनसे मिलने वाले थे।

''आप मुझसे क्यों नहीं कहते, प्रिय?'' उसने बहुत धीरे से पूछा, ''और मुझे भी आपसे कहने दीजिए। हमें इसे कभी न कभी करने के लिए साहस की जरुरत होगी। इससे ज्यादा क्षमा योग्य और क्या हो सकता था? क्या आप मुझे जाने की अनुमति देंगे?''

उसने दुख के साथ सिर हिलाया।

''मैं बहुत ही शर्मिंदा हूँ, जोशुआ कि मैंने आपके छिपे दस्तावेजों को खोला। मुझे कृपाकर माफ कर दें। वे भनायक विचार जो मुझे चैन नहीं लेने देंगे–कि वे तुम्हारे लिए उस औरत के प्रेम-पत्र हो सकते थे, या और ज्यादा बुरा, उसके लिए तुम्हारे पत्र। वह पीड़ा जिससे मैं गुजरी असह्य थी। मैं बहुत ही शर्मिंदा हूँ, जोशुआ।''

उसकी आँखें आँसुओं से छलछला पड़ीं, लेकिन उसने उसे अपनी बाँहों में समेट लिया और उसे बार-बार चुमा जब तक कि उसने अपने सिर को उसके कंधों में नहीं डूबा दिया और उसके शर्ट पर अपनी आँखें नहीं सुखा ली।

"कुछ भी माफ करने जैसा नहीं है, प्रिय। सबकुछ अंत में अच्छा रहा–इसके अतिरिक्त, अगर मैं याद करूँ, यह मेरी जिद थी कि हमें एक-दूसरे के व्यक्तिगत पत्रों को देखने की इजाजत थी, है न? उस समय जब मैंने सोचा कि शायद एक ड्यूक या एक अर्ल या विस्तार का ऊँट या किसी राज्य का कोई राजकुमार भी हमारे बीच पेंच ठोकने की कोशिश कर सकता था? मैं तब असुरक्षित था– और अब भी हूँ। क्यों, मैं नहीं जानता?"

वह तत्काल ही खुश हो गयी।

"प्रियतम, आप इतना क्यों असुरक्षित हैं? मैं आपसे जितनी बार आप चाहें कह दूँगी कि मेरे लिए कभी, भी कोई अन्य व्यक्ति नहीं होगा, सिवाय आपके–मेरे बच्चे के पिता।"

"हाँ, तुमने उसे मुझसे कहा है–क्या?"

"मैंने आपसे कह दिया। आप जल्द ही 'पापा' बनेंगे! क्या वह वहीं नहीं है जिसे भारत में पिता को कहा जाता है? मैं बहुत खुश हूँ"

"पापा या डैडी। क्या तुम गंभीर हो, जुलिया?"

"प्रियतम, क्या मैं गर्भवती होने के बारे में मजाक करूँगी? दादाजी अभी नहीं जानते हैं। लेकिन वह जानने वाले दूसरे व्यक्ति होंगे–जैसे ही हम लंदन लौटते हैं–इसलिए इस बारे में इडवार्ड और नसीम बानो के साथ कल तक हमें चुप रहना है। हाँ?"

"मैं चुप रहुँगा। मैं चुप रहुँगा। यद्यपि मैं इसे पूरी दुनिया से चिल्लाकर कहना चाहता हूँ–कि मैं पापा बनने जा रहा हूँ सड़क पर मिलने वाले प्रत्येक व्यक्ति से भेंट होने पर शिष्टाचार में कुशलक्षेम पूछना चाहता हूँ और उस आदमी या उस औरत से इसे साझा करना चाहता हूँ इस अच्छे समाचार को– लेकिन मैं नहीं करूँगा। क्या यह मम्मा या मम्मी है?"

"दोनो ही बहुत प्यारा है। अब आपकी बारी, जोशुआ। मुझसे कहिए

जो आपको स्वीकारार्थ कहना है। मैं आपसे वादा करती हूँ, चाहे यह जो कुछ भी हो, मैं माफ कर दूँगी। क्या आपका उससे शारीरिक संबंध था?''

''नहीं।''

''क्या आपने उससे यौन अनुग्रह की बात उसे विचलित करने के लिए किया, ताकि सोलोमन अंकल उस छोटी खिड़की से उस पर निशाना लगा सके।?''

''नहीं। सोलोमन कौन?''

''आपके अंकल सोलोमन। केवल भारत को छोड़कर वे पहला नाम अंकल या आंटी के बाद में रखते हैं इसलिए यह सोलोमन अंकल बनता है।''

''लेकिन मेरे कोई सोलोमन अंकल या अंकल सोलोमन नहीं हैं। वह आदमी कौन है?''

''ठीक, मैं उनकी कसमे नहीं उठा सकती, प्रिय, क्योंकि वही वह सज्जन हैं जिन्होंने आपकी जिन्दगी बचायी। उन्होंने बचाया, है न? या आपके पास कुछ भिन्न वक्तव्य है? क्या मानसिंह ने खिड़की से उसपर गोली चलाया, जब आप अपने घुटने टेक उसके पैरों में रेंगते थे?''

''मानसिंह ने उस पर गोलियाँ नहीं चलाई–तुम जानती हो?''

''कि आप अपने घुटने टेके और उसके पैरों में रेंगते थे? ओह हाँ।''

''लेकिन तुम कैसे जान सकी? तुम वहाँ नहीं थी।''

''मैंने आपसे कहा, सोलोमन अंकल ने मुझसे कहा। क्या यही वह बात थी जिसे इस पूरे दरम्यान मुझसे कहने की कोशिश करते आ रहे थे? इसके लिए मुझसे माफी माँगिए? आप उसे करने की जरुरत क्यों महसूस करते हैं?''

''मुझे खेद है, जुलिया। मैं एक कायर था। उसने मुझे मरने के दो विकल्प दिए थे–मैंने कायरता के तरीके का चुनाव किया। तुम मुझे माफ कर सकती हो–या नहीं कर सकती हो–लेकिन मैं खुद को कभी माफ नहीं कर पाऊँगा। मैंने उसकी शैतानी अट्‌टहास सुनी थी जैसे ही मैं अपने घुटनों के बल गिर गया, और उसने मेरे झुके सिर पर बंदूक तान दी–यह मुझे बार-बार याद आकर परेशान करेगा।''

"जानम, कुछ भी माफ करने जैसा नहीं है। आपने सोलोमन अंकल की उसपर निशाना साधने में मदद की—उन्होंने मुझसे कहा कि– जोखिम भरी अनिश्चित परिणाम वाली बात थी, कुछ क्षणों के बाद वह आपको खड़ा ही गाड़ देती। जब आप अपने घुटनों पर गिरे, उसने आपको अपने वल्कल रहित कुर्ती के सामने के हुकों को खोलने और आपके आंनदायक नजारे के लिए बगलों को अलग-अलग उड़ जाने देने का प्रस्ताव दिया था—आपको मारने के पहले।"

"मैं तुम्हारे सामने कसम खाता हूँ, जुलिया, वह पूर्ण वस्त्रों में थी, जब उसने चाहे जो भी हो खिड़की के बाहर से उसपर गोली चलाई। मैं इसकी कसम खाता हूँ तुम सब कुछ कैसे जानती हो?"

"मैंने आपसे कहा। सोलोमन अंकल ने मुझसे कहा। थोड़ा रुकिए! मैं आपसे कह सकती हूँ कि वह कौन था। वह एक उम्रदराज भारतीय सज्जन हैं, जो हमें पूरी दुनिया में पीछा करते आ रहे थे—पहले जार्जटाउन में, तब जब वह लंदन में हमारे विवाह के उपलक्ष्य में आयोजित प्रतिभोज में बिना निमंत्रण के ही शामिल हुए—यद्यपि उनके पास एक निमंत्रण-पत्र था इस बात पर वे बल देते हैं। मैंने दादाजी से इस बारे में जाँच की और पापा कि उन्होंने अपने पास कोई निमंत्रण-पत्र नहीं रखा था। वे मेजर पटेल के घर के बाहर भी थे जब मैंने दौड़कर सीढ़ियों से उतरी, और उन्होंने बिना अनुमति मेरे लिए आयोजित इडवार्ड के जश्न समारोह में– कराची? में भी शामिल हुए। इडवार्ड ने अभी-अभी मुझे सूचना दिया था कि तुम अब नहीं रहे थे, कि बाड़मेर के एक घर से तुम्हारा नंगा शव निकाला गया था—जब वह मेरे पास बैठते हैं, मेरे हाथ को अपने हाथ से ढँक लेते हैं, रसोईघरों के बाहर के एक बेंच पर मुझे ले जाते हैं, और सबकुछ मुझसे कहते हैं।"

"तब क्या तुम मुझे माफ करती हो?"

"हाँ लेकिन एक शर्त्त पर।"

"माँगो। जो कुछ भी तुम माँगती हो, मैं सहमत हूँ।"

"कि यदि कभी पुनः जब आप किसी ऐसी औरत से सामना कर रहे हैं जिसके हाथ में बंदूक हो, आप उससे जीवन की रक्षा की मिन्नतें करेंगे—न कि उसे क्रूर कातिल और कुतिया कहेंगे। उससे बात नहीं बनती।"

"क्याँ"

"आपने मुझे सुना, हमदम। आपसे और अधिक शूरवीरता नही। आपके पास मेरी और हमारे बच्चों की जिम्मेदारियाँ हैं, वे फौजी रुतबे से कहीं पहले आते हैं।"

"राशिद खान मरना जानता था; मैं नहीं," जोशुआ उदास होकर बोला।

"शायद, लेकिन बेचारी रेहाना एक विधवा है, और अभी भी आप यहाँ मेरी बगल में मेरे पास हैं, सहमत हैं?"

"सहमत हूँ। लेकिन एक शर्त्त पर।"

"ओह! मैं नहीं जानती थी शर्तों की शर्त्तें थी। और वह क्या हो सकती है?"

"बॉम्बे के रेस्त्रां में, तुमने एक बार मुझसे कहा था कि एक कोई बेहतर जगह थी, कोई बेहतर तरीका था, एक-दूसरे को माफ कर देने के लिए। क्या हम माफ करेंगे?"

वह प्रसन्नता और फुर्ती के साथ खड़ी हो गई।

विस्काउंट इडवार्ड और नसीम बानो उनसे हेनरी के होटल के बाहर मिले, उसके पैदल यात्रियों के लिए चबूतरे पर बने कैफै में अगले दिन ग्यारह बजे अपराह्न में। जुलिया ने इडवार्ड के लिए अपना हाथ बढ़ाया, जिसने इसे खिन्नता से हिलाया; उसने भारतीय और पाकिस्तानी औरतों को नियमित तौर पर एक-दूसरे को हाथ पकड़कर तसल्ली देते देखा था। पश्चिमी देशों से भिन्न, जहाँ यह किसी अभद्र व्यवहार के रुप में गलती से समझा जा सकता था।

जोशुआ ने बैरे से शराब की एक बोतल लाने का संकेत दिया और जुलिया के लिए एक ग्लास संतरे का रस।

"अभी तुम क्या कर रही हो?" इडवार्ड ने पूछा।

"पहले हम पता करेंगे किसलिए?" जुलिया बोली।

"मैं जानता हूँ किसलिए!" इडवार्ड चिल्लाया वह मेज थपथपाया।

"रुपयेँ इसीलिए। क्या यही वह कारण नहीं जिसके लिए तुमने मुझे जी.बी.के. के हाथों बेच दिया?"

"हाँ, मेरे दोस्त।"

"हे भगवान! कितना बड़ा मैं मूर्ख बना हूँ।"

"हाँ, प्यारे।"

"थार अभियान के पहले पाकिस्तान से गुजरने वाले वे सभी असलहों की खेपें–हॉलाकि के.जी.बी. नियमित तौर पर उन्हें बर्बाद करने का माद्दा रखते थे। उसने उन्हें सभी जानकारियाँ दी। किसी खास खेप के असलहों के प्रकार के बारे में, कराची में आने की तारीखे–जिसे सी. आई.ए. ने मुझे दिया। वह उन्हें हर वह सूचना देती रही जिसकी जरुरत उन्हें उन खेपों को बर्बाद कर देने के लिए थी। हे भगवान। मैं तुम्हें मार सकता था, नसीम।"

"हाँ, प्यारे। तुम क्यों नहीं मार देते?"

"क्योंकि, इसे धिक्कार है," इडवार्ड चिल्लाया, "मैं तुमसे प्यार करता हूँ"

पहली दफा उस सुबह नसीम बानो मुस्कायीं, जुलिया के हाथों से अपना हाथ छुड़ाते हुए और वह इससे इडवार्ड का एक कंधा थपथपा रही थी, अपने हाथ को उसकी गर्दन के पीछे ऊपर ले जाते हुए।

"मैं वह जानती हूँ, प्रिय। लेकिन मेरे लिए कभी भी पर्याप्त रुपये नहीं मिले। मैं एक राजा की बेटी हूँ। मुझे मेरी माँ को जो किसी महारानी से जरा भी कम नहीं की देखभाल करनी है–रावलपिडी में। वह भना? यह एक अपमान था। इस तरीके मैं एक आत्मनिर्भर औरत थी। मैंने कभी जरुरत नहीं समझा कि आपसे और अधिक भीख माँगने आऊँ। मैं एक साधनसंपन्न महिला थी। बड़ी रकमों की भी, इडवार्ड। सैकड़ों हज़ारों पाउण्ड की मालकिन। लेकिन वह सब अब खत्म हो चुका है। हाफिज का क्या होगा?"

"मुझे हाफिज के साथ क्या होता है इसकी कोई परवाह नहीं है।" इडवार्ड आवेशित था। "मैं आशा करता हूँ वे उसे एक दीवार के सहारे रख और उसे गोली मार दें। वह के.जी.बी. के साथ तुम्हारा भेदिया था। है न?"

उसने सिर हिलाया। "मुझे बहुत ज्यादा खेद है उसने राशिद खान का कत्ल किया। वे उसके निर्देश नहीं थे, मेरा विश्वास करो। वह तो राशिद खान की थार दस्तावेज की प्रतिलिपि को लेना चाहता था। उन्हें

मारने के बाद, उसने शव की जाँच की–और कुछ नहीं पाया।''

''राशिद खान एक बहुत बहादुर इंसान था,'' जोशुआ बोला ''वह अपने झुके घुटनों के बल ज़मीन से अपने झुके सिर को लगाए, ईश्वर के आगे प्रार्थना में झुका था। मुझसे भिन्न।''

जुलिया ने अपना हाथ उसके हाथ में डाल दिया। उसने उसे पकड़ने को राजी किया; रेहाना को उसकी यादों को संजोकर रखनी पड़ेगी।

''हम सभी को इस बारे में संवेदनशील होने की जरुरत है'', जुलिया बोली। ''हम सभी इस कार्य में छल करने के दोज़ी हैं। हाफिज पर अवश्य ही मुकदमा चलाया जाना चाहिए, लेकिन एक सार्वजनिक न्यायिक व्यवस्था में नहीं।''

''वह असंभव है,'' इडवार्ड ने प्रतिरोध किया। ''वे उसे सार्वजनिक मौत की सजा देने को बस तैयार ही बैठे हैं।''

''अच्छा, इडवार्ड, प्रिय, वहीं आपको सेनाध्यक्ष से अपने प्रभाव का इस्तेमाल करना है कि इसे कैमरे में कैद किया जाए। पाकिस्तान की राष्ट्रीय सुरक्षा के मद्देनज़र। और यह शामिल किया गया है। वह पूरा अभियान मुजाहीदीन को भारत होकर असलहे भेजने का, प्रकाश में आ जाएगा। भारत शीघ्रता से शीघ्रता, इसे सदा के लिए छोड़ देगा। इस बारे में, कोई जानकारी नहीं होने का दावा करके, कहते हुए कि यह एक बिना हमारी सहमति के, सी.आई.ए. का अभियान था। अमृतसर से होकर गुजरने वाला मार्ग, जो अब खुला हुआ है, बंद कर दिया जायेगा। निश्चित ही, सेनाध्यक्ष देखेगा कि यह एक हत्यारे पर सार्वजनिक रुप से मुकदमा चलाना कोई खतरनाक बात नहीं थी? उस वजह से नसीम बानो इससे बाहर रह पायेंगी।

इडवार्ड पीछे झुक टेक ले लिया। इसके पुख्ता होने के बारे में वह निश्चित नहीं था। उसने अपनी शराब की चुस्कियाँ लिया, जोशुआ जो लोगों पर अनुग्रहें बरसा रहा था, को एक बुन्द ज्यादा देने का इशारा किया। नसीम और जुलिया अपने-अपने फलों के रस की चुस्कियाँ ले रही थीं।

''हाँ, दो शर्त्तो पर,'' जुलिया बोली।

''ओहँ'' अन्य सभी तीनों ने इस तरह ऐतराज जताया।

"ओह, हाँ। शर्तें अवश्य होंगी। कर्नल राशिद खान की मौत शायद ही बिना बदला लिए छोड़ा जा सकता है, है, न? पहली शर्त है कि नसीम बानो अब कभी वापस पाकिस्तान नहीं जायेंगी। अपनी भलाई के लिए और अपने बच्चों की भलाई के लिए, वे उन्हें जान से मार देंगे। जैसे ही वह वायुयान से बाहर निकलेगी–क्योंकि हाफिज बात करेगा।" नसीम ने रोना शुरु किया।

"ओह चुप भी हो जाओ, प्रिय," इडवार्ड बोला। "आगे बोलो जुलिया।"

पहली बार, आठ वर्षों से ज्यादा अवधि की विवाहित जिन्दगी में वह अपनी बीवी को उसकी जगह बताते नजर आया–और उसने इसका आनंद उठाते महसूस किया।

"दूसरी शर्त, जिसे हम तीनों आवश्यक समझते हैं, आपकी जान की हिफाजत के लिए, नसीम, यह है कि आप पाकिस्तान स्थित जी.के.बी. के ठिकाने को सभी गुप्त जानकारियाँ दें। हम आपको कुछ बेतुकी जानकारियाँ भी मुहैया कर सकते हैं। जिसे आप उन तक पहुँचा सकती हैं। कोई खतरा नहीं। सब कुछ लंदन में ही संपन्न! हम उन्हें अपने साथ जोड़ेंगे, जब तक कि वे स्वयं ही मुर्ख न सिद्ध हो जाएँ। जब तक कि वे पकड़ें, बेचारा इडवार्ड यहाँ स्वयं को एम.आई.–6 के साथ पुर्नस्थापित कर लेगा।"

इडवार्ड जुलिया को खुली प्रशंसा के भाव से देखा। वह आगे की ओर झुका और पीठ पर एक चपत लगाया; फिर उसे अपनी ओर खींचा और उसके मुँह को चुमना चाहा। उसने तेजी से अपना सिर मोड़ा और वह चुम्बन उसके गालों से चिपक गया।

उसके होंठ, उसने निर्णय लिया था, कुछ चुनिंदे व्यक्तियों के लिए सुरक्षित था–जैसे उसके शौहर, उसके दादाजी, और उसके बच्चों के लिए।

जोशुआ ने पीठ पर लगी चपत और चुंबन लेने पर ज्यादा मयान नहीं दिया, लेकिन उसने कुछ कहा नहीं। जुलिया उसकी ओर मुखातिब हुई और उसके मुँह पर एक जबरदस्त चुंबन जड़ दिया जो बहुत ज्यादा मददगार साबित हुआ।

"कितना शानदार विचार" इडवार्ड बोला। "और, प्यारी, यदि तुम उन्हें जानकारी बेच सकती हो, मैं तुम्हें रुपये भी रखने दुँगा।"

वह इस विचार से चमक उठी।

"बेतुकी जानकारी को जल्द लाओ," जुलिया बोली। "ताकि मैं वास्तव में उनसे रुपये ऐंठ सकूँ ओह, तुम एक उदार प्रकृति व्यक्ति हो-हमेशा बहुत-बहुत धन्यवाद।"

इडवार्ड अपनी कुर्सी से उठा, अपने साथ ही उसकी नंगी बाँह को पकड़ नसीम को ऊपर खींचते हुए। वह भी खड़ी हो गई।

"अच्छा, तुम दोनों, हम जाते हैं। कुछ योजना को पूरा करने। वह इतनी गर्म संसर्ग है कि मुझे तो बस उसके बुहत पास रहना है।"

"इसके पहले कि आप जाओ, दो सवाल नसीम से," जुलिया बोली।

हाफिज किले के अंदर कैसे दाखिल हुआ? वह सामने के प्रवेश द्वारों से नहीं आया। और वह कैसे पहली तारीख और समय जब राजा बहादुर से मिला था के बारे में जानता था?

"वह किला," नसीम ने कहा, "मेरे पिता की पुरानी रियासत में है। हाफिज इसे अच्छी तरह जानता है। बचपन में वह मुझे प्रायः ही वहाँ खेलने ले जाया करता था। निचले तल में एक गुप्त दरवाजा है, एक सुंरग में, जो पत्थर के चबूतरे के नीचे लगभग आधा मील लम्बा है। आखिरकार पुराने समय में, सैनिक घेराबंदी होने के कारण सैनिकों के भागने का एक रास्ता होना होता था। वह ऊँट पर सवार होकर गया और उसे उस निश्चित जगह बाँध दिया जो सुंरग के रास्ते को चिह्नित करता है। पुरानी तारीख और समय मेजर पटेल के द्वारा के.बी.जी. को बेची गयी थी। लेकिन हाफिज कैसे इस तारीख और समय को जानता था, जब जुलिया वहाँ जा रही थी, मैं कभी भी नहीं जान पाऊँगी।"

"ओह, वह सरल है," जुलिया बोली। "मैंने उसे कहा, जब वह मुझे पार्टी के बाद बंगले पर छोड़ने आ रहा था। मैंने सभी को सार्वजनिक जानकारी दी कि मैं किले में राजा से मिलने वाली थी–तारीख और समय। वह बंगले में मुझ पर हमला नहीं कर सकता था–क्योंकि सेनाध्यक्ष की एक सैन्य टुकड़ी मेरी सुरक्षा में थी।"

''प्रिय'', नसीम बोली, ''क्या हम पहले पेरिस की कुछ खूबसूरत जगंहों को नहीं देख सकते, लंदन जाने से पहले जहाँ न जाने आप क्या करना चाहते हैं? कृपया! के.जी.बी. कहीं भाग नहीं जाएगा, वे हमारी प्रतीक्षा करेंगे।''

उसने हामी भरी; उसकी बाँह को अपनी बाँह में लिया, अपना हैट जुलिया को इनाम में दिया, जोशुआ को आँख मारा, फिर उसकी बाँह पर हाथ फेरते, वे सड़क पर दूर तक इधर-उधर टहलते गए।

''शायद तुम सोचो कि वे अपनी सुहागरात के दौर में थे, और हम आठ वर्षों के विवाहित युगल हैं,'' जुलिया उदासी के साथ बोली।

''मैं जानता हूँ मैंने बुरा व्यवहार किया है,'' जोशुआ बोला ''अगर सिर्फ मैं तुमसे सबकुछ कह दिया होता– जैसे राशिद खान ने रेहाना से कहा–मैं तुम्हारे सिरदर्द से तुम्हें काफी हद तक बचा पाता। उसके लिए भी मुझे माफ कर दो।''

''मैं तुम्हें वापस जिन्दा पाकर बहुत खुश हूँ, जोशुआ,'' जुलिया ने कहा, अपने स्थान को बदलते हुए ताकि वह उसके पास बैठ सके, जब वह अपनी केहुनी से उसके कंधे पर हल्का धक्का दे रही थी और घुटनों को सहला रही थी, ''मैं आपकी कुछ भी माफ कर दुँगी।''

उसने एक झुठी चैन की उबासी ली; ललाट के झूठे पसीने पोंछने का बहाना किया।

''बॉम्बे में जब तुमने वापस लंदन के लिए लाल आँखों वाली उड़ान लेने के बारे में बातचीत की तब मैं डर गया था कि कहीं तुम तलाक की बात तो नहीं कर रही थी, या विवाह–शून्यता की या, मुझपर दया दिखाते हुए, कुछ कम भयानक सजा की, जैसे एक महीने के लिए सेज से बाहर कर देना।''

वह हँस पड़ी। ''वह एक बर्बर और अमानुषिक सजा होगी-मेरे लिए–नहीं, जोशुआ, आपकी सजा पूरी जिन्दगी मुझसे विवाहित रहना है।''

''तुम निश्चित हो?''

''जानम, मेरी आपसे मात्र छः हफ्तों पहले शादी हुई। उस थोड़े समय में मैं एक मृत आदमी के द्वारा प्रतिरोध की गई, एक टैक्सी में

पीछा की गई– एक मित्रवत सिक्ख चालक के द्वारा चालित, जो अपनी टैक्सी को अपनी बीवी मानता है, एक क्रूर भारतीय सेना के द्वारा पूरे बॉम्बे में एक सायरन वाली पुलिस कार से एक सामान्य हस्तलिखित दस्तावेज को पढ़कर अकल्पनीय दुःख झेली, एक बेबा से मिली जिसे मैं कभी नहीं भुलूँगी, रोयी जैसा पहले कभी नहीं रोयी थी जब मुझसे कहा गया कि वह उपरोक्त भारतीय सेना का क्रूर कर्नल मर गया, एक भारतीय अंकल को पाया जो मरने तक मेरे दिल में एक खास जगह रखें रहेंगे, एक अच्छे सेनाध्यक्ष से मिली, एक कातिल के पैर और कंधों पर गोली मारी, और उसे कानून के हवाले किया, एक सेना के युद्धक टैंक चलवायी गई– जो पलटनों से बची– दुनिया के सातवें सबसे बड़े मरुस्थल में, बॉम्बे और कराची के कुछ हिस्से दिखलाई गई, और अभी मैं यहाँ उस उपरोक्त क्रूर भारतीय सेना के कर्नल के साथ–जिसने मुझे गभर्वती किया है– इस शानदार सुबह पेरिस में हेनरी के होटल के बाहर चबुतरे वाली कैफै में बैठी हूँ। मुझसे कहिए जोशुआ, क्या मैं कभी किसी और मर्द से मिलने वाली लगती हूँ जो मेरी जिन्दगी में ज्यादा जान या प्यार ला सकता है?''

''तुम एक चीज़ भूल गई, जुलिया?''

''ओह?''

''बुरका पहनी थी। मुझे उसमें तुम ज्यादा अच्छी दिखी, प्यारी। तुम्हारी आकृति को बुरका एक वास्तविक रहस्य की वस्तु बना रहा था; उन सभी वासनमयी आँखों से तुम्हें छिपाए रखा। शायद तुम्हें इसे प्रायः ही पहनना चाहिए?''

उसने उसके कंधे पर ठिठोली का मुक्का धीरे से रसीद किया। ''मैं इसे एक याद की वस्तु के रुप में रखी हूँ। इसकी बायीं जेब में दो गोलियों के छिद्र हैं। लेकिन यदि यह आपको उनेजित करता है, क्यों, मैं सदैव ही इसे आपके साथ बिस्तर में रहने पर पहनुँगी?''

उन्होंने अपने प्याले एक-दूसरे के लिए उठाए।

अध्याय 15

जुलिया और जोशुआ शीघ्र ही ब्रोमफिल्ड में अपने वैवाहित जिंदगी के साथ पूर्णतः सुव्यवस्थित हो गये। यह अस्थायी था, वे हैम्पस्टीड में एक बड़ा, तीन शयनकक्षों वाला घर, जिसमें दो गुसलखाने हों, देख रहे थे, जहाँ जोशुआ अपनी डाक्टरी की शुरुआत राष्ट्रीय स्वास्थ्य सेवा के साथ फिर से शुरु कर पाता। उसका पुराना सहभागी डॉ. क्लेबार्न, मर चुका था, इसलिए वह एक सहभागी की भी खोज कर रहा था जिसके साथ वह अपनी डाक्टरी को साझा कर सके। सौभाग्य से अमेलिया, उसकी पूर्व रिसेप्सनिस्ट, नर्स, और शल्य चिकित्सा की दृढ़ व्यवस्थापिका, अभी भी उपलब्ध और एक बार पुनः उसके साथ कार्य आरंभ करने को उत्सुक थी।

ठीक इसी समय– मध्यावकाश में– जीवन एक गंभीर मोड़ ले चुका था, जिसके लिए वे दोनों ही कृतज्ञ थे। जोशुआ मुलायम हो गया था, और उनके पास अब दो व्यक्तियों के साथ सोने लायक एक बिस्तर था। उसने दृढ़ता से बोला और कार्य किया था खासकर किसी बात के निषेध के लिए, जब जुलिया ने शांत स्वर में, प्रस्ताव रखा था कि संभवतः एक राजा के बिस्तर के अकार का बिस्तर और ज्यादा उपयोगी हो सकता था, जब बच्चे बहुत छोटे थे, वे भी इसपर बिस्तर में सोने के लिए चढ़ते थे।

''दो व्यक्तियों के सोने का बिस्तर पर्याप्त बड़ा है,'' वह गुर्राया, ''हम दोनों और उन सभी के लिए! मैं तुम्हें दिन के वक्त खो सकता हूँ, जुलिया, लेकिन मैं, निश्चित ही, तुम्हें रात के वक्त पाने के योग्य बनना चाहता हूँ। ''तब अपनी आँखों में एक टिमटिमाहट के साथ, जिसने उसे जुलिया को मुस्कुराने रहने को मजबूर किया: ''आजकल मैं केवल ड्यूकों और विस्काउंटों को चारों ओर से तुम पर झपटने के भयानक बुरे सपने देखता हूँ मैं कैसे उन्हें दूर कर सकता हूँ, अगर तुम मेरी पहुँच में ही नहीं हो?''

''प्रिय,'' उसने कहा, चिढ़ाते हुए, ''केवल राजपरिवारों से क्यों?

कमउम्र, खूबसूरत, पाकिस्तानी कर्नलों का क्या?''

''तुम ठीक कहती हो,'' जोशुआ बोला। ''अगर मुझे उन्हें दूर हटाना भी है– अपने बुरे सपने में– हमें उसी एकल बिस्तर को वापस जाना पड़ सकता है। मुझे सही वक्त पर तुम्हारे पास पहुँचने को निश्चित करना है। पाकिस्तानी कर्नल, वे तेजी से झपटते है।''

''नहीं, नहीं,'' जुलिया ने जल्दबाजी से कहा। ''किसी देश के कोई कर्नल नहीं। केवल राजपरिवार या दो। मैं जानती भी नहीं यदि कोई अन्य योग्य छुटें हों क्या हैं।''

लेकिन दोनो बिस्तर बिलकुल ठीक था। वे एक दूसरे के पास पहुँच सकते थे जब आवश्यकता पड़ती– और उसने खुद को उसके पास ठीक उतनी ही बार जाते हुए पाया जितनी बार वह खुद को उसके पास पहुँचते पाया था–फिर भी वे बिना एक दूसरे से शारीरिक दुर्व्यवहार किए, नींद के दरम्यान, रात गुजार सकते थे।

शुरु के कुछ हफ्तों में, वे अपने कमरो में नास्ते लेते रहे–यह जरुरी भी था क्योंकि वे देर तक सोते थे और बूढ़े अर्ल बहुत पहले ही लंदन को निकल चुके थे–लेकिन जैसे-जैसे सप्ताह दर साप्ताह बीतते गये, उन्होंने नास्ते और रात के भोजन पर उन्हें अपने साथ रखने की कोशिश किए। यह हमेशा संभव नहीं था, क्योंकि कभी-कभी बूढ़े अर्ल कुसमय कहीं निकलते थे और कुसमय ही लौटते थे।

दोपहर का भोजन कार्य दिवसों में सदा साथ-साथ होता था।

एक मंगलवार को वे लोग जुलिया के सुईट में नास्ता ले रहे थे। इम्मा और टॉमकिन्स ने नास्ता परोसा था और समझदारी से हट गये थे। वे एक दूसरे के जानिब मुस्कुराये, सुबह के अखबार को पढ़ते थे–वे इसे नोंचकर अलग-अलग कर डालते जैसे ही इसे पहुँचाया जाता; जोशुआ क्रिकेट के स्कोरों को देखने के लिए खेलकूद का अंक ले लेता; जुलिया कला और किताबों को तवज्जो देती–जब दरवाजे पर एक दस्तक हुई और टॉमकिस पुनः एक बड़े थाल और इसमें एकमात्र बंद लिफाफे के साथ प्रवेश किया। उसने इसे जोशुआ की ओर बढ़ाया, बड़े थाल को मेज के ऊपर रखा और वापस लौट आया।

जोशुआ ने इसपर एक नज़र डाला; पुनः क्रिकेट के स्कोरों को वापस देखने लगा।

''टॉमकिन्स, कब हेर्टफोर्डशायर सच्चे अर्थो में महसूस करेगा कि उन्हें अच्छे गेंदबाजों को भी लेना है केवल मात्र अच्छे बल्लेबाज ही पर्याप्त नहीं हैं।''

''मैं आपसे अधिक सहमत नहीं हो सकता, श्रीमान। ऐसा कहा जाता है कि विन्सेंट के पास अच्छा लेग-ब्रेक है—अगर केवल उसका लेंथ बेहतर होता। वह गेंदों को लेंथ से कम फेंकता है, और सामान्यतः बल्लेबाज इससे छक्का पर छक्के बनाते हैं।''

''क्यों, टॉमकिन्स, मैंने नहीं समझा कि तुम भी एक क्रिकेट प्रेमी थे?''

''बचपन से ही मेरे प्रिय शौकों में एक रहा, श्रीमान!'' वह पुनः संकुचित हुआ मानो वह नहीं समझ सका कि आगे क्या कहे। जुलिया जो उसे अपने बचपन के दिनों से जानती थी उसकी अनिश्चितता को भाँप गयी और पूछा ''यह क्या है टॉमकिनस?''

''क्या नौजवान मालिक इस पत्र पर एक नजर डालने की चेष्टा करेंगे जिसे मैंने क्षण-भर पहले लाया? इसपर शाही मुहर लगा है और यह कुछ मिनटों पहले ही हाथों-हाथ पहुँचाया गया है। महल से।''

''ठीक है, टॉमकिन्स, तब इसे कुलीन जुलिया को यहाँ दे दो,'' जोशुआ बोला। '' वह अपने परिवार की ओर से सभी पत्राचार को संभालती है।''

''मैं उसे सामान्य रुप से कर देता, महाशय। लेकिन यह आपको संबोधित है।'' और एक सर झुकाकर नमस्कार और स्याह मुस्कान, जिसे जुलिया ने पकड़ा लेकिन जोशुआ चुक गया, के साथ कमरे से निकल गया।

''यह महारानी जी की तरफ से निमंत्रण पत्र है,'' जोशुआ बोला—''हम दोनों को राजमहल की चाय की पार्टी में शामिल होने के लिए। इसी रविवार को, सायं चार बजे। एक आर.एस.वी.पी. कार्ड है। क्या हम जायेंगे?''

"यदि आप स्वीकार करने में असुविधाजनक महसूस करते हैं तो मैं अकेली इसमें शामिल हो जाऊँगी। बचपन में मैंने दादाजी के साथ राजमहल की अनेकों चाय समारोहों में शामिल हो चुकी हूँ। जो कप केक वह परोसती हैं वह अति स्वादिष्ट होते हैं।"

"वह इसे निर्धारित करता है। फिर हम स्वीकार करते हैं। आश्चर्य नहीं कि उन्होंने तुम्हारे गर्भावस्था के अफवाहों को सुना हो और इसकी पुष्टि करना चाहती हों? भूलो नहीं उन्होंने मुझसे जेन आस्टिन का प्रथम संस्करण हमारे प्रत्येक बच्चे के जन्म पर देने का वादा किया है। उन्होंने हमारे विवाह के उपलक्ष्य में मुझे 'प्राइड ऐण्ड प्रिजुडिश' दिया था; मुझे आश्चर्य नहीं अगर वे मुझे चुनाव करने दें? अगर वह करती हैं, मुझे किसे लेना चाहिए? 'इम्मा' को?"

जुलिया जोर-जोर से हँस पड़ी।

"हम भयानक लोग हैं, जोशुआ, तुम और मैं– तुम उसे जानते हो, है न?

जिस बारे में मैं सोच रही हूँ वह केवल भोजन है, और तुम जिसके बारे में सोच रह हो वह केवल संस्करण हैं!"

"तुम सच कहती हो, जुलिया," जोशुआ पछताते हुए बोला। "महारानी जी, मेरी बीवी और मैं रविवार अपराह्न चार बजे आपकी चाय पार्टी में शामिल होकर खुश होंगे, क्योंकि आप सचमुच एक बेहतरीन व्यक्ति है, और हम आपसे मिलकर आनंदित होते हैं। हम आपके सभी लाखों विषयों, जिसके साथ आपने रविवार अपराह्न हमारे साथ बिताने को चुना है, के लिए वास्तव में कृतज्ञ हैं, और हम इसकी सच्ची खुशी के साथ प्रतीक्षा करते हैं।"

जुलिया ने सिर हिलाया। "ज्यादा बेहतर, क्योंकि वह एक बेहतरीन व्यक्ति हैं और उनके पास रहना मुझे हमेशा आनंददायक लगा है। मैं याद कर सकती हूँ कि मैंने माँ को नहीं पाया, इसलिए मैं मानती हूँ, माँ की प्यारी सहेली होने के नाते वह मेरी भी प्यारी सहेली बन गईं।"

"एक छोटा हस्तलिखित अनुलेख है। वह राजपरिवार की कार हमारे

लिए भेज रही हैं, ताकि हमें राजद्वार पर सभी औपचरिकताओं से नहीं गुजारना पड़े। अब वह वास्तव में बहुत दयालु हैं।''

''और अव्यावहारिक,'' जुलिया घबरायी हुई दशा में बोली ''उन्होंने दादाजी और मेरे लिए उसे कभी भी नहीं किया। यद्यपि दादाजी एमआई. –6 के निर्देशकों में एक के रुप में, द्वार पर तैनात प्रत्येक को जानते थे। क्या वे निमंत्रित हैं?''

जोशुआ ने मेज पर उसकी ओर निमंत्रण-पत्र सरकाया। ''इस पत्र पर नहीं। शायद उन्होंने कोई स्वत्रंत निमंत्रण-पत्र प्राप्त किया हो। हम उन्हें जाँच सकते हैं। यदि उनके पास हो, वे हमारे साथ आ सकते हैं।''

ग्यारवहें अर्ल ने कोई निमंत्रण-पत्र नहीं पाया था। किसी भी सूरत में उनकी एक खास बैठक रविवार अपराह्न में निर्धारित थी–राज्य के कार्यों के बारे में–और इसलिए वे किसी तरह नहीं शामिल हो सके होते।

जुलिया ने सुरुचिपूर्ण, लेकिन सूबसूरती से, उस अवसर के लिए पोशाक पहने। कंधों पर खुली पोशाक नहीं, न ही घुटनों के ऊपर तक की छोटी स्कर्ट, न ही डूब मरने वाली दरारें। उसने एक रेशमी वस्त्र का चुनाव किया, बैटिक छापों वाला, एक ऊँची नौकाकार गर्दन वाली, जिसकी बाँहें छोटी-छोटी थीं, जो कमर के हिस्से पर तंग कसा था और जो घुटनों के ठीक बाद नीचे तक फैला था। उसकी पतली गर्दन के चारों ओर, जोशुआ ने दो लड़ियों वाली मोतियों की एक हार पहना दिया जो पहले उसकी माँ का था; उसके कानों से सोने की कलाबर्त कानबलियाँ डोलती थीं जो जोशुआ की माँ की तरफ से उपहारस्वरूप दी गई थीं। उसके भूरे केश-कलाप एक पोनी टेल के रुप में कसकर बंधे थे, वह इतनी खूबसूरत नजर आई कि जोशुआ ने अपने घुटने टेक दिए, उसके हाथ को चुमा, और पुनः विवाह से संबंधित सभी प्रस्ताव रहे, जिसे उसने उदारता से स्वीकार लिया।

तब उसने प्रस्ताव दिया कि बुरका उसकी पूरी सजावट में एक आखिरी खूबसूरत कसर पूरा कर देगा, जिसे, हँसते हुए उसने उदारता से नकार दिया।

फिर भी, उसने उस रुप में कपड़े नहीं पहने थे जैसा उसने अपनी वैवाहिक प्रीतभोज के अवसर पर पहना था, जब उसके केश-कलाप सिर के पीछे एक गोल गेंद-सा कसकर बंधा था ग्रेसियन शेली में, और इतना शानदार पोशाक पहना था मानो एक रानी सदृश थी। वह अभी भी बला की खूबसूरत दिखती थी, लेकिन एक सामान्य व्यक्ति के जैसी! जोशुआ कारण का बिलकुल भी पता नहीं लगा सका? शंका उसकी आँखों में अवश्य दिखनी चाहिए थी, क्योंकि उसने उसके कंधे पर अपनी बाँह रख दी और पूछी: ''कुछ आपको परेशान कर रहा है, जोशुआ?''

''नहीं! तुम आपादमस्तक इतनी जानलेवा दिखती हो कि मुझे परेशान क्यों होना चाहिए? और तुम्हारा विवाह मुझसे हुआ है।''

वह हँसी। ''जोशुआ, आपने मुझे बार-बार ही जताया है कि आप मुझसे प्यार करते हैं। जब मैं आपके ख्याल रखने की विचारशीलता की तारीफ करती हूँ–मेरा विश्वास कीजिए मैं तारीफ करती हूँ–मैं विवाह का फिर से प्रस्ताव की जरुरत नहीं महसूस करती हूँ, हर बार जब हम राजसी अवसर पर जायें, ताकि आपके प्यार के बारे में आवश्स्त हो सकूँ। हमारी शादी को छः सप्ताह हुए हैं, फिर भी मैं आपके मन को पढ़ती हूँ– और आप मेरा पढ़ सकते हैं। अतः क्यों नहीं हम मेरे द्वारा आपका पढ़कर शुरुआत करते हैं, और, कृपया, मेरी गलती सुधारिए अगर आप सोचें, मैंने इसे गलत ढ़ंग से पढ़ा है, हाँ?''

उसने हामी भरी, उस क्रीड़ा पर मुस्कुराते हुए जिसे वे खेलने वाले थे– लेकिन केवल टुकड़ों में– जो टुकड़े परम सच थे! सफेद झुठ नहीं, कोई बनावटीपन नहीं, किनारो पर कोई धुँधलापन नहीं, न ही उन परछाईयों के पीछे छिपना जो अर्द्धसत्य थीं।

''इस बारे में तुम असहज हो कि क्यूँ मैंने आज राजसी रानी के जैसी पोशाक नहीं पहन रखा है जो संभवतः महारानी जी से मिलने के क्रम में एक सामान्य-सी बात होती, महारानी जी– जो, आपको बता दूँ, मुझसे मेरी माँ की ओर से संबंधित हैं और जो बहुत दूर की भी नहीं। क्या मैं सही हूँ, जोशुआ?''

"पूरी तरह सही! जुलिया, मैं कभी भी अब तुमसे कोई गुप्त बातें नहीं छिपा सकता– जिसे मैं चाहता भी नहीं– अगर तुम मेरे मन को पूरी यथार्थता के साथ पढ़ो। अब क्या मैं तुम्हारा पढ़ सकता हूँ?"

"अभी नहीं। मैंने अभी अपनी बात पूरी नहीं की है। और जो कुछ आप सोच रहे हैं वह यह है कि शायद कि जब हम साम्राज्ञी के साथ होंगे, वे संभवतः कुछ टिप्पणी करें कि कैसे मैं किसी देश के किसी राजकुमार की योग्य रानी बनी होती?"

"पुनः ठीक! और वे टिप्पणी करेंगी- और उन्हें चाहिए– क्योंकि तुम किसी देश में राजकुमार की उपयुक्त रानी बनी होती।"

"धन्यवाद, प्रिय। लेकिन मैं आपसे विवाहित हूँ।"

"इसलिए अब क्या मेरी बारी है?"

"अभी नहीं। इसलिए आप सोच रहे हैं कि मैं खूबसूरती से वस्त्र पहनी हूँ, लेकिन एक सामान्य व्यक्ति की तरह–ताकि मैं नीचे आ सकूँ, बड़प्पन छोड़कर झुकते हुए–आपके स्तर पर, ऐसी किसी टिप्पणियों से बचाने के लिए, जो संभवतः आपको चोट पहुँचाने वाले हो सकते हैं?"

जोशुआ चुप था। उसके द्वारा उसके मन को पढ़ना उसे उसके आगे उसे नंगा कर लिया दिया था। सिवाय एक बिन्दु पर जहाँ वह रो दी थी।

"क्या कभी आप सोचने के लिए रुकते है, जोशुआ," वह बोली लगभग उतनी ही पीड़ा में जितनी पीड़ा उसे थी, "कि मैं अपनी राजपरिवार में जन्म को नहीं बदल सकती– मेरे चाहने के बावजूद भी– उससे अधिक नहीं जितना आप बदल सकते हैं जो आप हैं? मैं आपको आप जो हैं उस कारण प्यार करती हूँ आप मुझे मैं जो हूँ उस कारण प्यार क्यूँ नहीं कर सकते हैं? अब, अगर, आप मेरे मन को नंगा करना चाहते हों, यदि आप महसूस करते हों कि मैंने आपसे कुछ अनकही सच्चाई छिपाई है, तब जीत आपकी है, जोशुआ।"

उसने अपना सिर हिलाया, मुस्कुराते हुए।

"तुमने बड़े ही प्रंशसनीय ढंग से सिक्के के दोनों पहलुओं को संभाला," वह बोला। "तुम ठीक उसी समय अपने मन की बातें की

जब तुम मेरे मन को पढ़ रही थी–ऐसी यथार्थता के साथ कि मुझे भविष्य में मुझे तुमसे पूछना पड़ सकता है कि मुझसे कहो मैं क्या सोच रहा हूँ या मुझे क्या सोचते रहना चाहिए?''

''मैं कभी वैसा नहीं करूँगी। इसलिए आप मुझे किसी भी चीज पर सुधार करना नहीं चाहते?''

''केवल एक छोटे शब्द पर, शायद?'' मैं आपसे बोली, जानम, कि बाजी आपकी हैं।

''मैं दो युद्धों में शामिल हो चुका हूँ, जुलिया। युद्ध में मैंने जिन सैनिकों को भेजा वे वापस नहीं लौटे, और फिर भी मैं उनके साथ वहाँ मोर्चे पर था–मैं भाग्यशाली था, तुम्हारे पिता की तरह, लेकिन वे नहीं थे– उनकी यादें बार-बार आकर मुझे आतंकीत करते हैं। ऐसे बुरे सपनों में भी– और मैं उन्हें पास रखता हूँ, ओह! नित्य प्रायः ही– मैं कभी नहीं सोचूँगा कि तुम मेरे लिए मध्यवर्गीय स्तर की हो रही हो। तुम मुझे किसी बातों की चोट से बचाने की कोशिश कर रही हो ही है जो मैंने सोचा।''

''हाँ, अवश्य ही, जोशुआ।'' उसकी आँखों में एक परेशान चेहरा रेंग आया। ''प्रिय, क्या इसी वजह से आप एकल बिस्तर की जरुरत महसूस करते हैं? ताकि जब आप ऐसे बुरे सपनों से परेशान हों, आप मुझे पास होने की जरुरत महसूस करते हैं? आपने मुझे क्यों नहीं बताया?''

जोशुआ चुप था। वह उसकी आँखों में नहीं देख पाता।

''ओह, मैं कितना अंधा हो गया हूँ मुझे माफ कर दो। इसे खोजने में मुझे छः हल्ते लगे हैं। मैं बहुत ही लज्जा का अनुभव करता हूँ।''

''एक कर्नल भी, जब वह सोया हो, जुलिया, महज एक आदमी ही होता है। वहाँ उपस्थित होने के लिए तुम्हें धन्यवाद। इन पिछले सप्ताहों, रात में तुम बुहत ही आरामदायक रही हो– प्रत्येक रुप में।''

''ओह, मुझे माफ करें, जोशुआ! हम वापस एकल बिस्तर पर चले जायेंगें दूना बिस्तर पूर्वी पार्श्वभाग में व्यवस्थ्ति किया जा सकता है।''

''नहीं! दूना बिस्तर बेहतर है!'' उसकी आँखें टिमटिमा उठीं।

''आखिरकार जब बच्चे साथ आ जायेंगे, मैं भी उन्हें हमारे साथ बिस्तर में चढ़ आते पसंद करूँगा। उन सभी तकिये से की जानेवाली लड़ाईयों के बारे में सोचो जिसे हम कर सकते हैं। लड़कियों के विरुद्ध लड़के?''

उसने एकाएक विषय बदल दिया।

''क्या तुम जानती हो कि मैं तुम्हारा क्या करना पसंद करुँगा, ताकि यह राजमहल का जाना मेरे लिए अभिघातक सिद्ध न हो?''

''मुझसे कहो, जोशुआ। मैं अपने रिश्तेदारों से आपके और अधिक सुविधाजनक रिश्ते बनाने के लिए कुछ भी करूँगी। आपने बहुत कुछ किया, बॉम्बे में, अपने रिश्तेदारों से मुझे सुविधाजनक रिश्ते बनाने में।''

''क्या तुम निश्चित हो? आँखों का घुमाना नहीं, धीरे-धीरे बड़बड़ायी हुई टिप्पणियाँ नहीं, ताकि मैं उन्हें इस पागल भारतीय कर्नल और उसकी माँगों के बारे में नहीं सुन सकूँ?''

वह हँस पड़ी। ''मैं कभी आप पर अपनी आँखों को नचाते याद नहीं करती, और न ही कि मैंने कभी धीरे-धीरे कुछ बड़बड़ाई होऊँ।''
''आँखों का नचाना भले नहीं, शायद लेकिन तुम धीरे-धीरे कुछ बड़बड़ायी थी जब तुमने बॉम्बे के उस रेस्त्राँ में रुटींग फाइल मेरे हाथों में पकड़ाया? भगवान ही जानता है, जुलिया, हम सभी धीरे-धीरे कभी-न-कभी बड़बड़ाते है। इसमें शर्मिंदगी की कोई बात नहीं। अपनी आँखें भी नचाते हैं। लेकिन मुझे वचन दो कि तुम आज जो मैं तुमसे कहने जा रहा हूँ उसपर आँखें नहीं नचाओगी।''

''मैं वचन देती हूँ।''

''जुलिया, क्या कभी तुम मेरे प्रति जाहिर अपनी श्रद्धा खो दोगी? मैं तुमसे कुछ माँग सकता हूँ जिसे तुम्हें पूरा करना है।''

''मैं आपके प्रति कभी भी श्रण नहीं खोऊँगी, क्योंकि मैं आपको प्यार करती हूँ। अब बताइए, आप मुझसे क्या कहना चाहते हैं? क्या आपकी इच्छा साम्राज्ञी की चाय को रप करना है?—मैं राजप्रासाद को सूचित कर दूँगी और हमारा माफीनामा भेज दूँगी।''

''नहीं! मैं वह नहीं सोच रहा था—जो दिखाता है कि तुम भी

धन्यवाद ईश्वर, सभी समय में मेरे मन को नहीं पढ़ सकती हो। यही एकमात्र वजह मुझे बहुत बेहतर महसूस कराता है।''

''तब क्या, जोशुआ?'' उसने धीरे से पूछा। ''मुझसे कहिए, कृपया मैं स्वेच्छा से इसे करुँगी–मैं वादा करती हूँ।''

''मैं तुमसे जो करने की अपेक्षा करता हूँ वह यह है कि इम्मा को बुलाओ, अपने बालों को ऊपर करो और अपनी पोशाक बदल लो, एक औपचारिक लालित्य के लिए जो किसी रानी पर या रानी से मुलाकात पर शोभायमान हो। क्योंकि तुम वास्तव में– किसी देश की राजकुमारी होने के उपयुक्त हो-और मुझे इज्जत बख्शी गयी कि तुमने मेरी बीवी बनने को चुना है, और मैं सामान्य शिष्टता से भी जो तुम नहीं कुछ वैसा होने की तुमसे माँग कर मरहुम बना रहूँ। मेरा सैनिक शान इसकी इजाजत नहीं देता। इसलिए, कृपया, जाईए और बदल लिजिए; मैं सामने के दरवाजे पर रहुँगा। हमारे पास इसके लिए पर्याप्त समय है।''

उसने अपनी बाँहो में उसे ले लिया और मुँह पर उसे चुमा, झूलते हुए जैसे उन्होंने किले में किया था; उसने जुलिया को अपनी बाँहों के जबरदस्त बंधन में शख्ती से बांध लिया। उनकी सबसे अलंमय वैवाहिक व्यवधान को हटा दिया गया था–दोनों ने ऐसा सोचा, पूरी यर्थाथता के साथ एक-दूसरे के चिन को पढ़ते हुए, जिसके कारण वे आनंद में मस्त हो गए।

वह वापस बीस मिनटों बाद लौटी, पूरी तरह परिवर्तित। केवल केश-कलाप ही नहीं, जहाँ इम्मा ने पहले कंघी की गई बालों के सँवारने की शैली को जिसे उसने खुद बनाया था, खोलकर नये सिरे से उसे एक सिर के पीछे गेंद का आकार दे दिया था; केवल पोशाक में ही–नहीं, जो एक औपचारिक पोशाक था जिसमें हल्के नारंगी रंग के फीते लगे थे, जो उसे उसके अंगुठों तक ढकते थे–बल्कि उसकी आँखों की चमक में भी जब उसने जोशुआ के सामने तेजी से अपने पैरों पर गोल-गोल चक्कर लगाया ताकि वह उसे देखकर खुश हो सके। वह अभी भी चौड़ी एड़ियों की जूतियाँ डाल रखी थी–ताकि वह जोशुआ से

ऊँची नहीं दिख सके–लेकिन औपचारिक लबादे ने उसके अंगूठों को छिपा दिया था। उसने उसे अपनी बाँह दी और उसने इसे ले लिया।

"खुश?" वह पूछी, जब वे शाही कार में प्रवेश करते थे।

"अति उद्विन! और तुम?"

"मैं कैसे नहीं हो सकती हूँ? मेरे पास पकड़ने को आपकी बाँह है। जब से मैं रेहाना से मिली, मैंने खोज निकाला है कि मैं आपको छू सकूँ–और आपके द्वारा मुझे छुआ जाए–इसके योग्य बनना महत्त्वपूर्ण है।"

पूर्व में अनेक अवसरों पर जुलिया राजप्रासाद में उपस्थित रही थी; वह उस कमरे की वास्तविक जगह जानती थी जहाँ साम्राज्ञी चाय पर आए अपने मेहमानों का स्वागत करती थी। इसलिए वह थोड़ी आश्चर्यचकित थी, जब शाही मेहमान नवाज ने उन्हें सुरक्षा देते हुए स्वागत कक्ष के लिए एक किनारे स्थित सीढ़ियों की ओर ले गये, जो ऊपरी मंजिल पर ले जाती थीं। उसने कमरे का दरवाजा खोला, उनकी उद्घोषणा की, और बिना इसमें प्रवेश किए छोड़ गया।

साम्राज्ञी और एक सज्जन, जो दरवाजे की ओर पीठ कर खिड़की के निकट खड़ा था, कमरे में सिर्फ वे दो ही थे। जुलिया और जोशुआ कमरे में प्रवेश किए साम्राज्ञी उनसे मिलने आगे बढ़ीं। जुलिया ने शिष्टता से नमस्कार किया; जोशुआ उनके आगे बढ़े बिन दस्ताने वाले हाथ पर नीचे तक झूक गया।

"मैं बहुत खुश हूँ, तुम आ सके, कर्नल और श्रीमती सैमुअलसन," उन्होंने कहा। "मैं आपको अपने एक प्रिय मित्र से परिचय कराना चाहती हूँ, उस मित्र से जिसे मेरे पति और मैं अनेक, अनेक वर्षों से जानने का आनंद लिया है। मुझे भी कुछ वर्षों पहले, साम्राज्य के प्रति इनकी सेवाओं के लिए इन्हें नाइट की पदवी से नवाजने का गौरव मिला है।"

वह उम्रदराज भारतीय सज्जन, जिनके केश चाँदी के समान श्वेत थे, और जिनके सिर के ऊपरी भाग के बाल झड़ रहे थे, और जिनकी मूँगे से बने फ्रेम वाले चश्में के पीछे से दया से भरी दो आँखें थीं, पीछे मुड़े

और उन पर मुस्कुराये।

इसके पहले ही कि साम्राज्ञी परिचयों को पूरी तरह दे पातीं, जुलिया, जो जोशुआ की बाँह थामे हुई थी, उसे सीधे उस बुढ़े सजन्न के पास ले गयी; वहाँ उसने अब पूर्ण परिचित सज्जन से गर्मजोशी के साथ गले मिली, जब वह उसकी पीठ थपथपाया और उसके बाल को धीरे से चुमा।

''आह, सोलोमन अंकल,'' उसने आनंदित होकर कहा,'' मैं बहुत खुश हूँ कि आप यहाँ हैं, इसलिए मैं आपका परिचय अपने शौहर, जोशुआ, से करा सकती हूँ। मैं फिर से आपसे मिलकर काफी प्रसन्न हुई हूँ। जब आपने मुझे कराची में छोड़ा, मैंने कभी नहीं सोचा कि फिर मैं कभी आपसे मिल पाऊँगी।''

उसने जोशुआ की बाँह फिर एक बार पकड़ा, जोशुआ और साम्राज्ञी की ओर मुड़कर जो अलग-अलग भावों के साथ देखते जा रहे थे– साम्राज्ञी शांत प्रसन्नता के साथ, जबकि जोशुआ आश्चर्य के साथ कि सचमुच ही एक 'सोलोमन अंकल' साकार हो गए थे, वह भी साम्राज्ञी की चाय जैसे एक उच्च स्तर के आयोजन अवसर पर, और उनके शाही कक्षों में।

''जोशुआ, प्रिय, सोलोमन अंकल से मिलिए। मैं वास्तव में नहीं जानती कि वह कौन हैं, लेकिन वही अंकल हैं जिन्होंने आपके प्राणों की रक्षा की–और मेरी–बाड़मेर के उस घर में खिड़की से उस भयानक औरत पर गोली से निशाना लगाकर।'' जोशुआ ने उनसे गर्मजोशी के साथ हाथ मिलाया।

''तब मुझे परिचयों को पूरा करने दीजिए'' साम्राज्ञी ने कहा। ''कृपया सेवानिवष्टन सेनामयक्ष सर सोलोमन अब्राम्स, भारतीय सेना के खुफिया विभाग के भूतपूर्व निर्देशक, और सबसे अजीज दोस्तों में एक से मिलिए।''

''योर मैजेस्टी,'' सर सोलोमन बोले, ''मैं सोचता हूँ हम इस खूबसूरत जवान जोड़े के एक लम्बे समय तक न चुकाया गया

स्पष्टीकरण के साथी है। क्या आप इसे देना पसंद करेंगी–या मैं दूँ?''

''सोलोमन,'' साम्राज्ञी बोली, ''इसे मैं दूँगी, लेकिन मुझे पहले आपसे एक निवेदन करना है। मुझसे कहिए, आप मुझे एकान्त में किस रूप में संबोधित करेंगे?''

''एलिजाबेथ।''

''तब क्या हम, इस खूबसूरत जोड़े के सामने जिसे मैं बहुत प्यारा मानती हूँ, 'योर मैजेस्टी' जैसे जुमले से छुटकारा पा सकते हैं, और एकान्त के संबोधन के तरीके पर वापस आ सकते हैं?''

वह शिष्टता के साथ झुक गए। ''बहुत अच्छा, एलिजोबेथ–यदि आप इसे चाहती हैं।''

''मैं चाहती हूँ।, वे ही केवल नहीं जो आपके कर्ज में हैं–मैं भी हूँ और मैं तुम दोनों की आण्ट एलिजाबेथ हूँ।''

साम्राज्ञी ने उन सभी को एक छोटे गोल आकृति वाली मेज के गिर्द बैठने का संकेत किया, जब सर सोलोमन उनकी दाहिनी ओर और जुलिया जोशुआ के आमने-सामने साम्राज्ञी की बायीं ओर बैठ गयी।

''जब मैंने अधिकारियों से सुना–जिनके नाम गुप्त रहेंग–कि वे जोशुआ को यहाँ इस्तेमाल करने की योजना बना रहे हैं क्या मैं आपको जोशुआ बुला सकती हूँ जुलिया मेरी बच्ची जैसी है, और उसके पति होने के नाते, आप भी मेरे काफी प्रिय है–ऐसे भयानक कारनामे के लिए, मैं भयभित हो गई थी। वे अभी-अभी विवाहित हुए हैं–और आप उन्हें खरनाक रास्ते पर रखना चाहते है? मैंने हरेक को फटकार लगाया–विस्काऊट को, आपके दादाजी को– उस प्रत्येक को जिसने उस परियोजना का मुझसे जरा भी जिक्र किया।'

'तब उन्होंने एक भिन्न तरीका आजमाया। उन्होंने कहा: योर मैजेस्टी, यूनाईटेड स्टेट्स के राष्ट्रपति, भारतवर्ष के प्रधानमंत्री और पाकिस्तान के सेना निर्देशक सभी ने अफगानिस्तान में असलहों को सुरक्षित पहुँचाने की इच्छा जाहिर की है। हम कैसे इनकार कर सकते हैं? और मैंने स्वयं से

कहा: यदि वे सभी नेतागण इसमें हैं, मैं भी इस कार्य में क्यों नहीं शामिल हो सकती हूँ?'

'इसलिए मैंने आपके दादाजी और विस्काउँट इडवार्ड को यहाँ बुलाया, इसी कमरे में, ताकि हम एक बैठक आयोजित कर सकें। उन्होंने सोचा कि शायद मैंने उन्हें अपने नए विचारों से अवगत कराने हेतु बुलाया था। मैंने शर्त्त रख दी। यदि वे मेरी बच्ची–और जुलिया यहाँ मेरी बेटी जैसी है वह किसी देश के राजकुमार की योग्य रानी बनी होती–और उसका नये-नवेले पति दोनों को खतरों में रखने जा रहे थे, मैं उनकी सुरक्षा में अपने किसी अंगरक्षक को नियुक्त करती, चाहे जहाँ कहीं भी वे थे। प्रत्येक दिन, मैंने आप दोनों के स्थान स्थिति के बारे में सबसे अच्छी सूचना चाहा; मेरे पास जोशुआ के प्रत्येक दिन की जानकारी की एक पूरी सूची है कि वे कब कहाँ थे–और जहाँ-जहाँ वे गये। सर सोलोमन का जाना तय थाँ आपके ब्रोमफिल्ड हॉल में आयोजित भोज के अवसर पर भी, वे वहाँ थे– मेरे निमंत्रण पर। क्या आप आगे के बारे में कहने का जहमत उठाऐंगे, सोलोमन? शेष मुझसे बेहतर आप जानते हैं, यद्यपि जो कुछ हुआ उसकी पूर्व सूचना आपने मुझे अवश्य दे दी है।''

''मैं आपसे कह सकता हूँ, यह आसान नहीं था। जॉर्जटाऊन तो महज केक का एक टुकड़ा भर था, तब यह कठिन होता गया। कभी-कभी मैं जोशुआ के साथ था, कभी ठीक उनके पीछे होता और कभी उनके आगे! और क्योंकि आप दोनों साथ थे, मैं जुलिया को भी सुरक्षा मुहैया कर पा रहा था–जब तक कि आप दोनों अलग नहीं हो गए–जब जोशुआ माड़वार जंक्शन को गये और जुलिया कराची को। जुलिया किसी खतरे में नहीं थी; जोशुआ थे, इसलिए मैं उनसे चिपका रहा। भारतीय सेना के खुफिया विभाग के एक भूतभूर्व निर्देशक का अभी भी उन अधिकारियों से अच्छी तालमेल है जो उसके लिए काम करते थे। वे मेरे द्वारा चयनित थे और वे सूचना के साथ सहायता करने को लेकर काफी खुश थे।''

सर सोलोमन ने आगे घटी घटनाओं को किन अल्फाजों में व्यक्त करने जा रहे थे, पर सावधानीपूर्वक सोचा।

''सबसे कठिन स्थिति तब आयी जब देविका रानी ने जोशुआ को घुटनो टेकने का आदेश दिया, दो बार– और वह इनकार कर गए। उनकी देह खिड़की को अवरुद्ध कर रही थी और मेरी गोलियों का रास्ता। उसने इसे उनके लिए और अधिक कठिन बना दिया– ज्यादा आसान नहीं–सामने के हुकों को खोलने का प्रस्ताव देकर जो उसके वल्कलहीन कुर्त्ती के दोनों किनारों को साथ पकड़ रखे थे। मैंने उन्हें ड्रेसिंग टेबल के दर्पण में संकेत देने की कोशिश की कि मैं–उसने सोचा कि यह मानसिंह था–खिड़की के बाहर था। यदि वह केवल अपने घुटने टेक देते। यह खतरनाक था। आखिरकार, वह उन्हें खड़े मार देने को तैयार थी– और कुछ नहीं था जिसे मैं इस बारे में कर सकता था। मैंने प्रार्थना की। ओहँ मैंने कैसे प्रार्थना की, और भगवान को अवश्य ही मेरी प्रार्थनाओं का जवाब देना चाहिए था क्योंकि जोशुआ अपने घुटनों के बल आ गये थे। वह हँस पड़ी, एक शैतानी अट्टहास, उसके दाहिना हाथ अभी भी उनपर बंदूक ताने हुए था, जबकि उसका बायाँ हाथ सामने के हुकों की ओर बढ़ा। ठीक उसी समय मैंने उसे गोली मार दी। मैं आपके सामने मेरे ऊपरवाले ईश्वर की कसम खाने को स्वेच्छा से तैयार हूँ, जुलिया, कि वह जब गिरी, अपने पूर्ण वस्त्रों में थी।''

''जोशुआ ने इसे मुझसे कहा,'' जुलिया शांत स्वर में बोली। ''मैंने उन्हें फिर से आश्वस्त किया है कि यह किसी परिणामजनक नहीं हुआ होता। वह जानती थी कोई बाहर था। अगर उसने अपने हुकों तक पहुँचने में कुछ पल नहीं खोया होता, उसने जोशुआ को अवश्य ही मार दिया होता जैसे ही जोशुआ अपने घुटनों पर फिसल बैठे–इसके पहले कि आपने उसे मार गिराया। जोशुआ महसूस करता है कि वह कायर है अपने घुटने टेकने के कारण, और जबकि उन्हें उस तरह से सोचने से अलग करने की मैंने बहुत कोशिश की है, वे अब भी चोट महसूस करते हैं।''

''शायद मैं सहायता कर सकता हूँ,'' जोशुआ की ओर मुखातिब होते हुए सोलोमन अंकल बोले। ''मुझसे कहिए, कर्नल, क्या युद्ध में पीछे हटना कायरता है जबकि आप पूर्ण परिचित हैं– जैसा आपने किया–कि आपकी सेना की दूसरी टुकड़ी उस दुश्मन को चारों ओर से घेरने और पूर्णतः विनाश करने जा रहा है? मैं आपकी सेना की दूसरी टुकड़ी था; वह तथ्य कि आप सोचते थे कि यह मानसिंह था संगत नहीं है। क्या वह सैन्य दस्ता अपमानित महसूस करता है जो पीछे हट जाता है, वास्तव में जब उन्होंने लड़ाई–और युद्ध को जीतने में मदद किया है ?''

जोशुआ के चेहरे पर चमक आ गयी। सेना के उदाहरणों ने उसे स्वीकार करना ज्यादा आसान बनाया। जुलिया का उसे कसकर पकड़ना और अपने में दबा देना निश्चित ही मददगार साबित हुआ।

''सर सोलोमन, मैं धन्यवाद देता हूँ। यह एक ऐसा ऋण है जिसको दे मैं कभी आपसे ऋण नहीं हो पाऊँगा। देविका रानी का क्या होगा?''

''वह अभी भी भारत के एक अस्पताल में स्वास्थ्य लाभ कर रही है। उसके पिता, जरनल राणा सिंह, उसकी देखभाल के लिए वाशिंगटन डी.सी. से उड़ चले हैं। मैं सोचता हूँ वे उसी रणनीति का इस्तेमाल करेंगे जिसका हम यहाँ नसीम बानो के लिए कर रहे हैं–वह आई.एम.आई. की मदद आई एम.आई. के अंदर के.जी.बी. की घुसपैठ को साफ करने में करेगी; ठीक उसी समय वह के.जी.बी. को स्वयं को अपराध मुक्त करने के लिए पर्याप्त अपसूचना से मुँह भर देगी। किसी सूरत में, वे उसपर कभी भी कोई मुकदमा नहीं चला सकते क्योंकि पूरी योजना असफल हो जायेगी, और जिसे न भारत चाहता है न पाकिस्तान, क्या अब वे चाहते हैं? ओह! और कृपया आप मुझे सोलोमन अंकल कहकर पुकारिये क्योंकि महज कुछ सप्ताहों के अंदर, ठीक तौर पर जो मैं आप दोनों के लिए हो जाऊँगा। मेरा बेटा डैविड अब्राम्स– बहुत जल्द–आपकी बहन सुसान से शादी की योजना बना रहा है। हाँ, मैं सुसान का श्वसुर बन जाऊँगा, और आप दोनों के लिए अंकल। इसलिए आप देखते हैं, हमारी साम्राज्ञी ने जब मुझे मदद करने का आदेश दिया,

मैं तुरंत ही उसे लपक लिया; आपको जिंदा रखना पहली वरीयता थी। मैं शायद ही कभी अपनी पुत्रवधु को उसके विवाह के दिन मातम मानने दे सकता, क्या मैं दे सकता हूँ, अब भी?''

''आप समादृत सोलोमन,'' साम्राज्ञी ने उन्हें मुस्कुराते हुए झिड़की दी, ''आप मेरे परिवार के पुराने और किमती मित्र हैं मैं आपको कुछ भी करने के लिए कभी आदेश नहीं दूँगी। एक हतोत्साह सहायता की प्रार्थना, शायद?''

साम्राज्ञी ने मेज पर लगायी गई अपने बगल की छोटी चाँदी की घण्टी बजायी और चाय का आदेश दिया।

''जुलिया, मैंने सुनिश्चित किया है कि हमारे पास वे सब कप केक हैं जिसे आप बचपन में बहुत-पसंद चाहती थीं। आपकी माँ, जो मेरी रिश्तेदार और बचपन की दोस्त के आलावा बहुत, बहुत प्रिय थीं। जब वे मरीं, मैंने उन्हें वचन दिया कि मैं आपकी देखभाल करुँगी, और, आज, मैं सोचती हूँ मैंने किया है। कुछ शैम्पन की तलब होती है, है न? क्या आप नहीं सोचते कि ब्रिटीश कर अदा करने वाले को आज के दिन मुझे मेरी ज्यादतियों के लिए माफ कर देना चाहिए?''

जोशुआ और सर सोलोमन ने स्वीकार किया मानो वे स्वीकारने तैयार बैठे हों जुलिया ने इनकार किया, इसके बदले चाय का चुनाव करती हुई, और जब उसने अपने उदर पर हमने रखा था। साम्राज्ञी ने सिर हिलाया

जब शैम्पेन और चाय परोसे जा रहे थे, साम्राज्ञी पुस्तकालय की आलमारियों के पास गयीं, जो एक दीवार की तरफ कतारबद्ध थीं, और जोशुआ को वहाँ आने को कहा

''जेन आस्टिन के प्रथम संस्करण। चुनो जोशुआ,'' उन्होंने उसके गिर्द रखते हुए कहा। तुम इस राज्य के राजकुमार हो तुम किसे पंसद करते हो?''

''इम्मा,'' उसने कहा। ''लेकिन हम उनके कठिन चरित्र का विश्लेषण करते हुए कितना अच्छा वक्त गुजारे होते यदि हम ब्रोमफिल्ड

महल में साथ-साथ होते, एक दोपहर के बाद चाय पर? कृपया, एलिजाबेथ आण्टी क्या आप आयेंगी?''

वे थोड़ी आश्चर्य करती नज़र आयीं, जोशुआ के इस रुप में संबोधन से, लेकिन उस भारतीय तरीके में ज्यादा उष्णता और प्यार था, इसलिए वे मुस्कुरा दीं, अपनी बाँह को उसके कंधे पर और अधिक दवाब बनाते हुए, जब उन्होंने कहा:

''अवश्य, जोशुआ। अंकल फिलिप और मैं आना पसंद करेंगे।''